Edward Müller

Atthasalini

Edward Müller

Atthasalini

ISBN/EAN: 9783337389543

Hergestellt in Europa, USA, Kanada, Australien, Japan

Cover: Foto ©Andreas Hilbeck / pixelio.de

Weitere Bücher finden Sie auf **www.hansebooks.com**

THE ATTHASĀLINĪ

BUDDHAGHOSA'S COMMENTARY

ON THE

DHAMMASANGAṆI.

EDITED BY

EDWARD MÜLLER, PH.D.

PROFESSOR IN THE UNIVERSITY OF BERN.

LONDON

PUBLISHED FOR THE PALI TEXT SOCIETY BY HENRY FROWDE

OXFORD UNIVERSITY PRESS WAREHOUSE, AMEN CORNER E.C.

1897.

PREFACE.

In preparing the present edition of the Atthasālinī I have made use of the following manuscripts:

1. A Sinhalese manuscript bought by Professor Rhys Davids at Galle, Ceylon in 1887 = G.
2. Another Sinhalese manuscript bought by Professor Rhys Davids at Colombo in 1887 = C.
3. A Burmese Manuscript belonging to the Mandalay Collection in the India Office = M.
4. A transcript in Roman characters made by the late Mr. Trenckner from a Sinhalese manuscript belonging to the University Library at Copenhagen = T.

None of these manuscripts can be called very good. They all show occasional blunders and in a few cases I was obliged to adopt a foreign reading either from the Dhammasaṅgaṇi itself, or from some other parallel text, sometimes also from the Atthayojanā, a secondary commentary to the Atthasālinī, printed in Sinhalese letters at Colombo A.B. 2433.

On the whole, however, the four manuscripts mentioned may be considered sufficient for etablishing the text of the Atthasālinī. Whenever they do not all four agree, the rule is this, that G. and C. have one reading and M. and T. the other, which generally proves to be the better one.

The whole text of the Atthasālinī was copied from the manuscripts G. and C. by Mrs. Mabel Bode during the year 1894 and the beginning of 1895. In the summer of 1895 I compared the Ms. T. and the first half of Ms. M. and the printing began in August of the same year. Unfortunately a fire broke out in Messrs. Unwin's printing office at Chilworth on Nov. 23, 1895 and destroyed the 5 sheets already printed and about 8 sheets of Mrs. Bode's manuscript (sheet 6—13). In consequence I had to copy this part again and the printing was taken up a second time at Mr. Drugulin's office at Leipzig in April 1896. As I was very busy at that time Mrs. Bode was kind enough to compare the second half of the Ms. M. for me, so that the printing might not be interrupted.

I thought it would be useful to put in the Table of Contents after each chapter the corresponding page of my edition of the Dhammasaṅgaṇi, but as the names of the chapters do not always agree exactly some explanations will be necessary:

Chapters 3 to 8 have got in the Atthasālinī the titles Kāyakammadvārakathā, Vacīkammadvārakathā, Akusalakammapathakathā, Dvārakathā, Dhammuddesavārakathā, Niddesavārakathā respectively. These titles are wanting in the Dhammasaṅgaṇi, where all these chapters are taken together under the heading Padabhājaniyaṃ (p. 17).

Chapter 9 has the title: Saṅgahavāro niṭṭhito. Koṭṭhāsavāro ti pi etassa nāmaṃ (Atthas. p. 155). In the Dhammasaṅgaṇi it has only the second name (p. 25). With the article on Suññatavāra (No 10) the Paṭhamacittaṃ is closed. Then follow the Dutiyacittaṃ (11) and the Tatiyacittaṃ (No 12) without any further subdivisions in both texts. The fourth, fifth, sixth, seventh and eighth cittas are divided in the Dhammasaṅgaṇi (p. 28, 29, 30) while the commentary treats them together (Atthas. p. 156—162). With the eighth citta the Kāmāvacarakusalaniddesa is finished.

Then follows the paṭhamaṃ jhānaṃ (Atthas. 162—168) which has no separate title in the Dhammasaṅgaṇi (p. 31).

From here the names correspond regularly down to chapter 33, which contains the Dhammuddesavārakathā of the akusalā dhammā (corresponding to the Dhammuddesavārakathā of the kusalā dhammā in Chapter 7). This chapter has no special title in the Dhammasaṅgaṇi, nor have the following 10 chapters (34—43) on the twelve cittas (Atthas. p. 252—260), which are taken together as dvādasa akusalacittāni (p. 87).

The 53d chapter is called Atthakathākaṇḍavaṇṇanā in the Atthasālinī (p. 429), while the Dhammasaṅgaṇi has no special name for this chapter and simply concludes with the words: Dhammasaṅgaṇippakaraṇī samattā.

My best thanks are due to Mrs. Bode besides to Professor C. H. Tawney, Librarian of the India Office for the loan of the Mandalay Ms. and to the authorities of the Copenhagen University Library, especially Dr. Andersen, for the loan of Trenckner's transcript.

Berne, New Year 1898.

E. Müller.

CONTENTS.

INTRODUCTION.

NAMO TASSA BHAGAVATO ARAHATO SAMMĀSAMBUDDHASSA.

1. KARUṆĀ viya sattesu paññā yassa mahesino
ñeyyadhammesu sabbesu pavattittha yathāruci.
2. Dayāya tāya sattesu samussāhitamānaso
pāṭiherāvasānamhi vasanto tidasalāye
3. Pāricchattakamūlamhi Paṇḍukambalanāmake
silāsane sannisinno ādicco va yugandhare
4. Cakkavāḷasahassehi dasahi 'āgamma sabbaso
sannisinnena devānaṃ gaṇena parivārito
5. Mātaraṃ pamukhaṃ katvā tassā paññāya tejasā
Abhidhammakathāmaggaṃ devānam sampavattayi.
6. Tassa pāde namassitvā sambuddhassa sirīmato
saddhammañ c'assa pūjetvā katvā saṅghassa c'añjaliṃ
7. Nipaccakārass' etassa katassa ratanattaye
ānubhāvena sosetvā antarāye asesato
8. Visuddhācārasīlena nipuṇā malabuddhinā
bhikkhunā Buddhaghosena sakkaccaṃ abhiyācito.
9. Yaṃ devadevo devānaṃ desetvāna yato puna
therassa Sāriputtassa samācikkhi vināyako
10. Anotattadahe katvā upaṭṭhānaṃ mahesino
yañ ca sutvāna so thero āharitvā mahītalaṃ
11. Bhikkhūnaṃ pariyudāhāsi iti bhikkhūhi dhārito
saṅgītikāle saṅgīto Vedehamuninā puna.
12. Tassa gambhīrañāṇena ogāḷhassa abhiṇhaso
nānānayavicittassa Abhidhammassa ādito
13. Yā Mahākassapādīhi vasīh'aṭṭhakathā purā
saṅgītā anusaṅgītā pacchā pi ca isīhi yā
14. Ābhatā pana therena Mahindena tam uttamaṃ
yā dīpaṃ dīpavāsīnaṃ bhāsāya abhisaṅkhatā.

15. Apanetvā tato bhāsaṃ Tambapaṇṇinivāsinaṃ
āropayitvā niddosaṃ bhāsaṃ tantinayānugaṃ
16. Nikāyantaraladdhīhi asammissaṃ anākulaṃ
Mahāvihāravāsīnaṃ dīpayanto vinicchayaṃ
17. Atthaṃ pakāsayissāmi āgamaṭṭhakathāsu pi
gahetabbaṃ gahetvāna tosayanto vicikkhaṇe.
18. Kammaṭṭhānāni sabbāni cariyābhiññā vipassanā
Visuddhimagge pan' idaṃ yasmā sabbaṃ pakāsitaṃ
19. Tasmā taṃ agahetvāna sakalāya pi tantiyā
padānukkamato eva karissām'atthavaṇṇanaṃ.
20. Iti me bhāsamānassa Abhidhammakathaṃ imaṃ
avikkhittā nisāmetha dullabhā hi ayaṃ kathā ti.

---

1. Tattha Abhidhammo ti. Ken'aṭṭhena Abhidhammo? Dhammātirekadhammavisesaṭṭhena. Atirekavisesaṭṭhadīpako hi ettha abhisaddo. Bāḷhā me āvuso dukkhā vedanā abhikkamanti no paṭikkamanti abhikkantavaṇṇā ti ādisu viya. Tasmā yathā samussitesu bahusu chattesu ceva dhajesu ca yaṃ atirekappamāṇaṃ visesavaṇṇasaṇṭhānañ ca chattaṃ taṃ aticchattan ti vuccati. Yo atirekappamāṇo nānāvirāgavaṇṇavisesasampanno ca dhajo so atidhajo ti vuccati. Yathā ca ekato sannipatitesu bahusu rājakumāresu c'eva devesu ca yo jātibhogayasaissariyādisampattīhi atirekataro c'eva visesavantataro ca rājakumāro so atirājakumāro[1] ti vuccati. Yo āyuvaṇṇaissariyayasasampattiādīhi atirekataro c'eva visesavantataro ca devo atidevo[2] ti vuccati tathārūpo brahmā pi atibrahmā ti vuccati. Evam eva ayam pi dhammo dhammātirekadhammavisesaṭṭhena abhidhammo ti vuccati. Suttantaṃ hi patvā pañca khandhā ekadesen'eva vibhattā na nippadesena. Abhidhammaṃ patvā pana suttantabhājaniyaabhidhammabhājaniyapañhāpucchakanayānaṃ vasena nippadesato vibhattā. Tathā dvādasāyatanāni aṭṭhārasa dhātuyo cattāri saccāni bāvīsatindriyāni dvādasapadiko paccayākāro.

---

[1] abhirājakumāro, C. G. T. [2] abhidevo, M.

Kevalaṃ hi indriyavibhaṅge suttantabhājaniyaṃ n'atthi paccayākāre ca pañhapucchakaṃ n'atthi.

2. Suttantañ ca patvā cattāro satipaṭṭhānā ekadesen' eva vibhattā na nippadesena. Abhidhammaṃ patvā pana tiṇṇam pi nayānaṃ vasena nippadesato vibhattā. Tathā cattāri sammappadhānāni cattāro iddhipādā satta bojjhaṅgā aṭṭhaṅgiko maggo cattāri ñāṇāni catasso appamaññāyo pañca sikkhāpadāni catasso paṭisambhidā tiṇṇam pi nayānaṃ vasena nippadesato va vibhattā. Kevalaṃ hi ettha sikkhāpadavibhaṅge suttantabhājaniyaṃ n'atthi. Suttantaṃ patvā ca ñāṇaṃ ekadesen' eva vibhattaṃ na nippadesena. Tathā kilesā.

3. Abhidhammaṃ patvā pana ekavidhena ñāṇavatthun ti ādinā nayena mātikaṃ ṭhapetvā nippadesato vibhattaṃ tathā ekato paṭṭhāya anekehi nayehi kilesā.

4. Suttantaṃ patvā ca bhummantaraparicchedo ekadeseneva vibhatto na nippadesena. Abhidhammaṃ patvā pana tiṇṇam pi nayānaṃ vasena bhummantaraparicchedo nippadesato ca vibhatto. Evaṃ dhammātirekadhammavisesaṭṭhena Abhidhammo veditabbo.

5. Pakaraṇaparicchedato pan' esa Dhammasaṅgaṇivibhaṅgadhātukathāpuggalapaññattikathāvatthuyamakapaṭṭhānaṃ sattannaṃ pakaraṇānaṃ vasena ṭhito. Ayaṁ ettha ācariyānaṃ samānakathā.

6. Vidaḍḍhavādī[1] panāha: Kathāvatthuṃ kasmā gahitaṃ? nanu sammāsambuddhassa parinibbānato aṭṭhārasa vassādhikāni dve vassasatāni atikkamitvā Moggaliputtatissattheren' etaṃ ṭhapitaṃ? tasmā sāvakabhāsitattā chaḍḍetha nan ti.

7. Kiṃ pana chappakaraṇāni Abhidhammo ti? Evaṃ na vadāmī ti. Atha kiṃ vadesī ti? Sattappakaraṇānī ti. Kataraṃ gahetvā satta karontī ti? Mahādhammahadayaṃ nāma atthi, eten' eva saha sattā ti. Mahādhammahadaye apubbaṃ n'atthi.

8. Katipayā va pañhavārā avasesā Kathāvatthunā va saddhiṃ sattā ti no Kathāvatthunā?

---

[1] Vidaṇḍa°, M. T.; Vitaḍḍha°, C. G.

Mahādhātukathā nām'atthi. Tāya saddhiṃ sattā ti. Mahādhātukathāyaṃ apubbaṃ u'atthi appamattikā va tanti. Avasesā Kathāvatthuuā saddhiṃ sattā ti. Sammāsambuddho hi sattappakaraṇāni desento Kathāvatthuṃ patvā yā esā puggalavāde tāva catūsu pañhesu dvinnaṃ pañcakānaṃ vasena aṭṭhamukhā vādayutti[1] taṃ ādiṃ katvā sabbakathāmaggesu asampuṇṇabhāṇavāramattāya pāḷiyā mātikaṃ ṭhapesi. Sā pan' esā[2]: puggalo upalabbhati saccikaṭṭhaparamaṭṭhenā ti? Āmantā. Yo saccikaṭṭho paramaṭṭho tato so puggalo upalabbhati saccikaṭṭhaparamaṭṭhenā ti. Na h'eva vattabbe ājānāhi niggahaṃ. Puggalo na upalabbhati saccikaṭṭhaparamaṭṭhenā · ti? Āmantā. Yo saccikaṭṭho paramaṭṭho tato so puggalo nūpalabbhati saccikaṭṭhaparamaṭṭhenā · ti. Na h'eva vattabbe ājānāhi niggahaṃ.

9. Sabbattha puggalo upalabbhati, sabbattha puggalo nūpalabbhati, sabbadā puggalo upalabbhati, sabbadā puggalo nūpalabbhati, sabbesu puggalo upalabbhati, sabbesu puggalo nūpalabbhati saccikaṭṭhaparamaṭṭhenā ti evaṃ paṭhamaṃ vādaṃ nissāya paṭhamaṃ niggahaṃ, dutiyaṃ nissāya dutiyaṃ . . . . . pe . . . . . aṭṭhamaṃ nissāya aṭṭhamaṃ niggahaṃ dassenteua ṭhapitā. Iminā nayena sabbattha mātikāṭhapanaṃ veditabbaṃ.

10. Taṃ pan' etaṃ mātikaṃ ṭhapento idaṃ disvā ṭhapesi: mama parinibbānato aṭṭhārasa vassādhikānaṃ dvinnaṃ vassasatānaṃ matthake Moggaliputtatissatthero nāma bhikkhu bhikkhusahassamajjhe nisinno sakavāde pañca suttasatāni paravāde pañcā ti suttasahassaṃ samodhānetvā Dīghanikāyappamāṇaṃ Kathāvatthuppakaraṇaṃ bhājessati ti.

Moggaliputtatissatthero pi imaṃ pakaraṇaṃ desento na attano ñāṇena desesi, satthārā pana dinnanayena ṭhapitamātikāya desesi. Iti satthārā dinnanayena ṭhapitamātikāya desitattā sakalam p'etaṃ pakaraṇaṃ Buddhabhāsitam eva nāma jātaṃ. Yathā kiṃ? Yathā Madhu-

[1] Cf. Kathāvatthuppakaraṇa Aṭṭhakathā, ed. Minayeff, p. 15. [2] Kathāvatthuppakaraṇa Aṭṭhakathā, p. 8.

piṇḍikasuttantādīni. Madhupiṇḍikasuttantasmiṃ hi bhagavā: Yatonidānaṃ[1] bhikkhu purisaṃ papañcasaññāsaṅkhā samudācaranti ettha ce n'atthi abhinanditabbam abhivaditabbaṃ ajjhositabbaṃ es'ev' anto rāgānusayānan ti mātikaṃ ṭhapetvā uṭṭhāyāsanā vihāraṃ pāvisi. Dhammapaṭiggāhakā bhikkhū Mahākaccānattheraṃ upasaṃkamitvā dasabalena ṭhapitamātikāya atthaṃ pucchiṃsu. Thero pucchitamatten' eva akathetvā dasabalassa apacitidassanatthaṃ: seyyathā pi āvuso puriso sāratthiko sāragavesī tisāropamaṃ āharitvā sārarukkho viya bhagavā sākhāpalāsasadisā sāvakā.

So[2] h'āvuso bhagavā jānaṃ jānāti passaṃ passati cakkhubhūto ñāṇabhūto dhammabhūto brahmabhūto vattā pavattā atthassa ninnetā amatassa dātā dhammassāmi Tathāgato ti Satthāraṃ thometvā punappuna therehi yācito Satthārā ṭhapitamātikāya atthaṃ vibhajitvā ākaṅkhamānā va pana tumhe āyasmanto bhagavantaṃ yeva upasaṅkamitvā etam atthaṃ paṭipuccheyyātha: sa ce sabbaññutaññāṇena saddhiṃ saṃsandiyamānaṃ sameti gaṇheyyātha, no ce mā gaṇhathā ti iminā adhippāyena yathā no bhagavā vyākaroti tathā naṃ dhāreyyāthā ti vatvā uyyojesi. Te Satthāram upasaṃkamitvā pucchiṃsu. Satthā dukkathitaṃ Kaccānenā ti avatvā suvaṇṇaliṅgaṃ ussāpento viya gīvaṃ unnāmetvā supupphitasatapattasassirīkaṃ mahāmukhaṃ pūrento brahmassaraṃ nicchāretvā sādhu sādhū ti therassa sādhukāraṃ datvā: Paṇḍito[3] bhikkhave Mahākaccāno, mahāpañño bhikkhave Mahākaccāno, mañ ce pi tumbe bhikkhave etam atthaṃ paṭipuccheyyātha aham pi tam evam eva vyākareyyaṃ yathā taṃ Mahākaccānena vyākatan ti āha. Evaṃ Satthārā anumoditakālato paṭṭhāya pana sakalaṃ suttantam Buddhabhāsitaṃ nāma jātaṃ.

11. Ānandattherādīhi vitthāritasuttesu pi es'eva nayo. Evam evaṃ sammāsambuddho satta pakaraṇāni desento Kathāvatthuṃ patvā vuttanayena mātikaṃ ṭhapesi.

---

[1] Majjh. I. 109. [2] Majjh. I. 111. [3] Majjh. I. 114.

Ṭhapento ca pana idaṃ addasa: mama parinibbānato aṭṭhārasa vassādhikānaṃ dvinnaṃ vassasatānaṃ matthake Moggaliputtatissatthero nāma bhikkhu bhikkhusahassamajjhe nisinno sakavāde pañca suttasatāni paravāde pañcā ti suttasahassaṃ samodhānetvā Dīghanikāyappamāṇaṃ Kathāvatthuppakaraṇaṃ bhājessatī ti. Moggaliputtatissatthero pi imaṃ pakaraṇaṃ desento na attano ñāṇena desesi, satthārā pana dinnanayena ṭhapitamātikāya desesi. Iti satthārā dinnanayena ṭhapitamātikāya desitattā sakalaṃ p'etaṃ pakaraṇaṃ buddhabhāsitam eva nāma jātaṃ. Evaṃ Kathāvatthunā va saddhiṃ sattappakaraṇāni Abhidhammo nāma.

12. Tattha Dhammasaṅgaṇippakaraṇe catasso vibhattiyo cittavibhatti rūpavibhatti nikkhepārāsi atthuddhāro ti. Tattha kāmāvacarakusalato aṭṭha, akusalato dvādasa, kusalavipākato soḷasa, akusalavipākato satta, kiriyato ekādasa, rūpāvacarakusalato pañca, vipākato pañca, kiriyato pañca, arūpāvacarakusalato cattāri, vipākato cattāri, kiriyato cattāri, lokuttarakusalato cattāri, vipākato cattārī ti ekūnanavuti cittāni cittavibhatti nāma.

13. Cittuppādakaṇḍan ti pi etass'eva nāmaṃ. Taṃ vācanāmaggato atirekachabhāṇavārā vitthāriyamānaṃ pana anantaṃ aparimāṇaṃ ca hoti tadanantaraṃ ekavidhena duvidhenā ti ādinā nayena mātikaṃ ṭhapetvā vitthārena vibhajitvā desitā rūpavibhatti nāma. Rūpakaṇḍan ti tass' eva nāmaṃ.

14. Taṃ vācanāmaggato atirekadvibhāṇavāraṃ vitthāriyamānaṃ pana anantam aparimāṇaṃ hoti. Tadanantaraṃ mūlato khandhato dvārato bhūmito atthato dhammato nāmato liṅgato ti evaṃ mūlādīni nikkhipitvā desito nikkhepārāsi nāma —pe— so mūlato khandhato cāpi ca dvārato cāpi bhūmito atthato dhammato cāpi nāmato cāpi liṅgato nikkhipitvā desitattā nikkhepo ti pavuccatī ti.

Nikkhepakaṇḍan ti pi tass'eva nāmaṃ.

15. Taṃ vācanāmaggato timattā bhāṇavārā vitthāriyamānaṃ pana anantam aparimāṇaṃ hoti. Tadanantaraṃ pana tepiṭakassa buddhavacanassa atthuddhārabhūtaṃ yāva saraṇadukānikkhittaṃ aṭṭhakathākaṇḍaṃ nāma.

Yato mahāpakaraṇīyā bhikkhū mahāpakaraṇe gaṇanācāraṃ asallakkhentā gaṇanaṃ samānenti taṃ vācanāmaggato dvimattā bhāṇavārā vitthāriyamānaṃ pana anantam aparimāṇaṃ hoti.

16. Iti sakalam pi Dhammasaṅgaṇippakaraṇaṃ vācanāmaggato atirekaterasamattā bhāṇavārā vitthāriyamānaṃ pana anantam aparimāṇaṃ hoti. Evaṃ etaṃ:

Cittavibhatti rūpañ ca nikkhepo atthajotanā
gambhīraṃ nipuṇaṃ ṭhānaṃ tam pi buddhena desitaṃ.

17. Tadanantaraṃ Vibhaṅgappakaraṇaṃ nāma. Taṃ khandhavibhaṅgo āyatanavibhaṅgo dhātuvibhaṅgo saccavibhaṅgo indriyavibhaṅgo paccayākāravibhaṅgo satipaṭṭhānavibhaṅgo sammappadhānavibhaṅgo iddhipādavibhaṅgo bojjhaṅgavibhaṅgo maggaṅgavibhaṅgo jhānavibhaṅgo appamaññāvibhaṅgo sikkhāpadavibhaṅgo paṭisambhidāvibhaṅgo ñāṇavatthuvibhaṅgo khuddakavatthuvibhaṅgo dhammahadayavibhaṅgo ti aṭṭhārasavidhena vibhattaṃ. Tattha khandhavibhaṅgo suttantabhājaniya-abhidhammabhājaniyapañhapucchakānaṃ vasena tidhā vibhatto. Vācanāmaggato pañcamattā bhāṇavārā, vitthāriyamāno pana ananto aparimāṇo hoti.

18. Tato paraṃ āyatanavibhaṅgādayo pi eteh'eva tīhi nayehi vibhattā. Tesu āyatanavibhaṅgo vācanāmaggato atirekabhāṇavāro.

19. Dhātuvibhaṅgo dvimattabhāṇavāro. Tathā saccavibhaṅgo.

Indriyavibhaṅge suttantabhājaniyaṃ natthi. Vācanāmaggato pan'esa atirekabhāṇavāramatto.

Paccayākāravibhaṅgo chamattabhāṇavāro. Pañhapucchakaṃ pan'ettha n'atthi.

Satipaṭṭhānavibhaṅgo atirekabhāṇavāramatto.

Tathā sammappadhāna-iddhipāda-bojjhaṅgamaggaṅgavibhaṅgā.

Jhānavibhaṅgo dvibhāṇavāramatto. Appamaññāvibhaṅgo atirekabhāṇavāramatto.

Sikkhāpadavibhaṅge' pi suttantabhājaniyaṃ n'atthi. Vācanāmaggato pan'esa atirekabhāṇavāramatto.

Tathā paṭisambhidāvibhaṅgo ñāṇavatthuvibhaṅgo dasavidhena vibhatto. Vācanāmaggato timattabhāṇavāro.

Khuddakavatthuvibhaṅgo pi dasavidhena vibhatto. Vācanāmaggato timattabhāṇavāro.

Dhammahadayavibhaṅgo tividhena vibhatto. Vācanāmaggato pan'esa atirekadvibhāṇavāramatto. Sabbe pi vitthāriyamānā anantā aparimāṇā honti. Evam etaṃ vibhaṅgappakaraṇaṃ nāma vācanāmaggato pañcatiṃsamattabhāṇavāraṃ vitthārato pana anantam aparimāṇaṃ hoti.

20. Tadanantaraṃ Dhātukathāpakaraṇaṃ nāma. Taṃ saṅgaho asaṅgaho asaṅgahītena asaṅgahītaṃ asaṅgahītena saṅgahītaṃ saṅgahītena saṅgahītaṃ saṅgahītena asaṅgahītaṃ.

21. Sampayogo vippayogo sampayuttena vippayuttaṃ vippayuttena sampayuttaṃ sampayuttena sampayuttaṃ vippayuttena vippayuttaṃ saṅgahītena sampayuttaṃ vippayuttaṃ sampayuttena saṅgahītaṃ asaṅgahītaṃ asaṅgahītena sampayuttaṃ vippayuttaṃ vippayuttena saṅgahītaṃ asaṅgahītan ti cuddasavidhena vibhattaṃ.

Taṃ vācanāmaggato atirekachabbhāṇavārā.

Vitthāriyamānaṃ pana anantam aparimāṇaṃ hoti.

22. Tadanantaraṃ Puggalapaññatti nāma. Sā khandhapaññatti āyatanapaññatti dhātupaññatti saccapaññatti indriyapaññatti puggalapaññattī ti chabbidhena vibhattā. Sā vācanāmaggato atirekapañcabhāṇavārā vitthāriyamānā pana anantāparimāṇā va hoti.

23. Tadanantaraṃ Kathāvatthupakaraṇaṃ nāma. Taṃ sakavāde pañcasuttasatāni paravāde pañcasatāni suttasahassaṃ samodhānetvā vibhattaṃ.

Taṃ vācanāmaggato idāni potthake likhitaṃ agahetvā saṅgīti-āropitanayena Dīghanikāyappamāṇaṃ vitthāriyamānaṃ pana anantam aparimāṇaṃ hoti.

24. Tadanantaraṃ Yamakaṃ nāma. Taṃ mūlayamakaṃ khandhayamakaṃ āyatanayamakaṃ dhātuyamakaṃ saccayamakaṃ saṅkhārayamakaṃ anusayayamakaṃ cittayamakaṃ dhammayamakaṃ indriyayamakan ti dasavidhena vibhattaṃ.

Taṃ vācanāmaggato vīsaṃ bhāṇavārasataṃ vitthārato anantam aparimāṇaṃ hoti.

25. Tadanantaraṃ Mahāpakaraṇaṃ nāma. Paṭṭhānan ti pi tass' eva nāmaṃ.

Taṃ hetupaccayo ārammaṇapaccayo adhipatipaccayo anantarapaccayo samanantarapaccayo sahajātapaccayo aññamaññapaccayo nissayapaccayo upanissayapaccayo purejātapaccayo pachhājātapaccayo āsevanapaccayo kammapaccayo vipākapaccayo indriyapaccayo Jhānapaccayo maggapaccayo sampayuttapaccayo vippayuttapaccayo atthipaccayo n'atthipaccayo vigatapaccayo avigatapaccayo ti paccayavasena nāma catuvīsatividhena vibhattaṃ.

Imasmiṃ pana ṭhāne na Paṭṭhānaṃ samānetabbaṃ.

26. Kusalattikādayo hi dvāvīsati tikā.

Hetū dhammā na hetū dhammā. . . . pe . . . saraṇā dhammā asaraṇā dhammā ime sataṃ dukā apare pi vijjābhāgino dhammā avijjābhāgino dhammā . . . pe . . . khaye ñāṇaṃ anuppāde ñāṇan ti dvācattālīsa suttantikadukā nāma.

Tesu dvāvīsati tikā sataṃ dukā ti ayaṃ āhacca bhāsitā jinavacanabhūtā sabbaññubuddhadesitā sattannaṃ pakaraṇānaṃ mātikā nāma.

27. Athāpare dvācattālīsa dukā kuto pabhavā kena ṭhapitā kena desitā ti? Dhammasenāpati-Sāriputtattherappabhavā. Tena ṭhapitā tena desitā. Ime ṭhapento pana thero sāmukkaṃsikena attano ñāṇena ṭhapesi.

28. Ekuttariyaṃ pana ekanipātasaṅgītidasuttarasuttantehi samodhānetvā Abhidhammikattherāṇaṃ suttantaṃ patvā akilamanatthaṃ ṭhapitā. Te pan'ete ekasmiṃ nikkhepakaṇḍe yeva matthakaṃ pāpetvā vibhattā sesaṭṭhānesu yāva saraṇā dukā Abhidhammo vibhatto. Sammāsambuddhena hi anulomapaṭṭhāne dvāvīsati tike nissāya tikapaṭṭhānaṃ nāma niddiṭṭhaṃ, sataṃ duke nissāya dukapaṭṭhānaṃ nāma niddiṭṭhaṃ. Tato paraṃ dvāvīsati tike gahetvā dukasate pakkhipitvā dukatikapaṭṭhānaṃ nāma dassitaṃ.

Tato dukasataṃ gahetvā dvāvīsatiyā tikesu pakkhipitvā tikadukapaṭṭhānaṃ nāma dassitaṃ.

29. Tike pana tikesu yeva pakkhipitvā tikatikapaṭṭhānaṃ nāma dassitaṃ.

30. Duke ca dukesu yeva pakkhipitvā dukadukapaṭṭhānaṃ nāma dassitaṃ evaṃ. Tikañ ca paṭṭhānavaraṃ dukuttamaṃ dukan tikañ c'eva tikaṃ dukañ ca tikaṃ tikañ c'eva dukaṃ dukañ ca cha anulomamhi nayā sugambhīrā. Paccanīkapaṭṭhāne pi dvāvīsati tike nissāya tikapaṭṭhānaṃ nāma.

31. Dukasataṃ nissāya dukapaṭṭhānaṃ nāma dvāvīsati tike dukasate pakkhipitvā dukatikapaṭṭhānaṃ nāma.

Dukasataṃ dvāvīsatiyā tikesu pakkhipitvā tikatikapaṭṭhānaṃ nāma. Dukesu pakkhipitvā dukadukapaṭṭhānaṃ nāmā ti paccanīke pi chahi nayehi paṭṭhānaṃ niddiṭṭhaṃ. Tena vuttaṃ: Tikañ ca paṭṭhānavaraṃ dukuttamaṃ dukaṃ tikaṃ c'eva tikaṃ dukañ ca tikaṃ tikañ c'eva dukaṃ dukañ ca cha paccanīkamhi nayā sugambhīrā ti.

Tato paraṃ anulomapaccanīke pi eten' eva upāyena cha nayā dassitā.

Ten'āha: Tikañ ca paṭṭhānavaraṃ dukuttamaṃ dukaṃ tikañ c'eva tikaṃ dukañ ca tikaṃ tikaṃ c'eva dukaṃ dukañ ca cha anulomapaccanīkamhi nayā sugambhīrā ti.

32. Tadanantaraṃ paccanīkānulomamhi eten' eva chahi nayehi niddiṭṭhaṃ.

Ten'āha: Tikañ ca paṭṭhānavaraṃ dukuttamaṃ dukan tikañ c'eva tikaṃ dukañ ca tikan tikañ c'eva dukaṃ dukañ ca cha paccanīkānulomamhi nayā sugambhīrā ti.

Evaṃ anulome cha paṭṭhānāni paṭilome cha anulomapaccanīye cha paccanīyaanulome cha paṭṭhānānī ti idaṃ catuvīsatisamantapaṭṭhānaṃ samodhānaṃ Mahāpakaraṇaṃ nāma.

33. Idāni imassa Abhidhammassa gambhīrabhāvavijānanatthaṃ cattāro sāgarā veditabbā: Saṃsārasāgaro jalasāgaro nayasāgaro ñāṇasāgaro ti.

34. Tattha saṃsārasāgaro nāma:

Khandhānaṃ paṭipāṭi dhātuāyatanāni ca abbocchinnaṃ vattamānaṃ saṃsāro ti pavuccatī ti evaṃ vuttaṃ saṃsāravaṭṭaṃ. Svāyam yasmā imesaṃ sattānaṃ uppattiyā purimā koṭi na paññāyati ettakānam hi vassasatānaṃ vā vassasahassānaṃ vā vassasatasahassānaṃ vā kappasatānaṃ vā kappasahassānaṃ vā kappasatasahassānaṃ vā matthake sattā uppannā tato pubbe nāhesun ti vā asukassa nāma rañño kāle uppannā asukassa buddhassa kāle uppannā tato pubbe nāhesun ti vā ayaṃ paricchedo n'atthi. Purimā bhikkhave koṭi na paññāyati avijjāya ito pubbe avijjā nāhosi atha pacchā sambhavī ti iminā pana nayena ayaṃ saṃsārasāgaro anamataggo va.

35. Mahāsamuddo pana jalasāgaro nāmā ti veditabbo. So caturāsītiyojanasahassāni gambhīro. Tattha udakassa āḷhakasatehi vā āḷhakasahassehi va āḷhakadasasahassehi vā āḷhakasatasahassehi vā pamāṇaṃ nāma natthi.

Atha kho asaṅkheyyo appameyyo mahāudakakkhandho tveva saṅkhyaṃ gacchati. Ayaṃ jalasāgaro nāma.

36. Katamo nayasāgaro? Tepiṭakaṃ buddhavacanaṃ. Dve hi tantiyo paccavekkhantānaṃ saddhāsampannānaṃ pasādabahulānaṃ ñāṇuttarānaṃ kulaputtānaṃ anantaṃ pītisomanassaṃ uppajjati. Katarā dve? Vinayañ ca Abhidhammañ ca. Vinayadharabhikkhūnaṃ hi vinayatantiṃ paccavekkhantānaṃ dosānurūpaṃ sikkhāpadapaññāpanaṃ nāma imasmiṃ dose imasmiṃ vītikkamo idaṃ nāma hotī ti paññāpanaṃ aññesaṃ avisayo buddhānaṃ eva visayo ti.

37. Uttarimanussadhammapeyyālaṃ paccavekkhantānaṃ nīlapeyyālaṃ paccavekkhantānaṃ sañcarittapeyyālaṃ paccavekkhantānaṃ anantaṃ pītisomanassaṃ uppajjati. Abhidhammikabhikkhūnam pi khandhantaraṃ āyatanantaraṃ dhātvantaraṃ indriyantaraṃ balabojjhaṅgakammavipākantaraṃ rūpārūpaparicchedaṃ saṇhasukhumaṃ dhammaṃ gagaṇatale tārakarūpāni ganthanto viya rūpārūpadhamme pabbapabbaṃ koṭṭhāsakoṭṭhāsaṃ katvā vibhajento dassesi vata no satthā ti.

38. Abhidhammatantipaccavekkhantānaṃ anantam pītisomanassam uppajjati. Evaṃ uppattiyā pan'assa idaṃ vatthum pi veditabbaṃ. Mahagatimhayatissadattatthero[1]

---

[1] Mahāgatiddhayat°, T; Mahāgatigamiyatissatthero, M.

kira nāma mahābodhiṃ vandissāmī ti paratīraṃ gacchanto nāvāya upari tīre nisinno mahāsamuddaṃ olokesi. Ath' assa tasmiṃ samaye n'eva paratīraṃ paññāyittha na orimatīraṃ, ūmippabhedasamuggatajalacuṇṇaparikiṇṇo pana pasāritarajatapaṭṭasumanapupphasantharasadiso mahāsamuddo va paññāyittha. So 'kin nu kho mahāsamuddassa ūmivego balavā udāhu catuvīsatibhede samantapaṭṭhāne nayamukhaṃ balavan ti' cintesi. Ath' assa mahāsamuddassa paricchedo paññāyati. Ayaṃ hi heṭṭhā paṭhaviyā paricchinno upari ākāse na, ekato cakkavāḷapabbatena ekato velantena paricchinno. Samantapaṭṭhānassa pana paricchedo na paññāyatī ti.

39. Saṇhasukhumaṃ dhammaṃ paccavekkhantassa balavappīti uppannā. So pītiṃ vikkhambhetvā vipassanaṃ vaḍḍhetvā yathā nisinno va sabbe kilese khepetvā aggaphale arahatte patiṭṭhāya udānaṃ udānesi:

Atthena gambhīragataṃ sududdasaṃ
Sayaṃ abhiññāya sahetusambhavaṃ
Yathānupubbaṃ nikhilena desitaṃ
Mahesinā rūpagataṃ va passatī ti.

Ayaṃ nayasāgaro nāma.

40. Katamo ñāṇasāgaro? Sabbaññutaññāṇaṃ ñāṇasāgaro nāma. Ayaṃ saṃsārasāgaro nāma. Ayaṃ jalasāgaro nāma. Ayaṃ nayasāgaro nāma ti hi aññena na sakkā jānituṃ. Sabbaññutaññāṇen' eva sakkā jānitun ti sabbaññutaññāṇaṃ ñāṇasāgaro nāma. Imesu catūsu sāgaresu imasmiṃ ṭhāne nayasāgaro adhippeto. Imaṃ hi sabbaññubuddhā eva paṭivijjhanti. Ayam pi bhagavā bodhimūle nisinno 'imaṃ paṭivijjhitvā imaṃ vata me dhammam esantassa gavesantassa kappasatasahassādhikāni cattāri asaṅkheyyāni vītivattāni, atha me imasmiṃ pallaṅke nisinnena diyaḍḍhaṃ kilesasahassaṃ khepetvā ayaṃ dhammo paṭividdho ti' paṭividdhadhammaṃ paccavekkhanto sattāhaṃ ekapallaṅkena nisīdi. Tato tasmā pallaṅkā vuṭṭhāya 'imasmiṃ vata me pallaṅke sabbaññutaññāṇaṃ paṭividdhan ti' animisehi cakkhūhi sattāhaṃ pallaṅkaṃ olokento aṭṭhāsi. Tato devatānam 'ajjā pi nūna Siddat-

thassa kattabbakiccaṃ atthi, pallaṅkasmiṃ hi ālayaṃ na vijahatī ti ' parivitakko udapādi.[1]

Satthā devatānaṃ vitakkaṃ ñatvā tāsam vitakkaṃ vūpasamanatthāya vehāsaṃ abbhuggantvā yamakapāṭihāriyaṃ dassesi. Mahābodhipallaṅkasmiṃ hi katapāṭihāriyañ ca ñātisamāgame katapāṭihāriyañ ca Pāṭikaputtasamāgame katapāṭihāriyañ ca sabbaṃ Gaṇḍambarukkhamūle yamakapāṭihāriyasadisam eva ahosi. Evaṃ yamakapāṭihāriyaṃ katvā pallaṅkassa ca ṭhitaṭṭhānassa ca antare ākāsato oruyha sattāhaṃ caṅkami. Imesu ekavīsatiyā divasesu ekadivase pi satthu sarīrato rasmiyo na nikkhantā. Catutthe pana sattāhe pacchimuttarāya disāya ratanagbare nisīdi. Ratanagharaṃ nāma sattaratanamayaṃ gehaṃ sattannaṃ pana pakaraṇānaṃ sammasitaṭṭhānaṃ ratanagharan ti veditabbam.[2] Tattha Dhammasaṅgaṇiṃ sammasantassā pi sarīrato rasmiyo na nikkhantā, Vibhaṅgappakaraṇaṃ Dhātukathaṃ Puggalapaññattiṃ Kathāvatthupakaraṇaṃ Yamakappakaraṇaṃ sammasantassā pi sarīrato rasmiyo na nikkhantā.

Yadā pana Mahāpakaraṇaṃ oruyha hetupaccayo ārammaṇapaccayo . . . pe . . . avigatapaccayo ti sammasanaṃ ārabhi ath' assa catuvīsatisamantapaṭṭhānaṃ sammasantassa ekantato sabbaññutañāṇaṃ Mahāpakaraṇe yeva okāsaṃ labhi. Yathā hi timiratimiṅgalamahāmaccho caturāsītiyojanasahassagambhīre mahāsamudde yeva okāsaṃ labhati evameva sabbaññutaññāṇaṃ ekantato Mahāpakaraṇe yeva okāsaṃ labhi.

41. Satthu evaṃ laddhokāsena sabbaññutañāṇena yathā sukhaṃ saṇhasukhumadhammaṃ sammasantassa sarīrato nīlapītalohitodātamañjeṭṭhapabhassaravasena chabbaṇṇarasmiyo nikkhamiṃsu. Kesamassūhi c'eva akkhīnañ ca nīlaṭṭhānehi nīlarasmiyo nikkhamiṃsu. Yāsaṃ vasena gaganatalaṃ añjanacuṇṇasamokiṇṇaṃ viya ummāpupphanīluppaladalasañchannaṃ viya vītipatantaṃ maṇitālavaṇṭaṃ viya sampasāritamecakapaṭaṃ viya ca ahosi. Chavito c'eva akkhīnañ ca pītakaṭṭhānehi

[1] Jāt. I. 77. [2] Jāt. I. 78.

pītakarasmiyo nikkhamiṃsu. Yāsaṃ vasena disābhāgā suvaṇṇarasanisiñcamānā viya suvaṇṇapaṭaparivāritā viya kuṅkumacuṇṇakaṇikārapupphasamparikiṇṇā[1] viya ca virociṃsu. Maṃsalohite c'eva akkhīnañ ca rattaṭṭhānehi lohitarasmiyo nikkhamiṃsu. Yāsaṃ vasena disābhāgā cīnapiṭṭhacuṇṇarañjitā viya supakkalākhārasanisiñcamānā viya rattakambalaparikkhittā viya jayasumanapālibhaddakabandhujīvakakusumasamparikiṇṇā viya ca virociṃsu. Aṭṭhīhi c'eva dantehi ca akkhīnañ ca setaṭṭhānehi odātarasmiyo nikkhamiṃsu. Yāsaṃ vasena disābhāgā rajatakūṭehi āsiñcamānā khīradhārāsamparikiṇṇā viya pasāritarajatapaṭavitānā viya vītipatautarajatatālavaṇṭā viya kundakumudasindhuvārasumanamallikādikusumasañchannā viya virociṃsu. Mañjeṭṭhapabhassarā pana tamhā tamhā sarīrappadesā nikkhamiṃsu. Iti tā chabbaṇṇarasmiyo nikkhamitvā ghanamahāpathaviṃ gaṇhiṃsu. Catunahutādhikadviyojanasatasahassabahalā mahāpathavī niddhantasuvaṇṇapiṇḍī viya ahosi. Paṭhaviṃ bhinditvā heṭṭhā udakaṃ gaṇhiṃsu. Paṭhavīsanthārakaṃ aṭṭhanahutādhikacatuyojanasatasahassabahalaṃ udakaṃ suvaṇṇakalasehi āsiñcamānaṃ viya vilīnasuvaṇṇaṃ viya ahosi.

42. Udakaṃ pi vinivijjhitvā vātaṃ aggahesuṃ. Channahutādhikanavayojanasatasahassabahalo vāto samussitasuvaṇṇakkhandho viya ahosi. Vātaṃ vinivijjhitvā heṭṭhā ajaṭākāsaṃ pakkhandiṃsu. Uparibhāgena uggantvā pi cātummahārājike gaṇhiṃsu. Te vinivijjhitvā Tāvatiṃse tato Yāme tato Tusite tato Nimmānaratī tato Paranimmitavasavattī tato nava Brahmaloke tato Vehapphale tato pañca suddhāvāse vinivijjhitvā cattāro āruppe gaṇhiṃsu. Cattāro ca āruppe vinivijjhitvā ajaṭākāsaṃ pakkhandiṃsu, tiriyabhāgehi anantalokadhātuyo pakkhandiṃsu. Ettakesu ṭhānesu candamhi candappabhā natthi, suriye suriyappabhā natthi, tārakarūpesu tārakarūpappabhā natthi, devatānaṃ uyyānavimānakapparukkhesu sarīresu ābharaṇesū ti sabbattha pabhā natthī ti sahassī mahāsahassī lokadhātuyo ālokaṃ pharaṇasamattho Mahābrahmā pi

[1] Kukuṭṭhacuṇṇaka°, T.; kaṅkuṭṭhacuṇṇakaṇikāra°, M.

suriyuggamane khajjopanako viya ahosi. Candasuriyatārakarūpadevatuyyānavimānakapparukkhānaṃ paricchedakamatthakam eva paññāyittha, ettakaṃ ṭhānaṃ buddharasmīhi yeva ajjhotthatam ahosi ayañ ca neva buddhānaṃ adhiṭṭhānaiddhi bhāvanāmayā iddhi. Saṇhasukhumadhammaṃ pana sammasato Lokanāthassa lohitaṃ pasīdi, vatthurūpaṃ pasīdi, chavivaṇṇo pasīdi, cittasamuṭṭhānā vaṇṇadhātu samantā asītihatthamatte padese niccalā aṭṭhāsi.

Iminā nīhārena sattāhaṃ satta rattindivāni sammasitadhammo kittako ahosī ti? Aparimāṇo ahosi. Ayaṃ tāva manasā desanā nāma. Satthā pana evaṃ sattāhaṃ manasā cintitadhammaṃ vacībhedaṃ katvā desento vassasatena pi vassasahassena pi matthakaṃ pāpetvā desetuṃ na sakkotī ti na vattabbaṃ. Aparabhāgasmiṃ hi Tathāgato Tāvatiṃsabhavane pāricchattakamūle paṇḍukambalasilāyaṃ dasasahassacakkavāḷadevatānaṃ majjhe nisinno mātaram kāyasakkhiṃ katvā desento satabhāgena sahassabhāgena satasahassabhāgena dhammantarāya saṃkamitvā saṃkamitvā desesi. Tayo māse nirantaraṃ pavattā desanā vegena pavatta-ākāsa-Gaṅgā viya adhomukhaṃ ṭhapitaudakaghaṭā nikkhamantā udakadhārā viya ca hutvā anantā aparimāṇā ahosi. Buddhānaṃ hi sattānumodanakāle pi thokaṃ vaḍḍhetvā anumodantānaṃ desanā dīghamajjhimappamāṇā hoti. Pacchābhattaṃ pana sampattaparisāya dhammaṃ desento desanā saṃyuttaekuttarikadvemahānikāyappamāṇā va hoti. Kasmā? Buddhānaṃ hi bhavaṅgaparivāso lahuko, dantāvaraṇaṃ suphassitaṃ, mukhādhānaṃ siliṭṭhaṃ, jivhā mudukā, saro madhuro, vacanaṃ lahu parivattaṃ, tasmā taṃ muhuttaṃ desitadhammo pi ettako hoti temāsaṃ desitadhammo pana aparimāṇo yeva.

43. Ānandatthero hi bahussuto tipiṭakadharo pañcadasa gāthāsahassāni saṭṭhi padasahassāni latāpupphāni ākaḍḍhanto viya ṭhitapaden' eva ṭhatvā gaṇhāti vāceti deseti. Ettako therassa eko uddesamaggo nāma hoti. Therassa hi anupadaṃ uddesaṃ dadamāno añño dātuṃ na sakkoti na sampāpuṇāti, Sammāsambuddho va sampāpuṇeyya. Evaṃ adhimattasatimā adhimattagatimā adhi-

mattadhitimā tathāvidhasāvako. Satthārā temāsaṃ iminā nīhārena desitadesanaṃ vassasahassaṃ uggaṇhanto pi matthakaṃ pāpetuṃ na sakkoti. Evaṃ temāsaṃ nirantaraṃ desentassa pana Tathāgatassa kabaḷiṅkārāhārapaṭibaddhaṃ upādinnakasarīraṃ kathaṃ yāpesī ti? Paṭijagganen' eva.

44. Buddhānaṃ hi so so kālo suvavatthito suparicchinno supaccakkho. Tasmā Bhagavā dhammaṃ desento va manussaloke kālaṃ oloketi. So bhikkhācāravelaṃ sallakkhetvā nimmitabuddhaṃ māpetvā 'Imassa cīvaragahaṇaṃ pattagahaṇaṃ sarakutti ākappo ca evarūpo nāma hotu, ettakaṃ nāma dhammaṃ desetū ti ' adhiṭṭhāya pattacīvaraṃ ādāya Anotattadahaṃ gacchati. Devatā nāgalatādantakaṭṭhaṃ denti. Taṃ khāditvā Anotattadahe sarīraṃ paṭijaggitvā manosilātale ṭhito surattadupaṭṭaṃ nivāsetvā cīvaraṃ pārupitvā catumahārājadattiyaṃ selamayapattaṃ ādāya Uttarakuruṃ gacchati. Tato piṇḍapātaṃ āharitvā Anotattadahatīre nisinno paribhuñjitvā divāvihārāya candanavanaṃ gacchati. Dhammasenāpati-Sāriputtatthero pi tattha gantvā Sammāsambuddhassa vattaṃ katvā ekamantaṃ nisīdi. Ath' assa satthā nayaṃ deti. ' Sāriputta ettha ko dhammo desito ti ' ācikkhati. Evaṃ Sammāsambuddhena nayaṃ dente paṭisambhidāpattassa aggasāvakassa velante ṭhitvā hatthaṃ pasāretvā dassitasamuddasadisaṃ nayadānaṃ hoti. Therassa pi nayasatena nayasahassena Bhagavatā desitadhammo upaṭṭhāti yeva. ' Satthā divāvihāraṃ nisīditvā dhammaṃ desetvā pattacīvaraṃ ādāya kāya velāya gacchatī ti? ' Sāvatthivāsīnaṃ sampattānaṃ kulaputtānaṃ dhammadesanavelā nāma atthi. Tāya velāya gacchati. Dhammaṃ desetvā gacchantaṃ vā āgacchantaṃ vā koci jānātī ti? Mahesakkhā devatā jānanti. Appesakkhā devatā na jānanti. Kasmā na jānantī ti? Sammāsambuddhassa vā nimmitabuddhassa vā rasmiyādisu nānattābhāvā ubhinnaṃ pi tesaṃ rasmīsu vā saresu vā vacanesu vā nānattaṃ natthi. Sāriputtatthero pi Satthārā desitaṃ dhammaṃ āharitvā attano saddhivihārikānaṃ pañcannaṃ bhikkhusatānaṃ desesi. Tesaṃ ayaṃ pubbayogo.

45. Te kira Kassapadasabalassa kāle Khuddakavagguliyoniyaṃ nibbattā pabbhāre olambantā dvinnam Ābhidhammikabhikkhūnam Abhidhammaṃ sajjhāyantānaṃ sare nimittaṃ gahetvā kaṇhapakkhaṃ vā sukkapakkhaṃ vā ajānitvā pi sare nimittagāhamattaken' eva kālaṃ katvā devaloke nibbattiṃsu. Ekaṃ buddhantaraṃ devaloke vasitvā tasmiṃ kāle manussaloke nibbattā yamakapāṭihāriye pasīditvā therassa santike pabbajiṃsu. Thero Satthārā desitaṃ dhammaṃ āharitvā tesaṃ desesi. Sammāsambuddhassa Abhidhammadesanā pariyosānañ ca tesaṃ bhikkhūnaṃ sattappakaraṇauggahaṇañ ca ekappahāren' eva ahosi. Abhidhamme vācanāmaggo nāma Sāriputtattherappabhavo Mahāpakaraṇagaṇanacāro pi theren' eva ṭhapito. Thero pi iminā nīhārena dhammantaraṃ amakkhetvā va sukhaṃ gahetuṃ dhāretuṃ pariyāpuṇituṃ vācetuṃ ca hotī ti gaṇanacāraṃ ṭhapesi. Evaṃ sante thero va paṭhamataraṃ Ābhidhammiko hotī ti? Na hoti. Sammāsambuddho va paṭhamataraṃ Ābhidhammiko. So hi naṃ Mahābodhipallaṅke nisīditvā paṭivijjhi buddho hutvā ca pana sattāhaṃ ekapallaṅke nisinno Udānam udānesi:

Yadā have pātubhavanti dhammā
ātāpino jhāyato brāhmaṇassa
Ath' assa kaṅkhā vapayanti sabbā
yato pajānāti sa hetudhammam.
Yadā have pātubhavanti dhammā
ātāpino jhāyato brāhmaṇassa
ath' assa kaṅkhā vapayanti sabbā
yato khayaṃ paccayānaṃ avedi.
Yadā have pātubhavanti dhammā
ātāpino jhāyato brāhmaṇassa
vidhūpayaṃ tiṭṭhati Mārasenaṃ
suriyo va obhāsayam antalikkhan ti.[1]

Idaṃ paṭhamabuddhavacanaṃ nāma.

---

[1] Mahāvagga I. 1. 3.

46. Dhammapadabhāṇakā pana

Anekajātisaṃsāraṃ sandhāvissaṃ anibbisaṃ
gahakārakaṃ gavesanto. Dukkhā jāti punappunaṃ.
Gahakāraka diṭṭho 'si puna gehaṃ na kāhasi,
Sabbā te phāsukā bhaggā gahakūṭaṃ visaṅkhitaṃ,
visaṅkhāragataṃ cittaṃ taṇhānaṃ khayam ajjhagā ti[1]

Idaṃ paṭhamabuddhavacanaṃ nāmā ti vadanti.

Yamakasālānam antare nipannena parinibbānasamaye: Handa dāni bhikkhave āmantayāmi vo 'vayadhammā saṅkhārā, appamādena sampādethā' ti vuttavacanaṃ pacchimabuddhavacanaṃ nāma.[2]

Ubhinnaṃ antare pañcacattālīsa vassāni pupphadāmaṃ ganthentena viya kathito amatappakāsano saddhammo majjhimabuddhavacanaṃ nāma. Taṃ sabbesam pi saṅgayhamānaṃ piṭakato tīni piṭakāni honti, nikāyato pañca nikāyā, aṅgato nav'aṅgāni, dhammakkhandhato caturāsīti dhammakkhandhasahassāni. Kathaṃ? Sabbam pi h'etaṃ piṭakato Vinayapiṭakaṃ Suttantapiṭakaṃ Abhidhammapiṭakan ti tippabhedam eva hoti.

47. Tattha ubhayāni Pātimokkhāni dve Vibhaṅgāni dvāvīsati Khandhakā soḷasa Parivārā ti idaṃ Vinayapiṭakaṃ nāma.

Brahmajālādicatuttiṃsasuttasaṅgaho Dīgha-nikāyo, mūlapariyāyasuttādidiyaḍḍhasatadvesuttasaṅgaho Majjhima-nikāyo, Oghataraṇasuttādisattasuttasahassasattasatadvāsaṭṭhisuttasaṅgaho Saṃyutta-nikāyo, Cittapariyādānasuttādinavasuttasahassapañcasatasuttapaññāsasuttasaṅgaho Aṅguttara-nikāyo, Khuddakapāṭha-Dhammapada-Udāna-Itivuttaka-Sutta-nipāta-Vimānavatthu-Petavatthu-Theratherīgāthā-Jātaka-Niddesa-Paṭisambhidā-Apadāna-Buddhavaṃsa-Cariyāpiṭakappabhedo Khuddaka-nikāyo ti idaṃ Suttantapiṭakaṃ nāma.

Dhammasaṅgaṇiādīni satta pakaraṇāni Abhidhammapiṭakaṃ nāma.

---

[1] Dhp. vs. 153, 154. [2] Mahāparinibbāna. VI. 10.

48. Tattha

Vividhavisesanayattā vinayanato c'eva kāyavācānaṃ vinayatthaviddūhi ayaṃ vinayo Vinayo ti akkhāto.

Vividhā hi ettha pañcavidha-Pātimokkhuddesa-Pārājikādi-satta-āpattikkhandha-mātikā vibhaṅgādippabhedanāya visesabhūtā va daḷhikammasithilīkaraṇappayojanā anuppaññattinayā, kāyikavācasika - ajjhācāranisedhanato c'esa kāyaṃ vācañ ca vineti. Tasmā vividhanayattā visesanayattā kāyavācānañ ca vinayanato Vinayo ti akkhāto.

Ten' etam etassa vacanatthakosallatthaṃ vuttaṃ.

Vividhavisesanayattā vinayanato c'eva kāyavācānaṃ vinayatthaviddūhi ayaṃ vinayo Vinayo ti akkhāto ti.

49. Itaraṃ pana:

Atthānaṃ sūcanato suvuttato savanato 'tha sūdanato suttāṇāsuttasabhāgato ca suttaṃ Suttan ti akkhātaṃ.

Taṃ hi attatthaparatthādibhede atthe sūceti. Suvuttā c'ettha atthā veneyyajjhāsayānulomena vuttattā. 'Pasavati c'etaṃ atthe sassam iva phalaṃ pasavatī ti' vuttaṃ hoti. 'Sūdati c'etaṃ te dhenu viya khīraṃ paggharatī ti' vuttaṃ hoti. 'Suṭṭhu ca ne tāyati rakkhatī ti' vuttaṃ hoti. Suttasabhāgañ c'etaṃ yathā hi tacchakānaṃ suttaṃ pamāṇaṃ hoti evaṃ etam pi viññūnaṃ, yathā ca suttena saṅgahītāni pupphāni na vikirīyanti na viddhaṃsiyanti evam etena saṅgahītā atthā. Ten' etaṃ etassa vacanatthakosallatthaṃ vuttaṃ.

Atthānaṃ sūcanato suvuttato savanato' tha sūdanato suttāṇāsuttasabhāgato ca suttaṃ Suttan ti akkhātan ti.

50. Abidhammassa vacanattho vutto yeva aparo pana nayo.

Yaṃ ettha vuḍḍhimato salakkhaṇā pūjitā parichinnā vuttā adhikā ca dhammā Abhidhammo tena akkhāto.

Ayaṃ hi abhisaddo vuḍḍhisalakkhaṇapūjitaparicchinnādhikesu dissati. Tathā h'esa 'bāḷhā me āvuso dukkhā vedanā abhikkamanti 'ti ādisu vuḍḍhiyaṃ āgato. 'Yā tā rattiyo abhiññātā abhilakkhitā' ti ādisu salakkhaṇo. 'Rājābhirājā manujindo' ti ādisu pūjite. 'Paṭibalo vinetuṃ Abhidhamme Abhivinaye'ti ādisu paricchinne. 'Aññamaññasaṅkaravirahite dhamme ca vinaye cā ti' vuttaṃ hoti. 'Abhikkantena vaṇṇenā ti' ādisu adhike. Ettha ca 'rūpūpapattiyā maggaṃ bhāveti, mettā-sahagatena cetasā ekaṃ disaṃ pharitvā viharati ti' ādinā nayena vuḍḍhimanto pi dhammā vuttā. 'Rūpārammaṇaṃ vā saddārammaṇaṃ vā'ti ādinā nayena ārammaṇādīhi lakkhaṇīyattā salakkhaṇā pi. 'Sekkhā dhammā asekkhā dhammā lokuttarā dhammā' ti ādinā nayena pūjitā pi pūjārahā ti adhippāyo. 'Phasso hoti vedanā hoti ti' ādinā nayena sabhāvaparichinnattā parichinnā pi. 'Mahaggatā dhammā, appamāṇā dhammā, anuttarā dhammā' ti ādinā nayena adhikā pi dhammā vuttā. Ten' etam etassa vacanassa kosallatthaṃ vuttaṃ:

Yaṃ ettha vuḍḍhimanto salakkhaṇā pūjitā parichinnā
vuttādhikā ca dhammā Abhidhammo tena akkhāto ti.

51. Yaṃ pan' ettha avasiṭṭhaṃ taṃ

Piṭakam piṭakatthavidū pariyattibhājanatthato āhu
tena samodhānetvā tayo pi Vinayādayo ñeyyā.

Pariyatti pi hi 'mā piṭakasampadānenā' ti ādisu piṭakan ti vuccati.

Atha 'puriso āgaccheyya kuddālapiṭakaṃ ādāyā ti' ādisu yaṃ kiñci bhājanam pi. Tasmā:

'Piṭakaṃ piṭakatthavidū pariyattibhājanatthato āhu.' Idāni 'tena samodhānetvā tayo pi Vinayādayo ñeyyā' ti.

Tena evaṃ duvidhatthena piṭakasaddena saha samāsaṃ katvā Vinayo ca so piṭakañ ca pariyattibhāvato tassa atthassa bhājanato cā ti Vinayapiṭakaṃ. Yathā vutten' eva nayena suttañ ca taṃ piṭakañ cā ti Suttapiṭakaṃ. Abhidhammo ca so piṭakañ cā ti Abhidhammapiṭakan ti. Evam ete tayo pi Vinayādayo ñeyyā.

Evaṃ ñatvā ca pana pi tesu yeva piṭakesu nānappakārakosallatthaṃ.

Desanāsāsanakathābhedaṃ tesu yathāraham
sikkhāppahānagambhīrabhāvañ ca paridīpaye.
Pariyattibhedaṃ sampattiṃ vipattiṃ cā ti yaṃ yahiṃ
pāpuṇāti yathā bhikkhu tam pi sabbaṃ vibhāvaye.

52. Tatthāyam paridīpanā vibhāvanā ca. Etāni hi tīni piṭakādīni yathākkamaṃ āṇāvohāraparamatthadesanā yathāparādhayathānulomayathādhammasāsanāni saṃvarāsaṃvaradiṭṭhiviniveṭhananāmarūpaparicchedakathā ti vuccanti. Ettha hi Vinayapiṭakaṃ āṇāraheṇa Bhagavatā āṇābāhullato desitattā āṇādesanā, Suttantapiṭakaṃ vohārakusalena Bhagavatā vohārabāhullato desitattā vohāradesanā, Abhidhammapiṭakaṃ paramatthakusalena Bhagavatā paramatthabāhullato desitattā paramatthadesanā ti vuccati.

Tathā paṭhamaṃ ye te pacurāparādhā sattā te yathāparādhaṃ ettha sāsitā ti yathāparādhasāsanaṃ, dutiyaṃ anekajjhāsayānusayacaritādhimuttikā sattā yathānulomaṃ ettha sāsitā ti yathānulomasāsanam, tatiyaṃ dhammapuñjamatte ahaṃ mamā ti saññino sattā yathādhammaṃ ettha sāsitā ti yathādhammasāsanan ti vuccati.

Tathā paṭhamaṃ ajjhācārapaṭipakkhabhūto saṃvarāsaṃvaro ettha kathito ti saṃvarāsaṃvarakathā. Saṃvarāsaṃvaro ti khuddako c'eva mahanto ca saṃvaro kammākammaṃ viya phalāphalaṃ viya ca.

Dutiyaṃ dvāsaṭṭhi-diṭṭhi-paṭipakkhabhūtā diṭṭhiviniveṭhanā ettha kathitā ti diṭṭhiviniveṭhanakathā.

Tatiyaṃ rāgādi-paṭipakkhabhūto nāmarūpaparicchedo ettha kathito ti nāmarūpaparicchedakathā ti vuccati.

53. Tīsu pi ca etesu tisso sikkhā tīṇi pahānāni catubbidho gambhīrabhāvo veditabbo. Tathā hi Vinayapiṭake visesena adhisīlasikkhā vuttā, Suttantapiṭake adhicittasikkhā, Abhidhammapiṭake adhipaññāsikkhā. Vinayapiṭake ca

vītikkamappahānaṃ kilesānam vītikkamapaṭipakkhattā sīlassa, Suttantapiṭake pariyuṭṭhānappahānaṃ pariyuṭṭhānapaṭipakkhattā samādhissa, Abhidhammapiṭake anusayappahānaṃ anusayapaṭipakkhattā paññāya.

Paṭhame ca tadaṅgappahānaṃ kilesānaṃ itaresu vikkhambhanasamucchedappahānāni, paṭhame duccaritasaṅkilesassa pahānaṃ itaresu taṇhādiṭṭhisaṅkilesānaṃ. Ekamekasmiṃ c'ettha catubbidho pi dhammatthadesanāpaṭivedhagambhīrabhāvo veditabbo.

Tattha dhammo ti tanti, attho ti tassā yev' attho, desanā ti tassā manasā vavatthāpitāya tantiyā desanā, paṭivedho ti tantiyā tantiatthassa ca yathābhūtāvabodho. Tīsu pi c'etesu piṭakesu ete dhammatthadesanā paṭivedhā yasmā sasādīhi viya mahāsamuddo mandabuddhīhi dukkhogāḷhā alabbhaṇeyyapatiṭṭhā ca tasmā gambhīrā. Evaṃ ekamekasmiṃ ettha catubbidho pi gambhīrabhāvo veditabbo.

54. Aparo nayo. Dhammo ti hetu. Vuttaṃ h'etaṃ: hetumhi ñāṇaṃ dhammapaṭisambhidā. Attho ti hetuphalaṃ. Vuttaṃ h'etaṃ: hetuphale ñāṇaṃ atthapaṭisambhidā ti. Desanā ti paññatti. Yathādhammaṃ dhammābhilāpo ti adhippāyo, anulomapaṭilomasaṅkhepavitthārādivasena vā kathanaṃ.

Paṭivedho ti abhisamayo, so ca lokiyalokuttaro visayato ca asammohato ca atthānurūpaṃ dhammesu dhammānurūpam atthesu paññatti yathānurūpaṃ paññattisu avabodho. Tesaṃ tesaṃ vā tattha tattha vuttadhammānaṃ paṭivijjhitabbo salakkhaṇasaṅkhāto aviparītasabhāvo. Idāni yasmā etesu piṭakesu yaṃ yaṃ dhammajātaṃ atthajātaṃ vā yo cāyaṃ yathā yathā ñāpetabbo attho sotūnaṃ ñāṇassa abhimukho hoti, tathā tathā tadatthajotikā desanā, yo c'ettha aviparītāvabodhasaṅkhāto paṭivedho tesaṃ tesaṃ vā dhammānaṃ paṭivijjhitabbo salakkhaṇasaṅkhāto aviparītasabhāvo, sabbaṃ c'etaṃ anupacitakusalasambhārehi duppaññehi sasādīhi viya mahāsamuddo dukkhogāḷhaṃ alabbhaneyyappatiṭṭhañ ca, tasmā evam pi ekamekasmiṃ ettha catubbidho pi gambhīrabhāvo veditabbo. Ettāvatā ca:

Desanāsāsanākathābhedan tesu yathārahaṃ
sikkhāppahānagambhīrabhāvañ ca paridīpaye.[1]
Iti ayaṃ gāthā vuttatthā hoti.

55. Pariyattibhedaṃ sampattiṃ vipattiṃ cā pi yaṃ yahiṃ
pāpuṇāti yathā bhikkhu tam pi sabbaṃ vibhāvaye ti.

Ettha pana tīsu piṭakesu tividho pariyattibhedo daṭṭhabbo. Tisso hi pariyattiyo alagaddūpamā nissaraṇatthā bhaṇḍāgārikapariyatti ti. Tattha yā duggahītā upārambhādihetu pariyāputā alagaddūpamā. Yaṃ sandhāya vuttaṃ: Seyyathā pi nāma bhikkhave puriso alagaddatthiko . . . pe . . . so passeyya mahantaṃ alagaddaṃ. Tam enaṃ bhoge vā naṅguṭṭhe vā gaṇheyya. Tassa so alagaddo paṭiparivattitvā hatthe vā bāhāya vā aññatarasmiṃ vā aṅgapaccaṅge ḍaseyya. So tatonidānaṃ maraṇam vā nigaccheyya maraṇamattaṃ vā dukkhaṃ. Taṃ kissa hetu? duggahītattā bhikkhave alagaddassa. Evaṃ eva kho bhikkhave idh'ekacce moghapurisā dhammaṃ pariyāpuṇanti Suttaṃ . . . pe . . . Vedallaṃ. Te taṃ dhammaṃ pariyāpuṇitvā tesaṃ dhammānaṃ paññāya attham na upaparikkhanti. Tesaṃ te dhammā paññāya atthaṃ anupaparikkhataṃ na nijjhānaṃ khamanti. Te upārambhānisaṃsā c'eva dhammaṃ pariyāpuṇanti itivādappamokkhānisaṃsā ca. Yassa c'atthāya dhammaṃ pariyāpuṇanti tañ c'assa atthaṃ nānubhonti, tesan te dhammā duggahītā dīgharattaṃ ahitāya dukkhāya saṃvattanti. Taṃ kissa hetu? Duggahītattā bhikkhave dhammānan ti.

Yā pana sugahītā sīlakkhandhādipāripūriṃ yeva ākaṅkhamānena pariyāputā na upārambhādi-hetu ayaṃ nissaraṇatthā. Yaṃ sandhāya vuttaṃ: Tesaṃ te dhammā suggahītā dīgharattaṃ hitāya sukhāya saṃvattanti. Taṃ kissa hetu? Sugahītattā bhikkhave dhammānan ti.

56. Yaṃ pana pariññātakhandho pahīnakileso bhāvitamaggo

[1] Sumaṅgalavilāsinī p. 20. seq.

patividdhākuppo sacchikatanirodho khīṇāsavo kevalaṃ paveṇipālanatthāya vaṃsānurakkhaṇatthāya pariyāpuṇāti, ayaṃ bhaṇḍāgārikapariyatti ti. Vinaye pana suppaṭipanno bhikkhu sīlasampadaṃ nissāya tisso vijjā pāpuṇāti, tāsaṃ yeva ca tattha pabbedavacanato. Sutte suppaṭipanno samādhisampadaṃ nissāya cha abhiññā pāpuṇāti, tāsaṃ yeva ca tattha pabhedavacanato. Abhidhamme suppaṭipanno paññāsampadaṃ nissāya catasso paṭisambhidā pāpuṇāti, tāsaṃ yeva tattha pabhedavacanato.

Evaṃ etesu suppaṭipanno yathākkamena imaṃ vijjāttaya-cha-abhiññā-catupaṭisambhidāpabhedaṃ sampattiṃ pāpuṇāti.

57. Vinaye pana duppaṭipanno ananuññātasukhasamphassa-attharaṇapāpuraṇādiphassasāmaññato paṭikkhittesu upādiṇṇakaphassādisu anavajjasaññī hoti. Vuttam pi h'etaṃ: tathāhaṃ Bhagavatā dhammaṃ desitaṃ ājānāmi yathā ye 'me antarāyikā dhammā vuttā Bhagavatā te paṭisevato nālaṃ antarāyāyā ti. Tato dussīlābhāvaṃ pāpuṇāti.

Sutte duppaṭipanno cattāro 'me bhikkhave puggalā santo saṃvijjamānā lokasmiṃ ti ādisu adhippāyaṃ ajānanto duggahītaṃ gaṇhāti. Yaṃ sandhāya vuttaṃ: 'attanā duggahītena amhe ceva abbhācikkhati attānañ ca khaṇati bahuñ ca apuññaṃ pasavatī ti.' Tato micchādiṭṭhitaṃ pāpuṇāti.

Abhidhamme duppaṭipanno dhammacittaṃ atidhāvanto acinteyyāni pi cinteti. Tato cittavikkhepaṃ pāpuṇāti. Vuttaṃ h'etaṃ: 'Cattār' imāni bhikkhave acinteyyāni na cintetabbāni, yāni cintento ummādassa vighātassa bhāgī assā ti. Evam etesu duppatipanno yathākkamena imaṃ dussīlabhāva-micchādiṭṭhitā-cittakkhepabhedaṃ vipattiṃ pāpuṇātī ti. Ettāvatā

Pariyattibhedaṃ sampattiṃ vipattiṃ cāpi yaṃ yahiṃ
pāpuṇāti yathā bhikkhu tam pi sabbaṃ vibhāvaye ti.

Ayam pi gāthā vuttatthā hoti. Evaṃ nānappakārato piṭakāni ñatvā tesaṃ vasena sabbam p'etaṃ saṅgayhamānaṃ tīṇi piṭakāni honti.

58. Kathaṃ nikāyato pañca nikāyā ti? Sabbam eva h'etaṃ Dīghanikāyo Majjhimanikāyo Saṃyuttanikāyo Aṅguttaranikāyo Khuddakanikāyo ti pañcappabhedaṃ hoti.

Tattha katamo Dīghanikāyo? Tivaggasaṅgahāni Brahmajālādīni catuttiṃsa suttāni.

> Catuttiṃs'eva suttantā tivaggo yassa saṅgaho
> essa Dīghanikāyo ti paṭhamo anulomiko ti.

Kasmā pan' esa Dīghanikāyo ti vuccati? Dīghappamāṇānaṃ suttānaṃ samūhato nivāsato ca, samūhanivāsā hi nikāyo ti vuccanti. 'Nāhaṃ bhikkhave aññaṃ ekanikāyam pi samanupassāmi evaṃcittaṃ yathayidaṃ bhikkhave tiracchānagatapāṇāpoṇikanikāyo cikkhallikanikāyo' ti evamādīni c'ettha sādhakāni sāsanato lokato ca. Evaṃ sesānam pi nikāyabhāvo vacanattho veditabbo.

Katamo Majjhimanikāyo? Majjhimappamāṇāni pañcadasa vaggasaṅgahāni Mūlapariyāyasuttādīni diyaḍḍhasataṃ dve ca suttāni.

> Diyaḍḍhasatasuttantā dve ca suttāni yattha so
> nikāyo majjhimo pañcadasavaggapariggaho ti.

Katamo Saṃyuttanikāyo? Devatāsaṃyuttādivasena kathitāni Oghataraṇasuttādīni satta suttasahassāni satta ca suttasatāni dvāsaṭṭhi ca suttāni.

> Satta suttasahassāni satta suttasatāni ca
> dvāsaṭṭhi c'eva suttantā eso Saṃyuttasaṅgaho ti.

Katamo Aṅguttaranikāyo? Ekeka-aṅgātirekavasena kathitāni Cittapariyādānādīni nava suttasahassāni pañca suttasatāni sattapaññāsañ ca suttāni.

> Navasuttasahassāni pañca suttasatāni ca
> Sattapaññāsa suttāni saṅkhyā Aṅguttare ayaṃ.

Katamo Khuddakanikāyo? Sakalaṃ Vinayapiṭakaṃ Abhidhammapiṭakaṃ Khuddakapāṭha-Dhammapadādayo ca pubbe dassita-cuddasappabhedā, ṭhapetvā cattāro nikāye avasesaṃ buddhavacanan ti.

Ṭhapetvā caturo p'ete nikāye Dīgha-ādike
tadaññaṃ buddhavacanaṃ nikāyo Khuddako mato ti.
Evaṃ nikāyato pañca nikāyā honti.

59. Kathaṃ navaṅgāni ti? Sabbam eva h'idaṃ Suttaṃ Geyyaṃ Veyyākaraṇaṃ Gāthā Udānaṃ Itivuttakaṃ Jātakaṃ Abbhutadhammaṃ Vedallan ti navappabhedaṃ hoti. Tattha Ubhato-vibhaṅga-niddesakhandhakaparivārā Suttanipāte Maṅgalasutta-Ratanasutta-Nālakasutta-Tuvaṭakasuttāni aññam pi ca suttanāmakaṃ Tathāgatavacanaṃ Suttan ti veditabbaṃ. Sabbam pi sagāthakaṃ Suttaṃ Geyyan ti veditabbaṃ. Visesena Saṃyuttake sakalo pi sagāthāvaggo. Sakalaṃ pi Abhidhammapiṭakaṃ niggāthakaṃ suttañ ca yañ ca aññam pi aṭṭhahi aṅgehi asaṅgahitaṃ buddhavacanaṃ taṃ Veyyākaraṇan ti veditabbaṃ. Dhammapada-Theragāthā-Therīgāthā-Suttanipāte no suttanāmikā suddhikagāthā ca Gāthā ti veditabbā. Somanassañāṇamayika-gāthā-paṭisaṃyuttā dve asīti suttantā Udānan ti veditabbaṃ.

'Vuttaṃ h'etaṃ Bhagavatā' ti ādinayappavattā dasuttarasataṃ suttantā Iti-vuttakan ti veditabbaṃ.

Apaṇṇaka-jātakādīni paññāsādhikāni pañca jātakasatāni Jātakan ti veditabbaṃ.

'Cattāro ime bhikkhave acchariyā abbhutadhammā Ānande' ti ādinayappavattā sabbe pi acchariyabbhutadhammapaṭisaṃyuttā suttantā Abbhutadhamman ti veditabbaṃ.

Cullavedalla-Mahāvedalla-Sammādiṭṭhi-Sakkapañha-Saṅkhārabhājanīya-Mahāpuṇṇamasuttādayo sabbe pi vedañ ca tuṭṭhiñ ca laddhāladdhā pucchitasuttantā Vedallan ti veditabbaṃ.

Evam etaṃ aṅgato nava aṅgāni.

60. Kathaṃ dhammakhandhato caturāsīti dhammakkhandhasahassāni ti? Sabbam eva hi Buddhavacanaṃ

Dvāsītiṃ buddhato gaṇhiṃ dve sahassāni bhikkhuto caturāsīti sahassāni ye 'me dhammā pavattino ti.

Evaṃ paridīpitadhammakkhandhavasena caturāsītisahassappabhedaṃ hoti.

Tattha ekānusandhikaṃ suttaṃ eko dhammakkhandho. Yaṃ anekānusandhikaṃ tattha anusandhivasena dhammakkhandhagaṇanā.

Gāthābandhesu pañhapucchanaṃ eko dhammakkhandho, vissajjanaṃ eko. Abhidhamme ekamekaṃ tikadukabhājanaṃ ekamekañ ca cittavārabhājanaṃ eko dhammakkhandho.

Vinaye atthi vatthu, atthi mātikā, atthi padabhājaniyaṃ, atthi āpatti, atthi anāpatti, atthi tikacchedo, tattha ekameko koṭṭhāso ekameko dhammakkhandho ti veditabbo.

Evaṃ dhammakkhandhato caturāsīti dhammakkhandhasahassāni.

61. Evam etaṃ sabbam pi Buddhavacanaṃ pañcasatikasaṅgītikāle saṅgāyantena Mahākassapapamukhena vasīgaṇena 'idaṃ paṭhamabuddhavacanaṃ, idaṃ majjhimabuddhavacanaṃ, idaṃ pacchimabuddhavacanaṃ, idaṃ Vinayapiṭakaṃ, idaṃ Suttantapiṭakaṃ, idaṃ Abhidhammapiṭakaṃ, ayaṃ Dīghanikāyo . . . pe . . . ayaṃ Khuddakanikāyo, imāni suttādīni nav' aṅgāni, imāni caturāsīti dhammakkhandhasahassānī ti' imaṃ pabhedaṃ vavatthapetvā va saṅgītaṃ. Na kevalañ ca imam eva. Aññam pi uddānasaṅgaha-vaggasaṅgaha-peyyālasaṅgaha-ekanipātadukanipātādinipātasaṅgahasaṃyuttasaṅgahapaññāsasaṅgahādim anekavidhaṃ tīsu piṭakesu sandissamānasaṅgahappabhedaṃ vavatthapetvā va sattahi māsehi saṅgītaṃ. Saṅgītipariyosāne c'assa: 'Idaṃ Mahākassapattherena Dasabalassa sāsanaṃ pañcavassasahassaparimāṇakālaṃ pavattanasamatthaṃ kataṃ' ti sañjātappamodā, sādhukāraṃ viya dadamānā, ayaṃ mahāpaṭhavī udakapariyantaṃ katvā anekappakāraṃ saṅkampi sampakampi sampavedhi. Anekāni ca acchariyāni pāturahesuṃ.

62. Evaṃ saṅgīte pan' ettha ayaṃ Abhidhammo piṭakato Abhidhammapiṭakaṃ, nikāyato Khuddakanikāyo,

aṅgato Veyyākaraṇaṅgaṃ dhammakkhandhato katipayāni dhammakkhandhasahassāni hoti. Taṃ dhārayantesu bhikkhūsu pubbe eko bhikkhu sabbasāmayikaparisāya nisīditvā Abhidhammato suttaṃ āharitvā dhammaṃ kathento 'rūpakkhandho avyākato cattāro khandhā siyā kusalā siyā akusalā siyā avyākatā dasāyatanā avyākatā dve āyatanā siyā kusalā siyā akusalā siyā avyākatā soḷasa dhātuyo avyākatā dve dhātuyo siyā kusalā siyā akusalā siyā avyākatā samudayasaccaṃ akusalaṃ maggasaccaṃ kusalaṃ nirodhasaccaṃ avyākataṃ dukkhasaccaṃ siyā kusalaṃ siyā akusalaṃ siyā avyākataṃ dasindriyā avyākatā domanassindriyaṃ akusalaṃ anaññātaññassāmītindriyaṃ kusalaṃ cattāri indriyāni siyā akusalā siyā avyākatā cha indriyāni siyā kusalā siyā akusalā siyā avyākatā ti' dhammakathaṃ katheti. Tasmiṃ ṭhāne eko bhikkhu nisinno dhammakathikatvaṃ Sineruṃ parikkhipanto viya dīghasuttaṃ āharāsi. Kiṃ suttaṃ nām'etan ti āha? Abhidhammasuttaṃ nāma āvuso ti. Abhidhammasuttaṃ kasmā āharāsi? Kiṃ aññaṃ buddhabhāsitaṃ suttaṃ āharituṃ na vaṭṭatī ti. Abhidhammo kena bhāsito ti? Na eso buddhabhāsito ti. Kiṃ pana te āvuso Vinayapiṭakaṃ uggahitan ti. Na uggahitaṃ āvuso ti. Avinayadhāritāya maññe tvaṃ ajānanto evaṃ vadesī ti. Vinayamattaṃ eva āvuso uggahitan ti. Tam pi te duggahitaṃ parisapariyante nisīditvā niddāyantena uggahitaṃ bhavissati. Tumhādise hi pabbājento vā upasampādento vā sātisāro hoti. Kiṃkāraṇā? Vinayamattassa pi duggahitattā. Vuttaṃ h'etaṃ: Tattha anāpatti na vivaṇṇetukāmo iṅgha tāva Suttantaṃ vā gāthāyo vā Abhidhammaṃ vā pariyāpuṇassu pacchā pi Vinayaṃ pariyāpuṇissasī. Suttante okāsaṃ kārāpetvā Abhidhammaṃ vā Vinayaṃ vā pucchati. Abhidhamme okāsaṃ kārāpetvā Suttantaṃ vā Vinayaṃ vā pucchati. Vinaye okāsaṃ kārāpetvā Suttantaṃ vā Abhidhammaṃ vā pucchati. Tvaṃ pana ettakam pi na jānāsī ti. Ettakenāpi paravādī niggahito hoti. Mahāgosiṅgasuttaṃ pana ito pi balavataraṃ. Tatra hi Dhammasenāpati Sāriputtatthero aññamaññaṃ pucchitaṃ pañhañ ca vissajjanañ ca āropetuṃ Satthu santikaṃ gantvā Mahāmoggallānattherassa vissajjanaṃ ārocento:

idhāvuso Sāriputta dve bhikkhū Abhidhammakathaṃ kathenti, te aññamaññaṃ pañhaṃ pucchanti, aññamaññassa pañhaṃ puṭṭhā vissajjenti no ca saṃsādenti dhammī ca tesaṃ kathā pavattanī hoti. Evarūpena kho āvuso Sāriputta bhikkhunā Gosiṅgasālavanaṃ sobheyyā ti āha.

63. Satthā abhidhammikā nāma mama sāsane paribāhirā ti avatvā suvaṇṇāliṅgasadisaṃ gīvaṃ uṇṇāmetvā puṇṇacandasassirīkaṃ mukhaṃ pūretvā brahmaghosaṃ nicchārento 'sādhu sādhu Sāriputtā' ti Mahāmoggallānattherassa sādhukāraṃ datvā 'yathā taṃ Moggallāno ca sammāvyākaramāno vyākareyya, Moggallāno hi Sāriputtadhammakathiko' ti āha. Abhidhammikabhikkhū yeva kira dhammakathikā nāma,. avasesā dhammaṃ kathentā pi na dhammakathikā. Kasmā? Te hi dhammaṃ kathentā kammantaraṃ vipākantaraṃ rūpārūpaparicchedaṃ dhammantaraṃ āloḷetvā kathenti. Abhidhammikā dhammantaraṃ na āloḷenti,[1] tasmā abhidhammiko bhikkhu dhammaṃ kathetu vā no vā pucchitakāle pana pañhaṃ kathessatī ti. Ayam eva kira ekantadhammakathiko nāmā ti. Idaṃ sandhāya Satthā sādhukāraṃ datvā 'sukathitaṃ Moggallānenā ti' āha. Abhidhammaṃ paṭibāhanto imasmiṃ jinacakke pahāraṃ deti, sabbaññutaññāṇam paṭibāhati, Satthu vesārajjañāṇam ativatteti,[2] sotukāmaṃ parisaṃ visaṃvādeti, ariyamagge āvaraṇaṃ bandhati, aṭṭhārasasu bhedakaravatthūsu ekasmiṃ sandissati, ukkhepaniyakammanissayakammatajjaniyakammāraho hoti, kammaṃ katvā uyyojetabbo vighāsādo hutvā jīvissatī ti. Athā pi evaṃ vadeyya: sace Abhidhammo buddhabhāsito yathā anekesu suttasahassesu 'ekaṃ samayaṃ Bhagavā Rājagahe viharati ti' ādinā nayena nidānaṃ sajjitaṃ evaṃ assāpi nidānaṃ sajjitaṃ bhaveyyā ti. So 'Jātaka Suttanipāta-Dhammapadādīnam evarūpaṃ nidānaṃ n'atthi na ca tāni buddhabhāsitānī ti' paṭikkhipitvā uttarim pi evaṃ vattabbo: Paṇḍita Abhidhammo nām 'esa buddhānam yeva visayo na aññesaṃ visayo, buddhānaṃ okkanti pākaṭā, abhijāti pākaṭā, abhisambodhi pākaṭā, dhammacakkappavattanaṃ pākaṭaṃ,

[1] na dhammantaraṃ āloḷ° M. [2] paṭinivatteti M.

yamakapaṭihīraṃ pākaṭaṃ, vikkamo pākaṭo, devaloke desitabhāvo pākaṭo, devorohanaṃ pākaṭaṃ. Yathā nāma cakkavattirañño hatthiratanaṃ vā assaratanaṃ vā thenetvā yānake yojetvā vicaraṇaṃ nāma aṭṭhānaṃ akāraṇaṃ, cakkaratanaṃ vā pana thenetvā palālasakaṭe olambetvā vicaraṇaṃ nāma aṭṭhānaṃ akāraṇaṃ, yojanappamāṇaṃ obhāsanasamatthaṃ maṇiratanaṃ vā pana kappāsapacchiyaṃ pakkhipitvā valañjanaṃ nāma aṭṭhānaṃ akāraṇaṃ. Kasmā? Rājārahabhaṇḍatāya. Evaṃ evaṃ Abhidhammo nāma aññesaṃ avisayo sabbaññubuddhānaṃ yeva visayo. Tesaṃ vasena desetabbā desanā buddhānam hi okkanti pākaṭā . . . pe . . . devorohanaṃ pākaṭam. Abhidhammassa nidānakiccaṃ nāma n'atthi paṇḍitā ti, na hi sakkā evaṃ vutte paravādinā sahadhammikaṃ udāhāraṃ udāharituṃ.

64. Maṇḍalārāmavāsī Tissabhūtithero pana mahābodhinidāne 'esa Abhidhammo nāmā ti dassetuṃ yena svāhaṃ bhikkhave vihārena paṭhamābhisambuddho viharāmi tassa padese na vihāsin ti' imaṃ padesavihārasuttantaṃ āharitvā kathesi. Dasavidho hi padeso nāma khandhapadeso āyatanapadeso dhātu-sacca-indriya-paccayākārasatipaṭṭhānajjhānapadeso nāma padeso dhammapadeso ti. Tesu Satthā Mahābodhimaṇḍe pañcakkhandhe nippadesato paṭivijjhi, imaṃ temāsaṃ vedanākkhandhavasen' eva vihāsi.

Dvādasāyatanāni aṭṭhārasa dhātuyo nippadesena paṭivijjhi, imaṃ temāsaṃ dhammāyatane vedanāvasena dhammadhātuyañ ca vedanāvasen' eva vihāsi.

Cattāri saccāni nippadesena paṭivijjhi, imaṃ temāsaṃ dukkhasaccavedanāvasen' eva vihāsi.

Bāvīsatindriyāni nippadesena paṭtivijjhi, imaṃ temāsaṃ vedanāpañcake indriyavasena vihāsi.

Dvādasapadikaṃ paccayākāravattaniṃ[1] nippadesena paṭivijjhi, imaṃ temāsaṃ phassapaccayavedanāvasen' eva vihāsi.

Cattāro satipaṭṭhāne nippadesena paṭivijjhi, imaṃ temāsaṃ vedanāsatipaṭṭhānavasen' eva vihāsi.

---

[1] paccayavaddhaṃ C.G. T.

Cattāri jhānāni nippadesena paṭivijjhi, imaṃ temāsaṃ jhānaṅgesu vedanāvasen' eva vihāsi.

Nāmaṃ nippadesena paṭivijjhi, imaṃ temāsaṃ tattha vedanāvasen' eva vihāsi.

Dhamme nippadesena paṭivijjhi, imaṃ temāsaṃ vedanātikavasen' eva vihāsi.

65. Evaṃ thero padesavihārasuttantavasena Abhidhammassa nidānaṃ kathesi: Gāmavāsi Sumanadevathero pana heṭṭhā lohapāsāde dhammaṃ pavattento 'ayaṃ paravādī bāhā paggayha araññe kandanto viya asakkhikaṃ aṭṭaṃ karonto viya ca Abhidhamme nidānassa atthibhāvam pi na jānāti ti' vatvā nidānaṃ kathento evam āha: Ekaṃ samayaṃ Bhagavā devesu viharati Tāvatiṃse pāricchattakamūle paṇḍukambalasilāyaṃ. Tatra kho Bhagavā devānaṃ Tāvatiṃsānaṃ Abhidhammakathaṃ kathesi.

66. Kusalā dhammā akusalā dhammā avyākatā dhammā ti. Aññesu pana suttesu ekam eva nidānaṃ, Abhidhamme dve nidānāni adhigamanidānaṃ desanānidānañ ca. Tattha adhigamanidānaṃ Dīpaṅkaradasabalato paṭṭhāya yāva Mahābodhipallaṅkā veditabbaṃ, desanānidānaṃ yāva dhammacakkappavattanā. Evaṃ ubhayanidānasampannassa pan' assa Abhidhammassa nidānakosallatthaṃ idaṃ tāva pañhakammaṃ veditabbaṃ.

67. Ayaṃ Abhidhammo nāma kena pabhāvito, kattha paripācito, kattha adhigato, kena adhigato, kattha vicito, kadā vicito, kena vicito, kattha desito, kass' atthāya desito, kehi paṭiggahīto, ke sikkhanti, ke sikkhitasikkhā, ke dhārenti, kassa vacanaṃ, kenābhatan ti?

Tatr' idaṃ vissajjanaṃ:

Kena pabhāvito ti? Bodhiabhinīhārasaddhāya pabhāvito.

Kattha paripācito ti? Aḍḍhacchaṭṭhesu Jātakasatesu.

Kattha adhigato ti? Bodhimūle.

Kadā adhigato ti? Visākhapuṇṇamāsiyaṃ.

Kena adhigato ti? Sabbaññūbuddhena.

Kattha vicito ti? Bodhimaṇḍe.

Kadā vicito ti? Ratanagharasattāhe.
Kena vicito ti? Sabbaññūbuddhena.
Kattha desito ti? Devesu Tāvatiṃsesu.
Kass' atthāya desito ti? Devatānaṃ.
Kim atthaṃ desito ti? Caturoghanittharaṇatthaṃ.
Kehi paṭigahīto ti? Devehi.
Ke sikkhantī ti? Sekhā ca puthujjanā kalyāṇakā ca.
Ke sikkhitasikkhā ti? Arahanto khīṇāsavā.
Ke dhārentī ti? Yesaṃ vattati te dhārenti.
Kassa vacanan ti? Bhagavato vacanaṃ arahato Sammāsambuddhassa.

Kenābhatan ti? Ācariyaparamparāya. Ayaṃ hi Sāriputtatthero Bhaddaji Sobhito Piyajāli Piyapālo Piyadassī Kosiyaputto Siggavo Sandeho[1] Moggaliputto Visudatto Dhammiyo Dāsako Sonako Revato ti evam ādīhi yāva saṅgītikālā ābhato, tato uddhaṃ tesaṃ yeva sissānusissehi ti. Evaṃ tāva Jambudīpatale ācariyaparamparāya ābhato imaṃ pana dīpaṃ.

Tato Mahindo Iddhiyo Uttiyo Bhaddanāmo ca Sambalo
ete nāgā mahāpaññā Jambudīpā idhāgatā ti.

Imehi mahānāgehi ābhato tato uddhaṃ tesaṃ yeva sissānusissasaṅkhātāya ācariyaparamparāya yāvajjakālā ābhato. Evaṃ ābhatassa pan' assa yan taṃ Dīpaṅkaradasabalato paṭṭhāya yāva mahābodhipallaṅkā adhigamanidānaṃ.

68. Yāva Dhammacakkappavattanā desanānidānañ ca vuttaṃ.

[Here the Dūrenidāna Chapter of the Jātaka Commentary (Fausböll's Jātaka, I. pp. 2—47) follows.]

69. Tattha aññe deve dasahi ṭhānehi adhigaṇhitvā yāvatāyukaṃ dibbasampattiṃ anubhavanto manussagaṇa-

---

[1] Sandevo C.

nāya[1] idāni sattahi divasehi āyukkhayaṃ pāpuṇissatī ti[2] vatvā nikilissanti, mālā milāyanti, kacchehi sedā muccanti, kāye vevaṇṇiyaṃ okkamati,[3] devo devāsanena saṇṭhahatī ti imesu pubbanimittesu uppannesu tāni disvā suññā vata no saggā bhavissantī ti saṃvegajātāhi devatāhi Mahāsattassa pūritapāramībhāvaṃ ñatvā imasmiṃ idāni aññaṃ devalokaṃ anupagantvā manussaloke uppajjitvā buddhabhāvaṃ patte puññāni katvā cutācutā manussā devalokaṃ paripūressantī ti cintetvā

Yato haṃ Tusite kāye Santusito nāmu' ahaṃ tadā
dasasahassī samāgantvā yācanti pañjalī mamaṃ,
Kālo te Mahāvīra! uppajja mātu kucchiyaṃ
sadevakan tārayanto bujjhassu amatam padan ti.[4]

Evaṃ Buddhabhāvatthāya āyācito kālaṃ dīpaṃ desaṃ kulaṃ janettiyā āyuparimāṇan ti imāni pañca mahāvilokanāni viloketvā katasanniṭṭhāno tato cuto Sakyarājakule paṭisandhiṃ gahetvā tattha mahāsampattiyā parihariyamāno anukkamena bhadrayobbanam anupāpuṇi.

70. Imasmiṃ antare sato sampajāno Ānandabodhisatto Tusitakāyā cavitvā mātu kucchiṃ okkamatī ti ādinaṃ suttapādānaṃ c'eva tesaṃ Aṭṭhakathāya ca vasena vitthāro veditabbo.

So tiṇṇaṃ utūnaṃ anucchavikesu tīsu pāsādesu devalokasiriṃ viya rajjasiriṃ anubhavamāno uyyānakīḷāya gamanasamaye anukkamena jiṇṇavyādhimatasaṅkhyāte tayo devadūte disvā sañjātasaṃvego nivattitvā catutthavāre pabbajitaṃ disvā sādhu pabbajjā ti pabbajjāya ruciṃ uppādetvā uyyānaṃ gantvā tattha divasaṃ khepetvā Maṅgalapokkharaṇītīre nisinno kappakavesaṃ gahetvā āgatena Vissakammena devaputtena alaṃkatapaṭiyatto

[1] manussagaṇhanāya saṭṭhivassasahassādhikāni sattapaññāsa vassakoṭiyo idāni M.
[2] pāpuṇissasī M. [3] kāye dubbaṇṇam okkamati M.
[4] Dhp p. 117.

Rāhulabhaddassa jātasāsanaṃ sutvā puttasinehassa balavabhāvaṃ ñatvā yāva idaṃ bandhanaṃ na vaḍḍhati tāvad eva naṃ chindissāmī ti cintetvā sāyaṃ nagaraṃ pavisanto:

Nibbutā nūna sā mātā
Nibbuto nūna so pitā
Nibbutā nūna sā nārī
Yassāyaṃ īdiso patī ti.[1]

71. Kisāgotamiyā nāma pitucchādhītāya bhāsitaṃ imaṃ gāthaṃ sutvā ahaṃ imāya nibbutapadaṃ sāvito ti gīvato satasahassagghanakaṃ muttāhāraṃ muñcitvā tassā pesetvā attano bhavanaṃ pavisitvā sirisayane nisinno niddāvasena nāṭakānaṃ vippakāraṃ disvā nibbinnahadayo Channaṃ uṭṭhāpetvā Kanthakaṃ āharāpetvā Kanthakaṃ āruyha Channasahāyo dasasahassīlokadhātudevatāhi kataparivāro mahābhinikkhamanaṃ nikkhamitvā, ten' eva rattāvasesena tīni mahārajjāni atikkamma, Anomānadītīre pabbajitvā, anukkamena Rājagahaṃ gantvā, tattha piṇḍāya caritvā Paṇḍavapabbatapabbhāre nisinno Magadharājena rajjena nimantiyamāno taṃ paṭikkhipitvā sabbaññūtaṃ patvā tassa vijitaṃ āgamanatthāya tena gahitapaṭiñño Āļārañ ca Kālāmaṃ Uddakañ ca upasaṅkamitvā tesaṃ santike adhigatavisesena aparituṭṭho chabbassāni mahāpadhānaṃ padahitvā Visākhāpuṇṇamadivase pāto va Senāninigame Sujātāya dinnapāyāsaṃ paribhuñjitvā Nerañjarāya nadiyā suvaṇṇapātiṃ pavāhetvā Nerañjarāya tīre Mahāvanasaṇḍe nānāsamāpattīhi divasabhāgaṃ vītināmetvā sāyaṇhasamaye sotthiyena dinnaṃ aṭṭhatiṇamuṭṭhiṃ gahetvā Kālena nāgarājena abhitthutaguṇo bodhimaṇḍaṃ āruyha tiṇāni santharitvā 'na tāv' imaṃ pallaṅkaṃ bhindissāmi yāva me na anupādāya āsavehi cittaṃ vimuccissatī ti' paṭiññaṃ katvā pācīnadisābhimukho nisīditvā suriye anatthamite yeva Mārabalaṃ vidhamitvā paṭhamayāme pubbenivāsañāṇaṃ, majjhimayāme cutūpapātañāṇaṃ patvā pacchimayāmāvasāne dasabalacatuvesārajjādisabbabud-

[1] Jāt. I., 60; Mahāvastu, II., 157.

dhagaṇapatimaṇḍitaṃ sabbaññutaññāṇaṃ paṭivijjhanto yeva imaṃ Abhidhammanayasamuddaṃ adhigañchi.

Evam assa adhigamanidānaṃ veditabbaṃ.

72. Evaṃ adhigatābhidhammo ekapallaṅkena nisinnasattāhaṃ animisasattāhaṃ caṅkamanasattāhañ ca atikkamitvā catutthe sattāhe sayambhūññāṇādhigamena adhigataṃ Abhidhammaṃ vicinitvā aparāni pi Ajapāla-Mucalindarājāyatanesu tīni sattāhāni vītināmetvā aṭṭhame sattāhe Ajapālanigrodharukkhamūle nisinno dhammagambhīratāpaccavekkhaṇena appossukkataṃ āpajjamāno dasasahassīmahābrahmaparivārena Sahampatibrāhmuṇā āyācitadhammadesano buddhacakkhunā lokaṃ oloketvā brāhmaṇo ajjhesanaṃ ādāya 'kassa nu kho ahaṃ paṭhamaṃ dhammaṃ deseyyan' ti olokento Āḷār-Uddakānaṃ kālakatabhāvaṃ ñatvā pañcavaggiyānaṃ bhikkhūnaṃ bahūpakārakataṃ anussaritvā uṭṭhāyāsanā Kāsipuraṃ gacchanto antarāmagge Upakena saddhiṃ mantetvā Āsāḷhipuṇṇamadivase Isipatane migadāye pañcavaggiyānaṃ bhikkhūnaṃ vasanaṭṭhānaṃ patvā te anucchavikena samudācārena saññāpetvā dhammacakkaṃ pavattento Aññākoṇḍaññatherapamukhā aṭṭhārasa brahmakoṭiyo amatapānaṃ pāyesi. Evaṃ yāva Dhammacakkappavattadesanānidānaṃ veditabbaṃ.

Ayaṃ ettha saṅkhepo, vitthāro pana sāṭṭhakathānaṃ ariyapariyesanapabbajjāsuttādīnaṃ vasena veditabbo.

73. Evaṃ adhigamanidānadesanānidānasampannassa pan' assa Abhidhammassa aparāni pi Dūrenidānaṃ Avidūrenidānaṃ Santikenidānan ti tīni nidānāni. Tattha Dīpaṅkarapādamūlato paṭṭhāya yāva Tusitapurā *Dūrenidānaṃ* veditabbaṃ.

Tusitapurato paṭṭhāya yāva Bodhimaṇḍā *Avidūrenidānaṃ*.

Ekaṃ samayaṃ Bhagavā devesu Tāvatiṃsesu viharati pāricchattakamūle Paṇḍukambalasilāyaṃ. Tatra Bhagavā devānaṃ Tāvatiṃsānaṃ Abhidhammakathaṃ kathesī ti idam assa *Santikenidānaṃ*.

Ayaṃ tāva Nidānakathā. Idāni :— . .

Iti me bhāsamānassa Abhidhammakathaṃ imaṃ,
Avikkhittā nisāmetha, dullabhā hi ayaṃ kathā ti.

Evaṃ paṭiññātāya Abhidhammakathāya kathanokāso sampatto.

74. Tatthāyasmā Abhidhammo nāma Dhammasaṅgaṇiādīni sattappakaraṇāni.

Dhammasaṅgaṇi cittuppādakaṇḍādīnaṃ vasena cattāri kaṇḍāni cittuppādakaṇḍam pi mātikāpadabhājaniyavasena duvidhaṃ, tattha mātikā ādi sā pi tikamātikā dukamātikā ti duvidhā.

Tattha tikamātikā ādi tikamātikāya pi kusalattikaṃ.

75. Kusalattike pi kusalā dhammā ti idaṃ padaṃ. Tasmā:

Ito paṭṭhāya gambhīraṃ Abhidhammakathaṃ imaṃ
vuccamānaṃ nisāmetha ekaggā sādhu sādhavo ti.

Kusalā dhammā akusalā dhammā avyākatā dhammā ti.[1]

Ayaṃ tāva ādipadena laddhanāmo kusalattiko nāma.

76. Sukhāya vedanāya sampayuttā dhammā, dukkhāya vedanāya sampayuttā dhammā, adukkham-asukhāya vedanāya sampayuttā dhammā ti ayaṃ sabbapadehi laddhanāmo vedanattiko nāma.

Evaṃ ādipadavasena vā sabbapadavasena vā sabbesam pi tikadukānaṃ nāmaṃ veditabbaṃ.

Sabbo va c'ete pañcadasahi paricchedehi vavatthitā. Tikānaṃ hi eko paricchedo dukānaṃ catuddasa.

77. Hetū dhammā na hetū dhammā ti ādayo cha dukā. Ganthato ca atthato ca aññamaññasambandhena kaṇṇikā viya ghaṭā viya hutvā ṭhitattā hetugocchako ti vuccati.

Tato 'pare sappaccayā dhammā appaccayā dhammā ti ādayo satta dukā aññamaññe asambandhā

[1] Dhs. p. 1-8.

kevalaṃ dukaṃ sāmaññena uccinitvā gocchakantare ṭhapitattā aññehi ca mahantaradukehi cullakattā cullantaradukā veditabbā.

78. Tato paraṃ āsavadukādīnaṃ channaṃ dukānaṃ vasena ā s a v a g o c c h a k o.

79. Saṃyojanadukādīnaṃ vasena s a ṃ y o j a n a g o c c h a k o.

80. Tathā gantha — ogha — yoga — nīvaraṇadukādīnaṃ vasena g a n t h a — o g h a — y o g a — n ī v a r a ṇ a g o c c h a k ā.

81. Parāmāsadukādīnaṃ pañcannaṃ vasena p a r ā m ā s a g o c c a k o ti.

Sabbe pi satta gocchakā veditabbā.

82. Tato paraṃ:

S ā r a m m a ṇ ā dhammā ti ādayo catuddasa m a h a n t a r a d u k ā nāma.

83. Tato upādānadukādayo cha dukā u p ā d ā n a g o c c h a k o nāma.

84. Tato kilesadukādayo aṭṭha dukā k i l e s a d u k ā nāma.

85. Tato paraṃ dassanena pahātabbadukādayo aṭṭhārasa dukā Abhidhammamātikāya pariyosāne ṭhapitattā p i ṭ ṭ h i d u k ā nāma.

86. Vijjābhāgino dhammā avijjābhāgino dhammā ti ādayo pana dvācattālīsa dukā s u t t a n t i k a d u k ā nāma. Evaṃ sabbe p'ete pañcadasahi paricchedehi vavatthitā ti veditabbā.

Evaṃ vavatthitā pan'ete sappadesanippadesavasena dve ca koṭṭhāsā honti.

Etesu hi nava tikā ekasattati ca dukā sappadesānaṃ rūpārūpadhammānaṃ pariggahītattā sappadesā nāma.

87. Avasesā terasa tikā ekasattati ca dukā nippadesā nāma.

88. Tattha tikesu tāva vedanattiko vitakkattiko pītittiko uppannattiko atītattiko cattāro ārammaṇattikā ti ime nava tikā sappadesā nāma. Dukesu hetugocchakādīnaṃ upādānagocchakapariyosānānaṃ navannaṃ gocchakānaṃ pariyosāne tayo tayo dukā.

89. Kilesagocchakapariyosāne cattāro dukā:
Cittasampayuttā dhammā,[1] cittavippayuttā dhammā, cittasaṃsaṭṭhā dhammā, cittavisaṃsaṭṭhā dhammā ti dve mahantaradukā.

90. Suttantikadukesu adhivacanadukaṃ[2] paññattidukaṃ niruttidukaṃ nāmarūpadukan ti ime cattāro duke ṭhapetvā avasesā aṭṭhatiṃsa dukā cā ti ete sappadesā nāma vuttā. Avasesā tikadukā sabbe pi nippadesā ti veditabbā.

91. Idāni kusalā dhammā ti ādīnaṃ mātikāpadānaṃ ayaṃ anupubbavaṇṇanā. Kusalasaddo tāva ārogyānavajjacchekasukhavipākesu dissati. Ayaṃ hi kacci nu bhoto kusalaṃ kacci nu bhoto anāmayan ti ādisu ārogye dissati. Katamo pana bhante kāyasamācāro kusalo? Yo kho mahārāja kāyasamācāro anavajjo ti ca puna ca paraṃ bhante ekadānuttariyaṃ yathā Bhagavā dhammaṃ deseti. Kusalesu dhammesū ti ca evam ādisu anavajje.

Kusalo tvaṃ rathassa aṅgapaccaṅgānam, kusalā naccagītassa sikkhitā caturitthiyo ti ādisu cheke.

Kusalānaṃ bhikkhave dhammānaṃ samādānahetu, kusalassa kammassa katattā upacitattā ti ādisu sukhavipāke. Svāyam idha ārogye pi anavajje pi sukhavipāke pi vattatī ti.

92. Dhammasaddo panāyam pariyattihetuguṇanissattanijjīvatādīsu dissati. Ayaṃ hi dhammaṃ pariyāpuṇāti suttaṃ geyyan ti ādisu pariyattiyaṃ dissati.

Hetumhi ñāṇaṃ dhammapaṭisambhidā ti ādisu hetumhi.

Na hi dhammo adhammo ca ubho samavipākino
Adhammo nirayaṃ neti, dhammo pāpeti suggatin ti

ādisu guṇe dissati.

93. Tasmiṃ kho pana samaye dhammā honti dhammesu dhammānupassī viharatī ti ādisu nissattanijjīvatāyaṃ. Svāyam idhāpi nissattanijjīvatāyam eva vattati.

---

[1] Dhs. p. 5. [2] Dhs. p. 7.

Vacanattho pan' ettha kucchite pāpadhamme salayanti calayanti kappenti viddhaṃsentī ti kusalā.

Kucchitena vā ākārena sayantī ti kusā. Te akusalasaṅkhāto kuse lunanti chindantī ti kusalā.

Kucchitānaṃ vā sānato tanukaraṇato osānakaraṇato ñāṇam kusaṃ nāma. Tena kusena lātabbā ti kusalā gahetabbā pavattetabbā ti attho. Yathā vā kusā ubhayabhāgagataṃ hatthappadesaṃ lunanti evam ime ti pi uppannānuppannabhāvena ubhayabhāgagataṃ saṅkilesapakkhaṃ lunanti tasmā kusā viya lunantī ti pi kusalā.

94. Attano pana sabhāvan dhārentī ti dhammā. Dhāriyanti vā paccayehi dhāriyanti vā yathā sabhāvato ti dhammā.

Na kusalā akusalā mittapaṭipakkhā amittā viya lobhādipaṭipakkhā alobhādayo viya kusalapaṭipakkhā ti attho.

95. Na vyākatā ti avyākatā. Kusalākusalabhāvena akathitā ti attho.

Tesu anavajjasukhavipākalakkhaṇā kusalā, sāvajjadukkhavipākalakkhaṇā akusalā, avipākalakkhaṇā avyākatā.

96. Kim pan' etāni kusalā ti vā dhammā ti vā ādīni ekatthāni udāhu nānatthānī ti? kiṃ c'ettha yadi tāva ekatthāni kusalā dhammā ti idaṃ kusalākusalā ti vuttasadisaṃ hoti? Atha nānatthāni. Tikadukānaṃ chakkacatukkabhāvo āpajjati padānañ ca asambandho. Yathā hi 'kusalā rūpaṃ cakkhumā' ti vutte atthavasena aññamaññam anolokentānaṃ padānaṃ na koci sambandho, evaṃ idhāpi padānaṃ asambandho āpajjati.

Pubbāparasambandharahitāni ca padāni nippayojanāni nāma honti. Yā pi c'esā parato katame dhammā kusalā ti pucchā tāya pi saddhiṃ virodho āpajjati. Neva hi dhammā kusalā atha ca pan' idaṃ vuccati katame dhammā kusalā ti.

97. Aparo nayo: Yadi etāni ekatthāni tiṇṇaṃ dhammānaṃ ekattā kusalādīnaṃ pi ekattaṃ āpajjati. Kusalādipadānaṃ hi tiṇṇaṃ dhammānaṃ dhammabhāvena ekattaṃ, tasmā dhammattayena saddhiṃ atthato ninnatattānaṃ kusalādīnam pi ekattaṃ āpajjati. Yad eva kusalan taṃ akusalan taṃ avyākatan ti. Athā pi tiṇṇaṃ dhammānaṃ ekattaṃ na sampaṭicchatha 'añño kusalaparo dhammo

añño akusalaparo añño avyākataparo ' ti vadatha. Evaṃ sante dhammo nāma bhāvo bhāvato ca añño abhāvo ti kusalaparā bhāvasaṅkhātā dhammā, añño akusalaparo dhammo abhāvo siyā. Tathā avyākataparo. Tehi ca añño kusalaparo pi. Etam abhāvattaṃ āpannehi dhammehi na aññe kusalādayo pi abhāvā yeva siyun ti.

Sabbam etaṃ akāraṇaṃ kasmā yathānumati? Vohāraviddhito. Vohāro hi yathā yathā atthesu anumato sampaṭicchito tathā tath' eva siddho na cāyaṃ kusalā dhammā ti ādisu kusalapubbo dhammābhilāpo dhammaparo ca kusalābhilāpo yathā kusalāknsalā ti evaṃ atthavisesabhāvena paṇḍitehi sampaṭicchito na ca kusalā rūpaṃ cakkhumā saddo viya aññamaññaṃ anolokitatthabhāvena. Kusalasaddo pan' ettha anavajjasukhavipākasaṅkhātassa atthassa jotanabhāvena sampaṭicchito akusalasaddo sāvajjadukkhavipākatthajotakattena, avyākatasaddo avipākatthajotakattena, dhammasaddo sabhāvadhāraṇādiatthajotakattena.

98. So etesaṃ aññatarānantare vuccamāno attano atthasāmaññaṃ dīpeti, sabbe va' hi ete sabhāvadhāraṇādinā lakkhaṇena dhammā kusalādisaddā cāpi dhammasaddassa purato vuccamānā attano atthavisesaṃ tassa dīpenti. Dhammo hi kusalo vā hoti akusalo vā avyākato vā evam etehi visuṃ visuṃ vuccamānā attano attano atthamattadīpakattena saha vuccamānā attano atthasāmaññaṃ atthavisesaṃ dīpakattena loke paṇḍitehi sampaṭicchitā. Tasmā yad evam ettha ekatthanānatthataṃ vikappetvā dosāropanakāraṇaṃ vuttaṃ sabbam etaṃ akāraṇaṃ.

Ayan tāva kusalattikassa anupadavaṇṇanā, iminā vuttanayena sesatikadukānaṃ nayo pi veditabbo, ito paraṃ pana visesamattam eva vakkhāma.

99. Sukhāya vedanāya sampayuttā ti ādisu sukhasaddo tāva sukhavedanā sukhamūlasukhārammaṇasukhahetusukhapaccayaṭṭhāna-avyāpajjhanibbānādisu dissati.

Ayaṃ hi sukhassa ca pahāṇā ti ādisu sukhavedanāya dissati. Sukho buddhānaṃ uppādo, sukhā virāgatā loke ti ādisu sukhamūle.

Yasmā ca kho Mahāli rūpaṃ sukhaṃ sukhānupatitaṃ sukhāvakkantan ti ādisu sukhārammaṇe.

Sukhass' etaṃ bhikkhave adhivacanaṃ yad idaṃ puññānī ti ādisu sukhahetumhi.

Yāvañ c'idaṃ bhikkhave na sukaraṃ akkhānena pāpuṇituṃ yāva sukhā saggā na te sukhaṃ pajānanti ye na passanti nandanan ti ādisu sukhapaccayaṭṭhāne.

Diṭṭhadhammasukhavihārā ete dhammā ti ādisu avyāpajjhe.

Nibbānaṃ paramaṃ sukhan ti ādisu nibbāne.

Idha panāyaṃ sukhavedanāyam eva daṭṭhabbo.[1]

100. Vedanāsaddo viditā vedanā me uppajjantī ti ādisu vedayitasmiṃ yeva vaṭṭati.

Dukkhasaddo dukkhavedanādukkhavatthudukkhārammaṇadukkhapaccayaṭṭhānādisu dissati. Ayaṃ hi dukkhassa ca pahānā ti ādisu dukkhavedanāya dissati.

Jāti pi dukkhā ti ādisu dukkhavatthusmiṃ. Yasmā ca kho Mahāli rūpaṃ dukkhaṃ dukkhānupatitaṃ dukkhāvakkantan ti ādisu dukkhārammaṇe.

Dukkho pāpassa uccayo ti ādisu dukkhapaccaye.

Yāvañ c'idaṃ bhikkhave na sukaraṃ akkhānena pāpuṇituṃ yāva dukkhā nirayā ti ādisu dukkhapaccayaṭṭhāne.

Idha panāyaṃ dukkhavedanāyam eva daṭṭhabbo.

Vacanattho pan'ettha sukhayatī ti sukhā, dukkhayatī ti dukkhā.

Na dukkhā na sukhā ti adukkhamasukhā. Makāro padasandhivasena vutto. Sabbā pi ārammaṇarasaṃ vediyanti anubhavantī ti vedanā.

101. Tā su iṭṭhānubhavanalakkhaṇā sukhā aniṭṭhānubhavanalakkhaṇā dukkhā ubhayaviparītānubhavanalakkhaṇā adukkhamasukhā.

Yo panāyaṃ tīsu pi padesu sampayuttasaddo tass' attho. Samaṃ pakārehi yuttā ti sampayuttā.

Katarehi pakārehī ti? Ekuppādādīhi.

---

[1] Dhs. p. 1, sukhāya vedanāya, etc.

N'atthi keci dhammā kehici dhammehi sampayuttā ti? Āmantā. Iti hi imassa pañhassa paṭikkhepena na atthi keci dhammā kehici dhammehi sahagatā sahajātā saṃsaṭṭhā ekuppādā ekanirodhā ekavatthukā ekārammaṇā ti.

Evaṃ ekuppādādīnaṃ vasena sampayogattho vutto.

Iti imehi ekuppādādīhi samaṃ pakārehi yuttā ti sampayuttā.

102. Vipākattike aññamaññaṃ visiṭṭhānaṃ kusalākusalānaṃ pākā ti vipākā.

Vipakkabhāvaṃ āpannānaṃ arūpadhammānaṃ etaṃ adhivacanaṃ.

Vipākadhammadhammā ti vipākasabhāvadhammā.

Yathā jātijarāsabhāvā jātijarāpakatikā sattā jātidhammā ti jarādhammā ti vuccanti, evaṃ vipākajanakattena vipākasabhāvā vipākapakatikā dhammā ti attho.

Tatiyapadaṃ ubhayasabhāvapaṭikkhepavasena vuttaṃ.

103. Upādinnupādāniyattike ārammaṇakaraṇavasena taṇhādīhi upetena kammunā āciṇṇā phalabhāvena gahitā ti upādinnā.

Ārammaṇabhāvaṃ upagantvā upādānasambandhanena upādānānaṃ hitā ti upādāniyā. Upādānassa ārammaṇapaccayabhūtānaṃ etaṃ adhivacanaṃ.

Upādinnā ca te upādāniyā ca upādinnupādāniyā. Sāsavakammanibbattānaṃ rūpārūpadhammānaṃ etaṃ adhivacanaṃ.

Iminā nayena sesapadadvayena paṭisedhasahito attho veditabbo.

104. Saṅkiliṭṭhasaṅkilesattike saṅkilesetī ti saṅkileso. Vibādhati upatāpeti cā ti attho.

Saṅkilesena samannāgatā saṅkiliṭṭhā.

Attānaṃ ārammaṇaṃ katvā pavattanena saṅkilesaṃ arahanti saṅkilese vā niyuttā tassa ārammaṇabhāvaṃ anatikkamanato ti saṅkilesikā saṅkilesassa ārammaṇapaccayabhūtānaṃ etaṃ adhivacanaṃ.

Saṅkiliṭṭhā ca te saṅkilesikā cā ti saṅkiliṭṭhasaṅkilesikā.

Sesapadadvayaṃ pi purimattike vuttanayen'eva veditabbaṃ.

105. Vitakkattike sampayogavasena vattamānena saha vitakkena savitakkā, saha vicārena savicārā.

Savitakkā ca te savicārā ti savitakkasavicārā, ubhayarahitā avitakkaavicārā. Vitakkavicāresu vicāro va mattā paraṃ pamāṇaṃ etesan ti vicāramattā. Vicārato uttariṃ vitakkena saddhiṃ sampayogaṃ na gacchanti ti attho. Avitakkā ca te vicāramattā cā ti avitakkavicāramattā.

106. Pītittike pītiyā saha ekuppādādibhāvam gatā ti pītisahagatā pītisampayuttā ti attho.

Sesapadadvaye pi es'eva nayo.

107. Upekhā ti c'ettha adukkhamasukhā vedanā vuttā. Sā hi sukhadukkhā kārappavattiṃ upekkhati majjhattākārasaṇṭhitattā tenākārena ca pavattatī ti upekhā.

Iti vedanāttikato padadvayaṃ eva gahetvā nippītikasukhassa sappītikasukhato visesadassanavasena ayan tiko vutto.

108. Dassanattike dassanenā ti sotāpattimaggena. So hi paṭhamaṃ nibbānaṃ dassanato dassanan ti vutto.

109. Gotrabhū pana kiṃ cāpi paṭhamataraṃ nibbānaṃ passati? Yathā pana rañño santikaṃ kenacid eva karaṇīyena āgato puriso dūrato va rathikāya carantaṃ hatthikkhandhagataṃ rājānaṃ disvā pi 'diṭṭho te rājā ti' puṭṭho disvā kattabbakiccassa akatattā 'na passāmī ti' āha, evameva nibbānaṃ disvā kattabbassa kiccassa kilesappahānassābhāvā na dassanan ti vuccati. Taṃ hi ñāṇaṃ maggassa āvajjanaṭṭhāne tiṭṭhati.

110. Bhāvanāyā ti sesamaggattayena. Sesamaggattayaṃ hi paṭhamamaggena diṭṭhasmiṃ ñeva dhamme bhāvanāvasena uppajjati adhiṭṭhapubbaṃ kiñci na passati tasmā bhāvanā ti vuccati.

Tatiyapadaṃ ubhayapaṭikkhepavasena vuttaṃ.

Tadanantarattike dassanena pahātabbo hetu etesan ti dassanena pahātabbahetukā. Dutiyapade pi es'eva nayo.

111. Tatiyapade neva dassanena na bhāvanāya pahātabbo hetu etesan ti evaṃ atthaṃ agahetvā neva dassanena na bhāvanāya pahātabbo hetu etesaṃ atthī ti evaṃ attho

gahetabbo. Itarathā hi ahetukānaṃ agahaṇaṃ bhaveyya. Hetu yeva hi tesaṃ natthi yo dassanabhāvanāhi pahātabbo siyā. Sahetukesu pi hetuvajjānaṃ gahaṇaṃ āpajjati na hetunaṃ. Hetu yeva hi etesaṃ neva dessauena na hhāvanāya pahātabbo ti vutto. Na te dhammā ubhayaṃ pi etaṃ anadhippetaṃ, tasmā n'eva dassanena na hhāvanāya pahātabbo hetu etesaṃ atthī ti neva dassanena na bhāvanāya pahātabbahetukā ti ayam attho gahetabbo.

112. Ācayagāmittike¹ kammakilesehi āciyyatī ti ācayo. Paṭisandhicutigatipavattānaṃ etaṃ nāmaṃ.

Tassa kāraṇaṃ hutvā nipphādanabhāvena taṃ ācayaṃ gacchanti yassa vā pavattanti taṃ puggalaṃ yathāvuttaṃ eva ācayaṃ gameutī ti pi ācayagāmino.

Sāsavakusalākusalānaṃ etaṃ adhivacanaṃ.

Tato eva ācayasakkhātā cayā apetattā nibbānaṃ apetacayā ti apacayo. Taṃ ārammaṇaṃ katvā pavattanato apacayaṃ gacchantī ti apacayagāmino. Ariyamaggānaṃ etaṃ adhivacanaṃ.

Api ca pākāraṃ iṭṭhakavaḍḍhakī viya pavattaṃ ācinantā gacchantī ti ācayagāmino. Tena citaṃ citaṃ viddhaṃsayamāno puriso viya tad eva pavattaṃ apacinantā gacchanti ti apacayagāmino.

Tatiyapadaṃ ubhayapaṭikkhepena · vuttaṃ.

. 113. Sekhattike tīsu sikkhāsu jātā ti pi sekhā. Sattannaṃ sekhānaṃ ete ti pi sekhā. Apariyositasikkhattā sayam eva sikkhantī ti pi sekhā. Uparisikkhitabbābhāvato na sekkhā ti asekkhā. Vuḍḍhippattā vā sekkhā ti pi asekkhā. Arahattaphaladhammānaṃ etaṃ adhivacanaṃ. Tatiyapadaṃ ubhayapaṭikkhepena vuttaṃ.

114. Parittattike samantato khaṇḍitattā appamattakaṃ parittan ti vuccati parittaṃ gomayapiṇḍan ti ādisu viya. Ime pi appānubhāvatāya parittā viyā ti parittā kāmāvacaradhammānaṃ etam adhivacanaṃ. Kilesavikkhambhanasamatthatāya vipulaphalatāya dīghasantānatāya ca mahantabhāvaṃgatā mahantehi vā uḷāracchandaviriyacittapaññehi gatā paṭipannā ti pi mahaggatā.

---

¹ Dhs. p. 2.

Pamāṇakarā dhammarāgādayo pamāṇaṃ nāma. Ārammaṇato vā sampayogato vā natthi etesaṃ pamāṇaṃ pamāṇassa ca paṭipakkhā ti appamāṇā.

Parittārammaṇattike parittaṃ ārammaṇaṃ etesan ti parittārammaṇā. Sesapadadvaye pi es'eva nayo.

115. Hīnattike hīnā ti lāmakā akusalā dhammā, hīnapaṇītānaṃ majjhe bhāvā ti majjhimā, avasesā tebhūmakā dhammā. Uttamaṭṭhena anappakaṭṭhena ca paṇītā lokuttarā dhammā.

116. Micchattattike hitasukhāvahā me bhavissantī ti evaṃ āsiṃsitā pi tathā abhāvato asubhādīsu yeva subhan ti ādi viparītapavattito[1] ca micchāsabhāvā ti micchattā, vipākadāne sati khandhabhedānantaram eva vipākadānato niyatā. Micchattā ca te niyatā cā ti micchattaniyatā vuttaviparītena atthena sammāsabhāvā ti. Sammattā sampattā ca te niyatā ca anantaram eva phaladānenā ti sammattaniyatā. Ubhayato pi na niyatā ti aniyatā.

117. Maggārammaṇattike nibbānaṃ maggati gavesati kilese vā mārento gacchati ti maggo. Maggo ārammaṇaṃ etesan ti maggārammaṇā.

Aṭṭhaṅgiko pi maggo paccayaṭṭhena etesaṃ hetū ti maggahetukā. Maggasampayuttā vā hetū ti maggahetu maggo vā hetū ti maggahetu. Te etesaṃ hetū ti maggahetukā. Sammādiṭṭhi sayaṃ maggo ceva hetu ca iti maggo hetu etesan ti pi maggahetukā, adhibhavitvā pavattanaṭṭhena maggo adhipati etesan ti maggādhipatino.

118. Uppannattike uppādato paṭṭhāya yāva bhavaṅgā uddhaṃ pannāgatā pavattā ti uppannā, na uppannā ti anuppannā. Pariniṭṭhitakāraṇekadesattā avassaṃ uppajjissantī ti uppādino.

119. Atītattike attano sabhāvaṃ uppādādilakkhaṇaṃ vā patvā atikkantā ti atītā, tadubhayam pi na āgatā ti anāgatā. Taṃ kāraṇaṃ paṭicca uppannā ti paccuppannā.

120. Anantarattike atītaṃ ārammaṇaṃ etesan ti atītārammaṇā. Sesapadadvaye pi es'eva nayo.

---

[1] subhādiviparīta° Atthayoj.

121. Ajjhattattike evaṃ pavattamānā 'mayaṃ attā ti gahaṇaṃ gamissāmā ti' iminā viya adhippāyena attānaṃ adhikāraṃ katvā pavattā ti ajjhattā.

Ajjhattasaddo panāyaṃ gocarajjhatte niyakajjhatte ajjhattajjhatte visayajjhatte ti catūsu atthesu dissati.

Ten' Ānanda bhikkhunā tasmiṃ yeva purimasmiṃ samādhinimitte ajjhattam eva cittaṃ saṇṭhapetabbaṃ. Ajjhattarato samāhito ti ādisu hi ayaṃ gocarajjhatte dissati.

Ajjhattaṃ sampasādanaṃ ajjhattaṃ vā dhammesu dhammānupassī viharatī ti ādisu niyakajjhatte.

Cha ajjhattikāni āyatanānī ti ādisu ajjhattajjhatte.

Ayaṃ kho pan' Ānanda vihāro Tathāgatena abhisambuddho yad idaṃ sabbanimittānaṃ amanasikārā ajjhattaṃ suññatam upasampajja viharatī ti visayajjhatte issariyaṭṭhāne ti attho.

Phalasamāpattihi buddhānaṃ issariyaṭṭhānaṃ nāma.

Idha pana niyakajjhatte adhippeto tasmā attano santāne pavattā pāṭipuggalikā dhammā ajjhattā ti veditabbā.

122. Tato bahibhūtā pana indriyabaddhā vā anindriyabaddhā vā bahiddhā nāma.

Tatiyapadaṃ tadubhayavasena vuttaṃ.

123. Anantarattiko te yeva tippakāre pi dhamme ārammaṇaṃ katvā pavattanavasena vutto.

124. Sanidassanattike daṭṭhabbabhāvasaṅkhātena saha nidassanenā ti sanidassanā, paṭihananabhāvasaṅkhātena saha paṭighenā ti sappaṭighā, sanidassanā ca te sappaṭighā cā ti sanidassanasappaṭighā, natthi etesaṃ daṭṭhabbabhāvasaṅkhātaṃ nidassanan ti anidassanā, anidassanā ca te vuttanayen'eva sappaṭighā cā ti anidassanasappaṭighā.

Tatiyapadaṃ ubhayapaṭikkhepena vuttaṃ.

Ayaṃ tāva tikamātikāya anupubbavaṇṇanā.

125. Dukamātikāya pana tikesu anāgatapadavaṇṇanaṃ yeva karissāma.

Hetugocchake[1]. tāva hetudhammā ti mūlaṭṭhena hetusaṅkhātā dhammā. Hetu dhammā ti pi pāṭho.

---

[1] Dhs. p. 2., Hetū dhammā, etc.

Na hetū ti tesaṃ yeva paṭikkhepavacanaṃ sampayogato pavattena saha hetunā ti sahetukā.

Tath'eva pavatto natthi etesaṃ hetū ti ahetukā.

Ekuppādādinā[1] hetunā sampayuttā ti hetusampayuttā. Hetunā vippayuttā ti hetuvippayuttā imesañ ca dvinnaṃ pi dukānaṃ kiñcāpi atthato nānattaṃ natthi desanāvilāsena pana tathā bujjhantānaṃ vā puggalānaṃ ajjhāsayavasena vuttā.

126. Tato paraṃ paṭhamadukaṃ dutiyatatiyehi saddhiṃ yojetvā tesaṃ hetunahetuādīnaṃ padānaṃ vasena yathā sambhavato apare pi tayo dukā vuttā, tattha yath'eva hetū c'eva dhammā sahetukā cā ti etaṃ sambhavati tathā hetū c'eva dhammā ahetukā cā ti. Idaṃ pi yathā sahetukā c'eva dhammā na ca hetū ti etaṃ sambhavati tathā ahetukā c'eva dhammā na ca hetū ti. Idam pi hetusampayuttā dukena saddhiṃ yojanāya pi es'eva nayo.

Tatra yad etaṃ na hetukā dhammā sahetukā pi ahetukā pi ti siddhe. Na hetu kho pana dhammā ti atirittaṃ. Kho panā ti padaṃ vuttaṃ. Tassa vasena ayaṃ atirekattho saṅgahito ti veditabbo.

Kathaṃ na kevalaṃ na hetudhammā? Sahetu-ahetukā icc'eva. Atha kho aññe pi aññathā pi ti idaṃ vuttaṃ hoti. Yath'eva hi na hetudhammā sahetukā pi ahetukā pi evaṃ hetudhammā sahetukā pi ahetukā pi. Evaṃ na hetudhammā hetusampayuttā pi hetuvippayuttā pi ti.

127. Cullantaradukesu attano nipphādakena saha paccayenā ti sappaccayā, natthi etesaṃ uppāde vā ṭhitiyaṃ vā paccayo ti appaccayā.

Paccayehi samāgantvā katā ti saṅkhatā, na saṅkhatā ti asaṅkhatā.

Avinibhhogavasena rūpaṃ etesaṃ atthī ti rūpino, tathāvidhaṃ natthi etesaṃ rūpan ti arūpino.[2] Rūpalakkhaṇaṃ vā rūpaṃ taṃ etesaṃ atthī ti rūpino, na rūpino arūpino.

Lokiyā dhammā ti loko vuccati lujjanapalujjanaṭṭhena vaṭṭaṃ. Tasmiṃ pariyāpannabhāvena loke niyuttā ti lokiyā.

---

[1] Ekuppādāditāya T. M. [2] Dhs. p. 3.

Tato uttiṇṇā ti uttarā. Loke apariyāpannabhāvena lokato uttarā ti lokuttarā.

Kenaci viññeyyā ti cakkhuviññāṇādīsu kenaci etena cakkhuviññāṇena vā sotaviññāṇena vā vijānitabbā.

Kenaci na viññeyyā ti ten' eva cakkhuviññāṇena vā sotaviññāṇena vā vijānitabbā.

Evaṃ sante dvinnam pi padānaṃ atthanānattato duko hoti.

128. Āsavagocchake āsavantī ti āsavā. Cakkhuno pi . . . pe . . . manato pi sandanti pavattantī ti vuttaṃ hoti, dhammato yāva gotrabhū, okāsato yāva bhavaggaṃ savantī ti vā āsavā. Ete dhamme etañ ca okāsaṃ anto karitvā pavattantī ti attho. Anto karaṇattho hi ayaṃ ākāro. Cirapārivāsiyaṭṭhena madirādayo āsavā viyā ti pi āsavā. Lokasmiṃ hi cirapārivāsikā madirādayo āsavā ti vuccanti.

Yadi ca cirapārivāsikaṭṭhena āsavā ete yeva bhavitum arahanti. Vuttaṃ h'etaṃ:

Purimā bhikkhave koṭi na paññāyati avijjāya ito pubbe avijjā nāhosī ti ādi.

Āyataṃ vā saṃsāradukkhaṃ savanti pasavantī ti āsavā tato añño no āsavā nāma.

Attānaṃ ārammaṇaṃ katvā pavattehi saha āsavehī ti sāsavā evaṃ pavattamānā, natthi etesaṃ āsavā ti anāsavā.

Sesaṃ hetugocchake vuttanayen'eva veditabbaṃ.

Ayaṃ pana viseso: yathā tattha na hetu kho pana dhammā sahetukā pi ahetukā pī ti ayaṃ osānaduko paṭhamadukassa dutiyapadaṃ ādimhi ṭhapetvā vutto. Evaṃ idha no āsavā kho pana dhammā sāsavā pi anāsavā pī ti na vuttā.

Kiñcāpi na vutto atha kho ayañ ca añño ca bhedo tattha vuttanayen'eva veditabbo.

129. Saṃyojanagocchake yassa saṃvijjanti taṃ puggalaṃ vaṭṭasmiṃ saṃyojenti bandhantī ti saṃyojanā.

Tato aññe no saṃyojanā nāma.

Ārammaṇabhāvaṃ upagantvā saṃyojanasaṃvaddhanena saṃyojanānaṃ hitā ti saṃyojanīyā saṃyojanassa ārammaṇapaccayabhūtānam etaṃ adhivacanaṃ. Na saṃyojanīyā asaṃyojanīyā. Sesaṃ hetugocchake vuttanayen'eva veditabbaṃ.

130. Ganthagocchake yassa saṃvijjanti taṃ cutipaṭisandhivasena vaṭṭasmiṃ ganthenti ghaṭentī ti ganthā. Tato aññe no ganthā ārammaṇakaraṇavasena ganthehi ganthitabbā ti ganthaniyā. Sesaṃ hetugocchake vuttanayen'eva yojetabbaṃ.

Yathā ca idha evaṃ ito paresu pi vuttāvasesaṃ tattha tattha vuttanayen'eva veditabbaṃ.

131. Oghagocchake yassa saṃvijjanti taṃ vaṭṭasmiṃ ohananti osīdāpentī ti oghā.

Ārammaṇaṃ katvā atikkamaniyato oghehi atikkamitabbā ti oghaniyā oghānaṃ ārammaṇabhūtā evaṃ veditabbā.

132. Yogagocchake yassa saṃvijjanti taṃ vaṭṭasmiṃ yojentī ti yogā. Yoganīyā oghanīyā viya veditabbā.

133. Nīvaraṇagocchake cittaṃ nīvaranti pariyonandhantī ti nīvaraṇaṃ. Nīvaraṇīyā saṃyojanīyā viya veditabbā.

134. Parāmāsagocchake dhammānaṃ yathābhūtaṃ aniccādiākāraṃ atikkamitvā niccan ti ādivasena pavattamānā parato āmasantī ti parāmāsā. Parāmāsehi ārammaṇakaraṇavasena parāmaṭṭhattā parāmaṭṭhā. Mahantaradukesu ārammaṇaṃ agahetvā appavattito saha ārammaṇenā ti sārammaṇā, natthi etesaṃ ārammaṇan ti anārammaṇā.

Cintanaṭṭhena cittaṃ vicittaṭṭhena vā cittaṃ.

Avippayogavasena cetasmiṃ niyuttā ti cetasikā.

Nirantarabhāvūpagamanatāya uppādato yāva bhaṅgā cittena saṃsaṭṭhā ti cittasaṃsaṭṭhā.

Ekato pavattamānā pi nirantarabhāvaṃ anupagamanatāya cittena visaṃsaṭṭhā ti cittavisaṃsaṭṭhā.

Samuṭṭhahanti etenā ti samuṭṭhānaṃ. Cittaṃ samuṭṭhānaṃ etesan ti cittasamuṭṭhānā.

Saha bhavantī ti sahabhuno.

Cittena sahabhuno cittasahabhuno.

Anuparivattantī ti anuparivattino. Kiṃ anuparivattanti? Cittaṃ. Cittassa anuparivattino cittānuparivattino.

Cittasaṃsaṭṭhā va te cittasamuṭṭhānā yevā cā ti cittasaṃsaṭṭhasamuṭṭhānā.

Cittasaṃsaṭṭhā ca te cittasamuṭṭhānā ca cittasahabhuno evaṃ cā ti cittasaṃsaṭṭhasamuṭṭhānasahabhuno.

Cittasaṃsaṭṭhā ca te cittasamuṭṭhānā ca cittānuparivattino eva cā ti cittasaṃsaṭṭhasamuṭṭhānānuparivattino. Sesāni sabbapadāni vuttapadānam paṭikkhepavasena veditabbāni.

Ajjhattajjhattaṃ sandhāya ajjhattattike vuttavasena ajjhattā va ajjhattikā. Tato bahibbūtā ti bāhirā.

Upādiyant'eva bhūtāni na bhūtā viya. Upādiyantī ti upādānā, na upādiyant'evā ti nūpādā.

135. Upādānagocchake bhusaṃ ādiyantī ti upādānā. Daḷhagāhaṃ gaṇhantī ti attho. Tato aññe no upādānā.

136. Kilesagocchake saṅkiliṭṭhattike vuttanayen'eva attho veditabbo.

137. Piṭṭhidukesu kāme avacarantī ti kāmāvacarā, rūpe avacarantī ti rūpāvacarā, arūpe avacarantī ti arūpāvacarā.

Ayaṃ ettha saṅkhepo, vitthāro pana parato āvibhavissati.

Tebhūmakavaṭṭe pariyāpannaautogadhā ti pariyāpannā, tasmiṃ na pariyāpannā ti apariyāpannā.

Vaṭṭamūlaṃ chindantā nibbānaṃ ārammaṇaṃ katvā vaṭṭato niyyantī ti niyyānikā. Iminā lakkhaṇena na niyyantī ti aniyyānikā.

Cutiyā vā attano vā pavattiyā anantaraṃ phaladāne niyatattā niyatā. Tathā aniyatattā aniyatā.

Aññe dhamme uttaranti pajahantī ti uttarā, attānaṃ uttarituṃ samatthehi saha uttarehī ti sauttarā, natthi etesaṃ uttarā ti anuttarā, raṇanti etehī ti raṇā. Yehi abhibhūtā sattā nānappakārena kandanti paridevanti tesaṃ rāgādīnaṃ etaṃ adhivacanaṃ. Sampayogavasena pahānekaṭṭhatāvasena ca saha raṇehī ti saraṇā. Tena kāraṇena natthi etesaṃ raṇā ti araṇā.

138. Suttantikadukesu sampayogavasena vijjaṃ bhajantī ti pi vijjābhāgino, vijjābhāge vijjākoṭṭhāse vattantī ti pi vijjābhāgino.

Tattha vipassanā ñāṇaṃ manomayiddhi cha abhiññā ti aṭṭha vijjā purimena atthena tāhi sampayuttā dhammā pi vijjābhāgino.

Pacchimena atthena tāsu yā kāci ekā vijjā vijjā, sesā vijjā-bhāgino ti. Evaṃ vijjā pi vijjāya sampayuttā dhammaū pi vijjābhāgino tveva veditabbā.

Idha pana sampayuttā dhammā va adhippetā.

139. Sampayogavasen'eva avijjaṃ bhajantī ti pi avijjābhā-gino, avijjābhāge avijjākoṭṭhāse vattantī ti pi avijjābhāgino. Tattha dukkhapaṭicchādakaṃ tamosamudayādipaṭicchā-dakan ti catusso avijjā.

Purimanayen'eva tā pi sampayuttadhammā pi avijjābhā-gino. Pacchimena atthena tāsu yā kāci ekā avijjā avijjā, sesā avijjābhāgino ti.

Evaṃ avijjā pi avijjāsampayuttā dhammā pi avijjābhā-gino tveva veditabbā.

Idha pana sampayuttā dhammā va adhippetā.

140. Puna anajjhottharaṇabhāvena kilesandhakāraṃ viddhaṃsetuṃ asamatthatāya vijju upamā etesan ti vijjū-pamā, nissesaviddhaṃsanasamatthatāya vajiraṃ upamā etesaṃ ti vajirūpamā.

141. Bālesu ṭhitattā bālā, yattha ṭhitā tadupacāreṇa bālā, paṇḍitesu ṭhitattā paṇḍitā.

Bālakarattā vā bālā, paṇḍitakarattā vā paṇḍitā.

142. Kaṇhā ti kālakā cittassa apabhassarabhāvakaraṇā. Sukkā ti odātā tathā cittassa pabhassarabhāvakaraṇā.

Kaṇhābhijātihetuto vā kaṇhā. Sukkābhijātihotuto vā sukkā.

143. Idha c'eva samparāye va tapantī ti tapanīyā. Na tapanīyā atapanīyā.

144. Adhivacanadukādayo tayo atthato ninnakaraṇā. Vyañjanam ev'ettha nānaṃ. Sirivaḍḍhako dhanavaḍḍhako ti ādayo hi vacanamattam eva adhikāraṃ katvā pavattā adhivacanā nāma.

Adhivacanānaṃ pathā adhivacanapathā.

145. Abhisaṅkharontī ti kho bhikkhave, tasmā saṅkhārā ti. Evaṃ nidhāretvā sahetukaṃ katvā vuccamānā abhilāpā. Niruttīnam pathā niruttipathā.

146. Takko vitakko saṅkappo ti evaṃ tena tena pakārena ñāpanato paññatti nāma. Paññattīnaṃ pathā paññatti-pathā.

Ettha ca ekaṃ dukaṃ vatvā pi itare saṃvacane payojanaṃ hetugocchake vuttanayen'eva veditabbaṃ.

147. Nāmarūpaduke nāmakarapaṭṭhena nāmaṭṭhena namanaṭṭhena ca nāmaṃ, ruppanaṭṭhena rūpaṃ. Ayam ettha saṅkhepo, vitthāro pana nikkhepakaṇḍe āvibhavissati.

148. Avijjā ti dukkhādisu aññāṇaṃ. Bhavataṇhā ti bhavapatthanā.

149. Bhavadiṭṭhī ti bhāvo vuccati, sassataṃ sassatavāsena uppajjanadiṭṭhi. Vibhavadiṭṭhī ti vibhavo vuccati.

150. Ucchedaṃ ucchedavāsena uppajjanadiṭṭhi, sassato attā ca loko cā ti pavattā diṭṭhi sassatadiṭṭhi. Ucchijjissatī ti pavattā ucchedadiṭṭhi.

151. Antavā ti pavattā diṭṭhi antavādiṭṭhi. Anantavā ti pavattā diṭṭhi anantavādiṭṭhi.

Pubbantam anugatā diṭṭhi pubbantānudiṭṭhi, aparantaṃ anugatā diṭṭhi aparantānudiṭṭhi.

152. Ahirikan ti yaṃ na hirīyati hiriyitabbenā ti evaṃ vitthāritā nillajjatā. Anottappan ti yaṃ na ottapati ottapitabbenā ti evaṃ vitthārito abhāyanakaṅkāro.

153. Hirīyanā hiri, ottapanā ottappaṃ.

154. Dovacassatādisu dukkhaṃ vaco. Etasmiṃ vippaṭikulabhāgimhi' vipaccanīkasāte anādare puggale ti dubbaco. Tassa kammaṃ dovacassaṃ, tassa bhāvo dovacassatā. Pāpā assaddhādayo puggalā. Etassa mitto ti pāpamitto, tassa bhāvo pāpamittatā.

155. Sovacassatā ca kalyāṇamittatā ca vuttapaṭipakkhanayena veditabbā.

156. Pañca pi āpattikkhandhā āpattiyo satta pi āpattikkhandhā āpattiyo ti. Evaṃ vuttāsu āpattīsu kusalabhāvo āpattikusalatā. Tāhi āpattīhi vuṭṭhāne kusalabhāvo āpattiuṭṭhānakusalatā.

157. Samāpattīsu kusalabhāvo samāpattikusalatā. Samāpattīnaṃ appanā paricchedapaññāy'etaṃ adhivacanaṃ.

' vippaṭikulavābinuhi (?) M.

Samāpattīhi vuṭṭhāne kusalabhāvo samāpattivuṭṭhānakusalatā.

158. Aṭṭhārasasu dhātūsu kusalabhāvo dhātukusalatā. Tāsaṃ yeva dhātūnaṃ manasikāre kusalabhāvo manasikārakusalatā.

159. Cakkhāyatanādisu kusalabhāvo āyatanakusalatā. Dvādasaṅge paṭicca samuppāde kusalabhāvo paṭiccasamuppādakusalatā.

160. Tasmiṃ tasmiṃ ṭhāne kusalabhāvo ṭhānakusalatā. Ṭhānan ti kāraṇaṃ vuccati. Tasmiṃ hi tadāyattavuttitāya phalaṃ tiṭṭhati nāma, tasmā ṭhānan ti vuttaṃ. Aṭṭhāne kusalabhāvo aṭṭhānakusalatā.

161. Ujubhāvo ajjavo, mudubhāvo maddavo.

162. Adhivāsanasaṅkhāto khamanabhāvo khanti. Suratabhāvo soraccaṃ.

163. Sammodakamudubhāvasaṅkhāto sakhilabhāvo sākhalyaṃ.

Yathā parehi saddhiṃ attano chiddaṃ na hoti evaṃ dhammāmisehi paṭisantharaṇaṃ paṭisanthāro.

164. Indriyasaṃvarabhedasaṅkhāto manacchaṭṭhesu indriyesu aguttadvārabhāvo indriyesu aguttadvāratā. Paṭiggahaṇaparibhogavasena bhojane mattaṃ ajānanabhāvo bhojane amattaññutā.

Anantaraduko vuttapaṭipakkhanayena veditabbo.

165. Sativippavāsasaṅkhāto muṭṭhassatibhāvo muṭṭhasaccaṃ.

Asampajaññabhāvo[1] asampajaññaṃ.

166. Saratī ti sati, sampajānātī ti sampajaññaṃ.

167. Appaṭisaṅkhāne akampanaṭṭhena paṭisaṅkhātaṃ balaṃ paṭisaṅkhānabalaṃ, viriyavasena satta bojjhaṅge bhāventassa uppannabalaṃ bhāvanābalaṃ.

168. Paccanīkadhamme sametī ti samatho, aniccādivasena vividhena ākārena passatī ti vipassanāsamatho, taṃ ākāraṃ gahetvā puna pavattetabbassa samathassa nimittavasena samathanimittaṃ.

Paggahanimitto pi es' eva nayo.

---

[1] Asampajānanabhāvo M. C. G.

169. Sampayuttadhamme paggaṇhātī ti paggaho, na vikkhipatī ti avikkhepo.

170. Sīlavināsakaasaṃvarasaṅkhātā sīlassa vipatti sīlavipatti. Sammādiṭṭhivināsakamicchādiṭṭhisaṅkhātā diṭṭhiyā vipatti diṭṭhivipatti.

171. Soraccam eva sīlass' upasampādanato sīlaparipūraṇato sīlassa sampadā ti sīlasampadā.

Diṭṭhipāripūrībhūtaṃ ñāṇaṃ diṭṭhiyā sampadā ti diṭṭhisampadā.

172. Visuddhabhāvaṃ pattā sīlasaṅkhātā sīlassa visuddhi sīlavisuddhi, nibbānasaṅkhātaṃ visuddhiṃ pāpetuṃ samatthā dassanasaṅkhātā diṭṭhiyā visuddhi diṭṭhivisuddhi.

Diṭṭhivisuddhi kho pana yathā diṭṭhissa ca padhānan ti kammassa katañāṇādisaṅkhātā diṭṭhivisuddhi c'eva yathā diṭṭhissa ca anurūpadiṭṭhissa kalyāṇadiṭṭhissa taṃ sampayuttam eva padhānaṃ.

173. Saṃvego ti jātiādīni paṭicca samuppannabhayasaṅkhātaṃ saṃvijjanaṃ.

Saṃvejanīyaṃ ṭhānan ti saṃvejanakaṃ jātiādikāraṇaṃ saṃviggassa ca yoniso padhānan ti evaṃ saṃvegajātassa upadhānapadhānaṃ.

174. Asantuṭṭhitā ca kusalesu dhammesū ti kusaladhammapūraṇe asantuṭṭhibhāvo.

175. Appaṭivānitā ca padhānasmin ti arahattaṃ appatvā padhānasmiṃ anivattanatā anosakkanatā vijānanato vijjāvimuccanato vimutti.

176. Khaye ñāṇan ti kilesakkhayakaro ariyamagge ñāṇaṃ.

Anuppāde ñāṇan ti paṭisandhivasena anuppādabhūte taṃ taṃ maggavajjhakilesānaṃ anuppādapariyosāne uppanne ariyaphale ñāṇaṃ.

Ayaṃ mātikāya anupubbavaṇṇanā.

177. Idāni yathā nikkhittāya mātikāya saṅgahite dhamme pabhedato dassetuṃ **katamo dhammā kusalā** ti idaṃ padabhājanīyaṃ āraddhaṃ. Tad etam: 'Yasmiṃ samaye kāmāvacaraṃ kusalam cittaṃ uppannaṃ hotī' ti paṭhamaṃ kāmāvacarakusalaṃ dassitaṃ, tassa tāva niddese dhamma-

vavatthānavāro saṅgahavāro suññatavāro ti tayo mahāvārā honti. Tesu dhammavavatthānavāro uddesaniddesavasena dvidhā ṭhito.

Tesu uddesavārassa pucchā samayaniddeso dhammuddeso appanā ti cattāro paricchedā. Tesu katame dhammā kusalā ti ayaṃ pucchā nāma. Yasmiṃ samaye kāmāvacaraṃ ... pe ... tasmiṃ samaye ti ayaṃ samayaniddeso nāma.

178. Phasso hoti ... pe ... avikkhepo hoti ti ayaṃ dhammuddeso nāma.

Ye vā pana tasmiṃ samaye aññe pi atthi paṭiccasamuppannā arūpino dhammā ime dhammā kusalā ti ayaṃ appanā nāma.

179. Evaṃ catūhi paricchedehi ṭhitassa uddesavārassa yvāyam paṭhamo pucchāparicchedo tattha katame dhammā kusalā ti ayaṃ kathetukamyatā pucchā. Pañcavidhā hi pucchā: Adiṭṭhajotanā pucchā, diṭṭhasaṃsandanā pucchā, vimaticchedanā pucchā, anumatipucchā, kathetukamyatā pucchā ti.

Tāsaṃ idaṃ nānattaṃ: Katamā adiṭṭhajotanā pucchā? Pakatiyā lakkhaṇaṃ aññātaṃ hoti adiṭṭhaṃ atulitaṃ atīritaṃ avibhūtaṃ avibhāvitaṃ. Tassa ñāṇāya dassanāya tulanāya tīraṇāya vibhūtatthāya vibhāvanatthāya pañhaṃ pucchati. Ayaṃ adiṭṭhajotanā pucchā.

Katamā diṭṭhasaṃsandanā pucchā? Pakatiyā lakkhaṇaṃ ñātaṃ hoti diṭṭhaṃ tulitaṃ tīritaṃ vibhūtaṃ vibhāvitaṃ. So taṃ aññehi paṇḍitehi saddhiṃ saṃsandanatthāya pañhaṃ pucchati. Ayaṃ diṭṭhasaṃsandanā pucchā.

Katamā vimaticchedanā pucchā? Pakatiyā saṃsayapakkhanto hoti vimatipakkhanto dveḷhakajāto. Evaṃ nu kho na nu kho kin nu kho kathan nu kho ti so vimaticchedanatthāya pañhaṃ pucchati. Ayaṃ vimaticchedanā pucchā.

Katamā anumatipucchā? Bhagavā bhikkhūnaṃ anumatipañhaṃ pucchati: Taṃ kiṃ maññatha bhikkhave rūpaṃ niccaṃ vā aniccaṃ vā ti? Aniccaṃ bhante. Yaṃ panāniccaṃ dukkhaṃ vā taṃ sukhaṃ vā ti? Dukkhaṃ bhante. Yaṃ panāniccaṃ dukkhaṃ vipariṇāmadhammaṃ kallan nu taṃ samanupassituṃ? Etaṃ mama, eso'ham asmi, eso me attā ti? No h'etaṃ bhante. Ayaṃ anumatipucchā.

Katamā kathetukamyatā pucchā? Bhagavā bhikkhūnaṃ kathetukamyatāpañhaṃ pucchati: Cattāro' me bhikkhave satipaṭṭhānā, katame cattāro? Ayaṃ kathetukamyatā pucchā ti.

180. Tattha Buddhānaṃ purimā tisso pucchā natthi. Kasmā? Buddhānaṃ hi tīsu addhāsu kiñci saṅkhataṃ addhāvimuttaṃ vā asaṅkhataṃ adiṭṭhaṃ ajotitaṃ atulitaṃ atīritaṃ avibhūtaṃ avibhāvitaṃ nāma natthi. Tena tesaṃ adiṭṭhajotanā pucchā natthi. Yaṃ pana Bhagavatā attano ñāṇena paṭividdhaṃ tassa aññena samaṇena vā brāhmaṇena vā devena vā Mārena vā Brahmunā vā saddhiṃ saṃsandanakiccaṃ natthi, ten' assa diṭṭhasaṃsandanā pucchā natthi. Yasmā pan' esa akathaṃkathī tiṇṇavicikiccho sabbadhammesu vigatasaṃsayo ten' assa vimaticchedanā pucchā natthi.

Itarā pana dve pucchā Bhagavato atthi.

Tāsu ayaṃ kathetukamyatā pucchā ti veditabbā.

181. Tattha katame ti padena niddisitabbadhamme pucchati. Dhammā kusalā ti vacanamattena kiṃ katā kiṃ vā karontī ti na sakkā ñātuṃ.

Katame ti vutte pana tesaṃ puṭṭhabhāvo paññāyati. Tena vuttaṃ katame ti padena niddisitabbadhamme pucchatī ti. Dhammā kusalā ti padadvayena pucchāya puṭṭhadhamme dasseti, tesaṃ attho heṭṭhā pakāsito eva.

182. Kasmā pan' ettha mātikāyaṃ viya kusalā dhammā ti avatvā dhammā kusalā ti padānukkamo kato ti? Pabhedato dhammānaṃ desanaṃ dīpetvā pabhedavantadassanatthaṃ. Imasmiṃ hi Abhidhamme dhammā va desetabbā te ca kusalādihi bhedehi anekappabhedā. Tasmā dhammā yeva idha desetabbā nāyaṃ vohāradesanā te ca anekappabhedato desetabbā na dhammamattato. Pabhedato hi desanā ghanavinibbhogapaṭisambhidāñāṇāvahā hotī ti.

Kusalā dhammā ti evaṃ pabhedato dhammānaṃ desanaṃ dīpetvā idāni ye tena pabhedena desetabbā dhammā te dassetuṃ ayaṃ katame dhammā kusalā ti padāuukkamo kato ti veditabbo.

Pabhedavantesu hi dassitesu pabhedo dassiyamāno yujjati suviññeyyo ca hoti ti.

183. Idāni yasmiṃsamaye kāmāvacaraṃ kusalaṃ cittan ti ettha samaye niddisi cittaṃ, citteua samayaṃ muni niyametvāna dipetuṃ dhamme tatthappabhedato. Yasmiṃ samaye kāmāvacarakusalaṃ cittan ti hi niddisanto Bhagavā samaye cittaṃ niddisi. Kiṃkāraṇā? Tena samayaniyamiteua cittena pariyosāne. Tasmiṃ samayo ti evaṃ samayaṃ niyametvāna atthaṃ vijjamāno pi samayanānatte yasmiṃ samaye cittaṃ hoti tasmiṃ yeva samaye phasso hoti vedanā hotī ti. Evaṃ tasmiṃ cittaniyamite samaye etesan tī ti samūhakiccārammaṇaghaṇavasena duranubodhappabhede phassavedanādayo dhamme bodhetun ti attho.

Idāni yasmiṃ samaye ti ādisu ayam anupubbavaṇṇanā. Yasmiṃ ti aniyamato bhummaniddeso samayo ti aniyamena nidditthaparidīpanaṃ ettāvatā aniyamato samayo niddiṭṭho hoti.

Tattha samayasaddo:

Samavāye khaṇe kāle samūhe hetudiṭṭhisu
paṭilābhe pahāne ca paṭivedhe ca dissati.

184. Tathā hi'ssa appeva nāma svo pi upasaṅkameyyāma kālañ ca samayañ ca upādāyā ti evamādisu samavāye attho.

Eko va kho bhikkhave khaṇo ca samayo ca brahmacariyavāsāyā ti ādisu khaṇe.

Uṇhasamayo pariḷāhasamayo ti ādisu kāle.

Mahāsamayo pavanasmin ti ādisu samūhe.

Samayo pi kho te Bhaddāli appaṭividdho ahosi. Bhagavā pi kho Sāvatthiyaṃ viharati, Bhagavā pi maṃ jānissati Bhaddāli nāma bhikkhu Satthu sāsane sikkhāya aparipūrakārī ti. Ayam pi kho te Bhaddāli samayo appaṭividdho ahosī ti ādisu hetu.

Tena kho pana samayena uggahamāno paribbājako samaṇa-Muṇḍikaputto samayappavādake tindukācīre ekasālake Mallikāya ārāme paṭivasatī ti ādisu diṭṭhi.

Diṭṭhe dhamme ca yo attho yo c'attho samparāyiko
atthābhisamayā dhīro paṇḍito ti pavuccatī ti.

ādisu paṭilābho. Sammā mānābhisamayā antam akāsi dukkhassā ti ādisu pahānaṃ.

Dukkhassa pīḷanaṭṭho saṅkhataṭṭho santāpaṭṭho vipariṇāmaṭṭho abhisamayaṭṭho ti ādisu paṭivedho.

Evam anekesu samayesu

Samavāyo khaṇo kālo samūho hetu yeva ca
ete pañca pi viññeyyā samayā idha viññunā.

185. Yasmiṃ samaye kāmāvacaraṃ kusalan ti imasmiṃ hi kusalādhikāre tesu navasu samayesu ete samavāyādayo pañca samayā paṇḍitena veditabbā.

Tesu paccayasāmaggī samavāyo khaṇo pana
eko va navamo ñeyyo cakkāni caturo pi vā.

Yā hi esā sādhāraṇaphalanipphādakattena saṇṭhitā paccayānaṃ sāmaggī sā idha samavāyo ti ñātabbā.

Eko ca kho bhikkhave khaṇo ca samavāyo ca brahmacariyavāsāyā ti evaṃ vutto pana navamo ca eko khaṇo ti veditabbo.

186. Yāni vā pan'etāni cattār'imāni bhikkhave cakkāni yehi samannāgatānaṃ devamanussānaṃ catucakkaṃ vattatī ti ettha paṭirūpadesavāso sappurisūpassayo attasammāpaṇidhi apubbe ca katapuññatā ti cattāri cakkāni vuttāni tāni vā ekajjhaṃ katvā okāsaṭṭhena khaṇo ti veditabbo ti.

Tāni ti kusaluppattiyā okāsabhūtāni. Evaṃ samavāyaṃ khaṇañ ca ñatvā itaresu taṃ taṃ upādāya paññatto kālo vohāramattako puñjo phassādidhammānaṃ samūho ti vibhāvito.

187. Cittakālo rūpakālo ti ādinā hi nayena dhammena vā atīto anāgato ti ādinā nayena dhammavuttiṃ vā bījakalo aṅkurakālo ti ādinā nayena dhammapaṭipāṭiṃ vā uppā-

dakālo jarākālo ti ādinā nayena dhammalakkhaṇaṃ vā vediyanakālo sañjananakālo ti ādinā nayena dhammakiccaṃ vā nahānakālo pānakālo ti ādinā nayena sattakiccaṃ vā gamanakālo ṭhānakālo ti ādinā nayena iriyāpathaṃ vā pubbaṇhasāyaṇhadivāratti ti ādinā nayena candimasuriyādiparivattanaṃ vā aḍḍhamāso māso ti ādinā nayena ahorattādisaṅkhātaṃ kālasamayaṃ vā ti evaṃ taṃ taṃ upādāya paññatto kālo nāma. So pan'esa sabhāvato avijjamānattā paññattimattako evā ti veditabbo.

188. Yo pan'esa phassavedanādīnaṃ dhammānaṃ puñjo so idha samūho ti vibhāvito. Evaṃ kālasamūhe pi ñatvā itaro pana. Hetū ti paccayo v'cttha tassa dvāravasena vā anekabhāvo viññeyyo paccayānaṃ vasena vā.

Ettha hi paccayo va hetu nāma tassa dvārānaṃ vā paccayānaṃ vā vasena anekabhāvo veditabbo.

189. Kathaṃ cakkhudvārādisu uppajjamānānaṃ cakkhuviññāṇādīnaṃ cakkhurūpaālokamanasikārādayo paccayā mahāpakaraṇe ca hetupaccayo ārammaṇapaccayo ti ādinā nayena catuvīsati paccayā vuttā? Te ṭhapetvā vipākapaccayañ ca pacchājātapaccayañ ca sesā kusaladbammānaṃ paccayā honti yeva. Te sabbe pi idha hetū ti adhippetā. Evam assa iminā dvāravasena vā paccayavasena vā anekabhāvo veditabbo.

Evaṃ ete samavāyādayo pañca atthā idha samayasaddena pariggahitā ti veditabbā.

190. Kasmā pana etesu pañcasu yaṃ kiñci ekaṃ apariggahetvā sabbesaṃ pariggaho kato ti?

Te tena tassa tassa atthavisesassa dīpanato. Etesu hi samavāyasaṅkhāto samayo anekahetuto vuttiṃ dīpeti tena ekakāraṇavādo paṭisedhito hoti. Samavāyo ca nāma sādhāraṇaphalanipphādane aññamaññāpekkho hoti. Tasmā cko kattā nāma natthi ti imam pi atthaṃ dīpeti.

Sabhāvena hi kārake asati kāraṇantarāpekkhā ayuttā ti. Evam ekassa kassaci kārakassa abhāvadīpanena sayaṃkataṃ sukhaṃ dukkhan ti ādi paṭisedhitaṃ hoti.

Tattha siyā yaṃ vuttaṃ: anekahetuto vuttiṃ dīpetī ti tan na yuttaṃ.

Kiṃkāraṇā? Asāmaggiyaṃ ahetūnaṃ sāmaggiyaṃ pi ahetubhāvāpattito. Na hi ekasmiṃ andhe daṭṭhuṃ asakkonto andhasataṃ passatī ti no na yuttaṃ. Sādhāraṇaphalanipphādakattena hi ṭhitabhāvo sāmaggi na anekesaṃ samodhānamattaṃ na ca andhānaṃ dassanaṃ nāma sādhāraṇaphalaṃ. Kasmā? Andhasate pi tassa abhāvato' cakkhādīnaṃ pana taṃ sādhāraṇaphalaṃ. Tesaṃ bhāve bhāvato asāmaggiyaṃ ahetūnam pi ca sāmaggiyaṃ hetubhāvo siddho svāyam asāmaggiyaṃ phalābhāvena sāmaggiyaṃ c'assa bhāvena bhāvo veditabbo.

191. Cakkhādīnaṃ hi vekalle cakkhuviññāṇādīnaṃ abhāvo avekalle ca bhāvo paccakkhasiddho lokassā ti, ayaṃ tāva samavāyasaṅkhātena samayena attho dīpito.

Yo pan'esa aṭṭhahi akkhaṇehi parivattito navamo khaṇo patirūpadesavāsādiko ca catucakkasaṅkhāto okāsaṭṭhena khaṇo vutto so manussattabuddhuppādasammādiṭṭhiādikaṃ khaṇasāmaggiṃ vinā natthi. Manussattādīnañ ca kāṇakacchopamādīhi dullabhabhāvo iti khaṇassa dullabhattā suṭṭhutaraṃ khaṇāyattaṃ lokuttaradhammānaṃ upakārabhūtaṃ kusalaṃ dullabhaṃ eva. Evaṃ etesu khaṇasaṅkhāto samayo kusaluppattiyā dullabhabhāvaṃ dīpeti.

Evaṃ dīpentena vā'nena adhigatakhaṇānaṃ khaṇāyattass'eva tassa kusalassa ananuṭṭhānena moghaṃ khaṇaṃ kurumānānaṃ pamādavihāro paṭisedhito hoti. Ayaṃ khaṇasaṅkhātena samayena attho dīpito.

Yo pan'etassa kusalacittassa pavattikālo nāma so atiparitto sā c'assa atiparittatā. Yathā ca bhikkhave tassa purisassa javo yathā ca candimasuriyānaṃ javo yathā ca Yāmadevatā candimasuriyānaṃ purato dhāvanti tāsaṃ devatānaṃ javo tato sīghataraṃ āyusaṅkhārā khīyanti ti imassa suttassa aṭṭhakathāvasena veditabbā.

192. Tatra hi rūpajīvitindriyassa tāva parittako kālo vutto. Yāva pan'uppannaṃ rūpaṃ tiṭṭhati tāva soḷassa cittāni uppajjitvā bhijjanti. Iti tesaṃ kālaparittatāya

' andhasate satam pi tassa dassanābhāvato M.

upamā pi natthi. Ten' evāha; yāvañ c'idaṃ bhikkhave upamā pi na sukarā tāva lahuparivattaṃ cittan ti. Evam etesu kālasaṅkhāto samayo kusalacittappavattikālassa atiparittataṃ dīpeti. Evaṃ dīpentena cānena atiparittakālatāya vijjutobhāsena[1] muttāvutānam viya duppaṭivijjham idaṃ cittaṃ. Tasmā etassa paṭivedhe mahāussāho ca ādaro ca kattabbo ti ovādo dinno hoti. Ayaṃ kālasaṅkhātena samayena attho dīpito.

193. Samūhasaṅkhāto pana samayo anekesaṃ sahuppattiṃ dīpeti. Phassādīnaṃ hi dhammānaṃ puñjo samūho ti vutto, tasmiñ ca uppajjamānaṃ cittaṃ saha tehi dhammehi uppajjatī ti anekesaṃ sahuppatti dīpitā. Evaṃ dīpentena cānena ekass'eva dhammassa uppatti paṭisedhitā hoti. Ayaṃ samūhasaṅkhātena samayena attho dīpito hoti.

Hetusaṅkhāto pana samayo parāyattavuttitaṃ dīpeti. Yasmiṃ samaye ti hi padasā yasmā yamhi hetumhi sati uppannaṃ hotī ti ayam attho, tasmā hetumhi sati pavattito parāyattavuttitā dīpitā. Evaṃ dīpentena cānena dhammānaṃ savasavattitābhimāno paṭisedhito hoti, ayaṃ hetusaṅkhātena samayena attho dīpito hoti.

194. Tattha yasmiṃ samaye ti kālasaṅkhātassa samayassa vasena yasmiṃ kāle ti attho. Samūhasaṅkhātassa yasmiṃ samūhe ti. Khaṇasamavāyahetu saṅkhātānaṃ yasmiṃ khaṇe sati yāya sāmaggiyā sati yamhi hetumhi sati kāmāvacaraṃ kusalaṃ cittam uppannaṃ hoti tasmiṃ yeva sati phassādayo pi ayam attho veditabbo. Adhikāraṇaṃ hi kālasaṅkhāto samūhasaṅkhāto samayo tattha vuttadhammānan ti adhikaraṇavasen' ettha bhummaṃ.

Khaṇasamavāyahetusaṅkhātassa ca samayassa bhāvena tesaṃ bhāvo lakkhīyatī ti bhāvena bhāvalakkhaṇavasen' ettha bhummaṃ.

Kāmāvacaraṃ ti katame dhammā kāmāvacarā heṭṭhato Avīcinirayaṃ uparito paranimmitavasavattipariyantaṃ katvā ti ādinā nayena vuttesu kāmāvacaradhammesu pariyāpannaṃ tatr'āyaṃ vacanattho.

---

[1] vijjunobhāsena C.G.; vijjulatobhāsena M.

195. Uddānato dve kāmā vatthukāmo ca kilesakāmo ca. Tattha kilesakāmo atthato chandarāgo va, vatthukāmo tebhūmakavaṭṭaṃ, kilesakāmo c'ettha kāmetī ti kāmo, itaro kāmiyyatī ti kāmo. Yasmiṃ pana padese duvidho p'eso kāmo sampattapavattivasena[1] avacarati yo catunnaṃ apāyānaṃ manussānaṃ channañ ca devalokānaṃ vasena ekādasavidho padeso, kāmo ettha avacaratī ti kāmāvacaro.

Sasatthāvacaro viya. Yathā hi yasmiṃ padese sasatthā purisā avacaranti so vijjamānesu pi aññesu dipadacatuppadesu avacarantesu tesaṃ abhilakkhitattā sasatthāvacaro tveva vuccati, evaṃ vijjamānesu pi aññesu rūpāvacarādīsu tattha avacarantesu tesaṃ abhilakkhitattā ayaṃ padeso kāmāvacaro tveva vuccati.

196. Svāyaṃ yathārūpaṃ bhavo rūpaṃ evaṃ uttarapadalopaṃ katvā kāmo tveva vuccati.

Evam idaṃ cittaṃ imasmiṃ ekādasapadesasaṅkhāte kāme avacaratī ti kāmāvacaraṃ. Kiñcā pi hi etaṃ rūpaṃ rūpabhavesu pi avacarati yathā pana saṅgāme avacaraṇato saṅgāmāvacaro ti laddhanāmo nāgo nagare caranto pi saṅgāmāvacaro tveva vuccati.

197. Thalajalacarā ca pāṇino athalo ajale ṭhitā pi thalacarā jalacarā tveva vuccanti. Evam idaṃ aññattha avacarantam pi kāmāvacaram evā ti veditabbaṃ.

Ārammaṇakaraṇavasena vā ettha kāmo avacaratī ti pi kāmāvacaraṃ, kāmaṃ c'esa rūpārūpāvacaresu pi avacarati. Yathā pana vadatī ti[2] vaccho, mahiyaṃ setī ti mahiso ti vuttena. Yattakā vadanti[3] mahiyaṃ vā senti sabbesaṃ taṃ nāmaṃ hoti. Evaṃsampadam idaṃ veditabbaṃ.

Api ca kāmā bhavasaṅkhāte kāme paṭisandhiṃ avacāretī ti kāmāvacaraṃ.

198. Kusalan ti kucchitānaṃ salanādīhi atthehi kusalaṃ.

Api ca ārogyaṭṭhena anavajjaṭṭhena kosallasambhūtaṭṭhena ca kusalaṃ.

Yath' eva hi kacci nu bhoto kusalan ti rūpakāye anāturatāya agelaññena nivyādhitāya ārogyaṭṭhena kusalaṃ vuttaṃ evaṃ arūpadhamme pi kilesāturatāya kilesagelaññassa

---

[1] Sampatta, *om.* M. [2] vavatī ti M. [3] vavanti M.

kilesavyādhino abhāvena ārogyaṭṭhena kusalaṃ ti veditabbaṃ.

Kilesavajjassa pana kilesadosassa kilesadarathassa ca abhāvā anavajjaṭṭhena kusalaṃ.

199. Kosallaṃ vuccati paññā kosallato sambhūtattā kosallasambhūtaṭṭhena kusalaṃ. Ñāṇasampayuttaṃ tāva evaṃ hotu ñāṇavippayuttaṃ. Kathan ti taṃ pi rūḷhisaddena kusalaṃ eva? Yathā hi tālapaṇṇehi akatvā kilañjādīhi kataṃ taṃ sarikkhattā rūḷhisaddena tālavaṇṭan t'eva vuccati. Evaṃ ñāṇavippayuttaṃ pi kusalan t'eva veditabbaṃ.

Nippariyāyena pana ñāṇasampayuttaṃ ārogyaṭṭhena anavajjaṭṭhena kosallasambhūtaṭṭhenā ti tividhenā pi kusalaṃ ti nāmaṃ labhati ñāṇavippayuttaṃ duṭṭhen'eva.

200. Iti yañ ca jātakapariyāyena yañ ca Bāhitikasuttapariyāyena yañ ca Abhidhammapariyāyena kusalaṃ kathitaṃ sayan taṃ tīhi pi atthehi imasmiṃ citte labbhatī ti.

Tad etaṃ lakkhaṇādivasena anavajjasukhavipākalakkhaṇaṃ akusalaviddhaṃsanarasaṃ vodānapaccupaṭṭhānaṃ yoniso manasikārapadaṭṭhānaṃ sāvajjapaṭipakkhattā vā anavajjalakkhaṇam eva kusalaṃ vodānabhāvarasaṃ iṭṭhavipākapaccupaṭṭhānaṃ yathāvuttapadaṭṭhānam eva lakkhaṇādīsu hi.

Tesaṃ tesaṃ dhammānaṃ sabhāvo vā sāmaññaṃ vā lakkhaṇaṃ nāma.

201 Kiccaṃ vā sampatti vā raso nāma, upaṭṭhānākāro vā phalaṃ vā paccupaṭṭhānam nāma, āsannakāraṇaṃ padaṭṭhānaṃ nāma. Iti yattha lakkhaṇādīni vakkhāma tattha tattha iminā va nayena tesaṃ nānattaṃ veditabbaṃ.

Cittan ti ārammaṇaṃ. Cintetī ti cittaṃ vijānātī ti attho. Yasmā vā cittan ti sabbacittasādhāraṇo esa saddo tasmā yad ettha lokiyakusalākusalamahākiriyacittaṃ taṃ javanavīthivasena attano santānaṃ cinotī ti cittaṃ.

Vipākaṃ kammakilesehi cittan ti cittaṃ.

Api ca sabbam pi yathānurūpato cittatāya cittaṃ cittakaraṇatāya cittan ti evam p' ettha attho veditabbo.

202. Tattha yasmā aññad eva sarāgaṃ cittaṃ aññaṃ

sadosaṃ aññaṃ samohaṃ aññaṃ kāmāvacaraṃ aññaṃ rūpāvacarādibhedaṃ aññaṃ rūpārammaṇaṃ aññaṃ saddādiārammaṇaṃ rūpārammaṇesu pi aññaṃ nīlārammaṇaṃ[1] saddārammaṇādīsu es'eva nayo.

Sabbesu cā pi tesu aññaṃ hīnaṃ aññaṃ majjhimaṃ aññaṃ paṇītaṃ. Hīnādisu pi aññaṃ chandādhipatheyyaṃ aññaṃ viriyacittavīmaṃsādhipateyyaṃ. Tasmā 'ssa imesam payuttabhūmiārammaṇahīnamajjhimapaṇītādhipatīnaṃ vasena cittatā veditabbā.

203. Kāmañ c'ettha ekam evaṃ cittaṃ na hoti cittānam pana antogadhattā etesu yaṃ kiñci ekaṃ pi cittatāya cittam pi vattuṃ vaṭṭati. Evaṃ tāva cittatāya cittaṃ. Katham? Cittakaraṇatāyā ti. Lokasmiṃ hi cittakammato uttariṃ aññaṃ cittaṃ nāma natthi. Kasmim pi caraṇaṃ nāma cittaṃ aticittam eva hoti? Taṃ karontānaṃ cittakārānaṃ evaṃvidhāni ettha rūpāni kātabbānī ti cittasaññā uppajjati. Cittāya saññāya lekhāya gahaṇarañjaṇaujjotanavaṭṭanādinipphādikā cittakiriyā uppajjanti tato caraṇasaṅkhāte citte aññataraṃ vicittarūpaṃ nippajjati tato imassa rūpassa upari idaṃ hotu heṭṭhā idaṃ hotu ubhayapasse idan ti cintetvā yathācintitena kamena sesacittarūpanipphādanaṃ hoti. Evaṃ yaṃ kiñci loke vicittaṃ sippajātaṃ sabban taṃ citten' eva kayirati, evam imāya karaṇavicittatāya tassa tassa cittassa nipphādakaṃ cittam pi tath' eva cittaṃ hoti. Yathā cintitassa vā anavasesassa anippajjanato tato pi cittam eva cittataraṃ.

204. Tenāha Bhagavā: diṭṭhaṃ vo bhikkhave caraṇaṃ nāma cittan ti? Evam bhante. Tam pi kho bhikkhave caraṇaṃ cittaṃ citten' eva cintitaṃ. Tena pi kho bhikkhave caraṇena cittena cittaṃ yeva cittataran ti. Tathā yad etaṃ devamanussanirayatiracchānabhedāsu gatīsu kammaliṅgasaññāvohārādibhedaṃ ajjhattikaṃ cittaṃ tam pi cittakatam eva kāyakammādibhedaṃ dānasīlahiṃsātheyyādinayappavattaṃ[2] kusalākusalakammaṃ cittanipphāditaṃ kammanānattaṃ kammanānattena ca tāsu tāsu

---

[1] M. *inserts* aññam pi ādirammaṇaṃ.

[2] hiṃsāsādheyyādīnaṃ naya° M.

gatīsu hatthapādaudaragīvāmukhādisaṇṭhānabhinnaṃ liṅganānattaṃ liṅganānattato yathā gahitasaṇṭhānavasena ayaṃ itthi ayam puriso ti uppajjamānāya saññāya saññānānattaṃ saññānānattato saññānurūpena itthī ti vā puriso ti vā ti voharantānaṃ vohāranānattaṃ. Vohāranānattavasena pana yasmā itthī bhavissāmi puriso bhavissāmi khattiyo bhavissāmi brāhmaṇo bhavissāmī ti evaṃ tassa tassa attabhāvassa janakaṃ kammaṃ karīyati, tasmā vohāranānattato ca pan' etaṃ kammanānattaṃ. Yathā patthitaṃ bhavaṃ nibbattentaṃ yasmā gativasena nibbatteti tasmā kammanānattato gatinānattaṃ kammanānatten' eva ca tesaṃ tesaṃ sattānaṃ tassā tassā gatiyā uccanīcāditā tasmiṃ tasmiṃ attabhāve suvaṇṇadubbaṇṇāditā lābhālābhāditā ca paññāyati. Tasmā sabbam etaṃ devamanussanirayatiracchānabhedāsu gatīsu duggatīsu kammaliṅgasaññāvohārādibhedaṃ ajjhattikaṃ cittaṃ tan ti veditabbaṃ.

Svāyam attho imassa saṅgītiṃ anārūḷhassa suttassa vasena veditabbo.

205. Vuttaṃ h' etaṃ: kammanānattaputhuttapabhedavavatthānavasena liṅganānattaputhuttapabhedavavatthānaṃ bhavati, liṅganānattaputhuttapabhedavavatthānavasena saññānānattaputhuttapabhedavavatthānaṃ bhavati, saññānānattaputhuttapabhedavavatthānavasena vohāranānattaputhuttapabhedavavatthānaṃ bhavati, vohāranānattaputhuttapabhedavavatthānavasena kammanānattaputhuttapabhedavavatthānaṃ bhavati.

Kammanānākaraṇaṃ paṭicca sattānaṃ gatiyā nānākaraṇam paññāyati, apadā dipadā catuppadā bahuppadā rūpino arūpino saññino asaññino nevasaññīnāsaññino kammanānākaraṇaṃ paṭicca sattānaṃ uppattiyā nānākaraṇaṃ paññāyati, uccanīcatā hīnapaṇītatā sugataduggatatā kammanānākaraṇaṃ paṭicca sattānaṃ attabhāve nānākaraṇaṃ paññāyati, suvaṇṇadubbaṇṇatā sujātadujjātatā susaṇṭhitadussaṇṭhitatā kammanānākaraṇaṃ paṭicca sattānaṃ lokadhamme nānākaraṇaṃ paññāyati lābhālābhe yasāyase nindāpasaṃse sukhadukkhe ti.

206. Aparaṃ pi vuttaṃ:

Kammato liṅgato c'eva liṅgasaññā pavattare
saññāto bhedaṃ gacchanti itthāyaṃ puriso ti vā.

Kammanā vattatī loko kammanā vattatī pajā
kammanibandhanā sattā rathassāṇīva yāyato.[1]

Kammena kittiṃ labhati pasaṃsaṃ
kammena jāniñ ca vadhañ ca bandhanaṃ
kammassa nānākaraṇaṃ viditvā
tasmā vade natthi kamman ti loke.

Kammassakā[2] māṇava sattā kammadāyādā kammayonī kammabandhū kammapaṭisaraṇā kammaṃ satte vibhajati yad imaṃ hīnappaṇītatāyā ti, evam imāya karaṇacittatāya pi cittassa cittatā veditabbā. Sabbāni pi hi etāni vicittāni citten' eva katāni.

207. Aladdhokāsassa pana cittassa yaṃ vā pana avasesapaccayavikalaṃ tassa ekaccaṃ cittaṃ karaṇabhāvato yad etaṃ cittena kataṃ ajjhattikaṃ cittaṃ vuttaṃ tato pi cittam eva cittataraṃ. Tenāha Bhagavā: nāhaṃ bhikkhave aññaṃ ekanikāyam pi samanupassāmi evaṃcittaṃ yathayidaṃ bhikkhave tiracchānagatā pāṇā, tehi pi kho bhikkhave tiracchānagatehi pāṇehi cittaṃ yeva cittataran ti.

208. Uppannaṃ hotī ti ettha vattamānaṃ bhūtāpagatokāsakatabhūmiladdhavasena uppannaṃ nāma anekappabhedaṃ. tattha sabbam pi uppādajarābhaṅgasamaṅgīsaṅkhātaṃ vattamānuppannaṃ nāma.

Ārammaṇarasaṃ anubhavitvā niruddhaṃ anubhūtāpagatasaṅkhātaṃ kusalākusalaṃ uppādādittayam anuppatvā niruddhaṃ bhutvāpagatasaṅkhātaṃ sesasaṅkhātaṃ ca bhūtāpagatuppannan nāma. Yāni'ssa tāni pubbekatāni kammānī ti evam ādinā nayena vuttaṃ kammaṃ atītam pi samānaṃ aññaṃ vipākam paṭibāhitvā attano vipākass' okāsaṃ katvā ṭhitattā tathā katokāsañ ca vipākaṃ anuppannam pi samānaṃ evaṃ kate okāse ekantena uppajjanato okāsakatuppannan nāma.

---

[1] Suttanipāta 654. [2] Milindapañha p. 65.

Tāsu tāsu bhūmīsu asamūhataṃ akusalaṃ bbūmilad-
dhuppannaṃ nāma.

Ettha ca bhūmiyā bhūmiladdhassa ca nānattaṃ vedi-
tabbaṃ.

209. Bhūmī ti vipassanāya ārammaṇabhūtā tebhūmakā
pañca khandhā, bhūmiladdhan nāma tesu khandhesu
uppatti rahaṃ kilesajātaṃ, tena hi sā bhūmi laddhā nāma
hoti, tasmā ·bhūmiladdhan ti vuccati. Evam etesu catusu
uppannesu idha vattamānuppannaṃ adhippetaṃ.

Tatrāyaṃ vacanattho pubbantato uddhaṃ uppādā ti abhi-
mukhaṃ pannan ti uppannaṃ. Uppannasaddo pan'esa
atīte paṭiladdhasamuṭṭhite avikkhambhite asamucchinne
khaṇattayagate ti anekesu atthesu dissati. Ayaṃ hi tena
kho pana bhikkhave samayena Kakusandho Bhagavā ara-
haṃ sammāsambuddho loke uppanno ti ettha atīte āgato.

Āyasmato Ānandassa atirekacīvaraṃ uppannaṃ hotī ti
ettha paṭiladdhe.

Seyyathā pi bhikkhave uppannaṃ mahāmeghaṃ tamena
mahāvāto antarā yeva antaradhāpetī ti ettha samuṭṭhite.

Uppannaṃ gamiyacittaṃ duppaṭivinodaniyaṃ uppan-
nuppanne pāpake akusale dhammo ṭhānaso antaradhā-
petī ti ettha avikkhambhite.

Ariyaṃ aṭṭhaṅgikaṃ maggaṃ bhāvento bahulīkaronto
uppannuppanne pāpake akusalo dhamme ṭhānaso antarā
yeva antaradhāpetī ti ettha asamucchinne.

210. Uppajjamānaṃ uppannan ti? āmantā ti ettha
khaṇattayagate. Svāyam idhā pi khaṇattayagate va daṭṭha-
bbo.

Kasmā uppannaṃ hotī ti? ettha khaṇattayagataṃ hoti,
vattamānaṃ hoti, paccuppannaṃ hotī ti ayaṃ saṅkhe-
pattho. Cittaṃ uppannaṃ hotī ti c'otaṃ desanāsīsam eva
na pana cittaṃ ekakam eva uppajjati. Tasmā yathā rājā
āgato ti vutte na parisaṃ pahāya ekako va āgato rājā pari-
sāya pana saddhiṃ yeva āgato ti paññāyati. Evam idam
pi paro paṇṇāsakusaladhammehi saddhiṃ yeva uppannan
ti veditabbaṃ. Pubbaṅgamatthena pana cittaṃ uppannaṃ
hotī ti. Evaṃ vuttaṃ lokiyadhammaṃ hi patvā cittaṃ
jeṭṭhakaṃ cittaṃ dhuraṃ cittaṃ pubbaṅgamaṃ hoti.

211. Lokuttaraṃ dhammaṃ patvā paññā jeṭṭhikā paññā dhurā paññā pubbaṅgamā. Ten' eva Bhagavā vinayapariyāyaṃ patvā pañhaṃ pucchanto kiṃphasso si kiṃvedano kiṃsañño kiṃcetano sī ti apucchitvā 'kiṃcitto tvaṃ bhikkhū ti' cittam eva dhuraṃ katvā pucchati. 'Atheyyacitto ahaṃ Bhagavā ti' ca vutte 'anāpatti, bhikkhave, atheyyaphassassā ti' ādīni avatvā 'anāpatti bhikkhu atheyyacittassā ti' vadati. Na kevalañ ca vinayapariyāyaṃ aññam pi lokiyadesanaṃ desento cittam eva dhuraṃ katvā deseti.

Yathāha: ye keci bhikkhave dhammā akusalā akusalabhāgiyā akusalapakkhiyā sabbe te manopubbaṅgamā, mano tesaṃ dhammānaṃ paṭhamaṃ uppajjati.

Manopubbaṅgamā dhammā manoseṭṭhā manomayā.
Manasā ce paduṭṭhena bhāsati vā karoti vā
Tato naṃ dukkhaṃ anveti cakkaṃ va vahato padaṃ.
Manopubbaṅgamā dhammā manoseṭṭhā manomayā.
Manasā ce pasannena bhāsati vā karoti vā
Tato naṃ sukham anveti chāyā va anapāyinī.[1]
Cittena nīyati loko cittena parikassati
Cittassa ekadhammassa sabbe'va ca samanvagū.

212. Cittasaṅkilesā bhikkhave sattā saṅkilissanti, cittavodānā visujjhanti, pabhassaram idam bhikkhave cittaṃ tañ ca kho āgantukehi upakkilesehi upakkiliṭṭhaṃ.

Citte gahapati arakkhite kāyakammam pi arakkhitaṃ hoti, vacīkammam pi arakkhitaṃ hoti, manokammaṃ pi arakkhitaṃ hoti.

Citte gahapati rakkhite . . . pe . . . citte gahapati vyāpanne . . . pe . . . citte gahapati avyāpanne . . . pe . . . citte gahapati avassute . . . pe . . . citte gahapati anavassute kāyakammam pi anavassutaṃ hoti, vacīkammam pi anavassutaṃ hoti, manokammam pi anavassutaṃ hotī ti. Evaṃ lokiyadhammaṃ patvā cittaṃ jeṭṭhakaṃ hoti, cittaṃ dhuraṃ hoti, cittaṃ pubbaṅgamaṃ hotī ti veditabbaṃ.

---

[1] Dhammapada, 1. 2.

213. Imesu pana suttesu ekaṃ vā dve vā agahetvā suttānurakkhanatthāya sabbāni pi gahitānī ti veditabbāni.

Lokuttaradhammaṃ pucchanto pana kataraṃ phassaṃ adhigato 'si kataraṃ vedanaṃ kataraṃ saññaṃ kataraṃ cetanaṃ kataraṃ cittan ti apucchitvā kataraṃ paññaṃ tvaṃ bhikkhu adhigato si kiṃ paṭhamamaggapaññaṃ udāhu dutiyaṃ tatiyaṃ catutthaṃ maggapaññaṃ adhigato sī ti paññaṃ jeṭṭhakaṃ paññaṃ dhuraṃ katvā pucchati.

Paññuttarā sabbe kusalā dhammā na parihāyanti.

214. Paññā pana kimatthiyā? paññāvato bhikkhave ariyasāvakassa tadanvayā saddhā saṇṭhāti, tadanvayaṃ viriyaṃ saṇṭhāti, tadanvayā sati saṇṭhāti, tadanvayo samādhi saṇṭhātī ti.

Evam ādīni pan' ettha suttāni daṭṭhabbānī ti. Iti lokuttaradhammaṃ patvā paññā jeṭṭhikā hoti, paññā dhurā, paññā pubbaṅgamā ti veditabbā.

Ayaṃ pana lokiyadesanā.

Tasmā cittaṃ dhuraṃ katvā desento cittaṃ uppannaṃ hotī ti āha.

215. Somanassasahagatan ti sātamadhuravedayitasaṅkhātena somanassena saha ekuppādādibhāvaṅgataṃ. Ayaṃ pana sahagatasaddo tabbhāve vokiṇṇe nissaye ārammaṇe saṃsaṭṭhe ti imesu atthesu dissati.

Tattha 'yāyaṃ taṇhā ponobbhavikā nandirāgasahagatā' ti tabbhāve veditabbā nandirāgabhūtā ti attho.

'Yāyaṃ bhikkhave vimaṃsā kosajjasahagatā kosajjasampayuttā' ti vokiṇṇe veditabbā. Antarantarā uppajjamānena kosajjena vokiṇṇā ti ayam ettha attho.

'Aṭṭhikasaññāsahagataṃ satisambojjhaṅgaṃ bhāveti' ti nissaye veditabbo. Aṭṭhikasaññaṃ nissāya aṭṭhikasaññaṃ bhāvetvā paṭiladdhan ti attho.

'Lābhī hotī ti rūpasahagatānaṃ vā samāpattīnaṃ arūpasahagatānaṃ vā' ti ārammaṇe. Rūpārūpārammaṇan ti attho.

216. Idaṃ sukhaṃ imāya pītiyā sahagataṃ hoti saha-

jātaṃ sampayuttan ti. Saṃsaṭṭhe imasmim pi pade ayam eva attho adhippeto, somanassasaṃsaṭṭhaṃ hi idha somanassasahagatan ti vuttaṃ, saṃsaṭṭhasaddo c'esa sadise avassute cittasanthave sahajātesu bahusu atthesu dissati.

Ayaṃ hi 'kise thūle vivajjetvā saṃsaṭṭhā yojitā hayā ti' ettha sadise āgato.

'Saṃsaṭṭhā ca ayye tumhe viharathā ti' avassute.

'Gihīhi saṃsaṭṭho viharatī ti' cittasanthave. Idaṃ sukhaṃ imāya pītiyā sahagataṃ hoti sahajātaṃ saṃsaṭṭhasampayuttan ti sahajāte idhā pi sahajāte adhippeto.

Tattha sahagataṃ sahajātaṃ asesa-asampayuttaṃ nāma natthi. Sahajātaṃ pana saṃsaṭṭhasampayuttaṃ hoti pi na hoti pi, rūpārūpadhammesu hi ekato jātesu rūpaṃ arūpena sahajātaṃ hoti na saṃsaṭṭhaṃ na sampayuttaṃ tathā arūpam rūpena rūpaṃ ca rūpena arūpaṃ pana arūpena saddhiṃ niyamato sahagataṃ sahajātam saṃsaṭṭhaṃ sampayuttaṃ eva hotī ti taṃ sandhāya vuttaṃ somanassasahagatan ti.

Ñāṇasampayuttan ti ñāṇena sampayuttaṃ samaṃ ekuppādādipakārehi yuttan ti attho.

Yaṃ pan' ettha vattabbaṃ siyā taṃ mātikāvaṇṇanāya vedanattike vuttanayam eva.

Tasmā ekuppādā ekanirodhā ekavatthukā ekārammaṇā ti iminā lakkhaṇena taṃ sampayuttaṃ ti veditabbaṃ.

217. Ukkaṭṭhaniddeso c'esa āruppe pana viuā pi ekavatthukabhāvaṃ sampayogo labbhati. Ettāvatā kiṃ kathitaṃ? Kāmāvacarakusalesu somanassasahagataṃ tihetukaṃ ñāṇasampayuttaṃ asaṅkhārikasampayuttaṃ asaṅkhārikamahācittaṃ kathitaṃ. Katame dhammā kusalā ti hi aniyāmitapucchāya catubhūmakaṃ kusalaṃ gahitaṃ kāmāvacaraṃ kusalaṃ cittaṃ uppannaṃ hotī ti vacanena tebhūmakakusalaṃ pariccattaṃ aṭṭhavidhaṃ kāmāvacarakusalaṃ eva gahitaṃ. Somanassasahagatan ti vacanena tato catubbidham upekhāsahagataṃ pariccajitvā catubbidhaṃ somanassasahagatam eva gahitaṃ, ñāṇasampayuttan ti vacanena tato duvidhaṃ ñāṇavippayuttam

pariccajitvā dve ñāṇasampayuttān' eva gahitāni, asaṅkhāriyabhāvo pana pāḷiyaṃ anābhaṭṭhatāya yeva na gahito, kiñcāpi na gahito parato pana sasaṅkhārenā ti vacanato idha asaṅkhārenā ti avutte pi asaṅkhārabhāvo veditabbo.

Sammāsambuddho hi ādito vā idaṃ mahācittaṃ bhāvetvā dassetuṃ niyametvā ca imaṃ desanaṃ ārabhī ti evaṃ ettha sanniṭṭhānaṃ katan ti veditabbaṃ.

218. Idāni tam eva cittaṃ ārammaṇato dassetuṃ rūpārammaṇaṃ vā ti ādim āha. Bhagavā hi arūpadhammaṃ dassento vatthunā vā dasseti ārammaṇena vā vatthārammaṇehi vā sarasabhāvena vā.

219. Cakkhusamphasso . . . pe . . . manosamphasso ca cakkhusamphassajā vedanā . . . pe . . . manosamphassajā vedanā cakkhuviññāṇaṃ . . . pe . . . manoviññāṇan ti ādisu hi vatthunā arūpadhammā dassitā. Rūpasaññā . . . pe . . . dhammasaññā rūpasañcetanā . . . pe . . . dhammasañcetanā ti ādisu ārammaṇena cakkhuṃ ca paṭicca rūpe ca uppajjati cakkhuviññāṇaṃ, tiṇṇaṃ saṅgati phasso . . . pe . . . manañ ca paṭicca dhamme ca uppajjati manoviññāṇaṃ, tiṇṇaṃ saṅgati phasso ti ādisu vatthārammaṇehi avijjāpaccayā bhikkhave saṅkhārā saṅkhārapaccayā viññāṇan ti ādisu sarasabhāvena arūpadhammā dassitā. Imasmiṃ pana ṭhāne ārammaṇena dassento rūpārammaṇaṃ vā ti ādim āha.

220. Tattha catusamuṭṭhānam atītānāgatapaccuppannaṃ rūpam eva rūpārammaṇaṃ, dvisamuṭṭhāno atītānāgatapaccuppanno saddo va saddārammaṇaṃ, catusamuṭṭhāno atītānāgatapaccuppanno gandho va gandhārammaṇaṃ, catusamuṭṭhāno atītānāgatapaccuppanno raso va rasārammaṇaṃ, catusamuṭṭhānaṃ atītānāgatapaccuppannaṃ phoṭṭhabbam eva phoṭṭhabbārammaṇaṃ.

Ekasamuṭṭhānā tisamuṭṭhānā catusamuṭṭhānā kutoci samuṭṭhitā atītānāgatapaccuppannā c'eva tathā na vattabbā ca vuttāvasesā cittagocarasaṅkhātā dhammā yeva dhammārammaṇaṃ.

Ye pana anāpāthagatā rūpādayo pi dhammārammaṇaṃ icceva vadanti te iminā suttena paṭikkhipitabbā.

221. Vuttaṃ h'etaṃ: imesaṃ kho āvuso pañcannaṃ indriyānaṃ nānāvisayānaṃ nānāgocarānaṃ na aññamaññassa gocaravisayaṃ paccanubhontānaṃ manopaṭisaraṇaṃ mano ca tesaṃ gocaravisayaṃ paccanubhotī ti. Etesaṃ hi rūpārammaṇādīni gocaravisayo nāma tāni manena paccanubbhaviyamānāni pi rūpārammaṇādīni yevā ti ayaṃ attho siddho hoti. Dibbacakkhuñāṇādīnañ ca rūpādiārammaṇattā pi ayaṃ attho siddho yeva hoti.

222. Anāpāthagatān' eva hi rūpārammaṇādīni dibbacakkhuādīnaṃ ārammaṇāni na ca tāni dhammārammaṇāni bhavantī ti vuttanayen' eva ārammaṇavavatthānaṃ veditabbaṃ.

Tattha ekekaṃ ārammaṇaṃ dvīsu dvīsu dvāresu āpāthaṃ āgacchati. Rūpārammaṇaṃ hi dibbacakkhuppasādaṃ ghaṭṭetvā taṃ khaṇaṃ yeva manodvāre āpāthaṃ āgacchati bhavaṅgacalanassa paccayo hotī ti attho.

Saddagandharasaphoṭṭhabbārammaṇesu pi es' eva nayo. Yathā hi sakuṇo ākāsena āgantvā rukkhagge nilīyamāno va rukkhasākhaṃ ghaṭṭeti chāyā c'assa paṭhaviyaṃ paṭibaññati sākhāghaṭṭanacchāyāpharaṇāni apubbaṃ acarimaṃ ekakkhaṇe yeva bhavanti evaṃ paccuppannarūpādīhi cakkhupasādādighaṭṭanañ ca bhavaṅgacalanasamatthatāya manodvāre āpāthagamanañ ca apubbaṃ acarimaṃ ekakkhaṇe yeva hoti. Tato bhavaṅgaṃ vicchinditvā cakkhudvārādīsu uppannānaṃ āvajjanādīnaṃ voṭṭhapanapariyosānānaṃ anantarā tesaṃ ārammaṇānaṃ aññatarasmiṃ idaṃ mahācittaṃ uppajjati suddhamanodvāre pana pasādaghaṭṭanakiccaṃ natthi.

Pakatiyā diṭṭhasutaghāyitasāyitaphuṭṭhavasen' eva etāni ārammaṇāni āpāthaṃ āgacchanti.

223. Kathaṃ idh'ekacco katasudhākammaṃ haritālamanosilādivaṇṇavicittaṃ paggahitanānappakāraṃ dhajapaṭākaṃ mālādāmaviuaddhaṃ dīpamālāparikkhittaṃ atimanoramāya siriyā virocamānaṃ alaṃkatapaṭiyattaṃ mahācetiyaṃ padakkhiṇaṃ katvā soḷasasu pādapīṭhikāsu pañcapatiṭṭhitena vanditvā añjaliṃ paggayha olokento buddhāram-

maṇaṃ pītiṃ gahetvā tiṭṭhati? Tassa evaṃ cetiyaṃ passitvā[1] buddhārammaṇaṃ pītiṃ nibbattetvā aparabhāge yattha katthaci gatassa rattiṭṭhānadivāṭṭhānesu nisinnassa āvajjamānassa alaṃkatapaṭiyattaṃ mahācetiyaṃ cakkhudvāre āpāthaṃ āgatasadisaṃ eva hoti, padakkhiṇaṃ katvā cetiyaṃ vandanakālo viya hoti. Evaṃ tāva diṭṭhavasena rūpārammaṇaṃ āpāthaṃ āgacchati, madhurena pana sarena dhammakathikassa vā dhammaṃ kathentassa sarabhāṇakassa vā sarena bhaṇantassa saddaṃ sutvā aparabhāge yattha katthaci nisīditvā āvajjamānassa dhammakathā vā sarabhaññaṃ vā sotadvāre āpāthaṃ āgataṃ viya hoti sādhukāraṃ datvā suṇanakālo viya hoti, evaṃ sutavasena saddārammaṇaṃ āpāthaṃ āgacchati. Sugandhaṃ pana gandhaṃ vā mālaṃ vā labhitvā āsane vā cetiye vā gandhārammaṇena citteна pūjaṃ katvā aparabhāge yattha katthaci nisīditvā āvajjamānassa taṃ gandhārammaṇaṃ ghāṇadvāre āpāthagataṃ viya hoti pūjākaraṇakālo viya hoti, evaṃ ghāyitavasena gandhārammaṇaṃ āpāthaṃ gacchati. Paṇītaṃ pana khādanīyaṃ bhojanīyaṃ vā sabrahmacārīhi saddhiṃ saṃvibhajitvā paribhuñjitvā aparabhāge yattha katthaci kudrūsakādibhojanaṃ labhitvā asukakāle paṇītabhojanīyaṃ sabrahmacārīhi saddhiṃ saṃvibhajitvā paribhuttan ti āvajjamānassa taṃ rasārammaṇaṃ jivhādvāre āpāthagataṃ viya hoti, paribhuñjanakālo viya hoti. Evaṃ sāyitavasena rasārammaṇaṃ āpāthaṃ āgacchati, mudukaṃ pana sukhasamphassaṃ mañcapīṭhaṃ vā attharaṇapāpuraṇaṃ vā paribhuñjitvā aparabhāge yattha katthaci dukkhaseyyaṃ kappetvā 'asukakāle me mudukaṃ mañcapīṭhaṃ paribhuttan' ti āvajjamānassa taṃ phoṭṭhabbārammaṇaṃ kāyadvāre āpāthagataṃ viya hoti, sukhasamphassaṃ vediyanakālo viya hoti. Evaṃ puṭṭhavaseна phoṭṭhabbārammaṇaṃ pāpuraṇaṃ āpāthaṃ āgacchati, evaṃ suddhamanodvāre pasādaghaṭṭanakiccaṃ natthi.

Pakatiyā diṭṭhasutaghāyitasāyitapuṭṭhavasen'eva etāni ārammaṇāni āpāthaṃ āgacchanti ti veditabbāni.

224. Idāni pakatiyā diṭṭhādīnaṃ vasena āpāthagamane

[1] pasīditvā, M.

ayaṃ aparo pi aṭṭhakathāvuttako nayo hoti. Diṭṭhaṃ sutaṃ ubhayasambandhan ti ime tāva diṭṭhādayo veditabbā.

Tattha diṭṭhan nāma pañcadvāravasena gahitapubbaṃ, sutan ti paccakkhato adisvā anussavavasena gahitā rūpādayo va tehi dvīhi pi sambandhanaṃ ubhayasambandhaṃ nāma.

Iti imesam pi diṭṭhādīnaṃ vasena etāni manodvāre āpāthaṃ āgacchantī ti veditabbāni. Tattha diṭṭhavasena tāva āgamanaṃ heṭṭhā pañcahi nayehi vuttam eva. Ekacco pana suṇāti Bhagavato puññātisayanibbattaṃ evarūpaṃ nāma rūpaṃ atimadhuro saddo kismiñci padese kesañci pupphānaṃ atimanuñño gandho kesañci phalānaṃ atimadhuro raso kesañci pāpuraṇādīnaṃ atisukho samphasso ti tassa cakkhuppasādādighaṭṭanaṃ vinā sutattā vā tāni rūpādīni manodvāre āpāthaṃ āgacchanti. Ath' assa taṃ cittaṃ tasmiṃ rūpe vā sadde vā pasādavasena gandhādīsu ariyānaṃ dātukāmatāvasena aññena dinnesu anumodanāvasena vā pavattati. Evaṃ sutavasena etāni manodvāre āpāthaṃ āgacchanti.

Aparena pana yathāvuttāni rupādīni diṭṭhāni vā sutāni vā honti. Tassa īdisaṃ rūpaṃ āyatiṃ uppajjamānakabuddhassā pi bhavissatī ti ādinā nayena cakkhuppasādādighaṭṭanaṃ vinā diṭṭhasutasambandhen' eva tāni manodvāre āpāthaṃ āgacchanti. Ath' assa heṭṭhā vuttanayen' eva tesu aññatarārammaṇaṃ idaṃ cittaṃ pavattati. Evaṃ ubhayasambandhavasena etāni manodvāre āpāthaṃ āgacchanti.

Idam pi ca mukhamattam eva.

225. Saddhāruciākāraparivitakkadiṭṭhinijjhānakhantiādīnaṃ pana vasena vitthārato etesaṃ manodvāre āpāthagamanaṃ veditabbam eva. Yasmā pan' eva āpāthaṃ āgacchantāni bhutāni pi honti abhūtāni pi, tasmā ayaṃ nayo aṭṭhakathāya na gahito. Evaṃ ekekārammaṇaṃ javanaṃ dvīsu dvīsu dvāresu uppajjatī ti veditabbaṃ. Rupārammaṇaṃ hi javanaṃ cakkhudvāre pi uppajjati manodvāre pi saddādiārammaṇesu pi es'eva nayo.

Tattha manodvāre uppajjamānaṃ rūpārammaṇaṃ javanaṃ dānamayaṃ sīlamayaṃ bhāvanāmayaṃ ti tividhaṃ hoti. Tesu ekesaṃ kāyakammaṃ vacīkammaṃ manokammaṃ ti tividham eva hoti. Saddagandharasaphoṭṭhabbadhammārammaṇesu es'eva nayo.

Tattha rūpaṃ tāva ārammaṇaṃ katvā uppajjamānaṃ etaṃ mahākusalacittaṃ nīlapītalohitaodātavaṇṇesu pupphavatthadhātusu aññatarassa subhanimittasaṅkhātaṃ iṭṭhaṃ kantaṃ manāpaṃ rajanīyaṃ vaṇṇaṃ ārammaṇaṃ katvā uppajjati. Na nu c'etaṃ iṭṭhārammaṇaṃ lobhassa vatthukataṃ etaṃ cittaṃ kusalaṃ nāma jātaṃ niyamitavasena pariṇatavasena[1] samudāvaṭavasena[2] ābhuñjitavasenā ti. Yassa hi kusalam eva mayā kattabban ti kusalakaraṇe cittaṃ niyamitaṃ hoti, akusalapavattito nivattetvā kusalakaraṇe yeva pariṇataṃ, abhiṇhakaraṇe kusalasamudācāren'eva samudāvaṭaṃ.[3] Paṭirūpadesavāsasappurisupanissayasaddhammasavaṇapubbakatapuññatādīhi ca upanissayehi yoniso ca ābhogo pavattati. Tassa iminā niyamitavasena pariṇatavasena samudāvaṭavasena ābhuñjitavasena ca kusalaṃ nāma hoti.

Ārammaṇavasena pan'ettha somanassasahagatabhāvo veditabbo.

226. Iṭṭhārammaṇasmiṃ hi uppannattā etaṃ somanassasahagataṃ jātaṃ saddhābahulatādīni pan'ettha kāraṇāni yeva. Asaddhānaṃ hi micchādiṭṭhīnañ ca ekantaṃ iṭṭhārammaṇabhūtaṃ Tathāgatarūpaṃ hi disvā somanassaṃ na uppajjati ye ca kusalapavattiyaṃ ānisaṃsaṃ na passanti tesaṃ parehi ussāhitānaṃ kusalaṃ karontānam pi somanassaṃ n'uppajjati. Tasmā saddhābahulatā visuddhadiṭṭhitā ānisaṃsadassāvitā ti. Evaṃ p'ettha somanassasahagatabhāvo veditabbo.

227. Api ca ekādasa dhammā pītisambojjhaṅgassa uppādāya pavattanti buddhānussati dhammānussati saṅghānussati sīlacāgadevatānussati upamānussati lūkhapuggalaparivajjanatā siniddhapuggalasevanatā pasādanīyasuttantapaccavekkhaṇatā tadadhimuttatā ti.

---

[1] pariṇāmitavasena, M. [2] samudācāraciṇṇavasena, M.
[3] samudācāraṃ, M.

Imehi pi kāraṇeh'ettha somanassasahagatabhāvo veditabbo.

Imesaṃ pana vitthāro bojjhaṅgavibhaṅge āvibhavissati.

228. Kammato uppattito indriyaparipākato kilesadūribhāvato ti imehi pan'ettha kāraṇehi ñāṇasampayuttatā veditabbā.

Yo hi paresaṃ dhammaṃ deseti anavajjāni sippāyatanakammāyatanavijjāṭṭhānāni sikkhāpeti dhammakathikaṃ sakkāraṃ katvā dhammaṃ kathāpeti āyatiṃ paññavā bhavissāmī ti patthanaṃ ṭhapetvā nānappakāraṃ dānaṃ deti tassa evarūpaṃ kammaṃ upanissāya kusalaṃ uppajjamānaṃ ñāṇasampayuttaṃ uppajjati.

229. Avyāpajjho loke uppannassa vā pi tassa tattha sukhino dhammapadā pilavanti dandho bhikkhave satuppādo atha so satto khippam eva visesabhāgī hotī ti iminā nayena uppattiṃ nissāya pi uppajjamānaṃ kusalaṃ ñāṇasampayuttaṃ uppajjati.

Tathā indriyaparipākaṃ upagatānaṃ paññādasakappattānaṃ indriyaparipākaṃ nissāya pi kusalaṃ uppajjamānaṃ ñāṇasampayuttaṃ uppajjati.

Yehi pana kilesā vikkhambhitā tesaṃ kilesaṃ dūribhāvaṃ nissāya pi kusalaṃ ñāṇasampayuttaṃ uppajjati. Vuttaṃ pi c'etaṃ:

Yogā ve jāyatī bhūrī ayogā bhūrisaṅkhayo[1]

ti evaṃ kammato uppattito indriyaparipākato kilesadūrībhāvato ti imehi kāraṇehi ñāṇasampayuttatā veditabbā.

230. Api ca satta dhammā dhammavicayasambojjhaṅgassa uppādāya saṃvattanti paripucchakatā vatthuvisadakiriyā indriyasamattapaṭipādanā duppaññapuggalaparivajjanā paññavantapuggalasevanā gambhīrañāṇacariyapaccavekkhaṇā tadadhimuttatā ti. Imehi pi kāraṇeh'ettha ñāṇasampayuttatā veditabbā va.

Imesaṃ pana vitthāro bojjhaṅgavibhaṅge āvibhavissati.

Evaṃ ñāṇasampayuttaṃ hutvā uppannaṃ c'etaṃ asaṅ-

---

[1] Dhammap. 282.

khārena appayogena anupādāya cintanāya uppannattā asaṅkhāraṃ nāma jātaṃ.

231. Tayidaṃ rajanīyaṃ vaṇṇārammaṇaṃ hutvā uppajjamānam eva tividhena niyamena uppajjati dānamayaṃ vā hoti sīlamayaṃ vā bhāvanāmayaṃ vā.

Kathaṃ? Nīlapītalohitodātesu pupphavatthādisu aññataraṃ labhitvā vaṇṇavasena ābhuñjitvā vaṇṇadānaṃ mayhan ti Buddharatanādīni pūjeti tadā dānamayaṃ hoti. Tatr'idaṃ vatthuṃ: Bhaṇḍāgārika-Saṅghamitto kira ekaṃ suvaṇṇakhacitaṃ vatthaṃ labhitvā idam pi vatthaṃ suvaṇṇavaṇṇaṃ Sammāsambuddho pi suvaṇṇavaṇṇo suvaṇṇavaṇṇam vatthaṃ suvaṇṇavaṇṇass'eva anucchavikaṃ ambākañ ca vaṇṇadānaṃ bhavissatī ti mahācetiye āropesi. Evarūpe kāle dānamayaṃ hotī ti veditabbaṃ. Yadā pana tathārūpam eva deyyadhammaṃ labhitvā mayhaṃ kulavaṃso kulatanti kulapaveṇi esā vattaṃ etan ti Buddharatanādīni pūjeti tadā sīlamayaṃ hoti. Yadā pana tādisena vatthunā ratanattayapūjaṃ katvā ayaṃ vaṇṇo khayaṃ gacchissati vayaṃ gacchissatī ti khayavayaṃ paṭṭhapeti tadā bhāvanāmayaṃ hoti.

Dānamayaṃ puna hutvā vattamānam pi yadā tīni ratanāni sahatthena pūjentassa pavattati tadā kāyakammaṃ hoti, yadā tīni ratanāni pūjento puttadāradāsakammakaraporisādayo pi āṇāpetvā pūjāpeti tadā vacīkammaṃ hoti, yadā pana tad eva vuttappakāraṃ vijjamānakavatthuṃ ārabbha vaṇṇadānaṃ dassāmī ti cinteti tadā manokammaṃ hoti.

Vinayapariyāyaṃ patvā hi dassāmi karissāmī ti vācā bhinnā hotī ti iminā lakkhaṇena dānamayaṃ nāma hoti. Abhidhammapariyāyaṃ patvā pana vijjamānakavatthuṃ ārabbha dassāmī ti manasā cintitakālato paṭṭhāya kusalaṃ hoti aparabhāge kāyena vā vācāya vā kattabbaṃ karissatī ti vuttaṃ.

Evaṃ dānamayaṃ kāyavacīmanokammavasena tividhaṃ hoti.

232. Yadā pana taṃ vuttappakāraṃ vatthuṃ labhitvā kulavaṃsādivasena sahatthā ratanattayaṃ pūjeti tadā sīlamayaṃ kāyakammaṃ. Yadā kulavaṃsādivasen'eva puttadārādayo āṇāpetvā pūjāpeti tadā vacīkammaṃ hoti.

Yadā mayhaṃ kulavaṃso kulatanti kulappaveṇi vattam etan ti vijjamānakavatthuṃ vaṇṇadānaṃ dassāmī ti cinteti tadā manokammaṃ hoti. Evaṃ sīlamayaṃ kāyavacīmanokammavasena tividhaṃ hoti. Yadā pana taṃ vuttappakāraṃ vatthuṃ labhitvā tīṇi ratanāni pūjetvā caṅkamanto khayavayaṃ paṭṭhapeti tadā bhāvanāmayaṃ kāyakammaṃ hoti.

Vācāya sammasanaṃ paṭṭhapentassa vacīkammaṃ hoti. Kāyaṅgavācaṅgāni acopetvā manasā va sammasanaṃ paṭṭhapentassa manokammaṃ hoti. Evaṃ bhāvanāmayaṃ kāyavacīmanokammavasena tividhaṃ hoti. Evam ettha rūpārammaṇaṃ kusalaṃ tividhapuññakiriyavatthuvasena navahi kammadvārehi bhājetvā dassesi Dhammarājā.

Saddārammaṇādisu pi es'eva nayo.

233. Bherisaddādisu hi rajanīyasaddaṃ ārammaṇaṃ katvā heṭṭhā vuttanayen'eva tīhi niyamehi etaṃ kusalaṃ uppajjati. Tattha saddaṃ kandamūlaṃ uppāṭetvā[1] nīluppalahatthakaṃ viya ca hatthe ṭhapetvā dātuṃ nāma na sakkā. Savatthukaṃ pana katvā dento saddadānaṃ deti nāma. Tasmā yadā saddadānaṃ dassāmī ti bherimutiṅgādisu aññataraturiyena tiṇṇaṃ ratanānam upahāraṃ karoti saddadānaṃ hoti. Bheriādīni ṭhapāpeti dhammakatikabhikkhūnaṃ kaṭasarabhesajjaṃ telaphāṇitādīni deti, dhammasavanaṃ ghoseti, sarabhaññaṃ bhaṇati, dhammakathaṃ katheti, upanisinnakakathaṃ anumodanakathaṃ karoti tadā dānamayaṃ hoti. Yadā etad eva vidhānaṃ kulavaṃsādivasena vattavasena karoti tadā sīlamayaṃ hoti. Yadā sabbaṃ p'etaṃ katvā ayaṃ ettako saddo brahmalokappamāṇo pi hutvā khayaṃ gamissati vayaṃ gamissatī ti sammasanaṃ paṭṭhapeti tadā bhāvanāmayaṃ hoti. Tattha dānamayaṃ tadā bheriādīni gahetvā sahatthā upahāraṃ karoti niccūpahāratthāya ṭhapento pi sahatthā ṭhapeti. Saddadānaṃ kho ti dhammasavanaṃ ghosetuṃ gacchati dhammakathaṃ sarabhaññaṃ kātuṃ gacchati tadā kāyakammaṃ hoti.

Yadā 'gacchatha tātā amhākaṃ saddadānaṃ tiṇṇaṃ

---

[1] uppādetvā M.

ratanānaṃ upahāraṃ karothā' ti āṇāpeti 'saddadānaṃ me ti cetiyaṅgato imaṃ bheriṃ imaṃ mutiṅgaṃ ṭhapethā' ti āṇāpeti sayam eva dhammasavanaṃ ghoseti dhammakathaṃ katheti sarabhaññam bhaṇati tadā vacīkammaṃ hoti. Yadā kāyavācaṅgāni acopetvā saddadānaṃ dassāmī ti vijjamānakavatthuṃ manasā pariccajati tadā manokammaṃ hoti. Sīlamayam pi saddadānaṃ nāma mayhaṃ kulavaṃso kulatanti kulappaveṇī ti. Bheriādīni sahatthā cetiyaṅganādisu ṭhapentassa dhammakathikānaṃ sarabhesajjaṃ sahatthā dentassa vattasīsena dhammasavanaghosanadhammakathākathanasarabhaññaṃ bhaṇanatthāya ca gacchantassa kāyakammaṃ hoti.

Saddadānaṃ nāma amhākaṃ kulavaṃso kulatanti kulappaveṇī. 'Gacchatha tātā buddharatanādīnam upahāraṃ karothā ti' acopentassa kulavaṃsavasen'eva attanā dhammakathaṃ vā sarabhaññaṃ vā karontassa vacīkammaṃ hoti. Saddadānam nāma mayhaṃ kulavaṃso. 'Saddadānaṃ dassāmī ti' kāyavācaṅgāni acopetvā manasā va vijjamānakavatthuṃ pariccajantassa manokammaṃ hoti.

Bhāvanāmayam pi yadā caṅkamanto caṅkamanto sadde khayavayam paṭṭhapeti tadā kāyakammaṃ hoti. Kāyaṅgam pana acopetvā vācāya sammasantassa vacīkammaṃ hoti. Kāyavācaṅgam acopetvā manasā ca saddāyatanaṃ sammasantassa manokammaṃ hoti. Evaṃ saddārammaṇam pi kusalaṃ tividhapuññakiriyavatthuvasena navahi kammadvārehi bhājetvā dassesi Dhammarājā.

234. Mūlagandhādisu pi rajanīyaṃ gandham ārammaṇaṃ katvā heṭṭhāvuttanayen'eva tīhi niyameh' etam kusalaṃ uppajjati. Tattha yadā mūlagandhādisu yaṃ kiñci gandhaṃ labhitvā gandhavasena ābhujitvā 'gandhadānam mayhan ti' buddharatanādīni pūjeti tadā dānamayam hoti ti sabbaṃ vaṇṇadāne vuttanayen'eva vitthārato veditabbaṃ.

Evaṃ gandhārammaṇam pi kusalaṃ tividhapuññakiriyavatthuvasena navahi kammadvārehi bhājetvā dassesi Dhammarājā.

Mūlarasādisu pana rajanīyaṃ rasam ārammaṇaṃ katvā heṭṭhāvuttanayen'eva tīhi niyameh' etaṃ kusalam uppajjati. Tattha yadā mūlarasādisu yaṃ kiñci rajanīyaṃ rasavatthuṃ labhitvā rasavasena abhuñjitvā 'rasadānaṃ mayhan ti' deti pariccajati tadā dānamayaṃ hotī ti sabbaṃ vaṇṇadāne vuttanayen'eva vitthārato veditabbaṃ.

235. Sīlamaye pan'ettha saṅghassa adatvā paribhuñjanaṃ nāma amhākaṃ na āciṇṇaṃ ti dvādasannam bhikkhusahassānaṃ dāpetvā sādurasaṃ paribbuñjantassa Duṭṭha-Gāmaṇī-Abhayarañño vatthu ādi katvā Mahā-aṭṭhakathāyaṃ vatthūni āgatāni. Ayam eva viseso. Evaṃ rasārammaṇam pi kusalaṃ tividhapuññakiriyavatthuvasena navahi kammadvārehi bhājetvā dassesi Dhammarājā.

236. Phoṭṭhabbārammaṇe paṭhavīdhātu tejodhātu vāyodhātu tīni mahābbūtāni phoṭṭhabbārammaṇaṃ nāma. Imasmiṃ ṭhāne etesaṃ vasena yojanaṃ akatvā mañcapīṭhādivasena kātabbā. Yadā hi mañcapīṭhādisu yaṃ kiñci rajanīyaṃ phoṭṭhabbavatthuṃ labhitvā phoṭṭhabbavasena ābhuñjitvā 'phoṭṭhabbadānaṃ mayhan ti' deti pariccajati tadā dānamayaṃ hotī ti sabbaṃ vaṇṇadāne vuttanayen' eva vitthārato veditabbaṃ. Evam phoṭṭhabbārammaṇam pi kusalaṃ tividhapuññakiriyavatthuvasena navahi kammadvārehi bhājetvā dassesi Dhammarājā.

237. Dhammārammaṇe cha ajjhattikāyatanāni tīni lakkhaṇāni tayo arūpino khandhā paṇṇarasa sukhumarūpāni nibbānaṃ paññattī ti ime dhammāyatane pariyāpannā ca apariyāpannā ca dhammā dhammārammaṇan nāma. Imasmiṃ ṭhāne etesaṃ vasena yojanam akatvā ojāpāṇajīvitapāṇavasena kātabbā. Ojādīsu hi rajanīyaṃ dhammārammaṇaṃ katvā beṭṭhāvuttanayen'eva tīhi niyameh' etaṃ kusalaṃ uppajjati. Tattha yadā 'ojādānaṃ mayhan ti' sappinavanītādīni deti 'pāṇadānan ti' aṭṭha pāṇāni deti 'jīvitadānan ti' salākabhattapakkhiyabbattasaṅgabhattādīni deti aphāsukabhikkhūnaṃ bhesajjaṃ deti vejjaṃ paccupaṭṭhapeti jālam phālāpeti kuminaṃ viddhaṃsāpeti sakuṇapañjaraṃ viddhaṃsāpeti bandhanamokkhaṃ kāreti māghātabheriṃ carāpeti aññāni pi jīvitaparittāṇatthaṃ evarūpāni kammāni karoti tadā dānamayaṃ hoti. Yadā pana ojādānapāṇadānajīvitadānāni mayhaṃ kulavaṃso kulatanti kulappaveṇī ti vattasīsena ojādānādīni pavatteti tadā sīlamayaṃ hoti.

Yadā dhammārammaṇasmiṃ khayavayaṃ paṭṭhapeti

tadā bhāvanāmayaṃ hoti. Dānamayam pana hutvā vattamānam pi yadā ojādānapāṇadānajīvitadānāni sahatthā deti tadā kāyakammaṃ hoti. Yadā puttadārādayo āṇāpetvā dāpeti tadā vacīkammaṃ hoti, yadā kāyavācaṅgāni acopetvā ojādānapāṇadānajīvitadānavasena vijjamānakavatthu dassāmī ti manasā cinteti tadā manokammaṃ hoti.

238. Yadā pana vuttappakāraṃ vijjamānakavatthu kulavaṃsādivasena sahatthā deti tadā sīlamayaṃ kāyakammaṃ hoti. Yadā kulavaṃsādivasen' eva puttadārādayo āṇāpetvā dāpeti tadā vacīkammaṃ hoti. Yadā kulavaṃsādivasena vuttappakāraṃ vijjamānakavatthu dassāmī ti manasā cinteti tadā manokammaṃ hoti. Caṅkamitvā caṅkamitvā dhammārammaṇe khayavayaṃ paṭṭhapentassa pana bhāvanāmayaṃ kāyakammaṃ hoti. Kāyaṅgam acopetvā vācāya khayavayaṃ paṭṭhapentassa vacīkammaṃ hoti. Kāyavācaṅgāni acopetvā manasā va dhammārammaṇe khayavayaṃ paṭṭhapentassa manokammaṃ hoti. Evam bhāvanāmayaṃ kāyavacīmanokammavasena tividhaṃ hoti. Evam ettha dhammārammaṇaṃ kusalaṃ tividhapuññakiriyavatthuvasena navahi kammadvārehi bhājetvā dassesi Dhammarājā. Evam idaṃ cittaṃ nānāvatthusu nānārammaṇavasena dīpitaṃ. Idam pana Kathāvatthusmim pi nānārammaṇavasena labbhati yeva.

Kathaṃ? catūsu hi paccayesu cīvare cha ārammaṇāni labbhanti. Navarattassa hi cīvarassa vaṇṇo manāpo hoti dassanīyo, idaṃ vaṇṇārammaṇaṃ. Paribhogakāle paṭapaṭasaddaṃ karoti, idaṃ saddārammaṇaṃ. Yo tattha kāḷakacchakādigandho, idaṃ gandhārammaṇaṃ. Rasārammaṇam pana paribhogavasena kathitaṃ. Yā tattha sukhasamphassatā idaṃ phoṭṭhabbārammaṇaṃ. Cīvaram paṭicca uppannā sukhā vedanā dhammārammaṇaṃ. Piṇḍapāte rasārammaṇaṃ nippariyāyen' eva labbhati. Evaṃ catūsu paccayesu nānārammaṇavasena yojanaṃ katvā dānamayādibhedo veditabbo.

Imassa pana cittassa ārammaṇaṃ nibaddhaṃ. Vinā ārammaṇena anuppajjanato dvāram pana anibaddhaṃ. Kasmā? Kammassa anibaddhattā. Kammasmiṃ hi anibaddhe dvāram anibaddham eva hoti. Imassa pan' atthassa pakāsanattham imasmiṃ ṭhāne Mahā-aṭṭhakathāyaṃ dvārakathā kathitā ti.

239. Tattha tīṇi kammāni, tīṇi kammadvārāni, pañca viññāṇāni, pañca viññāṇadvārāni, cha phassā, cha phassadvārāni, aṭṭha asaṃvarā, aṭṭha asaṃvaradvārāni, dasa akusalakammapathā, dasa kusalakammapathā ti.

Idaṃ ettakaṃ dvārakathāya mātikā-ṭhapanaṃ nāma. Tattha kiñcāpi tīṇi kammāni paṭhamaṃ vuttāni tāni pana ṭhapetvā ādito tāva tīṇi kammadvārāni bhājetvā dassitāni. Katamāni tīṇi? Kāyakammadvāraṃ vacīkammadvāraṃ manokammadvāran ti. Tattha catubbidho kāyo: upādinnako, āhārasamuṭṭhāno, utusamuṭṭhāno, cittasamuṭṭhāno ti.

240. Tattha cakkhāyatanādīni jīvitindriya-pariyantāni aṭṭhakamma-samuṭṭhāna-rūpāni pi kamma-samuṭṭhānān' eva. Catasso dhātuyo vā vaṇṇo gandho raso ojā ti aṭṭha-upādinnaka-kāyo nāma. Tān' eva aṭṭha āhārajāni āhāra-samuṭṭhānika-kāyo nāma. Aṭṭha utujāni utu-samuṭṭhānika-kāyo nāma. Aṭṭha cittajāni citta-samuṭṭhānika-kāyo nāma. Tesu kāya-kammadvāran ti n' eva upādinnaka-kāyassa nāmaṃ na itaresaṃ. Citta-samuṭṭhānesu pana aṭṭhasu rūpesu ekā viññatti atthi. Idaṃ kāya-kammadvāraṃ nāma yaṃ sandhāya vuttaṃ: Katamaṃ taṃ rūpaṃ kāya-viññatti? Yā kusala-cittassa vā akusala-cittassa vā avyākata-cittassa vā abhikkamantassa vā paṭikkamantassa vā ālokentassa vā vilokentassa vā sammiñjentassa vā pasārentassa vā kāyassa thambhanā santhambhanā santhambhitattaṃ viññatti viññāpanā viññāpitattaṃ idaṃ taṃ rūpaṃ kāya-viññatti ti.[1] Abhikkamissāmi paṭikkamissāmī ti hi cittaṃ uppajjamānaṃ rūpaṃ samuṭṭhāpeti.

241. Tattha yā paṭhavīdhātu āpodhātu tejodhātu vāyodhātu taṃ nissito vaṇṇo gandho raso ojā ti. Imesaṃ aṭṭhannaṃ rūpānaṃ abbhantare cittasamuṭṭhānā vāyodhātu, sā attanā sahajātaṃ rūpakāyaṃ santhambheti, sandhāreti, cāleti, abhikkamāpeti, paṭikkamāpeti. Tattha ekāvajjanavīthiyaṃ sattasu javanesu paṭhamacittasamuṭṭhitā

---

[1] Dhs. § 718.

vāyodhātu santhambhetuṃ sandhāretuṃ sakkoti, aparāparaṃ pana cāletuṃ na sakkoti. Dutiyādisu pi es'eva nayo. Sattamacittena pana samuṭṭhitā heṭṭhā chahi cittehi samuṭṭhitā vāyodhātu upatthambha-paccayaṃ labhitvā attanā sahajātaṃ rūpa-kāyaṃ santhambhetuṃ sandhāretuṃ cāletuṃ abhikkamāpetuṃ paṭikkamāpetuṃ ālokāpetuṃ vilokāpetuṃ sammiñjāpetuṃ pasārāpetuṃ sakkoti. Tena gamanaṃ nāma jāyati, āgamanaṃ nāma jāyati, 'yojanaṃ gato, dasayojanaṃ gato ti' vattabbataṃ āpajjāpeti. Yathā hi sattahi yugehi ākaḍḍhitabbe sakaṭe paṭhama-yuge yuttagoṇāyugaṃ tāva sandhāretuṃ sakkonti, cakkaṃ pana na pavattenti: dutiyādisu pi es'eva nayo. Sattamayuge pana goṇe yojetvā, yadā cheko sārathi dhure nisīditvā yottāni ādāya sabbapurimato paṭṭhāya patodalaṭṭhiyā goṇe ākoṭeti, tadā sabbe'va ekabalā hutvā dhurañ ca sandhārenti cakkāni ca pavattenti, sakaṭaṃ gahetvā 'dasa-yojanaṃ visatiyojanaṃ gato ti' vattabbataṃ āpādenti, evaṃsampadam idaṃ veditabbaṃ.

242. Tattha yo citta-samuṭṭhānika-kāyo na sā viññatti, citta-samuṭṭhānāya pana vāyodhātuyā sahajātaṃrūpa-kāyaṃ santhambhetuṃ sandhāretuṃ cāletuṃ paccayobhāvitum samattho eko ākāra-vikāro atthi. Ayaṃ viññatti nāma. Sā aṭṭha rūpāni viya na citta-samuṭṭhānā. Yathā pana 'aniccādi-bhedānaṃ dhammānaṃ jarā-maraṇattā jarā-maraṇaṃ, bhikkhave, aniccaṃ saṅkhataṃ ti' ādi vuttaṃ, evaṃ citta-samuṭṭhānānaṃ rūpānaṃ viññattitāya sā pi 'citta-samuṭṭhānā' nāma hotī ti. Viññāpanattā pan' esā viññatti ti vuccati. Kiṃ viññapetī ti? Ekaṃ kāyika-karaṇaṃ: cakkhupathasmiṃ hi ṭhito hatthaṃ vā pādaṃ vā ukkhipati, sīsaṃ vā bhamukhaṃ vā cāleti. Ayaṃ hatthādīnaṃ ākāro cakkhu-viññeyyo hoti. Viññatti pana na cakkhu-viññeyyā, manoviññeyyā eva. Cakkhunā hi hatthākārādivasena vipphandamānaṃ vaṇṇārammaṇaṃ eva passati. Viññatti pana mano-dvārika-cittena cintetvā 'idañ c'idañ ca esa kāreti maññe' iti jānāti. Yathā hi arañño nidāghasamaye udakaṭṭhāne va 'manussā imāya saññāya idha udakassa atthibhāvaṃ jānissanti ti' rukkhagge tālapaṇṇādīni bandhāpenti surāpānadvāre dhajaṃ ussāpenti uddhaṃ

vā pana rukkhaṃ vāto paharetvā cāleti, anto udake macche calante upari bubbuḷakāni uṭṭhahanti, mahoghassa gata-maggapariyante tiṇapaṇṇakasaṭaṃ ussāditaṃ hoti tattha tāla-paṇṇadhajasākhācalanabubbuḷaka-tiṇa-paṇṇakasaṭe disvā yathā cakkhumā adiṭṭham pi ettha vipphandamānaṃ vaṇṇārammaṇam eva passati. Viññatti pana mano-dvārika-cittena cintetvā 'idañ c'idañ ca esa kāreti maññe' iti jānāti. Na kevalañ c'esā viññāpanato viññatti nāma. Viññeyyato pi pana viññatti yeva nāma. Ayaṃ hi paresaṃ antamaso tiracchānagatānam pi pākaṭā hoti. Tattha tattha sannipatitā hi sonasiṅgāla-kāka-yonādayo daṇḍam vā leḍḍuṃ vā gahetvā paharaṇākāre dassite 'ayaṃ no paharitukāmo ti' ñatvā yena vā tena vā palāyanti, pākāra-kuḍḍādi-antaritassa pana parassa apākaṭa-kālo pi atthi, kiñcāpi tasmiṃ khaṇe apākaṭā saṃmukhībhūtānam pana pākaṭattā viññatti yeva nāma hoti.

243. Citta-samuṭṭhānike pana kāye calante te samuṭṭhāniko calati na calatī ti so pi tatth' eva calati, taṃ-gatiko tad-anuvattako va hoti. Yathā hi udake gacchante udake patitāni sukkha-daṇḍaka-tiṇādīni pi udaka-gatikān' eva bhavanti, tasmiṃ gacchante gacchanti, tiṭṭhante tiṭṭhanti, evaṃsampadam idaṃ veditabbaṃ. Evaṃ esā citta-samuṭṭhānesu rūpesu viññatti kāya-kamma-dvāraṃ nāmā ti veditabbā.

Yā pana tasmiṃ dvāre siddhā cetanā yāya pāṇaṃ hanti adinnaṃ ādiyati micchā carati pāṇātipātādīhi viramati, idaṃ kāya-kammaṃ nāma.

Evaṃ paravādimhi sati kāyadvāraṃ, tamhi dvāre siddhā cetanā kāya-kammaṃ kusalaṃ vā akusalaṃ vā ti ṭhapetabbaṃ. Paravādimhi pana asati avyākataṃ cātitikam pūretvā va ṭhapetabbaṃ.

244. Tattha yathā nagara-dvārakataṭṭhāne yeva tiṭṭhati aṅgula-mattam pi aparāparaṃ na saṅkamati tena tena pana dvārena mahājano sañcarati evaṃ eva dvāre dvāraṃ na carati, kammaṃ pana tasmiṃ tasmiṃ dvāre uppajjanato carati. Ten' āhu Porāṇā: —

Dvāre caranti kammāni na dvārādvāra-cārino
Tasmā dvārehi kammāni aññam aññaṃ vavatthitā ti.

Tattha kammenā pi dvāraṃ nāmaṃ labhati dvārenā pi kammaṃ. Yathā hi viññāṇādīnam uppajjanaṭṭhānāni viññāṇa-dvāram phassa-dvāraṃ asaṃvara-dvāraṃ saṃvara-dvāran ti nāmaṃ labhanti, evaṃ kāya-kammassa uppajjanaṭṭhānaṃ kāya-kamma-dvāran ti nāmaṃ labhati. Vacīmano-kamma-dvāresu pi es'eva nayo.

Yathā pana tasmiṃ tasmiṃ rukkhe adhivatthā devatā simbali-devatā palāsa-devatā pucimanda-devatā phandana-devatā ti tena tena rukkhena nāmaṃ labhati evam eva kāya-dvārena kataṃ kammaṃ kāya-kammaṃ ti dvārena nāmaṃ labhati. Vacīkamma-manokammesu pi es'eva nayo.

245. Tattha añño kāyo aññaṃ kammaṃ. Kāyena pana katattā taṃ kāyakamman ti vuccati. Ten' āhu Atthakathācariyā: —

Sūciyā ce kataṃ kammaṃ sūcikamman ti vuccati
Sūci ca sūcikammañ ca aññamaññaṃ vavatthitā.
Vāsiyā . . . pe . . . .
Purisena ce kataṃ kammaṃ purisakamman ti vuccati
Puriso ca purisakammañ ca aññamaññaṃ vavatthitā.
Evam eva
Kāyena ce kataṃ kammaṃ kāyakamman ti vuccati
Kāyo ca kāyakammañ ca aññamaññaṃ vavatthitā ti.

Evaṃ sante n'eva dvāra-vavatthānaṃ yujjati na ca kamma-vavatthānam. Kathaṃ? Kāya-viññattiyaṃ hi 'dvāre caranti kammānī ti' vacanato vacīkammam pi pavattati, ten' assa kāyakammadvāran ti vavatthānaṃ na yuttaṃ, kāyakammañ ca vacī-viññattiyam pi pavattati, ten' assa kāyakamman ti vavatthānaṃ yujjati ti no na yujjati. Kasmā? Yebhuyya-vuttitāya c'eva tabbahula-vuttitāya ca. Kāyakammam eva hi yebhuyyena kāyaviññattiyaṃ pavattati na itarānī ti tasmā kāyakammassa yebhuyyena pavattito assā kāyakamma-dvāra-bhāvo siddho.

Brāhmaṇagāma-ambavana-nāgavanādīnaṃ[1] brāhmaṇagāmādi-bhāvo viyā ti dvāra-vavatthānaṃ yujjati. Kāyakammam pana kāya-dvāramhi yeva bahulaṃ pavattati, appaṃ vacī-dvāre. Tasmā kāyadvāro bahulam pavattito

[1] Mss. nāṅga-.

etassa kāyakamma-bhāvo siddho, vanacaraka-thullakumārikādi-gocarānam vanacarakādi-bhāvo viyā ti, evaṃ kamma-vavatthānam pi yujjati.[1]

Kāyakamma-dvāra-kathā niṭṭhitā.

246. Vacīkamma-dvāra-kathāyaṃ cetanā-virati-saddavasena tividhā vācā nāma.

Tattha 'catūhi, bhikkhave, aṅgehi samannāgatā vācā subhāsitā hoti na dubbhāsitā anavajjā ca ananuvajjā ca viññūnan[2] ti' ayaṃ cetanā-vācā nāma.

'Yā catūhi vā vacī-duccaritehi ārati virati . . . pe . . . ayaṃ vuccati sammāvācā ti' ayaṃ virati-vācā nāma.

Vācā girā vyappatho udīranam ghoso ghosakammaṃ vācā vacībhedo ti ayaṃ sadda-vācā nāma.

Tāsu vacīkamma-dvāran ti neva cetanāya nāmaṃ na viratiyā, sahasaddā pana ekā viññatti atthi, idaṃ vacīkamma-dvāraṃ nāma. Yaṃ sandhāya vuttam: 'Katamaṃ taṃ rūpaṃ vacī-viññatti? Yā kusala-cittassa vā . . . pe . . . avyākata-cittassa vā vācā girā vyappatho udīranaṃ ghoso ghosakammaṃ vācā vacī-bhedo ayaṃ vuccati vācā. Yā tāya vācāya viññatti viññāpanā viññāpitattaṃ idaṃ taṃ rūpaṃ vacī-viññattī ti'.[3] Idaṃ vakkhāmi etaṃ vakkhāmī ti hi vitakkayato vitakka-vipphāra-saddo nāma uppajjati. Ayaṃ na sota-viññeyyo ti Mahā-aṭṭhakathāyaṃ āgato. Āgamanaṭṭhakathāsu pana 'vitakka-vipphāra-saddan ti vitakka-vipphāra-vasena uppannaṃ vippalapantānam suttappamattādīnaṃ saddaṃ sutvā ti taṃ sutvā vitakkayato tassa so saddo uppanno, tassa vasena evam pi te mano ittham pi te mano ti ādiyatī ti' vatvā vatthūni pi kathitāni.

247. Paṭṭhāne pi: 'citta-samuṭṭhānaṃ saddāyatanaṃ sotaviññāṇassa ārammaṇa-paccayena paccayo ti' āgataṃ. Tasmā vinā viññattighaṭṭanāya uppajjamāno asota-viññeyyo vitakka-vipphāra-saddo nāma n'atthi. Idaṃ vakkhāmi, etaṃ vakkhāmī ti uppajjamānam pana cittaṃ paṭhavīdhātu

[1] Mss. yuñjati. [2] Suttanipāta p. 78, Saṃyutta Nikāya I, p. 188. [3] Dhs. § 637, 720.

āpodhātu tejodhātu vāyodhātu vaṇṇo gandho raso ojā ti aṭṭha rūpāni samuṭṭhāpeti. Tesam abbhantare citta-samuṭṭhānā paṭhavīdhātu upādiṇṇakaṃ saṅghaṭṭiyamānā va uppajjati. Tena dhātu-saṅghaṭṭanena saddo uppajjati. Ayaṃ citta-samuṭṭhāna-saddo nāma.

Ayaṃ na viññatti. Tassā pana citta-samuṭṭhānāya paṭhavī-dhātuyā upādiṇṇaka-ghaṭṭhanassa paccaya-bhūto eko ākāravikāro atthi. Ayaṃ vacī-viññatti nāma. Ito paraṃ sā aṭṭha rūpāni viya na citta-samuṭṭhānā ti ādi sabbaṃ heṭṭhā vutta-nayen' eva veditabbaṃ.

248. Idhā pi hi Tissadattamittā ti pakkosantassa saddaṃ sutvā viññattiṃ mano-dvārika-cittena cintetvā 'idañ c'idañ ca esa kāreti maññe' iti jānāti, kāya-viññatti viya ca ayam pi tiracchāna-gatānam pi pākaṭā hoti 'ehi yāhī ti' saddaṃ sutvā tiracchāna-gatā pi idaṃ nām' esa kāroti maññe ti ñatvā āgacchanti c'eva gacchanti ca. Te samuṭṭhāpika-kāyaṃ cāleti na cāletī ti ayaṃ pana vāro idha na labbhati. Purima-citta-samuṭṭhāṇāya upatthambhana-kiccam pi n'atthi. Yā pana tasmiṃ vacī-dvāre siddhā cetanā yāya musā katheti, pesuññaṃ katheti, pharusaṃ katheti samphappalapati musā-vādādīhi viramati idaṃ vacī-kammaṃ nāma. Ito paraṃ sabbaṃ kamma-vavatthānaṃ dvāra-vavatthānañ ca heṭṭhā vuttanayen' eva veditabban ti.

Vacīkamma-dvāra-kathā niṭṭhitā.

249. Manokamma-dvāra-kathāyaṃ kāmāvacarādivasena catubbidho mano nāma.

Tattha kāmāvacaro catupaṇṇāsa-vidho hoti, rūpāvacaro paṇṇarasa-vidho, arūpāvacaro dvādasavidho, lokuttaro aṭṭhavidho, sabbo pi ekūna-navutividho hoti.

Tattha ayaṃ nāma mano mano-dvāraṃ na hotī ti na vattabbo. Yathā hi ayaṃ nāma cetanā kammaṃ na hotī ti na vattabbā. Antamaso pañca viññāṇa-sampayuttā pi hi cetanā Mahāpakaraṇe kammante va niddiṭṭhā, evaṃ eva ayaṃ nāma mano mano-dvāraṃ na hotī ti na vattabbo. Etthāha: kammaṃ nām'etaṃ kiṃ karotī ti? Āyūhati abhi-saṅkharoti piṇḍaṃ karoti ceteti kappeti pakappeti. Evaṃ sante pañca-viññāṇa-cetanā kiṃ āyūhati abhisaṅkharoti piṇḍaṃ karoti ti? Sahajāta-dhamme. Sā pi hi sahajāta-sampayuttakhandhe āyūhati abhisankharoti piṇḍaṃ karoti ceteti kappeti pakappeti. Kiṃ vā iminā vādena sabba-saṅgāhika-vasena h'etaṃ vuttaṃ? Idaṃ pan' ettha sanniṭṭhānaṃ tebhūmakakusalākusalaṃ ekūnatiṃsavidho mano mano-kamma-dvāraṃ nāma. Yā pana tasmiṃ mano-dvāre siddhā cetanā yāyaṃ abhijjhā-vyāpāda-micchā-dassanāni c'eva anabhijjhā-avyāpāda-sammādassanāni va gaṇhāti idaṃ mano-kammaṃ nāma. Ito paraṃ sabbaṃ-kamma-vavatthānaṃ dvāravavatthānañ ca heṭṭhā vutta-nayen' eva veditabbam ti. Manokamma-dvāra-kathā niṭṭhitā.

250. Imāni tīṇi kamma-dvārāni nāma. Idāni yāni tīṇi kammāni ṭhapetvā imāni kamma-dvārāni dassitāni tāni ādi katvā avasesassa dvāra-kathāya mātikāya ṭhapanassa vitthāra-kathā hoti. Tīṇi hi kammāni: kāyakammaṃ vacīkammaṃ manokamman ti. Kiṃ pan' etaṃ kammaṃ nāma? Cetanā c'eva ekacce va cetanā-sampayuttakā dhammā. Tattha cetanāya kammabhāve imāni suttāni: cetanā 'haṃ, bhikkhave, kammaṃ vadāmi cetayitvā kammaṃ karoti kāyena vācāya manasā. Kāye vā hi, Ānanda, sati kāyasañcetanā hetu uppajjati ajjhattaṃ sukhadukkhaṃ, vācāya vā, Ānanda, sati vacīsañcetanā hetu uppajjati ajjhattaṃ sukhadukkhaṃ, mane vā, Ānanda, sati mano-sañcetanā hetu uppajjati ajjhattaṃ sukhadukkhaṃ. Tividhā, bhikkhave, kāya-sañcetanā akusalaṃ kāyakammaṃ dukkhindriyaṃ dukkha-vipākaṃ, catubbidhā, bikkhave, vacī-sañcetanā . . pe . . ., tividhā, bhikkhave, mano-sañcetanā akusalaṃ manokammaṃ sukhindriyaṃ sukha-vipākaṃ. Sacāyaṃ, Ānanda, Samiddhi moghapuriso Pātaliputtassa paribbājakassa evaṃ puṭṭho evaṃ vyākareyya 'sañcetaniyaṃ, āvuso Pātaliputta, kammaṃ katvā kāyena vācāya manasā sukha-vedanīyaṃ sukhaṃ so vediyati . . . pe . . . adukkhamasukhaṃ, vedanīyam adukkhamasukhaṃ so vediyati'. Evaṃ vyākaramāno kho, Ānanda, Samiddhi moghapuriso Pātaliputtassa paribbājakassa sammā vyākaramāno vyākareyyā ti imāni tāva cetanāya kammabhāve suttāni.

251. Cetanā-sampayuttakadhammānaṃ pana kammabhāvo kammacatukkena dīpito. Vuttaṃ h'etaṃ: — 'Cattār'

imāni, bhikkhave, kammāni mayā sayaṃ abhiññā sacchikatvā veditāni. Katamāni cattāri? Atthi, bhikkhave, kammaṃ kaṇhaṃ kaṇha-vipākaṃ, atthi, bhikkhave, kammaṃ sukkaṃ sukka-vipākaṃ, atthi, bhikkhave, kammaṃ kaṇhasukkaṃ kaṇha-sukka-vipākaṃ, atthi, bhikkhave, kammaṃ akaṇhamasukkaṃ akaṇhāsukka-vipākaṃ kammaṃ kammakkhayāya saṃvattati.[1] Katamañ ca, bhikkhave, kammaṃ akaṇhaṃ asukkaṃ akaṇhāsukka-vipākaṃ kammaṃ kammakkhayāya saṃvattati? Yad idaṃ satta sambojjhaṅgā satisambojjhaṅgo ... pe ... upekhāsambojjhaṅgo. Idaṃ vuccati, bhikkhave, kammaṃ akaṇhamasukkaṃ akaṇhāsukka-vipākaṃ [kammaṃ] kammakkhayāya saṃvattati.[2] Katamañ ca, bhikkhave, kammaṃ akaṇhamasukkaṃ akaṇhāsukka-vipākaṃ kammaṃ kammakkhayāya saṃvattati? Ayam eva ariyo aṭṭhaṅgiko maggo seyyathīdaṃ sammādiṭṭhi ... pe ... sammāsamādhi. Idaṃ vuccati, bhikkhave, kammaṃ akaṇhamasukkaṃ akaṇhāsukka-vipākaṃ kammaṃ kammakkhayāya saṃvattatī ti. Evaṃ ime kho bojjhaṅga-maggaṅga-bhedato paṇṇarasa dhammā kamma-catukkena dīpitā.

252. Abhijjhā vyāpādo micchādiṭṭhi anabhijjhā avyāpādo sammādiṭṭhī ti imehi pana chahi saddhiṃ ekavīsati cetanāsampayuttakā dhammā veditabbā.

Tattha lokuttaramaggo bhajāpiyamāno kāyakammādīni tīṇi kammāni bhuñjati. Yaṃ hi kāyena dussīlyaṃ ajjhācarati tamhā saṃvaro kāyiko veditabbo, yaṃ vācāya dussīlyaṃ ajjhācarati tamhā saṃvaro vācasiko veditabbo. Iti sammākammanto kāyakammaṃ, sammāvācā vacīkammaṃ. Etasmiṃ dvaye gahite sammā-ājīvo tappakkhikattā gahito va hoti. Yam pana manena dussīlyaṃ ajjhācarati tamhā saṃvaro mānasiko ti veditabbo.

So diṭṭhi-saṅkappa-vāyāma-sati-samādhi-vasena pañcavidho hoti. Ayaṃ pañca-vidho pi manokammaṃ nāma. Evaṃ lokuttara-maggo bhajāpiyamāno tīṇi kammāni bhajati. Imasmiṃ ṭhāne dvāra-saṃsandanaṃ nāma hoti. Kāyavacī-dvāresu hi copanaṃ patvā kammapathaṃ appattam pi atthi, mano-dvāre samudācāraṃ patvā kammapathaṃ

---

[1] Aṅguttara vol. II, p. 230. [2] ib. vol. II, p. 237.

appattaṃ atthi. Taṃ gahetvā taṃ taṃ dvāra-pakkhikam eva akaṃsu. Tatrāyaṃ nayo.

253. Yo 'migavaṃ gamissāmī ti' dhanuṃ sajjeti, jiyaṃ vaḍḍheti, sattiṃ niseti, bhattaṃ bhuñjati, vatthaṃ paridahati ettāvatā kāyadvāre copanaṃ pattaṃ hoti. So araññe divasaṃ caritvā antamaso sasa-bilāla-mattam pi na labhati. Idaṃ akusala-kāya-kammaṃ hoti na hotī ti? Na hoti. Kasmā? Kamma-pathaṃ appattatāya. Kevalaṃ pana kāya-duccaritaṃ nāma hotī ti veditabbaṃ. Maccha-gaṇhanādipayogesu pi es' eva nayo.

Vacī-dvāresu 'migavaṃ gamissāma, vegena dhanu-ādīni sajjethā ti' āṇāpetvā purima-nayen' eva araññe kiñci alabhantassa kiñcāpi vacī-dvāre copanaṃ pattaṃ, kamma-pathaṃ appattatāya pana vacīkammaṃ na hotī ti veditabbaṃ.

254. Mano-dvāre pana vadhaka-cetanāya uppanna-mattāya eva kamma-pathabhedo hoti, so va kho vyāpāda-vasena na pāṇātipāta-vasena.

Akusalaṃ hi kāyakammaṃ kāya-vacī-dvāresu samuṭṭhāti no mano-dvāre. Tathā akusalaṃ vacīkammaṃ akusalaṃ manokammaṃ pana tīsu pi dvāresu samuṭṭhāti. Tathā akusalāni kāya-vacī-manokammāni.

Kathaṃ? Sahatthā pi pāṇaṃ hanantassa adinnaṃ ādiyantassa micchā carantassa kammam kāyakammam eva hoti dvāram pi kāyadvāram eva. Evam tāva akusalaṃ kāyakammaṃ kāyadvāre samuṭṭhāti. Tehi pana cittehi sahajātā abhijjhā-vyāpādamicchādiṭṭhiyo cetanā pakkhikā va bhavanti abbohārikā vā.

255. Gaccha itthaṃ nāma jīvitā voropehi, itthaṃ nāma bhaṇḍam avaharā ti āṇāpentassa pana kammaṃ kāya-kammaṃ hoti dvāraṃ vacī-dvāram.

Evam akusalaṃ kāyakammaṃ vacīdvāre samuṭṭhāti. Tehi pana cittehi sahajātā abhijjhāvyāpādamicchādiṭṭhiyo cetanā pakkhikā vā bhavanti abbohārikā vā. Ettikā ācariyānaṃ samānatthakathā nāma.

Vidaḍḍhavādī panāha: Akusalaṃ kāyakammaṃ mano-dvāre pi samuṭṭhātī ti. So 'tayo saṅgahe ārūḷhaṃ suttaṃ āharāhī ti' vutto idaṃ Kuḷumbasuttaṃ nāma āhari. Puna ca paraṃ bhikkhave idh' ekacco samaṇo vā brāhmaṇo vā iddhimā cetovasippatto aññissā vā kucchigataṃ gabbhaṃ pāpakena manasānupekkhako hoti: 'Aho vatāyaṃ kucchigato gabbho na sotthinā abhinikkhameyyā ti.' Evaṃ bhikkhave Kuḷumbassa upaghāto hotī ti. Idaṃ suttaṃ āharitvā evaṃ cintitamatte yeva parassa kucchigato gabbho pheṇapiṇḍo viya vilīyati. Ettha kuto kāyaṅgacopanaṃ vā vācaṅgacopanaṃ vā? Manodvārasmiṃ yeva pana idaṃ akusalaṃ kāyakammaṃ samuṭṭhātī ti, taṃ tava suttassa atthaṃ tulayissāmā ti vatvā evaṃ tulayiṃsu. Tvaṃ iddhiyā parūpaghātaṃ vadesi.

256. Iddhi nām' esā adhiṭṭhānā iddhi, vikubbanā iddhi, manomayā iddhi, ñāṇavipphārā iddhi, ariyā iddhi, kammavipākajā iddhi, puññavato iddhi, vijjāmayā iddhi, bhāvanāmayā iddhi, tattha tattha sammāpayogapaccayā ijjhanatthena iddhī ti dasavidhā[1]. Tattha kataraṃ iddhiṃ vadesī ti? Bhāvanāmayan ti. Kiṃ pana bhāvanāmayāya iddhiyā parūpaghātakammaṃ hotī ti? Āmā ti. Ekacce ācariyā 'ekavāraṃ hotī ti' vadanti. Yathā hi paraṃ paharitukāmena udakabharite ghaṭe khitte ghaṭo pi bhijjati udakam pi nassati evaṃ eva bhāvanāmayāya iddhiyā ekavāraṃ parūpaghātakammaṃ hoti. Tato paṭṭhāya panassatī ti. Atha naṃ bhāvanāmayāya iddhiyā neva ekavāraṃ na dve vāre parūpaghātakammaṃ hotī ti vatvā saññattiṃ āgacchantam pucchiṃsu: 'Bhāvanāmayā iddhi kiṃ kusalā akusalā avyākatā sukhāya vedanāya sampayuttā dukkhāya vedanāya sampayuttā adukkhamasukhāya vedanāya sampayuttā savitakkasavicārā avitakkavicāramattā avitakkāvicārā kāmāvacarā rūpāvacarā arūpāvacarā ti?' Imam pana pañhaṃ yo jānāti so evaṃ vakkhati: 'Bhāvanāmayā iddhi kusalā vā hoti avyākatā vā adukkhamasukhavedanīyā eva avitakkāvicārā eva rūpāvacarā evā ti' so vattabbo.

257. Pāṇātipātacetanākusalādisu kataraṃ koṭṭhāsam bhajatī ti jānanto vakkhati: pāṇātipātacetanā akusalā va dukkhavedaniyā va savitakka-savicārā va kāmāvacarā ti. Evaṃ sante tava pañho neva kusalattikena sameti na ve-

---

[1] Visuddhimagga J. P. T. S. p. 111 f.

danattikena na vitakkattikena na bhummantarenā ti. Kim pana evaṃ mahantaṃ suttaṃ nirattbakan ti no nirattbakaṃ? Tvam pan' assa attbaṃ na jānāsi. Iddbimā cetovasippatto ti. Ettba hi na bhāvanāmayā iddhi adhippetā. Athabbaniddhi pana adhippetā. Sā bi ettba labbhamānā labbhati. Sā pana kāyavacīdvārāni muñcitvā kātuṃ na sakkā ti.

Athabbaniddbikā hi sattāhaṃ alonakaṃ bhuñjitvā dabbhe attharitvā paṭhaviyaṃ sayamānā tapaṃ caritvā sattame divase susānabhūmiṃ sajjetvā sattame pade ṭhatvā hatthaṃ vaḍḍhetvā vaḍḍhetvā mukbena vijjaṃ parijapanti. Atba tesaṃ kammaṃ samijjhati. Evam ayam pi iddbi kāyavacīdvārāni muñcitvā kātuṃ na sakkā ti na kāyakammaṃ manodvāre samuṭṭhātī ti niṭṭbam ettha gantabbaṃ.

258. Hatthamuddāya pana musāvādādīni kathentassa kammaṃ vacīkammadvāraṃ na kāyadvāraṃ hotī ti evam akusalaṃ vacīkammaṃ kāyadvāre samuṭṭhāti. Tebi pana cittebi sahajātā abbijjhāvyāpādamicchādiṭṭhiyo cetanāpakkbikā vā bhavanti abbohārikā vā. Vacībhedaṃ pana katvā musāvādādīni katbentassa kammam pi vacīkammaṃ dvāram pi vacīdvāram eva. Evam akusalaṃ vacīkammaṃ vacīdvāre samuṭṭhāti. Tehi pana cittehi sahajātā abhijjhāvyāpādamicchādiṭṭhiyo cetanāpakkhikā vā bhavanti abbohārikā vā. Ettakā ācariyānaṃ samānatthakathā nāma.

Viḍḍhavādī panāha: Akusalaṃ vacīkammaṃ manodvāre pi samuṭṭhātī ti. So tayo saṅgahe ārūḷhaṃ suttam āharāhī ti vutto idaṃ uposathakkhandhato suttaṃ āhari. Yo pana bhikkhu yāvatatiyaṃ anusāviyamāne saramāno santim āpattim nāvikareyya sampajānamusāvādassa hotī ti. Idaṃ suttam āharitvā āha: Evam āpattim anāvikaronto tuṇhībhūto va aññam āpattim āpajjati. Ettha kuto kāyaṅgacopanaṃ vācaṅgacopanaṃ vā? Manodvārasmiṃ yeva pana idaṃ akusalaṃ vacīkammaṃ samuṭṭhātī ti so vattabbo. Kim pan' etaṃ suttaṃ neyyattbam udāhu nītattbaṃ ti? Nītattbaṃ eva mayhaṃ suttan ti. So 'mā evam avaca, tulayissāma' assa atthaṃ ti' vatvā idam pucchitabbo. 'Sampajānamusāvāde kiṃ hotī ti' jānanto 'sampajānamusāvāde dukkaṭaṃ hotī ti' vakkhati. Tato vattabbo: vinayassa dve mūlāni kāyo ca vācā ca. Sammāsambuddhena hi sabbāpattiyo imesu yeva dvīsu dvāresu paññattā. Manodvāre āpattipaññāpanaṃ nāma natthi. Tvam ativiya vinaye pakataññū yo satthārā apaññatte ṭhāne apaññattam āpattim paññāpesi, sammāsambuddham abbhācikkhasi, jinacakkam paharasī ti ādivacanehi niggaṇhitvā uttarim pañham pucchitabbo.

'Sampajānamusāvādo kiṃ kiriyato samuṭṭhāti udāhu akiriyato ti' jānanto 'kiriyato ti' vakkhati. Tato vattabbo: Anāvikaronto kataraṃ kiriyaṃ karotī ti? Addhā kiriyaṃ apassanto vighātam āpajjissati. Tato imassa suttassa atthena saññāpetabbo. Ayaṃ h'ettha attho. Yvāyaṃ sampajānamusāvādo hotī ti vutto so āpattito kiṃ hotī ti katarāpatti hotī ti attho. Dukkaṭāpatti hoti sā ca kho na musāvādalakkhaṇena. Bhagavato pana vacanena vacīdvāre akiriyasamaṭṭhānā āpatti hotī ti veditabbo.

259. Vuttam pi c'etaṃ: Anālapanto manujena kenaci vācā giraṃ ca pare bhaṇeyya āpajjeyya vācasikaṃ na kāyikaṃ pañhaṃ paññā me sā kusalehi cintitā ti. Evam akusalaṃ vacīkammaṃ na manodvāre samuṭṭhātī ti niṭṭham ettha gantabbaṃ.

Yadā pana abhijjhāsahagatena cetasā kāyaṅgaṃ copento hatthagāhādīni karoti, vyāpādasahagatena daṇḍaparāmāsādīni, micchādiṭṭhisahagatena khandhasivādayo seṭṭhā ti tesaṃ abhivādana-añjalikammabhūtapiṭṭhikaparibhaṇḍādīni karoti tadā kammaṃ manokammaṃ hoti dvāram pana kāyadvāraṃ. Evam akusalam manokammaṃ kāyadvāre samuṭṭhāti, cetanā pan' ettha abbohārikā.

Yadā abhijjhāsahagatena cetasā vācaṅgaṃ copento 'aho vatāyam parassa tam mama assā' ti paravittūpakaraṇaṃ abhijjhāyati, vyāpādasahagatena 'ime sattā haññantu vā vajjantu vā upacchijjantu vā mā vā ahesuṃ' ti vadati, micchādiṭṭhisahagatena 'natthi dinnaṃ natthi yiṭṭhaṃ' ti ādīni vadati tadā kammaṃ manokammaṃ hoti dvāram pana vacīdvāraṃ.

Evam akusalaṃ manokammaṃ vacīdvāre samaṭṭhāti cetanā pan' ettha abbohārikā. Yadā pana kāyaṅgavācaṅgāni acopetvā raho nisinno abhijjhāvyāpādamicchādiṭṭhisahagatāni cittāni uppādeti tadā kammaṃ manokammaṃ dvāraṃ pi manodvāraṃ eva. Evaṃ akusalaṃ manokammaṃ manodvāre samuṭṭhāti.

260. Imasmiṃ pana ṭhāne cetanā pi cetanāsampayuttakā dhammā pi manodvāre yeva samuṭṭhahanti. Evaṃ akusalaṃ manokammaṃ tīsu pi dvāresu samuṭṭhātī ti veditabbaṃ.

Yaṃ pana vuttaṃ: Tathā kusalāni kāyavacīmanokammānī ti tatrāyaṃ nayo. Yadā hi kenaci kāraṇena na vattuṃ asakkonto pāṇātipātā adinnādānā kāmesu micchācārā paṭiviramāmī ti imāni sikkhāpadāni hatthamuddāya gaṇhāti tadā kammaṃ kāyakammaṃ dvāraṃ pi kāyadvāraṃ eva. Evaṃ kusalaṃ kāyakammaṃ kāyadvāre samuṭṭhāti. Tehi cittehi sahagatā anabhijjhādayo cetanāpakkhikā vā honti abbohārikā vā.

Yadā pana tān' eva sikkhāpadāni vacībhedaṃ katvā gaṇhāti tadā kammaṃ kāyakammaṃ dvāraṃ pi vacīdvāraṃ hoti. Evaṃ kusalaṃ kāyakammaṃ vacīdvāre samuṭṭhāti. Tehi cittehi sahagatā anabhijjhādayo cetanāpakkhikā vā honti abbohārikā vā.

Yadā pana tesu sikkhāpadesu diyyamānesu kāyaṅgavācaṅgāni acopetvā manasā ca 'pāṇātipātā adinnādānā kāmesu micchācārā paṭiviramāmī ti' gaṇhāti tadā kammaṃ kāyakammaṃ dvāraṃ pi manodvāraṃ hoti. Evaṃ kusalaṃ kāyakammaṃ manodvāre samuṭṭhāti. Tehi cittehi sahagatā anabhijjhādayo cetanāpakkhikā vā honti abbohārikā vā.

261. Musāvādā veramaṇī-ādīni pana cattāri sikkhāpadāni vuttanayān' eva. Kāyādīhi gaṇhantassa kusalaṃ vacīkammaṃ tīsu dvāresu sammuṭṭhātī ti veditabbaṃ. Idhāpi anabhijjhādayo cetanāpakkhikā va honti abbohārikā va.

Anabhijjhādisahagatehi pana cittehi kāyaṅgaṃ copetvā cetiyaṅgana-sammajjana-gandhamālāpūjana-cetiyavandanādīni karontassa kammaṃ manokammaṃ hoti dvāraṃ pana kāyadvāraṃ. Evaṃ kusalaṃ manokammaṃ kāyadvāre samuṭṭhāti, cetanā pan' ettha abbohārikā.

Anabhijjhāsahagatena cittena vācaṅgaṃ copetvā 'aho vatāyaṃ parassa paravittūpakaraṇaṃ, na taṃ mam' assā ti' anabhijjhāyato avyāpādasahagatena cittena 'sabbe sattā averā avyāpajjā anīghā sukhī attānam pariharantū ti vadantassa sammādiṭṭhisahagatena atthi dinnan ti ādīni udāharantassa kammam manokammam hoti dvāram pana vacīdvāram. Evam kusalam manokammam vacīdvare samuṭṭhāti cetanā pan' ettha abbohārikā.

262. Yadā kāyaṅgavācaṅgāni pana acopetvā raho nisinnassa manasā va anabhijjhādisahagatāni cittāni uppādentassa kammam manokammam dvāram pi manodvāram eva evam kusalam manokammam manodvāre samuṭṭhāti.

Imasmim pana ṭhāne cetanā pi cetanāsampayuttā dhammā pi manodvāren' eva samuṭṭhahanti. Tattha āṇattisamuṭṭhitesu pāṇātipātādinnādānesu kammam pi kāyakammam dvāram pi kammavasena kāyadvāran ti vadanto kammam rakkhati dvāram bhindati nāma.

Hatthamuddāya samuṭṭhitesu musāvādādisu dvāram kāyadvāram kammam pi dvāravasena kāyakamman ti vadanto dvāram rakkhati kammam bhindati. Tasmā kammam rakkhāmī ti dvāram na bhinditabbam, dvāram rakkhāmī ti kammam na bhinditabbam. Yathāvutten' eva pana nayena kammañ ca dvārañ ca veditabbam. Evam kathento hi neva kammam na dvāram bhindatī ti kammakathā niṭṭhitā.

263. Idāni pañca viññāṇāni pañca viññāṇadvārānī ti ādisu cakkhuviññāṇam sotaghānajivhākāyaviññāṇan ti imāni pañca viññāṇāni nāma. Cakkhuviññāṇadvāram sotaghānajivhākāyaviññāṇadvāran ti imāni pañca viññāṇadvārāni nāma. Imesam pañcannam dvārānam vasena uppannā cetanā n'eva kāyakammam hoti na vacīkammam, manokammam hotī ti veditabbā.

264. Cakkhusamphasso sotaghānajivhākāyamanosamphasso ti ime pana cha phassā nāma.

Cakkhusamphassadvāram sotaghānajivhākāyamanosamphassadvāran ti imāni cha phassadvārāni nāma.

265. Cakkhu-asamvaro sotaghānajivhāpasādakāyacopanakāya-asamvaro vācā-asamvaro mano-asamvaro ti ime aṭṭha asamvarā nāma.

Te atthato dussīlyam muṭṭhasaccam aññāṇam akkhanti kosajjan ti ime pañca dhammā honti. Tesu ekadhammo pi pañca dvāre voṭṭhapanapariyosānesu cittesu n'uppajjati, javanakkhaṇe yeva uppajjati. Javane uppanne pi pañca dvāre asaṃvaro vuccati. Cakkhuviññāṇasahajāto hi phasso nāma cetanā manokammaṃ nāma. Taṃ cittaṃ manokammadvāraṃ nāma. Ettha pañcavidho asaṃvaro natthi. Sampaticchanasahajāto phasso manosamphasso nāma cetanā ca manokammaṃ nāma. Taṃ cittam manokammadvāraṃ nāma. Etthāpi pañcavidho asaṃvaro nām' atthi. Santīraṇavoṭṭhapanesu pi es' eva nayo.

Javanasahajāto pana phasso manosamphasso nāma, cetanā manokammaṃ nāma, taṃ cittam manokammadvāraṃ nāma. Ettha asaṃvaro cakkhu-asaṃvaro nāma hoti. Sotaghānajivhāpasādakāya-dvāresu pi es' eva nayo.

Yadā pana rūpādisu aññatarārammaṇaṃ manodvārikajavanaṃ vinā vacīdvārena suddhaṃ kāyadvārasaṅkhātaṃ copanaṃ pāpayamānam uppajjati tadā tena cittena sahajāto phasso manosamphasso nāma.

266. Cetanā kāyakammaṃ nāma. Tam pana cittam abbohārikaṃ copanassa uppannattā manodvāran ti saṅkhaṃ gacchati. Ettha asaṃvaro copanakāya-asaṃvaro nāma.

Yadā tādisaṃ yeva javanaṃ vinā kāyadvārena suddhaṃ vacīdvārasaṅkhātaṃ copanaṃ pāpayamānam uppajjati tadā tena cittena sahajāto phasso manosamphasso nāma.

Cetanāvacīkammaṃ nāma. Tam pana cittam abbohārikaṃ copanassa uppannattā manodvāran ti saṅkhaṃ na gacchati. Ettha asaṃvaro vācā-asaṃvaro nāma.

Yadā pana javanacittaṃ vinā kāyavacīdvārehi suddham manodvāram eva hutvā uppajjati tadā tena cittena sahajāto phasso manosamphasso nāma.

Cetanā manokammaṃ nāma, cittam manokammadvāraṃ nāma. Ettha asaṃvaro mano-asaṃvaro nāma.

Imesam aṭṭhannam asaṃvarānaṃ vasena cakkhu-asaṃvaradvāraṃ sotaghānajivhāpasādakāya-copanakāya-vācā-mano-asaṃvaradvāran ti imāni aṭṭha asaṃvaradvārāni veditabbāni.

267. Cakkhusaṃvaro sotaghānajivhāpasādakāyacopanakāya-vācā-manosaṃvaro ti ime pana aṭṭha saṃvarā nāma. Te atthato sīlaṃ satiṃ ñāṇaṃ khantiṃ viriyan ti ime

pañca dhammā honti. Tesu pi ekadhammo pi pañcadvāre votthapanapariyosānesu cittesu n'uppajjati, javanakkhaṇe eva uppajjati, javane uppanno pi pañcadvāre saṃvaro ti vuccati. Tassa sabhassā pi cakkhuviññāṇasahagato hi phasso cakkhusamphasso ti ādinā asaṃvaro vutteu'eva nayena uppatti veditabbā. Iti imesaṃ aṭṭhannaṃ saṃvarānaṃ vasena cakkhusaṃvaradvāraṃ — pe — manosaṃvaradvāran ti imāni aṭṭha saṃvaradvārāni veditabbāni.

268. Pāṇātipāto, adinnādānaṃ, kāmesu micchācāro, musāvādo, pisuṇā vācā, pharusā vācā, samphappalāpo, abhijjhāvyāpādo, micchādiṭṭhī ti ime pana dasa akusalakammapathā nāma.

Tattha[1] pāṇassa atipāto pāṇātipāto nāma. Pāṇavadho pāṇaghāto ti vuttaṃ hoti. Pāṇo ti c'ettha vohārato satto paramatthato jīvitindriyaṃ. Tasmiṃ pana pāṇe pāṇasaññino jīvitindriy - upacchedaka - upakkamasamuṭṭhāpikā kāyavacīdvārānaṃ aññataradvārappavattā vadhakacetanā pāṇātipāto. So guṇavirahitesu tiracchānagatādisu pāṇesu khuddake pāṇe appasāvajjo mahante mahāsavajjo. Kasmā? Payogamahantatāya payogasamatto pi vatthumahantatāya. Guṇavantesu manussādisu appaguṇe pāṇo appasāvajjo, mahāguṇe mahāsāvajjo, sarīraguṇānaṃ pana samabhāve sati kilesānaṃ upakkamānañ ca mudutāya appasāvajjo, tibbatāya mahāsāvajjo ti veditabbo. Tassa pañca sambhārā honti: Pāṇo, pāṇasaññitā, vadhakacittaṃ, upakkamo, tena maraṇan ti. Cha payogā: Sāhatthiko, āṇattiko, nissaggiko, thāvaro, vijjāmayo, iddhimayo ti. Imasmiṃ pan'atthe vitthāriyamāne atipapañco hoti. Tasmā taṃ na vitthārayāma aññañ ca evarūpaṃ. Atthikehi pana Samantapāsādikaṃ Vinayatthakatham oloketvā gahetabbo.

269. Adinnassa[2] ādānaṃ adinnādānam parassa haranaṃ theyyaṃ corikā ti vuttaṃ hoti. Tattha adinnan ti parapariggahītaṃ. Yattha paro yathākāmakārī tam āpajjanto adaṇḍāraho anupavajjo ca hoti. Tasmiṃ pana parapariggahīte

---

[1] Papañcasūdanī in Trenckner's transcript p. 235 ff. Sumaṅgalavil. p. 69. Hardy Mannal of Buddhism p. 478.

[2] Sumaṅgalavil. p. 71.

saññiao tadādāyaka-upakkamasamuṭṭhāpikā theyyacetanā adinaadānam, tam hīne parasantake appasāvajjam, paṇīte mahāsāvajjam. Kasmā? Vatthupaṇītatāya. Vatthusamatte sati guṇādhikānam santake vatthusmim mahāsāvajjam, tam tam guṇādhikam upādāya tato tato hīnaguṇassa santake vatthusmim appasāvajjam. Tassa pañca sambhārā honti: Parapariggahītam parapariggahīta-saññitā, theyyacittam, upakkamo, tena haraṇan ti[1]. Cha payogā sāhatthikādayo va. Te ca kho yathānurūpam theyyāvahāro, pasayhāvahāro, paṭicchannāvahāro, parikappāvahāro, kusāvahāro ti. Imesam avahārānam vasena pavattā ti ayam ettha saṅkhepo. Vitthāro pana Samantapāsādikāyam.

270. Kāmesu micchācāro ti ettha pana kāmesū ti methunasamācāresu micchācāro ekantanindito lāmakācāro. Lakkhaṇato pana asaddhammādhippāyena kāyadvārapavattā agamanīyaṭṭhānavītikkamacetanā kāmesu micchācāro. Tattha agamanīyaṭṭhānam nāma purisānam tāva māturakkhitā, piturakkhitā, mātāpiturakkhitā, bhāturakkhitā, bhaginīrakkhitā, ñātirakkhitā, gottarakkhitā, dhammarakkhitā, sārakkhā, saparidaṇḍā ti māturakkhitādayo dasa, dhanakkītā, chandavāsinī, bhogavāsinī, paṭavāsinī, odapattakinī, obhatacumbaṭā, dāsī ca bhariyā, kammakārī ca bhariyā, dhajāhaṭā, muhuttikā ti etā dhanakkītādayo dasā ti vīsati itthiyo[2].

Itthīsu pana dvinnam sārakkhāsaparidaṇḍānam dasannañ ca dhanakkītādīnan ti dvādasannam itthīnam aññesu purisā idam agamanīyaṭṭhānam nāma. So pan'esa micchācāro sīlādiguṇarakkhite agamanīyaṭṭhāne appasāvajjo, sīlādiguṇasampanne mahāsāvajjo. Tassa cattāro sambhārā: Agamanīyam vatthusmim sevanācittam, sevanāpayogo, maggena maggapaṭipatti, adhivāsanan ti. Eko payogo sāhatthiko eva[3].

271. Musā ti[4] visamvādanapurekkhārassa atthabhañjanako vacīpayogo kāyappayogo ca. Visamvādanādhippāyena pan'assa paravisamvādakā kāyavacīpayogasamuṭṭhāpikā

---

[1] Hardy Manual of Buddhism p. 483. [2] Suttavibhaṅga I p. 139.
[3] Hardy Manual of Buddhism p. 484. [4] Sumaṅgalavil. p. 72.

cetanā musāvādo. Aparo nayo: Musā ti abhūtam atacchaṃ vatthu. Vādo ti tassa bhūtato tacchato viññāpanaṃ. Lakkhaṇato pana atathaṃ vatthu tathato paraṃ viññāpetukāmassa tathā viññattisamuṭṭhāpikā cetanā musāvādo. So yam attham bhañjati tassa appatāya appasāvajjo, mahantatāya mahāsāvajjo. Api ca gahaṭṭhānaṃ attano santakam adātukāmatāya 'natthī ti' ādinayappavatto appasāvajjo, sakkhinā hutvā atthabhañjanatthaṃ vutto mahāsāvajjo. Pabbajitānam appakam pi telaṃ vā sappiṃ vā labhitvā hassādhippāyenu 'ajja gāme telanadī maññe sandatī ti' purāṇakathānayena pavatto appasāvajjo. Adiṭṭhaṃ yeva pana diṭṭhan ti ādinā nayena vadantānam mahāsāvajjo. Tassa cattāro sambhārā honti: Atathaṃ vatthu, visaṃvādanacittaṃ, tajjo vāyāmo, parassa tadatthavijānanan ti[1]. Eko payogo sāhatthiko va. So kāyena vā kāyapaṭibaddhena vā vācāya vā paravisaṃvādakakiriyāya karaṇe daṭṭhabbo.

Tāya ce kiriyāya paro tam atthaṃ jānāti, ayaṃ kiriyāsamuṭṭhāpikā cetanā khaṇe yeva musāvādakammunā bajjhati[2]. Yasmā pana yathā kāyapaṭibaddha-vācāya paraṃ visaṃvādeti tathā 'imassa bhaṇāhi ti' āṇāpento pi paṇṇaṃ likhitvā purato nissajanto pi 'ayam attho evaṃ veditabbo' kuḍḍādisu likhitvā ṭhapento pi tasmā ettha āṇattikā nissaggikā thāvarā pi payogā yujjanti. Aṭṭhakathāsu pana anāgatattā vīmaṃsitvā gahetabbaṃ.

272. Pisuṇā[3] vācā ti ādisu yāya vācāya yassa taṃ vācam bhāsati tassa hadaye attano piyabhāvaṃ parassa ca pesuññabhāvaṃ karoti sā pisuṇā vācā.

Yāya pana attānam pi param pi pharusaṃ karoti, yā vācā sayam pi pharusā n'eva kaṇṇasukhā na hadayasukhā vācā ayam pharusā vācā.

273. Yena samphaṃ palapati niratthakaṃ so samphappalāpo. Yā tesam mūlabhūtā cetanā pi pisuṇāvācādināmam eva labhati sā evañ ca idha adhippetā ti. Tattha saṅkiliṭṭhassa cittassa paresaṃ vā bhedāya attapiyakamyatāya vā kāyavacīpayogasamuṭṭhāpikā cetanā pisuṇā vācā. Sā

---

[1] Hardy Manual p. 486. [2] not in Ps. [3] Sumaṅgalavil. p. 73.

yassa bhedaṃ karoti tassa appaguṇatāya appasāvajjā, mahāguṇatāya mahāsāvajjā. Tassā cattāro sambhārā: Bhinditabbo paro, 'iti ime nānābhavissanti ti vinābhavissanti ti' bhedapurekkhāratā ca, 'iti ahaṃ piyo bhavissāmi vissāsiko ti' piyakamyatā vā, tajjo vāyāmo, tassa tad atthavijānanan ti. Pare pana abhinne kammapathabhedo natthi, bhinne eva hoti.

Parassa [1] mammacchedakakāyavacīpayogasamuṭṭhāpikā ekantapharusacetanā pharusavācā. Tassā āvibhāvattham idaṃ vatthu: Eko kira gāmadārako mātu vacanam anādiyitvā araññaṃ gacchati. Tam mātā nivattetum asakkontī 'caṇḍā tam mahisī anubandhatū ti' akkosi. Ath'assa tath'eva araññe mahisī uṭṭhāsi. Dārako 'yam mama mātā mukhena kathesi taṃ mā hotu, yaṃ cittena cintesi taṃ hotū ti saccakiriyam akāsi. Mahisī tatth'eva maṇḍā [2] viya aṭṭhāsi. Evam mammacchedako pi payogo cittasaṇhatāya pharusavācā na hoti.

Mātāpitaro hi kadāci puttake evam pi vadanti 'corā vo khaṇḍākhaṇḍikaṃ karontū ti' uppalapattam pi nesaṃ upari patantaṃ na icchanti. Ācariyupajjhāyā ca kadāci nissitake evaṃ vadanti 'kim ime ahirikā anottāpino pi vadanti, niddhamatha ne ti', atha ca nesam āgamādhigamasampattim icchanti.

Yathā ca cittasaṇhatāya pharusavācā na hoti evaṃ vacanasaṇhatāya apharusavācā pi na hoti. Na hi mārāpetukāmassa 'imaṃ sukhaṃ sayāpethā ti' vacanam apharusavācā hoti, cittapharusatāya pana sā pharusā vācā va. Sā yaṃ sandhāya sandhāya pavattitā tassa appaguṇatāya appasāvajjā, mahāguṇatāya mahāsāvajjā. Tassā tayo sambhārā: Akkositabbo paro, kupitacittaṃ, akkosanan ti.

274. Anatthaviññāpakakāyavacīpayogasamuṭṭhāpikā [3] akusalā cetanā samphappalāpo. So āsevanamandatāya appasāvajjo, āsevanamahantatāya mahāsāvajjo. Tassa dve sambhārā: Bhāratayuddha-Sītāharaṇādi-niratthakakathā-purekkhāratā, tathā rūpī kathā kathanañ ca. Pare pana

[1] Sumaṅgalavil. p. 75. [2] baddhā Ps. Sum.
[3] Sumaṅgalavil. p. 76.

taṃ katham agaṇhento kammapathabhedo natthi, parena samphappalāpe gahite yeva hoti.

275. Abhijjhāyatī ti abhijjhā. Parabhaṇḍābhimukhī hutvā ninnatāya pavattatī ti attho. Sā 'aho vata idam mam'assā ti' evam parabhaṇḍābhijhāyanalakkhaṇā adinnadānaṃ viya appasāvajjā mahāsāvajjā ca. Tassā dve sambhārā: Parabhaṇḍam attano pariṇāmanañ ca. Parabhaṇḍavatthuke hi lobhe uppanne pi na tāva kammapathabhedo hoti yāva 'aho vata idam mam'assā ti' attano na pariṇāmeti.

Hitaṃ sukhaṃ vyāpādayatī ti vyāpādo. So paravināsāya manopadosalakkhaṇo pharusavācā viya appasāvajjo mahāsāvajjo ca. Tassa dve sambhārā: Parasatto ca tassa ca vināsacintā. Parasattavatthuke hi kodhe uppanne pi na tāva kammapathabhedo hoti yāva 'aho vatāyam ucchijjeyya vinasseyyā ti' vināsaṃ na cinteti.

Yathā bhuccagahaṇābhāvena micchā passatī ti micchādiṭṭhi. Sā natthi dinnan ti ādinā nayena viparītadassanalakkhaṇā samphappalāpo viya appasāvajjā mahāsāvajjā ca. Api ca aniyatā appasāvajjā niyatā mahāsāvajjā. Tassā dve sambhārā: Vatthuno ca gahitākāraviparītatā ca. Yathā taṃ gaṇhāti tathā bhāvena tassūpaṭṭhānan ti. Tattha natthikāhetu-akiriyadiṭṭhīhi eva kammapathabhedo hoti na aññadiṭṭhīhi.

276. Imesam pana dasannam akusalakammapathānaṃ dhammato koṭṭhāsato ārammaṇato vedanāto mūlato ti pañcah'ākārehi vinicchayo veditabbo.

Tattha dhammato ti. Etesu hi paṭipāṭiyā satta cetanā dhammā va honti abhijjhādayo, tayo cetanāsampayuttā.

Koṭṭhāsato ti paṭipāṭiyā satta micchādiṭṭhi cā ti ime aṭṭha kammapathā eva honti no mūlāni, abhijjhāvyāpādo kammapathā c'eva mūlāni ca. Abhijjhā hi mūlaṃ patvā lobho akusalamūlaṃ hoti, vyāpādo doso akusalamūlaṃ.

Ārammaṇato ti pāṇātipāto jīvitindriyārammaṇo saṅkhārārammaṇo hoti adinnādānaṃ sattārammaṇaṃ vā saṅkhārārammaṇaṃ vā. Micchācāro phoṭṭhabbavasena saṅkhārārammaṇo sattārammaṇo ti pi eko. Musāvādo sattārammaṇo vā saṅkhārārammaṇo vā. Tathā pisuṇā vācā, pharusā vācā sattārammaṇā vā, samphappalāpo diṭṭhasutamutaviññātavasena sattārammaṇo vā saṅkhārārammaṇo vā, tathā abhijjhāvyāpādo sattārammaṇo vā, micchādiṭṭhi tebhūmakadhammavasena saṅkhārārammaṇā.

Vedanāto ti pāṇātipāto dukkhavedano hoti kiñ cāpi hi rājāno coraṃ disvā hasamānā pi 'gacchatha naṃ ghātetā ti' vadanti. Sanniṭṭhāpakacetanā pana tesaṃ dukkhasampayuttā va hoti. Adinnādānan tivedanaṃ: Taṃ hi parabhaṇḍaṃ disvā haṭṭhatuṭṭhassa gaṇhato sukhavedanaṃ hoti, bhītabhītassa gaṇhato dukkhavedanaṃ, tathā vipākanissandaphalāni paccavekkhantassa gahaṇakāle majjhattabhāve ṭhitassa pana gaṇhato adukkham asukhavedanaṃ hoti. Micchācāro sukhamajjhattavasena dvivedano, sanniṭṭhāpakacitte pana majjhattavedano na hoti. Musāvādo adinnādāne vuttanayen'eva tivedano, tathā pisuṇā vācā, pharusā vācā dukkhavedanā, samphappalāpo tivedano. Paresu hi sādhukāraṃ dentesu celādīni khipantesu haṭṭhatuṭṭhassa Sītāharaṇa-Bhāratayuddhādīni kathanakāle so sukhavedano hoti. Paṭhamaṃ dinnavedanena ekena pacchā āgantvā ādito paṭṭhāya kathehī ti vutte ananusandhikam pakiṇṇakakathaṃ kathessāmi nu kho ti domanassītassa kathanakāle dukkhā vedanā hoti, majjhattassa kathayato adukkhamasukhavedanā hoti. Abhijjhā sukhamajjhattavasena dvivedanā, tathā micchādiṭṭhi. Vyāpādo dukkhavedano.

Mūlato ti pāṇātipāto dosamohavasena dvimūlako hoti, adinnādānaṃ dosamohavasena vā lobhamohavasena vā, micchācāro lobhamohavasena, musāvādo dosamohavasena vā lobhamohavasena vā, tathā pisuṇā vācā samphappalāpo ca, pharusā vācā dosamohavasena, abhijjhā mohavasena ekamūlā, tathā vyāpādo micchādiṭṭhi lobhamohavasena dvimūlā ti.

Akusalakammapathakathā niṭṭhitā.

277. Pāṇātipātādīhi pana viratiyo anabhijjhā-avyāpādasammādiṭṭhiyo cā ti ime dasa kusalakammapathā nāma.

Tattha pāṇātipātādayo vuttā eva. Pāṇātipātādīhi etāya viramanti ti viramaṇamattam eva vā etan ti virati pāṇātipātā viramantassa. Yā tasmiṃ samaye pāṇātipātā ārati virati ti evaṃ vuttā kusalacittasampayuttā virati, sā bhedato tividhā hoti: Sampattavirati samādānavirati samucchedavirati ti.

278. Tattha asamādinnasikkhāpadānam attano jātivayabāhusaccādīni paccavekkhitvā ayuttaṃ. Amhākam evarūpaṃ kātun ti sampattavatthuṃ avitikkamantānaṃ uppajjamānā virati sampattā virati ti veditabbā Sīhaladīpe Cakkaṇa-upāsakassa viya. Tassa kira daharakāle yeva mātuyā rogo uppajji vejjena ca allasasamaṃsaṃ laddhuṃ vaṭṭatī ti vuttaṃ. Tato Cakkaṇassa bhātā 'gaccha, tāta, khettaṃ āhiṇḍā ti' Cakkaṇam pesesi. So tattha gato. Tasmiñ ca samaye eko saso taruṇasassaṃ khādituṃ āgato hoti. So taṃ disvā vegena dhāvanto valliyā baddho kiri kirī ti saddam akāsi. Cakkaṇo tena saddena gantvā taṃ gahetvā cintesi 'mātu bhesajjaṃ karomī ti'. Puna cintesi 'na me tam paṭirūpaṃ mātu jīvitakāraṇena paraṃ jīvitā voropeyyan ti'. Atha naṃ 'gaccha araññe sasehi saddhiṃ tiṇodakam paribhuñjā ti' muñci bhātarā ca 'kiṃ tāta saso laddho tī' pucchito tam pavattim ācikkhi. Tato nam bhātā paribhāsi. So mātuyā santikaṃ gantvā 'yato 'ham jāto nābhijānāmi sañcicca pāṇaṃ jīvitā voropetā ti' saccaṃ vatvā aṭṭhāsi. Tāvad ev'assa mātā arogā ahosi[1].

279. Samādiṇṇā sikkhāpadānam pana sikkhāpadasamādāne tad uttariñ ca attano jīvitam pi pariccajitvā vatthum avitikkamantānam uppajjamānā virati samādānaviratī ti veditabbā Uttaravaḍḍhamānavāsī-upāsakassa viya. So kira Ambariyavihāravāsī-Piṅgalabuddharakkhitattherassa santike sikkhāpadāni gahetvā khettaṃ kasati. Tassa goṇo naṭṭho. So taṃ gavesanto Uttaravaḍḍhamānapabbatam āruhi. Tattha nam mahāsappo aggahesi. So cintesi 'imāy' assa tikhiṇavāsiyā sīsaṃ chindāmī ti. Puna cintesi 'na me taṃ paṭirūpaṃ yvāhaṃ bhāvaniyassa garuno santike sikkhāpadāni gahetvā bhindeyyan ti' evaṃ yāvatatiyaṃ cintetvā 'jīvitaṃ pariccajāmi na sikkhāpadaṃ ti' aṃse ṭhapitaṃ tikhiṇaṃ daṇḍavāsim araññe chaḍḍesi. Tāvad eva naṃ mahāvālo muñcitvā agamāsī ti[2].

---

[1] Hardy Manual of Buddhism p. 480. [2] Hardy Eastern Monachism p. 273.

Ariyamaggasampayuttā pana virati samucchedaviratī ti veditabbā. Tassā uppattito pabhuti pāṇaṃ ghātessāmā ti ariyapuggalānam cittam pi na uppajjatī ti.

280. Idāni yathā akusalānam evam imesam pi kusalakammapathānaṃ dhammato koṭṭhāsato ārammaṇato vedanāto mūlato ti pañcah'ākārehi vinicchayo veditabbo.

Dhammato ti: Etesu hi paṭipāṭiyā satta cetanā pi vaṭṭanti viratiyo pi, ante tayo cetanāsampayuttā va.

Koṭṭhāsato ti: Paṭipāṭiyā satta kammapathā yeva no mūlāni, ante tayo kammapathā ceva mūlāni ca. Anabhijjhāmūlam patvā alobho kusalamūlaṃ hoti avyāpādo, adoso kusalamūlaṃ sammādiṭṭhi, amoho kusalamūlaṃ.

Ārammaṇato ti: Pāṇātipātādīnaṃ ārammaṇān'eva etesaṃ ārammaṇāni. Vītikkamitabbato yeva hi veramaṇī nāma hoti. Yathā nibbānārammaṇo ariyamaggo kileso pajahati evaṃ jīvitindriyādi-ārammaṇā p'ete kammapathā pāṇātipātādīni dussīlyāni pajahantī ti veditabbā.

Vedanāto ti sabbe sukhavedanā vā honti majjhattavedanā vā. Kusalam patvā hi dukkhā vedanā nāma natthi.

Mūlato ti: Paṭipāṭiyā satta ñāṇasampayuttacittena viramantassa alobha-adosa-amohavasena timūlā honti, ñāṇavippayuttacittena viramantassa dvimūlā, anabhijjhāñāṇasampayuttacittena viramantassa dvimūlā hoti, ñāṇavippayuttacittena ekamūlā. Alobho pana attanā va attano mūlaṃ na hoti. Avyāpādo pi es'eva nayo. Sammādiṭṭhi alobhādosavasena dvimūlā ca hoti. Ime dasa kusalakammapathā nāma.

281. Idāni imasmiṃ ṭhāne kammapathasaṃsandanaṃ nāma veditabbaṃ. Pañca-phassadvāravasena hi uppanno asaṃvaro akusalamano kammam eva hoti manophassadvāravasena uppanno tīni pi kammāni hoti. So hi kāyadvāre copanam patto akusalaṃ kāyakammaṃ hoti, vacīdvāre akusalaṃ vacīkammaṃ. Ubhayattha copanam appatto akusalam manokammaṃ hoti.

282. Pañca-asaṃvaradvāravasena uppanno pi akusalakāyakammam eva hoti, vācā-asaṃvaradvāravasena uppanno akusalavacīkammam eva, mano-asaṃvaradvāravasena up-

panno akusalavacīkammam eva, mano-asaṃvaradvāravasena uppanno akusalamanokammam eva hoti.

Tividhaṃ kāyaduccaritam akusalakāyakammam eva hoti, catubbidhaṃ vacīduccaritam akusalavacīduccaritaṃ. Kammam eva tividhaṃ manoduccaritam akusalamanokammam eva hoti.

Pañca-phassadvāravasena uppanno kusalamanokammam eva hoti, manophassadvāravasena uppanno nayaṃ pi asaṃvaro viya tīṇi pi kammāni hoti, pañca-saṃvaradvāravasena uppanno pi kusalamanokammam eva hoti, copanakāyasaṃvaradvāravasena uppanno kusalakāyakammam eva hoti, vācāsaṃvaradvāravasena uppanno kusalavacīkammam eva manodvāravasena uppanno kusalamanokammam eva hoti. Tividhaṃ kāyasucaritaṃ kusalakammam eva hoti, catubbidhaṃ vacīsucaritaṃ kusalaṃ vacīkammaṃ eva, tividhaṃ manosucaritaṃ kusalamanokammam eva.

Akusalakāyakammam pañcaphassadvāravasena uppajjati. Manophassadvāravasena uppajjati tathā akusalavacīkammam. Akusalamanokammam pana cha-phassadvāravasena uppajjati. Taṃ kāyavacīdvāresu copanaṃ pattaṃ akusalaṃ kāyakammavacīkammaṃ hoti, copanaṃ appattam akusalamanokammaṃ eva. Yathā ca eva phassadvāravasena evam pañca-asaṃvaravasena pi akusalaṃ kāyakammam n'uppajjati. Copanakāya-asaṃvaradvāravasena pana vācā asaṃvaradvāravasena'eva uppajjati, mano-asaṃvaradvāravasena n'uppajjati.

Akusalamanokammam aṭṭha asaṃvaradvāravasena pi uppajjati n'eva kusalakāyakammādisu pi es'eva nayo. Ayam pana viseso: Yathā akusalakāyavacīkammāni mano-asaṃvaradvāravasena n'oppajjanti na tathā etāni pana kāyaṅgavācaṅgam acopetvā sikkhāpadāni gaṇhantassa manosaṃvaradvāre pi uppajjanti eva.

283. Tattha kāmāvacarakusalacittaṃ tividhaṃ kammadvāravasena uppajjati, pañca-viññāṇadvāravasena n'uppajjati. Yam p'idaṃ cakkhusamphassapaccayā uppatti vedayitaṃ sukhaṃ vā dukkhaṃ vā adukkham asukhaṃ vā ti iminā pana nayena cha-phassadvāravasena uppajjati, aṭṭha-asaṃvaradvāravasena n'uppajjati, aṭṭha-saṃvaradvārena n'uppajjati, dasa-

akusalakammapathavasena n'uppajjati, dasa-kusalakammapathavasena uppajjati. Tasmā idaṃ cittaṃ tividhakammadvāravasena vā uppannaṃ hotu cha-phassadvāravasena vā dasakusalakammapathavasena vā kāmāvacaraṃ kusalaṃ cittaṃ uppannaṃ hoti — pe — dhammārammaṇaṃ vā ti vutte sabbaṃ vuttam eva hotī ti.

Dvārakathā niṭṭhitā.

284. Yaṃ yaṃ vā pan'ārabbhā ti ettha ayaṃ yojanā heṭṭhā vuttesu rupārammaṇādisu rūpārammaṇaṃ vā ārabbha ārammaṇaṃ katvā ti attho.

Saddārammaṇaṃ vā dhammārammaṇaṃ vā ārabbha uppannaṃ hoti. Ettāvatā ekassa cittassa etesu ārammaṇesu yaṃ kiñci ekam eva ārammaṇaṃ anuññātasadisaṃ hoti, idañ ca ekasmiṃ samaye ekassa vā puggalassa rūpārammaṇam ārabbha uppannaṃ. Puna aññasmiṃ samaye aññassa vā puggalassa saddādisu pi aññataram ārammaṇaṃ ārabbha uppajjati.

Evam eva uppajjamānassa c'assa ekasmiṃ bhave paṭhamaṃ rūpārammaṇaṃ ārabbha pavatti hoti, pacchā saddārammaṇaṃ hoti, ayaṃ kamo natthi. Rūpādisu vā pi paṭhamaṃ nīlārammaṇaṃ pacchā pītārammaṇaṃ ti ayam pi niyamo natthi. Iti imaṃ sabbārammaṇam taṃ c'eva kamābhāvañ ca. Kamābhāve ca nīlapītādisu niyamābhāvaṃ dassetuṃ yaṃ yaṃ vā panārabbhā ti āha idaṃ vuttaṃ hoti. Imesu rūpādisu na yaṃ kiñci ekam eva atha kho yaṃ yaṃ vā panārabbha uppannaṃ hoti evam uppajjamānam pi paṭhamaṃ rūpārammaṇaṃ pacchā saddārammaṇaṃ ārabbhā ti evam anuppajjitvā yaṃ yaṃ vā panārabbha uppannaṃ hoti. Paṭilomato vā anulomato vā ekantarika-dvantarikādinayena rūpārammaṇādisu yaṃ vā taṃ vā ārammaṇaṃ katvā uppannaṃ hotī ti attho.

Rūpārammaṇe pi ca paṭhamaṃ nīlārammaṇaṃ pacchā pītārammaṇaṃ ti iminā pi niyamena anuppajjitvā yaṃ yaṃ vā panārabbha nīlapītakādisu rūpārammaṇesu yaṃ vā taṃ vā rūpārammaṇam ārabbha uppannaṃ hotī ti attho. Saddārammaṇādisu pi es'eva nayo. Ayaṃ tāva ekā yojanā.

Ayam pana aparā: Rūpam ārammaṇam etassā ti rūpārammaṇaṃ — pe —, dhammam ārammaṇam etassā ti dhammārammaṇam. Iti rūpārammaṇaṃ vā — pe — dhammārammaṇaṃ vā cittam uppannaṃ hotī ti vatvā puna yaṃ yaṃ vā panārabbhā ti āha. Tass' attho: etesu rūpādisu heṭṭhā vuttanayen'eva yaṃ vā panārabbha uppannaṃ hotī ti. Mahā-Aṭṭhakathāyam ye vā pana ke abhinavaṃ natthi heṭṭhā gahitam eva gahitan ti vatvā rūpaṃ vā ārabbha — pe — dhammaṃ vā ārabbha idaṃ vā idaṃ vā ārabbhā ti kathetum idaṃ vuttan ti, ottakaṃ eva āgataṃ.

285. Tasmiṃ samaye ti idaṃ aniyamaniddiṭṭhassa samayassa niyamato paṭiniddesavacanaṃ. Tasmā yasmiṃ samaye kāmāvacaraṃ kusalaṃ cittam uppannaṃ hoti tasmiṃ yeva samaye phasso hoti — pe — avikkhepo hotī ti ayam attho veditabbo.

Tattha yath'eva cittaṃ evam phassādisu pi phasso hoti.. Kiṃ hoti? Kāmāvacaro hoti, kusalo hoti, uppanno hoti, somanassasahagato hotī ti ādinā nayena labbhamānapadavasena yojanā kātabbā. Vedanāyaṃ hi somanassasahagatā ti paññindriye ca ñāṇasampayuttan ti na labbhati. Tasmā labbhamānapadavasenā ti vuttaṃ. Idam Aṭṭhakathāvuttakam ācariyānaṃ mataṃ, na pan'etaṃ sārato daṭṭhabbaṃ.

286. Kasmā pan'ettha phasso ca paṭhamaṃ vutto ti? Cittassa paṭhamābhinipātattā. Ārammaṇasmiṃ hi cittassa paṭhamābhinipāto hutvā phasso ārammaṇaṃ phusamāno uppajjati, tasmā paṭhamaṃ vutto phasso na pana phusitvā vedanāya vediyati, saññāya sañjānāti, cetanāya ceteti. Tena vuttaṃ: Phuṭṭho bhikkhave vediyati, phuṭṭho sañjānāti, phuṭṭho ceteti ti. Api ca: Ayam phasso nāma yathā pāsādam patvā thambho nāma, sesadabbasambhārānaṃ balavapaccayo tulāsaṃghāṭabhittipādakuṭagopānasipakkhapāsamukhavaṭṭiyo thambhe baddhā thambhe patiṭṭhitā evam eva sahajātasampayuttadhammānaṃ balavapaccayo hoti. Thambhasadiso hi eso, avasesā dabbasambhārasadisā ti.

287. Kasmā pi paṭhamaṃ vutto idam pana akāraṇam? Ekacittasmiṃ hi uppannadhammā 'ayaṃ paṭhamam uppanno, ayam pacchā ti' idaṃ vattuṃ na labbhā. Balavapaccayabhāve pi phassassa kāraṇaṃ na dissati, desanāvāren'eva

pana phasso paṭhamaṃ vutto vedanā hoti phasso hoti, saññā hoti phasso hoti, cetanā hoti phasso hoti, cittaṃ hoti phasso hoti, vedanā hoti saññā hoti cetanā hoti vitakko hotī ti.

288. Āharitum pi vaṭṭeyya desanāvārena pana phasso va paṭhamaṃ vutto ti veditabbo. Yathā c'ettha evaṃ sesadhammesu pi pubbāparakkamo nāma pariyesitabbo. Seyyath' idam phusatī ti phasso, svāyam phusanalakkhaṇo, saṅghaṭṭanaraso, sannipātapaccupaṭṭhāno āpāthavisayapadaṭṭhāno. Ayaṃ hi arūpadhammo pi samāno ārammaṇesu phusanākāren' eva pavattatī ti phusanalakkhaṇo.

Ekadesen'eva anallīyamāno pi rūpaṃ viya cakkhuṃ saddo viya sotaṃ cittaṃ ārammaṇaṃ ca saṅghaṭṭetī ti saṅghaṭṭanaraso. So vatthārammaṇa-saṅghaṭṭanato vā uppannattā sampatti-atthena pi rasena saṅghaṭṭanaraso ti veditabbo.

Vuttaṃ h'etam Atthakathāyaṃ: Catubhūmakaphasso no phusanalakkhaṇo nāma, natthi saṅghaṭṭanaraso, pana pañcadvāriko va hoti. Pañcadvārikassa hi phusanalakkhaṇo ti pi saṅghaṭṭanaraso ti pi nāmaṃ, manodvārikassa phusanalakkhaṇo na saṅghaṭṭanaraso ti. Idaṃ vatvā idaṃ suttam āhataṃ. Yathā, Mahārāja, dve meṇḍā yujjheyyuṃ, yathā eko meṇḍo evaṃ cakkhuṃ daṭṭhabbaṃ, yathā dutiyo meṇḍo evaṃ rūpaṃ daṭṭhabbaṃ, yathā tesaṃ sannipāto evaṃ phasso daṭṭhabbo.

Yathā ca Mahārāja dve sammā vajjeyuṃ dve pāṇi vajjeyyuṃ, yathā eko pāṇi evaṃ cakkhuṃ daṭṭhabbaṃ, yathā dutiyo pāṇi evaṃ rūpaṃ daṭṭhabbaṃ, yathā tesaṃ sannipāto evam phasso daṭṭhabbo[1]. Evam phusanalakkhaṇo ca phasso saṅghaṭṭanaraso ca ti vitthāro.

289. Yathā vā cakkhunā rūpaṃ disvā ti ādisu cakkhuviññāṇādīni cakkhuādināmena vuttāni evam idhāpi tāni cakkhuādināmen'eva vuttānī ti veditabbāni. Tasmā evaṃ cakkhuṃ daṭṭhabbaṃ ti ādisu evaṃ cakkhuviññāṇam daṭṭhabban ti iminā nayena attho veditabbo. Evaṃ sante

---

[1] Milindapañha p. 60.

cittārammaṇa-saṅghaṭṭanato imasmiṃ sutte kiccatthen'eva rasena saṅghaṭṭanaraso ti siddho hoti.

Tikasannipātasaṅkhātassa pana attano kāraṇassa vasena paveditattā sannipātapaccupaṭṭhāno. Ayaṃ hi tattha tattha tiṇṇaṃ saṅgati phasso ti evaṃ kāraṇass'eva vasena pavedito ti imassa ca suttapadassa ca tiṇṇaṃ saṅgati phasso ti ayam attho. Na saṅgatimattam eva phasso ti evam paveditattā pana ten' evākārena paccupaṭṭhāti ti sannipāta-paccupaṭṭhāno ti vutto. Phalaṭṭhena pana paccupaṭṭhānen'esa vedanāpaccupaṭṭhāno nāma hoti. Vedanaṃ h'esa paccupaṭṭhāpeti uppādeti ti attho. Uppādiyamāno ca yathā bahiddhā uṇhapaccayā hi lākhā saṅkhātadhātu nissitā usmā attano nissaye muduhhāvakārī hoti na attano paccayabhūte pi bahiddhā vitacchikaṅgārasaṅkhāte uṇhabhāve evaṃ vatthārammaṇasaṅkhāto. Aññappaccayo pi samāno cittanissitattā attano nissayabhūto citte eva esa vedanuppādako hoti na attano paccayabhūte pi vatthumhi ārammaṇo vā ti veditabbo. Tajjāsamannāhārena pana indriyena cā ti parikkhite visaye anantarāyena uppajjanato esa āpāthāvisayapadaṭṭhāno ti vuccati.

290. Vediyati ti vedanā. Sā vedayitalakkhaṇā anubhavanarasā iṭṭhākārasambhogarasā vā cetasika-assādapaccupaṭṭhānā passaddhipadaṭṭhānā.

Catubhūmakavedanā hi no vedayitalakkhaṇā nāma natthi, anubhavanarasatāpanasukhavedanāyam eva labbhati ti vatvā puna taṃ vādam paṭikkhipitvā sukhavedanā vā hotu dukkhavedanā vā adukkhamasukhavedanā vā sabbā anubhavanarasā ti vatvā ayam attho dīpito.

Ārammaṇarasānubhavanaṭṭhānam patvā sesasampayuttadhammā ekadesamattakam eva anubhavanti. Phassassa hi phusanamattakam eva hoti, saññāya sañjānanamattakam eva, cetanāya cetanāmattakam eva, viññāṇassa vijānamattakam eva. Ekantato pana issaravatāya visavitāya sāmibhāvena vedanā va ārammaṇarasaṃ anubhavati. Rājā viya hi vedanā, sūdo viya sesā dhammā.

Yathā sūdo nānārasam bhojanaṃ sampādetvā peḷāya pakkhipitvā lañchanaṃ datvā rañño santike otāretvā lañchanam bhinditvā peḷaṃ vivaritvā sabbasūpavyañjanehi aggaggam ādāya bhājane pakkhipitvā sadosaniddosabhāvaṃ vīmaṃsanattham ajjhoharati, tato rañño nānaggarasabhojanam upaneti, rājā issaravatāya visavitāya sāmī hutvā icchiticchitam bhuñjati, tattha sūdassa bhattaṃ vīmaṃsanamattam iva sesadhammānam ārammaṇarasassa ekadesānubhavanaṃ. Yathā hi sūdo bhattekadesam eva vīmaṃsati evaṃ sesadhammā pi ārammaṇarasekadesam eva anubhavanti. Yathā pana rājā issaravatāya visavitāya sāmī hutvā yadicchakam bhuñjati evaṃ vedanā pi issaravatāya visavitāya sāmibhāvena ārammaṇarasam anubhavati, tasmā anubhavanarasā ti vuccati.

Dutiye atthavikappe ayam idha adhippetavedanā. Yathā tathā vā ārammaṇassa iṭṭhākāram eva sambhuñjatī ti iṭṭhākārasambhogarasā ti vuttā.

Cetasikam assādato pan'esā attano sabhāven'eva upaṭṭhānaṃ sandhāya cetasika-assādapaccupaṭṭhānā ti vuttā. Yasmā pana passaddhikāyo sukhaṃ vedeti tasmā passaddhipadaṭṭhānā ti veditabbā.

291. Nīlādibhedam ārammaṇaṃ saññānātī ti saññā.[1] Sā saññānanalakkhaṇā paccabhiññāṇarasā. Catubhūmakasaññā hi no saññānanalakkhaṇā nāma natthi. Saññānanalakkhaṇā va yā pan' ettha abhiññāṇena saññānāti sā paccabhiññāṇarasā nāma hoti ti. Tasmā vaḍḍhakissa dārumhi abhiññāṇaṃ katvā puna tena abhiññāṇena tam paccabhijānanakāle purisassa kālatilakādi-abhiññāṇaṃ sallakkhetvā puna tena abhiññāṇena asuko nāma eso ti tassa paccabhijānanakāle rañño pilandhanagopālaka-bhaṇḍāgārikassa tasmiṃ tasmiṃ pilandhane nāma paṇṇakam bandhitvā asukapilandhanaṃ nāma āharā ti vutte dīpam pajjāletvā ratanagabbham pavisitvā paṇṇaṃ vācetvā tassa-tass'eva pilandhanassa āharaṇakāle ca pavatti veditabbā.

Aparo nayo: sabbasaṅgāhikavasena hi saññānanalakkhaṇā saññā puna saññānananimittakāraṇarasā dāru-ādisu tacchakādayo viya.

Yathā gahitanimittavasena abhinivesakaraṇapaccupaṭṭhānā hatthi-dassaka-andhā viya ārammaṇe anogāḷha-

---

[1] Dhs. § 4.

vuttitāya aciraṭṭhānapaccupaṭṭhānā vā vijjū viya yathā upaṭṭhitavisayapadaṭṭhānā tiṇa-purisakesu migapotakānaṃ purisānaṃ ti uppannasaññā viya yā pan' ettha ñāṇasampayuttā hoti sā ñāṇaṃ eva anuvattati.

Sasambhārapaṭhavī-ādisu sesadhammānaṃ paṭhavī-ādīni viyā ti veditabbā.

292. Cetayatī ti cetanā.[1] Saddhiṃ attanā sampayuttadhamme ārammaṇe atisandahatī ti attho. Sā cetayitalakkhaṇā cetanā-bhāva-lakkhaṇā ti attho.

Āyūhana-rasā catu-bhūmaka-cetanā hi no cetayitalakkhaṇā nāma n'atthi. Sabbā cetayita-lakkhaṇā va āyūhana-rasatā pana kusalākusalesu eva hoti, kusalākusalakammāyūhanaṭṭhānaṃ hi patvā sesa-sampayutta-dhammānaṃ eka-desaka-mattakaṃ eva kiccaṃ hoti. Cetanā pana atireka-vāyāmā ti diguṇa-ussāhādiguṇavāyāmā. Ten' āhu porāṇā vācāriyā: 'Sabhāva-saṇṭhitā va pan' esā cetanā' ti vācāriyo ti khetta-sāmī ti vuccati. Yathā khetta-sāmipuriso pañcapaṇṇāsa balīpurise gahetvā 'lāyissāmī ti' ekato khettaṃ otari tassa atireko ussāho atireko vāyāmo diguṇo ussāho diguṇo vāyāmo hoti 'tīraṃ gaṇhathā ti' ādīni vadati sīmaṃ ācikkhati tesaṃ surā-bhatta-gandha-mālādīni jānāti maggaṃ samakaṃ harati evaṃ-sampadaṃ idaṃ veditabbaṃ. Khetta-sāmī-puriso viya hi cetanā; pañcapaṇṇāsa balīpurisā viya cittaṅga-vasena uppannā pañcapaṇṇāsa kusala-dhammā, khetta-sāmī-purisassa diguṇussāhādiguṇa-vāyāma-karaṇa-kālo viya kusalākusala-kammāyūhanaṭṭhānaṃ patvā cetanāya diguṇussāho diguṇa-vāyāmo hoti. Evaṃ assa āyūhana-rasatā veditabbā. Sā pan' esā pi saṃvidahana-paccupaṭṭhānā. Saṃvidahamānā hi ayaṃ upaṭṭhāti sakicca-parakicca-sādhikā jeṭṭha-sissa-mahāvaḍḍhakī-ādayo viya. Yathā hi jeṭṭha-sisso upajjhāyaṃ dūrato āgacchantaṃ disvā sayaṃ adhīyamāno itare pi dārake attano attano ajjhesane pavattayati, tasmiṃ hi adhīyituṃ āraddhe te pi adhīyanti tad-anuvattitāya. Yathā ca mahāvaḍḍhakī sayaṃ tacchanto itare pi tacchake attano

---

[1] Dhs. § 5. [2] Spence Hardy Manual of Buddhism p. 420.

attano tacchana-kamme pavattayati, tasmiṃ hi tacchituṃ āraddhe te pi tacchanti tad-anuvattitāya, yathā ca yodhanāyako sayaṃ yujjhamāno itare pi yodhe sampahāravuttiyā pavattayati, tasmiṃ hi yujjhituṃ āraddhe te pi anivattamānā yujjhanti tad-anuvattitāya, evam esā pi attano kiccena ārammaṇe vattamānā aññe pi sampayuttadhamme attano attano kiriyāya pavatteti. Tassā hi attano kiccaṃ āraddhāya sampayuttā pi ārabhanti. Tena vuttaṃ: — Sakicca-parakicca-sādhikā jeṭṭha-sissa-mahāvaḍḍhakī-ādayo viyā ti. Accāyika-kammānussaraṇādisu ca panāyaṃ sampayuttadhammānaṃ ussāhana-bhāvena pavattamānā pākaṭā hotī ti veditabbā ti.

293. Ārammaṇaṃ cintetī ti cittan[1] ti cittassa vacanattho vutto eva. Lakkhaṇādito pana vijānana-lakkhaṇaṃ cittaṃ pubbaṅgama-rasaṃ sandhāna-paccupaṭṭhānaṃ nāmarūpa-padaṭṭhānaṃ. Catu-bhūmaka-cittaṃ hi no vijānanalakkhaṇaṃ nāma n'atthi sabbaṃ vijānana-lakkhaṇam eva. Dvāraṃ pana patvā ārammaṇa-vibhāvanaṭṭhāne cittaṃ pubbaṅgamaṃ purecārikaṃ hoti. Cakkhunā hi diṭṭhaṃ rūpārammaṇaṃ citten' eva vijānāti . . . pe . . . manena dhammārammaṇaṃ citten' eva vijānāti.

Yathā hi nagara-guttiko nagara-majjhe siṅghāṭako nisīditvā 'ayaṃ nevāsiko ayaṃ āgantuko' ti āgatāgataṃ janaṃ upadhāreti vavatthapeti, evaṃ-sampadaṃ idaṃ veditabbaṃ. Vuttam pi c'etaṃ therena: —

'Yathā, Mahārāja, nagaraguttiko nāma majjhe nagarassa siṅghāṭake nisinno puratthimato disato purisaṃ āgacchantaṃ passeyya, pacchimato dakkhiṇato uttarato disato purisaṃ āgacchantaṃ passeyya, evaṃ eva kho Mahārāja, yaṃ cakkhunā rūpaṃ passati taṃ viññāṇena vijānāti, yaṃ sotena saddaṃ suṇāti, ghānena gandhaṃ ghāyati, jivhāya rasaṃ sāyati, kāyena phoṭṭhabbaṃ phusati, manasā dhammaṃ vijānāti, taṃ viññāṇena vijānātī ti.'[2]

294. Evaṃ dvāraṃ patvā ārammaṇa-vibhāvanaṭṭhāne cittaṃ eva pubbaṅgamaṃ citta-purecārikaṃ hoti. Tasmā

[1] Dhs. § 6. [2] Milindapañha p. 62.

pubbaṅgama-rasan ti vuccati. Tad etaṃ pacchimanaṃ pacchimaṃ uppajjamānaṃ purimaṃ nirantaraṃ katvā sandahamānam eva upaṭṭhāti ti sandhāna-paccupaṭṭhānam, pañca-vokāra-bhave panassati yamato nāmarūpaṃ catuvokāra-bhāve nāmam eva padaṭṭhānaṃ. Tasmā nāma-rūpa-padaṭṭhānan ti vuttaṃ. Kiṃ pan' etaṃ cittaṃ purimacittena saddhiṃ ekam eva udāhu aññan ti? Ekam eva. Atha kasmā purimaṃ niddiṭṭham puna-vuttan ti? Avicāritaṃ etaṃ Atthakathāyaṃ. Ayaṃ pan' ettha yutti. Yathā hi rūpādīni upādāya paññattā suriyādayo na atthato rūpādīhi aññe honti ten' eva yasmiṃ samaye suriyo udeti tasmiṃ samaye tassa tejā-saṅkhātaṃ rūpaṃ pīti evaṃ vuccamāne pi na rūpādīhi añño suriyo nāma atthi. Tathā cittaṃ phassādayo dhamme upādāya paññāpiyati. Atthato pan' ettha tehi aññaṃ eva. Tena yasmiṃ samaye cittaṃ uppannaṃ hoti ekaṃsen' eva tasmiṃ samaye phassādīhi atthato aññad eva hoti ti. Imass' atthassa dīpanatthāya purimaṃ niddiṭṭham pi etaṃ punavuttan ti veditabbaṃ.

294. Yathā yasmiṃ[1] samaye rūpūpapattiyā maggaṃ bhāveti . . . pe . . . paṭhavī-kasinaṃ tasmiṃ samaye phasso hoti ti ādisu bhāventena vavatthāpite samaye yo bhāveti na so atthato uppajjati nāma. Ten' eva tattha yathā phasso hoti vedanā hoti ti vuttaṃ. Evaṃ yo bhāveti. so hoti ti vuttaṃ. Yasmiṃ samaye kāmāvacaraṃ kusalaṃ cittaṃ uppannaṃ hoti ti ādisu pana cittena vavatthāpite samaye samaya-vavatthāpakaṃ cittaṃ na tathā atthato n'uppajjati. Yath' eva pana tadā phasso hoti vedanā hoti, tathā cittam pi hoti ti imassā pi atthassa dīpanattham idaṃ puna-vuttan ti veditabbaṃ.

Idaṃ pan' ettha sanniṭṭhānaṃ uddesa-vāre saṅgaṇhanatthaṃ[2] niddesa-vāre ca vibhajanatthaṃ. Purimena hi citta-saddena kevalaṃ samayo vavatthāpito. Tasmiṃ pana cittena vavatthāpite samaye ye dhammā honti tesaṃ tesaṃ dassanatthaṃ phasso hoti ti ādi āraddhaṃ cittañ cāpi tasmiṃ samaye hoti ti yeva. Tasmā tassā pi saṅgaṇha-

[1] Dhs. § 160. [2] sampiṇḍanatthaṃ M.

natthaṃ etaṃ puna-vuttaṃ. Imasmiṃ ca ṭhāne etasmiṃ avuccamāno katamaṃ tasmiṃ samaye cittan ti na sakkā bhaveyya niddesa-vāre vibhajituṃ. Evam assa vibhajanaṃ yeva paribāyetha. Tasmā niddesa-vāre vibhajanatthaṃ pi etaṃ vuttan ti veditabbaṃ.

295. Yasmā vā uppannaṃ hoti ti ettha cittaṃ uppannan ti etaṃ desanā-sīsam eva na pana cittaṃ ekakam eva uppajjatī ti Atthakathāyaṃ vicāritaṃ, tasmā uppannan ti ettha cittamattam eva agahetvā paro-paṇṇāsakusala-dhammehi saddhiṃ yeva cittaṃ gahitaṃ. Evaṃ tattha saṅkhepato sabbe pi citta-cetasika-dhamme gahetvā idha sarūpena pabhedato dassetuṃ phasso hoti ti ādi āraddhaṃ. Iti phassādayo viya cittam pi vattabbam evā ti pi veditabbaṃ.

296. Vitakketī ti vitakko.[1] Vitakkanaṃ vā vitakko, ūhanan ti vuttaṃ hoti. Svāyaṃ ārammaṇe cittassa abhiniropana-lakkhaṇo, so hi ārammaṇo cittaṃ āropeti. Yathā hi koci rājā vallabhaṃ ñātiṃ vā mittaṃ vā nissāya rāja-gehaṃ ārohati evaṃ vitakkaṃ nissāya cittaṃ ārammaṇam ārohati. Tasmā so ārammaṇe cittassa abhiniropana-lakkhaṇo ti vutto. Nāgasenatthero pan' āha 'ākoṭana-lakkhaṇo vitakko. Yathā Mahārāja bheri ākoṭitā atha pacchā anuravati anusaddāyati evam eva kho Mahārāja yathā ākoṭanā vitakko daṭṭhabbo, yathā pacchā anura-vanā anusaddāyanā evaṃ vicāro daṭṭhabbo.' ti[2] Svāyaṃ āhanana-pariyāhanana-raso[3]. Tathā hi tena yogāvacaro ārammaṇaṃ vitakkāhataṃ vitakka-pariyāhataṃ karotī ti vuccati ārammaṇe cittassa ānayana-paccupaṭṭhāno.

297. Vicaratī ti vicāro.[4] Vicaraṇaṃ vā vicāro, anu-sañcaraṇan ti vuttaṃ hoti. Svāyaṃ ārammaṇānumajjana-lakkhaṇo, tattha sahajātānuyojana-raso cittassa anuppa-bandha-paccupaṭṭhāno. Santo pi ca etesaṃ katthaci aviyoge oḷārikaṭṭhena pubbaṅgamaṭṭhena ca ghaṇṭābhi-ghāto viya abhiniropanaṭṭhena cetaso paṭhamābhinipāto

---

[1] Dhs. § 7. [2] Milinda 62, 63. slightly different.
[3] paṭihananaraso M. [4] Dhs. § 8.

vitakko, sukhumaṭṭhena anumajjana-sabhāvaṭṭhena ca ghaṇṭānuravo viya anuppabandho vicāro.

Vipphāravā c'ettha vitakko paṭhamuppatti-kāle paripphandanabhūto cittassa ākāse uppatitu-kāmassa pakkhino pakkha-vikkhepo viya padumābhimukha-pāto viya ca gandhānubandhana-cetaso bhamarassa. Santavutti-vicāro nātiparipphandana-bhāvo cittassa ākāse uppatitassa pakkhino pakkha-pasāraṇaṃ viya paribbhamaṇaṃ viya ca padumābhimukha-patitassa bhamarassa padumassa uparibhāge. Aṭṭhakathāyam pana ākāse gacchato mahā-sakuṇassa ubhohi pakkhehi vātaṃ gahetvā pakkhe sannisīdāpetvā gamanaṃ viya ārammaṇe cetaso abhiniropanabhāvena pavatto vitakko. So hi ekaggo hutvā appeti. Vāta-gahaṇatthaṃ pakkhe phandāpayamānassa gamanaṃ viya anumajjanabhāvena pavatto vicāro.[1] So hi ārammaṇaṃ anumajjatī ti vuttaṃ. Taṃ anuppabandhana-pavattiyaṃ atiriya yujjati. So pana tesaṃ viseso paṭhama-dutiyajjhānesu pākaṭo hoti. Api ca yathā malaggahitaṃ kaṃsa-bhājanaṃ ekena hatthena daḷhaṃ gahetvā itarena hatthena cuṇṇaṃ vā telaṃ vā leḍḍūpakena[2] parimajjantassa daḷha-gahaṇa-hattho viya vitakko, parimajjana-hattho viya vicāro. Tathā kumbhakārassa daṇḍappahārena cakkaṃ bhamayitvā bhājanaṃ karontassa uppīḷanahattho viya vitakko, ito c'ito ca sañcaraṇahattho viya vicāro. Tathā maṇḍalaṃ karontassa majjhe sannirumbhitvā ṭhita-kaṇṭhako viya abhiniropano vitakko, bahi paribbhamana-kaṇṭhako viya anumajjano vicāro.

298. Pīṇayatī ti pīti.[3] Sā sampiyāyana-lakkhaṇā kāya-citta-pīṇana-rasā pharaṇa-rasā vā odagya-paccupaṭṭhānā. Sā pan' esā khuddakā pīti, khaṇikā pīti, okkantikā pīti, pharaṇā pīti, ubbegā pīti ti pañca-vidhā hoti.[4] Tattha khuddakā pīti sarīre lomahaṃsa-mattam eva kātuṃ sakkoti, khaṇikā pīti khaṇe khaṇe vijjuppāda-sadisā hoti, okkantikā

---

[1] Hardy Manual of Buddhism p. 424. [2] laddhūpakena T, leṇḍūpakena M, laṇḍupakena C. G. [3] Dhs. § 9.
[4] Visuddhimagga in Journal of the Pāli Text Society 1891—93 p. 94.

pīti samudda-tīraṃ vīci viya kāyaṃ okkamitvā okkamitvā bhijjati, ubbegā pīti balavatī hoti kāyam uddhaggaṃ katvā ākāse laṅghāpanapamāṇaṃ pattā.

299. Tathā hi Puṇṇavallika-vāsī Mahātissatthero puṇṇama-divase sāyaṃ cetiyaṅgaṇaṃ gantvā candālokaṃ disvā mahācetiyābhimukho hutvā 'imāya vata velāya catasso parisā mahā-cetiyaṃ vandantī ti' pakatiyā diṭṭhārammaṇavasena buddhārammaṇaṃ ubbega-pītiṃ uppādetvā sudhātale pahaṭṭha-citta-bheṇḍuko viya ākāse uppatitvā mahācetiyaṅgaṇe yeva patiṭṭhāsi. Tathā Girikaṇḍaka-vihārassa upanissaye Vattakālaka-gāme ekā kuladhītā pi balavabuddhārammaṇāya ubbega-pītiyā ākāse laṅghesi. Tassā kira mātāpitaro sāyaṃ dhammasavaṇatthāya vihāraṃ gacchantā 'amma, tvaṃ garubhārā, akāle vicarituṃ na sakkosi, mayaṃ tuyhaṃ pattiṃ katvā dhammaṃ sossāmā ti agamaṃsu. Sā gantukāmā pi tesaṃ vacanaṃ paṭibāhituṃ asakkontī ghare ohīyitvā gharadvāre ṭhatvā candālokena Girikaṇḍake ākāse cetiyaṅgaṇaṃ olokentī cetiyassa dīpa-pūjaṃ addasa catasso ca parisā mālā-gandhādīhi cetiya-pūjaṃ katvā padakkhiṇaṃ karontiyo bhikkhusaṅghassa ca gaṇasajjhāya-saddaṃ assosi. Ath' assā 'dhaññā vat' ime ye vihāraṃ gantvā evarūpe cetiyaṅgaṇe anusañcarituṃ evarūpañ ca madhura-dhamma-kathaṃ sotuṃ labhantī ti' muttārāsi-sadisaṃ cetiyaṃ passantiyā eva ubbegā pīti udapādi. Sā ākāse laṅghayitvā mātāpitunnaṃ purimataraṃ yeva ākāse cetiyaṅgaṇe oruyha cetiyaṃ vanditvā dhammaṃ suṇamānā aṭṭhāsi. Atha naṃ mātāpitaro āgantvā 'amma, tvaṃ katamena maggena āgatā ti' pucchiṃsu. Sā ākāsena āgat'amhi na maggenā ti' vatvā, 'amma, ākāsena nāma khīṇāsavā sañcaranti, tvaṃ kathaṃ āgatā ti' puṭṭhā āha: 'mayhaṃ candālokena cetiyaṃ olokentiyā ṭhitāya Buddhārammaṇāya balava-pīti uppajji, athāhaṃ neva attano ṭhita-bhāvaṃ na nisinna-bhāvaṃ aññāsi, gahita-nimitten' eva pana ākāsaṃ laṅghitvā cetiyaṅgaṇe patiṭṭhit' amhī ti.' Evaṃ ubbega-pīti ākāse laṅghāpanappamāṇā hoti.[1]

---

[1] Hardy l. l. p. 426. Eastern Monachism p. 272.

300. Pharaṇa-pītiyā pana uppannāya sakalasarīraṃ dhamitvā[1] pūrita-vatthi viya mahatā udakoghena pakkhantā pabbatakucchi viya ca anuparipphuṭaṃ hoti. Sā pan' esā pañca-vidhā pīti gabbhaṃ gaṇhantī paripākaṃ gacchantī duvidhaṃ passaddhiṃ paripūreti kāya-passaddhiñ ca citta-passaddhiñ ca, gabbhaṃ gaṇhantī paripākaṃ gacchantī duvidham pi sukhaṃ paripūreti kāyikaṃ cetasikañ ca sukhaṃ, gabbhaṃ gaṇhantaṃ paripākaṃ gacchantaṃ tividhaṃ samādhiṃ paripūreti khaṇika-samādhiṃ upacāra-samādhiṃ appanā-samādhin ti. Tāsu ṭhapetvā appanā-samādhi-pūrikaṃ itarā dve pi idha yujjanti.

301. Sukhayatī ti[2] sukhaṃ. Yass' uppajjati taṃ sukhitaṃ karotī ti attho. Suṭṭhu vā khādati khaṇati ca kāya-cittābādhan ti sukhaṃ. Somanassa-vedanāy' etan nāmaṃ. Tassā lakkhaṇādīni vedanā-pade vutta-nayen' eva veditabbāni.

Aparo nayo. Sāta-lakkhaṇaṃ sukhaṃ sampayuttānaṃ upabrūhaṇa-rasaṃ anuggahanapaccupaṭṭhānaṃ. Sati pi ca tesaṃ pīti-sukhānaṃ katthaci avippayoge iṭṭhārammaṇa-paṭilābha-tuṭṭhi pīti, paṭiladdha-rasānubhavanaṃ sukhaṃ. Yattha pīti tattha sukhaṃ, yattha sukhaṃ tattha niyamato pīti, saṅkhārakkhandha-saṅgahitā pīti, vedanā-khandha-saṅgahitaṃ sukhaṃ. Kantāra-khinnassa vanantodakanta-dassana-savanesu viya pīti, vanacchāyā-pavesa-udaka-paribhogesu viya sukhaṃ. Yathā hi puriso mahākantāra-maggaṃ paṭipanno ghammapareto tassito pipāsito paṭipathe purisaṃ disvā 'kattha pānīyaṃ atthī ti' puccheyya, so 'aṭaviṃ uttaritvā jātassara-vanasaṇḍo atthi, tattha gantvā labhissasī ti' vadeyya, so tassa kathaṃ sutvā va haṭṭha-pahaṭṭho bhaveyya, tato gacchanto bhūmiyaṃ patitāni uppala-pattādīni disvā suṭṭhutaraṃ haṭṭha-pahaṭṭho hutvā gacchanto allavatthe allakese purise passeyya vana-kukkuṭa-vana-morādīnaṃ saddaṃ suṇeyya jātassara-pariyante jātaṃ maṇijāla-sadisaṃ nīlavaṇṇasaṇḍaṃ passeyya sare jātāni uppala-paduma-kumudādīni passeyya acchaṃ vippasannaṃ udakaṃ passeyya, so bhiyyo bhiyyo haṭṭha-pahaṭṭho hutvā

---

[1] pharitvā M. [2] Dhs. § 10.

jātassaraṃ otaritvā yathā-ruciṃ nahātvā ca pivitvā ca passaddha-daratho bhisa-mulāla-pokkharādīni khāditvā nīluppalādīni pilandhitvā mandālaka-mūlāni khandhe khipitvā uttaritvā sāṭakaṃ nivāsetvā udaka-sāṭakaṃ ātape katvā sītacchāyāya manda-mande vāte paharante nipanno 'aho sukhaṃ aho sukhan ti' vadeyya, evaṃ-sampadam idaṃ veditabbaṃ. Tassa hi purisassa jātassara-vanasaṇḍa-vasanato paṭṭhāya yāva udaka-dassanā haṭṭha-pahaṭṭha-kālo viya pubbabhāgārammaṇo haṭṭha-pahaṭṭhākāro pīti. Nahātvā ca pivitvā ca sītacchāyāya manda-mande vāte paharante 'aho sukhaṃ aho sukhan ti' vadato nipanna-kālo viya balappattaṃ[1] ārammaṇa-rasānubhāvanākārasaṇṭhitaṃ sukhaṃ. Tasmiṃ tasmiṃ samaye pākaṭa-bhāvato c'etaṃ vuttan ti veditabbaṃ. Yattha pana pīti sukhaṃ pi tattha atthī ti vuttam etaṃ.

302. Cittassa ekagga-bhāvo cittekaggatā,[2] samādhiss' etaṃ nāma. Lakkhaṇādisu pan' assa Aṭṭhakathāyaṃ tāva vuttaṃ: Pāmokkha-lakkhaṇo va samādhi avikkhepalakkhaṇo ca. Yathā hi kūṭāgāra-kaṇṇikā sesadabbasambhārānaṃ ābandhanato pamukhā hoti evam eva sabbakusala-dhammānaṃ samādhi citte ijjhanato sabbesam pi tesaṃ dhammānaṃ samādhi pāmokkho hoti. Tena vuttaṃ: — Seyyathā pi Mahārāja kūṭāgārassa yā kāci gopānasiyo sabbā tā kūṭaṅgamā honti kūṭa-ninnā kūṭasamosaraṇā, kūṭaṃ tāsaṃ aggam akkhāyati evam eva kho Mahārāja ye keci kusalā dhammā sabbe te samādhi-ninnā honti samādhi-poṇā samādhi-pabbhārā, samādhi tesaṃ aggam akkhāyatī ti.[3] Yathā ca senaṅgaṃ patvā rājā nāma yattha yattha senā osīdati taṃ taṃ ṭhānaṃ gacchati tassa gata-gataṭṭhāne senā paripūrati parasenā bhijjitvā rājānam eva anuvattati, evam eva sahajāta-dhammānaṃ vikkhipituṃ vippakirituṃ appadānato samādhi avikkhepa-lakkhaṇo nāma hotī ti.

303. Aparo pana nayo. Ayaṃ cittassa ekaggatā-saṅkhāto samādhi nāma avisāra-lakkhaṇo avikkhepa-lakkhaṇo vā, sahajātānaṃ dhammānaṃ sampiṇḍana-raso nahāniya-cuṇṇānaṃ udakaṃ viya upasama-paccupaṭṭhāno ñāṇapaccu-

---

[1] phalappattaṃ M. [2] Dhs. § 11. [3] Mil. p. 38.

paṭṭhāno vā, samāhito yathā-bhūtaṃ pajānāti passatī ti hi vuttaṃ. Visesato sukha-padaṭṭhāno nivāte dīpaccīnaṃ ṭhiti viya cetaso ṭhitī ti daṭṭhabbo.

304. Saddahanti etāya sayaṃ vā saddahati saddahana-mattam eva vā esā ti saddhā. Sā assaddhiyassa abhibhavanato adhipatiyaṭṭhena indriyaṃ adhimokkha-lakkhaṇe vā indaṭṭhaṃ kāretī ti indriyaṃ. Saddhā va indriyaṃ saddhindriyaṃ.[1] Sā pan' esā sampasādana-lakkhaṇā va saddhā sampakkhandhana-lakkhaṇā ca. Yathā hi rañño cakkavattissa udakappasādako maṇi udake pakkhitto paṅka-sevāla-paṇaka-kaddamaṃ sannisīdāpeti udakaṃ acchaṃ karoti vippasannaṃ anāvilaṃ, evam eva saddhā uppajjamānā nīvaraṇe vikkhambheti, kilese sannisīdāpeti, cittaṃ pasādeti anāvilaṃ karoti, pasannena cittena yogāvacaro kulaputto dānaṃ deti, sīlaṃ samādhiyati, uposatha-kammaṃ karoti, bhāvanaṃ ārabhati, evaṃ tāva saddhā sampasādana-lakkhaṇā ti veditabbā. Ten' āha āyasmā Nāgaseno[2]: Yathā, Mahārāja, rājā cakkavattī caturaṅginiyā senāya parittaṃ udakaṃ tareyya, taṃ udakaṃ hatthīhi ca assehi ca rathehi ca pattīhi ca khubhitaṃ bhaveyya, āvilaṃ, luḷitaṃ, kalalī-bhūtaṃ, uttiṇṇo rājā manusse āṇāpeyya: pānīyaṃ bhaṇe āharatha, pivissāmī ti, rañño ca udakappasādako maṇi bhaveyya evaṃ devā ti kho te manussā rañño paṭisutvā taṃ udakappasādakaṃ maṇiṃ udake pakkhippeyyuṃ, saha udake pakkhitta-matte paṅka-sevāla-paṇaka-kaddamo ca sannisīdeyya acchaṃ bhaveyya udakaṃ vippasannaṃ anāvilaṃ, tato rañño pānīyaṃ upanāmeyyuṃ 'pivatu devo pānīyan ti,' yathā, Mahārāja, udakaṃ evaṃ cittaṃ daṭṭhabbaṃ, yathā te manussā evaṃ yogāvacaro daṭṭhabbo, yathā paṅka-sevāla-paṇaka-kaddamo evaṃ kilesā daṭṭhabbā, yathā udakappasādako maṇi evaṃ saddhā daṭṭhabbā, yathā udakappasādakamhi maṇimhi pakkhitta-matte paṅka-sevāla-paṇaka-kaddamo ca sannisīdati, acchaṃ bhavati udakaṃ vippasannaṃ anāvilaṃ evaṃ eva kho Mahārāja saddhā uppajjamānā nīvaraṇe vikkhambheti

[1] Dhs. § 12. [2] Mil. p. 33.

vinīvaraṇaṃ cittaṃ hoti accham vippasannaṃ anāvilan ti.[1]

Yathā ca pana kumbhīla-makaragāharakkhasādi-saṅkiṇṇaṃ pūraṃ mahānadiṃ āgamma bhīruka-jano ubhosu tīresu tiṭṭhati, saṅgāma-sūro pana mahāyodho āgantvā: 'Kasmā tiṭṭhathā ti' pucchitvā, 'sappaṭi-bhaya-bhāvena otarituṃ na visahāmā ti' vutte, nisitam asiṃ gahetvā 'mama pacchato etha mā bhayitthā ti' vatvā, nadiṃ otaritvā āgatāgate kumbhīlādayo paṭibāhitvā, orima-tīrato manussānaṃ sotthi-bhāvaṃ karonto pārima-tīraṃ neti, pārimatīrato pi sotthinā orima-tīraṃ āneti, evam eva dānaṃ dadato sīlaṃ rakkhato uposatha-kammaṃ karoto bhāvanaṃ ārabhato saddhā pubbaṅgamā purecārikā hoti. Tena vuttaṃ: sampasādana-lakkhaṇā sampakkhandana-lakkhaṇā ca saddhā ti.[2]

Aparo nayo. Saddahana-lakkhaṇā saddhā okappana-lakkhaṇā vā, pasādana-rasā udakappasādanaka-maṇi viya, pakkhandana-rasā vā oghuttaraṇo viya, akālussiya-paccupaṭṭhānā adhimutti-paccupaṭṭhānā vā saddheyyavatthu-padaṭṭhānā sotāpattiyaṅga-padaṭṭhānā vā hattha-cittabījāni viya daṭṭhabbā.

305. Vīra-bhāvo viriyaṃ. Vīrānaṃ vā kammaṃ vidhinā vā nayena upāyena īrayitabbaṃ pavattayitabban ti viriyaṃ. Tad eva kosajjassa abhibhavanato adhipatiyaṭṭhena indriyaṃ paggaha-lakkhaṇe vā indaṭṭhaṃ kāreti ti indriyaṃ. Viriyam eva indriyaṃ viriyindriyaṃ.[3] Taṃ pan' etaṃ upatthambhana-lakkhaṇañ ca viriyaṃ, paggaha-lakkhaṇañ ca. Yathā hi jiṇṇa-gharakaṃ āgantukena thūṇūpatthambhena tiṭṭhati evam eva yogāvacaro viriyūpatthambhena upatthambhito hutvā sabba-kusala-dhammehi na hāyati na parihāyati, evaṃ tāv'assa upatthambhana-lakkhaṇatā veditabbā. Ten' āha thero Nāgaseno: — Yathā, Mahārāja, gehe patanto aññaṃ dārunā upatthambheyya, upatthambhitaṃ santaṃ evaṃ taṃ gehaṃ na pateyya, evam eva kho, Mahārāja,

[1] Mil. p. 35. Hardy Manual of Buddhism p. 427.
[2] Hardy Manual p. 426 f. Milinda p. 36 somewhat different. [3] Dhs. § 13.

upatthambhana-lakkhaṇaṃ viriyaṃ, viriyūpatthambhitā sabbe kusala-dhammā na parihāyantī ti.[1]

Yathā pana khuddikāya ca mahatikāya ca senāya saṅgāme pavatte khuddikā senā olīyeyya tato rañño āroceyyuṃ rājā balavāhanaṃ peseyya, tena paggahītā saka-senā para-senaṃ parājeyya, evaṃ eva viriyaṃ sahajāta-sampayutta-dhammānaṃ olīyituṃ osakkituṃ na deti ukkhipati paggaṇhāti. Tena vuttaṃ: paggaha-lakkhaṇaṃ viriyan ti.

Aparo nayo. Ussāhana-lakkhaṇaṃ viriyaṃ, sahajātānaṃ upatthambhana-rasaṃ asaṃsīdana-bhāva-paccupaṭṭhānaṃ. Saṃviggo yoniso padahatī ti vacanato saṃvega-padaṭṭhānaṃ viriyārambha-vatthupadaṭṭhānaṃ vā sammā āraddhaṃ sabbāsaṃ sampattīnaṃ mūlaṃ hotī ti veditabbaṃ.

306. Saranti tāya sayaṃ vā sarati, saraṇa-mattaṃ eva vā esā ti sati. Sā muṭṭha-saccassa abhibhavanato adhipatiyaṭṭhena indriyaṃ upaṭṭhāna-lakkhaṇena vā indaṭṭhaṃ kāretī ti indriyaṃ. Sati yeva indriyaṃ satindriyaṃ.[2] Sā pan' esā apilāpana-lakkhaṇā upagaṇhana-lakkhaṇā ca. Yathā hi rañño bhaṇḍāgārika-dārako dasa-vidhaṃ ratanaṃ gopāyanto sāyapātaṃ rājānaṃ issariya-sampattiṃ sallakkhāpeti sāreti evaṃ eva sati kusalakammaṃ sallakkhāpeti sāreti. Ten' āha thero: — Yathā, Mahārāja, rañño bhaṇḍāgāriko rājānaṃ cakkavattiṃ sāyapātaṃ saṃsarāpeti 'ettakā deva hatthī, ettakā assā, ettakā rathā, ettakā pattī, ettakaṃ hiraññaṃ, ettakaṃ suvaṇṇaṃ, ettakaṃ sabbaṃ sāpateyyaṃ, taṃ devo saratū ti' evam eva kho Mahārāja sati kusale dhamme apilāpeti 'ime cattāro satipaṭṭhānā, ime cattāro sammappadhānā, ime cattāro iddhipādā, imāni pañc'indriyāni, imāni pañca balāni, ime satta bojjhaṅgā, ayaṃ ariyo aṭṭhaṅgiko maggo, ayaṃ samatho, ayaṃ vipassanā, ayaṃ vijjā, ayaṃ vimutti, ime lokuttara-dhammā ti' evaṃ kho Mahārāja apilāpana-lakkhaṇā satī ti.[3] Yathā pana rañño cakkavattissa pariṇāyaka-ratanaṃ ahite ca hite ca ñatvā ahite apayāpeti hite upayāpeti, evam eva sati hitāhitānaṃ dhammānaṃ gatiyo samannesitvā 'ime kāya-duccaritādayo dhammā ahitā ti' ahite dhamme

---

[1] Mil. p. 36. [2] Dhs. § 14. [3] Mil. p. 37.

apanudati 'ime kāyasucaritādayo dhammā hitā ti' hite dhamme upagaṇhāti. Ten'āha thero: — Yathā, Mahārāja, rañño pariṇāyaka-ratanaṃ rañño hitāhitaṃ jānāti 'ime rañño hitā, ime ahitā, ime upakārā, ime anupakārā ti' tato ahite apanudati hite upagaṇhāti, evam eva kho, Mahārāja, sati uppajjamānā hitāhitānaṃ dhammānaṃ gatiyo samannesati 'ime dhammā hitā, ime dhammā ahitā, ime dhammā upakārā, ime dhammā anupakārā ti' tato ahite dhamme apanudati hite dhamme upagaṇhāti, evaṃ kho Mahārāja upagaṇhana-lakkhaṇā sati ti.[1]

Aparo nayo. Apilāpana-lakkhaṇā sati asammosanarasā ārakkha-paccupaṭṭhānā visayābhimukha-bhāva-paccupaṭṭhānā vā, thira-saññā-padaṭṭhānā kāyādi-satipaṭṭhāna-padaṭṭhānā vā. Ārammaṇe daḷha-patiṭṭhattā pana esikā viya cakkhu-dvārādi-rakkhaṇato dovāriko viya ca daṭṭhabbo.

307. Ārammaṇe cittaṃ sammā adhīyati ṭhapetī ti samādhi. So vikkhepassa abhibhavanato adhipatiyaṭṭhena indriyaṃ, avikkhepa-lakkhaṇe vā indaṭṭhaṃ kāretī ti indriyaṃ. Samādhi yeva indriyaṃ samādhindriyaṃ.[2] Lakkhaṇādīni pan' assa heṭṭhā vutta-nayen' eva veditabbāni.

Pajānātī ti paññā. Kiṃ pajānāti? Idaṃ dukkhan ti ādinā nayena ariya-saccāni. Aṭṭhakathāyaṃ pana paññāpetī ti paññā ti vuttaṃ. Kin ti paññāpetī ti? Aniccaṃ dukkhaṃ anattā ti paññāpeti. Sā va avijjāya abhibhavanato adhipatiyaṭṭhena indriyaṃ, dassana-lakkhaṇe vā indaṭṭhaṃ kāretī ti pi indriyaṃ. Paññā va indriyaṃ paññindriyaṃ.[3] Sā pan' esā obhāsana-lakkhaṇā ca paññā pajānana-lakkhaṇā ca. Yathā hi catubhittiko gehe rattibhāge dīpe jalite andhakāraṃ nirujjhati āloko pātu bhavati evam eva obhāsanalakkhaṇā paññā. Paññobhāsā-samo obhāso nāma n'atthi. Paññāvato hi eka-pallaṅkena nisinnassa dasasahassī loka-dhātu ekālokā hoti. Ten'āha thero: — Yathā, Mahārāja, puriso andhakāre gehe telappadīpaṃ paveseyya paviṭṭho padīpo andhakāraṃ vidhameti, obhāsaṃ janeti,

---

[1] Mil. pp. 37, 38. Hardy l. l. p. 428. [2] Dhs. § 15.
[3] Dhs. § 16.

ālokaṃ vidaṃseti, pākaṭāni rūpāni karoti, evam eva kho Mahārāja paññā uppajjamānā avijjandhakāraṃ vidhameti, vijjobhāsaṃ janeti, ñāṇālokaṃ vidaṃseti, pākaṭāni ariyasaccāni karoti. Evaṃ kho Mahārāja, obbāsana-lakkhaṇā paññā ti.[1]

Yathā pana cheko bhisakko āturānaṃ sappāyāsappāyāni bhojanādīni jānāti, evaṃ paññā uppajjamānā kusalākusale sevitabbāsevitabbe hīna-paṇīta-kaṇha-sukka-sappaṭibhāgo dhamme pajānāti. Vuttam pi c'etaṃ Dhammasenāpatinā[2]: pajānāti pajānātī ti kho āvuso, sā tasmā paññā ti vuccati. Kiñ ca pajānāti? Idaṃ dukkhan ti pajānātī ti vitthāretabbaṃ. Evam assā pajānana-lakkhaṇā ti veditabbā.

Aparo nayo. Yathā sabhāva-paṭivedha-lakkhaṇā paññā, uppajjamānā akkhalita-paṭivedha-lakkhaṇā vā kusalissāsakhitta-usu-paṭivedho viya, visayobhāsana-rasā padīpo viya, asammoha-paccupaṭṭhānā arañña-gata-sudesiko viya.

308. Manute iti mano, vijānātī ti attho. Aṭṭhakathācariyā pan' āhu: — Nāḷiyā minamāno viya mahātulāya vā dhārayamāno viya ca ārammaṇaṃ jānātī ti mano. Tad eva minana-lakkhaṇo indaṭṭhaṃ kāretī ti indriyam. Mano eva indriyam manindriyam. Heṭṭhā vutta-cittass' ev' etaṃ vevacanaṃ.

Pīti-somanassa-sampayogato sobhanaṃ mano assā ti sumano. Sumanassa bhāvo somanassaṃ. Sāta-lakkhaṇe indaṭṭhaṃ kāretī ti indriyaṃ. Somanassam eva indriyaṃ somanassindriyaṃ.[3] Heṭṭhā vutta-vedanāy' ev' etaṃ vevacanaṃ.

309. Jīvanti tena taṃ-sampayuttakā dhammā ti jīvitaṃ. Anupālana-lakkhaṇe indaṭṭhaṃ kāretī ti indriyaṃ. Jīvitam eva indriyaṃ jīvitindriyaṃ.[4] Taṃ pavattasantatādhipateyyaṃ hoti. Lakkhaṇādīhi pana attanā avinibhuttānaṃ dhammānaṃ anupālana-lakkhaṇaṃ jīvitindriyaṃ, tesaṃ pavattana-rasaṃ, tesaṃ ṭhapanapaccupaṭṭhānaṃ, yāpayitabba-dhamma-padaṭṭhānaṃ.

Sante pi ca anupālana-lakkhaṇādimhi vidhāne atthik-

---

[1] Mil. 39. Hardy l. l. p. 430. [2] In the Mahāvedalla S. in Majjhima Nikāya I, 292. [3] Dhs. § 18. [4] Dhs. § 19.

khaṇe yev' etaṃ te dhamme anupāleti udakaṃ viya uppalādini. Yathā-sakaṃ paccayuppanne pi ca dhamme pāleti dhātī viya kumāraṃ, sayaṃ pavattita-dhamma-sambandhen' eva pavattati niyyāmako viya nāvaṃ nabhaṅgato uddhaṃ pavattayati attano ca pavattayitabbānañ ca abhāvā nabhaṅgakkhaṇe ṭhapeti sayaṃ bhijjamānattā khiyyamāno viya vaṭṭisineho padīpa-sikhaṃ pavattana-ṭhapanānubhāvavirahitaṃ. Yathā vuttakkhaṇena tassa tassa sādhanato ti daṭṭhabbaṃ.[1]

310. Sammādiṭṭhiādisu dassanaṭṭhena sammādiṭṭhi, abhiniropanaṭṭhena sammāsaṃkappo, paggahanaṭṭhena sammāvāyāmo, upaṭṭhānaṭṭhena sammāsati, avikkhepanaṭṭhena sammāsamādhi veditabbā. Vacanatthato pana sammā passati sammā vā tāya passantī ti sammādiṭṭhi, sammā saṅkappeti sammā vā tena saṅkappentī ti sammāsaṅkappo, sammā vāyamati sammā vā tena vāyamantī ti sammāvāyāmo, sammā sarati sammā vā tāya sarantī ti sammāsati, sammā samādhiyati sammā vā tena samādhiyantī ti sammāsamādhi. Api ca pasaṭṭhā sundarā vā diṭṭhi sammādiṭṭhī ti iminā pi nayena tesu vacanattho veditabbo. Lakkhaṇādīni pana heṭṭhā vuttān' eva.

311. Saddhābalādisu saddhādīni vuttatthān' eva, akampiyaṭṭhena pana balaṃ veditabbaṃ. Evam etesu assaddhiye na kampatī ti saddhābalaṃ,[2] kosajjo na kampatī ti viriyabalaṃ, muṭṭhasacce na kampatī ti satibalaṃ, uddhacce na kampatī ti samādhibalaṃ, avijjāya na kampatī ti paññābalaṃ, ahiriye na kampatī ti hiribalaṃ anottappe na kampatī ti ottappabalaṃ ti ayam ubhayapada-vasena attha-vaṇṇanā hoti. Tattha purimāni pañca heṭṭhā lakkhaṇādīhi pakāsitān' eva pacchima-dvaye kāyaduccaritādīhi.

312. Hiriyatī ti hiri,[3] lajjāy' etaṃ adhivacanaṃ. Tehi eva ottappatī ti ottappaṃ,[4] pāpato ubbegass' etaṃ adhivacanaṃ. Tesaṃ nānākaraṇaṃ dīpanatthaṃ samuṭṭhānaṃ adhipati lajjā-lakkhaṇen' evā tī imaṃ mātikaṃ ṭhapetvā

---

[1] Comp. Hardy Manual p. 417 No. 18. [2] Dhs. § 25 ff.
[3] Dhs. § 30. [4] Dhs. § 31.

ayaṃ vitthāra-kathā vuttā. Ajjhatta-samuṭṭhānā hi hiri nāma, bahiddhā samuṭṭhānaṃ ottappaṃ nāma, attādhipati hiri nāma, lokādhipati ottappaṃ nāma, lajjā-sabhāva-saṇṭhitā hiri nāma, bhaya-sabhāva-saṇṭhitaṃ ottappaṃ nāma, sappatissava-lakkhaṇā hiri nāma, vajja-bhīruka-bhaya-dassāvī-lakkhaṇaṃ ottappaṃ nāma. Tatth' ajjhatta-samuṭṭhānaṃ hiriṃ catūhi kāraṇehi samuṭṭhāpeti jātiṃ paccavekkhitvā vayaṃ paccavekkhitvā, sūrabhāvaṃ paccavekkhitvā, bāhusaccaṃ paccavekkhitvā. Kathaṃ?. Pāpa-karaṇaṃ etaṃ na jāti-sampannānaṃ kammaṃ, hīna-jaccānaṃ kevaṭṭakādīnaṃ idaṃ kammaṃ, tādisassa jāti-sampannassa idaṃ kammaṃ kātuṃ na yuttan ti. Evaṃ tāva jātiṃ paccavekkhitvā pāṇātipātādi-pāpaṃ akoronto hiriṃ samuṭṭhāpeti. Tathā pāpa-karaṇaṃ nām' etaṃ daharehi kātabbaṃ kammaṃ, tādisassa jāti-sampannassa idaṃ kammaṃ kātun na yuttan ti. Evaṃ vayaṃ paccavekkhitvā pāṇātipātādi-pāpaṃ akoronto hiriṃ samuṭṭhāpeti. Tathā pāpa-kammaṃ nām' etaṃ dubbala-jātikānaṃ kammaṃ, tādisassa sūrabhāva-sampannassa idaṃ kammaṃ kātuṃ na yuttan ti. Evaṃ sūrabhāvaṃ paccavekkhitvā pāṇātipānādi-pāpaṃ akoronto hiriṃ samuṭṭhāpeti. Tathā pāpa-kammaṃ nām' etam andha-bālānaṃ kammaṃ na paṇḍitānaṃ, tādisassa paṇḍitassa bahussutassa idaṃ kammaṃ kātuṃ na yuttan ti. Evaṃ bāhusaccaṃ paccavekkhitvā paṇātipātādi-pāpaṃ akoronto hiriṃ samuṭṭhāpeti. Evaṃ ajjhatta-samuṭṭhānaṃ hiriṃ catūhi kāraṇehi samuṭṭhāpeti. Samuṭṭhāpetvā ca pana attano hi citte hiriṃ pavesetvā pāpaṃ kammaṃ na karoti. Evaṃ ajjhatta-samuṭṭhānā hiri nāma hoti.

313. Kathaṃ bahiddhā-samuṭṭhānaṃ ottappaṃ nāma? Sace tvaṃ pāpa-kammaṃ karissasi catūsu parisāsu garabappatto bhavissasi.

Garahissanti taṃ viññū asuciṃ nāgariko yathā
Vajjito sīlavantehi kathaṃ, bhikkhu, karissasī ti

paccavekkhanto hi bahiddhā-samuṭṭhitena ottappena pāpa-kammaṃ na karoti. Evaṃ bahiddhā samuṭṭhānaṃ ottappaṃ nāma hoti.

Kathaṃ attādhipati hiri nāma? Idh' ekacco kulaputto

attānaṃ adhipatijeṭṭhakaṃ katvā tādisassa saddhāpabbajitassa bahussutassa dhuta-vādassa 'na yuttaṃ pāpaṃ kammaṃ kātun ti' pāpaṃ na karoti. Evam attādhipati hiri nāma hoti. Ten' āha Bhagavā: — So attānaṃ yeva adhipatijeṭṭhakaṃ karitvā akusalaṃ pajahati, kusalaṃ bhāveti, sāvajjaṃ pajahati, anavajjaṃ bhāveti, suddhaṃ attānaṃ pariharatī ti.

Kathaṃ lokādhipati ottappaṃ nāma? Idh' ekacco kulaputto lokaṃ adhipatijeṭṭhakaṃ katvā pāpakaṃ kammaṃ na karoti: — Yathāha: Mahā kho pana loka-sannivāso, mahantasmiṃ kho pana loka-sannivāse santi samaṇa-brāhmaṇā iddhimanto dibba-cakkhukā paracitta-viduno, te dūrato pi passanti āsannā pi na dissanti cetasā pi cittaṃ pajānanti, te pi maṃ evaṃ jānissanti: passatha bho imaṃ kulaputtaṃ, saddhāya agārasmā anagāriyaṃ pabbajito samāno vokiṇṇo viharati pāpakehi akusalehi dhammehī ti. Santi devatā iddhimantiyo dibbacakkhukā paracitta-vidūniyo, tā dūrato pi passanti āsannā pi na dissanti, cetasā pi cittaṃ pajānanti, tā pi maṃ jānissanti: passatha bho imaṃ kulaputtaṃ, saddhāya agārasmā anagāriyaṃ pabbajito samāno vokiṇṇo viharati pāpakehi akusalehi dhammehī ti. So lokaṃ yeva adhipatiṃ karitvā akusalaṃ pajahati, kusalaṃ bhāveti, sāvajjaṃ pajahati, anavajjaṃ bhāveti, suddhaṃ attānaṃ pariharatī ti. Evaṃ lokādhipati ottappaṃ nāma hoti.

314. Lajjā-sabhāva-saṇṭhitā hiri, bhaya-sabhāva-saṇṭhitaṃ ottappan ti. Ettha pana lajjā ti lajjanākāro, tena sabhāvena saṇṭhitā hiri, bhayan ti apāyabhayaṃ, tena sabhāvena saṇṭhitaṃ ottappaṃ. Tad ubhayaṃ pi pāpa-parivajjane pākaṭaṃ hoti. Ekacco hi yathā nāma eko kulaputto uccāra-passāvādīni karonto lajjitabbaka-yuttaṃ ekaṃ disvā lajjanākārappatto bhaveyya pīḷito, evam eva ajjhattaṃ lajjī-dhammaṃ okkamitvā pāpa-kammaṃ na karoti. Ekacco apāya-bhaya-bhīto hutvā pāpa-kammaṃ na karoti. Tatr' idaṃ opammaṃ: — Yathā dvīsu ayoguḷesu eko sītalo bhaveyya gūthamakkhito eko uṇho āditto, tattha paṇḍito sītalaṃ gūtha-makkhitattā jigucchanto na gaṇhāti, itaraṃ dāha-bhayena. Tattha sītalassa gūthā-makkhaṇa-jigucchāyā agaṇhanaṃ viya ajjhattaṃ lajjitabbaṃ dhammaṃ okkam-

itvā vā pāpassa akaraṇaṃ, uṇhassa dāha-bhayena agaṇhanaṃ viya apāya-bhayena pāpassa akaraṇaṃ veditabbaṃ.

315. Sappatissava-lakkhaṇā hiri, vajja-bhīruka-bhaya-dassāvī-lakkhaṇaṃ ottappan ti: Idam api dvayaṃ pāpa-parivajjane eva pākaṭaṃ hoti. Ekacco hi jātimahatta-paccavekkhaṇā satthumahatta-paccavekkhaṇā dāyajja-mahatta-paccavekkhaṇā sabrahmacāri-mahatta-paccavekkhaṇā ti catūhi kāraṇehi sappatissavalakkhaṇaṃ hiriṃ samuṭṭhāpetvā pāpaṃ na karoti. Ekacco attānuvāda-bhayaṃ parānuvāda-bhayaṃ daṇḍa-bhayaṃ duggati-bhayaṃ ti catūhi kāraṇehi vajja-bhīruka-bhaya-dassāvī-lakkhaṇaṃ ottappaṃ samuṭṭhāpetvā pāpaṃ na karoti. Tattha jāti-mahatta-paccavekkhaṇādīni c'eva attānuvāda-bhayādīni ca vitthāretvā kathetabbāni.

316. Na lubbhanti etena sayaṃ vā na lubbhati alubbhanamattam eva vā tan ti alobho.[1] Adosa-amohesu pi es' eva nayo.

Tesu alobho ārammaṇe cittassa agedhalakkhaṇo alaggabhāvalakkhaṇo vā. Kamaladalabindu viya apariggaharaso muttabhikkhu viya anallīna-bhāvapaccupaṭṭhāno asucimhi patitapuriso viya.

Adoso[2] acaṇḍikkalakkhaṇo va avirodhalakkhaṇo va anukūlamitto viya, āghātavinayanaraso pariḷāhavinayanaraso vā candanaṃ viya, somma-bhāvapaccupaṭṭhāno puṇṇacando viya. Amoho lakkhaṇādīhi heṭṭhā paññindriyapade vibhāvito.

Evam etesu puna tīsu alobho maccheramalassa paṭipakkho, adoso dussīlyamalassa, amoho kusalesu dhammesu abhāvanāya paṭipakkho, alobho c'ettha dānahetu, adoso sīlahetu, amoho bhāvanāhetu. Tesu alobhena anadhikaṃ gaṇhāti luddhassa adhikagahaṇato, adosena anūnaṃ duṭṭhassa ūnagahaṇato, amohena aviparītaṃ mūḷhassa viparītagahaṇato.

Alobhena c'ettha vijjamānadosaṃ dosato ca dhārento dose pavattati, luddho hi dosam paṭicchādeti. Adosena vijjamānaṃ guṇaṃ guṇato dhārento guṇe pavattati, duṭṭho hi

[1] Dhs. § 32. [2] Dhs. § 33.

guṇaṃ makkheti. Amohena yāthāvaṃ yāthāvato dhārento yathā sabhāve pavattati, mūḷho hi taccham ataccham ca tacchati gaṇhāti.

Alobhena ca piyavippayogadukkhaṃ hoti luddhassa piyasabhāvato piyavippayogasahanato ca. Adosena appiyasampayogadukkhaṃ na hoti duṭṭhassa appiyasabhāvato appiyasampayogasahanato ca. Amohena icchitalābhadukkhaṃ na hoti, amūḷhassa taṃ kut' ettha labbhati evamādi paccavekkhanaṃ sambhavato.

Alobhena c'ettha jātidukkhaṃ na hoti alobhassa taṇhāpaṭipakkhato taṇhāmūlakathā va jātidukkhassa adosena jarādukkhaṃ na hoti ti tikkhadosassa khippaṃ jarāsambhavato. Amohanam maraṇadukkhaṃ na hoti. Samohamaraṇaṃ hi dukkhaṃ na ca tam amūḷhassa hoti.

Alobhena ca gahaṭṭhānam, amohena pabbajitānam, adosena pana sabbesaṃ sukhānaṃ saṃvāsatā hoti.

Visesato c'ettha alobhena pettivisaye uppatti na hoti. Yebhuyyena hi tassā taṇhāya pettivisayam uppajjati taṇhāya ca paṭipakkho alobho adosena niraye uppatti na hoti. Dosena hi caṇḍajātitāya dosasadisaṃ nirayam uppajjati, dosassa ca paṭipakkho adoso, amohena tiracchānayoniyaṃ nibbatti na hoti. Mohena hi niccasamūḷhaṃ tiracchānayoniyaṃ uppajjati mohapaṭipakkho ca amoho. Etesu ca alobho rājaṅgavasena uggamanassa abhāvakaro, adoso dosavasena apagamanassa, amoho mohavasena majjhattabhāvassa.

Tīhi pi c'etehi yathā paṭipāṭiyā nekkhammasaññā avyāpādasaññā avihiṃsāsaññā ti imā tisso saññāyo honti, asubhasaññā appamānasaññā dhātusaññā ti imā tisso saññāyo honti. Alobhena kāmasukhallikānuyoga-antassa parivajjanaṃ hoti, adosena attakilamānuyoga-antassa parivajjanaṃ hoti, amohena majjhimāya paṭipattiyā paṭipajjanaṃ. Tathā alobhena abhijjhākāyaganthassa pabhedanaṃ hoti, adosena vyāpādakāyaganthassa, amohena sesaganthadvayassa.

Purimāni ca dve satipaṭṭhānāni purimānaṃ dvinnaṃ ānubhāvena, pacchimāni pacchimass' eva ānubhāvena ijjhanti.

Alobho c'ettha ārogyassa paccayo hoti, aluddho hi lobhanīyaṃ pi asappāyam na sevati, tena arogo hoti.

Adoso yobbaññassa, aduṭṭho hi valipalitāvahena dosagginā aḍayhamāno dīgbarattaṃ yuvā hoti. Amoho dīghāyutāya, amūḷho hi hitāhitaṃ ñatvā ahitam parivajjanto hitañ ca paṭisevamāno dīghāyuko hoti.

Alobho c'ettha bhogasampattiyā paccayo hoti cāgena bhogapaṭilābhā, adoso mittasampattiyā mettāya mittānam paṭilābhato c'eva apparihānato ca. Amoho attasampattiyā, amūḷho hi attano hitam eva karonto attānaṃ sampādeti.

Alobho ca dibbavihārassa paccayo hoti, adoso brahmavihārassa, amoho ariyavihārassa.

Alobhena c'ettha sakapakkhesu sattasaṅkhāresu nibbuto hoti, tesaṃ vināse abhisaṅgahetukassa dukkbassa abhāvato, adosena parapakkhesu aduṭṭhassa verisu verisaññāya abhāvato, amohena udāsīnapakkhesu amūḷhassa sabbābhisaṅgatāya abhāvato.

Alobhena ca aniccadassanaṃ hoti, luddho hi upabhogāsāya anicce pi saṅkhāre aniccato na passati. Adosena dukkhadassanaṃ, adosajjhāsayo hi pariccattam āghātavatthu pariggaho saṅkhāre yeva dukkhato passati. Amohena anattadassanaṃ, amūḷho hi yathā gahaṇakusalo apariṇāyakaṃ khandhapañcakam apariṇāyakuto bujjhati. Yathā ca etehi aniccadassādīni evaṃ ete pi aniccadassanādīhi honti. Aniccadassanena hi alobho hoti, dukkhadassanena adoso, anattadassanena amoho hoti. Ko hi nāma aniccam idaṃ ti sammā ñatvā tass' atthāya pihaṃ uppādeyya saṅkhāre vā dukkhā ti jānanto aparam pi accantatikkhiṇaṃ kodhadukkham uppādeyya attasuññatañ ca bujjhitvā puna sammoham āpajjeyyā ti?

317. Nābhijjhāyatī ti anabhijjhā. Kāyikacetasikaṃ sukbam idhalokaparalokahitaṃ guṇānubhāvapaṭiladdhaṃ kittisaddañ ca na vyāpādetī ti avyāpādo.

Sammā passati sobhaṇā vā diṭṭhī ti sammādiṭṭhi. Alobhādīnaṃ yeva tāni nāmāni. Heṭṭhā pan' ete dhammā mūlavasena gahitā idha kammapathavasenā ti veditabbā.

318. Hirottappāni hi heṭṭhā balavasena gabitāni, idha lokapālavasena. Lokaṃ hi imo dve dhammā pālayanti. Yathāha: Dve 'me bhikkhave sukkā dhammā lokam pālenti, katame dve? Hiri ca ottappañ ca. Ime ce bhikkhave

dve sukkā dhammā lokaṃ na pāleyyuṃ na yidam paññāyetha mātā ti vā mātucchā ti vā mātulānī ti vā ācariyabhariyā ti vā garūnaṃ dārā ti vā, jātisambhedaṃ loko agamissa yathā ajeḷakā kukkuṭasūkarasoṇasigālā. Yasmā kho bikkhave ime dve sukkā dhammā lokam pālenti tasmā paññāyati mātā ti vā mātucchā ti vā mātulānī ti vā ācariyabhariyā ti vā garūnaṃ dārā ti vā.

319. Kāyassa passambhanaṃ kāya-passaddhi,[1] cittassapassambhanaṃ citta-passaddhi[2]. Kāyo ti c'ettha vedanādayo tayo khandhā ubho pi pan' etā ekato katvā kāya-citta-daratha-vūpasama-lakkhaṇā kāya-citta-passaddhiyo, kāya-citta-daratha-nimmaddana-rasā kāya-cittānaṃ apariphanda-sīti-bhāva-paccupaṭṭhānā kāya-citta-padaṭṭhānā kāya-cittānaṃ avūpasamakara-uddhaccādi-kilesa-paṭipakkha-bhūtā ti daṭṭhabbā.

320. Kāyassa lahubhāvo kāya-lahutā,[3] cittassa lahubhāvo citta-lahutā,[4] kāya-citta-garubhāva-vūpasama-lakkhaṇā, kāya-citta-garubhāva-nimmaddana-rasā, kāya-cittānaṃ adandhatā-paccupaṭṭhānā, kāya-citta-padaṭṭhānā, kāya-cittānaṃ garutā thaddhabhāvakara-thīna-middhādi-kilesa-paṭipakkha-bhūtā ti daṭṭhabbā.

321. Kāyassa mudubhāvo kāya-mudutā[5], cittassa mudubhāvo citta-mudutā,[6] kāya-citta-thaddabhāva-vūpasama-lakkhaṇā, kāya-citta-thaddhabhāva-nimmaddana-rasā, appaṭighāta-paccupaṭṭhānā, kāya-citta-padaṭṭhānā, kāya-cittānaṃ thaddhabhāvakara-diṭṭhimānādi-kilesa-paṭipakkha-bhūtā ti daṭṭhabbā.

322. Kāyassa kammaññabhāvo kāya-kammaññatā,[7] cittassa kammaññabhāvo citta-kammaññatā,[8] kāya-cittānaṃ akammaññabhāva-vūpasama-lakkhaṇā, kāya-cittānaṃ akammaññabhāva-nimmaddana-rasā, kāya-cittānaṃ ārammaṇa-karaṇa-sampatti-paccupaṭṭhānā, kāya-citta-padaṭṭhānā, kāya-cittānaṃ akammaññabhāvakarāvasesa-nīvaraṇa-paṭipakkha-bhūtā ti daṭṭhabbā. Pasādanīya-vatthusu

[1] Dhs. § 40. [2] Dhs. § 41. [3] Dhs. § 42. [4] Dhs. § 43.
[5] Dhs. § 44. [6] Dhs. § 45. [7] Dhs. § 46. [8] Dhs. § 47.

pasādāvayābita-kiriyāsu viniyogakkhamabhavāvaha-suvaṇṇa-visuddhi viyā ti daṭṭhabbā.

323. Kāyassa pāguññabhāvo kāya-pāguññatā,[1] cittassa pāguññabhāvo pi citta-pāguññatā,[2] kāya-cittānaṃ agelaññabhāva-lakkhaṇā, kāya-citta-gelañña-nimmaddana-rasā, nirādīnava-paccupaṭṭhānā kāya-citta-padaṭṭhānā kāya-citta-gelaññakara-assaddhiyādi-paṭipakkha-bhūtā ti daṭṭhabbā.

324. Kāyassa ujubhāvo kāyujjukatā,[3] cittassa ujubhāvo cittujjukatā,[4] kāya-citta-ajjava-lakkhaṇā, kāya-citta-kuṭilabhāva-nimmaddana-rasā, ajimhatā-paccupaṭṭhānā kāya-citta-padaṭṭhānā kāya-cittānaṃ kuṭilabhāvakara-māyā sāṭheyyādi-paṭipakkha-bhūtā ti daṭṭhabbā.

325. Saratī ti sati.[5] Sampajānātī ti sampajaññaṃ,[6] samantato pakārehi jānātī ti attho. Sātthaka-sampajaññaṃ, sappāya-sampajaññaṃ, gocara-sampajaññaṃ, asammoha-sampajaññan ti imesaṃ pan' assa vasena bhedo veditabbo. Lakkhaṇādīni c'etesaṃ satindriyapaññindriyesu vutta-nayen' eva veditabbāni. Iti heṭṭhā vuttānam ev' etaṃ dhamma-dvayaṃ puna imasmiṃ ṭhāne upakāra-vasena gahitaṃ.

326. Kāmacchandādayo paccanīka-dhamme sametī ti samatho.[7]. Aniccādi-vasena vividhehi ākārehi dhamme passatī ti vipassanā[8] paññā c'esā atthato. Imesaṃ pi dvinnaṃ lakkhaṇādīni heṭṭhā vuttān' eva. Idha pana te yuganaddha-vasena gahitā.

327. Sahajāta-dhamme paggaṇhātī ti paggāho.[9] Uddhacca-saṅkhātassa vikkhepassa paṭipakkhabhāvato na vikkhepo ti avikkhepo.[10]. Etesam pi lakkhaṇādīni heṭṭhā vuttān' eva. Idha pan' etaṃ dvayaṃ viriya-samādhi-yojanatthāya gahitan ti veditabbaṃ.

328. Ye vā pana tasmiṃ samaye aññe pi atthi paṭiccasamuppannā arūpino dhammā kusalā[11] ti phasso hoti avikkhepo hotī ti na kevalam padapaṭipāṭiyā uddiṭṭhā ime paropaṇṇāsa dhammā. Evaṁ atha kho yas-

---

[1] Dhs. § 48. [2] Dhs. § 49. [3] Dhs. § 50. [4] Dhs. § 51. [5] Dhs. § 52. [6] Dhs. § 53. [7] Dhs. § 54. [8] Dhs. § 55. [9] Dhs. § 56. [10] Dhs. § 57. [11] Dhs. § 1.

miṃ samaye kāmāvacaraṃ tihetukaṃ somanassasahagatam paṭhamam asaṅkhārikaṃ mahācittam uppannaṃ hoti tasmiṃ samaye ye vā pana aññe pi tehi yeva phassādihi sampayuttā hutvā pavattamānā atthi attano attano anurūpam paccayaṃ paṭicca samuppannā rūpābhāvena arūpino sabhāvato upalabbhamānā dhammā sabbe pi ime dhammā kusalā. Ettāvatā cittaṅgavasena pāli-ārūḷhe paropaṇṇāsa dhamme dīpetvā yevāpanakavasena apare pi nava dhamme Dhammarājā dīpeti.

Tesu tesu hi suttapadesu chando adhimokkho manasikāro tatramajjhattatā karuṇā muditā kāyaduccaritavirati vacīduccaritavirati micchājīvavirati ti ime nava dhammā paññāyanti. Imasmiṃ cāpi mahā-citte kattukamyatā kusalaṃ dhammacchando atthi, cittaṅgavasena pana pāliṃ na ārūḷho. So idha yevāpanakavasena gahito adhimokkho atthi, manasikāro atthi, tatramajjhattatā atthi, mettāpubbabhāgo atthi. So adose gahite gahito eva hoti.

Karuṇāpubbabhāgo pana atthi, muditāpubbabhāgo atthi, upekkhāpubbabhāgo pi atthi. So pana tatramajjhattatāya gahitāya gahito va hoti.

Sammāvācā atthi, sammākammanto atthi, sammā-ājīvo atthi, cittaṅgavasena pana pāliṃ na ārūḷho. So pi idha yevāpanakavasena gahito.

329. Imesu pana navasu chando adhimokkho manasikāro tatramajjhattatā ti ime cattāro va ekakkhaṇe labbhanti, sesā nānākkhaṇe. Yadā hi iminā cittena micchāvācam pajahati, virativasena sammāvācam pūreti tadā chandādayo cattāro sammāvācā ti ime pañca ekakkhaṇe labbhanti. Yadā micchākammantam pajahati, virativasena sammākammantam pūreti, micchā-ājīvam pajahati, virativasena sammā-ājīvam pūreti, karuṇāya parikammaṃ karoti, muditāya parikammaṃ karoti tadā chandādayo cattāro sammāvācā ti ime pañca ekakkhaṇe labbhanti. Ito pana muñcitvā dānaṃ dentassa sīlam pūrentassa yoge kammaṃ karontassa cattāri apaṇṇakaṅgān' eva labbhanti. Evam etesu navasu yevāpanakadhammesu chando ti kattukamyatāy' etam adhivacanaṃ. Tasmā so kattukamyatālakkhaṇe chando ārammaṇapariyesanaraso. Ārammaṇena atthi

kathāpaccupaṭṭhāno tad ev' assa padaṭṭhānam ārammaṇagahaṇe cāyaṃ cetaso hatthapasāraṇaṃ viya daṭṭhabbo. Adhimuccanam adhimokkho. So sanniṭṭhānalakkhaṇo. Ayaṃ sappanaraso nicchayapaccupaṭṭhāno sanniṭṭhātabbadhammapadaṭṭhāno ārammaṇe niccalabhāvena indakhīlo viya daṭṭhabbo.

330. Kiriyākāro manasmiṃ kāro manasikāro purimamanato viya disaṃ manaṃ karotī ti manasikāro. Svāyam ārammaṇapaṭipādako vīthipaṭipādako javanapaṭipādako ti tippakāro. Tattha ārammaṇapaṭipādako manasmiṃ kāretī ti manasikāro. So sāraṇalakkhaṇo sampayuttānam ārammaṇasaṃyojanaraso ārammaṇābhimukhabhāvapaccupaṭṭhāno saṅkhārakkhandhapariyāpanno ārammaṇapaṭipādakattena sampayuttānaṃ sārathi viya daṭṭhabbo.

Vīthipaṭipādako ti pana pañcadvārāvajjanass' etam adhivacanaṃ, javanapaṭipādako ti manodvārāvajjanassa. Na te idha adhippetā.

Tesu dhammesu majjhattatā tatramajjhattatā. Sā cittacetasikānaṃ samavāhitalakkhaṇā ūnādhikanīvāraṇarasā pakkhapātupacchedanarasā va majjhattabhāvapaccupaṭṭhānā cittacetasikānam ajjhupekkhaṇavasena sampavattānam ājānīyānam ajjhupekkhakasārathi viya daṭṭhabbā. Karuṇāmuditā-brahmavihāraniddese āvibhavissanti. Kevalaṃ hi tā appanappattā rūpāvacarā, idha kāmāvacarā ti ayam eva viseso.

Kāyaduccaritato virati kāyaduccaritavirati. Sesapadadvaye pi es' eva nayo. Lakkhaṇādito pan' etā tisso pi kāyaduccaritādivatthūnam avītikkamalakkhaṇā amaddanalakkhaṇā ti vuttaṃ hoti.

Kāyaduccaritādi-vatthuto saṅkocanarasā akiriyapaccupaṭṭhānā saddhā hirottappam appicchatādi-guṇapadaṭṭhānā pāpakiriyato cittassa vimukhabhāvabhūtā ti daṭṭhabbā.

331. Phassādīni chapaṇṇāsa yevāpanaka-vuttāni navā ti sabbāni pi imasmiṃ dhammuddesavāre pañcasaṭṭhi dhammapadāni bhavanti. Tesu ekakkhaṇe kadāci ekasaṭṭhi bhavanti, kadāci samasaṭṭhi. Tāni hi sammāvācā-pūraṇādivasena uppattiyam pañcasu ṭhānesu ekasaṭṭhi bhavanti. Tehi mutte ekasmiṃ ṭhāne samasaṭṭhi bhavanti,

ṭhapetvā pana yevāpanake pāḷiyaṃ yathāvuttavasena gayhamānāni chapaṇṇāsa va honti.

Agahitagahaṇena pan' ettha phassapañcakaṃ vitakko vicāro pīti cittekaggatā pañca indriyāni hiribalam ottappabalaṃ ti dve balāni, alobho adoso ti dve mūlāni, kāyappasaddhi cittappassaddhī ti ādayo dvādasa dhammā ti samattiṃsa dhammā honti.

Tesu samattiṃsa dhammesu aṭṭhārasa dhammā avibhattikā honti, dvādasa savibhattikā. Katame aṭṭhārasa? Phasso, paññā, cetanā, vicāro, pīti, jīvitindriyaṃ, kāyapassaddhiādayo dvādasā ti ime aṭṭhārasa avibhattikā. Vedanā, cittaṃ, vitakko, cittekaggatā, saddhindriyaṃ, viriyindriyaṃ, satindriyaṃ, paññindriyaṃ, hiribalaṃ, alobho, adoso ti ime dvādasa savibhattikā. Sesā satta dhammā dvīsu ṭhānesu vibhattā, eko tīsu, dve catūsu, eko chasu, eko sattasu ṭhānesu vibhatto. Kathaṃ? Cittaṃ, vitakko, saddhā, hiri, ottappam, alobho, adoso ti ime satta dvīsu ṭhānesu vibhattā. Etesu hi cittaṃ tāva phassa-pañcakaṃ patvā cittaṃ hotī ti vuttaṃ.

332. Indriyāni patvā manindriyan ti. Vitakko jhānaṅgāni patvā vitakko hotī ti vutto. Maggaṅgāni patvā sammāsaṅkappo ti. Saddhā-indriyāni patvā saddhindriyaṃ hotī ti vuttaṃ. Balāni patvā saddhābalan ti, hiribalaṃ patvā hiribalaṃ hotī ti vuttā. Lokapāladukaṃ patvā hirī ti. Ottappe ti es' eva nayo.

Alobho mūlam pana patvā alobho hotī ti vutto. Kammapathaṃ patvā anabhijjhā ti. Adoso mūlam patvā adoso hotī ti vutto. Kammapatham patvā avyāpādo ti. Ime satta dvīsu ṭhānesu vibhattā.

Vedanā pana phassapañcakam patvā vedanā hotī ti vuttā. Jhānaṅgāni patvā sukhan ti, indriyāni patvā somanassindriyaṃ ti. Evam eko dhammo tīsu ṭhānesu vibhatto.

Viriyaṃ pana indriyāni patvā viriyindriyaṃ hotī ti vuttaṃ. Maggaṅgāni patvā sammāvāyāmo ti, balāni patvā viriyabalaṃ ti, piṭṭhidukam patvā paggāho hotī ti.

Sati pi indriyāni patvā satindriyaṃ hotī ti vuttā. Maggaṅgāni patvā sammāsatī ti, balāni patvā satibalam ti, piṭṭhidukam patvā sati hotī ti. Evam ime dve dhammā catūsu ṭhānesu vibhattā.

Samādhi pana jhānaṅgāni patvā cittass' ekaggatā hotī ti vutto. Indriyāni patvā samādhindriyan ti. Maggaṅgāni patvā samādhindriyan ti. Balāni patvā samādhibalan ti, piṭṭhidukam patvā samatho avikkhepo ti. Evam ayam eko dhammo chasu ṭhānesu vibhatto.

Paññā pana indriyāni patvā paññindriyaṃ hotī ti vuttā. Maggaṅgāni patvā sammādiṭṭhī ti, balāni patvā paññābalan ti, mūlāni patvā amoho ti, kammapatham patvā sammādiṭṭhī ti, piṭṭhidukam patvā sampajaññaṃ vipassanā ti. Evam eva kho dhammo sattasu ṭhānesu vibhatto.

333. Sace pana koci vadeyya: 'Ettha anupubbaṃ nāma natthi' heṭṭhā gahītakam eva gaṇhitvā tasmiṃ tasmiṃ ṭhāne padam pūritam ananusandhikā kathā uppaṭipāṭikā corehi ābhatabhaṇḍasadisā goyūthena gatamagge āluḷitatiṇasadisā ajānitvā kathitā ti. So naṃ h'evan ti paṭisodhetvā vattabbo. Vuṭṭhānaṃ desanā ananusandhikā nāma natthi. Sā na sandhikā va hoti ajānitvā kathitā pi natthi, sabbā jānitvā kathitā va. Sammāsambuddho hi tesaṃ tesaṃ dhammānaṃ kiccaṃ jānāti, taṃ ñatvā kiccavasena vibhattiṃ āropento aṭṭhārasa dhammā ekekakiccā ti ñatvā ekekasmiṃ ṭhāne vibhattiṃ āropesi, satta dhammā dvedvekiccā ti ñatvā dvīsu dvīsu ṭhānesu vibhattiṃ āropesi.

Tatr' idaṃ opammaṃ: Eko kira paṇḍito rājā rahogato cintesi: Imaṃ rājakulasantakaṃ na yathā vā tathā vā khāditabbaṃ. Sippānucchavikaṃ vetanaṃ vaḍḍhessāmī ti so sabbe sippike sannipātāpetvā 'ekekasippaṃ pajānanako pakkosathā ti' āha. Evaṃ pakkosiyamānā aṭṭhārasa janā uṭṭhahiṃsu, tesam ekekaṃ paṭiviṃsaṃ dāpetvā visajjesi. 'Dvo sippāni jānantā āgacchantū ti' vutte pana satta janā āgamiṃsu. Tesaṃ dvo dvo paṭiviṃse dāpesi. 'Tīṇi sippāni jānantā āgacchantū ti' vutte eko va āgacchi. Tassa tayo paṭiviṃse dāpesi. 'Cattāri sippāni jānantā āgacchantū ti' vutte dve janā āgamiṃsu. Tesaṃ cattāri paṭiviṃse dāpesi. 'Pañca sippāni jānantā āgacchantū ti' vutte eko pi āgacchi. 'Cha sippāni jānantā āgacchantū ti' vutte eko va āgacchi. Tassa cha paṭiviṃse dāpesi. 'Satta sippāni jānantā āgacchantū ti' vutte eko va āgacchi. Tassa satta paṭivimse dāpesi. Tattha paṇḍito rājā viya anuttaro dhammarājā, sippajānanakā viya cittacittaṅgavasena pannā dhammā, sippānucchavikavetanavaḍḍhanaṃ viya kiccavasena tesaṃ tesaṃ dhammānaṃ vibhattiāropanaṃ sabbe pi pan' ete dhammā phassapañcakavasena jhānaṅgavasena indriyavasena maggaṅgavasena balavasena mūlavasena kammapathavasena lokapālavasena passaddhivasena lahutāvasena mudutāvasena kammaññatāvasena pāguññatāvasena ujjukatāvasena satisampajaññavasena samathavipassanāvasena paggāhavikkhepavasena sattarasa rāsiyo honti.

Dhammuddesavārakathā niṭṭhitā.

334. Idāni tān' eva dhammuddesavāre pālim ārūḷhāni chapaṇṇāsa padāni vibhajitvā dassetuṃ katamo tasmiṃ samaye phasso hotī[1] ti ādinā nayena niddesavāro āraddho. Tattha pucchāya tāva ayam attho: Yasmiṃ samaye kāmāvacarakusalaṃ somanassasahagataṃ tihetukaṃ asaṅkhārikamahācittam uppajjati tasmiṃ samaye phasso hotī ti vutto. Katamo so phasso ti iminā nayena sabbapucchāsu attho veditabbo.

Yo tasmiṃ samaye phasso ti tasmiṃ samaye yo phusanakavasena uppanno phasso so phasso ti. Idam phassassa sabhāvadīpanato sabhāvapadaṃ nāma. Phusanā ti phusanākāro. Samphusanā ti phusanakaākāro va. Upasaggena padaṃ vaḍḍhetvā vutto. Samphusitattan ti samphusitabhāvo. Ayam pan' ettha yojanā. Tasmiṃ samaye phusanakavasena phasso. Yā tasmiṃ samaye phusanā, yā tasmiṃ samaye samphusanā, yaṃ tasmiṃ samaye samphusitattaṃ athavā yo tasmiṃ phusanavasena phasso aññena pi ca pariyāyena phusanā, samphusanā, samphusitattaṃ ti vuccati. Ayaṃ tasmiṃ samaye phasso hotī ti vedanādīnam pi niddesesu iminā vasena padayojanā veditabbā.

Ayam pan' ettha sabbasādhāraṇo vibhattivinicchayo.

335. Yān' imāni bhagavatā paṭhamaṃ kāmāvacaraku-

---

[1] Dhs. § 2.

salamahācittam bhājetvā dassentena atirekapaññāsa padāni mātikāvasena ṭhapetvā puna ekekam padaṃ gahetvā vibhatti āropitā ti vibhattiṃ gacchantāni tīhi kāraṇehi vibhattiṃ gacchanti, nānābhontāni catūhi kāraṇehi nānābhavanti, aparadīpanā pan' ettha dve ṭhānāni gacchati. Katham? Etāni hi vyañjanavasena upasaggavasena atthavasenā ti imehi tīhi kāraṇehi vibhattiṃ gacchanti.

Tattha kodho kujjhanā kujjhitattaṃ, doso dussanā dussitattaṃ[1] ti evaṃ vyañjanavasena vibhattigamanaṃ veditabbaṃ. Ettha hi eko va kodho vyañjanavasena evaṃ vibhattiṃ gato.

Cāro vicāro anuvicāro[2] ti evam pana upasaggavasena vibhattigamanaṃ veditabbaṃ.

Paṇḍiccaṃ kosallaṃ nepuññaṃ vebhavyā cintā upaparikkhā[3] ti evam atthavasena vibhattigamanaṃ veditabbaṃ.

Tesu phassapadaniddese tāva imā tisso pi vibhattiyo labbhanti. Phasso phusanā ti hi vyañjanavasena vibhattigamanaṃ hoti, samphusanā upasaggavasena, samphusitattaṃ ti atthavasena. Iminā nayena sabbapadaniddesesu vibhattigamanaṃ veditabbaṃ.

336. Nānābhontāni pi pana nāmanānattena lakkhaṇanānattena kiccanānattena paṭikkhepanānattenā ti imehi catūhi kāraṇehi nānā honti. Tattha katamo tasmiṃ samaye vyāpādo hoti? Yo tasmiṃ samayo doso dussanā ti ettha vyāpādo ti vā doso ti vā dve pi ete kodho eva nāmena nānattaṃ gatā ti. Evam nāmanānatte nānattaṃ veditabbaṃ.

337. Rāsaṭṭhena pañca pi khandhā eko va khandho hoti. Ettha pana rūpaṃ ruppanalakkhaṇaṃ, vedanā vedayitalakkhaṇā, saññā sañjānanalakkhaṇā, cetanā cetayitalakkhaṇā, viññāṇaṃ vijānanalakkhaṇaṃ ti iminā lakkhaṇanānattena pañca khandhā honti. Evaṃ lakkhaṇanānattena nānattaṃ veditabbaṃ.

338. Cattāro sammappadhānā: Idha bhikkhu anuppannānam pāpakānam akusalānaṃ dhammānam anuppādāya

---

[1] Dhs. § 1060. [2] Dhs. § 8. [3] Dhs. § 16.

— pe — cittaṃ paggaṇhāti padahatī ti ekam eva viriyaṃ kiccanānattena catusu ṭhānesu āgatam eva kiccanānattena nānattaṃ veditabbaṃ.

Cattāro asaddhammā kodhagarutā na saddhammā saddhammagarutā makkhagarutā na saddhammagarutā lābhagarutā na saddhammagarutā, sakkāragarutā ti evamādisu pana paṭikkhepanānattena nānattaṃ veditabbaṃ.

Imāni pana cattāri nānattāni na phasse yeva labbhanti sabbesu pi phassapañcakādisu labbhanti, phassassa hi phasso ti nāmaṃ — pe — cittassa cittan ti. Phasso ca phusanalakkhaṇo, vedanā vedayitalakkhaṇā, saññā sañjānanalakkhaṇā, cetanā cetayitalakkhaṇā, viññāṇaṃ vijānanalakkhaṇaṃ. Tathā phasso phusanakicco, vedanā anubhavanakiccā, saññā sañjānanakiccā, cetanā cetanakiccā, viññāṇaṃ vijānanakiccan ti evaṃ kiccanānattena nānattaṃ veditabbaṃ.

Paṭikkhepanānattaṃ phassapañcamake natthi. Alobhādiniddese pana alobho, alubbhanā, alubbhitattaṃ ti ādinā nayena labbhatī ti evam paṭikkhepanānattena nānattaṃ veditabbaṃ.

Evaṃ sabbapadaniddesesu labbhamānavasena catubbidham pi nānattaṃ veditabbaṃ.

339. Aparadīpanā pana padatthuti vā hoti daḷhīkammaṃ vā ti evaṃ dve ṭhānāni gacchati. Yaṭṭhikoṭiyā uppīḷentena viya hi sakim eva phasso ti vutte etam padam phullitamaṇḍitavibhūsitaṃ nāma na hoti.

Punappuna vyañjanavasena upasaggavasena atthavasena phasso phusanā samphusitattaṃ ti vutte phullitamaṇḍitavibhūsitan nāma hotī ti. Yathā hi daharaṃ kumāraṃ nhāpetvā manoramaṃ vattham paridahāpetvā pupphāni pilandhāpetvā akkhīni añjetvā ath'assa nalāṭe ekam eva manosilābinduṃ kareyyuṃ tassa na ettāvatā cittatilako nāma hoti, nānāvaṇṇehi pana parivāretvā bindusu katesu cittatilako nāma hoti, evaṃsampadam idaṃ veditabbaṃ. Ayam padatthuti nāma.

Vyañjanavasena upasaggavasena atthavasena ca punappuna bhaṇanam eva daḷhīkammaṃ nāma.

Yathā hi āvuso ti vā bhante ti vā yakkho ti vā sappo

ti vā vutte daḷhīkammaṃ nāma na hoti, āvuso āvuso bhante yakkho yakkho sappo sappo ti vutte pana daḷhīkammaṃ nāma hoti, evaṃ evaṃ sakid eva yaṭṭhikoṭiyā uppīḷentena viya phasso ti vuttapade daḷhīkammaṃ nāma hoti.

Punappuna vyañjanavasena upasaggavasena atthavasena ca punappuna phasso phusanā samphusanā samphusitattaṃ ti vutte yeva daḷhīkammaṃ nāma hotī ti.

Evaṃ aparadīpanā dve ṭhānāni gacchati, etassa pi vasena labbhamānakapadaniddesesu sabbattha attho veditabbo.

Ayaṃ tasmiṃ samaye phasso hotī ti yasmiṃ samaye paṭhamaṃ kāmāvacaraṃ mahākusalacittaṃ uppajjati tasmiṃ samaye ayaṃ phasso nāma hotī ti. Ayaṃ tāva phassapadaniddesassa vaṇṇanā. Ito paresu pana vedanādipadānaṃ niddesesu visesamattaṃ eva vaṇṇayissāma. Sesaṃ idha vuttena nayen' eva veditabbaṃ.

340. Yaṃ tasmiṃ samaye[1] ti ettha kiñcā pi katamā tasmiṃ samaye vedanā ti āraddhaṃ sātapadavasena pana yan ti vuttaṃ.

Tajjā manoviññāṇadhātu samphassajan ti ettha tajjā vuccati tassa sātassa sukhassa anucchavikā sarūpā. Anucchavikattho pi hi ayaṃ tajjā-saddo hoti. Yathāha: Tajjaṃ tassā sarūpaṃ kathaṃ mantetī ti tehi rūpādīhi ārammaṇehi imassa ca sukhassa paccayehi jānātī ti tajjā.

Manoviññāṇam eva nissattaṭṭhena dhātū ti manoviññāṇadhātu. Samphassato jātaṃ samphasso vā jātan ti samphassajaṃ.

Cittanissitattā cetasikaṃ, madhuraṭṭhena sātaṃ idaṃ vuttaṃ hoti.

Yaṃ tasmiṃ samaye yathāvuttena atthena tajjāya manoviññāṇadhātuyā samphassajaṃ cetasikaṃ sātaṃ ayaṃ tasmiṃ samaye vedanā hotī ti evaṃ sabbapadehi saddhiṃ yojanā veditabbā.

Idāni cetasikaṃ sukhan ti ādisu cetasikaṃ padena kāyikaṃ sukhaṃ paṭikkhipati, sukhapadena cetasikaṃ dukkhaṃ cetosamphassajan ti cittasamphassajātaṃ sātaṃ sukhaṃ

[1] Dhs. § 3.

vedayitan ti sātaṃ vedayitaṃ na asātaṃ vedayitaṃ, sukhaṃ vedayitaṃ na dukkhaṃ vedayitaṃ parato tīni padāni itthiliṅgavasena vuttāni sātā vedanānaṃ asātā sukhavedanā na dukkhā ti ayam eva pan' ettha attho.

341. Saññāniddese[1] tajjā manoviññāṇadhātu samphassajā ti tassā kusalasaññāya anucchavikamanoviññāṇadhātuyā samphassamhi jātā saññā ti sabhāvanāmaṃ, sañjānanā ti sañjānanākāro, sañjānitattaṃ ti sañjānitabhāvo.

342. Cetanāniddese[2] pi iminā va nayena veditabbo.

343. Cittaniddese[3] cittacittatāya cittaṃ ārammaṇaṃ minamānaṃ jānāti ti mano. Mānasan ti mano eva. Antalikkhacaro pāso yvāyaṃ carati mānaso ti. Ettha pana sampayuttakadhammo mānaso ti vutto.

Kathaṃ hi bhagavā tuyhaṃ sāvako sāsane rato |
appattamānaso sekho kālaṃ kayirā jane sutā ti ||[4]

ettha arahattam mānasaṃ ti vuttaṃ. Idha pana mano va mānasaṃ. Vyañjanavasena h'etam padaṃ vaḍḍhitaṃ.

Hadayaṃ ti cittaṃ. 'Cittaṃ vā te khipissāmi hadayaṃ vā te phālessami ti' ettha uro hadayan ti vuttaṃ. Hadayā hadayam maññe aññāya gacchati ti ettha cittaṃ.

Vakkaṃ hadayan ti ettha hadayavatthu. Idha pana cittam eva abbhantaraṭṭhena hadayan ti vuttaṃ.

Tam eva parisuddhaṭṭhena paṇḍaraṃ. Bhavaṅgaṃ sandhāy' etaṃ vuttaṃ. Yathāha: Pabhassaraṃ[5] idam bhikkhave cittaṃ tañ ca kho āgantukehi upakkilesehi upakkiliṭṭhan ti. Tato nikkhantattā pana akusalam pi Gaṅgāya nikkhantā nadī Gaṅgā viya Godhāvarito nikkhantā Godhāvarī viya ca paṇḍaran-tveva vuttaṃ.

Mano manāyatanan ti idha pana manogahaṇam manass' eva āyatanabhāvadīpanatthaṃ. Ten' etaṃ dīpeti. Na y'idaṃ devāyatanaṃ viya manassa āyatanattā manāyatanaṃ. Atha kho mano eva āyatanam manāyatanan ti. Tattha nivāsaṭṭhānaṭṭhena ākāraṭṭhena samosaraṇaṭṭhā-

---

[1] Dhs. § 4. [2] Dhs. § 5. [3] Dhs. § 6.
[4] Dhp. 255, Saṃyutta I p. 121. [5] Aṅguttara 7, 3.

naṭṭhena sañjātidesaṭṭhena kāraṇaṭṭhena ca āyatanaṃ veditabbaṃ.

Tathā hi loke issarāyatanaṃ vāsudevāyatanaṃ ti ādīsu nivāsaṭṭhānam āyatanaṃ ti vuccati, suvaṇṇāyatanaṃ ratanāyatanaṃ ti ādīsu ākāro. Sāsane pana 'manorame āyatane sevanti naṃ vihaṅgamā ti' ādīsu samosaraṇaṭṭhānaṃ dakkhiṇāpatho[1] guṇṇam āyatanan ti ādīsu sañjātideso. Tatra tatr' eva sakkhibhabbatam pāpuṇāti sati sati āyatane ti ādisu kāraṇaṃ.

Idha pana sañjātidesaṭṭhena samosaraṇaṭṭhena kāraṇaṭṭhenā ti tividho pi vaṭṭati. Phassādayo hi dhammā ettha sañjāyantī ti sañjātidesaṭṭhena pi etam āyatanaṃ.

Bahiddhā rūpasaddagandharasaphoṭṭhabbārammaṇabhāve pan' ettha osarantī ti samosaraṇaṭṭhānena pi āyatanaṃ, phassādīnam pana sahajātādipaccayaṭṭhena kāraṇattā kāraṇaṭṭhena pi āyatanan ti veditabbaṃ.

Manindriyaṃ vuttattham eva.

Vijānāti ti viññāṇaṃ. Viññāṇam eva khandho viññāṇakkhandho. Tassa rāsiādivasena attho veditabbo. 'Mahāudakakkhandho tveva saṅkhaṃ gacchatī ti' ettha rāsaṭṭhena khandhajo vutto. Sīlakkhandho samādhikkhandho ti ādisu guṇaṭṭhena. 'Addasa kho bhagavā mahantaṃ dārukkhandhaṃ ti' ettha paññattimattaṭṭhena. Idha pana rūḷhito khandho vutto. Rāsaṭṭhena hi viññāṇakkhandhassa ekadeso ekaṃ viññāṇaṃ. Tasmā yathā rukkhassa ekaṃ desaṃ chindanto 'rukkhaṃ chindatī ti' vuccati evam eva viññāṇakkhandhassa ekadesabhūtam ekam pi viññāṇaṃ rūḷhito viññāṇakkhandho ti vuttaṃ.

Tajjā manoviññāṇadhātū ti tesaṃ phassādīnam dhammānam anucchavikā manoviññāṇadhātu. Imasmiṃ hi pade ekam eva cittam minanaṭṭhena mano, vijānanaṭṭhena viññāṇam, sabhāvaṭṭhena nissattaṭṭhena vā dhātū ti tīhi nāmehi vuttaṃ.

Iti imasmiṃ phassapañcake phasso nāma va. Yasmā phasso evaṃ tajjā manoviññāṇadhātu samphassajā ti cittañ ca. Yasmā tajjā manoviññāṇadhātu evaṃ tasmā imasmiṃ

[1] Majjhimanikāya p. 496.

padadvaye tajjā manoviññāṇadhātu samphassajā paññatti na āropitā.

Vitakkapadādisu pana labbhamānā pi dhammaparicchinnattā na uddhaṭā imesañ ca phassapañcakānaṃ dhammānam pāṭiekkaṃ vinibbhogaṃ katvā paññattim uddharamānena bhagavatā dukkaraṃ kataṃ. Nānā-udakānaṃ hi nānātelānaṃ vā ekabhājane pakkhipitvā divasanimmathitānaṃ vaṇṇagandharasānaṃ nānatāya disvā vā ghāyitvā sāyitvā vā nānākaraṇaṃ sakkā bhaveyya ñātuṃ. Evaṃ sante pi taṃ dukkaran ti vuttaṃ.

Sammāsambuddhena pana imesaṃ arūpīnaṃ cittacetasikānaṃ dhammānam ekārammaṇe vattamānānaṃ pāṭiekkam pāṭiekkaṃ vinibbhogaṃ katvā paññattim uddharamānena atidukkaraṃ kataṃ.

Tenāhāyasmā Nāgasenatthero[1]: Dukkaram mahārāja bhagavatā kataṃ ti. Kim bhante Nāgasena bhagavatā dukkaraṃ kataṃ ti? Dukkaram mahārāja bhagavatā kataṃ yam imesam arūpīnaṃ cittacetasikānaṃ dhammānam ekārammaṇe vattamānānaṃ vavatthānam akkhātaṃ: ayam phasso, ayaṃ vedanā, ayaṃ saññā, ayaṃ cetanā idaṃ cittan ti.

Opammaṃ karohī ti: Yathā, Mahārāja, kocid eva puriso nāvāya samuddam ajjhogahetvā hatthapuṭena udakaṃ gahetvā jivhāya sāyitvā jāneyya nu kho, Mahārāja, so puriso: idaṃ Gaṅgāya udakaṃ, idam Aciravatiyā udakaṃ, idaṃ Sarabhuyā udakaṃ, idam Mahiyā udakaṃ ti? Dukkaram bhante Nāgasena jānituṃ ti. Tato dukkarataraṃ kho Mahārāja bhagavatā kataṃ yam imesam arūpīnaṃ cittacetasikānaṃ dhammānaṃ — pe — idaṃ cittan ti.

344. Vitakkaniddese[2] takkanavasena vitakko. Tassa kittakaṃ takkesi? Kumbhan takkesi, sakaṭan takkesi, yojanan takkesi, aḍḍhoyojanan takkesī ti evaṃ takkanavasena pavatti veditabbā. Idaṃ takkassa sabhāvapadaṃ. Vitakkanavasena vitakko, balavataratakkass' etaṃ nāmaṃ. Suṭṭhu kappanavasena saṅkappo. Ekaggaṃ cittam ārammaṇe appentī ti appanā. Dutiyapadam upasaggavasena

[1] Mil. p. 87. [2] Dhs. § 7.

vaḍḍhitaṃ. Balavatarā vā appanā vyappanā. Ārammaṇe cittaṃ abhiniropeti patiṭṭhāpetī ti cetaso abhiniropanā. Yāthāvatāya niyyānikatāya ca kusalābhāvappatto pasattho saṅkappo ti sammāsaṅkappo.

345. Vicāraniddese[1] ārammaṇe caraṇakavasena cāro. Idam assa sabhāvapadaṃ. Vicāraṇakavasena vicāro. Anugantvā vicāraṇakavasena anuvicāro. Upagantvā vicāraṇakavasena upavicāro ti. Upasaggavasena padāni vaḍḍhitāni. Ārammaṇe cittaṃ saraṃ viya jiyāya anusandahitvā ṭhapanato cittassa anusandhanatā. Ārammaṇam anupekkhamāno viya tiṭṭhatī ti anupekkhatā. Vicāraṇakavasena vā upekkhaṇatā ti anupekkhaṇatā.

346. Pītiniddese[2] pītī ti sabhāvapadaṃ. Pamuditabhāvo pāmojjaṃ. Āmodanākāro āmodanā, pamodanākāro pamodanā. Yathā vā bhesajjānaṃ vā telānaṃ vā uṇhodakasītodakānaṃ vā ekato karaṇam modanā ti vuccati evam ayam pi dhammānam ekatokaraṇena modanā. Upasaggavasena pana vaḍḍhetvā āmodanā pamodanā ti vuttā.

Hāsetī ti hāso. Pahāsotī ti pahāso. Haṭṭhapahaṭṭhākārānam etam adhivacanaṃ. Vittī ti vittaṃ, dhanass' etaṃ nāmaṃ. Ayam pana somanassa-paccayattā vitti, sarikkhatāya vitti. Yathā hi dhanino odanam paṭicca somanassam uppajjati evam pītimato pītim paṭicca somanassam uppajjati, tasmā vittī ti vuttā. Tuṭṭhisabhāvasaṇṭhitāya pītiyā etaṃ nāma. Pītimā pana puggalo kāyacittānaṃ uggatattā abbhuggatattā udaggo ti vuccati. Udaggassa bhāvo odagyaṃ. Attano manatā attamanatā. Anabhiraddhassa hi mano dukkhapadaṭṭhānattā attano mano nāma hoti, abhiraddhassa sukhapadaṭṭhānattā attano mano nāma hoti, iti attano manatā attamanatā, sakamanatā sakamanassa bhāvo ti attho. Sā pana yasmā na aññassa kassaci attano manatā, cittass' eva pan' eso bhāvo cetasiko dhammo, tasmā attamanatā cittassā ti vuttā.

347. Ekaggatāniddese[3] acalabhāvena ārammaṇe tiṭṭhatī ti ṭhiti. Parato padadvayam upasaggavasena vaḍḍhitaṃ. Api ca sampayuttadhamme ārammaṇamhi sampiṇḍetvā

---

[1] Dhs. § 8. [2] Dhs. § 9. [3] Dhs. § 11.

tiṭṭhati ti saṇṭhiti. Ārammaṇaṃ ogāhitvā anupavisitvā tiṭṭhati ti avaṭṭhiti. Kusalapakkhasmiṃ hi cattāro dhammā ārammaṇam ogāhanti: saddhā sati samādhi paññā, ten'eva saddhā okappanā ti vuttā. Sati apilāpanatā ti samādhi avaṭṭhiti ti, paññā pariyogāhanā ti. Akusalapakkhe pana tayo dhammā ārammaṇam ogāhanti: taṇhā diṭṭhi avijjā ti, ten' ev' ete oghā ti vuttā. Cittekaggatā pan' atthe balavatī hoti. Yathā hi rajuṭṭhānaṭṭhāne udakena visiñcitvā sammaṭṭho thokam eva kālaṃ rajo sannisīdati, sukkhante sukkhante puna pakatibhāven' eva vuṭṭhāti, evam eva akusalapakkhe cittekaggatā na balavatī hoti. Yathā pana tasmiṃ ṭhāne ghaṭehi udakam āsiñcitvā kuddālen' eva khaṇitvā ākoṭanamajjanaṃ ghaṭṭanāni katvā upalitte ādāse viya chāyā paññāyati vassasatātikkame pi taṃ muhuttakaṃ taṃ viya hoti evam eva kusalapakkhe cittekaggatā balavatī hoti. Uddhaccavicikicchāvasena pavattassa visāharassa paṭipakkhato avisāhāro.

Uddhaccavicikicchāvasen' eva gacchantaṃ cittaṃ vikkhipati nāma. Ayam pana tathāvidho vikkhepo na hotī ti avikkhepo. Uddhaccavicikicchāvasen' eva cittaṃ visāhaṭaṃ nāma hoti, ito c'ito ca harīyati, ayam pana evam avisāhaṭassa mānasassa bhāvo ti avisāhaṭamānasatā. Samatho ti tividho samatho: cittasamatho, adhikaraṇasamatho, sabbasaṃkhārasamatho ti. Tattha aṭṭhasu samāpattīsu cittekaggatā cittasamatho nāma. Tam hi āgamma cittacalanaṃ cittavipphanditaṃ sammati vūpasammati, tasmā so cittasamatho ti vuccati. Sammukhā vinayādisattavidho adhikaraṇasamatho nāma. Taṃ hi āgamma tāni adhikaraṇāni sammanti vūpasammanti, tasmā so adhikaraṇasamatho ti vuccati.

Yasmā pana sabbe saṅkhārā nibbānam āgamma sammanti vūpasammanti tasmā so sabbasaṅkhārasamatho ti vuccati.

Imasmiṃ atthe cittasamatho ti vuccati. Adhippeto samādhilakkhaṇe indaṭṭhaṃ kāretī ti samādhindriyam. Uddhacce na kampatī ti samādhibalaṃ. Sammāsamādhī ti yathā samādhi kusalasamādhi.

348. Saddhindriyaniddese[1] buddhādiguṇena saddahanavasena saddhābuddhādīni va ratanāni saddahati pattiyāyatī ti saddhā. Saddahatī ti saddahanā. Buddhādīnaṃ guṇe ogāhati bhinditvā viya anupavisatī ti okappanā. Buddhādīnaṃ guṇesu etāya sattā ativiya pasīdanti sayaṃ vā abhippasīdantī ti abhippasādo. Idāni yasmā saddhindriyādīnaṃ samāsapadānaṃ vasena aññasmiṃ pariyāye āraddhe ādipadaṃ gahetvā va padabhājanaṃ karīyati ayam abhidhamme dhammatā, tasmā puna saddhā ti vuttaṃ.

Yathā vā itthiyā indriyam itthindriyaṃ na tathā idha idam pana saddhā va indriyaṃ saddhindriyaṃ ti. Evaṃ samānādhikaraṇabhāvaññāpanatthaṃ pi puna saddhā ti vuttaṃ. Evaṃ sabbapadaniddesesu ādipadassa puna vacane payojanaṃ veditabbaṃ. Adhimokkhalakkhaṇe indaṭṭhaṃ kāretī ti indriyaṃ, assaddhiye na kampatī ti saddhābalaṃ.

349. Viriyindriyaniddese[2] cetasiko ti. Idaṃ viriyassa niyamato cetasikabhāvadīpanatthaṃ vuttaṃ. Idaṃ hi viriyaṃ yadi pi bhikkhave kāyikaṃ viriyaṃ tad api viriyasambojjhaṅgo, yadi pi cetasikaṃ viriyaṃ tad api viriyasambojjhaṅgo ti. Iti hi idam uddesaṃ gacchati. Evam ādi suttesu caṅkamādīni karontassa uppannatāya kāyikaṃ ti vuccamānam pi kāyaviññāṇaṃ viya kāyikaṃ nāma, natthi cetasikam eva pan' etan ti dīpetuṃ cetasiko ti vuttaṃ.

Viriyārambho ti viriyasaṅkhāto ārambho. Iminā sesārambhe paṭikkhipati, ayaṃ hi ārabbha saddo kamme āpattiyaṃ kiriyāya viriye hiṃsāya vikopane ti anekesu atthesu āgato.

Yaṃ kiñci dukkhaṃ sambhoti sabbaṃ ārambhapaccayā, ārambhānaṃ nirodhena natthi dukkhassa sambhavo ti. Ettha hi kammaṃ ārambho ti āgataṃ. Ārambho hoti vippaṭisārī ca hotī ti ettha āpatti.

Mahāyaññā mahārambhā na te honti mahapphalā ti ettha yūpussāpanādikiriyā.[3]

---

[1] Dhs. § 12. [2] Dhs. § 13. [3] yaññussāpanādikiruyā M.

Ārabhatha, nikkhamatha, yuñjatha buddhasāsane ti ettha viriyaṃ.

Samaṇaṃ Gotamaṃ uddissa pāṇaṃ ārabhantī ti ettha hiṃsāyaṃ.

Bījagāmabhūtagāmasamārambhā paṭivirato hotī[1] ti ettha chedanabhañjanādīnaṃ vikopanaṃ. Idha pana viriyam eva adhippetaṃ. Tena hi viriyārambho ti viriyasaṅkhāto ārambho ti. Viriyaṃ hi ārabhanakavasena ārambho ti vuccati, idam assa sabhāvapadaṃ. Kosajjato nikkhamanavasena nikkamo, paraṃ paraṃ ṭhānaṃ akkamanavasena parakkamo, uggantvā yāpanavasena[2] uyyāmo, vyāyāmavasena vāyāmo, ussāhanavasena ussāho, adhimattussāhanavasena ussoḷhi, thirabhāvaṭṭhena thāmo, cittacetasikānaṃ dhāraṇavasena avicchedato vā pavattanavasena kusalasantānaṃ dhārentī ti dhiti.

Aparo nayo: nikkamo c'eso kāmānaṃ panudanāya, parakkamo c'eso bandhanacchedanāya, uyyāmo c'eso oghassa nittharaṇāya, vāyāmo c'eso pāraṅgamanaṭṭhena, ussāho c'eso pubbaṅgamanaṭṭhena, ussoḷhi c'esā adhimattaṭṭhena, thāmo c'eso palighugghāṭanatāya, dhiti c'esā avaṭṭhitikāritāyā[3] ti.

Kāmaṃ taco nhārū ca aṭṭhi ca avasussatū ti evaṃ pavattikālo asithilaparakkamanavasena asithilaparakkamatā thiraparakkamo daḷhīparakkamo ti attho. Yasmā pan' etaṃ viriyaṃ kusalakammakaraṇaṭṭhāne chandaṃ na nikkhipati, dhuraṃ na nikkhipati, na otāreti, na vissajjeti, anosakkhitamānasataṃ āvahati, tasmā anikkhittachandatā anikkhittadhuratā ti vuttaṃ. Yathā pana najjādike udakasambhinnaṭṭhāne dhuravāhagoṇaṃ gaṇhathā ti vadanti so jannunā bhūmiṃ uppīḷetvā pi dhuraṃ vahati bhūmiyaṃ patituṃ na deti evaṃ viriyaṃ kusalakammakaraṇaṭṭhāne dhuraṃ ukkhipati paggaṇhāti, tasmā dhurasampaggāho ti vuttaṃ.

Paggahalakkhaṇe indaṭṭhaṃ kāretī ti viriyindriyaṃ,

---

[1] Brahmajāla I. 1. 10. [2] yānavasena G. T. [3] aṭṭhitikāriyāyā T. G.

kosajje na kampatī ti viriyabalaṃ. Yathā va niyyānikakusalavāyāmo ti sammāvāyāmo.

350. Satindriyaniddese[1] saraṇakavasena sati. Idaṃ satiyā sabhāvapadaṃ. Punappuna saraṇato anussaraṇavasena anussati, abhimukhaṃ gantvā viya saraṇato paṭisaraṇavasena paṭissati, upasaggavasena vā padaṃ vaḍḍhitamattaṃ etaṃ saraṇakākāro saraṇatā.

Yasmā pana saraṇatā ti tiṇṇaṃ saraṇam pi nāmaṃ, tasmā tam paṭisedhetum puna satigahaṇaṃ kataṃ. Satisaṅkhātā saraṇatā ti ayaṃ h'ettha attho.

Sutapariyattigahaṇadhāraṇabhāvato dhāraṇatā. Anupavisanasaṅkhātena ogāhanaṭṭhena apilāpanabhāvo apilāpanatā. Yathā hi lābukaṭāhādīni udake pilavanti na anupavisanti na tathā ārammaṇe sati. Ārammaṇaṃ hi esā anupavisati, tasmā apilāpanatā ti vuttā.

Cirakatacirasabhāsitānaṃ na pammussanabhāvato apammussanatā. Upaṭṭhānalakkhaṇe indaṭṭhaṃ kāretī ti satindriyaṃ. Satisaṅkhātaṃ indriyaṃ satindriyaṃ. Pamāde na kampatī ti satibalaṃ. Yathā va sati niyyānikasati kusalā satī ti sammāsati.

351. Paññindriyaniddese[2] tassa tassa atthassa pākaṭakaraṇa-saṅkhātena paññāpanaṭṭhena paññātena tena vā aniccādinā pakārena dhamme jānātī ti paññā. Imassa sabhāvapadam pajānākāro pajānanā. Aniccādīni vicinātī ti vicayo. Pavicayo ti upasaggena padaṃ vaḍḍhitaṃ. Catusaccadhamme vicinātī ti dhammavicayo. Aniccādīnaṃ sallakkhaṇavasena sallakkhaṇā yeva. Upasagganānattena upalakkhaṇā paccupalakkhaṇā ti vuttā.

Paṇḍitassa bhāvo paṇḍiccaṃ. Kusalassa bhāvo kosallaṃ. Nipuṇassa bhāvo nepuññaṃ. Aniccādīnaṃ vibhāvanabhāvavasena vebhavyā. Aniccādīnaṃ cintanakavasena cintā. Yassa vā uppajjati taṃ aniccādilakkhaṇaṃ. Cintāpetī ti cintā. Aniccādīni upaparikkhatī ti upaparikkhā. Bhūrī ti paṭhaviyā nāmaṃ. Ayam pi saṇhacittaṭṭhena bhūri viyā ti bhūri, tena vuttaṃ: bhūri vuccati

---

[1] Dhs. § 14. [2] Dhs. § 16, Puggala Paññatti II, 18.

paṭhavī. Tāya paṭhavīsamāya vitthatāya vipulāya paññāya samannāgato ti bhūripañño ti.

Api ca paññāyaṃ etam adhivacanaṃ. Bhūrī ti bhūte atthe ramatī ti bhūri.

Asati viya sīlaccaye kilese medhati hiṃsatī ti medhā. Gahaṇadhāraṇaṭṭhena vā medhā yass' uppajjatī ti taṃ sattaṃ hitam paṭipattiyaṃ sampayuttadhamme yathāvalakkhaṇapaṭivedho pariṇetī ti pariṇāyikā.

Aniccādivasena dhamme vipassatī ti vipassanā. Sammāpakārehi aniccādīni jānātī ti sampajaññaṃ. Uppathapaṭipanne sindhave vīthim āropanatthaṃ patodo viya. Uppathe dhāvanakūṭacittaṃ vīthim āropanatthaṃ vijjatī ti patodo viya. Patodo dassanalakkhaṇe indaṭṭhaṃ kāretī ti indriyaṃ. Paññāsaṅkhātam indriyaṃ paññidriyaṃ. Avijjāya na kampatī ti paññābalaṃ. Kilesacchedanaṭṭhena paññā va sattham paññāsatthaṃ. Accuggataṭṭhena paññā va pāsādo paññāpāsādo. Ālokanaṭṭhena paññā va āloko paññā-āloko. Obhāsanaṭṭhena paññā va obhāso paññā-obhāso. Pajjotaṭṭhena paññā va pajjoto paññāpajjoto. Paññāvato hi ekapallaṅkena nisinnassa dasasahassī lokadhātu ekālokā ekobhāsā ekapajjotā hoti.

Tena' etaṃ vuttaṃ: Imesu pana tīsu padesu ekapadena pi etasmiṃ atthe siddhe yāa' etāni cattāro me bhikkhave ālokā katame cattāro? Candāloko suriyāloko agyāloko paññāloko ime kho bhikkhave cattāro ālokā. Etadaggam bhikkhave imesaṃ catunnam ālokānaṃ yad idam paññāāloko.

Tathā cattāro 'me bhikkhave obhāsā — cattāro 'me bhikkhave pajjotā ti sattānaṃ ajjhāsayavasena suttāni desitāni. Tadanurūpen' eva idhā pi desanā katā. Attho hi anekehi ākārehi vibhajjamāno savibhatto hoti. Aññathā ca añño bhuñjati añño tirati. Kārakaṭṭhena pana ratidāyakaṭṭhena ratijanakaṭṭhena cittikataṭṭhena dullabhapātubhāvaṭṭhena atulaṭṭhena anomasattaparibhogaṭṭhena paññā va ratanaṃ paññāratanaṃ.

Na tena sattā muyhanti sayaṃ vā ārammaṇe na muyhatī ti amoho. Dhammavicayapadaṃ vuttattham eva. Kasmā pan' etaṃ puna vuttan ti? Amohassa mohapaṭipakkhabhāvadīpanattham. Ten' etam dīpeti yvāyam amoho. So na kevalam mohato añño dhammo, mohassa pana paṭipakkho dhammavicayasaṅkhāto amoho nāma idha adhippeto ti. Sammādiṭṭhi yathāvaniyyānikakusaladiṭṭhi.

352. Jīvitindriyaniddese[1] yo tesam arūpīnam dhammānam āyū ti tesam sampayuttakānam arūpadhammānam yo āyāpanaṭṭhena āyu tasmim hi sati arūpadhammā ayanti gacchanti pavattanti, tasmā āyū ti vuccati. Idam assa sabhāvapadam.

Yasmā pan' ete dhammā āyusmim yeva sati tiṭṭhanti, ṭhapenti, yāpenti, iriyanti, vattanti, pāliyanti tasmā ṭhitī ti ādīni vuttāni. Vacanattho pan' ettha etāya tiṭṭhantī ti ṭhiti, yāpentī ti yāpanā. Tathā yapanā evam bujjhantānam pana vasena purimapade rassattam katam.

Etāya iriyantī ti iriyanā, vattantī ti vattanā, pālentī ti pālanā, jīvantī ti jīvitam, anupālanalakkhaṇe indaṭṭham kāretī ti jīvitindriyam.

353. Hiribalaniddese[2] yam tasmim samaye ti yena dhammena tasmim samaye. Liṅgavipallāsam vā katvā yo dhammo tasmim samaye ti pi attho veditabbo. Hiriyitabbenā ti upayogatthe karaṇavacanam.

Hiriyitabbayuttakam kāyaduccaritādidhammam hiriyati jigucchatī ti attho. Pāpakānan ti lāmakānam akusalānam dhammānam ti akosalyasambhūtānam dhammānam samāpattiyā ti idam pi upabhogatthe karaṇavacanam. Tesam dhammānam samāpattim paṭilābhasamaṅgībhāvam hiriyati jigucchatī ti attho.

354. Ottappabalaniddese[3] hetatthe karaṇavacanam ottapitabbayuttakena ottappassa hetubhūtena kāyaduccaritādinā vuttappakārāya ca samāpattiyā ottappassa hetubhūtāya ottappati bhāvayatī ti attho.

355. Alobhaniddese[4] alubbhanakavasena alobho. Na lubbhatī ti pi alobho. Idam assa sabhāvapadam. Alubbhanā ti alubbhanākāro lobhasamaṅgīpuggalo lubbhito nāma. Na lubbhito alubbhito.

---

[1] Dhs. § 19. [2] Dhs. § 30, [3] Dhs. § 31. [4] Dhs. § 32.

Alubbhitassa bhāvo alubbhitattaṃ. Sārāgapaṭikkhepato na sārāgo ti asārāgo. Asārajjanā ti asārajjanākāro, asārajjitassa bhāvo asārajjitattaṃ.

Na abhijjhāyatī ti anabhijjhā. Alobho kusalamūlaṃ ti alobhasaṅkhātaṃ kusalamūlaṃ. Alobho hi kusalānaṃ dhammānaṃ mūlapaccayaṭṭhena pi kusalamūlaṃ. Kusalañ ca taṃ mūlapaccayaṭṭhena mūlaṃ vā ti kusalamūlaṃ.

Adosaniddese adussanakavasena adoso. Na dussatī ti pi adoso. Idam assa sabhāvapadaṃ. Adussanā ti adussanākāro. Adussitassa bhāvo adussitattaṃ.

Vyāpādapaṭikkhepato na vyāpādo ti avyāpādo. Kodhadukkhapaṭikkhepato na vyāpajjo ti avyāpajjo. Adosasaṅkhātaṃ kusalamūlaṃ ti vuttattam eva.

356. Kāyapassaddhiniddesādisu[1] yasmā kāyo ti tayo khandhā adhippetā. Tasmā vedanākhandassā ti ādi vuttaṃ.

Passambhanti etāya te dhammā, vigatadarathā bhavanti samassāsappattā ti passaddhi. Dutiyapadam upasaggavasena vaḍḍhitaṃ. Passambhanā ti passambhanākāro. Dutiyapadam upasaggavasena vaḍḍhitaṃ. Passaddhisamaṅgitā ti paṭippassambhitassa khandhattayassa bhāvo paṭippassambhitattaṃ. Sabbapadehi pi tiṇṇaṃ khandhānaṃ kilesadarathapaṭippassaddhi eva kathitā. Dutiyanayena viññāṇakkhandhassa darathapaṭippassaddhi katā.

357. Lahupariṇāmatā[2] ti lahukākāro. Lahupariṇāmatā ti lahupariṇāmo etesaṃ dhammānan ti lahupariṇāmo. Tesam bhāvo lahupariṇāmatā. Sīghaṃ sīghaṃ parivattanasamatthatā ti vuttaṃ hoti.

Adandhanatā ti garubhāvapaṭikkhepavacanam etaṃ. Abhāriyatā ti attho.

Avitthanatā ti thīnamiddhādikilesabhārassa abhāvena atthaddhatā.

Evaṃ tiṇṇaṃ khandhānaṃ lahukākāro kathito.

358. Dutiyā yena viññāṇakkhandhassa[3] lahukākāro kathito.

---

[1] Dhs. § 40 ff. [2] Dhs. § 42. [3] Dhs. § 43.

359. Mudutā[1] ti mudubhāvo. Maddavatā ti maddavaṃ vuccati. Siniddhamaddave mudu, tassa bhāvo maddavatā.

Akakkhalatā ti akakkhalabhāvo, akathinatā ṭi akaṭhinabhāvo. Idhā pi purimanayena tiṇṇaṃ khandhānaṃ, pacchimanayena viññāṇakkhandhassa mudukākāro kathito.

360. Kammaññatā[2] ti kammasādutā. Kusalakiriyāya viniyogakkhamatā ti attho. Sesapadadvayaṃ vyañjanavasena vaḍḍhitaṃ. Padadvayenā pi hi purimanaye tiṇṇaṃ khandhānaṃ, pacchimanaye viññāṇakkhandhassa kammaniyākāro va kathito.

361. Pāguññatā[3] ti paguṇabhāvo. Anāturatā niggilānatā ti attho. Sesadvayaṃ vyañjanavasena vaḍḍhitaṃ.

Idhā pi purimanayena tiṇṇaṃ khandhānaṃ, pacchimanayena viññāṇakkhandhassa niggilānākāro va kathito.

362. Ujjukatā[4] ti ujukabhāvo. Ujuken' ākārena pavattanatā ti attho. Ujukassa khandhattayassa viññāṇakkhandhassa bhāvo ujjukatā.

Ajimhatā ti gomuttavaṅkabhāvapaṭikkhepo. Avaṅkatā ti candalekhāvaṅkabhāvapaṭikkhepo. Akuṭilatā ti naṅgalakoṭivaṅkabhāvapaṭikkhepo. Yo hi pāpaṃ katvā va 'na karomī ti' bhāsati so gantvā paccosakkanatāya gomuttavaṅko nāma hoti, yo karonto va 'bhāyām' ahaṃ pāpassā ti' bhāsati so yebhuyyena kuṭilatāya candalekhāvaṅko nāma hoti, yo karonto va kho 'pāpassa na bhāyeyyā ti' bhāsati senānikuṭilatāya naṅgalakoṭivaṅko nāma hoti. Yassa vā tīṇi pi kammadvārāni asuddhāni so gomuttavaṅko nāma hoti, yassa yāni kānici dve so candalekhāvaṅko nāma, yassa yaṃ kiñci ekaṃ so naṅgalakoṭivaṅko nāma.

Dīghabhāṇakā panāhu: Ekacco hi bhikkhave paṭhamavaye ekavīsatiyā anesanāsu chasu ca agocaresu carati ayaṃ gomuttavaṅko nāma.

363. Eko paṭhamavaye catupārisuddhisīlam pūreti, lajjī kukkuccako sikkhākāmo hoti, majjhimavaye purimasadiso

---

[1] Dhs. § 44. [2] Dhs. § 46 ff. [3] Dhs. § 48 f. [4] Dhs. § 50.

ayaṃ candakoṭivaṅko nāma. Eko paṭhamavaye pi majjhimavaye pi catupārisuddhisīlam pūreti lajjī kukkuccako sikkhākāmo hoti pacchimavaye purimasadiso ayaṃ naṅgalakoṭivaṅko nāma. Tassa kilesavasena eva vaṅkakassa puggalassa bhāvo jimhatā vaṅkatā kuṭilatā ti vuccati. Tāsam paṭikkhepavasena ajimhatādikā vuttā khandhā diṭṭhā nāma desanā katā. Khandhānaṃ hi etā ajimhatādikā no puggalassā ti evaṃ sabbe pi imehi padehi purimanaye tiṇṇaṃ khandhānam, pacchimanaye viññāṇakkhandhassā ti arūpīnaṃ dhammānaṃ nikkilesatāya ujjukākāro kathito ti veditabbo.

Idāni yvāyaṃ yevāpanā ti appanāvāro vutto. Tena dhammuddesavāro dassitānaṃ yevāpanakānaṃ yeva saṅkhepato niddeso kato hotī ti.

Niddesavārakathā niṭṭhitā.

364. Etthāvatā pucchāsamayaniddeso dhammuddeso appanā ti uddesavāre catūhi paricchedehi, pucchāsamayaniddeso dhammaniddeso appanā ti niddesavāre catūhi paricchedehī ti aṭṭhaparicchedapaṭimaṇḍito dhammavavatthānavāro niṭṭhito hoti.

Idāni tasmiṃ kho pana samaye cattāro khandhā hontī ti saṅgahavāro āraddho. So uddesa-niddesa-paṭiniddesānaṃ vasena tividho hoti.

Tattha tasmiṃ kho pana samaye cattāro khandhā[1] ti evamādiko uddeso. Katame tasmiṃ samaye cattāro khandhā[2] ti ādiko niddeso.

Katamo tasmiṃ samaye vedanākkhandho[3] ti ādiko paṭiniddeso ti veditabbo.

Tattha uddesavāre cattāro khandhā ti ādayo tevīsati koṭṭhāsā honti. Tesam evam attho veditabbo.

365. Yasmiṃ samaye kāmāvacaram paṭhamam mahākusalacittam uppajjati, ye tasmiṃ samaye cittaṅgavasena uppannā ṭhapetvā yevāpanake pālim ārūḷhā atirekapaṇṇāsa dhammā te sabbe saṅgayhamānā rāsaṭṭhena cattāro khandhā

---

[1] Dhs. § 58. [2] Dhs. § 59. [3] Dhs. 60.

honti,[1] hetthāvuttena āyatanatthena dve vā āyatanāni[2] honti, sabhāvatthena suññatatthena nissattatthena dve va dhātuyo[3] honti, paccayasaṅkhātena āharaṇatthena tayo c'ettha dhammā āhārā[4] honti, avasesā no āhārā.

Kim pan' ete aññamaññassa vā taṃsamuṭṭhānarūpassa vā paccayā honti ti no na honti? Ime pana tathā vā honti aññathā vā ti samāne paccaye atirekapaccayā honti, tasmā āhārā ti vuttā. Katham etesu hi phassāhāro yesaṃ dhammānam avasesā cittacetasikā paccayā honti tesañ ca paccayo hotī ti sesā ca vedanā āharati.

Manosañcetanāhāro tesañ ca paccayo hoti tayo ca bhave āharati, viññāṇāhāro tesañ ca paccayo hoti paṭisandhināmarūpam ca āharati. Nanu ca so vipāko va, idam pana kusalaviññāṇan ti.

Kiṃ cāpi kusalaviññāṇaṃ? Taṃ sarikkhatāya pana viññāṇāhāro, tena vuttaṃ: upatthambhakatthena vā ime tayo āhārā ti vuttā. Ime hi sampayuttakadhammānaṃ kabaliṅkārāhāro viya rūpakāyassa upatthambhakavasena paccayā honti. Ten' eva vuttaṃ: Arūpino āhārā sampayuttakānaṃ dhammānaṃ taṃsamuṭṭhānānañ ca rūpānam āhārapaccayena paccayo ti.

Aparo nayo: Ajjhattikā santī ti yā visesapaccayatā kabaliṅkārāhāro ca ime ca tayo dhammā āhārā ti vuttā. Viseso paccayo hi kabaliṅkārāhārabhakkhānaṃ sattānaṃ rūpakāyassa kabaliṅkāro āhāro nāma kāye vedanāya phasso viññāṇassa ca no sañcetanā nāmarūpassa viññāṇaṃ. Yathāha: Seyyathā pi bhikkhave ayaṃ kāyo āhāraṭṭhitiko āhāram paṭicca tiṭṭhati anāhāro no tiṭṭhati yathā phassapaccayā vedanā vedanāpaccayā saṅkhārā saṅkhārapaccayā viññāṇaṃ viññāṇapaccayā nāmarūpan ti.

366. Adhipatiyatthena pana atth' eva dhammā indriyāni honti na avasesā, tena vuttaṃ: aṭṭh' indriyāni hontī ti.[5]

Upanijjhāyanatthena pañc' eva dhammā jhānaṅgāni honti, tena vuttaṃ: pañcaṅgikaṃ jhānaṃ hotī ti.[6]

---

[1] Dhs. § 59—63. [2] Dhs. § 64—66. [3] Dhs. § 67—69.
[4] Dhs. § 70—73. [5] Dhs. § 74—82. [6] Dhs. § 83—88.

Niyyānaṭṭhena hetaṭṭhena ca pañca dhammā maggaṅgāni honti, tena vuttaṃ: pañcaṅgiko maggo hotī ti.[1]

Kiñcā pi aṭṭhaṅgiko ayam maggo, lokiyacitte pana ekakkhaṇe tisso viratiyo na labbhanti. Tasmā pañcaṅgiko ti vutto.

Nanu ca: yathā gatamaggo ti kho bhikkhu ariyass' etam aṭṭhaṅgikass' etam aṭṭhaṅgikassa maggassa adhivacanan ti imasmiṃ sutte yath' eva lokuttaramaggo aṭṭhaṅgiko pubbabhāgavipassanāmaggo pi tath' eva aṭṭhaṅgiko ti.

Yathāgatamaggavacanena imass' atthassa dīpitattā lokikamaggena pi aṭṭhaṅgikena bhavitabban ti? Na bhavitabbaṃ. Ayaṃ hi suttantadesanā nāma pariyāyadesanā. Ten'evāha: Pubbe va kho pan' assa kāyakammaṃ vacīkammaṃ ājīvo suparisuddho hotī ti. Ayam pana nippariyāyadesanā. Lokiyacittasmiṃ hi tisso viratiyo ekakkhaṇe labbhanti, tasmā pañcaṅgiko va vutto ti.

Akampiyaṭṭhena pana satt' eva dhammā balāni[2] honti, mūlaṭṭhena tayo dhammā hetū,[3] phusanakaṭṭhena eko va dhammo phasso,[4] vedayitaṭṭhena eko va dhammo cittaṃ,[5] rāsaṭṭhena dve va, vedayitaṭṭhena ca eko va vedanākhandho, rāsaṭṭhena sañjānanaṭṭhena eko va saññākhandho,[6] rāsaṭṭhena abhisaṅkaraṇaṭṭhena eko va saṅkhārakkhandho,[7] rāsaṭṭhena cittacittaṭṭhena eko va viññāṇakkhandho[8] vijānanaṭṭhena ceva heṭṭhā vuttaṃ. Āyatanaṭṭhena ca ekam eva manāyatanaṃ,[9] vijānanaṭṭhena adhipatiyaṭṭhena ekam eva manindriyaṃ,[10] vijānanaṭṭhena sabhāvasuññatanissattaṭṭhena eko va dhammo manoviññāṇadhātu[11] nāma hoti, na avasesā ṭhapetvā pana cittaṃ.

Yathāvuttena atthena avasesā sabbe pi dhammā ekaṃ dhammāyatanam[12] eva ekā va dhammadhātu.[13] Ye vā pana tasmiṃ samaye ti iminā pana appanāvārena idhā pi heṭṭhā vuttā yevāpanakā saṅgahitā va yathā ca idha evaṃ

---

[1] Dhs. § 89—94. [2] Dhs. § 95—102. [3] Dhs. § 103—106.
[4] Dhs. § 107. [5] Dhs. § 111. [6] Dhs. § 112.
[7] Dhs. § 114. [8] Dhs. § 115. [9] Dhs. § 116.
[10] Dhs. § 117. [11] Dhs. § 118. [12] Dhs. § 119.
[13] Dhs. § 120.

sabbattha, ito paraṃ hi etthakam pi na vicārayissāma.
Niddesapaṭiniddesavāresu heṭṭhāvuttanayen' eva attho veditabbo.
Saṅgahavāro niṭṭhito.
Koṭṭhāsavāro ti pi etass' eva nāmaṃ.

367. Idāni tasmiṃ kho pana samaye dhammā
hontī' ti suññatavāro āraddho. So uddesaniddesavasena
dvidhā va ṭhito.

Tattha uddesavāre dhammā hontī ti iminā saddhiṃ catuvīsati koṭṭhāsā honti, sabhakoṭṭhāsesu ca cattāro dve
tayo ti gaṇaparicchedo na vutto. Kasmā? Saṅgahavāre
paricchinnattā.

Tattha paricchinnā dhammā yeva hi idhā pi vuttā. Na
h'ettha sassato bhāvo attā vā upalabbhati dhammā vā. Ete
dhammamattā² asārā apariṇāyakā ti imissā suññatāya dīpanatthaṃ vuttā. Tasmā evaṃ ettha attho veditabbo.

Yasmiṃ samaye kāmāvacaram paṭhamaṃ mahākusalacittaṃ uppajjati tasmiṃ samaye cittaṅgavasena uppannā
atirekapaññāsa dhammā sabhāvaṭṭhena dhammā eva honti.
Na añño koci satto vā bhāvo vā poso vā puggalo vā hotī
ti. Tathā rāsaṭṭhena khandhā va hontī ti. Evam purimanayen' eva sabbapadesu atthayojanā veditabbā.

Yasmā pana jhānato aññaṃ jhūnaṅgaṃ maggato vā
aññam maggaṅgaṃ natthi tasmā idha jhānaṃ hoti, maggo
hoti icceva vuttaṃ.

Upanijjhāyanaṭṭhena hi jhānam eva hetatthena maggo
va hoti na añño koci satto vā bhāvo vā ti evaṃ sabhapadesu atthayojanā kātabbā. Niddesavāro uttānattho
yevā ti.
Suññatavāro niṭṭhito.
Niṭṭhitā ca tīhi mahāvārehi maṇḍetvā niddiṭṭhassa paṭhamacittassa atthavaṇṇanā.

368. Idāni dutiyacittādīni dassetuṃ katame dhammā'
ti ādi āraddham. Tesu sabbesu pi paṭhamacitte vutta-

---

¹ Dhs. § 121.   ² dhammamato G.   ³ Dhs. § 146.

nayen' eva tayo mahāvārā veditabbā. Na kevalaṃ ca vārā eva paṭhamacitte vuttasadisānaṃ sabbapadānaṃ attho pi vuttanayen' eva veditabbo. Ito paramhi apubbapadavaṇṇanaṃ yeva karissāma.

Imasmiṃ tāva dutiyacittaniddese sasaṅkhārenā ti idam eva apubbaṃ. Tass' attho saha saṅkhārenā ti sasaṅkhāro. Tena sasaṅkhārena saussāhena sappayogena sa-upāyena sapaccayagahaṇenā ti attho.

Yena hi ārammaṇādīnam paccayagahaṇena paṭhamacittam uppajjati tena' eva sappayogena sa-upāyena idam uppajjati tass'eva uppatti veditabbā.

Idh' ekacco bhikkhu vihārapaccante vasamāno cetiyaṅgaṇasammajjanavelāya vā therūpaṭṭhānavelāya vā pattāya dhammasavanadivase vā sampatte 'mayhaṃ gantvā paccāgacchato atidūraṃ bhavissati, na gamissāmī ti' cintetvā puna cintesi 'bhikkhussa nāma cetiyaṅgaṇaṃ vā therūpaṭṭhānaṃ vā dhammasavanaṃ vā agantum asārūpaṃ, gamissāmā ti' gacchati tass' eva attano va payogena parena vā vattādīnam akaraṇe ādīnavaṃ karaṇe ca ānisaṃsaṃ dassetvā ovadiyamānassa niggahavasen' eva vā 'ehi idaṃ karohī ti' kāriyamānassa uppannaṃ kusalacittaṃ sasaṅkhārena paccayaggahaṇena uppannaṃ nāma hotī ti.

Dutiyacittaṃ niṭṭhitaṃ.

369. Tatiye citte[1] ñāṇena vippayuttan ti ñāṇavippayuttaṃ. Idam pi hi ārammaṇe haṭṭhapahaṭṭhaṃ hoti, paricchindanañāṇaṃ pan' ettha na hoti, tasmā idaṃ daharakumārakānaṃ bhikkhuṃ disvā ayaṃ thero mayhan ti vandanakāle ten' eva nayena cetiyavandanadhammasavanakālādisu ca uppajjatī ti veditabbaṃ. Pāliyam pan' ettha sattasu ṭhānesu paññā pariyāyati. Sesam pākatikam evā ti.

Tatiyaṃ cittaṃ.

370. Catutthacitte[2] pi es'eva nayo. Idam pana sasaṅkhārenā ti vacanato yadā mātāpitaro daharakumāre sīse gahetvā cetiyādīni vandāpenti te ca anatthikā samānā pi haṭṭhapahaṭṭhā vandanti evarūpe kāle labbhatī ti veditabbaṃ.

371. Pañcame[3] upekkhāsahagataṃ ti upekkhāvedanāya

---

[1] Dhs. § 147. [2] Dhs. § 148, 149. [3] Dhs. § 150—155.

sampayuttaṃ. Idaṃ hi ārammaṇe majjhattaṃ hoti paricchindanakaṃ ñāṇam p'ettha hoti yeva. Pāliyam pan' ettha jhānapañcake upekkhā hoti indriyaṭṭhake upekkhindriyaṃ[1] hotī ti vatvā sabbesaṃ pi vedanāpadānaṃ niddese sātāsātasukhadukkhapaṭikkhepavasena desanaṃ katvā adukkhamasukhā vedanā kathitā.

Tassā majjhattalakkhaṇe indaṭṭhaṃ kāraṇavasena upekkhindriyabhāvo veditabbo. Idam paṭipāṭiyā ca ekasmiṃ ṭhāne pīti parihīnā. Tasmā cittaṅgavasena pālim ārūḷhā pañcapaṇṇās' eva dhammā honti. Tesaṃ vasena sabbakoṭṭhāsesu sabhavāresu ca vinicchayo veditabbo. Chaṭṭhasattamaṭṭhamāni dutiyatatiyacatutthesu vuttanayena veditabbāni.

372. Kevalaṃ hi imesu vedanāparivattanam eva pītiparihānañ ca hoti. Sesaṃ saddhim uppattinayena tādisam eva. Karuṇāmuditāparikammakāle pi hi imesaṃ uppatti Mahāaṭṭhakathāyam anuññātā. Eva imāni aṭṭha kāmāvacarakusalacittāni nāma. Tāni sabbāni pi dasahi puññakiriyavatthūhi dīpetabbāni. Kathaṃ? Dānamayaṃ puññakiriyavatthu sīlamayaṃ bhāvanāmayam apacitisahagataṃ veyyāvaccasahagataṃ pattānuppadānaṃ abbhanumodanaṃ desanāmayaṃ savanamayaṃ diṭṭhijjukammaṃ puññakiriyavatthū ti. Imāni hi dasa puññakiriyavatthūni nāma.[2]

Tattha dānam eva dānamayam puññakiriyā ca. Sā tesaṃ tesam ānisaṃsānaṃ vatthu cā ti puññakiriyavatthu. Sesesu pi es' eva nayo. Tattha cīvarādisu catusu paccayesu rūpādīsu vā chasu ārammaṇesu annādisu vā dasasu dānavatthusu tan taṃ dentassa tesam uppādanato paṭṭhāya pubbabhāge pariccāgakāle pacchā somanassacittena anussaraṇakāle cā ti tīsu kālesu pavattā cetanā dānamayam puññakiriyavatthu nāma.

Pañcasīlaṃ samādiyantassa pabbajissāmī ti vihāraṃ gacchantassa pabbajantassa manoratham matthakam pāpetvā pabbajito va tamhi sādhu suṭṭhū ti āvajjantassa pātimokkhaṃ saṃvarantassa cīvarādayo paccaye paccavekkhantassa āpāthagatesu rūpādisu cakkhudvārādīni saṃ-

---

[1] Dhs. § 194. [2] Mahāvyutpatti 93.

varantassa ājīvaṃ sodhentassa pavattā cetanā sīlamayam puññakiriyavatthu.

Paṭisambhidāya vuttena vipassanāmaggena cakkhum aniccato dukkhato anattato bhāventassa — pe — manaṃ — pe — rūpe — pe — dhamme cakkhuviññāṇaṃ — pe — manoviññāṇaṃ cakkhusamphassajaṃ — pe — manosamphassajaṃ vedanaṃ rūpasaññaṃ — pe — jarāmaraṇaṃ aniccato dukkhato anattato bhāventassa pavattā cetanā aṭṭhatiṃsāya vā ārammaṇesu appanam appattā sabbā pi cetanābhāvanāmayam puññakiriyavatthu nāma.

Mahallakam pana disvā paccuggamanam pattacīvarapāṭiggahaṇaṃ abhivādaggasampadānādivasena apacitisahagataṃ veditabbaṃ.

Buḍḍhatarānaṃ vattapaṭivattakaraṇavasena gāmam piṇḍāya paviṭṭhaṃ bhikkhuṃ disvā pattaṃ gahetvā gāme bhikkhaṃ samādapetvā upasaṃharaṇavasena 'gaccha bhikkhu. tam pattam āharā ti' sutvā vegena gantvā pattaharaṇādivasena ca kāyaveyyāvaṭikakāle veyyāvaccasahagataṃ veditabbaṃ.

Dānaṃ datvā gandhādīhi pūjaṃ katvā asukassa nāma patti hotū ti vā sabbasattānaṃ hotū ti vā pattiṃ dadato pattānuppadānaṃ veditabbaṃ.

Kim pan' evam pattiṃ dadato puññakkhayo hotī ti? Na hoti. Yathā pana ekam padīpaṃ jāletvā tato dīpasahassaṃ jālentassa paṭhamadīpo khīṇo ti na vattabbo, purimālokena pana saddhiṃ pacchimāloko ekato hutvā atimahā hoti, evam evam pattiṃ dadato parihāni nāma n'atthi, vaḍḍhi yeva pana hotī ti veditabbā. Parehi dinnāya pattiyā vā aññāya vā puññakiriyāya sādhu suṭṭhū ti anumodanavasena abbhanumodanaṃ veditabaṃ.

Eko evaṃ dhammakathiko ti maṃ jānissantī ti icchāya ṭhatvā lābhagaruko hutvā deseti taṃ na mahapphalaṃ eko attano paguṇaṃ dhammam apaccasiṃsamāno vimuttāyatanasīsena paresaṃ deseti idaṃ desanāmayaṃ puññakiriyavatthu.

Eko suṇanto iti maṃ sabbe jānissantī ti suṇāti taṃ na mahapphalam eko evam me mahapphalam bhavissatī ti hitapharaṇena muducittena dhammaṃ suṇāti idaṃ savanamayam puññakiriyavatthu nāma.

Diṭṭhiṃ ujuṃ karontassa diṭṭhi-ujjukammaṃ puññakiriyavatthu nāma.

Dīghabhāṇakā panāhu: Diṭṭhujjukammaṃ sabbesaṃ niyamanalakkhaṇaṃ. Yaṃ kiñci puññaṃ karontassa hi diṭṭhiyā ujukabhāven' eva mahapphalaṃ hotī ti.

373. Etesu pana puññakiriyavatthusu dānamayaṃ nāma 'dānaṃ dassāmī ti' cintentassa uppajjati, dānaṃ dadato uppajjati, 'dinnam me ti' paccavekkhantassa uppajjati. Evam pubbacetanā muñcanacetanā ti tisso pi cetanā ekato katvā dānamayam puññakiriyavattbu nāma hoti.

Sīlamayam pi 'sīlam pūressāmī ti' cintentassa uppajjatī ti, sīlapūraṇakālo uppajjati, 'pūritam me ti' paccavekkhantassa uppajjatī ti tā sabbā pi ekato katvā sīlamayam puññakiriyavattbu nāma hoti — pe —. Diṭṭhujjukammam pi 'diṭṭbim ujukaṃ karissāmī ti' cintentassa uppajjati, diṭṭhim ujuṃ karontassa uppajjati, 'diṭṭbi me ujukā katā ti' paccavekkhantassa uppajjati. Tā sabbā pi ekato katvā diṭṭhujjukammapuññakiriyavatthu nāma hoti.

Sutte pana tīni yeva puññakiriyavatthūni āgatāni. Tesu itaresam pi saṅgaho veditabbo. Apacitiveyyāvaccāni bi sīlamaye saṅgahaṃ gacchanti.

Pattānuppadāna-abbhanumodanāni dānamaye, desanāsavanadiṭṭhujjukammāni bhāvanāmaye, ye pana diṭṭhujjukammaṃ bhāvanāmayo sabbesaṃ niyamanalakkhaṇaṃ ti vadanti. Tesaṃ taṃ tīsu pi saṅgahaṃ gacchati evam etāni saṅkhepato tīni hutvā vitthārato dasa honti. Tesu 'dānaṃ dassāmī ti' cintento aṭṭbannaṃ kāmāvacarakusalacittānam aññataren' eva cinteti, dadamāno pi tesaṃ yeva aññatarena deti, 'dānaṃ me dinnan ti' paccavekkhanto pi tesaṃ yeva aññatarena paccavekkhati. 'Sīlam pūressāmī ti' cintento pi tesaṃ yeva aññatarena cinteti, sīlam pūrento pi tesaṃ yeva aññatarena pūreti, 'sīlam me pūritaṃ ti' paccavekkhanto pi tesaṃ yeva aññatarena paccavekkbati.

'Bhāvanam bhāvessāmī ti' cintento tesaṃ yeva aññatarena cinteti, bhāvento pi tesaṃ yeva aññatarena bhāveti, 'bbāvanā me bhavitā ti' paccavekkhanto pi tesaṃ yeva aññatarena paccavekkhati.

'Jeṭṭhāpacitikammaṃ karissāmī ti' cintento pi tesaṃ yeva aññatarena cinteti, karonto pi tesaṃ yeva aññatarena karoti, 'katam me ti' paccavekkhanto pi tesaṃ yeva aññatarena paccavekkhati.

'Kāyaveyyāvaṭikakammaṃ karissāmī ti' cintento pi karonto pi, 'katam me ti' paccavekkhanto pi tesaṃ yeva aññatarena paccavekkhati.

'Pattiṃ dassāmī ti' cintento pi 'dinnaṃ me ti' paccavekkhanto 'pattiṃ vā sesakusalaṃ vā anumodissāmī ti' cintento pi tasmiṃ yeva aññatarena cinteti, anumodento pi tasmiṃ yeva aññatarena anumodati 'anumoditam me ti' paccavekkhanto pi tesaṃ yeva aññatarena paccavekkhati.

'Dhammaṃ desissāmī ti' cintento tesaṃ yeva aññatarena cinteti, desento tesaṃ yeva aññatarena deseti, 'desito me ti' paccavekkhanto tesaṃ yena aññatarena paccavekkhati.

'Dhammaṃ sossāmī ti' cintento pi tesaṃ yeva aññatarena cinteti, suṇanto pi tesaṃ yeva aññatarena suṇāti, 'suto me ti' paccavekkhanto tesaṃ yeva aññatarena paccavekkhati.

'Diṭṭhiṃ ujuṃ karissāmī ti' cintento pi tesaṃ yeva aññatarena cinteti, ujuṃ karonto pana catutthaṃ ñāṇaṃ sampayuttānaṃ aññatarena karoti, 'diṭṭhi me ujukā katā ti' paccavekkhanto aṭṭhannaṃ aññatarena paccavekkhati.

374. Imasmiṃ ṭhāne cattāri anantāni nāma gahitāni. Cattāri hi anantāni: Ākāso ananto, cakkavāḷāni anantāni, sattakāyo ananto, buddhañāṇaṃ anantaṃ. Ākāsassa hi puratthimadisāya vā pacchimuttaradakkhiṇāsu vā ettakāni vā yojanasatāni ettakāni vā yojanasahassāni ettakāni vā yojanasatasahassānī ti paricchedo natthi.

Sinerumattam pi ayokūṭaṃ paṭhavī dvidhā katvā heṭṭhākhittaṃ sassate va no patiṭṭham 'labhetha, evaṃ ākāsam anantaṃ nāma. Cakkavāḷānaṃ pi satehi vā sahassehi vā paricchedo natthi. Sace pi hi Akaniṭṭhabhavane nibbattā daḷhadhammadhanuggahassa lahukena asanena tiriyaṃ tālacchāyaṃ atikkamanamattena kālena ca cakkavālasatasahassasamatikkamanasamatthena javena samannāgatā cattāro mahābrahmāno cakkavāḷapariyantam passissāmī ti tena javena dhāveyyuṃ, cakkavāḷapariyantam adisvā va parinibbāyeyyuṃ evaṃ cakkavāḷāni anantāni nāma.

Ettakesu pana cakkavāḷesu udakaṭṭhakathalaṭṭhakasattānam pamāṇaṃ natthi, evaṃ sattakāyo ananto nāma. Tato pi buddhañāṇam anantam eva. Evam aparimāṇesu cakkavāḷesu aparimāṇānaṃ sattānaṃ kāmāvacarasomanassasahagatañāṇasampayutta-asaṅkhārikakusalacittāni ekassa bahūni uppajjanti bahūnam pi bahūni uppajjanti, tāni sabbāni pi kāmāvacaraṭṭhena somanassasahagataṭṭhena ñāṇasampayuttaṭṭhena asaṅkhārikaṭṭhena ekattaṃ gacchathā ti ekavasomanassasahagatan tihetukasaṅkhārikamahācittaṃ hoti tathā sasaṅkhārikamahācittaṃ — pe — tathā upekkhāsahagatañāṇavippayutta-duhetukasasaṅkhārika-cittaṃ ti evaṃ sabbāni pi aparimāṇesu cakkavāḷesu aparimāṇānaṃ sattānaṃ uppajjamānāni kāmāvacarakusalacittāni sammāsambuddho mahātulāya tulayamāno viya kumbhe pakkhipitvā minamāno viya sabbaññutañāṇena paricchinditvā aṭṭh' ev' etāni ti sarikkhaṭṭhena aṭṭh' eva koṭṭhāse katvā dassesi.

375. Puna imasmiṃ ṭhāne chabbidhena puññāyūhanaṃ nāma gahitaṃ. Puññaṃ hi atthi sayaṃkāram, atthi paraṃkāram, atthi sāhatthikaṃ, atthi āṇattikaṃ, atthi sampajānakataṃ, atthi asampajānakataṃ. Taṃ tattha attano dhammatāya kataṃ sayaṃkāraṃ nāma, paraṃ karoutaṃ disvā katam paraṃkāraṃ nāma.

Sahatthena kataṃ sāhatthikaṃ nāma. Āṇāpetvā kāritam āṇattikaṃ nāma. Kammañ ca phalañ ca saddahitvā kataṃ sampajānakataṃ nāma, kammam pi phalam pi ajānitvā katam asampajāna kataṃ nāma.

Tesu sayaṃkāraṃ karonto pi sahatthena karonto pi āṇāpetvā karonto pi imesam aṭṭhannaṃ kusalacittānam aññataren' eva karoti. Sampajānakaraṇam pana catūhi ñāṇasampayuttehi hoti, asampajānakaraṇaṃ catūhi ñāṇavippayuttehi.

Aparā pi imasmiṃ ṭhāne catasso dakkhiṇāvisuddhiyo gahitā: Paccayānaṃ dhammikatā cetanāmahattaṃ vatthusampatti guṇātirekatā ti.

Tattha dhammena samena uppannā paccayā dhammikā nāma.

Saddahitvā okappetvā dadato pana cetanāmahattaṃ nāma hoti. Khīṇāsavabhāvo vatthusampatti nāma, khīṇāsavass' eva nirodho vuṭṭhitabhāvo guṇātirekatā nāma. Imāni cattāri samodhānetvā dātuṃ sakkontassa kāmāvacarakusalacittam imasmiṃ yev' attabhāve vipākaṃ deti Puṇṇakaseṭṭhi Kākavaliya-Sumanāmālākārādīnaṃ viya.[1]

376. Saṅkhepato pana sabbam pi kāmāvacarakusalacittaṃ cittan ti karitvā cittavicittaṭṭhena ekam eva hoti, vedanāvasena somanassasahagatam upekkhāsahagataṃ ti duvidhaṃ hoti, ñāṇavibhattidesanāvasena catubbidhaṃ hoti, somanassasahagatañāṇasampayuttam asaṅkhārikamahācittaṃ upekkhāsahagatañāṇasampayuttaṃ asaṅkhārikamahācittaṃ. Candanasampayuttaṭṭhena asaṅkhārikaṭṭhena ca ekam eva hoti, tathā ñāṇasampayutta-sasaṅkhārikaṃ ñāṇavippayutta-asaṅkhārikaṃ ñāṇavippayutta-sasaṅkhārikaṃ cā ti evaṃ ñāṇavibhatti-desanāvasena. Catubbidbe pan' etasmiṃ asaṅkhārasasaṅkhāravibhattito cattāri asaṅkhārikāni sasaṅkhārikānī ti aṭṭh' eva kusalacittāni honti. Tāni yathāvato ñatvā bhagavā sabbaññū gaṇīvaro munisettho ācikkhati deseti paññāpeti paṭṭhapeti vicarati vibhajati uttānīkarotī ti.

Aṭṭhasāliniyā Dhammasaṅgahaṭṭhakathāya kāmāvacarakusalaniddeso samatto.

377. Idāni rūpāvacarakusalaṃ dassetuṃ katame dhammā kusalā ti[2] ādi āraddhaṃ. Tattha rūpūpapattiyā maggam bhāvetī ti. Rūpaṃ vuccati rūpabhavo. Upapattī ti nibbatti jāti sañjāti. Maggo ti upāyo. Vacanattho pan' ettha tam upapattim maggati gavesati janeti nipphādetī ti maggo.

Idaṃ vuttaṃ hoti: Yena maggena rūpabhave upapatti hoti nibbatti jāti sañjāti tam maggam bhāvetī ti. Kiṃ pan' etena niyamato rūpabhave upapatti hoti? Na hoti. Samādhim bhikkhave bhāvetha, samāhito yathābhūtaṃ jānāti passatī ti. Evaṃ vuttena hi nibbedhabhāgiyena rūpabbavātikkamo pi hoti. Rūpūpapattiyā pana ito añño maggo

---

[1] Dhp. p. 230 f. [2] Dhs. § 160. Comp. Mahāvyutp. 67.

nāma natthi. Tena vuttaṃ: rūpūpapattiyā maggaṃ bhāveti ti.

Atthato cāyaṃ maggo nāma cetanā pi hoti cetanāsampayuttadhammā pi tadubhayaṃ pi nirayaṃ cāhaṃ, Sāriputta, jānāmi nirayagāmiṃ ca maggan ti hi ettha cetanāmaggo nāma.

Saddhāhiriyaṃ kusalañ ca dānaṃ |
dhammā ete sappurisānuyātā ||
Etaṃ hi maggaṃ duvidhaṃ vadanti |
etena hi gacchati devalokaṃ. ||

Ettha cetanāsampayuttadhammā maggo nāma. Ayam bhikkhave maggo, ayam paṭipadā ti saṅkhārūpapatti. Suttādisu cetanā pi cetanāsampayuttadhammā pi maggo nāma. Imasmim pana ṭhāne jhānan ti vacanato cetanāsampayuttā adhippetā.

Yasmā pana jhānacetanā paṭisandhiṃ ākaḍḍhati tasmā cetanā pi cetanāsampayuttadhammā pi vaḍḍhanti yeva.

378. Bhāveti ti janeti uppādeti vaḍḍheti. Ayaṃ tāva idha bhāvanāya attho. Aññattha pana upasaggavasena sambhāvanā paribhāvanā vibhāvanā ti. Evam aññatthā pi attho hoti.

Tattha idh' Udāyi mama sāvakā adhisīle sambhāventi. Sīlavā samano Gotamo paramena sīlakkhandhena samannāgato ti ayaṃ sambhāvanā nāma okappanā ti attho.

Sīlaparibhāvito samādhimahapphalo hoti mahānisaṃso, samādhiparibhāvitā paññā mahapphalā hoti mahānisaṃsā, paññāparibhāvitaṃ cittaṃ sammā devo āsavehi vimuccatī ti ayaṃ paribhāvanā nāma vāsanā ti attho.

Idha rūpaṃ vibhāveti saññaṃ saṅkhāre viññāṇaṃ vibhāvetī ti ayaṃ vibhāvanā nāma antaradhāpanā ti attho.

Puna ca param Udāyi akkhātā mayā sāvakānam paṭipadā yathā paṭipannā me sāvakā cattāro satipaṭṭhāne bhāventī ti ayam pana uppādanavaḍḍhanaṭṭhena bhāvanā nāma. Imasmiṃ pi ṭhāne ayam eva adhippetā. Tena vuttaṃ: bhāvetī ti janeti uppādeti vaḍḍhetī ti. Kasmā pan' ettha yathā kāmāvacarakusalacittaniddese dhammapubbaṅgamā va desanā katā tathā akatvā puggalapubbaṅgamā katā ti? Paṭipadāya sādhetabbato, idaṃ hi catusu paṭipadāsu aññatarāya sādhetabbaṃ.

Na kāmāvacaraṃ viya vinā paṭipadāya uppajjati paṭipadā ca nām' esā paṭipannake sati hotī ti ekam atthaṃ dassetum puggalapubbaṅgamaṃ desanaṃ karonto rūpūpapattiyā maggam bhāvetī ti āha.

379. Vivicc' eva kāmehī ti viviccitvā vinā hutvā apakkamitvā. Yo pan' āyam ettha evakāro so niyamattho ti veditabbo. Yasmā va niyamattho tasmā tasmiṃ paṭhamaṃ jhānam upasampajja viharaṇasamaye avijjamānānam pi kāmānaṃ tassa paṭhamassa jhānassa paṭipakkhabhāvaṃ kāmapariccāgen' eva c'assa adhigamaṃ dīpeti. Kathaṃ? Vivicc' eva kāmehi. Evaṃ hi niyame kayiramāne idam paññāyati. Nūnaṃ assa jhānassa kāmā paṭipakkhabhūtā yesu sati idaṃ na pavattati andhakāre sati padīpobhāso viya tesaṃ pariccāgen' eva c'assa adhigamo hoti orimatīrapariccāgena pārimatīrass' eva tasmā niyamaṃ karotī ti.

Tattha siyā: Kasmā pan' esa pubbapadesv eva vutto na uttarapade? Kiṃ akusalehi dhammehi avivicca pi jhānam upasampajja vihareyyā ti? Na kho pan' etam evaṃ daṭṭhabbaṃ, taṃ nissaraṇato hi pubbapade esa vutto. Kāmadhātusamatikkamanato hi kāmarāgapaṭipakkhato ca idaṃ jhānaṃ kāmānam eva nissaraṇaṃ.

Yathāha: 'Kāmānam etaṃ nissaraṇaṃ yad idaṃ nekkhamman ti'. Uttarapade pi pana yathā idh'eva bhikkhave samaṇo idha dutiyo samaṇo ti ettha evakāro ānetvā vuccati evaṃ vattabbo. Na hi sakkā ito aññehi pi nīvaraṇasaṅkhātehi akusalehi dhammehi avivicca jhānam upasampajja vihārituṃ. Tasmā vivicc' eva kāmehi vivicca akusalehi dhammehī ti evam padadvaye pi esa daṭṭhabbo.

Padadvaye pi ca kiñcā pi viviccā ti iminā sādhāraṇavacanena tadaṅgavivekādayo kāyavivekādayo ca sabbe pi vivekā saṅgahaṃ gacchanti. Tathā pi kāyaviveko cittaviveko vikkhambhanaviveko ti idha daṭṭhabbā.

380. Kāmehī ti. Iminā pana padena ye ca niddese katame vatthukāmā manāpiyā rūpā ti ādinā nayena vatthukāmā vuttā. Ye ca tatth' eva Vibhaṅge chando kāmo

rāgo kāmo chandarāgo kāmo saṅkapparāgo kāmo ime vuccanti kāmā ti. Evaṃ kilesakāmā vuttā te sabbe pi saṅgahitā icc'eva daṭṭhabbā.

Evaṃ hi sati vivicc' eva kāmehī ti vatthukāmehi pi vivicc' evā ti attho yujjati. Tena kāyaviveko vutto hoti.

381. Vivicca akusalehi dhammehī ti kilesakāmehi sabbākusalehi vā viviccā ti attho yujjati. Tena cittaviveko vutto hoti.

Purimena c'ettha vatthukāmehi vivekavacanato eva kāmasukhapariggaho vibhāvito hoti. Evaṃ vatthukāmakilesakāmavivekavacanato cvañ ca etesam paṭhamena saṅkilesavatthuppahānaṃ, dutiyena saṅkilesappahānaṃ, paṭhamena lolabhāvassa hetupariccāgo, dutiyena bālabhāvassa paṭhamena ca payogasuddhi, dutiyena āsayaposanaṃ vibhāvitaṃ hotī ti pi ñātabbaṃ.

Esa tāva nayo kāmehī ti ettha vatthukāmesu vatthukāmapakkhe, kilesakāmapakkhe pana chando ti ca rāgo ti ca evamādīhi anekabhedo kāmacchando yeva kāmo ti adhippeto. Yo ca akusalapariyāpanno pi samāno tattha katamo kāmacchando kāmo ti ādinā nayena Vibhaṅge jhānapaṭipakkhato visuṃ vutto kilesakāmattā vā purimapade vutto. Akusalapariyāpannattā dutiyapade anekabhedato v'assa kāmato ti avatvā kāmehi vuttaṃ aññesam pi ca dhammānaṃ akusalabhāve vijjamāne tattha katame akusalā dhammā kāmacchando ti ādinā nayena Vibhaṅge upari jhānaṅgapaccanīka-paṭipakkha-bhāvadassanato nīvaraṇān'eva vuttāni. Nīvaraṇāni hi jhānaṅgapaccanīkāni, tesaṃ jhānaṅgān eva paṭipakkhāni viddhaṃsanakāni vighātakānī ti vuttaṃ hoti.

Tathā hi samādhi kāmacchandassa paṭipakkho, pīti vyāpādassa, vitakko thīnamiddhassa, sukham uddhaccakukuccassa, vicāro vicikicchāyā ti peṭake vuttaṃ.

382. Evam ettha vivicc' eva kāmehī ti iminā kāmacchandassa vikkhambhanaviveko vutto hoti, vivicca akusalehi dhammehī ti iminā pañcannam pi nīvaraṇānaṃ, agahitagahaṇena pana paṭhamena kāmacchandassa, dutiyena sesanīvaraṇānaṃ. Tathā paṭhamena tīsu akusalamūlesu pañcakāmaguṇabhedavisayassa lobhassa, dutiyena āghāta-

vatthubhedādivisayānaṃ dosamohānaṃ oghādisu vā dhammesu, paṭhamena kāmena kāmoghakāmayogakāmāsavakāmupadāna-abhijjhā-kāyaganthakāmarāgasaññojanānaṃ, dutiyena avasesa-oghayogāsava-upādānaganthasaññojanānaṃ, paṭhamena taṇhāya taṃsampayuttakānaṃ ca dutiyena avijjāya taṃsampayuttakānaṃ ca. Api ca paṭhamena lobhasampayutta-aṭṭha-cittuppādānaṃ, dutiyena sesānaṃ catunnaṃ akusala-cittuppādānaṃ vikkhambhanaviveko vutto hotī ti veditabbo.

Ayaṃ tāva vivicc' eva kāmehi vivicca akusalehi dhammehī ti ettha atthappakāsanā. Ettāvatā ca paṭhamassa jhānassa pahānaṅgaṃ dassetvā idāni sampayogaṅgaṃ dassetuṃ savitakkaṃ savicāraṃ ti ādi vuttaṃ.

Tattha heṭṭhāvuttalakkhaṇādivibhāgena appanāsampayogato rūpāvacarabhāvaṃ pattena vitakkena c'eva vicārena ca saha vattati rukkho viya pupphena ca phalena cā ti idaṃ jhānaṃ savitakkaṃ savicāran ti vuccati. Vibhaṅge pana iminā ca vitakkena iminā ca vicārena upeto hoti samupeto ti ādinā nayena puggalādhiṭṭhānā desanā katā. Attho pana tatrā pi evam eva daṭṭhabbo.

383. Vivekajan ti. Ettha vivitti viveko nīvaraṇavigamo ti attho. Vivitto ti vā viveko, nīvaraṇavivitto jhānasampayuttadhammarāsī ti attho. Tasmā vivekā tasmiṃ vā viveke jātan ti vivekajaṃ.

384. Pītisukhan ti. Ettha pītisukhā ti heṭṭhā pakāsitān' eva tesu vuttappakārāya pañcavidhāya pītiyā appanāsamādhissa mūlaṃ hutvā vaḍḍhamānā samādhisampayogaṃ gatā pharaṇapīti. Ayam imasmiṃ atthe adhippetā pīti iti. Ayañ ca pīti idaṃ ca sukham assa jhānassa asmiṃ vā jhāne atthi ti idaṃ jhānam pītisukhaṃ ti vuccati.

Athavā pīti ca sukhaṃ ca pītisukhaṃ. Dhammavinayādayo viya vivekajaṃ pītisukhaṃ assa jhānassa asmiṃ vā jhāne atthī ti evam pi vivekajam pītisukhaṃ yath'eva hi jhānam evaṃ pītisukhaṃ p'ettha vivekajam eva hoti tañ c'assa atthi. Tasmā ekapaden' eva vivekajam pītisukhaṃ ti vattuṃ yujjati. Vibhaṅge pana idam pana sukhaṃ imāya pītiyā sahagatan ti ādinā na vuttaṃ. Attho pana tatthā pi evam eva daṭṭhabbo.

385. Paṭhamaṃ jhānaṃ ti. Ettha gaṇanānupubbatā. Paṭhamam uppannan ti pi paṭhamam, paṭhamaṃ samāpajjitabbaṃ ti pi paṭhamaṃ. Idam pana na ekantalakkhaṇaṃ. Ciṇṇavāsibhāvo hi aṭṭha samāpattilābhī ādito paṭṭhāya matthakam pāpento pi samāpajjituṃ sakkoti. Matthakato paṭṭhāya ādim pāpento pi samāpajjituṃ sakkoti, antarantarā okkamanto pi sakkoti. Evam pubbuppattiyaṭṭhena pana paṭhamaṃ nāma hoti jhānaṃ ti. Duvidhaṃ jhānaṃ ārammaṇupanijjhānañ ca lakkhaṇupanijjhānañ ca.

Tattha aṭṭhasamāpatti-paṭhavīkasiṇādiārammaṇam upanijjhāyatī ti ārammaṇupanijjhānan ti saṅkhaṅgatā vipassanā. Maggaphalāni pana lakkhaṇupanijjhānaṃ nāma.

Tattha vipassanā aniccādilakkhaṇassa upanijjhāyanato lakkhaṇupanijjhānaṃ vipassanāya katakiccassa magge ijjhānato maggo, lakkhaṇupanijjhānaphalaṃ pana nirodhasaccaṃ. Tattha lakkhaṇam upanijjhāyatī ti lakkhaṇupanijjhānaṃ.

Tesu imasmiṃ atthe ārammaṇupanijjhānam adhippetaṃ. Kasmā? Ārammaṇupanijjhānato paccanīkajjhāpanato vā jhānan ti veditabbaṃ.

386. Upasampajjā ti upagantvā pāpunitvā ti vuttaṃ hoti. Upasampādayitvā vā nipphādetvā ti vuttaṃ hoti. Vibhaṅge pana upasampajjā ti paṭhamassa jhānassa lābho paṭilābho patti sampatti phassanā sacchikiriyā upasampadā ti vuttaṃ. Tassā pi evam attho daṭṭhabbo.

387. Viharatī ti tadanurūpena iriyāpathavihārena itivuttappakārajhānasamaṅgī hutvā attabhāvassa iriyanaṃ vuttim pālanaṃ yāpanaṃ cāraṃ vihāraṃ abhinippādeti. Vuttaṃ h'etam Vibhaṅge: Viharatī ti iriyati vattati pāleti yapeti yāpeti carati viharati, tena vuccati viharatī ti.

388. Paṭhavīkasiṇaṃ ti. Ettha paṭhavīmaṇḍalam pi sakalaṭṭhena paṭhavīkasiṇan ti vuccati. Taṃ nissāya paṭiladdhanimittam pi paṭhavīkasiṇaṃ nimitte paṭiladdhajhānam pi. Tattha imasmiṃ atthe paṭhavīkasiṇaṃ ti veditabbaṃ.

Paṭhavīkasiṇaṃ ti saṅkhātaṃ jhānam upasampajja viharatī ti ayaṃ h'ettha saṅkhepattho. Imasmiṃ pana paṭhavīkasiṇe parikammaṃ katvā catukkapañcakajjhānāni nibbattetvā jhānapadaṭṭhānaṃ vipassanaṃ vaḍḍhetvā arahattam pattukāmena kulaputtena kiṃ kattabban ti? Ādito tāva pāṭimokkhasaṃvara-indriyasaṃvara-ājīvapārisuddhi-paccaya-sannissitasaṅkhātāni cattāri sīlāni visodhetvā suparisuddhasīle patiṭṭhitena yvassa āvāsādisu dasasu palibodhesu palibodho atthi tam upacchinditvā kammaṭṭhānadāyakaṃ kalyāṇamittaṃ upasaṅkamitvā pāli-āgatesu aṭṭhatiṃsāya kammaṭṭhānesu attano cariyānukulaṃ kammaṭṭhānam upaparikkhantena sac'assa idam paṭhavīkasiṇam anukulaṃ hoti.

Idam eva kammaṭṭhānaṃ gahetvā na bhāvanāya anurūpaṃ vihāraṃ pahāya anurūpe viharantena khuddakapalibodhūpacchedaṃ katvā kasiṇaparikammanimittānurakkhaṇa-satta-asappāya-parivajjasattasappāyasevana-dasavidha-appanākosallappabhedaṃ sabbaṃ bhāvanāvidhānaṃ aparihāpentena jhānādhigamatthāya paṭipajjitabbaṃ. Ayam ettha saṅkhepo, vitthāro pana Visuddhimagge vuttanayena veditabbo.

Yathā c'ettha evam ito paresu pi. Sabbakammaṭṭhānānaṃ hi bhāvanāvidhānaṃ sabbam aṭṭhakathānayena gahetvā Visuddhimagge vitthāritaṃ. Kiṃ tena tattha tattha puna vuttenā ti? Na nam puna vitthārayāma, pāḷiyā pana heṭṭhā anāgatam attham aparihāpetvā nirantaram anupadavaṇṇanam eva karissāma.

389. **Tasmiṃ samaye** ti tasmim paṭhamajjhānam upasampajja viharaṇasamaye. **Phasso hoti — pe — avikkhepo hotī** ti ime kāmāvacarapaṭhamakusalacitte vuttappakārā va padapaṭipāṭiyā chapaṇṇāsa dhammā honti. Kevalaṃ hi kāmāvacarā ime bhummantaravasena mahaggatā rūpāvacarā ti ayam ettha viseso. Sesaṃ tādisam eva. Yevāpanakā pan' ettha chandādayo cattāro va labbhanti.

Koṭṭhāsavāra-suññatavārā pākatikā evā ti.

Paṭhamaṃ.

390. Dutiyajjhānaniddese[1] **vitakkavicārānaṃ vūpa-**

---

[1] Dhs. § 161. Mahāvyutp. 67. Visuddhimagga 95.

samā ti vitakkassa ca vicārassa cā ti imesam dvinnaṃ vūpasamā samatikkamā dutiyajjhānakkhaṇe apātubhāvā ti vuttaṃ hoti. Tattha kiñcā pi dutiyajjhāne sabbe pi paṭhamajjhānadhammā na santi. aññe yeva hi paṭhamajjhāne phassādayo aññe idha oḷārikassa aṅgassa samatikkamā paṭhamajjhānato paresaṃ dutiyajjhānādīnam adhigamo hotī ti dīpanatthaṃ vitakkavicārānaṃ vūpasamā ti evaṃ vuttan ti veditabbaṃ.

391. Ajjhattan ti idha niyakajjhattam adhippetaṃ. Vibhaṅge pana ajjhattam paccattan ti ettakam eva vuttaṃ. Yasmā niyakajjhattam adhippetaṃ tasmā attano jātam attasantāne nibbattan ti ayam attho.

392. Sampasādanan ti. Sampasādanaṃ vuccati saddhā sampasādanayogato jhānam pi sampasādanaṃ nīlavaṇṇayogato nīlaṃ vatthaṃ viya. Yasmā vā taṃ jhānaṃ sampasādanasamannāgatattā vitakkavicārakkhobhavūpasamanena ca ceto sampasādayati tasmā pi sampasādanan ti vuttaṃ.

Imasmiñ ca atthavikappe sampasādanaṃ cetaso ti evam padasambandho veditabbo.

393. Purimasmiṃ pana atthavikappe cetaso ti etam ekodibhāvena saddhiṃ yojetabbaṃ. Tatrāyam atthayojanā: Eko udetī ti ekodi. Vitakkavicārehi anajjhārūḷhattā aggo seṭṭho hutvā udetī ti attho. Seṭṭho pi hi loke eko ti vuccati vitakkavicāravirahito vā eko asahāyo hutvā iti pi vuccati. Athavā sampayuttadhamme udayatī ti uṭṭhāpetī ti attho. Seṭṭhaṭṭhena eko ca so udiccā ti ekodi. Samādhiss' etam adhivacanaṃ. Iti imam ekodiṃ bhāveti vaḍḍhetī ti idaṃ dutiyajjhānam ekodibhāvaṃ. So panāyam ekodi yasmā cetaso na sattassa na jīvassa tasmā etaṃ cetaso ekodibhāvaṃ ti vuttaṃ.

Nanu cāyaṃ saddhā paṭhamajjhāne pi atthi ayaṃ ca ekodināmako samādhi. Atha kasmā idam eva sampasādanaṃ cetaso ekodibhāvaṃ cā ti vuccate? Aduṃ hi paṭhamajjhānaṃ vitakkavicārakkhobhena vīcitaraṅgasamākulam iva jalaṃ na suppasannaṃ hoti.[1] Tasmā satiyā pi saddhāya

[1] Hardy Eastern Monachism p. 270.

sampasādanaṃ ti na vuttaṃ. Na suppasannattā yeva ettha samādhi pi na suṭṭhu pākaṭo, tasmā ekodibhāvan ti pi na vuttaṃ.

Imasmiṃ pana jhāne vitakkavicārapalibodhābhāvena laddhokāsā balavatī saddhā balavasaddhāsahāyapaṭilābhen' eva samādhi pi pākaṭo, tasmā idam eva vuttan ti veditabbaṃ. Vibhaṅge pana sampasādanaṃ ti yā saddhā saddahanā okappanā abhippasādo cetaso ekodibhāvan ti yā cittassa ṭhiti — pe — sammāsamādhī ti ettakam eva vuttaṃ. Evaṃ vuttena pan' etena saddhiṃ ayaṃ atthavaṇṇanā yathā na virujjhati aññad atthu saṃsandati ceva sameti ca evaṃ veditabbā.

394. Avitakkam avicāraṃ ti bhāvanāya pahīnattā. Etasmiṃ etassa vā vitakko natthī ti avitakkaṃ. Iminā ca nayena avicāraṃ. Vibhaṅge pi vuttaṃ: Iti ayañ ca vitakko ayañ ca vicāro santā honti samitā vūpasantā atthagatā abbhatthagatā appitā sositā visositā vyantikatā, tena vuccati avitakkam avicāraṃ ti.

Etthāha: Nanu ca 'vitakkavicārānaṃ vūpasamā ti' iminā pi ayam attho siddho, atha kasmā puna vuttaṃ avitakkam avicāraṃ ti vuccate? Evam etaṃ siddho vā 'yaṃ attho, na pan'etaṃ tadatthadīpanakaṃ. Nanu avocumha: oḷārikassa aṅgassa samatikkamā paṭhamajjhānato paresaṃ dutiyajhānādīnaṃ samādhigamo hotī ti dassanatthaṃ vitakkavicārānaṃ vūpasamā ti evaṃ vuttaṃ.

Api ca vitakkavicārānaṃ vūpasamā idaṃ sampasādanaṃ na kilesakālussiyassa vitakkavicārānañ ca vūpasamā ekodibhāvaṃ na upacārajjhānam iva nīvaraṇappahānā paṭhamajjhānam iva ca aṅgapātubhāvā ti evaṃ sampasādanaekodibhāvānaṃ hetuparidīpakam idam vacanaṃ. Tathā vitakkavicārānaṃ vūpasamā idam avitakkam avicāraṃ tatiyacatutthajjhānāni viya cakkhuviññāṇādīni viya ca abhāvā ti evam avitakka-avicārabhāvassa hetuparidīpakañ ca na vitakkavicārābhāvamattaparidīpakaṃ. Vitakkavicārābhāvamattaparidīpakam eva pana avitakkam avicāran ti idaṃ vacanaṃ. Tasmā purimaṃ vatvā pi vattabbam evā ti. Samādhijan ti paṭhamajjhānasamādhito sampayuttasamādhito vā jātan ti attho.

Natthi kiñ cā pi paṭhamam pi sampayuttasamadhito jātam. Atha kho ayam eva samādhi samādhī ti vattabbatam arahati vitakkavicārakkhobhavirahena ati viya acalattā suppasannattā ca. Tasmā imassa vaṇṇabhaṇanattham idam eva samādhijan ti vuttaṃ.

Pītisukhaṃ ti. Idaṃ vuttanayam eva. Dutiyaṃ ti gaṇanānupubbatāya dutiyam. Idaṃ dutiyaṃ samāpajjatī ti dutiyaṃ.

395. Tasmiṃ samaye phasso hotī ti ādīsu jhānapañcake vitakkavicārapadāni parihīnāni maggapañcake ca sammāsaṅkappapadaṃ parihīnaṃ. Tesaṃ vasena savibhattikāvibhattikapadānaṃ vinicchayo veditabbo.[1]

Koṭṭhāsavāre pi tivaṅgikaṃ jhānaṃ hoti, caturaṅgiko maggo hotī ti āgataṃ. Sesam paṭhamajjhānasadisam evā ti dutiyaṃ.

396. Tatiyaniddese[2] pītiyā ca virāgā ti. Virāgo nāma vuttappakārāya pītiyā jigucchanaṃ vā samatikkamo vā, ubhinnaṃ pana antarā ca saddo sampiṇḍanattho. So vūpasamaṃ vā sampiṇḍeti vitakkavicāravūpasamaṃ vā.

Tattha yadā vūpasamam eva sampiṇḍeti tadā pītiyā ca virāgā ca kiñci bhiyyo vūpasamā cā ti evaṃ yojanā veditabbā. Imissā ca yojanāya virāgo jigucchanattho hoti, tasmā pītiyā jigucchanā ca vūpasamā cā ti ayam attho daṭṭhabbo.

Yadā pana vitakkavicāravūpasamaṃ sampiṇḍeti tadā pītiyā ca virāgā kiñci bhiyyo vitakkavicārānaṃ ca vūpasamā ti evaṃ yojanā veditabbā.

Imissā ca yojanāya virāgo samatikkamanattho hoti, tasmā pītiyā ca samatikkamā vitikkamā vitakkavicārānaṃ ca vūpasamā ti ayam attho daṭṭhabbo.

Kāmañ ca te vitakkavicārā dutiyajjhāne yeva vūpasantā. Imassa pana jhānassa maggaparidīpanattham vaṇṇabhaṇanatthaṃ c'etaṃ vuttaṃ. Vitakkavicārānaṃ ca vūpasamā ti hi vutte idam paññāyati nūna vitakkavicāravūpasamo maggo imassa jhānassā ti. Yathā ca tatiye ariyamagge appahīnānam pi sakkāyadiṭṭhādīnaṃ pañcannam orambhā-

---

[1] Visuddhimagga p. 95, 96. [2] Dhs. § 163. Mahāvyutp. l. l.

giyānaṃ sampayojanānaṃ pahānā ti evam pahānaṃ vuccamānaṃ vaṇṇabhaṇanaṃ hoti. Tenāyam attho vutto pītiyā ca samatikkamā vitakkavicārānañ ca vūpasamā ti.

397. Upekkhako viharatī ti. Ettha upapattito ikkhatī ti upekkhā. Samam passati apakkhapatitā hutvā passatī ti attho.

Tāya visadāya vipulāya thāmagatāya samannāgatattā tatiyajjhānasamaṅgī upekkhako ti vuccati.

Upekkhā pana dasavidhā hoti[1]: Chaḷaṅgupekkhā, brahmavihārupekkhā, bojjhaṅgupekkhā, viriyupekkhā, saṅkhārupekkhā, vedanupekkhā vipassanupekkhā tatramajjhattupekkhā jhānupekkhā parisuddhi-upekkhā ti.

Tattha yo idha khīṇāsavo bhikkhu cakkhunā rūpaṃ disvā neva sumano hoti na dummano upekkhako viharati sato sampajāno ti evam āgatā khīṇāsavassa chasu dvāresu iṭṭhāniṭṭha-chaḷārammaṇāpathe parisuddhapakatibhāvā vijahanākārabhūtūpekkhā ayaṃ chaḷaṅgupekkhā nāma.

Yā pana upekkhāsahagatena cetasā ekaṃ disaṃ pharitvā viharatī ti evam āgatā sattesu majjhattākārabhūtā upekkhā ayam brahmavihārupekkhā nāma.

Yā upekkhā sambojjhaṅgam bhāvetī ti vivekanissitan ti evam āgatā sahajātadhammānaṃ majjhattākārabhūtā upekkhā ayam bojjhaṅgupekkhā nāma.

Yā pana kālena kālam upekkhānimittaṃ manasikarotī ti evam āgatā anaccāraddhā nātisithilā viriyasaṅkhātā upekkhā ayaṃ viriyupekkhā nāma.

Yā 'kati saṅkhārupekkhā samādhivasena uppajjanti, kati saṅkhārupekkhā vipassanāvasena uppajjanti' aṭṭha saṅkhārupekkhā samādhivasena uppajjanti, dasa saṅkhārupekkhā vipassanāvasena uppajjanti' evam āgatā nīvaraṇādipaṭisaṅkhāsanniṭṭhānāgahaṇe majjhattabhūtā upekkhā ayaṃ saṅkhārupekkhā nāma.

Yā pana tasmiṃ samaye kāmāvacarakusalaṃ cittaṃ uppannaṃ hoti upekkhāsahagataṃ ti evam āgatā adukkhamasukhasaññitā upekkhā ayaṃ vedanupekkhā nāma.

Yā yad atthi yam bhūtam pajahati upekkham paṭilabhatī

---

[1] Hardy Manual of Buddhism p. 524. Visuddhimagga p. 96.

ti evam āgatā vicinane majjhattabhūtā upekkhā ayaṃ vipassanupekkhā nāma.

Yā pana chandādisu yevāpanakesu āgatā sahajātānaṃ samavāhitabhūtā upekkhā ayaṃ tatramajjhattupekkhā nāma.

Yā 'upekkhako viharatī ti' evaṃ āgatā accanta-aggasukhe pi tasmiṃ apakkhapātajananī upekkhā ayaṃ jhānupekkhā nāma.

Yā pana upekkhā satipārisuddhi-catutthaṃ jhānan ti evam āgatā sabbapaccanīkaparisuddhā paccanīkavūpasamane pi avyāpārabhūtā upekkhā ayam pārisuddhi-upekkhā nāma.

Tatra chaḷaṅgupekkhā ca brahmavihārupekkhā ca bojjhaṅgupekkhā ca tatramajjhattupekkhā ca jhānupekkhā ca pārisuddhi-upekkhā ca atthato ekā tatramajjhatupekkhā hoti. Tena tena avatthābhedena pan' assā ayam bhedo ekassā pi sato sattassa kumārayuvatthcrasenāpatirājādivasena bhedo viya tasmā tāsu yattha chaḷaṅgupekkhā na tattha bojjhaṅgupekkhādayo yattha vā pana bojjhaṅgupekkhā na tattha chaḷaṅgupekkhādayo honti ti veditabbā.

Yathā ca tesam atthato ekībhāvo evaṃ saṅkhārupekkhāvipassanupekkhānaṃ pi paññā. Eva hi sā kiccavasena dvidhā bhinnā. Yathā hi purisassa sāyaṃ geham paviṭṭhaṃ sappam ajapadadaṇḍaṃ gahetvā pariyesamānassa taṃ thusakoṭṭhake nipannaṃ disvā 'sappo nu kho no ti' avalokentassa sovatthikattayaṃ disvā nibbematikassa 'sappo na sappo ti' vicinane majjhattatā hoti evamevaṃ yā āraddhavipassakassa vipassanāñāṇena lakkhaṇattaye diṭṭhe saṅkhārānaṃ aniccabhāvādivicinane majjhattatā uppajjati ayaṃ vipassanupekkhā.

Yathā tath' assa purisassa ajapadena daṇḍena gāḷhaṃ sappaṃ gahetvā 'kin n'āhaṃ imaṃ sappaṃ aviheṭhento attānañ ca iminā adasāpento muñceyyan ti' muñcanākāram eva pariyesato gahaṇe majjhattatā hoti evamevaṃ yā lakkhaṇattayassa diṭṭhattā ādittc viya tayo bhave passato saṅkhāragahaṇe majjhattatā ayaṃ saṅkhārupekkhā. Iti vipassanupekkhāya siddhāya saṅkhārupekkhā pi siddhā va hoti. Iminā pan' esā vicinanagahaṇesu majjhattasaṅkhātena kiccena duvidhā bhinnā ti.

Viriyupekkhā pana vedanupekkhā ca aññamaññaṃ ca

avasesāhi ca atthato bhinnā evā ti. Iti imāsu upekkhāsu jhānupekkhā idha adhippetā. Sā majjhattalakkhaṇā anābhogarasā avyāpārapaccupaṭṭhānā pītivirāgapadaṭṭhānā ti. Etthāha: nanu cāyam atthato tatramajjhattupekkhā va hoti? Sā ca paṭhamadutiyajjhānesu pi atthi.

Tasmā tatrā pi upekkhako ca viharatī ti evam ayaṃ vattabbā siyā. Sā kasmā na vuttā ti? Aparivyattakiccato. Aparivyattaṃ hi tassā tattha kiccaṃ vitakkādihi abhibhūtattā. Idha panāyaṃ vitakkavicārapītihi anabhibhūtattā ukkhittasirā viya hutvā parivyattakiccā jātā tasmā vuttā ti.

Niṭṭhitā upekkhako ca viharatī ti etassa sabbaso atthavaṇṇanā.

398. Idāni sato ca sampajāno ti. Ettha saratī ti sato, sampajānātī ti sampajāno. Puggalena sati ca sampajaññaṃ ca vuttaṃ.

Tattha saraṇalakkhaṇā sati apammusanarasā ārakkhapaccupaṭṭhānā, asammohalakkhaṇaṃ sampajaññam tīraṇarasam paricayapaccupaṭṭhānaṃ. Tatra kiñcā pi idaṃ satisampajaññam purimajjhānesu pi atthi. Muṭṭhasatissa hi asampajānassa upacāramattam pi na sampajjati pag eva appanā. Oḷārikattā pana tesaṃ jhānānam bhūmiyaṃ viya purisassa cittassa gati sukhā hoti. Avyākataṃ tattha satisampajaññakiccam oḷārikaṅgappahānena[1] pana sukhumattā. Imassa jhānassa purisassa khuradhārāyaṃ gamanaṃ viya satisampajaññakiccapariggahitā evaṃ cittassa gati icchitabbā ti. Idh' eva vuttaṃ: Kiñci bhiyyo yathā dhenupako vaccho dhenuto apanīto arakkhiyamāno punad eva dhenum upagacchati[2] evam idaṃ tatiyajjhānasukham pītito apanītaṃ satisampajaññārakkhena arakkhiyamānaṃ punad eva pītim upagaccheyya pītisampayuttam eva siyā.

Sukhe cā pi sattā sārajjanti idañ ca atimadhurasukhaṃ tato paraṃ sukhābhāvā. Satisampajaññānubhāvena pan' ettha sukhe asārajjanā hoti no aññathā ti. Idam atthavisesaṃ dassetum idam idh' eva vuttan ti veditabbaṃ.

399. Idāni sukhañ ca kāyena paṭisaṃvedetī ti.

---

[1] oḷārikaṃ paggahanena C. G. [2] Hardy Eastern Monachism p. 270.

Ettha kiñcā pi tatiyajjhānasamaṅgino sukhapaṭisaṃvedanābhogo natthi. Evaṃ sante pi yasmā tassa nāmakāyena sampayuttaṃ sukhaṃ yaṃ vā taṃ nāma kāyasampayuttaṃ sukhaṃ taṃ samuṭṭhāne tassa yasmā atipaṇītena rūpena rūpakāyo phuṭṭho yassa phuṭṭhattā jhānā vuṭṭhito pi sukhaṃ paṭivedeyya tasmā etam atthaṃ dassento sukhañ ca kāyena paṭisaṃvedetī ti āha.

400. Idāni yan tam ariyā ācikkhanti 'upekkhako satimā sukhavihārī' ti. Ettha yaṃ jhānahetu yaṃ jhānakāraṇā taṃ tatiyajjhānasamaṅgī-puggalaṃ buddhādayo ariyā ācikkhanti desenti paññāpenti paṭṭhapenti vivaranti vibhajanti uttānīkaronti pakāsenti pasaṃsantī ti adhippāyo.

Kin ti? Upekkhako satimā sukhavihārī ti tatiyajjhānam upasampajja viharatī ti evam atthayojanā veditabbā.

Kasmā pana taṃ te evam pasaṃsantī ti? Pasaṃsārahato. Ayaṃ hi yasmā atimadhurasukhe sukhapāramīpatte pi tatiyajjhāne upekkhako na tattha sukhābhisaṅgena ākaḍḍhayati yathā ca pīti na uppajjati evaṃ upaṭṭhitasatitāya satimā. Yasmā ca ariyajanasevitam eva ca asaṅkiliṭṭhaṃ sukhaṃ nāma kāyena paṭisaṃvedeti tasmā pasaṃsāraho iti. Pasaṃsārahato nam ariyā 'te evaṃ pasaṃsāhetubhūte guṇe pakāsento upekkhako satimā sukhavihārī ti' evaṃ pasaṃsantī ti veditabbaṃ.

Tatiyan ti gaṇanānupubbatāya tatiyam. Idaṃ tatiyaṃ samāpajjatī ti tatiyaṃ.

Tasmiṃ samaye phasso hotī ti ādisu jhānapañcake pītipadam pi parihīnaṃ[1] tassā pi vasena savibbattikāvibhattikapadavinicchayo veditabbo.

Koṭṭhāsavāre pi duvaṅgikajjhānaṃ hotī ti āgataṃ. Sesam dutiyajjhānasadisam evā ti tatiyaṃ.

401. Catutthaniddese[2] sukhassa ca pahānā dukkhassa ca pahānā ti kāyikasukhassa kāyikadukkhassa ca pahānā. Pubb' evā ti tañ ca kho pubb' eva, na catutthajjhānakkhaṇe. Somanassadomanassānam atthaṅgamā ti cetasikasukhassa cetasikadukkhassa cā ti

---

[1] Visuddhimagga p. 96. [2] Dhs. § 165. Mahāvyutp. l. l.

imesam pi dvinnam pubb' eva atthaṅgamā pahānā icc eva vuttaṃ hoti.

Kadā pana nesam pahānaṃ hoti? Catunnaṃ jhānānaṃ upacārakkhaṇe. Somanassaṃ hi catutthajjhānassa upacārakkhaṇe yeva pahīyati, dukkhadomanassasukhāni paṭhamadutiyatatiyajjhānānam upacārakkhaṇesu. Evam eva tesam pahānānukkamena avuttānam, indriyavibhaṅge pana indriyānam uddesakkamen' eva idhā pi vuttānaṃ sukhadukkhadomanassānam pahānaṃ veditabbaṃ.

402. Yadi pan' etāni tassa tassa jhānassa upacārakkhaṇe yeva pahīyanti atha kasmā kattha uppannaṃ dukkhindriyam aparisesaṃ nirujjhati? Idha bhikkhave bhikkhu vivicc' eva kāmehī — pe — paṭhamaṃ jhānam upasampajja viharati. Etth' uppannaṃ dukkhindriyam aparisesaṃ nirujjhati. Katham etth' uppannaṃ domanassindriyaṃ sukhindriyaṃ somanassindriyam aparisesaṃ nirujjhati? Idha bhikkhave bhikkhu sukhassa ca pahānā — pe — catuttham jhānam upasampajja viharati, etth' uppannaṃ somanassindriyam aparisesaṃ nirujjhatī ti eva jhānesv eva nirodho vutto atisayanirodhattā. Atisayanirodho hi tesam paṭhamajjhānādisu na nirodho yeva pana upacārakkhaṇenātisayanirodho. Tathā hi nānāvajjane paṭhamajjhānūpacāre niruddhassā pi dukkhindriyassa ḍaṃsamakasādisamphassena vā visamāsanupatāpena vā siyā uppatti. Na tv eva anto appanāyam upacāre vā ti niruddham p'etaṃ na suṭṭhu niruddhaṃ hoti. Paṭipakkhena avihatattā anto appanāyam pana pītipharaṇena sabbo kāyo sukhokkanto hoti. Sukhokkantakāyassa suṭṭhu niruddhaṃ hoti dukkhindriyaṃ paṭipakkhena vihatattā nānāvajjane yeva dutiyajjhānūpacāre pahīnassa domanassindriyassa. Yasmā etaṃ vitakkavicārapaccaye pi kāyakilamathe cittupaghāte ca sati uppajjati vitakkavicārābhāve na uppajjati. Yattha uppajjati tattha vitakkavicārābhāve appahīnā dutiyajjhānupacāre vitakkavicārā ti. Tatth'assa siyā uppatti na tv eva dutiyajjhānupacāre pahīnapaccayattā. Tathā tatiyajjhānupacāre pahīnassa pi sukhindriyassa pītisamuṭṭhānapaṇītarūpaphuṭakāyassa siyā uppatti na tv eva, tatiyajjhāne sukhassa paccayabhūtā pīti sabbaso niruddhā ti.

403. Tattha catutthajjhānupacāre pahīnassā pi somanassindriyassa āsannattā appanappattāya upekkhāya abhāvena sammā anatikkantattā siyā uppatti, na tveva catutthajjhāne, tasmā evaṃ etth' uppannaṃ dukkhindriyaṃ aparisesaṃ nirujjhatī ti. Tattha tattha apariscsagahaṇaṃ katan ti. Etthāha: Ath' evaṃ tassa tassa jhānassa upacāre pahīnā pi etā vedanā idha kasmā samāhaṭā ti? Sukhagahaṇatthaṃ. Yā hi ayam adukkhamasukhan ti ettha adukkhamasukhavedanā vuttā, yā sukhumā dubbiññeyyā na sakkā sukhena gahetuṃ. Tasmā yathā nāma duṭṭhassa yathā tathā vā upasaṅkamitvā gahetum asakkuṇeyyassa goṇassa gahaṇatthaṃ gopo ekasmiṃ vaje sabbā gāvo samāharati ath' ekekaṃ nīharanto paṭipāṭiyā āgatam ayaṃ so 'gaṇhatha taṃ ti' gāhāpayati evam eva bhagavā sukhagahaṇatthaṃ sabbā etā samāharī ti evaṃ hi samāhaṭā.[1] Etā dassetvā yaṃ neva sukhaṃ na dukkhaṃ na somanassaṃ na domanassaṃ ayam adukkhamasukhā vedanā ti sakkā hoti esā gāhayituṃ.

Api ca adukkhamasukhāya cetovimuttiyā paccayadassanatthaṃ cāpi etā vuttā ti veditabbā. Sukhadukkhappahānādayo hi tassā paccayā. Yathāha: Cattāro kho āvuso paccayā adukkhamasukhāya cetovimuttiyā samāpattiyā. Idhāvuso bhikkhu sukhassa ca pahānā — pe — catutthaṃ jhānam upasampajja viharati. Ime kho āvuso cattāro paccayā adukkhamasukhāya cetovimuttiyā samāpattiyā ti.

Yathā vā aññattha pahīnā pi sakkāyadiṭṭhiādayo tatiyamaggassa vaṇṇabhaṇanatthaṃ tattha pahīnā ti vuttā.

Evaṃ vaṇṇabhaṇanatthaṃ pan' assa jhānassa tā idha vuttā ti veditabbā. Paccayaghātena vā ettha rāgadosānam atidūrabhāvaṃ dassetuṃ vuttā ti veditabbā.

Etāsu hi sukhaṃ somanassassa paccayo, somanassaṃ rāgassa, dukkhaṃ domanassassa sukhādhighātena ca sappaccayā rāgadosā hatā ti atidūre hontī ti. Adukkhamasukhan ti dukkhābhāvena adukkhaṃ sukhābhāvena asukhaṃ. Eten' ettha dukkhasukhapaṭipakkhabhūtaṃ tatiyavedanaṃ dīpeti na dukkhasukhābhāvamattaṃ. Tatiyavedanā nāma adukkhāsukhā upekkhā ti pi vuccati.

---

[1] Hardy Eastern Monachism p. 270.

Sā itthānitthaviparītānubhavanalakkhaṇamajjhattarasā avibhūtapaccupaṭṭhānā sukhanirodhapadaṭṭhānā ti veditabbā.

404. **Upekkhāsatipārisuddhin** ti upekkhāya janitasatipārisuddhiṃ. Imasmiṃ jhāne suparisuddhā sati yā ca tassā satiyā pārisuddhiyā upekkhāya katā na aññena. Tasmā etaṃ upekkhāsatipārisuddhī ti vuccati.

Vibhaṅge pi vuttaṃ: Ayaṃ sati imāya upekkhāya vivaṭā hoti parisuddhā pariyodātā, tena vuccati **upekkhāsatipārisuddhī** ti. Yāya ca upekkhāya ettha satipārisuddhī ti hoti sā atthato tatramajjhattatā veditabbā. Na kevalaṃ c'ettha tāya sati yeva parisuddhā. Api ca kho sabbe pi sampayuttadhammā ti satisīsena pana desanā vuttā.

Tattha kiñ cā pi ayam upekkhā heṭṭhā pi tīsu jhānesu vijjati. Yathā pana divā suriyapabhābhibhavā sommabhāvena ca attano upakārakattena vā sabhāgāya rattiyā alābhā divā vijjamānā pi candalekhā aparisuddhā hoti apariyodātā evam ayam pi tatramajjhattupekkhā candalekhā viya takkavitakkādipaccanīkadhammatejābhibhavā sabhāgāya ca upekkhāvedanārattiyā apaṭilābhā vijjamānā pi paṭhamādijjhānabhede aparisuddhā hoti.[1] Tassā ca aparisuddhāya divā aparisuddhacandalekhāya pabhā viya sahajātā pi satiādayo aparisuddhā va honti, tasmā tesu ekam pi upekkhāsatipārisuddhī ti na vuttaṃ. Idha pana vitakkādipaccanīkatejābhibhavā bhāvāsabhāgāya ca upekkhāvedanārattiyā paṭilābhā tatramajjhattupekkhā candalekhā atiriya parisuddhā. Tassā parisuddhattā parisuddhacandalekhāya pabhā viya sahajātā pi satiādayo parisuddhā honti pariyodātā. Tasmā idam eva upekkhāsatipārisuddhī ti vuttan ti veditabbaṃ.

Catutthan ti gaṇanānupubbatā. Idaṃ catutthaṃ samāpajjatī ti catutthaṃ.

Phasso hotī ti ādisu phassapañcakeu' eva. **Vedanā** ti upekkhāvedanā ti veditabbā.

Jhānapañcake indriyaṭṭhakesu pana upekkhā hoti,

---

[1] Hardy Eastern Monachism p. 271.

upekkhindriyaṃ hotī ti vuttaṃ eva. Sesāni tatiye parihīnapadāni idhāpi parihīnān' eva.

Koṭṭhāsavāre pi dvaṅgikaṃ jhānaṃ ti upekkhā-cittekaggatāvasen' eva veditabbaṃ. Sesaṃ tatiyasadisam evā ti.[1]

Catukkanayo niṭṭhito.

405. Idāni katame dhammā kusalā[2] ti pañcakanayo āraddho.

Kasmā iti ce puggalajjhāsayavasena ceva desanāvilāsena ca sannisinnadevaparisāya kira ekaccānaṃ devānaṃ vitakko oḷārikato upaṭṭhāsi? Vicārapītisukhacittekaggatāsantato. Tesaṃ sappāyavasena satthā caturaṅgikaṃ avitakkaṃ vicāramattam dutiyaṃ jhānaṃ nāma bhājesi, ekaccānaṃ vicāro oḷārikato upaṭṭhāsi. Upekkhāpītisukhacittekaggatāsantato tesaṃ sappāyavasena tivaṅgikaṃ tatiyaṃ jhānaṃ nāma bhājesi, ekaccānam pīti oḷārikato upaṭṭhāsi.

Sukhacittekaggatāsantato tesaṃ sappāyavasena duvaṅgikaṃ catutthaṃ jhānaṃ nāma bhājesi, ekaccānaṃ sukhaṃ oḷārikato upaṭṭhāsi. Upekkhācittekaggatā santato tesaṃ sappāyavasena duvaṅgikam pañcamaṃ jhānaṃ nāma bhājesi, ayaṃ tāva puggalajjhāsayo.

Yassā pana dhammadhātuyā suppaṭividdhattā desanāvilāsappattā nāma hoti sā tathāgatassa suṭṭhu paṭividdhā. Tasmā ñāṇamahattatāya desanāvidhānesu kusalo desanāvilāsappatto satthā yaṃ yaṃ aṅgaṃ labbhati tassa tassa vasena yathā icchati tathā tathā desanaṃ niyāmeti. So idha pañcaṅgikaṃ paṭhamaṃ jhānam bhājesi, caturaṅgikam avitakkaṃ vicāramattaṃ dutiyaṃ jhānam bhājesi tivaṅgikaṃ tatiyam jhānam pañcaṅgikaṃ catutthaṃjhānaṃ duvaṅgikam eva pañcamaṃ jhānam bhājesi. Ayaṃ desanāvilāso nāma.

Api ca yeva bhagavatā 'tayo' me bhikkhave samādhī savitakkasavicāro samādhi, avitakko vicāramatto samādhi, avitakka-avicāro samādhī ti' suttanto tayo samādhī desitā.[3] Tesu heṭṭhā savitakkasavicāro samādhi avitakka-

[1] Visuddhimagga p. 97. [2] Dhs. § 167. [3] Milindapañha p. 337.

avicāro samādhi ca bhājetvā dassito, avitakko vicāramatto na dassito, dassetum Pañcakanayo āraddho ti veditabbo.

406. Tattha dutiyajjhānaniddese phassādisu vitakkamattam parihāyati, koṭṭhāsavāre caturaṅgikaṃ jhānaṃ hoti, caturaṅgiko maggo hoti, ayam eva viseso. Sesaṃ sabbam paṭhamajjhānasadisam eva. Yāni Catukkanaye dutiyatatiyacatutthāni tāni idha tatiyacatutthapañcakāni, tesam adhigamapaṭipāṭidīpanattham ayaṃ nayo veditabbo.

Eko kira amaccaputto rājānam upaṭṭhātuṃ janapadato nagaram āgato. So ekadivasam eva rājānaṃ disvā pānavyasanena sabbaṃ vibhavajātaṃ nāsesi. Taṃ ekadivasaṃ surāmadamattaṃ niccolaṃ[1] katvā jiṇṇakaṭasāramattena paṭicchādetvā pānāgārato nīhariṃsu. Tam enaṃ saṅkārakūṭe nipajjitvā niddāyantam eko aṅgavijjāpāṭhako disvā 'ayam puriso mahājanassa avassayo bhavissati, paṭijaggitabbo eso ti' niṭṭhānaṃ katvā mattikāya nahāpetvā thūlasāṭakayugaṃ nivāsāpetvā gandhodakena nahāpetvā sukhumena dukūlayugalena acchādetvā pāsādam āropetvā subhojanam bhojetvā 'evaṃ taṃ paricāreyyāthā ti' paricārake paṭipādetvā pakkāmi. Atha naṃ te sayanaṃ āropesum pānāgāragamanapaṭibāhanatthaṃ. Taṃ cattāro tāva janā catusu hatthapādesu uppīḷetvā aṭṭhaṃsu, eko pāde parimajji, eko tālavaṇṭaṃ gahetvā vīji, eko vīṇaṃ vādayamāno gāyanto nisīdi. So sayanūpagamanena vigatakilamatho thokaṃ niddāyitvā vuṭṭhito hatthapādanippīḷanam asahamāno 'ko me hatthapāde uppīḷeti, apagacchathā ti' tajjesi. Te ekavacanen' eva apagacchiṃsu. Tato puna thokaṃ niddāyitvā vuṭṭhito pādaparimajjanam asahamāno 'ko me pāde parimajjati, apagacchathā ti' āha. So pi ekavacanen'eva apagacchi. Puna pi thokaṃ niddāyitvā vuṭṭhito tālavaṇṭavātam asahanto 'ko esa, apagacchatū ti' āha. So pi ekavacanen' eva apagacchi. Puna thokaṃ niddāyitvā vuṭṭhito kaṇṇasūlaṃ viya gītavāditasaddam asahamāno vīṇāvādakaṃ tajjesi. So pi ekavacanen' eva apagacchi.

[1] nicoḷaṃ M. nicculaṃ G. niccelaṃ T.

Ath' evaṃ anukkamena pahīnakilamathuppīḷanaparimajjanavātappabāragītavāditasaddūpaddavo sukhaṃ sayitvā vuṭṭhāya rañño santikaṃ agamāsi. Rājā pi'ssa mahantaṃ issariyaṃ adāsi. So mahājanassa avassayo jāto. Tattha pānavyasanena pārijuññappatto so amaccaputto viya anekavyasanapārijuññappatto gharāvāsagato kulaputto daṭṭhabbo. Aṅgavijjāpāṭhako puriso viya Tathāgato, tassa purisassa 'ayaṃ mahājanassa avassayo bhavissati, paṭijagganaṃ arahatī ti' sanniṭṭhānaṃ viya Tathāgatassa, 'ayaṃ mahājanassa avassayo bhavissatī ti pabbajjaṃ arahati kulaputto ti' sanniṭṭhānakaraṇaṃ. Ath' assa amaccaputtassa mattikāmattena nahāpanaṃ viya kulaputtassā pi pabbajjāpaṭilābho. Ath' assa thūlasāṭakanivāsanaṃ viya imassā pi dasasikkhāpadasaṅkhātasīlavatthanivāsanaṃ. Puna tassa gandhodakanahāpanaṃ viya imassā pi pātimokkhasaṃvarādisīlagandhodakanahāpanaṃ. Puna tassa sukhumadukūlayugacchādanaṃ viya imassā pi yathāvuttasīlavisuddhisampadāsaṅkhātaṃ dukūlacchādanaṃ. Dukūlacchāditassa pan' assa pasādārobaṇaṃ viya imassā pi sīlavisuddhidukūlacchāditassa samādhibhāvanāpāsādārobanaṃ. Tato tassa subhojanādīni bhuñjanaṃ viya imassā pi samādhi-upakārakasatisampajaññādidhammāmatapari bhuñjanaṃ. Bhuttabhojanassa tassa paricārakehi sayanāropanaṃ viya imassā pi vitakkādīhi upacārajjhānāropanaṃ. Puna tassa pānāgārāgamanapaṭibāhanatthaṃ vā hatthapāduppīḷanakapurisacatukkaṃ viya imassā pi kāmasaññābhimukhagamanapaṭibāhanatthaṃ.

Ārammaṇe cittuppīḷako nekkhammavitakko tassa pādaparimajjakapuriso viya imassā pi ārammaṇe cittānumajjako vicāro. Tassa tālavaṇṭavātadāyako viya imassā pi cetaso sītalabhāvadāyikā pīti, tassa sotānuggāhakaro gandhabbapuriso viya imassā pi cittānuggāhakaṃ somanassaṃ, tassa sayanūpagamanena vigatakilamathassa thokaṃ niddūpagamanaṃ viya imassā pi upacārajjhānasanissayena vigatanīvaraṇakilamathassa paṭhamajjhānūpagamanaṃ. Ath' assa niddāyitvā vuṭṭhitassa hatthapāduppīḷanāsahanena hatthapāduppīḷakānaṃ santajjanaṃ tesañ ca apagamanena puna thokaṃ niddūpagamanaṃ viya imassā pi paṭhamajjhānato vuṭṭhitassa cittuppīḷakavitakkāsahanena vitakkadosadassanaṃ vitakkappahānā ca puna avitakkavicāramattajjhānūpagamanaṃ. Tato tassa puna puna niddāyitvā vuṭṭhitassa yathāvuttena kamena pādaparimajjanādīnaṃ asahanaṃ asahanena ca paṭipāṭiyā pādaparimajjakādīnaṃ santajjanaṃ tesaṃ tesañ ca apagamanena punappuna thokaṃ niddūpagamanaṃ viya imassā pi puna dutiyādīhi jhānehi vuṭṭhitassa yathāvuttadosānaṃ vicārādīnaṃ asahanena paṭipāṭiyā vicārādidosadassanaṃ tesaṃ tesañ ca pahānā punappuna avitakkāvicāranippītikapahīnasomanassajjhānūpagamanaṃ. Tassa pana sayanā vuṭṭhāya rañño santikaṃ gatassa issariyappatti viya imassā pi pañcamajjhānato vuṭṭhitassa vipassanāmaggaṃ upagatassa arahattappatti. Tassa pattissariyassa bahūnaṃ janānaṃ avassayabhāvo viya imassā pi arahattappattassa bahūnaṃ avassayabhāvo veditabbo. Ettāvatā hi esa anuttaraṃ puññakkhettaṃ nāma hoti.

Pañcakanayo niṭṭhito.

407. Ettāvatā Catukkapañcakanayadvayabhedo suddhikanavako nāma pakāsito hoti. Atthato pan' esa pañcakanaye catukkanayassa patiṭṭhattā jhānapañcako evā ti veditabbo.

Idāni yasmā etaṃ jhānaṃ nāma paṭipadākamena sijjhati tasmā 'ssa paṭipadābhedaṃ dassetuṃ puna katame dhammā kusalā [1] ti ādi āraddhaṃ.

Tattha dukkhā paṭipadā assā ti dukkhāpaṭipadaṃ, dandhā abhiññā assā ti dandhābhiññaṃ. Iti dukkhāpaṭipadaṃ ti vā dandhābhiññaṃ ti vā paṭhavīkasiṇaṃ ti vā tīṇi pi jhānass' eva nāmāni.

Dukkhāpaṭipadaṃ khippābhiññan [2] ti ādisu pi es' eva nayo.

Tattha paṭhamasamannāhārato paṭṭhāya yāva tassa jhānassa upacāraṃ uppajjati tāva pavattā jhānabhāvanā paṭipadā ti vuccati, upacārato pana paṭṭhāya yāva appanā tāva pavattā paññā abhiññā ti vuccati. Sā pan' esā paṭipadā ekaccassa dukkhā hoti ti nīvaraṇādipaccanīka-

---

[1] Dhs. § 176. Mahāvyutpatti 58. [2] Dhs. § 177.

dhammasamudācāragahaṇāya kicchā asukhasevanā ti attho, ekaccassa tadabhāvena sukhā.

Abhiññā pi ekaccassa dandhā hoti, mandā, asīghappavattinī, ekaccassa khippā, amandā, sīghappavattinī. Tasmā yo ādito kilese vikkhambhento dukkhena sasaṅkhārena sappayogena kilamanto vikkhambheti tassa dukkhā paṭipadā hoti. Yo pana vikkhambhitakileso appanāparivāsaṃ vasanto cirena aṅgapātubhāvaṃ pāpuṇāti tassa dandhābhiññā nāma hoti. Yo khippaṃ aṅgapātubhāvaṃ pāpuṇāti tassa khippābhiññā nāma hoti. Yo kileso vikkhambhento sukhena akilamanto vikkhambheti tassa sukhā paṭipadā nāma hoti.

Tattha yāni sappāyāsappāyāni ca palibodhupacchedādipubbakiccāni ca appanākosallāni ca Visuddhimagge cittabhāvanāniddese niddiṭṭhāni. Tesu yo asappāyasevī hoti tassa dukkhā paṭipadā dandhā ca abhiññā hoti, sappāyasevino sukhā paṭipadā khippā ca abhiññā. Yo pana pubbabhāge asappāyaṃ sevitvā aparabhāge sappāyasevī hoti pubbabhāge vā sappāyaṃ sevitvā aparabhāge asappāyasevī hoti tassa vomissakā veditabbā.

Tathā palibodhūpacchedādikaṃ pubbakiccam asampādetvā bhāvanaṃ anuyuttassa dukkhā paṭipadā hoti, vipariyāyena sukhā. Appanākosallāni pana asampādentassa dandhā abhiññā hoti, sampādentassa khippā.

Api ca taṇhā avijjāvasena samathavipassanādhikāravasenā cā pi etāsam pabhedo veditabbo. Taṇhābhibhūtassa hi dukkhā paṭipadā hoti, anabhibhūtassa sukhā, avijjābhibhūtassa dandhā abhiññā hoti, anabhibhūtassa khippā. Yo ca samathe akatādhikāro tassa dukkhā paṭipadā hoti, katādhikārassa sukhā. Yo pana vipassanāya akatādhikāro hoti tassa dandhā abhiññā, katādhikārassa khippā.

Kilesindriyavasena cā pi etāsañ ca bhedo veditabbo: Tibbakilesassa hi mudindriyassa dukkhā paṭipadā hoti dandhā ca abhiññā, tikkhindriyassa pana khippā abhiññā. Mandakilesassa ca mudindriyassa sukhā paṭipadā hoti dandhā ca abhiññā, tikkhindriyassa pana khippā abhiññā ti. Iti imāsu paṭipadā-abhiññāsu yo puggalo dukkhāya paṭipadāya dandhāya abhiññāya jhānaṃ pāpuṇāti tassa taṃ jhānaṃ dukkhāpaṭipadaṃ dandhābhiññaṃ ti vuccati. Sesesu pi es'eva nayo.

Tattha tadanudhammatāya sati santiṭṭha tiṭṭhati bhāginī paññā evaṃ vuttasatiyā vā taṃ taṃ jhānanikantiyā vā vikkhambhane paṭipadā taṃ taṃ jhānūpacāraṃ pattassa appanāparivāse abhiññā ca veditabbā.

Āgamanavasena ca paṭipadābhiññāyo honti yeva, dukkhāpaṭipadaṃ dandhābhiññā paṭhamaṃ jhānaṃ patvā pantaṃ dutiyam pi tādisam eva hoti. Tatiyacatutthesu pi es'eva nayo.

Yathā ca catukkanaye evaṃ pañcakanaye pi paṭipadāvasena catudhā bhedo veditabbo. Iti paṭipadāvasena pi cattāro navakā vuttā honti. Tesu pāṭhato chattiṃsa cittāni, atthato pana pañcakanaye catukkanayassa paviṭṭhattā vīsati eva bhavanti ti.

Paṭipadā niṭṭhitā.

408. Idāni yasmā etaṃ jhānaṃ nāma yathāpaṭipadābhedena evaṃ ārammaṇabbhedenā pi catubbidhaṃ hoti, tasmā 'ssa tam bhedaṃ dassetuṃ pana katame dhammā kusalā[1] ti ādi āraddhaṃ.

Tattha parittam parittārammaṇan ti ādisu yaṃ appaguṇaṃ hoti upari jhānassa paccayo bhavituṃ na sakkoti idam parittaṃ nāma. Yam pana avaḍḍhite suppamatte vā sarāvamatte vā ārammaṇe pavattaṃ tam parittam ārammaṇam assā ti parittārammaṇaṃ.

Yam paguṇaṃ subhāvitam upari jhānassa paccayo bhavituṃ sakkoti idam appamāṇaṃ[2] nāma. Yaṃ vipule ārammaṇe pavattaṃ vuḍḍhapamāṇattā appamāṇam ārammaṇam assā ti appamāṇārammaṇam. Vuttalakkhaṇatāya vomissatāya pana vomissakanayo veditabbo.

Iti ārammaṇavasena pi cattāro navakā vuttā honti, cittagaṇanā p' ettha purimasadisā evā ti.

Ārammaṇacatukkaṃ niṭṭhitaṃ.

409. Idāni ārammaṇapaṭipadāmissakaṃ soḷasakkhattuka-

---

[1] Dhs. § 181. [2] Dhs. § 182.

nayaṃ dassetuṃ puna katame dhammā kusalā[1] ti ādi āraddhaṃ.

Tattha paṭhamanaye vuttajjhānaṃ dukkhāpaṭipadattā dandhābhiññattā parittattā parittārammaṇattā ti catūhi kāraṇehi hīnaṃ, soḷasamanaye vuttajjhānaṃ sukhāpaṭipadattā khippābhiññattā appamāṇattā appamāṇārammaṇattā ti catūhi kāraṇehi paṇītaṃ, sesesu cuddasasu ekena dvīhi tīhi catūhi kāraṇehi hīnapaṇītattā veditabbā.

410. Kasmā pañcakanayo desito ti? Jhānuppattikāraṇattā. Sammāsambuddhena hi paṭhavīkasiṇe suddhikajjhānaṃ catukkanayavasena pañcakanayavasena dassitaṃ. Tathā suddhikapaṭipadā, tathā suddhikārammaṇaṃ. Tattha yā devatā paṭhavīkasiṇe suddhikajjhānaṃ catukkanayavasena desiyamānaṃ bujjhituṃ sakkonti tāsaṃ sappāyavasena suddhikajjhāne catukkanayo desito. Yā pañcakanayavasena desiyamānam bujjhituṃ sakkonti tāsaṃ sappāyavasena pañcakanayo. Yā suddhikapaṭipadāya — pe — suddhikārammaṇe catukkanayavasena ca desiyamānaṃ bujjhituṃ sakkonti tāsaṃ sappāyavasena suddhikārammaṇe catukkanayo desito. Yā pañcakanayavasena desiyamānaṃ bujjhituṃ sakkonti tāsaṃ sappāyavasena pañcakanayo. Iti heṭṭhā puggalajjhāsayavasena desanā katā.

411. Desanāvilāsappatto c'esa pabhinnapaṭisambhido Dasabalacatuvesārajjādivisadañāṇo saddhammānaṃ yāthāvasarasalakkhaṇassa suppaṭividdhattā dhammapaññattikusalatāya yo yo nayo labbhati tassa tassa vasena desanaṃ niyāmetuṃ sakkoti, tasmā imāya desanāvilāsappattiyā pi. Ten' eva esā paṭhavīkasiṇe suddhikacatukkanayādivasena desanā katā. Yasmā pana ye keci jhānaṃ uppādenti nāma na te ārammaṇapaṭipadāhi vinā uppādetuṃ sakkonti, tasmā niyamato jhānuppattikāraṇattā ayaṃ soḷasakkhattukanayo kathito. Ettāvatā suddhikanavakā cattāro paṭipadānavakā cattāro ārammaṇanavakā ime soḷasa navakā ti pañcavīsati navakā kathitā honti.

Tattha ekekasmiṃ navake catukkapañcakavasena dve dve nayā ti paññāsa nayā. Tattha pañcavīsatiyā catuk-

---

[1] Dhs. § 186.

kanayesu satam, pañcakanayesu pañcavīsasatan ti pāṭhato pañcavīsādhikāni dve jhānacittasatāni honti. Pañcaka- naye pana catukkanayassa paviṭṭhattā attano pañcavīsaṁ eva cittasataṁ hoti. Yāni c'etāni pāṭhe pañcavīsādhikāni dve cittasatāni tesu ekekassa niddese dhammavavaṭṭhānā- dayo tayo tayo mahāvārā honti, te pana tattha niyamattaṁ eva dassetvā saṅkhittā ti.

Paṭhavīkasiṇaṁ niṭṭhitaṁ.

412. Idāni yasmā āpokasiṇādisu pi etāni jhānāni uppaj- janti tasmā tesaṁ dassanatthaṁ puna katame dhammā kusalā[1] ti ādi āraddhaṁ. Tesu sabbo pālinayo ca attha- vibhāvattā ca cittagaṇanā ca vārasaṅkhepo ca paṭhavī- kasiṇe vuttanayen' eva reditabbo. Bhāvanānayo pana kasiṇaparikammam ādiṁ katvā sabbo Visuddhimagge pa- kāsito yeva.

Mahāsakuludāyisutte pana dasa kasiṇāni vuttāni. Tesu viññāṇakasiṇaṁ ākāso pavattitamahaggataviññāṇaṁ pi tattha parikammaṁ katvā nibbattā viññāṇañcāyatana- samāpatti pi hotī ti sabbappakārena āruppadesanaṁ eva bhajati, tasmā imasmiṁ ṭhāne na kathitaṁ. Ākāsakasiṇan ti pana kasiṇugghāṭimākāsam pītam ārammaṇaṁ katvā pavattakkbandhā pi bhitticchiddādisu aññatarasmiṁ gahe- tabbanimitte paricchedākāsam pi tam ārammaṇaṁ katvā uppannaṁ catukkapañcakajjhānam pi vuccati.

413. Tattha purimanayo āruppadesanaṁ bhajati, pacchi- manayo rūpāvacaradesanam, iti missakattā imaṁ rūpāva- caradesanaṁ ārūḷhaṁ. Paricchedākāse nibbattajjhānaṁ pana rūpupapattiyā maggo hoti, tasmā taṁ gabetabbaṁ. Tasmiṁ pana catukkapañcakajjhānañ ceva uppajjati, ārup- pajjhānaṁ n'uppajjati. Kasmā? Kasiṇugghāṭanassa alā- bhato.[2] Taṁ hi punappuna ugghāṭiyamānam pi ākāsam eva hotī ti. Tattba kasiṇugghāṭanaṁ labbhati, tasmā tatth' uppannaṁ jhānaṁ diṭṭhadhammasukhavihārāya saṁ- vaṭṭati, abhiññāpādakaṁ hoti, vipassanāpādakaṁ hoti, nirodhapādakaṁ na hoti. Anupubbanirodho ·pan' ettha

---

[1] Dhs. § 203. Mahāvyutp. 72.   [2] āloko G.

yāva pañcamajjhānā labbhati, vaḍḍhapādakaṃ hoti yeva. Yathā c'etam evaṃ purimakasiṇesu uppannajjhānāni pi. Nirodhapādakabhāvo pan'ettha viseso. Sesam ettha ākāsakasiṇe yaṃ vattabbaṃ siyā sabbaṃ Visuddhimagge vuttam eva.

414. Eko pi hutvā bahudhā hoti ti ādinayam pana vikubbanam icchautena purimesu aṭṭhasu kasiṇesu aṭṭha samāpattiyo nibbattetvā kasiṇānulomato kasiṇapaṭilomato kasiṇānulomapaṭilomato jhānānulomato jhānapaṭilomato jhānukkantito kasiṇukkantito jhānakasiṇukkantito aṅgasaṅkantito aṅgārammaṇasaṅkantito, aṅgavavatthānato ārammaṇavavatthānato ti imehi cuddasahi ākārehi cittaṃ paridametabbaṃ. Tesaṃ vitthārakathā Visuddhimagge vuttā.[1]

Evam pana cuddasahi ākārehi cittaṃ paridametvā pubbe abhāvitabhāvano ādikammiko yogāvacaro iddhivikubbanaṃ sampādessatī ti n'etaṃ ṭhānaṃ vijjati. Ādikammikassa hi kasiṇaparikammaṃ pi bhāro, satesu sahassesu eko va sakkoti. Katakasiṇaparikammassa nimittuppādanaṃ bhāro, satesu sahassesu eko va sakkoti. Uppanne pi nimitte vaḍḍhetvā appanādhigamo bhāro, satesu sahassesu vā eko va sakkoti. Adhigatappanassa cuddasah' ākārehi cittaparidamanam[2] bhāro, satesu sahassesu eko va sakkoti. Cuddasah' ākārehi paridamitacittassā pi iddhivikubbanaṃ nāma bhāro, satesu sahassesu eko va sakkoti. Vikubbanappattassā pi khippanisanti nāma bhāro, satesu sahassesu vā eko khippanisanti hoti.

Therambatthalene Mahārohanaguttattherassa gilānupaṭṭhānam āgatesu tiṃsamattesu iddhimantasahassesu upasampadāya aṭṭhavassiko Saṅgharakkhitatthero viya. Vatthuṃ Visuddhimagge vitthāritam evā ti.

Kasiṇakathā niṭṭhitā.

415. Evam aṭṭhasu kasiṇesu rūpāvacarakusalaṃ nisīditvā idāni yasmā samāne pi ārammaṇe bhāvanāya asamānattāya imesu aṭṭhasu kasiṇesu aññam pi abhibhāyatanasaṅkhātaṃ

---

[1] Visuddhimagga p. 110. [2] cittaparimaddanaṃ G.

rūpāvacarakusalaṃ pavattati, tasmā taṃ dassetuṃ puna katame dhammā kusalā[1] ti ādi āraddhaṃ.

Tattha ajjhattaṃ arūpasaññī ti alābhitāya vā anatthikatā vā ajjhattarūpe parikammasaññāvirahito. Bahiddhā rūpāni passatī ti bahiddhā aṭṭhasu kasiṇesu kataparikammatāya parikammavasena ceva appanāvasena ca tāni bahiddhā aṭṭha kasiṇarūpāni passati. Parittānī ti[2] avaḍḍhitāni.

Tāni abhibhuyyā ti. Yathā nāma sampannagahaṇiko katacchumattaṃ bhattaṃ labhitvā kim ettha bhuñjitabbam atthī ti saṅkaḍḍhitvā ekakabalaṃ eva karoti evam evaṃ ñāṇuttariko puggalo visadañāṇo kim ettha parittake ārammaṇe samāpajjitabbam atthi nāyaṃ mama bhāro ti atthi tāni rūpāni abhibhavitvā samāpajjati saha nimittuppāden' ev' ettha appanaṃ nibbattetī ti attho.

Jānāmi passāmī ti iminā pan' assa pubbabhogo kathito. Āgamaṭṭhakathāsu pana vuttaṃ: Iminā pan' assa ābhogo kathito so ca kho samāpattito vuṭṭhitassa na anto samāpattiyaṃ ti.

416. Appamāṇānī[3] ti vaḍḍhitapamāṇāni. Abhibhuyyā ti. Ettha pana yathā mahagghaso puriso ekam bhattavaḍḍhinikaṃ labhitvā 'aññā pi hotu aññā pi hotu kim esā mayhaṃ karissati' taṃ na mahantato passati evam evaṃ ñāṇuttaro puggalo visadañāṇo kim ettha samāpajjitabbaṃ na idam appamāṇaṃ ti mayhaṃ cittekaggakaraṇe bhāro atthī ti tāni abhibhavitvā samāpajjati saha nimittuppāden' ev' ettha appanaṃ nibbattatī[4] ti attho.

Parittaṃ parittārammaṇaṃ appamāṇaṃ parittārammaṇaṃ ti. Idha parittānī ti āgatattā appamāṇārammaṇatā na gahitā. Parato appamāṇānī ti āgatattā parittārammaṇatā. Aṭṭhakathāya pana vuttaṃ: Imasmiṃ ṭhāne cattāri cattāri ārammaṇāni agahetvā dve dve yeva gahi-

---

[1] Dhs. § 204, Comp. Aṅguttara I. 20. 47 seq. Mahāvyutpatti 68, 70. Mahāparinibb. III. 32, Saddharmapuṇḍarīka transl. by Kern p. 31. [2] Papañcasūdanī in Trenckner's transcript No. 77 p. 18. [3] Dhs. § 225. [4] pāpetī Papañc.

tāni. Kiṃ kāraṇā? Catusu hi gahitesu desanā soḷasakkhattukā hoti.

Sattbārā va heṭṭhā soḷasakkhattukadesanā kilañjamhi tilaṃ paṭṭharantena viya vitthārato kathitā. Tassa imasmiṃ ṭhāne aṭṭhakkhattukaṃ desanaṃ kātum ajjhāsayo. Tasmā dve dve yeva gahitānī ti veditabbāni.

417. Suvaṇṇadubbaṇṇānī[1] ti parisuddhāparisuddhavaṇṇāni. Parisuddhāni hi nīlādīni suvaṇṇāni aparisuddhāni ca dubbaṇṇānī ti idha adhippetāni. Āgamaṭṭhakathāsu pana suvaṇṇāni vā bontu dubbaṇṇāni vā, paritta-appamāṇavasen'eva imāni abhibhāyatanāni desitānī ti vuttaṃ. Imesu[2] ca pana catusu parittaṃ vitakkacaritavasena āgataṃ, appamāṇaṃ mohacaritavasena, suvaṇṇaṃ dosacaritavasena, dubbaṇṇaṃ rāgacaritavasena. Etesaṃ hi etāni sappāyāni sā ca tesaṃ sappāyatā vitthārato Visuddhimagge Cariyāniddese vuttā.

418. Kasmā pana yathā Suttante ajjhattaṃ rūpasaññī eko bahiddhā rūpāni passati parittānī ti ādi vuttaṃ evaṃ avatvā idha catusu pi abhibhāyatanesu ajjhattaṃ arūpasaññitā vuttā ti? Ajjhattarūpānam anabhibhavanīyato. Tattha hi idha vā bahiddhā rūpān' eva abhibhavitabbāni tasmā tāni niyamato vattabbānī ti tatra pi idha pi vuttāni. Ajjhattarūpasaññī arūpasaññī ti idam pana satthu desanāvilāsamattam eva ayaṃ tāva catusu abhibhāyatanesu apubbapadavaṇṇanā. Suddhikanayapaṭipadādibhedo pan' ettha paṭhavīkasiṇe vuttanayen' eva ekekasmiṃ abhibhāyatane veditabbo.

Kevalaṃ hi ettha ārammaṇacatukkaṃ ārammaṇadukam hoti soḷasakkhatukaṃ ca aṭṭhakkhatukaṃ ca. Sesaṃ tādisam eva.

Evam ettha ekekasmiṃ abhibhāyatane eko suddhikanavako, cattāro paṭipadā navakā, dve ārammaṇā navakā. Ārammaṇapaṭipadāmissake aṭṭha navakā ti paṇṇarasa navakā ti catusu pi samasaṭṭhi navakā veditabbā.

---

[1] Dhs. § 244. Mahāvyutp. 71. [2] Papañcasūdanī in Trenckner's transcript 77, 19.

419. Pañcamābhibhāyatanādisu[1] nīlāni ti sabbasaṅgāhikavasena vuttaṃ. Nīlavaṇṇāni ti vaṇṇavasena. Nīlanidassanāni ti nidassanavasena. Apaññāyamānavivarāni asambhinnavaṇṇāni ekanīlān' eva hutvā dissanti ti vuttaṃ hoti. Nīlanibhāsāni ti. Etena tesaṃ suvisuddhataṃ dasseti. Suvisuddhavaṇṇavasena hi imāni cattāri abhibhāyatanāni vuttāni.

420. Pītāni[2] ti ādisu pi. Iminā va nayena attho veditabbo. Nīlakasiṇam uggaṇhanto nīlasmiṃ nimittaṃ gaṇhāti pupphasmiṃ vā vatthasmiṃ vā vaṇṇadhātuyā vā ti ādikam pan' ettha kasiṇakaraṇaṃ ca parikammaṃ ca appanāvidhānañ[3] ca sabbaṃ Visuddhimagge vitthārato vuttaṃ eva.

Yathā ca paṭhavīkasiṇo evam idha ekekasmiṃ abhibhāyatane pañcavīsati navakā veditabbā ti.

Abhibhāyatanakathā niṭṭhitā.

421. Idāni yasmā idaṃ rūpāvacarakusalaṃ nāma na kevalam ārammaṇasaṅkhātānam āyatanānam abhibhavanato abhibhāyatanavasen' eva uppajjati atha kho vimokkhavasena pi uppajjati, tasmā tam pi nayaṃ dassetum puna katame dhammā kusalā[4] ti ādi āraddhaṃ.

Kena pan' aṭṭhena vimokkho veditabbo ti?[5] Adhimuccanaṭṭhena. Ko ayaṃ adhimuccanaṭṭho nāma? Paccanīkadhammehi suṭṭhu vimuccanaṭṭho ārammaṇe ca abhiratavasena suṭṭhu adhimuccanaṭṭho pitu aṅke vissaṭṭhaṅgapaccaṅgassa dārakassa sayanaṃ viya aniggahītabhāvena nirāsaṅkatāya ārammaṇe pavatti ti vuttaṃ hoti. Evaṃlakkhaṇaṃ hi vimokkhabhāvappattaṃ rūpāvacarakusalaṃ dassetum ayaṃ nayo āraddho.

Tattha rūpī ti. Ajjhattaṃ kesādisu uppāditaṃ rūpajjhānaṃ rūpaṃ tad assa atthī ti rūpī. Ajjhattaṃhi nīlaparikammaṃ karonto kese vā pitte vā akkhitārakāya vā karoti. Pītakaparikammaṃ karonto mede vā chaviyā vā

[1] Dhs. § 246. Papañcas. in Trenckner's transcript 77, 20. Mahāvyutp. l. l. [2] Dhs. § 247. [3] appamāṇavidh° T. [4] Dhs. § 248. Mahāvyutp. 70. [5] Papañcasūdanī 77 p. 17.

akkhīnaṃ pītakaṭṭhāne vā karoti. Lohitaparikammaṃ karonto maṃse vā lohite vā jivhāya vā hatthatalapādatalesu vā akkhīnaṃ rattaṭṭhāne vā karoti. Odātaparikammaṃ karonto aṭṭhimhi vā dante vā nakhe vā akkhīnaṃ setakaṭṭhāne vā karoti.[1]

Evaṃ parikammaṃ katvā uppannajjhānasamaṅgīnaṃ sandhāy' etaṃ vuttaṃ: rūpāni passatī ti. Bahiddhā pi nīlakasiṇādi-rūpāni jhānacakkhunā passati, iminā ajjhattabahiddhā-vatthukesu kasiṇesu jhānapaṭilābho dassito.

Ajjhattaṃ arūpasaññī ti ajjhattaṃ na rūpasaññī. Attano kesādisu anuppāditarūpāvacarajjhāno ti attho. Iminā bahiddhā parikammaṃ katvā bahiddhā va paṭiladdhajjhānatā dassitā.

422. Subhan[2] ti. Iminā suvisuddhesu nīlādisu vaṇṇakasiṇesu jhānāni dassitāni. Tattha kiñcā pi anto appanāya subhan ti ābhogo natthi. Yo pana suvisuddhaṃ subhakasiṇam ārammaṇaṃ katvā viharati so yasmā subhan ti — pe — paṭhamaṃ jhānam upasampajja viharati tathā dutiyādīni. Tasmā evaṃ desanā katā.

Paṭisambhidāmagge pana kathaṃ subhan t'eva adhimutto hoti vimokkho? Idha bhikkhu mettāsahagatena cetasā ekaṃ disaṃ — pe — viharati,[3] mettāya bhāvitattā sattā appaṭikūlā honti, karuṇā-muditā-upekkhāsahagatena cetasā ekaṃ disaṃ — pe — viharati, upekkhāya bhāvitattā sattā appaṭikūlā honti. Evaṃ subhan t'eva adhimutto hotī ti vimokkho ti vuttaṃ.

Idha pana upari .pāḷiyaṃ yeva brahmavihārānam āgatattā taṃ nayaṃ paṭikkhipitvā sunīlaka-supītaka-sulohitaka-suodātaparisuddha-nīlakaparisuddha-pītakaparisuddha-lohitakaparisuddha-odātakavasena subhavimokkho anuññāto. Iti kasiṇaṃ ti vā abhibhāyatanaṃ ti vā vimokkho ti vā rūpāvacarajjhānam eva.

Taṃ hi ārammaṇassa sakalaṭṭhena kasiṇaṃ nāma ārammaṇaṃ abhibhavanaṭṭhena abhibhāyatanaṃ nāma ārammaṇe adhimuccanaṭṭhena paccanīkadhammehi vimuccanaṭ-

[1] Papañcasūdanī 77 p. 18. [2] Dhs. § 250. Mahāvyutp. l. l. [3] Visuddhimagga p. 106, Majjhima I, 38.

ṭhena vimokkho ti vuttaṃ. Tattha kasiṇadesanā Abhidhammavasena, itarā pana Suttantadesanāvasena vuttan ti veditabbā. Ayam ettha apubbapadavaṇṇanā. Ekekasmiṃ pana vimokkhe paṭhavīkasiṇe viya pañcavīsati pañcavīsati katvā pañca sattati navakā veditabbā ti.

Vimokkhakathā niṭṭhitā.

423. Idāni mettādibrahmavihāravasena pavattamānaṃ rūpāvacarakusalaṃ dassetuṃ puna katame dhammā kusalā[1] ti ādi āraddhaṃ.

Tattha mettāsahagataṃ ti mettāsamannāgataṃ. Parato karuṇāsahagatādisu pi es'eva nayo. Yena pan' esa vidhānena paṭipanno mettādisahagatāni jhānāni upasampajja viharati taṃ mettādīnam bhāvanāvidhānaṃ sabbaṃ Visuddhimagge vitthāritam eva. Avasesāya pāḷiyā attho paṭhavīkasiṇavuttanayena veditabbo. Kevalaṃ hi paṭhavīkasiṇe pañcavīsati navakā, idha purimāsu tīsu tikacatukkajjhānikavasena pañcavīsati sattakā.

Upekkhāya catutthajjhānavasena pañcavīsati ekakā karuṇāmuditāsu chandādīhi catūhi saddhiṃ karuṇāmuditā ti ime[2] pi yevāpanakā labbhanti. Dukkhāpaṭipadādibhāvo c'ettha mettāya tāva vyāpādavikkhambhanavasena, karuṇāya vihesāvikkhambhanavasena, muditāya arativikkhambhanavasena, upekkhāya rāgapaṭighavikkhambhanavasena veditabbo.

Parittārammaṇatā pana na bahusattārammaṇavasena, appamāṇārammaṇatā bahusattārammaṇavasena hotī ti ayaṃ viseso. Sesaṃ tādisam eva. Evaṃ tāva pāḷivasen' eva. Brahmuttamena kathite brahmavihāre ime iti viditvā bhiyyo etesu ayam pakiṇṇakakathā pi viññeyyā.

424. Etāsu hi mettā-karuṇā-muditā-upekkhāsu atthato tāva mejjatī[3] ti mettā. Siniyhatī ti attho. Mitte vā bhavā mittassa vā esā pavattatī ti pi mettā.

Paradukkhe sati sādhūnaṃ hadayakampanaṃ karotī ti karuṇā. Kiṇāti vā parassa dukkhaṃ hiṃsati vināsetī ti

---

[1] Dhs. § 251. Comp. Mahāvyutp. 82. Visuddhimagga l. l.
[2] imaṃ G. [3] mijjatī M.

karuṇā. Kirīyati vā dukkhitesu, pharaṇavasena pasārīyatī ti karuṇā.

Modanti tāya taṃ samaṅgino sayaṃ vā modati modanamattam eva vā tan ti muditā.

Averā hontū ti ādi vyāpādappahānena majjhattabhāvūpagamanena ca upekkhatī ti upekkhā.

Lakkhaṇādito pan' ettha hitākārappavattilakkhaṇā mettā hitūpasaṃhārarasā, āghātavinayapaccupaṭṭhānā, sattānam manāpabhāvadassanapadaṭṭhānā. Vyāpādupasamo etissā sampatti sinehasambhavo vipatti. Dukkhāpanayanākārappavattilakkhaṇā karuṇā paradukkhāsahanarasā, avihiṃsāpaccupaṭṭhānā, dukkhābhibhūtānam anāthabhāvadassanapadaṭṭhānā. Vihiṃsūpasamo tassā sampatti, sokasambhavo vipatti. Pamodalakkhaṇā muditā anissāyanarasā, arativighātapaccupaṭṭhānā, sattānaṃ sampattidassanapadaṭṭhānā. Arativūpasamo tassā sampatti, pahāsasambhavo vipatti.

Sattesu majjhattākārapavattilakkhaṇā upekkhā, sattesu sambhavadassanarasā paṭighānunayavūpasamapaccupaṭṭhānā. Kammassakā sattā te kammassa ruciyā sukhitā vā bhavissanti dukkhato vā muccissanti pattasampattito vā pana parihāyissantī ti evaṃ pavattakammassakatā dassanapadaṭṭhānā. Paṭighānunayavūpasamo tassā sampatti, gehasitāya aññānupekkhāya sambhavo vipatti.

425. Catunnaṃ pan' etesaṃ brahmavihārānaṃ vipassanāsukham eva bhavasampatti ca sādhāraṇam payojanaṃ vyāpādādipaṭighāto. Āveṇikam vyāpādapaṭighātappayojanaṃ h'ettha mettāvihiṃsā, aratirāgapaṭighātappayojanā itarā. Vuttam pi c'etaṃ: nissaraṇaṃ h'etam āvuso vyāpādassa yad idaṃ mettā cetovimutti, nissaraṇaṃ h'etam āvuso vihesāya yad idaṃ karuṇā cetovimutti, nissaraṇaṃ h'etam āvuso aratiyā yad idaṃ muditā cetovimutti, nissaraṇam h'etam āvuso rāgassa yad idaṃ upekkhā cetovimuttī ti.

Ekamekassa c'ettha āsannadūravasena dve dve paccatthikā. Mettābrahmavihārassa hi samīpacāro viya purisassa sapatto guṇadassanasabhāgatāya rāgo āsannapaccatthiko, so lahuṃ otāraṃ labhati, tato suṭṭhu mettā rakkhitabbā, pabbatādigahanissito viya purisassa sapatto sabhāgavisabhāgatāya vyāpādo dūrapaccatthiko.

Tato nibbbayena mettāyitabbaṃ. Mettāyissatī ti ca nāma kopañ ca karissatī ti aṭṭhānam etaṃ. Karuṇābrahmavihārassa cakkhuviññeyyānaṃ rūpānaṃ iṭṭhānaṃ kantānaṃ manāpānam manoramānaṃ lokāmisapaṭisaṃyuttānam appaṭilābbaṃ vā appaṭilābbato samanupassato pubbe vā paṭiladdhapubbam atītaṃ niruddhaṃ vipariṇataṃ na samanussarato uppajjati domanassaṃ. Yam evarūpaṃ domanassaṃ idaṃ vuccati gehasitadomanassan[1] ti ādinā nayena āgataṃ gehasitadomanassaṃ vipattidassanaṃ sabhāgatāya āsannapaccattbikaṃ. Sabhāgavisabhāgatāya vihesā dūrapaccatthikā, tasmā tato nibbhayena karuṇāyitabbaṃ. Karuṇam ca nāma karissati pāṇiādīhi ca vihesessatī ti aṭṭhānam etaṃ.

Muditābrahmavihārassa cakkhuviññeyyānaṃ rūpānaṃ iṭṭhānaṃ kantānam manāpānam manoramānaṃ lokāmisapaṭisaṃyuttānaṃ paṭilābhaṃ vā paṭilābhato samanupassato pubbe vā paṭiladdhapubbam atītaṃ niruddhaṃ vipariṇataṃ na samanussarato uppajjati somanassaṃ. Yam evarūpaṃ somanassam idaṃ vuccati gehasitasomanassan ti ādinā nayena āgataṃ. Gehasitasomanassaṃ sampattidassanasabhāgatāya āsannapaccattbikaṃ. Sabhāgavisabhāgatāya arati dūrapaccatthikā, tasmā tato nibbbayena muditā bhāvetabbā. Mudito va nāma bhavissati paccantasenāsanesu vā ukkaṇṭhissatī ti aṭṭhānam etaṃ.

426. Upekkhābrahmavihārassa pana cakkhunā rūpaṃ disvā uppajjati uppekkhābālassa mūḷhassa puthujjanassa anodhijinassa avipākajinassa anādīnavadassāvino assutavato puthujjanassa. Yā evarūpā upekkhā[2] rūpaṃ sā nātivattati, tasmā sā upekkhā gehasitā ti vuccatī ti. Ādinā nayenāgatā gehasitā aññānupekkhā dosaguṇānam avicāraṇavasena sabhāgattā āsannapaccatthikā sabhāgavisabhāgatāya rāgapaṭighā dūrappaccatthikā. Tasmā tato nibbhayena upekkhitabbaṃ. Upekkhissati ca nāma rajjissati ca paṭihaññissati cā ti aṭṭhānam etaṃ.

Sabbesam pi ca etesaṃ kattukāmatā chando-ādi-nīvaraṇādi-vikkhambhanā majjhaṃ. Appahīnapariyosānam

---

[1] Milindapañha p. 45. [2] Yathā evarūpaṃ upekkhārūpaṃ sātā G.

paññattidhammavasena eko vā satto aneke vā sattā ārammaṇam upacāre vā appanāya vā pattāya ārammaṇavaḍḍhanaṃ tattbāyaṃ vaḍḍhanakkamo.

Yathā hi kusalo kassako kasitabbaṭṭhānam paricchinditvā kasati evam paṭhamaṃ ev'ekam āvāsam paricchinditvā tattha sattesu imasmiṃ āvāse sattā averā hontū ti ādinā nayena mettā bhāvetabbā. Tatha cittaṃ muduṃ kammaniyaṃ katvā dve āvāsā paricchinditabbā.

427. Tato anukkamena tayo cattāro pañca cha satta aṭṭha nava dasa ekāracchā upaḍḍhagāmo gāmo janapado rajjam ekā disā ti evaṃ yāva ekaṃ cakkavāḷaṃ vā tato vā pana bhiyyo tattha tattha sattesu mettā bhāvetabbā tathā karuṇādayo ti ayam ettha ārammaṇavaḍḍhanakkamo.

Yathā pana kasiṇānaṃ nissando āruppasamādhi āruppasamādhinissando nevasaññānāsaññāyatanaṃ vipassanānissando phalasamāpatti samathavipassanānissando nirodhasamāpatti eva purimabrahmavihārattāya nissando ettha upekkhābrahmavihāro.

Yathā hi thambhe anussāpetvā tulāsaṅghāṭam anāropetvā na sakkā ākāse kūṭagopānasiyo ṭhapetuṃ evam purimesu tatiyajjhānaṃ vinā na sakkā catutthaṃ bhāvetuṃ.

Kasiṇesu pana uppannatatiyajjhānassa p'esā n'uppajjati visabhāgārammaṇattā ti ettha siyā.

428. Kasmā pan' etā mettākaruṇāmuditāupekkhā brahmavihārā ti vuccanti? Kasmā catasso ca ko ca etāsaṃ kamo Vibhaṅge ca kasmā appamaññā ti vuttā ti vuccate?

Seṭṭhaṭṭhena tāva niddosabhāvena c'ettha brahmavihāratā veditabbā. Sattesu sammāpaṭipattibhāvena hi seṭṭhā ete vihārā. Yathā ca brahmāno niddosacittā viharanti evam etehi sampayuttā yogino brahmasamā va hutvā viharanti ti seṭṭhaṭṭhena niddosabhāvena ca brahmavihārā ti vuccanti.

'Kasmā catasso ti' ādi pañhassa paua idaṃ vissajjanaṃ. Visuddhimaggādivasā catasso, hitādi-ākāravasā panāyaṃ kamo, pavattanti ca appamāṇe tā gocare yena tad appamaññā.

Etāsu hi yasmā mettāvyāpādabahulassa karuṇāvihesābahulassa muditā-aratibahulassa upekkhārāgabahulassa Visuddhimaggo. Yasmā ca hitūpasaṃhara-ahitāpanayanasampattimodana-anābhogavasena catubbidho yeva sattesu manasikāro yasmā ca yathā mātā daharagilānayobbanappattasakiccappasutesu catūsu puttesu dabarassa abhivuḍḍhikāmā hoti, gilānassa gelaññāpanayanakāmā, yobbanappattassa yobbanasampattiyā ciraṭṭhitikāmā, sakiccapasutassa kismiṃci pi pariyāye avyāvaṭā hoti tathā appamaññā vibārikenā pi sabbasattesu mettādivasena bhavitabbaṃ[1] tasmā ito Visuddhimaggādivasā catasso va appamaññā.

429. Yasmā pana catasso p'etā bhāvetukāmena paṭhamaṃ hitākārappavattivasena sattesu paṭipajjitabbaṃ hitākārappavattilakkhaṇā ca mettā tato evam patthitahitānaṃ sattānaṃ dukkhābhibhavaṃ disvā vā sutvā vā sambhāvetvā dukkhāpanayanākārappavattivasena dukkhāpanayanakārappavattilakkhaṇā ca karuṇā. Ath'evam patthitahitānam patthitadukkhāpagamānaṃ pan'esaṃ sampattiṃ disvā sampattimodanavasena pamodanalakkhaṇā ca muditā. Tato param pana kātabhābhāvato ajjhūpekkhakatasaṅkhātena majjhattākārena paṭipajjitabbaṃ majjhattākārapavattilakkhaṇā ca upekkhā.' Tasmā ito hitādi-ākāravasā panāyam paṭhamam mettā vuttā. Atha karuṇā muditā upekkhā ti ayaṃ kamo veditabbo.

Yasmā pana sabbā p'etā appamāṇo gocare pavattanti tasmā appamaññā ti vuccanti. Appamāṇā hi sattā etāsaṃ gocarabhūtā ekasattassā pi ca ettake padese mottāduyo bhāvetabbā ti. Evam pamāṇam agahetvā sakalapharaṇavasena eva pavattā ti tena vuttaṃ.

Visuddhimaggādivasā catasso, hitādiākāravasā panāyaṃ kamo, pavattanti ca appamāṇe tā gocare yena tad appamaññā ti.

Evam appamāṇagocaratāya ettha lakkhaṇāsu cāpi etāsu purimā tisso tikacatukkajjhānikā va honti. Kasmā? Somanassāvippayogato. Kasmā panāyaṃ somanassena avippayogo ti? Domanassasamuṭṭhitānaṃ vyāpādādīnaṃ nissaraṇatā pacchimā pana avasesekajjhānikā va. Kasmā? Upekkhāmettāsampayogato. Na hi sattesu majjhattākā-

---

[1] Hardy, Eastern Monachism 249.

rappavattā brahmavihārupekkhā upekkhāvedanaṃ vinā vattatī ti.

Brahmavihārakathā niṭṭhitā.

430. Idāni rāgacaritasattānam ekantaṃ hitaṃ nānārammaṇesu ekekajjhānavasena pavattamānaṃ rūpāvacarakusalaṃ dassetum puna katame dhamma kusalā' ti ādi āraddhaṃ.

Tattha uddhumātakasaññāsahagatan ti ādisu bhastā viya vāyunā uddhaṃ jīvitapaviyādānā yathānukkamaṃ samuggatena sunabhāvena uddhumātattā uddhumātaṃ. Uddhumātam eva uddhumātakam paṭikkūlattā vā kucchitaṃ uddhumātaṃ ti uddhumātakaṃ. Tathārūpassa chavasarīrass' etam adhivacanaṃ.

Vinīlaṃ[2] vuccati viparibhinnavaṇṇaṃ. Vinīlam eva vinīlakam paṭikkūlattā vā kucchitaṃ vinīlaṃ ti vinīlakaṃ. Maṃsussadaṭṭhānesu rattavaṇṇassa, pubbasannicayaṭṭhānesu setavaṇṇassa, yebhuyyena nīlavaṇṇassa nīlaṭṭhāne nīlasāṭakapārutass' eva chavasarīrass' etaṃ adhivacanaṃ.

Paribhinnaṭṭhānesu vissandamānaṃ pubbaṃ vipubbaṃ. Vipubbam eva vipubbakam paṭikkūlattā vā kucchitaṃ vipubban ti vipubbakaṃ. Chavasarīrass' etaṃ adhivacanaṃ.

Vicchiddaṃ vuccati dvidhā chindanena apavāritaṃ. Vicchiddam eva vicchiddakaṃ paṭikkūlattā vā kucchitaṃ vicchiddan ti vicchiddakaṃ. Vemajjhe chinnassa chavasarīrass' etam adhivacanaṃ.

Ito etto ca vividhākārena soṇasigālādīhi khāyitaṃ vikkhāyitaṃ. Vikkhāyitam eva vikkhāyitakaṃ paṭikkūlattā vā kucchitaṃ vikkhāyitaṃ ti vikkhāyitakaṃ. Tathārūpassa chavasarīrass' etam adhivacanaṃ.

Vividhā khittaṃ vikkhittaṃ. Vikkhittam eva vikkhittakaṃ paṭikkūlattā vā kucchitaṃ. Vikkhittan ti vikkhittakaṃ aññena hattham aññena pādam aññena sīsan ti evaṃ tato tato khittassa chavasarīrassa adhivacanaṃ.

Hataṃ ca purimanayen' eva vikkhittakaṃ cā ti hatavikkhittakaṃ. Kākapadākārena aṅgapaccaṅgesu satthena

---

[1] Dhs. § 263. [2] Dhs. § 264.

banitvā vuttanayena vikkhittakassa chavasarīrassa etam adhivacanaṃ.

Lohitaṃ kirati vikkhipati ito c' ito ca paggharatī ti lohitakam. Paggharitalohitamakkhitassa chavasarīrass' etam adhivacanaṃ.

Puḷavā vuccanti kimayo. Puḷave kiratī ti puḷavakaṃ. Kimiparipuṇṇassa chavasarīrass' etam adhivacanaṃ.

Aṭṭhi yeva aṭṭhikaṃ paṭikkūlattā vā kucchitaṃ. Aṭṭhī ti aṭṭhikaṃ aṭṭhikasaṅkhalikāya pi ekaṭṭhikassa pi etam adhivacanaṃ.

Imāni ca pana uddhumātakādīni nissāya uppannanimittānam pi nimittesu paṭiladdhajjhānānam pi etān' eva nāmāni. Tattha uddhumātakanimitte appanāvasena uppannā saññā uddhumātakasaññā. Tāya uddhumātakasaññāya sampayogaṭṭhena sahagatam uddhumātakasaññāsahagataṃ. Vinīlakasaññāsahagatādisu pi es' eva nayo.

Yam pan' ettha bhāvanāvidhānaṃ vattabbaṃ bhaveyya taṃ sabbākārena Visuddhimagge[1] vuttam eva. Avasesā pāḷivaṇṇanā heṭṭhā vuttanayen' eva veditabbā. Kevalaṃ hi idha catutthajjhānavasena upekkhābrahmavihāre viya paṭhamajjhānavasena ekekasmiṃ pañcavīsati ekakā honti asubhārammaṇassa ca avaḍḍhaniyyattā paritte uddhumātakaṭṭhāne uppannanimittārammaṇaṃ parittārammaṇam, mahante appamāṇārammaṇaṃ veditabbaṃ. Sesesu pi es'eva nayo.

Iti asubhāni subhaguṇo dasasatalocanena thutakitti yāni avoca dasabalo ekekajjhānahetūni.

431. Evaṃ pāḷinayen 'eva tāva sabbāni tāni jānitvā tesv ova ayaṃ bhiyyo pakiṇṇakakathā pi viññeyyā. Etesu hi yattha katthaci adhigatajjhāno suvikkhambhitarāgattā vītarāgo viya nilloluppacāro hoti evaṃ sante pi yvāyam asubhappabhedo vutto so sarīrasabhāvappattivasena ca rāgacaritabhedavasena cā ti veditabbo.

Chavasarīraṃ hi paṭikkūlabhāvaṃ āpajjamānaṃ uddhumātakasabhāvappattaṃ vā siyā vinīlakādīnaṃ vā aññatarasabhāvappattaṃ iti yādisaṃ yādisaṃ sakkā hoti laddhuṃ

---

[1] Visuddh. p. 98.

tādise tādise uddhumātakapaṭikkūlaṃ vinīlakapaṭikkūlan ti evaṃ nimittaṃ gaṇhitabbam evā ti sarīrasabhāvappattivasena dasadhā asubhappabhedo vutto ti veditabbo.

432. Visesato c'ettha uddhumātakaṃ sarīrasaṇṭhānavipattippakāsanato sarīrasaṇṭhānarāgino sappāyaṃ.

Vinīlakaṃ chavirāgavipattippakāsanato[1] sarīravaṇṇarāgino[2] sappāyaṃ.

Vipubbakaṃ kāyavaṇṇapaṭibaddhassa duggandhabhāvassa pakāsanato mālāgandhādivasena samuṭṭhāpitasarīragandharāgino sappāyaṃ.

Vicchiddakaṃ antosusirabhāvappakāsanato sarīre ghanabhāvarāgino sappāyaṃ.

Vikkhāyitakaṃ maṃsūpacayasampattivināsappakāsanato thanādīsu sarīrappadesesu maṃsūpacayarāgino sappāyaṃ.

Vikkhittakaṃ aṅgapaccaṅgānaṃ vikkhepappakāsanato aṅgapaccaṅgalīḷārāgino sappāyaṃ.

Hatavikkhittakaṃ sarīrasaṅghāṭabhedavikārappakāsanato sarīrasaṅghāṭasampattirāgino sappāyaṃ.

Lohitakaṃ lohitamakkhitapaṭikkūlabhāvappakāsanato alaṃkārajanitasobhārāgino sappāyaṃ.

Puḷavakaṃ kāyassa anekakimikulasādhāraṇabhāvappakāsanato kāye mamattarāgino sappāyaṃ.

Aṭṭhikaṃ sarīraṭṭhīnaṃ paṭikkūlabhāvappakāsanato dantasampattirāgino sappāyan ti.

Evaṃ rāgacaritavasenā pi dasadhā asubhappabhedo vutto ti veditabbo.

433. Yasmā pana dasavidhe pi etasmiṃ asubhe seyyathā pi nāma aparisaṇṭhitajalāya sīghasotāya nadiyā arittabalen 'eva nāvā tiṭṭhati, vinā arittena na sakkā ṭhapetuṃ evam evaṃ dubbalattā ārammaṇassa vitakkabalen 'eva cittaṃ ekaggaṃ hutvā tiṭṭhati, vinā vitakkena na sakkā ṭhapetuṃ tasmā paṭhamajjhānam ev 'ettha hoti na dutiyādīni. Paṭikkūle pi c'etasmiṃ ārammaṇe 'addhā imāya paṭipadāya jarāmaraṇambhā parimuccissāmī ti' evaṃ ānisaṃsadassāvitāya ceva nīvaraṇasantāpappahānena ca pīti-

---

[1] chavivaṇṇavipphatto M. [2] chavivaṇṇarāgino M.

somanassaṃ uppajjati. 'Bahuṃ dāni vetanaṃ labhissāmī ti' ānisaṃsadassāvino pupphachaḍḍakassa gūtharāsimhi viya upasantavyādhidukkhassa rogino vamanavirecanappavattiyaṃ viya ca dasavidham pi c'etaṃ asubhaṃ lakkhaṇato ekam eva hoti. Dasavidhassā pi etassa asuciduggandhajegucchapaṭikkūlabhāvo eva lakkhaṇaṃ. Tad ev 'etaṃ iminā lakkhaṇena na kevalaṃ. Matasarīre yeva dantaṭṭhikadassāvino pana Cetiyapabbatavāsi-Mahā-Tissattherassa viya hatthikkhandhagataṃ rājānaṃ ullokentassa Saṃgharakkhitattherupaṭṭhākasāmaṇerassa viya ca jīvamānakasarīre pi upaṭṭhāti. Yath' eva hi matasarīraṃ evaṃ jīvamānakam pi asubham eva. Asubhalakkhaṇaṃ pan'ettha āgantukena alaṃkārena paṭicchannattā na paññāyatī ti.

Asubhakathā niṭṭhitā.

434. Kiṃ pana paṭhavīkasiṇaṃ ādiṃ katvā aṭṭhikasaññāpariyosānā c'esā rūpāvacarappanā udāhu aññā pi atthī ti? Atthi. Ānāpānajjhānaṃ hi kāyagatā sati bhāvanā ca idha na kathitā. Kiñcā pi na kathitā? Vāyokasiṇe pana gahite ānāpānajjhānaṃ gahitam eva vaṇṇakasiṇesu ca gahitesu kesādīsu catukkapañcakajjhānavasena uppannā kāyagatā sati dasasu asubhesu gahitesu dvattiṃsākāre paṭikkūlamanasikārajjhānavasena c'eva navasīvathikāvaṇṇajjhānavasena ca pavattā kāyagatā sati gahitā vā ti sabbā pi rūpāvacarappanā idha kathitā hotī ti.

Rūpāvacarakusalakathā niṭṭhitā.

435. Idāni arūpāvacarakusalaṃ dassetuṃ puna **katame dhammā kusalā**[1] ti ādi āraddhaṃ.' Tattha arūpūpapattiyā ti arūpabhāvo ti arūpo. Arūpe upapatti arūpūpapatti, tassā arūpūpapattiyā maggaṃ bhāvetī ti upāyaṃ hetuṃ kāraṇaṃ uppādeti vaḍḍheti. Sabbaso ti sabbākārena sabbāsaṃ vā anavasesānan ti attho.

436. **Rūpasaññānan**[2] ti saññāsīsena vuttarūpāvaca-

---

[1] Dhs. § 265 ff. [2] Visuddhimagga J. P. T. S. 1891—3 p. 106, Grimblot Sept Suttas Pālis p. 262. Mahāvyutpatti 60. Mahāparinibbānasutta III, 33.

rajjhānānaṃ eva tadārammaṇānañ ca. Rūpāvacarajjhānam pi hi rūpan ti vuccati. Rūpī rūpāni passati ti ādisu, tassa ārammaṇam pi bahiddhā rūpāni passati suvaṇṇadubbaṇṇānī ti ādīsu, tasmā idha rūpe saññā rūpasaññā ti evaṃ saññāsīsena rūpāvacarajjhānass 'etaṃ adhivacanaṃ. Rūpaṃ saññā assā ti rūpasaññaṃ, rūpam assa nāman ti vuttaṃ hoti. Evaṃ paṭhavīkasiṇādibhedassa tadā ārammaṇass' etaṃ adhivacanan ti veditabbaṃ.

437. Samatikkamā ti virāgā nirodhā ca kiṃ vuttaṃ hoti? Etāsaṃ kusalavipākakiriyāvasena pañcadasannaṃ jhānasaṅkhātānaṃ rūpasaññānaṃ etesañ ca paṭhavīkasiṇādivasena aṭṭhannaṃ ārammaṇasaṅkhātānaṃ rūpasaññānaṃ sabbākārena anavasesānaṃ vā virāgā ca nirodhā ca. Virāgahetum eva nirodhahetuñ ca ākāsānañcāyatanaṃ upasampajja viharati. Na hi sakkā sabbaso anatikkantarūpasaññena etaṃ upasampajja viharitun ti.

Tattha yasmā ārammaṇe avirattassa saññāsamatikkamo na hoti samatikkantāsu ca saññāsu ārammaṇasamatikkantam eva hoti tasmā ārammaṇasamatikkamaṃ avatvā katamā rūpasaññā? Rūpāvacarasamāpattiṃ samāpannassa vā upapannassa vā diṭṭhadhammasukhavihārissa vā saññā sañjānanā sañjānitattaṃ imā vuccanti rūpasaññāyo. Imā rūpasaññāyo atikkanto hoti vītikkanto samatikkanto, tena vuccati sabbaso rūpasaññānaṃ samatikkamā ti. Evaṃ Vibhaṅge saññānaṃ yeva samatikkamo vutto. Yasmā pana ārammaṇasamatikkamena vattabbā etā samāpattiyo na ekasmiṃ yeva ārammaṇe paṭhamajjhānādīni viya tasmā ayaṃ ārammaṇasamatikkamavasenā pi atthavaṇṇanā katā ti veditabbā.

438. Paṭighasaññānaṃ atthaṅgamā ti. Cakkhādīnaṃ vatthūnaṃ rūpādīnaṃ ārammaṇānañ ca paṭighā tena samuppannā saññā paṭighasaññā. Rūpasaññādīnaṃ etaṃ adhivacanaṃ. Yathāha tattha 'katamā paṭighasañña?' 'Rūpasaññā saddasaññā gandhasaññā rasasañña phoṭṭhabbasaññā imā vuccanti paṭighasaññāyo ti.'[1] Tāsaṃ kusalavipākānaṃ pañcannaṃ akusalavipākānaṃ pañcannaṃ ti

[1] Visuddhimagga in J. P. T. S. 1891—93. p. 106.

sabbaso dasannam pi paṭighasaññānaṃ atthaṅgamā pahīnā asamuppādā appavattiṃ katvā ti vuttaṃ hoti. Kāmañ c'etā paṭhamajjhānādīni samāpannassā pi na santi, na hi tasmiṃ samaye pañcadvāravasena cittaṃ pavattati. Evaṃ sante pi aññattha pahīnānaṃ sukhadukkhānaṃ catutthajjhāne viya sakkāyadiṭṭhādīnaṃ tatiyamagge viya ca imasmiṃ jhāne ussāhajananatthaṃ imassa jhānassa pasaṃsāvasena etāsaṃ ettha vacanaṃ veditabbaṃ. Athavā kiñcā pi tā rūpāvacaraṃ samāpannassa na santi[1] atha kho na pahīnattā na santi. Na hi rūpavirāgāya rūpāvacarabhāvanā saṃvattati, rūpāyattā[2] va etāsaṃ pavatti. Ayaṃ pana bhāvanā rūpavirāgāya saṃvattati tasmā tā ettha pahīnā ti vattuṃ vaṭṭati. Na kevalañ ca vattuṃ ekaṃsen 'eva evaṃ dhāretum pi vaṭṭati. Tāsaṃ hi ito pubbe appahīnattā yeva paṭhamajjhānaṃ samāpannassa saddo kaṇṭako ti vutto Bhagavatā. Idha ca pahīnattā yeva arūpasamāpattīnaṃ āneñjatā santavimokkhatā ca vuttā.

Āḷāro ca Kāḷāmo āruppaṃ samāpanno pañcamattāni sakaṭasatāni nissāya nissāya atikkamantāni neva addasa na pana saddaṃ assosī ti.

439. Nānattasaññānaṃ amanasikārā ti nānatte vā gocare pavattānaṃ saññānaṃ nānattānaṃ vā saññānaṃ yasmā hi etā tattha katamā nānattasaññā? Asamāpannassa manodhātusamaṅgissa vā manoviññāṇadhātusamaṅgissa vā saññā sañjānanā sañjānitattaṃ imā vuccanti nānattasaññāyo ti. Evaṃ Vibhaṅge vibhajitvā vuttā idha adhippetā. Asamāpannassa manodhātumanoviññāṇadhātusaṅgahitā saññā rūpasaddādibhedanānatte nānāsabhāvagocare pavattanti. Yasmā c'etā aṭṭha kāmāvacarakusalasaññā dvādasa akusalasaññā ekādasa kāmāvacarakusalavipākasaññā dve akusalavipākasaññā ekādasa kāmāvacarakiriyāsaññā ti evaṃ cattālīsam pi saññānānattanānāsabhāvā aññamaññaṃ asadisā[3] tasmā nānattasaññā ti vuttā. Tāsaṃ sabbaso nānattasaññānaṃ amanasikārā anāvajjanā asamannāhārā apaccavekkhaṇā.

Yasmā tā nāvajjati na manasikaroti na paccavekkhati

---

[1] nayanti T. [2] rūpāyatanā T. [3] sadisā M.

tasmā ti vuttaṃ hoti. Yasmā c'ettha purimā rūpasaññā paṭighasaññā ca iminā jhānena nibbatte bhave pi na vijjanti pag eva tasmiṃ bhave imaṃ jhānaṃ upasampajja viharaṇakāle tasmā tāsaṃ samatikkamā atthaṅgamā ti dvedhā pi abhāvo yeva vutto. Nānattasaññāsu pana yasmā aṭṭhakāmāvacarakusalasaññā navakiriyasaññā dasākusalasaññā ti imā sattavīsati saññā iminā jhānena nibbatte bhave vijjanti tasmā tāsaṃ amanasikārā ti vuttan ti veditabbaṃ. Atrā pi hi imaṃ jhānaṃ upasampajja viharanto tāsaṃ amanasikārā yeva upasampajja viharati tā pana manasikaronto asamāpanno hotī ti.

Saṅkhepato c'ettha rūpasaññānaṃ samatikkamā ti iminā sabbarūpāvacaradhammānaṃ pahānaṃ vuttaṃ. paṭighasaññānaṃ atthaṅgamā nānattasaññānaṃ amanasikārā ti iminā sabbesaṃ kāmāvacaracittacetasikānaṃ ca pahānā amanasikāro ti ca vutto ti veditabbo.

440. Iti Bhagavā paṇṇarasannaṃ rūpasaññānaṃ samatikkamena dasannaṃ paṭighasaññānaṃ atthaṅgamena catucattālīsāya nānattasaññānaṃ amanasikārenā ti tīhi padehi ākāsānañcāyatanasamāpattiyā vaṇṇaṃ kathesi. Kiṃ kāraṇā ti ce? Sotūnaṃ ussāhajananatthaṃ c'eva palobhanatthaṃ ca.[1] Sace hi keci apaṇḍitā vadeyyuṃ: satthā 'ākāsānañcāyatanasamāpattiṃ nibbattethā ti' vadeti. Ko nu kho etāya nibbattitāya attho ko ānisaṃso ti? Te evaṃ vattuṃ mā labhantū ti imehi ākārehi samāpattiyā vaṇṇaṃ kathesi. Taṃ hi tesaṃ sutvā evaṃ bhavissati, evaṃ santā kira ayaṃ samāpatti evaṃ paṇītā, nibbattessāmi nan ti. Ath' assā nibbattanatthāya ussāhaṃ karissanti palobhanatthañ cā pi tesaṃ etissā vaṇṇaṃ kathesi visakaṇṭakavāṇijo viya. Visakaṇṭakavāṇijo nāma guḷavāṇijo vuccati. So kira guḷaphāṇitakhaṇḍasakkarādīni sakaṭenādāya paccantagāmaṃ gantvā 'visakaṇṭakaṃ gaṇhatha, visakaṇṭakaṃ gaṇhathā' ti ugghosesi. Taṃ sutvā gāmikā 'visaṃ nāma kakkhaḷaṃ, yo taṃ khādati so marati, kaṇṭako pi vijjhitvā māreti ubho p'ete kakkhaḷā, ko ettha ānisaṃso ti' gehadvārāni thakesuṃ, dārake ca palāpesuṃ. Taṃ disvā vāṇijo 'avohārakusalā[2]

[1] palobhanamattañ ca T. [2] vohārak° M.

ime gāmikā, handa ne upāyena gaṇhāpemī' ti 'atimadhuraṃ gaṇhatha, atisādhuṃ gaṇhatha, guḷaṃ phāṇitaṃ sakkaraṃ samaggharṃ labbhati, kūṭamāsakakūṭakahāpaṇādīhi pi labbhatī ti' ugghosesi. Taṃ sutvā gāmikā haṭṭhapahaṭṭhā niggantvā bahum pi mūlaṃ datvā gaṇhiṃsu. Tattha vāṇijassa 'visakaṇṭakaṃ gaṇhathā ti' ugghosanaṃ viya Bhagavato 'ākāsānañcāyatanasamāpattiṃ nibbattethā ti' vacanaṃ. 'Ubho p'ete kakkhaḷā, ko ettha ānisaṃso ti' gāmikānaṃ cintanaṃ[1] viya Bhagavā 'ākāsānañcāyatanaṃ nibbattethā ti' āha. 'Ko nu kho ettha ānisaṃso nā'ssa guṇaṃ jānāmī ti' sotūnaṃ cintanaṃ. Ath' assa vāṇijassa 'atimadhuraṃ gaṇhathā ti' ādi vacanaṃ viya Bhagavato rūpassaññāsamatikkamanādikaṃ ānisaṃsappakāsanaṃ. Idaṃ hi sutvā te bahum pi mūlaṃ datvā gāmikā viya guḷaṃ iminā ānisaṃsena palobhitacittā mahantam pi ussāhaṃ katvā imaṃ samāpattiṃ nibbattessantī ti ussāhajananatthaṃ palobhanatthañ ca kathesi.

441. Ākāsānañcāyatanasaññāsahagatan ti. Ettha nā 'ssa anto ti anantaṃ. Ākāsam anantaṃ ākāsānantaṃ. Ākāsānantam eva ākāsānañcataṃ ākāsānañ ca adhiṭṭhānaṭṭhena āyatanam assa sampayuttadhammassa jhānassa devānam devāyatanaṃ iva ti ākāsānañcāyatanaṃ. Kasiṇugghāṭimākāsass' etaṃ adhivacanaṃ. Tasmiṃ ākāsānañcāyatane appanāppattāya saññāya sahagataṃ ākāsānañcāyatanasaññāsahagataṃ. Yathā pana aññattha ananto ākāso ti vuttaṃ evam idha anantan ti vā parittan ti na gahitaṃ. Kasmā? Anante gahite parittaṃ na gayhati, paritte gahite anantaṃ na gayhati. Evaṃ sante ārammaṇacatukkaṃ na pūreti, desanā soḷasakkhattukā na hoti Sammāsambuddhassa ca imasmiṃ ṭhāne desanaṃ soḷasakkhattukaṃ kātuṃ ajjhāsayo. Tasmā anantan ti vā parittan ti vā avatvā ākāsānañcāyatanasaññāsahagatan ti āha. Evaṃ hi sati ubhayam pi gahitam eva hoti, ārammaṇacatukkaṃ pūreti, desanā soḷasakkhattukā sampajjati. Avaseso pāliattho heṭṭhā vuttanayen' eva veditabbo.

442. Rūpāvacaracatutthajjhānanikanti pariyādānadukkha-

---

[1] cittanā G.

tāya c'etthā pi dukkhā paṭipadā pariyādiṇṇanikantikassa appanā parivāsadandhatāya dandhābhiññā hoti vipariyāyena sukhā paṭipadā ca khippābbiññā ca veditabbā. Parittakasiṇugghāṭimākāse pana pavattajjhānaṃ parittārammaṇaṃ, vipulakasiṇugghāṭimākāse pavattaṃ appamāṇārammaṇan ti veditabbaṃ. Upekkhābrahmavihāre viya ca idhā pi catutthajjhānavasena pañcavīsati catukkā honti yathā c'ettha evaṃ ito paresu pi. Visesamattam eva pan' etesu vaṇṇayissāma.

443. Ākāsānañcāyatanaṃ samatikkamā ti[1]. Ettha tāva pubbe vuttanayen 'eva ākāsānañcaṃ āyatanam assa adhiṭṭhānaṭṭhenā ti jhānam pi ākāsānañcāyatanaṃ. Vuttanayen 'eva ārammaṇam pi. Evam etaṃ jhānañ ca ārammaṇañ cā ti ubhayam pi appavattikaraṇena ca amanasikaraṇena ca samatikkamitvā va yasmā idaṃ viññāṇañcāyatanaṃ upasampajja vihātabbaṃ tasmā ubhayam p' etaṃ ekajjhaṃ katvā ākāsanañcāyatanaṃ samatikkammā ti idaṃ vuttan ti veditabbaṃ.

Viññāṇañcāyatanasaññāsahagatan ti ettha pana anantan ti. Manasikātabbavasena nā 'ssa anto ti anantaṃ. Anantam eva ānañcaṃ, viññāṇaṃ ānañcaṃ viññāṇānañcan ti avatvā viññāṇañcan ti vuttaṃ. Ayaṃ h'ettha rūḷhisaddo. Tad eva viññāṇañcaṃ adhiṭṭhānaṭṭhena imissā saññāya āyatanan ti viññāṇañcāyatanaṃ. Tasmiṃ viññāṇañcāyatane pavattāya saññāya sahagatan ti viññāṇañcāyatanasaññāsahagataṃ. Ākāse pavattaviññāṇam ārammaṇassa jhānass 'etaṃ adhivacanaṃ. Idha ākāsānañcāyatanasamāpattiyā nikanti pariyādānadukkhatāya dukkhā paṭipadā pariyādiṇṇanikantikassa appanā parivāsadandhatāya dandhābhiññā, vipariyāyena sukhā paṭipadā khippābhiññā ca. Parittakasiṇugghāṭimākāsārammaṇaṃ samāpattiṃ ārabbha pavattiyā parittārammaṇatā vipariyāyena appamāṇārammaṇatā veditabbā. Sesaṃ purimasadisam eva.

444. Viññāṇañcāyatanaṃ samatikkamā ti.[2] Etthā pi pubbe vuttanayen' eva viññāṇañcāyatanam assa adhiṭṭhānaṭṭhenā ti jhānam pi viññāṇañcāyatanaṃ. Vuttanayen' eva ca ārammaṇam pi. Evam etaṃ jhānañ ca ārammaṇañ

---

[1] Dhs. § 266. [2] Dhs. § 267.

cā ti ubhayam appavattikaraṇena ca amanasikaraṇena ca samatikkamitvā va yasmā idaṃ ākiñcaññāyatanaṃ upasampajja vihātabbaṃ tasmā ubhayam p'etam ekajjhaṃ katvā viññāṇañcāyatanaṃ samatikkamā ti idaṃ vuttan ti veditabbaṃ.

Ākiñcaññāyatanasaññāsahagatan ti. Ettha pana nā'ssa kiñcanan ti akiñcanaṃ. Antamaso bhaṅgamattam pi assa avasiṭṭhaṃ natthī ti vuttaṃ hoti. Akiñcanassa bhāvo ākiñcaññaṃ. Ākāsānañcāyatanaviññāṇāpagamass' etaṃ adhivacanaṃ.

Taṃ ākiñcaññaṃ adhiṭṭhānaṭṭhena imissā saññāya āyatanan ti ākiñcaññāyatanaṃ. Tasmiṃ ākiñcaññāyatane pavattāya saññāya sahagatan ti ākiñcaññāyatanasaññāsahagataṃ. Ākāse pavattitaviññāṇāpagamārammaṇassa jhānass' etaṃ adhivacanaṃ.

Idha viññāṇañcāyatanasamāpattiyā nikanti pariyādānadukkhatāya dukkhā paṭipadā pariyādiṇṇanikantikassa appanā parivāsadandhatāya dandhābhiññā, vipariyāyena sukhā paṭipadā khippābhiññā ca hoti. Parittakasiṇugghāṭimākāse pavattitaviññāṇāpagamārammaṇatāya parittārammaṇatā, vipariyāyena appamāṇārammaṇatā veditabbā. Sesaṃ purimasadisam eva.

445. Ākiñcaññāyatanaṃ samatikkamā[1] ti. Etthā pi pubbe vuttanayen 'eva ākiñcaññaṃ āyatanaṃ assa adhiṭṭhānaṭṭhenā ti jhānam[2] pi ākiñcaññāyatanaṃ. Vuttanayen' eva ārammaṇam pi. Evaṃ etaṃ jhānañ ca ārammaṇaṃ cā ti ubhayam appavattikaraṇena ca amanasikaraṇena ca samatikkamitvā va yasmā idaṃ neva saññānāsaññāyatanaṃ upasampajja vihātabbaṃ tasmā ubhayam p'etaṃ ekajjhaṃ katvā ākiñcaññāyatanaṃ samatikkamā ti idaṃ vuttan ti veditabbaṃ.

Nevasaññānāsaññāyatanasaññāsahagatan ti. Ettha pana yāya saññāya sabbhāvato taṃ neva saññānāsaññāyatanaṃ ti vuccati. Yathā paṭipannassa sā saññā hoti tan tāva dassetuṃ Vibhaṅge neva saññīnāsaññī ti uddharitvā tañ c'eva ākiñcaññāyatanaṃ santato manasi-

[1] Dhs. § 268. [2] jhānaṃ om. M.

karoti saṅkhārāvasesasamāpattiṃ bhāveti. Tena vuccati neva saññī nāsaññī ti vuttaṃ. Tattha santato manasikarotī ti santā vatāyaṃ samāpatti. Yatra hi nāma natthi bhāvam pi ārammaṇaṃ katvā ṭhassatī ti evaṃ santārammaṇatāya na santā ti manasikaroti. Santato ce manasikaroti kathaṃ samatikkamo hotī ti? Anāpajjitukāmatāya so kiñcā pi taṃ santato manasikaroti atha khvāssa ahaṃ etaṃ āpajjissāmi adhiṭṭhahissāmi vuṭṭhahissāmi paccavekkhissāmī ti esa ābhogo samannāhāro manasikāro na hoti. Kasmā? Ākiñcaññāyatanato nevasaññānāsaññāyatanassa santatarapaṇītataratāya. Yathā hi rājā mahaccarājānubhāvena hatthikkhandhagato nagaravīthiyaṃ vicaranto dantakārādayo sippike ekaṃ vatthaṃ daḷhaṃ nivāsetvā ekena sīsaṃ veṭhetvā dantacuṇṇādīhi samokiṇṇagatte anekāni dantavikati-ādīni karonte disvā 'aho vata re chekā ācariyā īdisāni pi nāma sippāni karissantī ti' evaṃ tesaṃ chekatāya tussati na c'assa evaṃ hoti 'aho vatāhaṃ rajjaṃ pahāya evarūpo sippiko bhaveyyan ti.' 'Taṃ kissa hetu? Rajjasiriyā mahānisaṃsatāya. So sippike samatikkamitvā va gacchati evam eva sa kiñcā pi taṃ samāpattiṃ santato manasikaroti. Atha khvāssa 'ahaṃ etam samāpattiṃ āpajjissāmi adhiṭṭhahissāmi vuṭṭhahissāmi paccavekkhissāmī ti' neva esa ābhogo samannāhāro manasikāro hoti. So taṃ santato manasikaronto pubbe vuttanayen' eva taṃ paramasukhumaṃ appanāpattaṃ saññaṃ pāpuṇāti yāya neva saññī nāsaññī nāma hoti. Saṅkhārāvasesasamāpattiṃ bhāvetī ti vuccati. Saṅkhārāvasesasamāpattin ti accantasukhumabhāvappattasaṅkhārānaṃ catutthāruppasamāpattiṃ.

446. Idāni yan taṃ evaṃ adhigatāya saññāya vasena nevasaññānāsaññāyatanan ti vuccati taṃ atthato dassetuṃ nevasaññānāsaññāyatanan ti. Nevasaññānāsaññāyatanaṃ samāpannassa vā upapannassa vā diṭṭhadhammasukhavihārissa vā cittacetasikā dhammā ti vuttaṃ. Tesu idha samāpannassa cittacetasikā dhammā adhippetā. Vacanattho pan' ettha oḷārikāya saññāya abhāvato sukhumāya ca bhāvato nev' assa sampayuttadhammassa jhānassa saññā nāsaññā ti nevasaññānāsaññā. Nevasaññānāsaññañ ca taṃ manāyatanadhammāyatanapariyāpannattā āyatanañ

cā ti nevasaññānāsaññāyatanaṃ. Atha vā yāyam ettha saññā sā paṭusaññākiccaṃ kātuṃ asamatthatāya nevasaññānāsaññāsaṅkhārāvasesasukhumabhāvena vijjamānattā nāsaññā ti nevasaññānāsaññā. Nevasaññānāsaññā ca sā sesadhammānaṃ adhiṭṭhānaṭṭhen'āyatanañ cā ti nevasaññānāsaññāyatanaṃ. Na kevalañ c'ettha saññā va edisī. Atha kho vedanā pi neva vedanā nāvedanā, cittam pi neva cittaṃ nācittaṃ, phasso pi neva phasso nāphasso ti esa nayo. Sesasampayuttadhammesu saññāsīsena pan'āyaṃ desanā katā ti veditabbā.

447. Pattamakkhaṇatelappabhutibhi ca upamāhi esa attho vibhāvetabbo.[1] Sāmaṇero kira telena pattaṃ makkhetvā ṭhapesi. Taṃ yāgupānakāle thero 'pattam āharā ti' āha. So 'patte telam atthi bhante ti' āha. Tato 'āhara sāmaṇera telanāḷiṃ pūressāmā ti' vutte 'natthi bhante telan ti' āha. Tattha yathā anto vuttattā yāguyā saddhiṃ akappiyaṭṭhena telaṃ atthī ti hoti nāḷipūraṇādīnaṃ vasena natthī ti hoti evaṃ sā pi saññā paṭusaññā kiccaṃ kātuṃ asamatthatāya nevasaññāsaṅkhārāvasesasukhumabhāvena vijjamānattā nāsaññā hoti. Kiṃ pan'ettha saññākiccan ti? Ārammaṇasañjānanaṃ c'eva vipassanāya ca visesabhāvaṃ upagantvā nibbidājananaṃ. Dahanakiccam iva hi sukhodake tejodhātusañjānanakiccaṃ c'esā paṭukātuṃ na sakkoti. Sesasamāpattisu saññā viya vipassanāya visayabhāvaṃ upagantvā nibbidājananam pi kātuṃ na sakkoti. Aññesu hi khandhesu akatābhiniveso bhikkhu nevasaññānāsaññāyatanakkhandhe sammasitvā nibbidaṃ pattuṃ samattho nāma natthi. Api ca āyasmā Sāriputto pakativipassako pana mahāpañño Sāriputtasadiso va sakkuneyya so pi. Evaṃ kira me dhammā ahutvā sambhonti, hutvā patisamenti ti evaṃ kalāpasammasanavasen' eva no anupadadhammavipassanāvasena evaṃ sukhumattagatā esā samāpatti.

Yathā ca pattamakkhanatelūpamāya evaṃ maggūdakūpamāya pi ayam attho vibhāvetabbo.[2]

---

[1] Hardy Eastern Monachism p. 264. [2] Hardy Eastern Monachism ib.

Maggapaṭipannassa kira therassa purato gacchanto sāmaṇero thokam udakaṃ disvā 'udakaṃ bhante, upāhanā omuñcathā ti 'āha. Tato therena 'sace udakam atthi āhara nahānasāṭikaṃ, nahāyissāmā ti' vutte 'natthi bhante ti' āha. Tattha yathā upāhanatemanaṭṭhena 'udakam atthī ti' hoti nahānaṭṭhena 'udakaṃ natthī ti' hoti evam pi sā paṭusaññākiccaṃ kātuṃ asamatthatāya neva saññāsaṅkhārāvasesasukhumabhāvena vijjamānattā nāsaññā hoti. Na kevalañ ca etāy'eva aññāhi pi anurūpāhi upamāhi esa attho vibhāvetabbo. Iti imāya nevasaññānāsaññāyatane pavattāya saññāya nevasaññānāsaññāyatanabhūtāya vā saññāya sahagatan ti nevasaññānāsaññāyatanasaññāsahagataṃ. Ākiñcaññāyatanasamāpattiārammaṇassa jhānass'etaṃ adhivacanaṃ. Idha ākiñcaññāyatanasamāpattiyā nikantipariyādānadukkhatāya dukkhā paṭipadā pariyādiṇṇanikantikassa appanāparivāsadandhatāya dandhābhiññā, vipariyāyena sukhā paṭipadā khippābhiññā ca hoti. Parittakasiṇugghāṭimākāse pavattitaviññāṇāpagamārammaṇaṃ samāpattiṃ ārabbha pavattitāya parittārammaṇatā, vipariyāyena appamāṇārammaṇatā veditabbā. Sesaṃ purimasadisam eva.

---

448. Asadisarūpo nātho āruppaṃ yaṃ catubbidhaṃ āha taṃ iti ñatvāna tasmiṃ pakiṇṇakakathā pi viññeyyā. Arūpasamāpattiyo hi

Ārammaṇātikkamato catasso pi bhavant'imā |
'aṅgātikkamam etāsaṃ na icchanti vibhāvino. ||

Etāsu hi rūpanimittātikkamato paṭhamā, ākāsātikkamato dutiyā, ākāse pavattitaviññāṇātikkamato tatiyā, ākāse pavattitaviññāṇassa apagamātikkamato catutthā ti sabbathārammaṇātikkamato catasso pi bhavant'imā arūpasamāpattiyo ti veditabbā. Aṅgātikkamaṃ pana etāsu na icchanti paṇḍitā. Na hi rūpāvacarasamāpattīsu viya etāsu aṅgātikkamo atthi. Sabbāsu pi hi etāsu upekkhācittekaggatā ti dve eva jhānaṅgāni honti. Evaṃ sante pi

Suppaṇītatarā honti pacchimā pacchimā idha
upamā tattha viññeyyā pāsādatalasāṭikā. ||

449. Yathā hi catubhūmakassa pāsādassa heṭṭhimatale dibbanaccagītavāditasurabhigandhamālasādhurasapānabhojanasayanacchādanādivasena paṇītā pañca kāmaguṇapaccupaṭṭhitā assu, dutiye tato paṇītatarā, tatiye tato paṇītatarā, catutthe sabbapaṇītatamā kiñcā pi tāni tattha cattāri pi pāsādatalān'eva natthi tesam pāsādatalabhāvena viseso, pañcakāmaguṇasamiddhivisesena pana heṭṭhimato uparimaṃ uparimaṃ paṇītataraṃ hoti.

Yathā ca ekāya itthiyā kantita-thūla-saṇha-saṇhatara-saṇhatamasuttānaṃ catuphala-tiphala-dviphala-ekaphalā sāṭikā assu āyāmena ca vitthārena ca samappamāṇā tattha kiñcā pi tā sāṭikā catasso pi āyāmato ca vitthārato ca samappamāṇā, natthi tāsam pamāṇato viseso. Sukhasamphassasukhumabhāvamahagghabhāvehi pana purimāya purimāya pacchimā pacchimā paṇītatarā honti evam evaṃ kiñcā pi catūsu pi etāsu upekkhācittekaggatā ti etāni dve yeva aṅgāni honti. Atha kho bhāvanāvisesena tesaṃ aṅgānaṃ paṇītapaṇītatarabhāvena suppaṇītatarā honti pacchimā pacchimā idhā ti veditabbā.

Evaṃ anupubbena paṇītapaṇītā p'etā.

450. Asucimhi maṇḍape laggo eko tan nissito paro |
ath' añño bahi anissāya tan taṃ nissāya vā paro ‖
Ṭhito catūhi etehi purisehi yathākkamaṃ
Samānatāya ñātabbā catasso pi vibhāvinā. |

Tatrāyaṃ atthayojanā: Asucimhi kira dese eko maṇḍapo. Ath'eko puriso āgantvā taṃ asuciṃ jigucchamāno taṃ maṇḍapaṃ hatthehi ālambitvā tattha laggo laggito viya aṭṭhāsi. Athāparo āgantvā tam maṇḍapalaggaṃ purisaṃ nissito. Ath'añño āgantvā cintesi 'yo esa maṇḍapalaggo yo c'etaṃ nissito ubho p'ete duṭṭhitā dhuvo ca tesaṃ maṇḍapapāte pāto ti. Handāhaṃ bahi yeva tiṭṭhāmī'ti. So taṃ nissitaṃ anissāya bahi yeva aṭṭhāsi. Athāparo āgantvā maṇḍapalaggassa tan nissitassa ca akhemabhāvaṃ cintetvā bahi ṭhitañ ca suṭṭhitaṃ mantvā taṃ nissāya aṭṭhāsi. Tattha asucimhi dese maṇḍapo viya kasiṇugghāṭimākāsaṃ daṭṭhabbam. Asucijigucchāya maṇḍapalaggo puriso viya rūpanimittajigucchāya ākāsārammaṇaṃ ākāsānañcāyatanaṃ. Maṇḍapalaggaṃ purisaṃ nissito viya ākāsārammaṇaṃ ākāsānañcāyatanaṃ ārabbha pavattaṃ viññāṇañcāyatanaṃ. Tesaṃ dvinnam pi akhemabhāvaṃ cintetvā anissāya taṃ maṇḍapalaggam bahi ṭhito viya ākāsānañcāyatanaṃ ārammaṇaṃ akatvā tadabhāvārammaṇaṃ ākiñcaññāyatanaṃ.

Maṇḍapalaggassa taṃ nissitassa ca akhemataṃ cintetvā bahi ṭhitañ ca 'suṭṭhito ti' mantvā taṃ nissāya ṭhito viya viññāṇābhāvasaṅkhātam bahi padese ṭhitaṃ ākiñcaññāyatanaṃ ārabbha pavattaṃ nevasaññānāsaññāyatanaṃ daṭṭhabbaṃ.

451. Evaṃ vattamānañ ca

Ārammaṇaṃ karont'eva aññābbāvena taṃ idaṃ |
diṭṭhadosam pi rājānaṃ vuttihetu yathā jano. |

Idaṃ hi nevasaññānāsaññāyatanaṃ āsannaviññāṇañcāyatanapaccatthikā ayaṃ samāpattī ti evaṃ diṭṭhadosam pi taṃ ākiñcaññāyatanaṃ aññassa ārammaṇassa abhāvārammaṇaṃ karont'eva. Yathā kiṃ? Diṭṭhadosam pi rājānaṃ vuttihetu yathā jano. Yathā hi asaṃyataṃ pharusakāyavacīmanosamācāraṃ kiñci sabbadīpapatiṃ rājānaṃ pharusasamācāro ayan ti evaṃ diṭṭhadosam pi aññattha vuttiṃ alabhamāno jano vuttihetu nissāya vattati evaṃ diṭṭhadosam pi taṃ ākiñcaññāyatanaṃ aññam ārammaṇaṃ alabhamānam idaṃ nevasaññāyatanaṃ ārammaṇaṃ karont' eva. Evaṃ kurumānañ ca

Ārūḷho dīghanisseṇiṃ yathā nisseṇibāhukaṃ |
pabbataggañ ca ārūḷho yathā pabbatamatthakaṃ. ||
Yathā vā giriṃ ārūḷho attano yeva jaṇṇukaṃ
olubbhati tath 'ev'etam jhānam olubbha vattatī ti.

Āruppakusalakathā niṭṭhitā.

452. Idāni yasmā sabbāni p'etāni tebhūmakakusalāni hīnādinā pabhedena vattanti tasmā tesaṃ taṃ pabhedaṃ dassetuṃ puna katame dhammā kusalā[1] ti ādi āraddhaṃ.

Tattha hīnan ti lāmakaṃ āyūhanavasena veditabbaṃ.

---

[1] Dhs. § 269—276.

Hīnuttamānaṃ majjhe bhavaṃ majjhimaṃ, padhānabhāvaṃ nītam paṇītam uttaman ti attho.[1]

Tāni pi āyūhanavasen'eva veditabbāni. Yassa hi āyūhanakkhaṇe chando vihīno hoti viriyam vā cittaṃ vā vimaṃsā vā taṃ hīnan nāma, yassa ca te dhammā majjhimā paṇītā taṃ majjhimaṃ c'eva paṇītan ca, yaṃ pana kattukāmatāsaṅkhātaṃ chandaṃ dhuraṃ, chandaṃ jeṭṭhakaṃ, chandaṃ pubbaṅgamaṃ katvā āyūhitam chandādhipatino āgatattā chandādhipateyyaṃ nāma. Viriyādhipateyyādīsu pi es'eva nayo.

453. Imasmiṃ pana ṭhāne ṭhatvā nayā gaṇetabbā. Sabbapaṭhamaṃ viharanto hi eko va nayo, hīnan ti eko, majjhiman ti eko, paṇītan ti eko, chandādhipateyyan ti eko, ime tāva chandādhipateyyā pañca nayā, evaṃ viriyādhipateyyādīsu pi ti cattāro pancakā vīsati honti. Purimo vā eko suddhikanayo, hīnan ti ādayo tayo, chandādhipateyyan ti ādayo cattāro, chandādhipateyyaṃ hīnan ti ādayo dvādasā ti evaṃ pi vīsati nayā honti. Ime vīsati mahānayā kattha vibhattā ti? Mahāpakaraṇe hīnattike vibhattā, imasmiṃ pana ṭhāne hīnattikato majjhimarāsiṃ gahetvā hīnamajjhima-paṇītavasena tayo koṭṭhāsā kātabbā. Tato pi majjhimarāsiṃ ṭhapetvā hīnapaṇīte gahetvā nava nava koṭṭhāsā kātabbā. Hīnasmiṃ yeva hi hīnaṃ atthi, majjhimam atthi, pāṇītam atthi. Paṇītasmiṃ pi hīnam atthi, majjhimam atthi, paṇītam atthi. Tathā hīnahīnasmiṃ hīnaṃ, hīnahīnasmiṃ majjhimaṃ, hīnahīnasmiṃ paṇītaṃ, hīnamajjhimasmiṃ hīnaṃ, hīnamajjhimasmiṃ majjhimaṃ, hīnamajjhimasmiṃ paṇītaṃ, hīnapaṇītasmiṃ hīnaṃ, hīnapaṇītasmiṃ majjhimaṃ, hīnapaṇītasmiṃ paṇītan ti ayam eko navako.

454. Paṇītahīnasmiṃ pi hīnaṃ nāma atthi, paṇītahīnasmim pi majjhimaṃ, paṇītahīnasmiṃ paṇītaṃ, tathā paṇītamajjhimasmiṃ hīnaṃ, paṇītamajjhimasmiṃ majjhimaṃ, paṇītamajjhimasmiṃ paṇītaṃ, paṇītapaṇītasmiṃ hīnaṃ, paṇītapaṇītasmiṃ majjhimaṃ, paṇītapaṇītasmiṃ paṇītan ti ayaṃ dutiyo navako ti. Dve navakā aṭṭhārasa kam-

[1] paṭṭhānabhāvanītam paṇītaṃ utt° M.

madvārāni nāma. Imehi pabhāvitattā imesaṃ vasena aṭṭhārasa khattiyā aṭṭhārasa brāhmaṇā aṭṭhārasa vessā aṭṭhārasa suddā aṭṭhacattālīsa gottacaraṇāni veditabbāni. Imesu pana te-bhūmakesu kusalesu kāmāvacarakusalaṃ duhetukam pi tihetukam pi hoti, ñāṇasampayuttavippayuttavasena rūpāvacarārūpāvacaraṃ pana tihetukam eva ñāṇasampayuttam eva kāmāvacaraṃ c'ettha adhipatinā sahā pi uppajjati vinā pi rūpāvacarārūpavācaraṃ adhipatisampannam[1] eva hoti. Kāmāvacarakusale c'ettha ārammaṇādhipati sahajātādhipatī ti dve pi adhipatayo labbhanti. Rūpāvacarārūpāvacaresu ārammaṇādhipati na labbhati sahajātādhipati yeva labbhati. Tattha cittassa cittādhipateyyabhāvo sampayuttadhammānaṃ vasena vutto. Dvinnaṃ pana cittānaṃ ekato abbhāvena sampayuttacittassa cittādhipati nāma. Natthi tathā chandādīnaṃ chandādhipatiādayo.

455. Keci pana sace cittavato kusalaṃ hoti mayhaṃ bhavissatī ti evaṃ yaṃ cittaṃ dhuraṃ katvā jeṭṭhakaṃ katvā aparaṃ kusalacittaṃ[2] āyūhitaṃ tassa taṃ purimaṃ cittaṃ cittādhipati nāma hoti. Tato āgatattā idaṃ cittādhipateyyaṃ nāmā ti evaṃ āgamanavasenā pi adhipatin nāma icchanti. Ayaṃ pana nayo neva pāḷiyaṃ na aṭṭhakathāyaṃ dissati, tasmā vuttanayen 'eva adhipatibhāvo veditabbo. Imesu ca ekūnavīsatiyā mahānayesu purime suddhikanaye vuttaparimāṇān'eva cittāni ca navakā ca pāṭhavārā ca honti. Tasmā ñāṇasampayuttesu vuttaparimāṇato vīsatiguṇo cittanavakavārabhedo veditabbo. Catūsu ñāṇavippayuttesu soḷasaguṇo ti ayan tebbhūmakakusale pakiṇṇakakathā nāmā ti.

Tebhūmakakusalaṃ niṭṭhitaṃ.

456. Evam bhavattayasampattinibbattakusalaṃ dassetvā idāni sabbabhavasamatikkamatāya lokuttarakusalaṃ dassetuṃ puna katame dhammā kusalā[3] ti ādi āraddhaṃ.

Tattha lokuttaran ti. Ken' aṭṭhena lokuttaram? Lo-

---

[1] adhipatisampayuttaṃ T. [2] kusalaṃ cittaṃ T.
[3] Dhs. § 277.

kaṃ taratī ti lokuttaraṃ, lokaṃ uttaratī ti lokuttaraṃ, lokaṃ samatikkamma abhibhuyya tiṭṭhatī ti lokuttaraṃ. Jhānaṃ bhāvetī ti ekacittakkhaṇikaṃ appanājhānaṃ bhāveti janeti vaḍḍheti. Lokato niyyāti vaṭṭato niyyātī ti niyyānikaṃ. Niyyāti vā etenā ti niyyānikaṃ. Taṃ samaṅgī puggalo dukkhaṃ parijānanto niyyāti, samudayaṃ pajahanto niyyāti, nirodhaṃ sacchikaronto niyyāti, maggaṃ bhāvento niyyāti. Yathā pana tebhūmakaṃ kusalaṃ vaṭṭasmiṃ cutipaṭisandhiyo ācinati vaḍḍheti ti ācayagāmī nāma hoti. Na tathā idaṃ. Idaṃ pana yathā ekasmiṃ purise aṭṭhārasahatthaṃ pākāraṃ cinante aparo mahāmuggaraṃ gahetvā tena citacitaṭṭhānaṃ apacinanto viddhaṃsento gaccheyya evam evaṃ tebhūmakakusalena ācitā cutipaṭisandhiyo paccayavekallakaraṇena apacinantaṃ viddhaṃsetuṃ gacchatī ti apacayagāmiṃ diṭṭhigatānaṃ pahānāyā ti. Ettha diṭṭhiyo eva diṭṭhigatāni gūthagataṃ muttagatan ti ādīni viya dvāsaṭṭhiyā[1] vā diṭṭhīnaṃ antogatattā diṭṭhisu gatānī ti pi diṭṭhigatāni diṭṭhiyā va gataṃ etesan ti pi diṭṭhigatāni diṭṭhisadisagamanāni diṭṭhisadisapavattānī ti attho. Kāni pana tānī ti? Sampayuttāni sakkāyadiṭṭhi-vicikicchāsīlabbataparāmāsa-apāyagamanīya-rāgadosamohakusalāni. Tāni hi yāva paṭhamamaggabhāvanā tāva pavattisabhāvato[2] diṭṭhisadisagamanānī ti vuccanti. Iti diṭṭhiyo va diṭṭhigatāni. Tesaṃ diṭṭhigatānaṃ pahānāyā ti samucchedavasena pajahanatthāya. Paṭhamāyā ti gaṇanavasena pi paṭhamuppattivasena pi paṭhamāya. Bhūmiyā ti. Antarahitāya bhūmiyā ti ādīsu tāva ayaṃ mahāpaṭhavī bhūmī ti vuccati. Sukhabhūmiyaṃ kāmāvacare ti ādīsu cittuppādo. Idha pana sāmaññaphalaṃ adhippetaṃ. Taṃ hi sampayuttānaṃ nissayabhāvato te dhammā bhavanti etthā ti bhūmi. Yasmā vā samāne pi lokuttarabhāve sayaṃ[3] pi uppajjati na nibbānaṃ viya apātubhāvaṃ. Tasmā pi bhūmī ti vuccati.

Tassā paṭhamāya bhūmiyāpattiyā ti sotāpattiphalasañ-

---

[1] Brahmajāla Sutta D. I. 2.

[2] sabbabhavato T. pavattasabbhāvato M.

[3] M. *inserts* bhavati.

khātassa paṭhamassa sāmaññaphalassa pattatthāya paṭilābhatthāyā ti evam ettha attho veditabbo.

457. Viviccā ti samucchedavivekavasena viviccitvā vinā hutvā. Idāni kiñcā pi lokiyajjhānam pi na vinā paṭipadāya ijjhati. Evam sante pi idha suddhikanayam pahāya lokuttarajjhānaṃ paṭipadāya saddhiṃ yeva garuṃ katvā desetukāmatāya dukkhāpaṭipadaṃ dandhābhiññan ti ādim āha.

Tattha yo ādito kilese vikkhambhento dukkhena sasaṅkhārena sappayogena kilamanto vikkhambheti tassa dukkhā paṭipadā hoti. Yo pana vikkhambhitakileso vipassanāparivāsaṃ vasanto cirena maggapātubhāvaṃ pāpuṇāti tassa dandhā abhiññā hoti. Iti yo koci vāro dukkhāpaṭipado dandhābhiñño nāma kato. Katamaṃ pana vāraṃ rocesun ti? Yattha sakiṃ vikkhambhitā kilesā samudācaritvā dutiyam pi vikkhambhitā puna samudācaranti tatiyaṃ vikkhambhite pana tathā vikkhambhite ca katvā maggena samugghātaṃ pāpeti imaṃ vāraṃ rocesuṃ.

Imassa vārassa dukkhā paṭipadā dandhābhiññā ti nāmaṃ kataṃ. Ettakena pana na[1] pākaṭaṃ hoti. Tasmā evam ettha ādito paṭṭhāya vibhāvanā veditabbā.

Yo hi cattāri mahābhūtāni pariggahetvā upādārūpaṃ pariganhāti, arūpaṃ pariganhāti, rūpārūpaṃ pana pariganhanto dukkhena kasirena kilamanto[2] vavatthāpeti vavatthāpite ca nāmarūpe vipassanāparivāsaṃ vasanto cirena maggam uppādetuṃ sakkoti tassa pi dukkhā paṭipadā dandhābhiññā nāma hoti.

Aparo nāmarūpam pi vavatthāpetvā paccaye pariganhanto dukkhena kasirena kilamanto pariganhāti paccaye ca pariggahetvā vipassanāparivāsaṃ vasanto cirena mag-

---

[1] na *om.* T. [2] M. *inserts:* pariggahetuṃ sakkoti tassa dukkhā paṭipadā nāma hoti. Pariggahitarūpassa pana vipassanāparivāse maggapātubhāvadandhatāya dandhābhiññā nāma hoti. Yo pi rūpārūpaṃ pariggahetvā nāmarūpaṃ vavatthapento dukkhena kasirena kilamanto vavatthapesi vavatthāpite ca etc.

gaṃ uppādeti. Evam pi dukkhā paṭipadā dandhābhiññā nāma hoti.

458. Aparo paccaye pi pariggahetvā lakkhaṇāni paṭivijjhanto dukkhena kasirena kilamanto paṭivijjhati. Paṭivijjhālakkhaṇo vipassanāparivāsam vasanto cirena maggaṃ uppādeti. Evam pi dukkhā paṭipadā dandhābhiññā nāma hotī ti. Aparo lakkhaṇāni pi paṭivijjhitvā vipassanāñāṇe tikkhe sūre pasanne vahante uppannaṃ vipassanānikantiṃ pariyādiyamāno dukkhena kasirena kilamanto pariyādiyati nikantiṃ ca pariyādiyitvā vipassanāparivāsaṃ vasanto cirena maggaṃ uppādeti. Evam pi dukkhā paṭipadā dandhābhiññā nāma hoti. Imaṃ vāraṃ rocesuṃ, imassa vārassa etaṃ nāmaṃ kataṃ.

Iminā ca upāyena parato tisso paṭipadā veditabbā.

459. Phasso hotī ti ādisu anaññātaññassāmītindriyan[1] ti sammāvācā sammākammanto sammāājīvo ti cattāri padāni adhikāni. Niddesavāre ca vitakkādiniddesesu maggaṅgan[2] ti ādīni padāni adhikāni. Sesaṃ sabbaṃ heṭṭhāvuttasadisam eva.

Bhummantaravasena pana lokuttaratā va idha viseso. Tattha anaññātaññassāmītindriyan ti anamatagge saṃsāravaṭṭe anaññātaṃ amatapadaṃ catusaccadhammam eva jānissāmī ti paṭipannassa iminā pubbābhogena uppannaṃ indriyaṃ. Lakkhaṇādīni pan'assa heṭṭhā paññindriye vuttanayen 'eva veditabbāni.

460. Sundarā pasatthā vā vācā sammāvācā. Vacīduccaritasamugghāṭikāya[3] micchāvācāviratiyā etaṃ adhivacanaṃ. Sā pariggahalakkhaṇaviramaṇarasā micchāvācappahānapaccupaṭṭhānā.

461. Sundaro pasattho vā kammanto sammākammanto. Micchākammantasamucchedikāya pāṇātipātādiviratiyā etaṃ nāmaṃ. So samuṭṭhānalakkhaṇaviramaṇaraso micchākammantappahānapaccupaṭṭhāno.

462. Sundaro pasattho vā ājīvo sammā-ājīvo. Micchājīvaviratiyā etaṃ adhivacanaṃ. So vodānalakkhaṇañāya-

[1] Dhs. § 277. [2] Dhs. § 283. [3] vacīduccaritassa sam° M. vacīd° T.

jīvappavattiraso micchājīvappahānapaccupaṭṭhāno. Api ca heṭṭhā viratittaye vuttavasena p'ettha lakkhaṇādīni veditabbāni.

463. Iti imesaṃ tiṇṇaṃ dhammānaṃ vasena heṭṭhā vuttaṃ maggapañcakaṃ idha maggaṭṭhakaṃ veditabbaṃ yevāpanakesu ca imesaṃ abhāvo tathā karuṇāmuditānaṃ. Ime hi tayo dhammā pāliyaṃ āgatattā yevāpanakesu na gahitā, karuṇāmuditā pana sattārammaṇā, ime dhammā nibbānārammaṇā ti tā p'ettha na gahitā. Ayaṃ tāva uddesavāre visesattho. Niddesavāre pana maggaṅgaṃ maggapariyāpannan ti. Ettha tāva maggassa aṅgan ti maggaṅgaṃ maggakoṭṭhāso ti attho.

Yathā pana araññe pariyāpannaṃ araññapariyāpannaṃ nāma hoti evaṃ magge pariyāpannan ti maggapariyāpannaṃ maggasannissitan ti attho.

464. Pītisambojjhaṅgo[1] ti ettha pīti yeva sambojjhaṅgo pītisambojjhaṅgo. Tattha bodhiyā bodhissa vā aṅgo ti bojjhaṅgo idaṃ vuttaṃ hoti. Yā ayaṃ dhammasāmaggī yāya lokuttaradhammakkhaṇe uppajjamānāya līnuddhaccapatiṭṭhānāyūhanakāmasukhattakilamathānuyogaucchedasassatābhinivesādīnaṃ anekesaṃ upaddavānaṃ paṭipakkhabhūtāya satidhammavicayaviriyapītipassaddhisamādhi[2]-upekhāsaṅkhātāya dhammasāmaggiyā ariyasāvako bujjhatī ti katvā bodhī ti vuccati. Bujjhatī ti kilesasantānaniddāya uṭṭhahati cattāri vā ariyasaccāni paṭivijjhati[3] nibbānaṃ eva vā sacchikaroti. Tassā dhammasāmaggīsaṅkhātāya bodhiyā aṅgo ti pi bojjhaṅgo jhānaṅgamaggaṅgādīni[4] viya. Yo p'esa yathāvuttappakārāya etāya dhammasāmaggiyā bujjhatī ti katvā ariyasāvako[5] bodhī ti vuccati. Tassa bodhissa aṅgo ti pi bojjhaṅgo senaṅgarathaṅgādayo viya. Ten' āhu aṭṭhakathācariyā: Bujjhanakassa puggalassa aṅgā ti bojjhaṅgā[6] ti. Api ca bojjhaṅgā ti[7] kenaṭṭhena bojjhaṅgā? Bodhāya saṃvattantī ti bojjhaṅgā, bujjhantī ti bojjhaṅgā, anubuj-

---

[1] Dhs. § 285, Papañcasūdanī (Trenckner's transcript.) p. 97.
[2] passaddha° M. [3] paṭivicajjati Pap. [4] jhānaṅgamaggaṅgādayo Pap. [5] ariyasāvako dhīti T. [6] aṅgāni bojjhaṅgāni T. [7] bojjhaṅgāni T.

jhanti ti bojjhaṅgā, paṭibujjhanti ti bojjhaṅgā, sambujjhanti ti bojjhaṅgā ti.

Iminā paṭisambhidānayenā pi bojjhaṅgattho veditabbo. Pasattho sundaro ca bojjhaṅgo sambojjhaṅgo. Evaṃ pīti eva'sambojjhaṅgo pītisambojjhaṅgo ti. Cittekaggatāniddesādīsu[1] pi iminā va nayena attho veditabbo.

465. Tesaṃ dhammānan ti. Ye tasmiṃ samaye paṭivedhaṃ gacchanti catusaccadhammā tesaṃ dhammānaṃ anaññātānaṃ ti kiñcā pi paṭhamamaggena te dhammā ñātā nāma honti. Yathā pana pakatiyā anāgatapubbaṃ vihāraṃ āgantvā vihāramajjhe ṭhito pi puggalo pakatiyā anāgatabhāvaṃ upādāya anāgatapubbaṃ ṭhānaṃ āgato 'mhī ti vadati. Yathā ca pakatiyā apiladdhapubbaṃ mālaṃ pilandhitvā anivatthapubbaṃ vatthaṃ nivāsetvā abhuttapubbaṃ bhojanaṃ bhuñjitvā pakatiyā abhuttabhāvaṃ upādāya 'abhuttapubbaṃ bhojanaṃ bhutto 'mhī' ti vadati evam idhā pi yasmā pakatiyā iminā puggalena ime dhammā na ñātapubbā tasmā āññātan ti vuttaṃ. Adiṭṭhādīsu pi es'eva nayo.

466. Tattha adiṭṭhānan[2] ti ito pubbe paññācakkhunā adiṭṭhānam appattānan ti adhigamanavasena appattānaṃ. Aviditānan ti ñāṇena na pākaṭakatānaṃ. Asacchikatānan ti apaccakkhakatānaṃ. Sacchikiriyāyā ti paccakkhakaraṇatthaṃ. Yathā ca iminā padena evaṃ sesehi pi saddhiṃ anaññātānaṃ ñāṇāya adiṭṭhānaṃ dassanāya appattānaṃ pattiyā aviditānaṃ vedāyā ti yojanā kātabbā.

467. Catūhi vacīduccaritehī[3] ti ādīsu vacī ti vacīviññatti veditabbā. Tiṇṇaṃ dosānam yena kenaci duṭṭhāni caritānī ti duccaritāni, vacīto pavattāni duccaritāni vacīduccaritāni, vaciyā vā nipphāditāni duccaritāni vacīduccaritāni, tehi vacīduccaritehi ārakā ramatī ti ārati, vinā tehi ramatī ti virati, tato tato paṭinivattā va hutvā tehi vinā ramatī ti paṭivirati, upasaggavasena vā padaṃ vaḍḍhitaṃ. Sabbaṃ idaṃ oramanabhāvass 'eva adhivacanaṃ. Veraṃ manātī vināsetī ti veramaṇī. Idaṃ pi oramanass 'eva vevacanaṃ.

---

[1] Dhs. § 287—295. [2] Dhs. § 296. [3] Dhs. § 299.

Yāya pana cetanāya musāvādādīni bhāsamāno karoti nāma ayaṃ lokuttaramaggavirati. Uppajjitvā taṃ kiriyaṃ kātuṃ na deti kiriyāpathaṃ pacchindatī ti (M. *inserts:* akiriyā tathā taṃ karaṇaṃ kātuṃ na deti karaṇapathaṃ pacchindatī ti) akaraṇaṃ. Yāya ca cetanāya catubbidhaṃ vacīduccaritaṃ bhāsamāno ajjhāpajjati nāma ayaṃ uppajjitvā tathā ajjhāpajjhituṃ na detī ti anajjhāpatti velā anatikkamo ti. Ettha tāya velāyā ti ādisu tāva kālo velā ti āgato. Uruvelāyaṃ viharatī ti ettha rāsi ṭhitadhammo velaṃ nātivattatī[1] ti ettha sīmā idhā pi sīmā va. Anatikkamanīyaṭṭhena hi cattāri vacīsucaritāni velā ti adhippetāni iti. Yāya cetanāya cattāri vacīduccaritāni bhāsamāno velaṃ atikkamati nāma ayaṃ uppajjitvā taṃ velaṃ atikkamituṃ na detī ti velā anatikkamo ti vuttā. Velāyatī ti vā velā calayati[2] viddhaṃsetī ti attho. Kiṃ velāyati? Catubbidhaṃ vacīduccaritaṃ. Iti velāyanato velā[3]. Purisassa pana hitasukhaṃ na atikkamitvā vattatī ti anatikkamo. Evaṃ ettha padadvayavasena pi attho veditabbo.

Setuṃ hanatī ti setughāto. Catunnaṃ vacīduccaritānaṃ padaghāto paccayaghāto ti attho. Paccayo hi idha setū ti adhippeto. Tatrāyaṃ vacanattho: rāgādiko catunnaṃ vacīduccaritānaṃ paccayo vaṭṭasmiṃ puggalaṃ sinoti bandhatī ti setu. Setussa ghāto setughāto, vacīduccaritasamugghātikāya viratiyā ti etaṃ adhivacanaṃ. Ayaṃ pana sammāvācā-saṅkhātā virati pubbabhāge nānācittesu labbhati. Aññen 'eva hi cittena musāvādā viramati, aññena pesuññādībi. Lokuttaramaggakkhaṇo pana ekacittasmiṃ yeva labbhati, catubbidhāya hi vacīsucaritacetanāya padacchedaṃ kurumānā maggaṅgaṃ pūrayamānā ekā va virati uppajjati. Kāyaduccaritehi ti kāyato pavattehi kāyena vā nipphāditehi pāṇātipātādīhi duccaritehi. Sesaṃ purimanayen 'eva veditabbaṃ.

468. Ayaṃ pi sammākammantasaṅkhātā virati[4] pubbabhāge nānācittesu labbhati. Aññen' eva hi cittena pāṇā-

---

[1] nātikkamatī ti M. [2] velā velāyati M. [3] iti velaṃ tato velā T. [4] Dhs. § 300.

tipātā viramati, aññena'adinnādānamicchācārehi. Lokuttaramaggakkhaṇe pana ekacittasmiṃ yeva labbhati ti. Tividhāya hi kāyaduccaritacetanāya padacchedaṃ kurumānā maggaṅgaṃ pūrayamānā ekā va virati uppajjati.

469. Sammā-ājīvaniddese[1] akiriyā ti ādīsu yāya cetanāya micchājīvaṃ ājīvamāno kiriyaṃ karoti nāma ayaṃ uppajjitvā taṃ kiriyam kātum na detī ti akiriyā ti iminā nayena yojanā veditabbā.

Ājīvo ca nām'esa pāṭiyekko natthi. Vācākammantesu gahitesu gahito va hoti tappakkhikattā dhuvapaṭisevanavasena panāyaṃ tato nīharitvā dassito ti. Evaṃ santo sammā-ājīvo sakiccako na hoti, aṭṭha maggaṅgāni na paripūreti. Tasmā sammā-ājīvo sakiccako kātabbo aṭṭha maggaṅgāni paripūretabbānī ti tatrāyaṃ nayo. Ājīvo nāma bhijjamāno kāyavacīdvāresu yeva bhijjati, manodvāre ājīvabhedo nāma natthi, pūrayamāno pi tasmiṃ yeva dvāradvaye pūrati, manodvāre[2] ājīvapūraṇaṃ nāma natthi. Kāyadvāre pana vītikkamo ājīvahetuko pi atthi,[3] na ājīvahetuko pi tathā vacīdvāre.

470. Tattha yaṃ rājarājamahāmattā khiḍḍapasutā sūrabhāvaṃ dassentā migavaṃ vā panthaduhanaṃ[4] vā paradāravītikkamaṃ vā karonti idaṃ akusalaṃ kāyakammaṃ nāma, tato virati pi sammākammanto nāma. Yaṃ pi pana[5] ājīvahetukaṃ catubbidhaṃ vacīduccaritaṃ bhāsanti idaṃ akusalaṃ vacīkammaṃ nāma, tato virati pi sammāvācā nāma. Yaṃ pana ājīvahetu nesādamacchabandhādayo pāṇaṃ[6] hananti adinnaṃ ādiyanti micchācaranti[7] ayaṃ micchā-ājīvo nāma, tato virati sammā-ājīvo nāma. Yaṃ pi lañcaṃ[8] gahetvā musā bhaṇanti pesuññapharusasamphappalāpe pavattenti ayaṃ pi micchā-ājīvo nāma, tato virati sammā-ājīvo nāma.

Mahāsīvatthero pan' āha: 'kāyavacīdvāresu vītikkamo

---

[1] Dhs. § 301. [2] manodvāro T. [3] M. *omits* atthi na ājīvakahetuko pi. [4] migaṃaṃ vā pantaduraṃ vā M. Comp. Kūṭadantasutta D. V. 11. [5] M. *adds* na. [6] vātaṃ M. [7] micchācāraṃ caranti M. [8] lavaṃ C. G. lañjaṃ M.

ājīvahetuko vā hotu no vā ājīvahetuko, akusalaṃ kāyakammaṃ vacīkammaṃ t'eva saṅkhaṃ gacchati, tato virati ti pi sammākammanto sammāvācā tveva vuccatī ti'. Ājīvo kahan ti vutte[1] pana: 'tīni kuhanavatthūni nissāya cattāro paccaye uppādetvā tesaṃ paribhogo ti' āha.

471.. Ayaṃ pana koṭippatto micchājīvo, tato virati sammājīvo nāma ayam pi sammājīvo pubbabhāge nānācittesu labbhati. Aññen 'eva hi cittena kāyadvāravītikkamā viramati, aññena vacīdvāravītikkamā. Lokuttaramaggakkhaṇe pana ekacittasmiṃ yeva labbhati, kāyavacīdvāresu hi sattakammapathavasena uppannāya micchājīvasaṅkhātāya dussīlyacetanāya padacchedaṃ kurumānā maggaṅgaṃ pūrayamānā ekā va virati uppajjatī ti ayaṃ niddesavāre viseso. Yaṃ pan' etaṃ indriyesu anaññātaññassāmītindriyaṃ vaḍḍhitam maggaṅgesu ca sammāvācādīni tesaṃ vasena saṅgahavārena viriyindriyāni aṭṭhaṅgiko maggo ti vuttaṃ. Suññatāvāro pākatiko yevā ti ayaṃ tāva suddhikapaṭipadāya viseso. Ito paraṃ suddhikasuññatā suññatapaṭipadā suddhika-appaṇihitā appaṇihitapaṭipadā ti ayaṃ desanābhedo hoti. Tattha suññatā ti lokuttaramaggassa nāmaṃ. So hi āgamanato saguṇato ārammaṇato ti tīhi kāraṇehi nāmaṃ labhati. Kathaṃ? Idha bhikkhu anattato abhinivisitvā anattato saṅkhāre passati. Yasmā pana anattato diṭṭhamatten' eva maggavuṭṭhānaṃ nāma na hoti aniccato pi dukkhato pi daṭṭhum eva vaṭṭati tasmā aniccaṃ dukkham anattato ti tividhaṃ anupassanaṃ āropetvā sammasanto[2] carati, vuṭṭhānagāminī vipassanā pan'assa tebhūmike pi saṅkhāre suññato va passati, ayaṃ vipassanā suññatā nāma hoti. Sā āgamanīyaṭṭhāne ṭhatvā attano maggassa suññatā ti[3] nāmaṃ deti. Evaṃ maggo āgamanato[4] suññatā ti nāmaṃ labhati.

472. Yasmā pana so rāgādīhi suñño tasmā saguṇen 'eva suññatā nāmaṃ labhati nibbānam pi rāgādīhi suññattā suññatan ti vuccati. Taṃ ārammaṇaṃ katvā uppannattā maggo ārammaṇato suññatā nāmaṃ labhati, tattha sut-

[1] vuccante T. [2] sammāsanena T. [3] suññatan ti T. [4] āgatato T.

tantikapariyāyena saguṇato pi ārammaṇato pi nāmaṃ labhati. Pariyāyadesanā h'esā, Abhidhammakathā pana nippariyāyadesanā. Tasmā na idha saguṇato vā ārammaṇato vā nāmaṃ labhati, āgamanato vā labhati. Āgamanam eva hi dhuraṃ, taṃ duvidhaṃ hoti vipassanāgamanaṃ maggāgamanan ti.

Tattha maggassa āgataṭṭhāne[1] vipassanāgamanaṃ dhuraṃ, phalassa āgataṭṭhāne[2] maggāgamanaṃ dhuraṃ, idha maggassa āgatattā vipassanāgamanam eva dhuraṃ jātaṃ. Appaṇihitan ti. Etthā pi appaṇihitan ti maggass' eva nāmaṃ[3] idaṃ pi nāmaṃ maggo tīh' eva kāraṇehi labhati. Kathaṃ? Idha bhikkhu ādito[4] abhinivisitvā dukkhato va saṅkhāre passati.

473. Yasmā pana dukkhato diṭṭhamatten 'eva maggavuṭṭhānaṃ nāma na hoti aniccato pi anattato pi daṭṭhum eva vaṭṭati tasmā aniccaṃ dukkham anattato ti tividhaṃ anupassanaṃ āropetvā sammasanto carati, vuṭṭhānagāminī vipassanā pan'assa tebhūmikasaṅkhāresu paṇidhiṃ sosetvā pariyādiyitvā vissajjeti, ayaṃ vipassanā appaṇihitā[5] nāma hoti. Sā āgamanīyaṭṭhāne ṭhatvā attano maggassa appaṇihitan ti nāmaṃ deti, evaṃ maggo āgamanato appaṇihitanāmaṃ labhati.

474. Yasmā pan'ettha rāgadosamohapaṇidhayo natthi tasmā saguṇen' eva appaṇihitanāmaṃ labhati nibbānam pi. Tesaṃ paṇidhīnam abhāvā appaṇihitan ti vuccati. Taṃ ārammaṇaṃ katvā uppannattā maggo appaṇihitan ti nāmaṃ labhati, tattha suttantikapariyāyena saguṇato pi ārammaṇato pi nāmaṃ labhati. Pariyāyadesanā h'esā, Abhidhammakathā pana nippariyāyadesanā. Tasmā na idha saguṇato vā ārammaṇato vā nāmaṃ labhati, āgamanato va labhati. Āgamanam eva hi dhuraṃ, taṃ duvidhaṃ hoti vipassanāgamanaṃ maggāgamanan ti. Tattha maggassa āgataṭṭhāne vipassanāgamanaṃ dhuraṃ, phalassa āga-

[1] āgamanaṭṭhāne C. G. [2] āgamanaṭṭhāne C. G.
[3] etaṃ nāmaṃ M. [4] ādito va dukkhato abhinivisitvā T.
[5] Dhs. § 351—357.

tatthāne maggāgamanaṃ dhuraṃ, idha maggassa āgatattā vipassanāgamanam eva dhuraṃ jātaṃ.

Nanu ca suññato animitto appaṇihito ti tīni maggassa nāmāni. Yath 'āha: tayo me bhikkhave vimokkhā suññato vimokkho animitto vimokkho appaṇihito vimokkho ti.[1] Tesu idha dve magge gahetvā animitto kasmā na gahito ti? Āgamanabhāvato. Animittavipassanā hi sayaṃ āgamanīyaṭṭhāne ṭhatvā attano maggassa nāmaṃ dātuṃ na sakkoti. Sammāsambuddho pana attano puttassa Rāhulattherassa:

Animittañ ca bhāvehi mānānusayaṃ ujjaha |
Tato mānābhisamayā upasanto carissasī ti ||[2]

animittavipassanaṃ kathesi. Vipassanā hi niccanimittaṃ sukhanimittaṃ attanimittañ ca ugghāṭeti, tasmā animittā ti kathitā sā ca kiñcā pi taṃ nimittaṃ ugghāṭeti sayaṃ pana nimittadhammesu caratī ti sanimittā va hoti, tasmā sayaṃ āgamanīyaṭṭhāne ṭhatvā attano maggassa nāmaṃ dātuṃ na sakkoti.

475. Aparo nayo: Abhidhammo nāma paramatthadesanā animittamaggassa ca paramatthato hetu vekallam eva hoti. Kathaṃ? Aniccānupassanāya hi vasena animittavimokkho kathito tena ca vimokkhena saddhindriyaṃ adhimattaṃ[3] hoti, taṃ ariyamagge ekaṅgaṃ pi na hoti amaggaṅgattā attano maggassa paramatthato va nāmaṃ dātuṃ na sakkoti. Itaresu pana dvīsu anattānupassanāya tāva vasena suññato vimokkho, dukkhānupassanāya[4] vasena appaṇihito vimokkho kathito. Tesu suññatavimokkhena paññindriyaṃ adhimattaṃ[5] hoti, appaṇihitavimokkhena samādhindriyaṃ. Tāni ariyamaggassa aṅgattā attano maggassa paramatthato nāmaṃ dātuṃ sakkonti. Maggārammaṇattike pi hi maggādhipatidhammavibhajane chandacittānaṃ adhipatikāle tesaṃ dhammānaṃ amaggato[6] ca maggādhipatibhāvo na vutto. Evaṃsampadam idaṃ veditabbaṃ ti ayam ettha Aṭṭhakathāmuttako ekassa ācariyassa mativinicchayo.

[1] Visuddhimagga J. P. T. S. 1891—91 p. 155. Dhs. p. 282. Mahāvyutp. 73. [2] Suttanipāta 342. [3] adhivacanaṃ mathaṃ T. [4] °ānupassanā M. [5] adhimannaṃ T. adhimittaṃ M. [6] amaggaṅgattā M.

Evaṃ sabbathā pi animittā vipassanā sayaṃ āgamanīyaṭṭhāne ṭhatvā attano maggassa nāmaṃ dātuṃ na sakkotī ti animittamaggo na gahito.

476. Keci pana 'animittamaggo āgamanato nāmaṃ alabhanto pi Suttantapariyāyena saguṇato[1] ca ārammaṇato[2] ca nāmaṃ labhatī ti' āhaṃsu. Te idaṃ vatvā paṭikkhittā. Animittamagge saguṇato ca ārammaṇato ca nāmaṃ labhante suññata-appaṇihitamaggā pi saguṇato yeva ārammaṇato yeva ca idha nāmaṃ labheyyuṃ, na pana labhanti. Kiṃkāraṇā? Ayaṃ hi maggo nāma dvīhi kāraṇehi nāmaṃ labhati sarasato[3] ca paccanīkato ca sabhāvato ca paṭipakkhato cā ti attho. Tattha suññata-appaṇihitamaggā sarasato[4] pi paccanīkato pi nāmaṃ labhanti. Suññata-appaṇihitamaggā hi rāgādīhi suññā rāgapaṇidhiādīhi ca appaṇihitā ti evaṃ sarasato[5] nāmaṃ labhanti suññato ca attābhinivesassa paṭipakkho appaṇihito paṇidhissā ti[6] evaṃ paccanīkato nāmaṃ labhanti. Animittamaggo pana rāgādinimittānaṃ niccanimittādīnaṃ ca abhāvena sarasato ca nāmaṃ labhati no paccanīkato. Na hi so saṅkhāranimittārammaṇa-aniccānupassanāya[7] paṭipakkho. Aniccānupassanā pan'assa anulomabhāve ṭhitā ti. Evam sabbathā pi Abhidhammapariyāyena animittamaggo nāma natthī ti. Suttantapariyāyena pan'esa evaṃ āharitvā dīpito. Yasmiṃ hi vāre maggavuṭṭhānaṃ hotī ti tīṇi lakkhaṇāni ekāvajjanena viya āpāthaṃ āgacchanti tiṇṇañ ca ekato āpāthagamanaṃ nāma natthi. Kammaṭṭhānassa pana vibhūtabhāvadīpanatthaṃ etaṃ vuttam. Ādito hi yattha katthaci abhiniveso hotu, vuṭṭhānagāminī pana vipassanā yaṃ yaṃ sammasitvā vuṭṭhāti tassa tass'eva vasena āgamanīyaṭṭhāne ṭhatvā attano maggassa nāmaṃ deti. Kathaṃ? Aniccādīsu hi yattha katthaci abhinivisitvā itaram pi lakkhaṇadvayaṃ daṭṭhuṃ vaṭṭati, evam ekalakkhaṇadassanamatten'eva hi maggavuṭṭhānaṃ nāma hoti.[8] Tasmā aniccato abhiniviṭṭho

[1] saguṇā T. [2] Visuddhimagga p. 156. [3] sarato C. G. [4] sarato C. G. [5] sarato pi M. C. G. [6] paṇidhiyā ti M. [7] °ārammaṇāya an° M. [8] hi vuṭṭhānaṃ nāma na hoti M.

bhikkhu na kevalaṃ aniccato va vuṭṭhāti dukkhato pi vuṭṭhāti anattato pi vuṭṭhāti yeva. Dukkhato anattato abhiniviṭṭhe pi es'eva nayo.

Iti ādito yattha katthaci abhiniveso hotu, vuṭṭhānagāminī pana vipassanā yaṃ yaṃ sammasitvā vuṭṭhāti tassa tass' eva vasena āgamanīyaṭṭhāne ṭhatvā attano maggassa nāmaṃ detī ti.

477. Tattha aniccato vuṭṭhahantassa maggo animitto, dukkhato vuṭṭhahantassa appaṇihito, anattato vuṭṭhahantassa suññato ti evaṃ Suttantapariyāyena āharitvā dīpito. Vuṭṭhānagāminī pana vipassanā kim ārammaṇā? Lakkhaṇārammaṇā ti. Lakkhaṇaṃ nāma paññattigatikaṃ na vattabbadhammabhūtaṃ. Yo pana aniccaṃ dukkhaṃ anattā ti tīṇi lakkhaṇāni sallakkheti tassa pañca khandhā kaṇṭhe baddhakuṇapaṃ viya honti, saṅkhārārammaṇam eva ñāṇaṃ saṅkhārato vuṭṭhāti. Yathā hi eko bhikkhu pattaṃ kiṇitukāmo pattavāṇijena pattaṃ ābhataṃ disvā haṭṭhapahaṭṭho 'gaṇhissāmī ti' cintetvā vīmaṃsamāno chiddāni passeyya, so na chiddesu nirālayo hoti, patte pana nirālayo hoti evam eva tīṇi lakkhaṇāni sallakkhetvā saṅkhāresu nirālayo hoti saṅkhārārammaṇen' eva ñāṇena saṅkhārato vuṭṭhātī ti veditabbo.

Dussopamāya[1] pi es' eva nayo.

478. Iti Bhagavā lokuttarajjhānaṃ bhājento suddhikapaṭipadāya catukkanayaṃ pañcakanayan ti dve pi naye āhari. Tathā suddhikasuññatāya suññatāpaṭipadāya appaṇihito appaṇihitapaṭipadāya pi tasmā[2] evaṃ āharī ti puggalajjhāsayena c'eva desanāvilāsena ca tadubhayaṃ pi heṭṭhā vuttanayen'eva veditabbaṃ. Evaṃ lokuttaraṃ jhānaṃ bhāvetī ti ettha suddhikapaṭipadāya catukkapañcakavasen' eva dve nayā. Tathā sesesū ti sabbesu pi pañcasu koṭṭhāsesu dasa nayā bhājitā. Tatr' idaṃ pakiṇṇakaṃ.

Ajjhattañ ca bahiddhā ca rūpārūpesu pañcasu |
satta-aṭṭhaṅgapariṇāmaṃ[3] nimittaṃ paṭipadā patī ti. |

479. Lokuttaramaggo hi ajjhattaṃ abhinivisitvā ajjhattaṃ

[1] Dussopame M. [2] kasmā T. [3] sattasu T.

vuṭṭhāti, ajjhattaṃ abhinivisitvā bahiddhā vuṭṭhāti, bahiddhā abhinivisitvā bahiddhā vuṭṭhāti, bahiddhā abhinivisitvā ajjhattaṃ vuṭṭhāti, rūpe abhinivisitvā rūpā vuṭṭhāti, rūpe abhinivisitvā arūpā vuṭṭhāti, arūpe abhinivisitvā arūpā vuṭṭhāti, arūpe abhinivisitvā rūpā vuṭṭhāti.

Ekappahārena pañcahi khandhehi vuṭṭhāti satta-aṭṭhaṅga-pariṇāman[1] ti. So pan'esa maggo aṭṭaṅgiko pi hoti sat-taṅgiko pi, bojjhaṅgā pi satta vā honti cha vā, jhānaṃ pana pañcaṅgikaṃ vā hoti caturaṅgikaṃ vā tivaṅgikaṃ vā. Evaṃ satta-aṭṭhādīnaṃ aṅgānaṃ pariṇāmo veditabbo ti attho.

Nimittaṃ paṭipadā patī ti tīsu[2] nimittan ti yato pana niyato[3] vuṭṭhānaṃ hoti paṭipadā pati ti paṭipadāya ca adhi-patino ca calanācalanaṃ[4] veditabbaṃ.

480. Tattha ajjhattaṃ abhinivisitvā ajjhattaṃ vuṭṭhātī ti ādīsa tāva idh'ekacco ādito va ajjhattaṃ pañcasu khan-dhesu abhinivisati abhinivisitvā te aniccādito passati. Yasmā pana na suddha-ajjhattadassanamatten' eva maggavuṭṭhā-naṃ hoti bahiddhā pi daṭṭhabbam eva tasmā parassa khandhe pi anupādiṇṇasaṅkhāresu[5] pi aniccaṃ dukkha-manattā ti passati. So kālena ajjhattaṃ sammasati kālena bahiddhā ti.[6] Tass' evaṃ sammasato ajjhattaṃ sammasana-kāle vipassanāmaggena saddhiṃ ghaṭīyati, evaṃ ajjhattaṃ abhinivisitvā ajjhattaṃ vuṭṭhāti nāma. Sace pan' assa[7] ba-hiddhā sammasanakāle vipassanāmaggena saddhiṃ gha-ṭīyati evaṃ ajjhattaṃ abhinivisitvā ajjhattaṃ vuṭṭhāti nāma. Sace pan'assa bahiddhā sammasanakāle vipassanāmaggena saddhiṃ ghaṭīyati evaṃ ajjhattaṃ abhinivisitvā bahiddhā vuṭṭhāti nāma. Esa nayo bahiddhā abhinivisitvā bahiddhā c'eva ajjhattañ ca vuṭṭhāne pi.

481. Aparo ādito va rūpe abhinivisati abhinivisitvā bhū-tarūpañ ca upādārūpañ ca paricchinditvā aniccādito passati. Yasmā pana na suddharūpadassanamatten' eva vuṭṭhānaṃ hoti arūpam pi daṭṭhabbam eva tasmā rūpaṃ ārammaṇaṃ

[1] °pariyāman ti M. [2] M. *omits* tīsu. [3] M. *omits*. [4] adhipatito ca va lātā cala taṃ T. [5] saṅkhāre M. [6] M. *omits* ti. [7] passa T.

katvā uppannaṃ vedanaṃ saññaṃ saṅkhāre viññāṇañ ca idaṃ arūpan ti paricchinditvā aniccādito passati. So kālena rūpaṃ sammasati, kālena arūpaṃ, tass' evaṃ sammasato rūpasammasanakāle vipassanāmaggena saddhiṃ ghaṭīyatī ti evaṃ rūpe abhinivisitvā rūpā vuṭṭhāti nāma. Sace pan' assa arūpasammasanakāle vipassanāmaggena saddhiṃ ghaṭīyati evaṃ rūpe abhinivisitvā arūpā vuṭṭhāti nāma. Esa nayo arūpe abhinivisitvā arūpā ca rūpā ca vuṭṭhāne pi. Yaṃ kiñci samudayadhammaṃ . sabban taṃ nirodhadhamman ti evaṃ abhinivisitvā evaṃ evaṃ vuṭṭhānakāle pana ekappahārena pañcahi khandhehi vuṭṭhāti nāmā ti. Ayaṃ tikkhavipassakassa mahāpaññassa bhikkhuno vipassanā. Yathā hi chātajjhattassa purisassa majjhe gūthapiṇḍaṃ ṭhapetvā nānaggarasabbojanapuṇṇaṃ pātiṃ upaneyyuṃ, so vyañjanaṃ batthena viyūhanto taṃ gūthapiṇḍaṃ disvā 'kiṃ idan ti' pucchitvā 'gūthapiṇḍo ti' vutte 'dhi dhi apanethā ti' bhatte pi pātiyam pi nirālayo hoti evaṃsampadam idaṃ daṭṭhabbaṃ. Bhojanapātidassanasmiṃ[1] hi tassa attamanakālo viya imassa bhikkhuno bālaputhujjanakālo, pañca khandhe ahaṃ mamā ti gahitakālo gūthapiṇḍassa diṭṭhakālo viya, tiṇṇaṃ lakkhaṇānaṃ sallakkhitakālo bhatte pi pātiyam pi nirālayakālo viya, tikkhavipassakassa mahāpaññassa bhikkhuno yaṃ kiñci samudayadhammaṃ sabbaṃ taṃ nirodhadhamman ti pañcahi khandhehi ekappahārena vuṭṭhitakālo veditabbo.

Satta-aṭṭhaṅgapariṇāman ti. Ettha ayaṃ vuttappabhedo aṅgapariṇāmo yathā hoti tathā veditabbo.

Saṅkhārūpekhā ñāṇam eva hi ariyamaggassa bojjhaṅgamaggaṅgajhānaṅgavisesaṃ niyameti. Keci pana therā bojjhaṅgamaggaṅgajhānaṅgavisesaṃ pādakajjhānaṃ niyametī ti vadanti, keci vipassanāya ārammaṇabhūtā khandhā niyametī ti vadanti. Keci puggalajjhāsayo niyametī ti vadanti tesam pi vādesu ayaṃ saṅkhārūpekhāsaṅkhātā pubbabhāgā vuṭṭhānagāminī vipassanā va niyametī ti veditabbā.

482. Tatrāyaṃ anupubbakathā. Vipassanāniyamena hi

---

[1] Bhojanāpātidassanasmiṃ T.

sukkhavipassakassa[1] uppannamaggo pi samāpattilābhino jhānaṃ pādakaṃ akatvā uppannamaggo pi paṭhamaṃ jhānaṃ pādakaṃ katvā pakiṇṇakasaṅkhāre sammasitvā uppāditamaggo pi paṭhamajjhānikā[2] ca honti, sabbesu satta bojjhaṅgāni aṭṭha maggaṅgāni pañca jhānaṅgāni honti tesam pi hi pubbabhāgavipassanā somanassasahagatā pi upekhāsahagatā pi hutvā vuṭṭhānakāle saṅkhārūpekhā bhāvappattā somanassasahagatā va hoti. Pañcakanaye[3] dutiyatatiyacatutthajjhānāni pādakāni katvā uppāditamaggesu yathākkamen' eva jhānaṃ caturaṅgikaṃ tivaṅgikaṃ duvaṅgikaṃ[4] va hoti. Sabbesu pana satta maggaṅgāni honti, catutthe cha bojjhaṅgāni. Ayaṃ viseso[5] pādakajjhānaniyamena c'eva vipassanāniyamena ca hoti. Tesam pi hi pubbabhāgavipassanā somanassasahagatā pi upekhāsahagatā pi hoti, vuṭṭhānagāminī somanassasahagatā va. Pañcamajjhānaṃ pādakaṃ katvā nibbattitamagge pana upekhācittekaggatāvasena dve jhānaṅgāni bojjhaṅgamaggaṅgāni cha satta-m-eva. Ayam pi viseso ubhayaniyamavasen' eva hoti. Imasmiṃ naye pubbabhāgavipassanā somanassasahagatā vā upekhāsahagatā vā hoti, vuṭṭhānagāminī upekhāsahagatā ca. Arūpajjhānāni pādakāni katvā uppāditamagge pi es'eva nayo.

Evaṃ pādakajjhānato vuṭṭhāya ye keci saṅkhāre sammasitvā nibbattitamaggassa āsannapadese vuṭṭhitā samāpatti attano[6] sadisabhāvaṃ karoti bhūmivaṇṇo viya godhāvaṇṇassa.

483. Dutiyattheravāde pana yato yato samāpattito vuṭṭhāya te te samāpattidhamme sammasitvā maggo nibbattito hoti taṃ taṃ samāpattisadiso va so[7] hoti sammasitasamāpattisadiso ti attho.

Sace pana kāmāvacaradhamme sammasati paṭhamajjhāniko hoti tatrā pi ca vipassanāniyamo vuttanayen' eva veditabbo.

---

[1] Kern Buddhisme I, 388. [2] paṭhamaṃ jhānikā T. paṭhamajjhāniko hoti M. [3] pañcakanayo T. [4] M. *omits* duvaṅgikaṃ. [5] aṭṭaviseso T. [6] attanā T. [7] M. *omits* va so.

484. Tatiyatheravāde 'aho vat'āham sattaṅgikaṃ maggaṃ pāpuneyyaṃ aṭṭhaṅgikaṃ maggaṃ pāpuneyyan ti' attano ajjhāsayānurūpena yaṃ yaṃ jhānaṃ pādakaṃ katvā ye vā ye vā jhānadhamme sammasitvā maggo nibbattito taṃ taṃ jhānasadiso va hoti, pādakajjhānaṃ pana sammasitajjhānaṃ vā vinā ajjhāsayamatten'eva taṃ na ijjhati. Svāyam attho Nandakovādasuttena dīpetabbo.[1]

Vuttaṃ h'etaṃ: seyyathā pi bhikkhave tadahuposathe pannarase na hoti bahuno janassa kaṅkhā vā vimati vā 'ūno nu kho cando puṇṇo nu kho cando ti' atha kho 'puṇṇo cando tveva hoti' evam eva kho bhikkhave tā bhikkhuniyo Nandakassa dhammadesanāya attamanā c'eva paripuṇṇasaṅkappā ca. Tāsaṃ bhikkhave pañcannaṃ bhikkhunīsatānaṃ yā pacchimikā bhikkhunī sā sotāpannā avinipātadhammā niyatā sambodhiparāyanā ti. Tāsu hi yassā bhikkhuniyā sotāpattiphalassa upanissayo sā sotāpattiphalen'eva paripuṇṇasaṅkappā ahosi. Yassā . . .

. . . . pe . . . .

arahattassa upanissayo sā arahatten'eva. Evam eva attano ajjhāsayānurūpena yaṃ yaṃ jhānaṃ pādakaṃ katvā ye vā ye vā jhānadhamme sammasitvā maggo nibbattito taṃ taṃ jhānasadiso va so hoti. Pādakajjhānaṃ pana sammasitajjhānaṃ vā vinā ajjhāsayamatten'eva taṃ na ijjhatī ti etthā pi ca vipassanāniyamo vuttanayen'eva veditabbo.

485. Tattha 'pādakajjhānam'eva niyametī ti' evaṃvādiṃ Tipiṭaka-Cūḷanāgattheraṃ antevasikā āhaṃsu: Bhante yattha tāva pādakajjhānaṃ atthi tattha taṃ niyametu, yasmiṃ pana pādakajjhānaṃ natthi tasmiṃ arūpabhāve kiṃ niyametī ti āvuso? Tatthā pi pādakajjhānam eva niyameti. So hi bhikkhu aṭṭhasamāpattilābhī paṭhamajjhānaṃ pādakaṃ katvā sotāpattimaggaphalāni nibbattetvā apparihīnajjhāno kālaṃ katvā arūpabhāve[2] nibbatto paṭhamajjhānikāya sotāpattiphalasamāpattiyā vuṭṭhāya vipassanaṃ paṭṭhapetvā upari tīṇi maggaphalāni nibbatteti. Tassa tāni paṭhamajjhānikān' eva honti, dutiyajjhānikādisu pi es' eva nayo.

---

[1] Majjhimanikāya 146. [2] arūpabhave T.

Āruppo[1] tikacatukkajjhānam uppajjati tañ ca kho lokuttaraṃ na lokiyaṃ, evaṃ tatthā pi pādakajjhānam eva niyameti āvuso ti sukathito bhante pañho ti.

486. Vipassanāya ārammaṇabhūtā khandhā niyamenti. 'Yaṃ yaṃ hi sammasitvā vuṭṭhāti taṃ taṃ sadiso va maggo hotī ti' vādiṃ Moravāpivāsi-Mahādattattheram pi antevāsikā āhaṃsu: Bhante tumhākaṃ vāde doso paññāyati. Rūpaṃ sammasitvā vuṭṭhitabhikkhuno hi rūpasadisena avyākatena maggena bhavitabbaṃ, nevasaññānāsaññāyatanaṃ nayato pariggahetvā[2] vuṭṭhitassa taṃ sadisena nevasaññānāsaññābhāvuppattena[3] bhāvitabban ti na āvuso evaṃ hoti. Lokuttaramaggo hi appanaṃ appatto nāma natthi, tasmā rūpaṃ sammasitvā vuṭṭhitassa aṭṭhaṅgiko somanassasahagatamaggo hoti, nevasaññānāsaññāyatanaṃ sammasitvā vuṭṭhitassā pi na sabbākārena tādiso va hoti, sattaṅgiko pana upekhāsahagatamaggo hotī ti.

'Puggalajjhāsayo niyametī ti' vādino Cūlābhayattherassā pi vādaṃ āharitvā Tipiṭaka-Cūlanāgatherassa kathayiṃsu.[4] So āha: Yassa tāva pādakajjhānam atthi tassa puggalajjhāsayo niyametu, yassa taṃ natthi tassa katarajjhāsayo niyamissati?[5] 'Nibbānassa[6] vaḍḍhigavesanakālo[7] viya hotī ti' taṃ kathaṃ āharitvā Tipiṭaka-Cūlābhayattherassa kathayiṃsu. So 'pādakajjhānato idaṃ kathitaṃ āvuso ti' āha. Yathā pādakajjhānavato sammasitajjhānavato[8] pi tatth' eva veditabbaṃ.

487. Pañcamajjhānato vuṭṭhāya hi paṭhamādīni sammasato uppannamaggo paṭhamattheravādena pañcamajjhāniko dutiyatheravādena paṭhamādijjhāniko āpajjatī ti dve pi vādā virujjhanti, tatiyavādena pan' ettha yaṃ icchatī[9] ti taṃ jhāniko hotī ti te ca vādā na virujjhanti ajjhāsayo ca satthako hotī ti.

Evaṃ tayo pi therā paṇḍitā vyattā buddhisampannā[10]

---

[1] arūpo T. [2] pariggahitvā M. [3] M. *inserts* maggena. [4] kathayaṃsuṃ C. G. [5] niyāmessayati M. [6] nibbanassa T. [7] vuddhigaves° M. [8] sammasitanavato T. [9] icchasī C. G. [10] °sampannā vanne tesaṃ vā anantiṃ katvā T.

va, tena tesaṃ vādaṃ tantiṃ katvā ṭhapayiṃsu. Idha pana attham eva uddharitvā tayo p'ete vāde vipassanā va niyametī ti dassitaṃ. Idāni nimittaṃ paṭipadā patī[1] ti ettha evaṃ aṅgapariṇāmato[2] maggassa uppādanakālo gotrabhū kuto vuṭṭhāti, maggo kuto ti? Gotrabhū[3] tāva nimittato vuṭṭhāti, pavattaṃ chettuṃ[4] na sakkoti. Ekato vuṭṭhāno h'esa maggo nimittato vuṭṭhāti pavattaṃ pi chindati, ubhato vuṭṭhāno h'esa maggo ti cittato vuṭṭhāti pavattim pi chindati, ubhato vuṭṭhāno[5] h'esa tesaṃ ayaṃ uppattinayo. Yasmiṃ hi vāre maggavuṭṭhānaṃ hoti tasmiṃ anulomaṃ neva ekaṃ hoti na pañcamaṃ. Ekaṃ hi āsevanaṃ na labhati, pañcamaṃ javanassa[6] āsannattā pavedhati. Tadā hi javanaṃ papatitaṃ[7] nāma hoti tasmā neva ekaṃ hoti na pañcamaṃ. Mahāpaññassa pana dve anulomāni honti tatiyaṃ gotrabhū catutthaṃ maggacittaṃ tīni phalāni tato bhavaṅgottaraṇaṃ,[8] majjhimapaññassa tīni anulomāni honti catutthaṃ gotrabhū pañcamaṃ maggacittaṃ dve phalāni tato bhavaṅgottaraṇam, mandapaññassa cattāri anulomāni honti pañcamaṃ gotrabhū chaṭṭhaṃ maggacittaṃ sattamaṃ phalaṃ tato bhavaṅgottaraṇaṃ. Tattha mahāpaññamandapaññānaṃ vasena akathetvā majjhimapaññavasena[9] kathetabbaṃ.

488. Yasmiṃ hi vāre maggavuṭṭhānaṃ hoti kiriyāhetukamanoviññāṇadhātu[10] upekhāsahagatā manodvārāvajjanaṃ hutvā vipassanāgocare khandhe ārammaṇaṃ katvā bhavaṅgaṃ āvaṭṭeti.[11] Tadanantaraṃ ten'[12] āvajjanena gahitakkhandhe gahetvā uppajjati paṭhamajavanaṃ[13] anulomañāṇaṃ. Tan tesu[14] khandhesu aniccā ti vā dukkhā ti vā anattā

---

[1] paṭipadā vatī C. T. [2] aṅgaparimacato C. aṅgaparinamavato T. [3] Visuddhimagga p. 157, Kern Buddhisme I, 387. [4] jahituṃ C. G. chetuṃ M. [5] vuṭṭhārato T. [6] pañcamaṃ bhavaṅgassa M. pañcamaṃ pavahassa T. [7] javanaṃ patitam M. javanaṃ javati taṃ C. G. [8] °gotaraṇam C. [9] Mss. majjhipaññapaññassa. [10] kiriyah° T. [11] āvaddheti T. [12] ten eva M. [13] paṭhamaṃ jānaṃ M. [14] tattesu T.

ti vā pavattitvā oḷārikoḷārikaṃ saccacchādakatamaṃ[1] vinodetvā tīni lakkhaṇāni bhiyyo bhiyyo pākaṭāni katvā nirujjhati. Tadanantaraṃ uppajjati dutiyaṃ anulomaṃ tesu purimaṃ āsevanaṃ[2] dutiyassa purimaṃ āsevanaṃ hoti. Tam pi laddhāsevanattā[3] tikkhaṃ sūraṃ pasannaṃ[4] hutvā tasmiṃ yev' ārammaṇe ten' ev'ākārena pavattitvā majjhimappamāṇaṃ saccacchādakatamaṃ vinodetvā tīni lakkhaṇāni bhiyyo bhiyyo pākaṭāni katvā nirujjhati. Tadanantaraṃ uppajjati tatiyānulomaṃ tassa dutiyaṃ āsevanaṃ hoti tam pi laddhāsevanattā tikkhaṃ sūraṃ pasannaṃ hutvā tasmiṃ yev' ārammaṇe ten'ev'ākārena pavattitvā tadavasesaṃ aṇusahagataṃ saccacchādakatamaṃ vinodetvā niravasesaṃ katvā tīni lakkhaṇāni bhiyyo bhiyyo pākaṭāni katvā nirujjhati. Evaṃ tīhi anulomehi saccacchādakatame[5] va vinodite tadanantaraṃ uppajjati gotrabhūñāṇam[6] nibbānaṃ ārammaṇaṃ kurumānaṃ.

489. Tatrāyaṃ upamā:[7] Eko kira cakkhumā puriso nakkhattayogaṃ jānissāmī ti rattibhāge nikkhamitvā candaṃ passituṃ uddhaṃ olokesi,[8] tassa valāhakehi paṭicchannattā cando na paññāyittha, ath' eko vāto uṭṭhahitvā thūlathūle valāhake viddhaṃsesi aparo majjhime aparo sukhume, tato so puriso vigatavalāhake nabhe candaṃ disvā nakkhattayogaṃ aññāsi.

Tattha tayo valāhakā viya saccapaṭicchādakaṃ thūlamajjhimasukhumaṃ kilesandhakāraṃ,[9] tayo vātā viya tīni anulomacittāni, cakkhumā puriso viya gotrabhūñāṇaṃ, cando viya nibbānaṃ, ekekassa vātassa yathākkamena valāhakaviddhaṃsanaṃ[10] viya ekekassa anulomacittassa saccapaṭicchādakatamavinodanaṃ,[11] vigatavalāhake nabhe tassa purisassa visuddhacandadassanaṃ viya vigate sacca-

---

[1] saccapaṭicchādakaṃ C. [2] anāsevanaṃ T. [3] laddhaṃ sevanattaṃ T. [4] suraṃ pasantaṃ T. [5] °chadakataṃ C. G. [6] Visuddhimagga J. P. T. S. 1891—93 p. 157. [7] Hardy Eastern Monachism 281. [8] ullokesi M. [9] °andhakārā M. [10] vātassa yatakkamena valāhakattayaviddhaṃsanaṃ M. [11] °chādakataṃ vinodanaṃ C. G.

paṭicchādake tame gotrabhūñāṇassa visuddhanibbānaṃ ārammaṇakaraṇaṃ. Yath' eva hi tayo vātā candapaṭicchādake valāhake yeva viddhaṃsetuṃ sakkonti na candaṃ daṭṭhuṃ evaṃ anulomāni saccapaṭicchādakatamaṃ[1] yeva vinodetuṃ sakkonti na nibbānaṃ ārammaṇaṃ kātuṃ. Yathā so puriso candam eva daṭṭhuṃ sakkoti na valāhake viddhaṃsetuṃ evaṃ gotrabhūñāṇaṃ nibbānam eva ārammaṇaṃ kātuṃ sakkoti na kilesatamaṃ vinodetuṃ. Evaṃ anulomaṃ saṅkhārārammaṇaṃ hoti gotrabhūnibbānārammaṇaṃ.

490. Yadi hi gotrabhū anulomena gahitārammaṇaṃ gaṇheyya, puna anulomakaṃ[2] anubandheyyā ti maggavuṭṭhānaṃ eva bhaveyya. Gotrabhūñāṇaṃ pana anulomassa ārammaṇaṃ agahetvā na apacchato pavattitaṃ[3] katvā sayaṃ anāvajjanam pi samānaṃ āvajjanaṭṭhāne ṭhatvā evaṃ nibbattāhī ti[4] maggassa saññaṃ datvā viya nirujjhati. Maggo pi tena dinnaṃ saññaṃ amuñcitvā va avīcisantativasena taṃ ñāṇaṃ anuppabandhamāno anibbiddhapubbaṃ[5] appadālitapubbaṃ lobhakkhandhaṃ dosakkhandhaṃ mohakkhandhaṃ nibbijjhamāno[6] va padālayamāno va nibbattati.

491. Tatrāyaṃ upamā: Eko kira issāso dhanusatamatthake phalakasataṃ ṭhapāpetvā vatthena mukhaṃ veṭhetvā saraṃ sannayhitvā cakkayante aṭṭhāsi. Añño puriso cakkayantaṃ āvijjhitvā yathā[7] yadā issāsassa phalakaṃ abhimukhā[8] hoti tadā tattha daṇḍakena saññaṃ deti issāso daṇḍakasaññaṃ amuñcitvā va saraṃ khipitvā phalakasataṃ nibbijjhati[9] tattha daṇḍakasaññaṃ viya gotrabhūñāṇaṃ, issāso viya maggañāṇaṃ, issāsassa daṇḍakasaññaṃ amuñcitvā va phalakasatavijjhanaṃ viya maggañāṇassa gotrabhūñāṇena dinnaṃ saññaṃ amuñcitvā va nibbānaṃ ārammaṇaṃ katvā anibbiddhapubba-appadālitapubbānaṃ[10] lobhakkhandhādīnaṃ nibbijjhanapadālanaṃ.[11]

---

[1] anulomā na s° T. [2] anulomataṃ T. [3] pavattikaṃ T. [4] nibbahī ti M. [5] aniddhapubbaṃ G. C. [6] nibbijjitamāno M. nivijjamāno T. nibbijjamāno C. [7] yathā *om.* T. M. [8] phalakasataṃ abhimukhaṃ M. [9] nivijjhati T. [10] anividdhap° T. [11] nivijjhanap° T.

492. Bhūmiladdhaviddhaṃsetusamugghātakaraṇan[1] ti pi etad eva. Maggassa hi ekam eva kiccaṃ anusayapajahanaṃ,[2] so anusaye pajahante nimittā vuṭṭhāti nāma, pavattaṃ chindati nāma. Nimittan ti rūpavedanāsaññāsaṅkhāraviññāṇanimittaṃ.[3] Pavattam pi rūpavedanāsaññāsaṅkhāraviññāṇappavattam[4] eva taṃ duvidhaṃ hoti upādiṇṇakaṃ anupādiṇṇakan ti.

Tesu maggassa anupādiṇṇakato vuṭṭhānacchāyā dissatī ti vatvā anupādiṇṇakato vuṭṭhātī ti vadiṃsu.

Sotāpattimaggena hi cattāri diṭṭhisampayuttāni vicikicchāsahagatan ti pañca cittāni pahīyanti, tāni rūpaṃ samuṭṭhāpeuti, taṃ anupādiṇṇakarūpakkhandho,[5] tāni cittāni viññāṇakkhandho, taṃ sampayuttā vedanā saññā saṅkhārā tayo arūpakkhandhā.

Tattha sace sotāpannassa sotāpattimaggo abhāvito abhavissa tāni pañca cittāni chasu ārammaṇesu pariyuṭṭhānaṃ pāpuneyyuṃ, sotāpattimaggo pana tesaṃ pariyuṭṭhānappavattiṃ[6] vārayamāno setusamugghātaṃ[7] abhabbuppattikabhāvaṃ kurumāno anupādiṇṇakato vuṭṭhāti nāma.

493. Sakadāgāmi-maggena pana cattāri[8] diṭṭhivippayuttāni dve domanassasahagatāni[9] ti, oḷārikakāmarāgavyāpādavasena cha cittāni pahīyantī ti. Anāgāmi-maggena anusahagatā kāmarāgavyāpādavasena tāni eva cha cittāni pahīyanti, arahattamaggena[10] cattāri diṭṭhivippayuttāni uddhaccasahagatañ cā ti pañca akusalacittāni pahīyanti. Tattha sace tesaṃ ariyānaṃ te maggā avibhāvitā[11] assutāni cittāni chasu ārammaṇesu pariyuṭṭhānaṃ pāpuneyyuṃ te pana tesaṃ maggapariyuṭṭhānappavattaṃ[12] vārayamānā setusamugghātaṃ abhabbuppattikabhāvaṃ kurumānā anupādiṇṇakato vuṭṭhahanti nāma.

494. Upādiṇṇakato vuṭṭhānacchāyā dissatī ti vatvā upā-

---

[1] °laddhavaṭṭha setu° M. [2] M. *inserts* iti. [3] viññāṇānimittaṃ T. M. [4] M. *inserts* nimittam pi rūpavedanāsaññāsaṅkhāraviññāṇapavattaṃ. [5] °khandhe T. [6] va nesaṃ pariyuṭṭhānuppattiṃ M. [7] setas° C. G. [8] °magge cattāri M. [9] dosamanassa° M. [10] °magge M. [11] abhāvitā T. [12] maggā° M.

diṇṇakato vuṭṭhāti ti pi vadiṃsu. Sace hi sotāpannassa sotāpattimaggo abhāvito abhavissa ṭhapetvā satta bhave anamatagge saṃsāravaṭṭe[1] upādiṇṇakappavattaṃ pavattissati evaṃ sotāpattimaggo upādiṇṇakapavattaṃ appavattaṃ kurumāno upādiṇṇakato vuṭṭhāti nāma. Sace sakadāgāmissa sakadāgāmimaggo abhāvito abhavissa ṭhapetvā dve bhave pañcasu bhavesu upādiṇṇakapavattaṃ pavatteyya. Kasmā? Tassā pavattiyā hetūnaṃ atthitāya. Oḷārikāni kāmarāgapaṭighasaññojanāni oḷāriko kāmarāgānusayo paṭighānusayo ti ime pana cattāro kilese so maggo uppajjamāno va samugghāteti.[2] Idāni kuto sakadāgāmissa dve bhave ṭhapetvā pañcasu bhavesu upādinnakapavattaṃ pavattissati? Evaṃ sakadāgāmimaggo upādinnakapavāttaṃ appavattaṃ kurumāno upādinnakato vuṭṭhāti nāma.

495. Sace anāgāmissa anāgāmimaggo abhāvito abhavissa ṭhapetvā ekaṃ bhavaṃ dutiyakabhave upādiṇṇakaṃ vatteyya.[3] Kasmā? Tassa pavattiyā hetūnam atthitāya. Anusahagatāni kāmarāgapaṭighasaññojanāni anusahagato kāmarāgānusayo paṭighānusayo ti imo pana cattāro kilese so maggo uppajjamāno va samugghāteti. Idāni kuto anāgāmissa ekam bhavaṃ ṭhapetvā dutiyakabhave upādiṇṇakapavattaṃ pavattissati? Evaṃ anāgāmimaggo upādiṇṇakapavattaṃ appavattaṃ kurumāno upādiṇṇakato vuṭṭhāti nāma. Sace arahato arahattamaggo abhāvito abhavissa rūpārūpabhavesu upādiṇṇakapavattaṃ pavatteyya. Kasmā? Tassa pavattiyā hetūnaṃ atthitāya. Rūparāgo arūparāgo māno uddhaccaṃ avijjā mānānusayo bhavarāgānusayo avijjānusayo ti ime pana aṭṭha kilese maggo uppajjamāno va samugghāteti. Idāni kuto khīṇāsavassa punabbhave upādiṇṇakapavattaṃ pavattissati? Evaṃ arahat-

[1] M. *inserts:* upādiṇṇakakhandhappavattaṃ pavatteyya. Kasmā? Tassa pavattiyā hetūnaṃ atthitāya. Tīṇi saṃyojanāni diṭṭhānusayo vicikicchānusayo ti ime pana pañca kilese sotāpattimaggo uppajjamāno va samugghāteti. Idāni kuto sotāpannassa satta bhave ṭhapetvā anamatagge saṃsāravaṭṭe up°. [2] samugghāto ti T. [3] upādiṇṇakapavattaṃ pavatteyya M.

tamaggo upādiṇṇakapavattaṃ appavattaṃ kurumāno upādiṇṇakato vuṭṭhāti nāma. Sotāpattimaggo c'ettha apāyabhavato vuṭṭhāti, sakadāgāmimaggo sugatikāmabhavekadesato, anāgāmimaggo kāmabhavato, arahattamaggo rūpārūpabhavato sabbabhavehi pi vuṭṭhāti evā ti vadanti. Imassa pan' atthassa vibhāvanatthaṃ ayaṃ pāli.

496. Sotāpattimaggañāṇena abhisaṅkhāraviññāṇassa nirodhena satta bhave ṭhapetvā anamatagge saṃsāre[1] ye uppajjeyyuṃ nāmañ ca rūpañ ca etth' ete nirujjhanti, vūpasammanti, atthaṃ gacchanti, paṭippassambhanti.

Sakadāgāmimaggañāṇena abhisaṅkhāraviññāṇassa nirodhena[2] dve bhave ṭhapetvā pañcasu bhavesu ye uppajjeyyuṃ nāmañ ca rūpañ ca etth' ete nirujjhanti, vūpasammanti, atthaṃ gacchanti, paṭippassambhanti. Anāgāmimaggañāṇena abhisaṅkhāraviññāṇassa nirodhena ekaṃ bhavaṃ ṭhapetvā dvīsu bhavesu ye uppajjeyyuṃ nāmañ ca rūpañ ca etth' ete nirujjhanti, vūpasammanti, atthaṃ gacchanti, paṭippassambhanti.

Arahattamaggañāṇena abhisaṅkhāraviññāṇassa nirodhena rūpadhātuyā vā arūpadhātuyā vā ye uppajjeyyuṃ nāmañ ca rūpañ ca etth' ete nirujjhanti, vūpasammanti, atthaṃ gacchanti, paṭippassambhanti. Arahato anupādisesāya nibbānadhātuyā parinibbāyantassa carimaviññāṇassa nirodhena paññā ca sati ca nāmañ ca rūpañ ca etth' ete nirujjhanti, vūpasammanti, atthaṃ gacchanti, paṭippassambhantī ti ayan tāva nimitte vinicchayo.

497. Paṭipadā[3] patī ti. Ettha pana paṭipadā calati na calatī ti? Calati. Tathāgatassa hi Sāriputtattherassa va cattāro pi maggā sukhapaṭipadā khippābhiññā ahesuṃ. Mahā-Moggallānattherassa paṭhamamaggo sukhapaṭipado khippābhiñño, upari tayo maggā dukkhapaṭipadā khippābhiññā. Kasmā? Niddābhibhūtattā. Sammāsambuddho kira sattāhaṃ daharakumārakaṃ viya theraṃ parihari thero pi ekadivasaṃ niddāyamāno nisīdi. Atha naṃ Satthā āha: Moggallāna Moggallāna pacalāyasi no tvaṃ brāhmaṇā ti. Evarūpassa hi mahābhiññappattassa sāvakassa

---

[1] saṃsāravaṭṭe M. [2] nirodhe M. [3] paṭipadā tī ti T

paṭipadā calati, sesānaṃ kiṃ na calissati?[1] Ekaccassa hi bhikkhuno cattāro pi maggā dukkhapaṭipadā dandhābhiññā honti, ekaccassa dukkhapaṭipadā khippābhiññā, ekaccassa sukhapaṭipadā[2] dandhābhiññā, ekaccassa sukhapaṭipadā khippābhiññā, ekaccassa paṭhamamaggo dukkhapaṭipado dandhābhiñño hoti dutiyamaggo dukkhapaṭipado khippābhiñño tatiyamaggo sukhapaṭipado dandhābhiñño catutthamaggo sukhapaṭipado khippābhiñño ti. Yathā ca paṭipadā evaṃ adhipatī ti calati, evaṃ ekaccassa pi bhikkhuno cattāro pi maggā chandādhipateyyā honti ekaccassa viriyādhipateyyā ekaccassa cittādhipateyyā ekaccassa vīmaṃsādhipateyyā, ekaccassa pana paṭhamamaggo chandādhipateyyo hoti dutiyo viriyādhipateyyo tatiyo cittādhipateyyo catuttho vīmaṃsādhipateyyo ti.

Pakiṇṇakakathā niṭṭhitā.

498. Idāni yasmā lokuttaraṃ kusalaṃ bhāvento na kevalaṃ upanijjhāyanaṭṭhena jhānam eva bhāveti niyyānaṭṭhena pana maggam pi bhāveti upaṭṭhānaṭṭhena satipaṭṭhānam pi padahanaṭṭhena sammappadhānam pi ijjhanaṭṭheua iddhipādam pi adhipatiyaṭṭhena indriyam pi akampiyaṭṭhena balam pi bujjhanakaṭṭhena bojjhaṅgam pi tathaṭṭhana saccam pi avikkhepaṭṭhena samatham[3] pi suññataṭṭhena dhammam pi rāsaṭṭhena khandham pi āyatanaṭṭhena āyatanam pi suññasabhāvanissattaṭṭhena dhātum pi paccayaṭṭhena āhāram pi phusanaṭṭhena phassam pi vedayitaṭṭhena[4] vadanam pi sañjānanaṭṭhena saññam pi cetanaṭṭhena cetanam pi vijānanaṭṭhena cittam pi bhāveti tasmā tesaṃ ekūnavīsatiyānaṃ nayānaṃ[5] dassanatthaṃ puna katame dhammā kusalā[6] ti ādi vuttaṃ. Evaṃ idam pi bhāvetī ti idam pi bhāvetī ti puggalajjhāsayena c'eva desanāvilāsena ca vīsatiyā[7] nayā desitā honti. Dhammaṃ sotuṃ nisinnadevaparisāya hi ye upanijjhāyanaṭṭhena

---

[1] calissatī ti M. [2] dukkhap° T. [3] sampam C. G. samam M. [4] vedasitaṭṭhena T. [5] padānaṃ M. om. T. [6] Dhs. § 358. [7] vīsati M.

lokuttaraṃ jhānan ti[1] kathite bujjhanti[1] tesaṃ sappāya-vasena jhānan ti kathitaṃ . . . .

. . . . pe . . . .

ye viññāṇaṭṭhena cittan ti[2] vutte bujjhanti tesaṃ sappāya-vasena cittan ti kathitaṃ. Ayam ettha puggalajjhāsayo, Sammāsambuddho pana attano buddhasubodhitāya dasa-balacatuvesārajjacatupaṭisambhidatāya[3] cha-asādhāraṇañāṇayogena ca desanaṃ yadicchakaṃ niyametvā dasseti, icchanto upanijjhāyanaṭṭhena lokuttarajjhānan ti dasseti, icchanto niyyānaṭṭhena . . . .

. . . . pe . . . .

viññāṇaṭṭhena lokuttaraṃ cittan ti ayaṃ desanāvilāso nāma.

Tattha yath' eva lokuttaraṃ jhānan ti vuttaṭṭhāne dasa nayā vibhattā evaṃ maggādīsu pi te yeva veditabbā.

Iti vīsatiyā ṭhānesu dasa dasa katvā dve nayasatāni vibhattāni honti.

499. Idāni adhipatibhedaṃ dassetuṃ puna katamo dhammā kusalā[4] ti ādi āraddhaṃ. Tattha chandaṃ dhuraṃ jeṭṭhakaṃ pubbaṅgamaṃ katvā nibbattitalokuttaraṃ jhānaṃ chandādhipateyyaṃ nāma. Sesesu pi es'eva nayo. Iti purimasmiṃ suddhike dve nayasatāni chandādhipateyyādīsu dve dve tīni sahassena bhājetvā paṭhamamaggaṃ dassesi Dhammarājā.

Paṭhamamaggo.

500. Idāni dutiyamaggādīnaṃ dassanatthaṃ puna katame dhammā kusalā[5] ti ādi āraddhaṃ. Tattha kāmarāgavyāpādānaṃ patanubhāvāyā ti etesaṃ kilesānaṃ tanubhāvatthāya. Tattha dvīhi kāraṇehi tanubhāvo veditabbo: Adhicuppattiyā ca pariyuṭṭhānamandatāya ca. Sakadāgāmissa hi vaṭṭānusārimahājanass 'eva kilesā abhiṇhaṃ na uppajjanti kadāci kadāci uppajjanti pi viraḷākārā[6] hutvā viraḷā vāpitakkhette aṅkurā viya uppajjamānā pi ca vaṭṭānusārimahājanass'eva maddantā pharantā chādentā

---

[1] om. T. [2] cintanti T. [3] °sambhidā C. G. [4] Dhs. § 359—364. [5] Dhs. § 362. [6] paṭiralākārā T.

andhakāraṃ karontā na uppajjanti. Dvīhi pana maggehi pahīnattā mandamandā uppajjanti tanukākārā[1] hutvā[2] abbhapaṭalaṃ viya makkhikāpattaṃ viya ca.[3] Tattha keci therā vadanti: Sakadāgāmissa kilesā kiñcā pi cirena uppajjanti[4] bahalā va hutvā uppajjanti tathā hi 'ssa puttā ca dhītaro ca dissantī ti. Etaṃ pana appamāṇaṃ. Puttadhītaro hi aṅgappaccaṅgaparāmasanamattena[5] pi honti, dvīhi pana maggehi pahīnattā,[6] natthi kilesānaṃ bahalatā, dvīhi eva kāraṇehi'ssa kilesānaṃ patanubhāvo veditabbo adhiccuppattiyā ca pariyuṭṭhānamandatāya cā ti.

Dutiyāyā ti gaṇanavasenā pi dutiyuppattivasena pi dutiyāya bhūmiyāpattiyā ti sāmaññaphalassapaṭilābhatthāya tatiyacatutthāsu[7] pi es'-eva nayo. Visesamattaṃ yeva pana vakkhāma: aññindriyan ti ajānanaka-indriyaṃ paṭhamamaggena ñātamariyādaṃ[8] anatikkamitvā tesaṃ yeva tena maggena ñātānam[9] catusaccadhammānaṃ jānanaka-indriyan ti vuttaṃ hoti. Niddesavāre pi'ssa iminā nayen'attho veditabbo.

Koṭṭhāsavāre pi iminā saddhiṃ nav' indriyāni honti, sesaṃ purimanayen'eva veditabbaṃ.

Dutiyamaggo niṭṭhito.

501. Tatiye[10] anavasesappahānāyā ti tesaṃ yeva sakadāgāmimaggena tanubhūtānaṃ saññojanānaṃ nissesapajahanatthāya.

502. Catutthe[11] rūparāga-arūparāga-māna-uddhacca-avijjāya anavasesappahānāyā ti etesaṃ pañcannaṃ uddhambhāgiyasaññojanānaṃ[12] nissesappahānatthāya[13] tattha rūparāgo ti rūpabhave chandarāgo arūparāgo arūpabhave chandarāgo māno arahattamaggavajjhakamāno[14] eva

---

[1] tanutākārā T. [2] M. *omits* hutvā. [3] comp. Childers Dictionary p. 416a. [4] uppatti T. [5] °marāmasanaṃ° M. [6] pahīnatthā T. [7] °catutthesu M. [8] ñāṇamaryādaṃ T. [9] ñāṇānaṃ T. [10] Dhs. § 363. [11] Dhs. § 364. [12] Visudhimagga p. 159. Mahāparinibbānas. p. 19. [13] pajahanatthāya M. [14] māno ti arahattamaggajjhavako māno M.

tathā uddhaccāvijjā imesu pi dvīsu maggesu navamam aññindriyaṃ eva hoti.

503. Sabbamaggesu padapaṭipāṭiyā samasaṭṭhi padāni catūhi apaṇṇakaṅgehi saddhiṃ catusaṭṭhi honti, asambhinnato pana tettiṃsa koṭṭhāsavārā suññatavārā pākatikā eva. Yathā ca paṭhamamagge evaṃ dutiyādīsu pi nayasahassam evā ti cattāro magge catūhi nayasahassehi bhājetvā dassesi Dhammarājā.

Saccavibhaṅge pana saṭṭhi nayasahassāni lokuttarāni imesaṃ eva vasena nikkhittāni, satipaṭṭhānavibhaṅge vīsati nayasahassāni lokuttarāni, sammappadhānavibhaṅge vīsati, iddhipādavibhaṅge dvattiṃsa, bojjhaṅgavibhaṅge dvattiṃsa, maggavibhaṅge aṭṭhavīsati nayasahassāni lokuttarāni imesaṃ eva vasena nikkhittāni. Idha pana catūsu maggesu cattāro[1] va nayasahassāni tesu paṭhamajjhānike paṭhamamagge aṭṭhaṅgāni bhājitāni tathā dutiyādīsu.

504. Tattha paṭhamamagge sammādiṭṭhi-micchādiṭṭhiṃ pajahatī ti sammādiṭṭhisammāsaṅkappādayo pi micchāsaṅkappādīnaṃ pajahanaṭṭhen'eva veditabbā. Evaṃ sante paṭhamamaggen'eva dvāsaṭṭhi diṭṭhigatānaṃ pahīnattā upari maggattayena pahātabbā diṭṭhi nāma natthi tattha sammādiṭṭhī ti nāmaṃ kataṃ hotī ti. Yathā visaṃ atthi vā hotu mā vā agado agado t'eva vuccati evaṃ micchādiṭṭhi atthi vā hotu mā vā ayaṃ sammādiṭṭhi eva nāma. Yadi evaṃ nāma mattam ev'etaṃ hoti[2] uparimaggattaye pana sammādiṭṭhiyā kiccabhāvo āpajjati maggaṅgāni na paripūrentī ti tasmā sammādiṭṭhi sakiccakā kātabbā maggaṅgāni pūretabbānī ti sakiccakā c'ettha sammādiṭṭhi yathālābhaniyamena dīpetabbā. Uparimaggattayavajjho hi eko māno atthi, so diṭṭhiṭṭhāne tiṭṭhati, sā taṃ mānaṃ pajahatī ti sammādiṭṭhi. Sotāpattimaggasmiṃ hi sammādiṭṭhi micchādiṭṭhiṃ pajahati, sotāpannassa pana sakadāgāmimaggavajjho māno atthi[3] taṃ mānaṃ pajahatī ti sammādiṭṭhi tass'eva satta-kusalacittasahajāto saṅkappo atthi, teh' eva cittehi vācaṅgacopanam atthi, kāyaṅgacopanaṃ

[1] cattāri yeva M. [2] nāma mayaṃ nanam evekaṃ hoti T.
[3] M. *inserts* so diṭṭhiṭṭhāne tiṭṭhati.

atthi, paccayaparibhogo atthi, sahajātavāyāmo atthi, assatisabhāvo atthi, sahajātacittekaggatā atthi, ete micchāsaṅkappādayo nāma. Sakadāgāmimagge sammāsaṅkappādayo tesaṃ pahānena sammāsaṅkappādayo ti veditabbā.

505. Evaṃ sakadāgāmimagge aṭṭh' aṅgāni sakiccakāni katvā āgatāni. Sakadāgāmissa anāgāmimaggavajjho māno atthi, so diṭṭhiṭṭhāne tiṭṭhati. Tass' eva sattahi cittehi sahajātasaṅkappādayo tesaṃ pahānena anāgāmimagge aṭṭhannaṃ aṅgānaṃ sakiccakatā veditabbā. Anāgāmissa arahattamaggavajjho māno atthi, so diṭṭhiṭṭhāne tiṭṭhati. Yāni pan' assa pañca akusalacittāni tehi sahajātā saṅkappādayo tesaṃ[1] pahānena arahattamagge aṭṭhannaṃ aṅgānaṃ sakiccakatā veditabbā.

506. Imesu ca[2] maggesu paṭhamamaggena cattāri saccāni diṭṭhāni uparimaggattayaṃ diṭṭhakaṃ eva passati adiṭṭhakaṃ passatī ti[3] diṭṭhakaṃ eva passati ayaṃ[4] ācariyānaṃ samānatthakathā.

Vidaṇḍavādī[5] pan' āha: adiṭṭhaṃ passatī ti so vattabbo. Paṭhamamagge katamaṃ indriyaṃ bhājesī ti jānamāno anaññātaññassāmītindriyan ti vakkhati. Uparimaggesu[6] kataran ti vutte pi aññindriyaṃ vakkhati.

So vattabbo: adiṭṭhasaccadassane sati uparimaggesu pi anaññātaññassāmītindriyaṃ eva bhājehi evaṃ te pañho samessatī ti kileso pana añño aññe[7] pajahati pahīne eva pajahatī ti aññehi aññe pajahati[8]. Yadi añño aññe[9] appahīnakilese pajahati saccāni pi adiṭṭhān' eva passatī ti evaṃvādī puggalo idaṃ pucchitabbo. Saccāni nāma katī ti jānamāno[10] cattārī ti vakkhati.

So vattabbo: tava vāde soḷasa[11] saccāni āpajjanti, tvaṃ buddhehi pi adiṭṭhaṃ passasi. Bahusaccako nāma tvaṃ[12] mā gaṇhi, saccadassanaṃ nāma apubbaṃ natthi, kilese pana appahīne pajahati.

---

[1] kesaṃ T. [2] catūsu M. [3] adiṭṭhakaṃ passatī ti *om.* T. [4] na adiṭṭhaṃ passatī ti ayaṃ M. [5] vitaddhavādi G. vitaṇḍavādi M. [6] °magge M. [7] aññe añño M. [8] aññe añño pahajatī ti M. [9] aññe añño M. [10] jānanto T. M. [11] tava vā deso solasa T. [12] taṃ evaṃ M.

507. Tattha tattha saccadassanassa apubbabhāve pe]opainaṃ nāma* gahitaṃ. Ekassa kira cattāro ratanape]ā
sāragabbhe ṭhapitā. So rattibhāge pe]āsu uppannakicco
dvāraṃ vivaritvā dīpaṃ jāletvā dīpena vihate andhakāre
pe]āsu pākaṭabhāvaṃ gatāsu tāsu kiccaṃ katvā dvāraṃ pidahitvā gato puna andhakāraṃ avatthari dutiyavāre pi
tatiyavāre pi tath' eva akāsi*. Catutthakavāre vivaṭe andhakāre pe]ā na paññāyantī ti vīmaṃsantass' eva suriyo uggacchi. Suriyobhāsena vigate andhakāre pe]āsu kiccaṃ katvā
pakkāmi. Tattha cattāro pe]ā viya cattāri saccāni, tāsu
kicce uppannadvāravivaraṇakālo viya sotāpattimaggassa vipassanābhiniharaṇakālo, andhakāraṃ viya saccacchādakatamaṃ, dīpobhāso viya sotāpattimaggobhāso, vihate³ andhakāre tassa purisassa pe]ānaṃ⁴ pākaṭabhāvo viya maggañāṇassa saccānaṃ pākaṭabhāvo,⁵ maggañāṇassa pākaṭāni⁶
maggasamaṅgipuggalassa pākaṭān' eva⁷ honti, pe]āsu kiccaṃ
katvā gatakālo viya sotāpattimaggassa attanā pahātabbakilese pajahitvā niruddhakālo, puna andhakārāvattharaṇaṃ
viya uparimaggattayavajjhasaccacchādakatamaṃ. Dutiyavāre dvāravivaraṇakālo viya sakadāgāmimaggassa vipassanābhiniharaṇakālo, dīpobhāso viya sakadāgāmimaggobhāso,
pe]āsu kiccaṃ katvā gatakālo⁸ viya sakadāgāmimaggassa
attanā pahātabbakilese pajahitvā niruddhakālo, puna andhakārāvattharaṇaṃ viya uparimaggadvayavajjhasaccacchādakatamaṃ.⁹ Tatiyavāre dvāravivaraṇakālo viya anāgāmimaggassa vipassanābhiniharaṇakālo, dīpobhāso viya anāgāmimaggobhāso, pe]āsu kiccaṃ katvā gatakālo viya anāgāmimaggassa attanā pahātabbakilese pajahitvā niruddhakālo. puna andhakārāvattharaṇaṃ viya upari-arabattamaggavajjhasaccacchādakatamaṃ. Catutthavāre dvāravivaraṇakālo viya arahattamaggassa vipassanābhiniharaṇakālo, suriyuggamanaṃ viya arahattamagguppādo, andhakāravigamanaṃ viya arahattamaggasaccacchādakatamaṃ vinodu

---

¹ pe]opamaṃ nāmaṃ M. pelepamaṃ T.   ² ākāsi T.
³ vihato M.   ⁴ pelakaṃ T.   ⁵ pāṭakabhāvo T.   ⁶ pā
ṭakāni T.   ⁷ Mss. pākaṭā nā va.   ⁸ gatakāle T.
                 ⁹ °maggattaya° T.

naṃ, vihate andhakāre tassa peḷānaṃ pākaṭabhāvo[1] viya arahattamaggañāṇassa catunnaṃ saccānaṃ[2] pākaṭabhāvo[3], ñāṇassa pākaṭāni pana puggalassa pākaṭān'eva honti, peḷāsu kiccaṃ katvā gatakālo viya arahattamaggassa sabbakilese khepanaṃ, suriyuggamanato paṭṭhāya ālokass' eva pavattikālo[4] viya arahattamaggassa uppannakālato paṭṭhāya puna saccacchādakatamabhāvo. Idaṃ tāva saccadassanassa apubbabhāvc[5] opammaṃ diṭṭhakaṃ[6] eva hi passati. kilese pana añño aññe pajahatī ti.

508. Ettha rajakopamaṃ nāma gahitaṃ. Eko[7] puriso kiliṭṭhaṃ vatthaṃ rajakassa adāsi. Rajako[8] ūsarakhāraṃ chāriyakhāraṃ gomayakhāran ti tayo khāre datvā khārehi khāditabhāvaṃ ñatvā udake vikkhāletvā oḷārikoḷārikaṃ malaṃ pavāhesi. Tato na tāva parisuddhan ti dutiyam pi tath' eva khāre datvā udake vikkhāletvā tato saṇhataraṃ malaṃ pavāhesi tato na tāva parisuddhan ti. Tatiyam pi te khāre datvā udake vikkhāletvā tato saṇhataraṃ malaṃ pavāhesi tato na tāva parisuddhan ti. Catuttham pi te khāre datvā udake vikkhāletvā aṃsu-abbhantaragatam pi nissesaṃ malaṃ pavāhetvā sāmikassa adāsi. So gandhakaraṇḍake pakkhipitvā icchiticchitakāle paridahati. Tattha kiliṭṭhaṃ vatthaṃ viya kilesānugataṃ cittaṃ, tividhakhāradānakālo[9] viya tīsu anupassanāsu kammappavattanakālo, udake vikkhāletvā oḷārikamalappavāhanaṃ viya sotāpattimaggena oḷārikasaññojanadvayakkhepanaṃ, na tāva parisuddhaṃ vatthan ti pana khārattayadānaṃ viya pañcakilesakkhepanaṃ, dutiyam pi tesaṃ khārānaṃ anuppādanaṃ viya na tāva parisuddhaṃ idaṃ cittan ti tāsu yeva tīsu anupassanāsu kammappavattanaṃ. Tato (M. *inserts* nāti) saṇhataramalappavāhanaṃ viya sakadāgāmimaggena oḷārikasaññojanadvayakkhepanaṃ, tato na tāva parisuddhaṃ vatthan ti puna khārattayadānaṃ viya na tāva parisud-

---

[1] pāṭakabh° T. [2] arahattamaggassa vipassanābhinihāraṇakālo suriyuggamanañāṇassa catunnaṃ saccānaṃ M. [3] pāṭakabh° T. [4] pattikālo T. [5] apubbabhāvo C. G. [6] opammadiṭṭh° T. [7] Comp. Aṅguttara III. 70. 6. [8] Rajake T. [9] °kāle T.

dhaṃ idaṃ cittan ti tāsu yeva tīsu anupassanāsu kammappavattanaṃ, tato saṇhataramalappavāhanaṃ viya anāgāmimaggena anusahagatasaññojanadvayakhepanaṃ, na tāva parisuddhaṃ vatthan ti puna khārattayadānaṃ viya na tāva parisuddhaṃ idaṃ cittan ti tāsu yeva tīsu anupassanāsu kammappavattanaṃ, tato vikkhālanena aṃsu-abbhantaragate male pavāhetvā parisuddhassa rajatapaṭṭasadisassa[1] gandhakaraṇḍake nikkhittassa vatthassa icchiticchitakkhaṇe paridahanaṃ viya arahattamaggena aṭṭhannaṃ kilesānaṃ khepitattā parisuddhakhīṇāsavacittassa icchiticchitakkhaṇe phalasamāpattivihārena vītināmanaṃ idaṃ. Añño añño[2] kilese pajahatī ti ettha opammaṃ vuttam pi c'etaṃ. Seyyathā pi āvuso vatthaṃ saṅkiliṭṭhaṃ malaggahitaṃ, tam enaṃ sāmikā rajakassa anuppadajjeyyuṃ, tam enaṃ rajako ūse vā khāre vā gomaye vā khāre vā sammadditvā[3] acche udake vikkhāleti kiñcā pi taṃ hoti vatthaṃ parisuddhaṃ pariyodātaṃ, atha khvassa hoti yeva anusahagato ūsagandho vā khāragandho vā gomayagandho vā asamūhato, tam enaṃ rajako sāmikānaṃ deti, tam enaṃ sāmikā gandhaparibhāvite karaṇḍake nikkhipanti yo pi 'ssa hoti anusahagato ūsagandho vā khāragandho vā gomayagandho vā asamūhato so pi 'ssa samugghātaṃ gacchati evam eva kho āvuso kiñcā pi ariyasāvakassa pañc' orambhāgiyāni saññojanāni pahīnāni bhavanti. Atha khvassa hoti yo[4] pañcasu upādānakkhandhesu anusahagato asmī ti māno asmī ti chando asmī ti anusayo asamūhato so aparena[5] samayena pañcasu upādānakkhandhesu udayabbhayānupassī[6] viharati. Iti rūpam iti rūpassa samudayo iti rūpassa atthagamo iti vedanā iti saññā iti saṅkhārā iti viññāṇaṃ iti viññāṇassa samudayo iti viññāṇassa atthagamo ti tass' imesu pañcasu upādānakkhandesu udayabbhayānupassino[7] viharato yo pi 'ssa hoti pañcasu upādānakkhandhesu anusahagato asmī ti māno asmī ti chando asmī ti anusayo asamūhato so pi samugghātaṃ gacchatī ti.

---

[1] rajanapaccasadis° T. [2] añño añño M. [3] samunditvā C. G. [4] yeva T. [5] so payena M. [6] udabbayānup° C. G. udayappahānupassi M. [7] udayappayā° M.

Tattha sotāpattimaggena pañca akusalacittāni pahīyanti saddhiṃ cittaṅgavasena uppajjanakapāpadhammehi, sakadāgāmimaggena dve domanassasahagatacittāni tanūni bhavanti saddhiṃ cittaṅgavasena uppajjanakapāpadhammehi, anāgāmimaggena[1] tāni yeva pahīyanti saddhiṃ sampayuttadhammehi, arahattamaggena pañca akusalacittāni pahīyanti saddhiṃ cittaṅgavasena uppajjanakapāpadhammehi. Imesaṃ dvādasannaṃ akusalacittānaṃ pahīnakālato paṭṭhāya khīṇāsavassa cittaṅgavasena puna pacchato vattakakileso[2] nāma na hoti.

509. Tatr 'idaṃ opammaṃ: Eko kira mahārājā paccante ārakkhaṃ datvā mahānagare issariyaṃ anubhavanto vasati. Ath'assa paccanto kuppi. Tasmiṃ samaye[3] dvādasa corajeṭṭhakā anekehi purisasahassehi saddhiṃ raṭṭhaṃ vilumpanti. Paccantavāsino mahāmattā 'paccanto kupito ti' rañño pahiniṃsu. Rājā 'vissatthā gaṇhatha, ahaṃ tumhākaṃ kattabbaṃ karissāmī ti' sāsanaṃ pahini. Te paṭhamasampahāren' eva anekehi purisasahassehi saddhiṃ pañca corajeṭṭhake ghātayiṃsu, sesā satta janā attano parivāre gahetvā pabbataṃ pavisiṃsu. Amaccā taṃ pavattiṃ rañño pesayiṃsu. Rājā 'tumhākaṃ kattabbaṃ yuttaṃ ahaṃ jānissāmi te pi gaṇhathā ti' dhanaṃ pahini. Te dutiyasampahāreṇa dve corajeṭṭhake pahariṃsu[4] parivāre pi tesaṃ dubbale akaṃsu. Te sabbe pi palāyitvā pabbataṃ pavisiṃsu. Taṃ pi pavattiṃ amaccā rañño pesayiṃsu. Puna rājā 'vissatthā[5] gaṇhantū ti' dhanaṃ pahini.[6] Te tatiyasampahārena saddhiṃ sahāyapurisehi[7] dve corajeṭṭhake ghātayitvā taṃ pavattiṃ rañño pesayiṃsu. Puna rājā 'avasese[8] vissatthā gaṇhantū ti' dhanaṃ pesesi. Te catutthakasampahārena saparivāre pañca corajeṭṭhake ghātayiṃsu, dvādasannaṃ corajeṭṭhakānaṃ ghātitakālato[9] paṭṭhāya koci coro nāma natthi, khamā jānapadā ure putte naccentā[10] maññe viharanti, rājā vijitasaṅgāmehi[11] yodhehi

---

[1] °maggenā ti T. [2] pavattaka° M. [3] om. M.
[4] haniṃsu M. [5] vipassatthā T. [6] panihi C. G.
[7] sahassa° M. sabhāyap° T. [8] avaseso vipassatthā T.
[9] ghatitakālato T. [10] nantā M. [11] jīvita° M.

parivuto varapāsādagato mahāsampattiṃ anubhavi. Tattha mahanto[1] rājā viya Dhammarājā, paccantavāsino amaccā viya yogāvacarakulaputtā, dvādasa corajeṭṭhakā viya dvādasa akusalacittāni, tesaṃ sahāyā anekasahassapurisā viya cittaṅgavasena uppajjanakapāpadhammā, 'rañño paccanto kupito ti' pahitakālo viya ārammaṇe kilesesu uppannesu 'bhante me kileso uppanno ti' satthu ārocanakālo, 'vissatthā gaṇhantū ti' dhanadānaṃ viya 'kilese niggaṇha bhikkhū ti' Dhammarañño kammaṭṭhānācikkhanaṃ, saparivārānaṃ pañcannaṃ corajeṭṭhakānaṃ ghātanakālo[2] viya sotāpattimaggena sampayuttānam pañcannaṃ akusalacittānaṃ pahānaṃ, puna rañño pavattipesanaṃ viya Sammāsambuddhassa paṭiladdhaṃ guṇārocanaṃ,[3] 'sesake ca gaṇhantū ti' puna dhanadānaṃ viya Bhagavato sakadāgāmimaggassa vipassanācikkhanaṃ, dutiyasampahārena saparivārānaṃ dvinnaṃ corajeṭṭhakānaṃ dubbalīkaraṇaṃ viya sakadāgāmimaggena[4] sasampayuttānaṃ dvinnaṃ domanasssacittānaṃ tanubhāvakaraṇaṃ, puna rañño pavattipesanaṃ viya Tathāgatassa paṭiladdhaguṇārocanaṃ, 'vissatthā[5] gaṇhantū ti' dhanadānaṃ viya Bhagavato anāgāmimaggassa vipassanācikkhanaṃ, tatiyasampahārena saparivārānaṃ dvinnaṃ corajeṭṭhakānaṃ ghātanaṃ viya anāgāmimaggena sampayuttānaṃ dvinnaṃ domanassacittānaṃ pahānaṃ, puna rañño pavattipesanaṃ viya Tathāgatassa paṭiladdhaṃ guṇārocanaṃ,[6] 'vissatthā gaṇhantū ti' puna dhanadānaṃ viya Bhagavato arahattamaggassa vipassanācikkhanaṃ, catutthasampahārena[7] saparivārānaṃ pañcannaṃ corajeṭṭhakānaṃ ghātitakālato paṭṭhāya janapadassa khemakālo viya arahattamaggena sampayuttesu pañcasu akusalacittesu pahīnesu dvādasannaṃ akusalacittānaṃ pahīnakālato paṭṭhāya puna cittaṅgavasena uppajjanakassa akusaladhammassa abhāvo, rañño vijitasaṅgāmassa[8] amaccagaṇaparivutassa varapāsāde mahāsampattianubhavanaṃ viya khīṇāsavaparivutassa Dhammarañño suññata-animitta-appaṇihitabhedesu samāpatti-

[1] mahante T. [2] ghātita° M. [3] guṇarocanaṃ T.
[4] °magge T. [5] vissatvā T. [6] guṇarocanaṃ T.
[7] catutthasampayuttāhārena T. [8] jīvita° M.

sukhesu icchiticchitaphalasamāpattisukhānubhavanaṃ veditabban ti.

Kusalā dhammā ti padassa vaṇṇanā niṭṭhitā.

510. Idāni akusalapadaṃ[1] bhājetvā dassetuṃ katame dhammā akusalā[2] ti ādi āraddhaṃ. Tattha dhammavavatthānādīni parappabhedo ca heṭṭhā āgatānaṃ padānam[3] atthavinicchayo ca heṭṭhā vuttanayen' eva veditabbo. Tattha tattha pana visesamattam eva vaṇṇayissāma. Tattha samayavavatthāne tāva yasmā akusalassa[4] bhūmibhedo natthi tasmā ekantakāmāvacaran ti[5] vuttaṃ diṭṭhigatasampayuttaṃ.[6] Ettha diṭṭhi yeva diṭṭhigataṃ gūthagataṃ[7] muttagatan ti ādīni viya gantabbabhāvato vā diṭṭhiyā gatamattam ev' etan ti pi diṭṭhigataṃ, tena sampayuttaṃ diṭṭhigatasampayuttaṃ.

511. Tattha asaddhammasavanā akalyāṇamittatā ariyānaṃ adassanakāmatādīni ayoniso manasikāro ti evam ādīhi kāraṇehi imassa diṭṭhigatasaṅkhātassa micchādassanassa uppatti veditabbā. Yehi etehi diṭṭhivādapatisaṃyuttā asaddhammā tesaṃ bahumānapubbaṅgamena atikkantamajjhattena upaparikkhārahitena[8] savanena yeva diṭṭhi vipannā akalyāṇamittānaṃ[9] sampavaṅkatāsaṅkhātāya akalyāṇamittatāya[10] buddhādīnaṃ ariyānaṃ c'eva sappurisānañ[11] ca adassanakāmatāya catusatipaṭṭhānādibhede ariyadhamme akovidattena pātimokkhasaṃvara-indriyasaṃvara-satisaṃvara-ñāṇasaṃvara-pahānasaṃvarappabhede ariyadhamme c'eva sappurisadhamme[12] ca saṃvarabhede saṅkhātena avinayena teh' eva kāraṇehi paribhāvitena ayoniso manasikārena kotūhala-maṅgalādipasutatāya[13] ca etaṃ uppajjatī ti veditabbaṃ. Asaṅkhārabhāvo pan' assa cittassa heṭṭhā vuttanayen' eva veditabbo.

---

[1] akusaladhammapadaṃ M. [2] Dhs. § 365. [3] padā T. [4] kusalassa T. [5] ekantakāmāvacaraṃ pi samānaṃ ekaṃ kāmāvacaran ti M. [6] °sampayutti C. [7] gudha° M. gūtagatham C. G. [8] upaparikārahitena M. upaparikkhar° T. [9] akalyāṇamittā taṃ M. [10] °mittāya M. [11] sampurisānaṃ T. [12] samapurisadh° T. [13] °tāyañ T.

512. Dhammuddesvāre[1] phasso ti akusalacittasahajāto phasso. Vedanādīsu pi es' eva nayo. Iti akusalamattam eva.

513. Etesaṃ purimehi viseso cittassa ekaggatā[2] hotī ti pāṇātipātādisu pi avikkhittabhāvena ekaggatā hoti. Manussā hi cittaṃ samādahitvā[3] avikkhittā hutvā aviraǰjhanāni satthakāni[4] pāṇasarīresu nipātenti, susamāhitā paresaṃ[5] santakaṃ haranti, ekarasena cittena micchācāraṃ āpajjanti, evam akusalapavattiyam[6] pi cittassa ekaggatā hotī ti.

514. Micchādiṭṭhī[7] ti ayāthāvadiṭṭhi.[8] Virajjhitvā gahaṇato vā vitathā diṭṭhi micchādiṭṭhi. Anatthāvahattā[9] paṇḍitehi kucchitā diṭṭhī ti pi micchādiṭṭhi.

Micchāsaṅkappādisu pi es' eva nayo. Api ca micchā passanti tāya sayaṃ vā micchā passati micchādassanamattam eva vā esā ti micchādiṭṭhi. Sā ayoniso abhinivesalakkhaṇā parāmāsarasā micchābhinivesapaccupaṭṭhānā ariyānaṃ adassanakāmatādipadaṭṭhānā paramaṃ vajjan ti[10] daṭṭhabbā.

Micchāsaṅkappādisu micchā ti padamattam eva viseso. Sesaṃ kusalādikāre[11] vuttanayen' eva veditabbaṃ.

515. Ahirikabalaṃ anottappabalan[12] ti ettha pana balattho niddesavāre āvibhavissati.

Itaresu pana na hirīyatī ti ahiriko, ahirikassa bhāvo ahirikaṃ, na ottappaṃ anottappaṃ, tesu ahirikaṃ kāyaduccaritādīhi ajigucchanalakkhaṇaṃ alajjālakkhaṇaṃ vā, anottappaṃ teh' eva asārajjalakkhaṇaṃ anuttāsalakkhaṇaṃ[13] vā, ahirikam eva balaṃ ahirikabalaṃ anottappaṃ eva balaṃ anottappabalaṃ ayam ettha saṅkhepo, vitthāro pana heṭṭhāvuttapaṭipakkhavasena veditabbo.

516. Lubbhanti tena sayaṃ vā lubbhati[14] lubbhanamat-

---

[1] °uddesav° T. [2] Dhs. § 375. [3] samādayitvā M. [4] satthāni M. satthā tāni T. [5] nipātena tisu samāhitaṃp° T. [6] kusalap° T. [7] Dhs. § 381. [8] ayātāvad° T. [9] anavahattā G. C. anattā hattā T. [10] paramavajjan ti M. [11] °ādhikāre M. [12] Dhs. §§387, 388. [13] anottāsal° T. anuttāsanal° M. [14] yaṃ vā lubbhanti T.

ta meva vā tan ti[1] lobho. Muyhanti tena sayaṃ vā muyhati[2] muyhanamattameva vā tan ti moho.[3] Tesu lobho ārammaṇagahaṇalakkhaṇo makkaṭālepo[4] viya, abhisaṅgaraso[5] tattakapāle[6] khittamaṃsapesi viya, apariccāgapaccupaṭṭhāno telañjanarāgo viya, saṃyojaniyadhammesu assādadassanapadaṭṭhāno taṇhānadībhāvena vaḍḍhamāno sīghasotanadī viya mahāsamuddaṃ apāyam eva gahetvā gacchatī ti daṭṭhabbo.

Moho cittassa andhabhāvalakkhaṇo aññāṇalakkhaṇo vā asampaṭivedharaso ārammaṇasabhāvacchādanaraso vā asammāpaṭipattipaccupaṭṭhāno[7] andhakārapaccupaṭṭhāno vā ayoniso manasikārapadaṭṭhāno sābbākusalānaṃ mūlan ti daṭṭhabbo.

517. Abhijjhāyanti tāya sayaṃ vā abhijjhāyati abhijjhāyanamattam eva vā esā ti abhijjhā.[8] Sā parasampattīnaṃ sakkaraṇa-icchālakkhaṇā[9] tenākārena pasavabhāvarasā[10] parasampattiabhimukhabhāvapaccupaṭṭhānā parasampattisu abhiratipadaṭṭhānā. Parasampatti-abhimukhā eva hi sā upaṭṭhahati tāsu ca abhiratiyā sati pavatti parasampattīsu cetaso hatthappasāro viya[11] daṭṭhabbo.

518. Samatho[12] hoti ti ādisu aññesu kiccesu vikkhepasamanato samatho.

Akusalapavattiyaṃ cittaṃ paggaṇhātī ti paggāho.[13]

Na vikkhipatī ti avikkhepo.[14]

519. Imasmiṃ citte saddhā sati paññā cha yugaḷakānī ti[15] ime dhammā na gahitā. Kasmā? Assaddhiyacitte pāsādo nāma natthi, tasmā tāva saddhā na gahitā ti. Kiṃ pana diṭṭhigatikā attano attano satthārānaṃ na saddahanti? Saddahanti. Sā pana saddhā nāma na hotī ti vacanasampaṭicchanamattam eva taṃ atthato anupaparikkhā[16]

---

[1] pātanti T. [2] muyhanti T. [3] Dhs. § 389, 390. [4] makkaṭāvalepo M. makkaṭālopo T. [5] abhissaṅgarato T. [6] sā tattha kap° T. [7] asamavāpaṭip° T. [8] Dhs. § 391. [9] sakakaraṇa° M. [10] tena kārena esanabhāvarasā M. pasavahārasā T. [11] ti C. [12] Dhs. § 395. [13] Dhs. § 396. [14] Dhs. § 397. [15] chasugaḷakānī ti M. [16] anupparikkhā T.

vā hoti diṭṭhi vā assaddhiyacitte pana sati natthī ti na gahitā. Kiṃ diṭṭhigatikā[1] attanā katakammaṃ na sarantī ti? Saranti. Sā pana sati nāma na hoti, kevalaṃ tenākārena akusalacittappavatti tasmā sati na gahitā. Atha kasmā micchāsatī ti sutte vuttā? Akusalakkhandānaṃ satirahitattā[2] satipaṭipakkhattā ca micchāmaggāmicchattānaṃ[3] pūranatthaṃ. Tattha pariyāyena[4] desanā katā, nippariyāyena[5] pan' esā natthi, tasmā na gahitā. Dandhabālacitte pana tasmiṃ paññā natthī ti na gahitā. Kiṃ diṭṭhigatikānaṃ vañcanā paññā natthī ti? Atthi, na pan' esā paññā, māyā nām' esā hoti. Sā atthato taṇhā va. Idaṃ pana cittaṃ sadarathaṃ[6] garukaṃ bhāriyaṃ kakkhalaṃ thaddhaṃ akammaññaṃ gilānaṃ vaṅkaṃ kuṭilaṃ, tasmā tassa saddhādīni[7] cha yugaḷakāni[8] na gahitāni.

520. Ettāvatā padapaṭipāṭiyā cittaṅgavasena pāḷi-ārūḷhāni dvattiṃsa padāni dassetvā idāni ye-vā-panakadhamme dassetuṃ ye vā pana tasmiṃ samaye[9] ti ādim āha. Tattha sabbesu pi akusalacittesu chando adhimokkho manasikāro māno icchā[10] macchariyaṃ thīnaṃ middhaṃ uddhaccakukkuccan ti ime dasa va ye-vā-panakā honti dhammā suttāgatā suttapadesu dissare ti vuttā. Imasmim pana citte chando adhimokkho manasikāro uddhaccan ti ime apaṇṇakaṅgasaṅkhātā cattāro ye-vā-panakā honti, tattha chandādayo heṭṭhāvuttanayen' eva veditabbā. Kevalaṃ hi te kusalā, ime akusalā. Itaraṃ pana uddhatabhāvo uddhaccaṃ, taṃ avupasamalakkhaṇaṃ vātābhighātacalajalaṃ viya anavaṭṭhānarasaṃ, vātābhighātacaladhajapaṭākā[11] viya bhantattapaccupaṭṭhānaṃ[12], pāsāṇābhighātasamuddhatabhasmaṃ viya cetaso avupasamo ayoniso manasikārapadaṭṭhānacittavikkhepo ti daṭṭhabbaṃ. Iti phassādīni dvattiṃsa ye-vā-panakavasena vuttāni cattārī ti sabbāni

---

[1] diṭṭhikā T. [2] viharitattā M. [3] micchāmaggacittānaṃ M. [4] pariyāye T. [5] nippariyāye T. [6] sadaratam M. [7] tasmā passaddhādīni T. [8] cha sugaḷakāni M. [9] Dhs. § 365. [10] issā T. [11] °calaccajapatā C. [12] bhannattapacc° T.

pi imasmiṃ dhammuddesavāre chattiṃsa dhammapadāni bhavanti. Cattāri apaṇṇakaṅgāni hāretvā[1] pāḷiyaṃ āgatāni dvattiṃsam eva agahitagahaṇena pan' ettha phassapañcakaṃ vitakko vicāro pīti cittekaggatā viriyindriyaṃ jīvitindriyaṃ micchādiṭṭhi lobho moho ahirikaṃ anottappan ti soḷasa dhammā honti.

521. Tesu soḷasasu satta dhammā avibhattikā honti, nava savibhattikā honti. Katame satta? Phasso saññā cetanā vicāro pīti jīvitindriyam moho ti ime satta avibhattikā.

Vedanā cittaṃ vitakko cittekaggatā viriyindriyaṃ micchādiṭṭhi ahirikabalaṃ anottappabalaṃ lobho ti ime nava savibhattikā. Tesu cha dhammā dvīsu ṭhānesu vibhattā, eko tīsu, eko catūsu, eko chasu. Kathaṃ? Cittaṃ vitakko micchādiṭṭhi ahirikabalaṃ anottappabalaṃ lobho ti ime cha dvīsu ṭhānesu vibhattā. Etesu hi cittaṃ tāva phassapañcakaṃ patvā cittaṃ hotī ti vuttaṃ, indriyāni patvā manindriyan ti.

Vitakko jhānaṅgāni patvā vitakko hotī ti vutto, maggaṅgāni patvā micchāsaṅkappo ti, micchādiṭṭhimaggaṅgesu pi kammapathesu[2] pi micchādiṭṭhi yeva.

Ahirikaṃ balaṃ[3] patvā ahirikabalaṃ hotī ti vuttaṃ, lokanāyakadukaṃ[4] patvā ahirikan ti. Anottappe pi es' eva nayo. Lobho mūlaṃ patvā lobho hotī ti vutto, kammapathaṃ patvā abhijjhā ti ime cha dvīsu ṭhānesu vibhattā. Vedanā pana phassapañcakaṃ patvā vedanā hotī ti vuttā, jhānaṅgāni patvā sukhaṃ ti, indriyāni patvā somanassindriyan ti. Evaṃ eko dhammo tīsu ṭhānesu vibhatto.

Viriyaṃ pana indriyāni patvā viriyindriyaṃ hotī ti vuttaṃ, maggaṅgāni patvā micchāvāyāmo ti, balāni patvā viriyabalaṃ hoti, piṭṭhidukaṃ patvā paggāho hoti. Evaṃ ayaṃ eko dhammo catūsu ṭhānesu vibhatto. Samādhi pana jhānaṅgāni patvā cittekaggatā hotī ti vutto, indriyāni patvā samādhindriyan ti, maggaṅgāni patvā micchāsamādhī ti. balāni patvā samādhibalan ti, piṭṭhidukaṃ patvā dutiya-

[1] bhāretvā T. [2] kammapatte G. [3] balāni M.
[4] lokapālayadukaṃ C. G. lokanāsakadukaṃ M. lokatāsakadukaṃ T.

duke ekakavasena samatho, tatiye avikkhepo ti, evaṃ ayaṃ eko dhammo chasu ṭhānesu vibhatto. Sabbe pi pan' ete dhammā phassapañcakavasena jhānaṅgavasena indriyavasena maggaṅgavasena balavasena mūlavasena kammapathavasena lokanāyakavasena piṭṭhidukavasenā ti nava rāsayo honti. Tattha yaṃ vattabbaṃ taṃ paṭhamakusalacittaniddese vuttam evā ti.

Dhammuddesavārakathā niṭṭhitā.

522. Niddesavāre[1] cittekaggatāniddese tāva saṇṭhiti avaṭṭhiti ti idaṃ dvayaṃ ṭhiti-vevacanam[2] eva. Yaṃ pana kusalaniddese ārammaṇaṃ ogāhetvā[3] anupavisitvā tiṭṭhatī ti vuttaṃ taṃ idha na labbhati. Akusalasmiṃ hi dubbalā cittekaggatā ti heṭṭhā dīpitam eva uddhacca-vicikicchāvasena pavattassa visāhārassa paṭipakkhato avisāhāro ti evarūpo pi attho. Idha pana labbhati, sahajātadhamme pana na visaṃ haratī ti[4] avisāhāro, na vikkhipatī ti avikkhepo, akusalacittekaggatāvasena avisāhaṭassa mānasassa bhāvo[5] avisāhaṭamānasatā, sahajātadhammesu na kampatī ti samādhibalaṃ, ayāthāvasamādhānato[6] micchāsamādhī ti evam idha attho daṭṭhabbo.

523. Viriyindriyaniddeso[7] yo heṭṭhā nikkamo so kāmānaṃ panudanāyā ti[8] ādi nayo vutto. So idha pana labbhati sahajātadhammesu[9] akampanaṭṭhen' eva viriyabalaṃ veditabbaṃ.

524. Micchādiṭṭhiniddese ayāthāvadassanaṭṭhena[10] micchādiṭṭhisu[11] gataṃ idaṃ dassanaṃ dvāsaṭṭhi diṭṭhi-antogatattā ti diṭṭhigataṃ. Heṭṭhā pi 'ssa attho vutto yeva. Diṭṭhi yeva duratikkamaṭṭhena diṭṭhigahaṇaṃ tiṇagahaṇaṃ vanagahaṇaṃ pabbatagahaṇāni viya. Sāsaṅkasappaṭibhayaṭṭhena diṭṭhikantāro corakantāra-vāḷakantāra[12]-nirudakakantāra-

---

[1] Dhs. § 375. [2] ṭhiti-m-eva vacanam eva T. [3] ārammaṇañ ca gāh° T. [4] dhammena na visā hāratī ti M. [5] mānassa sabhāvo T. [6] ayaṃ tāva samādh° T. ayātāvasamādh° M. [7] Dhs. § 376. [8] ceso kāmānaṃ patodanāyā ti T. M. [9] °dhammehi T. [10] ayātāva° M. [11] micchādiṭṭhi diṭṭhisu M. [12] M. *adds* dhurakantāra.

dubbhikkhākantārā viya. Sammādiṭṭhiyā vinivijjhanaṭṭhena vilomanaṭṭhena ca diṭṭhivisūkāyikaṃ[1]. Micchādassanaṃ hi uppajjamānaṃ sammādassanaṃ vinivijjhati c'eva vilometi ca. Kadāci sassatassa kadāci ucchedassa gahaṇato diṭṭhiyā virūpaṃ phanditan ti diṭṭhivipphanditaṃ. Diṭṭhigatiko hi ekasmiṃ patiṭṭhātuṃ na sakkoti, kadāci sassataṃ anupatati[2] kadāci ucchedaṃ. Diṭṭhi yeva bandhanaṭṭhena saṃyojanan ti diṭṭhisaṃyojanam suṃsumārādayo[3] viya. Purisaṃ ārammaṇaṃ daḷhaṃ gaṇhātī ti gāho, patiṭṭhahanato patiṭṭhāho. Ayaṃ hi balavappavatti-bhāvena patiṭṭhahitvā gaṇhātī ti niccādivasena abhinivisatī ti abhiniveso, dhammasabhāvaṃ atikkamitvā niccādivasena parato āmasatī ti parāmāso, anatthāvāhattā[4] kucchito maggo kucchitānaṃ[5] apāyānaṃ maggo ti kummaggo, ayāthāvapathato[6] micchāpatho. Yathā hi disāmūḷhena ayaṃ asukagāmassa nāma patho ti gahito pi taṃ gāmaṃ na sampāpeti evaṃ diṭṭhigatikena sugati patho[7] ti gahitā pi diṭṭhi sugatiṃ na pāpetī[8] ti. Ayāthāvapatho[9] ti micchāpatho micchāsabhāvato micchattaṃ tatth'eva paribbhamaṇato taranti ettha bālā ti titthaṃ c'etaṃ anatthānañ ca āyatanan ti titthāyatanaṃ. Titthiyānaṃ vā sañjātidesaṭṭhena nivāsaṭṭhānaṭṭhena[10] ca āyatanan ti pi titthāyatanaṃ. Vipariyesabhūto gāho vipariyesagāho[11] vipallatthagāho ti attho. Ahirikānottappaniddesesu hirottappaniddesavipariyāyena attho veditabbo. Sahajātadhammesu pana akampanaṭṭhen'eva ahirikabalaṃ anottappabalaṃ ca veditabbaṃ.

525. Lobhamohaniddesesu[12] lubbhatī ti lobho, lubbhanā ti lubbhanākāro, lobhasampayuttaṃ cittaṃ puggalo vā lubbhito, lubbhitassa bhāvo[13] lubbhitattaṃ, sārajjatī ti sārāgo, sārajjanākāro sārajjanā, sārajjitassa bhāvo sārajjitattaṃ, abhijjhāyanaṭṭhena abhijjhā. Puna lobhavacane

---

[1] °visūkāyitaṃ T. C. G. [2] anupatti C. G. [3] saṃsumārā°. [4] anattāvāhattā T. [5] M. *inserts* vā. [6] ayāthāvapphatho T. ayātāvapathato M. [7] sukatipato M. [8] pāpehī M. [9] ayātāvapathato M. [10] nivāsaṭṭhenaṭṭh° T. [11] vipariyesato vā gāho ti vipariyesagāho vip° M. [12] Dhs. § 389, 390. [13] lubbhinassa bhāvo T.

kāraṇaṃ vuttam eva akusalañ ca taṃ mūlañ ca akusalānaṃ vā mūlan ti akusalamūlaṃ.

526. Ñāṇadassanapaṭipakkhato aññāṇaṃ adassanaṃ. Abhimukho hutvā dhamme na sameti na samāgacchatī ti[1] anabhisamayo, anurūpato[2] dhamme bujjhatī ti ananubodho[3], tappaṭipakkhatāya ananubodho, aniccādīhi saddhiṃ yojetvā na bujjhatī ti asambodho, asantaṃ asamañ ca bujjhatī[4] ti pi asambodho, catusaccadhammaṃ na paṭivijjhatī ti appaṭivedho, rūpādīsu ekaṃ dhammam[5] pi aniccādi sāmaññato na saṅgaṇhātī ti asaṅgāhaṇā[6], tam eva dhammaṃ na pariyogāhatī ti apariyogāhaṇā, na samaṃ pekkhatī ti asamapekkhanā, dhammānaṃ sabhāvaṃ pati na apekkhatī ti apaccapekkhanā, kusalākusaladhammesu viparītavuttiyā sabhāvagahaṇābhāvena[7] vā ekam pi kammaṃ etassa paccakkhaṃ natthi sayaṃ vā kassaci kammassa[8] paccakkhakaraṇaṃ nāma na hotī ti apaccakkhakammaṃ. Yaṃ etasmiṃ[9] anuppajjamāne cittasantānaṃ[10] mejjhaṃ bhaveyya sucivodānaṃ[11] taṃ duṭṭhaṃ mejjhaṃ[12] iminā ti dummejjhaṃ[13]. Bālānaṃ bhāvo ti bālyaṃ, muyhatī ti moho[14], balavataro moho[15] pamoho, samantato muyhatī ti sammoho, vijjāya paṭipakkhabhāvato na vijjā ti avijjā oghayogattho vutto yeva. Thāmagataṭṭhena anusetī ti anusayo, cittaṃ pariyuṭṭhāti adhibhavatī ti pariyuṭṭhānaṃ[16], hitagahaṇābhāvena hitābhimukhī[17] gantuṃ na sakkoti aññadatthu laṅgati[18] yevā ti laṅgī. Khañjatī[19] ti attho. Duruggghāṭanaṭṭhena vā laṅgī. Yathā hi mahāpaṭighasaṅkhātā[20] laṅgī[21] duruggghāṭā hoti evam ayam pi laṅgī viyā ti laṅgī. Sesaṃ uttānattham eva.

---

[1] sameti tasmā gacchatī ti T. [2] arūpe to T. [3] anubodho. M. [4] asammañ ca vā bujjh° M. [5] ekadhammaṃ M. [6] asaṅgāhaṇā M. [7] °ābhāvena. M. [8] dhammassa C. G. [9] ekasmiṃ T. [10] anupajjamāno cittā sant° T. [11] suvicodanaṃ T. [12] duṭṭhuṃ majjham M. mekajjhaṃ T. [13] dumajjhaṃ. M. [14] M. *adds* va. [15] M. *adds* ti. [16] abhibhavatī ti abhiyuṭṭhānaṃ. M. [17] hitābhimukhaṃ M. [18] laggati C. G. T. [19] khañjeti C. G. T. Comp. Mahāvagga V. 3. 1. [20] °paligha° M. [21] liṅgī M.

Saṅgahavārasuññatavārā pi heṭṭhā vuttanayen' eva atthato veditabbā[1] ti.

Paṭhamaṃ cittaṃ niṭṭhitaṃ.

527. Dutiyacitte sasaṅkhārenā ti ca padaviseso[2]. Taṃ pi heṭṭhā vuttattham eva, idaṃ pana cittaṃ kiñcāpi chasu ārammaṇesu somanassitassa lobhaṃ uppādetvā satto satto ti ādinā nayena parāmasantassa uppajjati tathā pi sasaṅkhārikattā[3] sappayogena saupāyena[4] uppajjanato yadā kulaputto micchādiṭṭhikakusalassa kumārikaṃ paṭṭheti te ca aññadiṭṭhikā[5] tumhe ti kumārikaṃ na denti ath 'añño ñātakā yaṃ tumhe karotha tath' evāyaṃ[6] karissatī ti dāpenti so tehi[7] saddhiṃ titthiye upasaṃkamati ādito vematiko[8] hoti gacchante gacchante kāle etesaṃ kiriyā[9] manāpā ti laddhiṃ roceti diṭṭhiṃ gaṇhāti evarūpe kāle idaṃ labbhatī ti veditabbaṃ. Ye-vā-panakesu pan'ettha thīnamiddham[10] adhikaṃ. Tattha thīnatā thīnaṃ, middhanatā middhaṃ[11], anussāhanatā sattivighāto[12] cā ti attho. Thīnañ ca middhañ ca thīnamiddhaṃ. Tattha thīnaṃ anussāhalakkhaṇaṃ viriyavinodanarasaṃ saṃsīdanapaccupaṭṭhānaṃ, middhaṃ akammaññatālakkhaṇaṃ onāhanarasaṃ līnatāpaccupaṭṭhānaṃ[13] pacalāyikāniddāpaccupaṭṭhānaṃ[14] vā ubhayam pi aratitandīvijambhikādīsu[15] ayonisomanasikārapadaṭṭhānan ti.

Dutiyaṃ.

528. Tatiyaṃ chasu ārammaṇesu somanassitassa lobhaṃ uppādetvā satto satto ti ādinā nayena parāmasantassā[16] ti rājamallayuddhanaṭasamajjādīni[17] passato manāpiyasadda-

---

[1] attho veditabbo M. [2] saṅkhārenā ti padaṃ visesaṃ M. padaṃ viseso T. [3] tathā pi saṅkh° T. [4] sampayogena upāyena T. [5] neva aññad° [6] taṃ ev° M. [7] setehi T. [8] mevatiko T. [9] kariyā M. [10] Dhs. § 1155 seq. [11] thinamiddhatā thinaṃ middhanatā middhaṃ. M. middhatā T. [12] anussāhasaṅgatattā T. anussāhasahananatā asatthivighāto M. [13] linabhāvapaccupaṭṭhānaṃ M. [14] pavalāyika° T pacalāyita° M. [15] vijambhitādīsu M. comp. Aṅguttara I. 2. 3. [16] aparām° T. M. [17] nārāyananirājana° M. nirājamalla° T.

savanādipasantassa vā[1] uppajjati. Idha mānena saddhiṃ pañca apaṇṇakaṅgāni honti. Tattha maññatī ti māno[2]. So uṇṇatilakkhaṇo sampaggaharaso ketukamyatāpaccupaṭṭhāno diṭṭhivippayuttalobhayuttapadaṭṭhāno[3] ummādo viya daṭṭhabbo ti.

Tatiyaṃ.

529. Catutthaṃ vuttappakāresu eva ṭhānesu yadā sīse khelaṃ khipanti pādapaṃsuṃ okiranti tadā tassa tassa paribaraṇatthaṃ[4] sa-ussāhena antarantarā olokentānaṃ taṃ rājā nāṭakesu nikkhantesu ussāranāya vattamānāya tena tena chiddena olokentānañ cā ti evam ādisu ṭhānesu uppajjati. Idha pana mānathīnamiddhehi saddhiṃ satta yevā-panakā honti ubhayatthā pi micchādiṭṭhi parihāyati taṃ ṭhapetvā sesānaṃ vasena dhammagaṇanā veditabbā ti.

Catutthaṃ.

530. Pañcamaṃ chasu ārammaṇesu vedanāvasena majjhattassa lobhaṃ uppādetvā satto satto ti[5] ādinā nayena parāmasantassa[6] ṭhānesu pan 'ettha upekhā vedanā hoti pītipadaṃ parihāyati. Sesaṃ sabbaṃ paṭhamacittasadisam eva.

Pañcamaṃ.

531. Chaṭṭhasattamaṭṭhamāni pi vedanaṃ parivattetvā pītipadañ ca hāretvā[7] dutiyatatiyacatutthesu vuttanayen' eva veditabbāni.

Imesu aṭṭhasu lobhasahagatacittesu sahajātādhipati ārammaṇādhipatī ti dve pi adhipatino[8] labbhanti. navamaṃ chasu ārammaṇesu domanassitassa paṭighaṃ uppādayato uppajjati tassa sampayavavatthānavāre tāva duṭṭhaṃ mano hīnavedanattā vā kucchitaṃ mano ti dummano dummanassa bhāvo domanassaṃ, tena sahagatan ti domanassasahagataṃ[9]. Taṃ asampiyāyanabhāvena ārammaṇasmiṃ paṭihaññatī ti paṭighaṃ, tena sampayuttan ti paṭighasampayuttaṃ

---

[1] savanādipasamanādipasutassa T. [2] Dhs. § 116. [3] °lobhapadaṭṭhāno M. [4] parihananatthaṃ T. [5] satto santo ti T. [6] uppajjati somanassa. M. [7] bhāretvā T. hāpetvā. M. [8] adhipatiyo. M. [9] Dhs. § 413.

dhammuddese tīsu pi ṭhānesu domanassavedanā va āgatā tattha vedanāpadaṃ vuttattham[10] eva.

532. Tathā dukkhadomanassapadāni. Lakkhaṇādito pana aniṭṭhārammaṇānubhavanalakkhaṇaṃ domanassaṃ yathā tathā vā aniṭṭhākārasambhogarasaṃ cetasikābādhapaccupaṭṭhānaṃ ekanten' eva hadayavatthupadaṭṭhānaṃ mūlakammapathesu yathā purimacittesu lobho hoti abhijjhā hotī ti āgataṃ evaṃ doso hoti vyāpādo hotī ti vuttaṃ.

533. Tattha dussanti tena sayaṃ vā dussati dussanamattaṃ eva vā tan ti doso[2]. So caṇḍikkalakkhaṇo[3] pahaṭāsīvīso viya, visappanaraso visanipāto[4] viya, attano nissayadahanaraso vā dāvaggi viya, dussanapaccupaṭṭhāno laddhokāso viya, sapatto āghātavatthupadaṭṭhāno[5] visasaṃsaṭṭhapūtimuttaṃ[6] viya daṭṭhabbo.

534. Vyāpajjati tena cittaṃ pūtibhāvaṃ upagacchati vyāpādayati vinayati vā vinayācārarūpasampattihitasukhādīnī ti vyāpādo[7]. Attano pan 'esa doso eva. Idha paṭipāṭiyā[8] ekūnatiṃsa padāni honti, agahitagahanena cuddasa, tesaṃ vasena savibhattikāvibhattikarāsibhedo veditabbo.

Ye-vā-panakesu chandādhimokkhamanasikāruddhaccāni niyatāni[9]. Issāmacchariyakukkuccesu[10] pana aññatarena saddhiṃ pañca pañca hitvā pi uppajjanti, evam imehi tayo dhammā aniyatā ye-vā-panakā nāma. Tesu issatī ti issā. Sā parasampattīnaṃ usuyanalakkhaṇā, tatth'eva anabhiratirasā, tato vimukhabhāvapaccupaṭṭhānā parasampattipadaṭṭhānā saṃyojanan ti daṭṭhabbā.

Maccherassa bhāvo[11] macchariyaṃ, taṃ laddhānaṃ vā labbhitabbhānaṃ vā attano sampattīnam nigūhanalakkhaṇaṃ, tāsaṃ yeva parehi sādhāraṇa-bhāva-akkhamaṇarasaṃ saṅ-

[1] vuttaṃ. M. [2] Dhs. § 418. [3] Comp. Samantapasādikā in Oldenberg's Vinaya III, 297. [4] visatipipāto. M. [5] āsāvatthupad° T. [6] ti saṃsattha° M. [7] Dhs. § 419. [8] padapaṭipāṭiyā M. [9] °uddhaccāni yatāni T. [10] Dhs. § 1121, 1122, 1160. Hardy Manual p. 434. Abhidhammatthasaṅgaha II. 10. [11] maccherabhāvo T. M.

kocana-paccupaṭṭhānaṃ kaṭukañcukatāpaccupaṭṭhānaṃ[1] vā attasampattipadaṭṭhānaṃ cetaso virūpabhāvo ti daṭṭhabbaṃ. Kucchitaṃ kataṃ kukataṃ[2], tassa bhāvo kukkaccaṃ, taṃ pacchānutāpalakkhaṇaṃ katākatānusocanarasaṃ vippaṭisārapaccupaṭṭhānaṃ katākatapadaṭṭhānaṃ dāsavyaṃ viya daṭṭhabbaṃ. Ayaṃ tāva uddesavāre viseso.

535. Niddesavāre vedanāniddese[3] asātaṃ sātapaṭipakkhavasena veditabbaṃ.

536. Dosaniddese[4] dussatī ti doso, dussanā ti dussanākāro, dussitattan ti dussitabhāvo, pakatibhāvavijahanaṭṭhena vyāpajjanaṃ vyāpatti vyāpajjanā ti vyāpajjanākāro, virujjhatī ti virodho, punappuna virujjhatī ti paṭivirodho, viruddhākārapaṭiviruddhākāravasena[5] vā idaṃ vuttaṃ. Caṇḍikko vuccati caṇḍo thaddho puggalo, tassa bhāvo caṇḍikkaṃ. Na etena suropitaṃ vacanaṃ hoti, duruttaṃ aparipuṇṇam eva hotī ti asuropo. Kuddhakāle hi paripuṇṇavacanaṃ nāma natthi. Sace pi kassaci hoti taṃ appamāṇaṃ apare assujananaṭṭhena assuṃ ropanato assuropo ti vadanti. Taṃ akāraṇaṃ somanassassā pi assujananato. Heṭṭhā-vuttaattamanatā paṭipakkhato na attamanatā anattamanatā[6]. Sā pana yasmā cittass 'eva na sattassa tasmā cittassā ti vuttaṃ. Sesaṃ ettha saṅgahasuññatāvāresu ca heṭṭhā vuttanayen 'eva veditabban ti.

Navamaṃ.

537. Dasamaṃ sasaṅkhārattā parehi ussāhitassa vā paresaṃ vā aparādhaṃ saritassa sayam eva vā paresaṃ aparādhaṃ anussaritvā anussaritvā kujjhamānassa[7] uppajjati idhā pi padapaṭipāṭiyā ekūnatiṃsa agahitagahanena cuddas' eva padāni honti. Ye-vā-panakesu pana thīnaṃ middhaṃ[8] pi labbhati, tasmā ettha vinā issā-macchariyakukkuccehi cattāri apaṇṇakaṅgāni thīnaṃ middhan ti ime cha issādīnaṃ uppattikāle, tesu aññatarena saddhiṃ satta satta vā ye-vāpanakā ekakkhaṇe uppajjanti. Sesaṃ sabbaṃ sabbavāresu navamasadisam eva. Imesu pana dvīsu domanassacittesu

[1] kaṭakañcukatā° T. [2] kuttaṃ T. [3] Dhs. § 415.
[4] Dhs. § 418. [5] viruddhakāra° C. G. [6] attamānatā M.
[7] kujjhamanassa T. [8] Dhs. § 1155-1157. Hardy Manual 434.

sahajātādhipati yeva labbhati, no ārammaṇādhipati, na hi kuddho kiñci[1] garuṃ karotī ti.

Dasamaṃ.

538. Ekādasamaṃ chasu ārammaṇesu vedanāvasena majjhattassa kaṅkhāpavattikāle[2] uppajjati, tassa samayavavatthāne vicikicchāsampayuttan ti padaṃ apubbaṃ. Tass' attho: vicikicchāsampayuttan[3] ti vicikicchāya sampayuttaṃ, dhammuddese vicikicchā hotī ti padam eva viseso. Tattha vigatā vicikicchā ti vicikicchāsabhāvaṃ[4] vicinanto etāya kicchati kilamatī ti vicikicchā. Sā saṃsayalakkhaṇā kampanarasā anicchayapaccupaṭṭhānā anekaṃsagāhapaccupaṭṭhānā[5] ayoniso manasikārapadaṭṭhānā paṭipatti-antarāyakarā ti daṭṭhabbā.

539. Idhapadapaṭipāṭiyā tevīsati padāni honti, agahitagahaṇena cuddasa, tesaṃ vasena savibhattikāvibhattikarāsivinicchayo veditabbo. Manasikāro[6] uddhaccan ti dve va ye-vā-panakā.

Niddesavārassa cittekaggatāniddese[7] yasmā idaṃ dubbalacittaṃ pavatti ṭhitimattakam[8] ev' ettha hoti tasmā saṇṭhitī ti ādīni avatvā cittassa ṭhitī ti ekam eva padaṃ vuttaṃ. Ten' eva ca kāraṇena uddesavāre pi samādhindriyan ti ādīni vuttaṃ[9].

540. Vicikicchāniddese[10] kaṅkhanavasena kaṅkhā. Kaṅkhāya āyanā[11] ti kaṅkhāyanā. Purimakaṅkhā hi uttarakaṅkhaṃ āneti[12] nāma. Ākāravasena vā etaṃ vuttaṃ. Kaṅkhāsamaṅgī cittaṃ kaṅkhāya āyitattā kaṅkhāyitaṃ nāma, tassa bhāvo kaṅkhāyitattaṃ. Vimatī ti nāma vicikicchā vuttattā eva kampanaṭṭhena. Dvidhā calayatī ti dveḷhakaṃ. Paṭipattinivāraṇena dvedhā patho[13] viyā ti dvedhāpatho. Niccaṃ nu kho idaṃ aniccaṃ nu kho ti ādipavattiyā ekasmiṃ ākāre saṇṭhātuṃ asamatthatāya

---

[1] kañci C. G. T. [2] °pavattikālo T. [3] tassa vicikicchās° T. [4] vicikicchādisabhāvaṃ T. [5] avinicchayap° corr. T. [6] °karāni T. [7] Dhs. § 424. [8] °matthakaṃ T. [9] ādi na vuttaṃ T. [10] Dhs. 425. Hardy Manual 433. [11] āyatanā. M. [12] ānayati M. [13] dvidhā patho M.

samantato setī ti saṃsayo. Ekaṃsaṃ gahetuṃ asamatthatāya na ekaṃsagāho ti anekaṃsagāho. Nicchetuṃ asakkontī ārammaṇato osakkatī ti āsappanā, ogāhituṃ[1] asakkontī samantato[2] sappatī ti parisappanā, pariyogāhituṃ asamatthatāya apariyogāhaṇā, nicchayavasena ārammaṇe pavattituṃ asamatthatāya thambhitattaṃ[3] cittassa thaddhabhāvo[4] ti attho.

Vicikicchā hi uppajjitvā cittaṃ thaddhaṃ karoti. Yasmā pana sā uppajjamānā ārammaṇaṃ gahetvā manaṃ vilikhati viya tasmā manovilekho ti vutto. Sesaṃ sabbattha uttānattham eva.

Ekādasamaṃ.

541. Dvādasamassa samayavavatthāne uddhaccena sampayuttan ti uddhaccasampayuttaṃ[5]. Idaṃ hi cittaṃ chasu ārammaṇesu vedanāvasena majjhattaṃ hutvā uddhaccaṃ hoti. Idha dhammuddese vicikicchāṭhāne uddhaccaṃ hotī ti āgataṃ. Padapaṭipāṭiyā aṭṭhavīsati padāni honti, agahitagahaṇena cuddasa, tesaṃ vasena savibhattikāvibhattikarāsividhānaṃ veditabbaṃ. Adhimmokkho manasikāro ti dve va ye-vā-panakā.

Niddesavārassa uddhaccaniddese[6] cittassā ti[7] na sattassa na posassa uddhaccan ti uddhatākāre na vūpasamo ti avūpasamo. Ceto vikkhipatī ti cetaso vikkhepo. Bhantattaṃ cittassā ti cittassa vibhattibhāvo[8] bhantayānabhantagoṇādīnaṃ viya. Iminā ekārammaṇasmiṃ yeva vipphandanaṃ kathitaṃ. Uddhaccaṃ hi ekārammaṇe vipphandati, vicikicchā nānārammaṇe. Sesaṃ sabbavāresu heṭṭhā vuttanayen'eva veditabbaṃ.

542. Idāni imasmiṃ cittadvaye pakiṇṇakavinicchayo[9] hoti. Ārammaṇe pavaṭṭanakacittāni[10] nāma katī ti vuttasmiṃ hi imān 'eva dve ti daṭṭhabbaṃ[11]. Tattha vicikicchā-

---

[1] ogahituṃ T. [2] parisamantato. M. [3] chambhitattaṃ M. [4] thaddhabhāve T. [5] Dhs. § 427. [6] Dhs. § 429. [7] cittassa sāti T. [8] cittassā cittassābhāvo T. cittassā cittassabhantabhāvo M. [9] pakiṇṇakavicikicchayo T. [10] pavaḍḍanak° T. pavaṭṭaka° M. [11] vattabbaṃ C. G. T.

sahagataṃ ekantena pavattati[1], uddhaccasahagataṃ pana laddhādhivimokkhattā laddhapatiṭṭhāya pavattati[2]. Yathā hi vaṭṭacaturassesu dvisu maṇisu pabbhāraṭṭhāne[3] pavaṭṭetvā vissaṭṭhesu vaṭṭamaṇi[4] ekantena pavattati, caturasso patiṭṭhāya patiṭṭhāya pavattati. evaṃsampadam idam veditabbaṃ.

543. Sabbesu pi hīnādibhedo na uddhaṭo[5]. Sabbesaṃ ekantahīnattā sahajātādhipatilabbhamāno pi na uddhaṭo. Heṭṭhā dassitanayattā ñāṇabhāvato pan 'ettha vīmaṃsādhipati nāma natthi, pacchimadvaye seso pi natthi eva. Kasmā? Kañci dhammaṃ dhuraṃ[6] katvā anupajjanato paṭṭhāne ca paṭividdhato[7]. Imehi pana dvādasahi pi akusalacittehi kamme āyūhite ṭhapetvā uddhaccasahagataṃ sesāni ekādas' eva paṭisandhiṃ ākaḍḍhanti. Vicikicchāsahagate aladdhādhimokkhe dubbale paṭisandhiṃ ākaḍḍhamāne uddhaccasahagataṃ laddhādhimokkhaṃ kasmā nākaḍḍhati[8] ti? Dassanena pahātabbābhāvato. Yadi hi ākaḍḍheyya dassanena pahātabbapadavibhaṅge āgaccheyya tasmā ṭhapetvā taṃ sesāni ekādasa ākaḍḍhanti. Tesu hi yena kenaci kamme āyūhite tāya cetanāya catūsu apāyesu paṭisandhi hoti, akusalavipākesu ahetukamanoviññāṇadhātu upekhāsahagatā paṭisandhiṃ gaṇhāti. Itarassā pi etth' eva paṭisandhidānaṃ bhaveyya. Yasmā pana taṃ natthi tasmā dassanena pahātabbavibhaṅgenāgatan ti.

Akusaladhammā ti padassa
vaṇṇanā niṭṭhitā.

544. Idāni avyākatapadaṃ bhājetvā dassetuṃ katame dhammā avyākatā ti[9] ādi āraddhaṃ. Tattha catubbidhaṃ: avyākatavipākaṃ kiriyaṃ rūpaṃ nibbānan ti.[10] Tesu vipākāvyākataṃ vipākāvyākate pi[11] kusalavipākaṃ[12] tasmiṃ pi parittavipākaṃ[13] tasmiṃ pi dvārapaṭipāṭiyā cakkhuviñ-

[1] vaddhati T. [2] pativaddhati T. [3] pabbhāraṭṭho te T. [4] vaddhamaṇi T. [5] pihitādiho dota uddhaṭo T. [6] madhuraṃ C. G. dūraṃ M. [7] paṭisiddhato M. [8] na kaḍḍh° T. [9] Dhs. § 431. [10] Visuddhimagga p. 128. [11] °kato pi T. [12] °vipākā T. [13] M. *adds* tasmim pi ahetukaṃ tasmim pi pañcaviññāṇaṃ.

ñāṇaṃ tassā pi ṭhapetvā dvārārammaṇādisādhāraṇapaccayaṃ asādhāraṇakammapaccayavasen 'eva uppattiṃ dīpetuṃ kāmāvacarassa kusalassa kammassa katattā ti ādi vuttaṃ.

Tattha katattā ti katakāraṇā, upacitattā ti ācitattā vaḍḍhitakāraṇā. Cakkhuviññāṇan ti kāraṇabhūtassa cakkhussa viññāṇaṃ, cakkhuto vā pavattaṃ cakkhusmiṃ vā nissitaṃ viññaṇan ti cakkhuviññāṇaṃ. Parato sotaviññāṇādīsu pi es 'eva nayo.

Tattha cakkhusannissitarūpavijānanalakkhaṇaṃ cakkhuviññāṇaṃ rūpamattārammaṇarasaṃ rūpābhimukhabhāvapaccupaṭṭhānaṃ rūpārammaṇāya kiriyamanodhātuyā apagamanapadaṭṭhānaṃ. Parato āgatāni sotādisannissitasaddādivijānanalakkhaṇāni sotaghānajivhākāyaviññāṇāni[1] saddādimattārammaṇarasāni[2] saddādiabhimukhabhāvapaccupaṭṭhānāni saddādiārammaṇānaṃ kiriyamanodhātūnaṃ apagamanapadaṭṭhānāni. Idha pana paṭipāṭiyā dasa paṭipadāni[3], agahitagahaṇena[4] satta. Tesu pañca avibhattikāni, dve savibhattikāni. Tesu cittaṃ phassapañcamakavasena c'eva indriyavasena ca dvīsu ṭhānesu vibhattiṃ gacchati, vedanā phassapañcamaka-jhānaṅgaindriyavasena tīsu, rāsayo pi ime va tayo honti, ye-vā-panako eko manasikāro eva.

545. Niddesavāre[5] cakkuviññāṇapaṇḍaran ti vatthuto vuttaṃ. Kusalaṃ hi attano parisuddhatāya paṇḍaraṃ[6] nāma, akusalaṃ bhavaṅganiddesena[7], vipākaṃ vatthupaṇḍaratāya[8].

Cittekaggatāniddese[9] cittassa ṭhitī ti ekam eva padaṃ vuttaṃ. Idam pi hi dubbalacittaṃ pavattiṭhitimattam ev' ettha labbhati, saṇṭhitiavaṭṭhitibhāvaṃ pāpuṇituṃ na sakkoti.

546. Saṅgahavāre jhānaṅgamaggaṅgāni na uddhaṭāni. Kasmā? Vitakkapacchimakaṃ hi jhānaṃ nāma, hetupacchimako maggo nāma, pakatiyā avitakkacitte jhānaṅgaṃ na labbhati[10] ahetukacitte ca maggaṅgan ti[11] tasmā idha

---

[1] °vijhākāya° M. [2] niddādhi° T. [3] dasa padāni honti T. [4] Imam padapaṭipāṭiyā sa padāni honti agahita° M. [5] Paṭiniddesa°. M. [6] paddharau C. G. [7] bhavanganisandhena M. [8] °paṇḍahattā M. [9] Dhs. § 438. [10] jhānaṅgā labbhati T. [11] maggaṅgāni M.

ubhayam pi na uddhaṭaṃ. Saṅkhārakkhandho p'ettha caturaṅgiko yeva bhājito[1], suññatāvāro[2] pākatiko yeva, sotaviññāṇādiniddesā pi iminā va nayena veditabbā. Kevalaṃ hi cakkhuviññāṇādisu upekkhā bhājitā, kāyaviññāṇena sukhan ti ayam ev 'ettha viseso.

So pi ghaṭṭanā[3] hotī ti veditabbo. Cakkhudvārādisu hi catūsu upādārūpaṃ eva upādārūpaṃ[4] ghaṭṭeti. Upādārūpe yeva upādārūpaṃ ghaṭṭente paṭighaṭṭanānighaṃso balavā na hoti, catunnaṃ adhikaraṇīnaṃ upari cattāro kappāsapicupiṇḍe ṭhapetvā. Picupiṇḍeh'eva pahaṭakālo[5] viya phuṭṭhamattam eva hoti, vedanāmajjhattaṭṭhāne tiṭṭhati, kāyadvāre pana bahiddhāmahābhūtārammaṇaṃ ajjhattikaṃ kāyappasādaṃ ghaṭṭetvā pasādapaccayesu mahābhūtesu paṭihaññati. Yathā adhikaraṇimatthake kappāsapicupiṇḍaṃ ṭhapetvā kuṭena paharantassa kappāsapicupiṇḍaṃ bhinditvā[6] kuṭam adhikaraṇiṃ gaṇhāti nighaṃso balavā hoti evam eva paṭighaṭṭanānighaṃso[7] balavā hoti. Iṭṭhe ārammaṇe sukhasahagataṃ kāyaviññāṇaṃ uppajjati aniṭṭhe dukkhasahagataṃ. Imesaṃ pana pañcannaṃ cittānaṃ vatthudvārārammaṇāni baddhān' eva[8] honti, vatthādi-saṅkamanaṃ nām 'ettha natthi. Kusalavipākacakkhuviññāṇam hi cakkhuppasādaṃ vatthuṃ katvā iṭṭhe ca iṭṭhamajjhatte ca catusamuṭṭhānikarūpārammaṇe dassanakiccaṃ[9] sādhayamānaṃ cakkhudvāre ṭhapetvā[10] vipaccati, sotaviññāṇādīni sotappasādādayo vatthuṃ katvā iṭṭhāniṭṭhamajjhattesu saddādīsu savanaghāyanasāyanaphusanakiccāni sādhayamānāni sotadvārādisu ṭhatvā vipaccanti, saddo pan 'ettha dvisamuṭṭhāniko yeva hoti.

547. Manodhātuniddese[11] sabhāvasuññatanissattaṭṭhena mano yeva dhātu manodhātu. Sā cakkhuviññāṇādīnaṃ anantaraṃ rūpādivijānanalakkhaṇā rūpādisampaṭicchanarasā tathābhāvapaccupaṭṭhānā cakkhuviññāṇādi-apagamana-

---

[1] bhāvito T. ājito M. [2] suññavāro M. [3] M. *adds* vaseua. [4] eva upādārūpaṃ *omitted in* T. [5] pahaṭakāle corr. T. [6] chinditvā T. [7] °nighaṃso T. M. [8] bandān 'eva M. [9] dassanacittaṃ M. [10] ṭhatvā M. [11] Dhs. § 455—468.

padaṭṭhānā. Idha dhammuddese dvādasa padāni honti, agahitagahaṇena ca tesu satta avibhattikāni dve savibhattikāni. Adhimokkho manasikāro ti dve va ye-vā-panakā. Vitakkaniddeso abhiniropanaṃ pāpetvā ṭhapito[1]. Yasmā pan 'etaṃ cittaṃ neva kusalaṃ nākusalaṃ tasmā sammāsaṅkappo ti vā micchāsaṅkappo ti vā na vuttaṃ. Saṅgahavāre[2] labbhamānam pi jhānaṅgaṃ pañcaviññāṇasote patitvā gatan ti na uddhaṭaṃ, maggaṅgam pana labbhati evā ti na uddhaṭaṃ. Suññatavāro pākatiko yeva. Imassa cittassa vatthu nibaddhaṃ hadayavatthu eva hoti, dvārārammaṇāni anibaddhāni[3], tattha kiñcāpi dvārārammaṇāni saṅkamanti, ṭhānaṃ pana ekasampaṭicchanakiccam eva h'etaṃ hoti.

Idaṃ hi pañca dvāre pañcasu ārammaṇesu sampaṭicchanaṃ hutvā[4] vipaccati.

Kusalavipākesu cakkhuviññāṇādīsu niruddhesu taṃ samanantarā tān 'eva ṭhānappattāni rūpārammaṇādīni sampaṭicchati.

548. Manoviññāṇadhātuniddesesu[5] paṭhamamanoviññāṇadhātuyaṃ pītipadaṃ adhikaṃ[6] vedanā pi somanassavedanā hoti. Ayaṃ hi iṭṭhārammaṇasmiṃ yeva pavattati, dutiyamanoviññāṇadhātu iṭṭhamajjhattārammaṇe[7]. Tasmā tattha upekhā vedanā hoti padāni manodhātu-niddesasadisān' eva ubhayatthā pi pañcaviññāṇasote patitvā gatattā yeva jhānaṅgāni na uddhaṭāni, maggaṅgāni alābhato yeva. Sesaṃ sabbattha vuttanayen 'eva veditabbaṃ. Lakkhaṇādito pan 'esā duvidhā pi manoviññāṇadhātu ahetuvipākā chaḷārammaṇavijānanalakkhaṇā santīraṇādirasā tathābhāvapaccupaṭṭhānā hadayavatthupadaṭṭhānā ti veditabbā.

549. Tattha paṭhamā[8] dvīsu ṭhānesu vipaccati. Sā hi pañcadvāre kusalavipākacakkhuviññāṇādi-anantaraṃ vipākamanodhātuyā taṃ ārammaṇaṃ sampaṭicchitvā niruddhāya tasmiṃ yevārammaṇe[9] santīranakiccaṃ sādhayamānā pañcasu dvāresu ṭhatvā vipaccati, chasu pana dvāresu bala-

---

[1] ṭhito M. [2] saṅgahavāro T. [3] °bandāni M. [4] sutvā T. [5] Dhs. § 469—497. [6] adhika. [7] °ārammaṇo M. [8] Dhs. § 469—483. [9] tadārammaṇe M.

vārammaṇe tadārammaṇaṃ hutvā[1] vipaccati. Kathaṃ? Yathā hi caṇḍasote tiriyaṃ nāvāya gacchantiyā udakaṃ chinditvā thokaṃ ṭhānaṃ nāvaṃ anubandhitvā yathāsotam eva gacchati evam evaṃ chasu dvāresu[2] balavārammaṇe palobhayamāne[3] āpāthagate javanaṃ javati, tasmiṃ javite bhavaṅgassa vāro, idaṃ pana cittaṃ bhavaṅgassa' vāraṃ adatvā javanena gahitārammaṇaṃ gahetvā ekaṃ dve cittavāre pavattitvā bhavaṅgam ev' otarati[4].

Gavakkhandhe nadin tarante pi evam eva upamā vitthāretabbā. Evam esā yaṃ javanena[5] gahitārammaṇaṃ tass' eva gahitattā tadārammaṇaṃ nāma hutvā vipaccati

550. Dutiyā[6] pana pañcasu ṭhānesu vipaccati. Kathaṃ? Manussaloke tāva jaccandhajātibadhirajaccajalummattaka-ubhatovyañjanaka-napuṃsakānaṃ[7] paṭisandhigahaṇakāle paṭisandhi hutvā vipaccati, paṭisandhiyā vītivattāya yāvatāyukaṃ bhavaṅgaṃ hutvā vipaccati, iṭṭhamajjhattārammaṇavīthiyā[8] santīraṇam hutvā vipaccati, balavārammaṇe chadvārena[9] tadārammaṇaṃ maraṇakāle cuti hutvā ti imesu pañcasu ṭhānesu vipaccati ti.

Manoviññāṇadhātudvayaṃ niṭṭhitaṃ.

551. Idāni aṭṭha mahāvipākacittāni[10] dassetuṃ puna katame dhammā avyākatā ti ādi āraddhaṃ. Tattha pāḷiyaṃ nayamattaṃ dassetvā sabbavārā saṅkhittā, tesaṃ attho heṭṭhā vuttanayen' eva veditabbo.

Yo pan 'ettha viseso taṃ dassetuṃ alobho avyākatamūlan ti ādi vuttaṃ.

Yam pi na vuttaṃ tad evaṃ veditabbaṃ. Yo hi kāmāvacarakusalesu kammadvārakammapatha-puññakiriyāvatthubhedo vutto so idha natthi. Kasmā? Aviññattijanakato avipākadhammato tathā appavattiyā ca[11]. Yā pi tā ye-vā-

---

[1] tadārammaṇe tadārammaṇā hutvā. M. [2] M. *adds* ārammaṇesu. [3] palobhamāne T. [4] accatarati C. G. [5] evam eva sāya javaneua M. [6] Dhs. § 484—497. [7] jaccandhajaccab° T. M. °jaccajalajaccumm° T. °jaccajaḷajaccammattaka° M. [8] °majjhatte pañcārammaṇavitiyā M. [9] chasu dvāresu M. chadvāre T. [10] Dhs. § 498. [11] aviññattijanakato tathā apavattiko ca. M.

panakesu karuṇāmuditā vuttā tā sattārammaṇattā vipākesu na santi. Ekantaparittārammaṇāni[1] hi kāmāvacaravipākāni, na kevalaṃ ca karuṇāmuditāviratiyo pi ettha na santi, pañca sikkhāpadāni kusalān' evā ti hi vuttaṃ. Āsaṅkhārasasaṅkhāravidhānaṃ c'ettha kusalato c'eva paccayabhedato ca veditabbaṃ.

Asaṅkhārikassa hi kusalassa asaṅkhārikam eva vipākaṃ, sasaṅkhārikassa sasaṅkhārikaṃ balavapaccayehi ca uppannaṃ asaṅkhārikaṃ, itarehi itaraṃ, hīnādibhede pi hi imāni hīnamajjhimapaṇītehi chandādīhi ca nipphāditattā[2] hīnamajjhimapaṇītāni nāma na honti. Hīnassa pana kusalassa vipākaṃ hīnaṃ, majjhimassa majjhimaṃ, paṇītassa paṇītaṃ, adhipatino p'ettha natthi. Kasmā?[3] Chandādīni dhuraṃ katvā anuppādetabbato. Sesaṃ sabbaṃ aṭṭhasu kusalesu vuttasadisam eva.

552. Idāni imesaṃ aṭṭhannaṃ mahāvipākacittānaṃ vipaccanaṭṭhānaṃ veditabbaṃ. Etāni hi catūsu ṭhānesu vipaccanti: paṭisandhiyaṃ bhavaṅge cutiyaṃ[4] tadārammaṇe ti[5]. Kathaṃ? Manussesu tāva kāmāvacaradevesu ca puññavantānaṃ duhetukatihetukānaṃ paṭisandhigahaṇakāle paṭisandhi hutvā vipaccanti, paṭisandhiyā vītivattāya pavatte saṭṭhim pi asītim pi vassāni[6] asaṅkheyyam pi āyukālaṃ bhavaṅgaṃ[7] hutvā balavārammaṇe cha dvāro tadārammaṇaṃ hutvā maraṇakāle cuti hutvā ti evaṃ catūsu ṭhānesu vipaccanti.

553. Tattha sabbe pi sabbaññū bodhisattā paṭisandhigahaṇe paṭhamena somanassasahagata-tihetuka-asaṅkhārikamahāvipākacittena paṭisandhiṃ gaṇhanti. Taṃ pana mettāpubbabhāgassa cittassa vipākaṃ hoti, tena dinnāya paṭisandhiyā asaṅkheyyaṃ āyukālavasena pana pariṇamati.

Mahāsīvatthero[8] pan' āha: Somanassasahagatato upekhāsahagataṃ balavataraṃ, tena paṭisandhiṃ gaṇhanti, tena gahitapaṭisandhikāhi mahajjhāsayā honti, dibbesu pi ārammaṇesu uppilāvino na honti, Tipiṭaka-Cūlanāgattherādayo

---

[1] ekantip° T. [2] anipphāditattā M. [3] tasmā M. [4] dutiyam T. cutiya M. [5] Abhidhammatthasaṅgaha III, 6. [6] saddhim pi vassāni T. saṭṭhi pi. asīti pi M. [7] āyukālabhavaṅgaṃ M. [8] Sum. D. II. 65.

viya. Aṭṭhakathāyaṃ pana ayaṃ therassa manoratho natthi etan ti paṭikkhipitvā[1] sabbaññūbodhisattānaṃ hitūpacāro balavā hoti, tasmā mettāpubbabhāgakāmāvacarakusalavipākasomanassa-sahagata-tihetuka-asaṅkhārikacittena paṭisandhiṃ gaṇhantī ti vuttaṃ.

Idāni vipākuddhārakathāya mātikā ṭhapetabbā.

554. Tipiṭaka-Cūlanāgatthero tāva āha: Ekāya kusalacetanāya soḷasavipākacittāni uppajjanti etth' eva dvādasakamaggo pi āhetukaṭṭhakan ti. Moravāpivāsī Mahādattathero panāha: Ekāya kusalacetanāya dvādasa vipākacittāni uppajjanti etth' eva dasakamaggo pi ahetukaṭṭhakam pī ti. Tipiṭaka-Mahādhammarakkhitatthero āha: Ekāya kusalacetanāya dasa vipākacittāni uppajjanti etth'eva ahetukaṭṭhakan ti.

Imasmiṃ ṭhāne Sāketakapañhaṃ nāma gaṇhiṃsu. Sākete kira upāsakā sālāya nisīditvā 'kin nu kho ekāya cetanaya kamme āyūhite ekā paṭisandhi hoti udāhu[3] nānā ti' pañhaṃ[4] samuṭṭhāpetvā nicchetuṃ asakkontā Abhidhammikathere upasaṃkamitvā pucchiṃsu. Therā yathā ekasmā ambabījā eko vā aṅkuro nikkhamati evaṃ ekā va paṭisandhi hotī ti saññāpesuṃ.

Ath' ekadivasaṃ 'kin nu kho nānācetanāhi kamme āyūhite paṭisandhi nānā hoti udāhu ekā ti' pañhaṃ samuṭṭhāpetvā nicchetuṃ asakkontā there pucchiṃsu. Therā yathā bahūsu ambabījesu ropitesu bahū aṅkurā nikkhamanti evaṃ bahukā va paṭisandhiyo hontī ti paññāpesuṃ[5].

555. Aparam pi imasmiṃ ṭhāne ussadakittanaṃ[6] nāma gahitaṃ. Imesaṃ hi sattānaṃ lobho pi ussanno hoti doso pi moho pi alobho pi adoso pi amoho pi. Taṃ pan' etaṃ tesaṃ ussannabhāvaṃ[7] ko niyameti ti? Pubbahetu niyameti kammāyūhanakkhaṇe yeva nānattaṃ hoti. Kathaṃ? Yassa hi kammāyūhanakkhaṇe lobho va balavā hoti, alobho mando, adosāmohā balavanto, dosamohā mandā, tassa mando alobho lobhaṃ pariyādātuṃ na sakkoti, adosāmohā pana balavanto

---

[1] paṭipakkhipitvā M. [2] aṭṭhakaṃ pī ti M. [3] upāhu M. [4] pañhaṃ nāma M. [5] saññāpesuṃ T. [6] ussannakittanna M. [7] taṃ n'etaṃ uss° M.

dosamohe pariyādātuṃ sakkonti, tasmā so tena kammena dinnapaṭisandhivasena nibbatto luddho hoti ti sukhasīlo akkodhano paññavā ca vajirūpamañāṇo ti.

Yassa pana kammāyūhanakkhaṇe lobhadosā balavanto honti, alobhādosā mandā amoho ca[1] balavā moho mando so purimanayen 'eva luddho hoti duṭṭho ca, paññavā pana hoti vajirūpamañāṇe Dattābhayatthero viya.

Yassa kammāyūhanakkhaṇe lobhadosamohā[2] balavanto honti itare mandā so purimanayen 'eva luddho c'eva hoti duṭṭho ca mūḷho ca[3], sīlako pana hoti akkodhano.

Tathā yassa kammāyūhanakkhaṇe tayo pi lobhadosamohā balavanto honti, alobhādayo mandā so purimanayen 'eva luddho c'eva hoti duṭṭho ca mūḷho ca. Yassa pana kammāyūhanakkhaṇe alobhadosamohā balavanto honti, itare mandā so purimanayen 'eva appakileso hoti dibbārammaṇaṃ pi disvā niccalo, duṭṭho pana hoti dandhapañño cā ti.

Yassa kammāyūhanakkhaṇe alobhādosamohā balavanto honti itare mandā so purimanayen 'eva aluddho c'eva hoti sīlako ca dandho pana hoti. Tathā yassa kammāyūhanakkhaṇe alobhadosāmohā balavanto honti, itare mandā so purimanayen' eva aluddho c'eva hoti paññavā ca, duṭṭho pana hoti kodhano.

Yassa pana kammāyūhanakkhaṇe tayo pi alobhādayo balavanto honti lobhādayo mandā so Mahāsaṅgharakkhitatthero viya aluddho aduṭṭho paññavā va hoti[4] ti.

556. Aparam pi imasmiṃ ṭhāne hetukittanaṃ nāma gahitan tihetukam pi duhetukam pi ahetukaṃ pi vipākaṃ deti[5].

Duhetukakammaṃ tihetukaṃ vipākaṃ na deti, itare[6] deti.

Tihetukakammena paṭisandhi tihetukā pi hoti, duhetukā pi ahetukā na hoti.

Duhetukena duhetukā pi hoti ahetukā pi tihetukā na hoti.

Asaṅkhārikaṃ[7] asaṅkhārikam pi sasaṅkhārikaṃ pi vipākaṃ deti.

---

[1] M. *om.* [2] lobho adosamohā M. [3] dandho ca C. G. T. [4] paññavā na hoti T. [5] tihetukakammaṃ hi tihetukaṃ pi ahetukaṃ pi avipākaṃ deti M. [6] itaraṃ M. [7] M. *adds* kusalaṃ.

Sasaṅkhārikaṃ[1] sasaṅkhārikam pi asaṅkhārikam pi vipākaṃ deti.

557. Ārammaṇena vedanā parivattetabbā, javanena tadārammaṇaṃ niyāmetabbaṃ. Idāni tassa tassa therassa vāde[2] soḷasamaggādayo veditabbā. Paṭhamakāmāvacarakusalasadisena hi paṭhamamahāvipākacittena gahitapaṭisandhikassa gabbhavāsato nikkhamitvā saṃvarāsaṃvare[3] paṭṭhapetuṃ samatthabhāvaṃ upagatassa cakkhudvārasmiṃ iṭṭhārammaṇe āpāthagate[4] kiriyamanodhātuyā bhavaṅge anāvaṭṭite[5] yeva atikkamanaka-ārammaṇānaṃ pamāṇaṃ natthi. Tasmā[6] evaṃ hoti, ārammaṇadubbalatāya ayaṃ tāva eko moghavāro.

Sace pana bhavaṅgaṃ āvaṭṭeti[7] kiriyamanodhātuyā bhavaṅge āvaṭṭite[8] voṭṭhapanaṃ appetvā va antarā cakkhuviññāṇe vā sampaṭicchane vā santīraṇe vā[9] ṭhatvā nivattissatī ti netaṃ ṭhānaṃ vijjati. Voṭṭhapane[10] pana ṭhatvā ekaṃ vā dve vā cittāni pavattanti, tato āsevanaṃ labhitvā javanaṭṭhāne ṭhatvā puna bhavaṅgaṃ otarati. Idam pi ārammaṇadubbalatāya eva hoti ayam pi na vāro diṭṭhaṃ viya me sutaṃ viya me ti ādīni vanadakāle labbhati, ayam pi dutiyo moghavāro.

558. Aparassa kiriyamanodhātuyā bhavaṅge[11] āvaṭṭite vīthicittāni[12] uppajjanti, javanaṃ javati, javanapariyosāne pana tadārammaṇassa vāro tasmiṃ anuppanne yeva bhavaṅgaṃ otarati, tatrāyaṃ upamā: yathā hi nadiyā āvaraṇaṃ bandhitvā mahāmātikābhimukhe udako kato udakaṃ gantvā ubhosu tīresu kedāre pūretvā atirekaṃ kakkaṭakamaggādīhi palāyitvā puṇṇanadim eva[13] otarati evaṃ evaṃ daṭṭhabbaṃ[14]. Ettha hi nadiyaṃ udakapavattanakālo viya

---

[1] asaṅkhārikaṃ *om.* T. [2] vādo T. [3] saṃvarā *om.* T. [4] āpāthamāgate M. [5] anāvatthite T. [6] kasmā T. M. [7] āvaddheti T. [8] āvaṭṭhite T. [9] Visuddhimagga p. 128 No. 39, 40 Abhidammatthasaṅgraha III, 8. [10] voṭṭhapanavasena M. [11] T. *inserts* dutiyo. [12] āvaṭṭhivīthi° T. comp. Abhidhammatthasaṅgaha IV. 4. [13] puna nadi yeva. [14] evam eti daṭṭhabbaṃ M.

bhavaṅgavīthippavattanakālo[1], āvaraṇabandhanakālo viya kiriyamanodhātuyā bhavaṅgassa āvaṭṭanakālo[2], mahāmātikāya[3] udakappavattanakālo viya vīthicittapavatti, ubhosu tīresu kedārapūraṇaṃ viya javanaṃ, kakkaṭakamaggādihi palāyitvā puna udakassa nadīotaraṇaṃ viya javanassa[4] javitvā tadārammaṇe anuppanne yeva puna bhavaṅgotaraṇaṃ[5]. Evaṃ bhavaṅgaṃ otaraṇacittānam pi gaṇanapatho natthi[6]. Idam pi[7] ārammaṇadubbalatāya eva hoti, ayaṃ tatiyo moghavāro.

559. Sace pana balavārammaṇaṃ āpāthagataṃ hoti kiriyamanodhātuyā bhavaṅge[8] āvaṭṭite cakkhuviññāṇādīni uppajjanti, javanaṭṭhāne pana paṭhamakāmāvacarakusalacittaṃ javanaṃ hutvā cha satta vāre javitvā tadārammaṇassa vāraṃ deti tadārammaṇaṃ patiṭṭhahamānaṃ[9] taṃ sadisam eva mahāvipākacittaṃ patiṭṭhāti idaṃ dve nāmāni labhati[10] paṭisandhicittasadisattā mūlabhavaṅgan ti ca yaṃ javanena gahitaṃ ārammaṇaṃ tassa gahitattā tadārammaṇan ti ca. Imasmiṃ ṭhāne cakkhuviññāṇaṃ sampaṭicchanaṃ santīraṇaṃ tadārammaṇan ti cattāri vipākacittāni gaṇanupagāni[11] honti.

Yadā pana dutiyakusalacittaṃ javanaṃ hoti taṃ sadisaṃ dutiyavipākacittaṃ eva tadārammaṇaṃ hutvā patiṭṭhāti idam[12] pi dve nāmāni labhati paṭisandhicittena asadisattā āgantukabhavaṅgan ti ca purimanayen 'eva tadārammaṇan ti ca. Iminā saddhiṃ purimāni cattāri pañca honti.

Yadā pana tatiyakusalacittaṃ javanaṃ hoti taṃ sadisaṃ[13] tatiyavipākacittaṃ tadārammaṇaṃ hutvā patiṭṭhāti idam pi vuttanayen 'eva āgantukabhavaṅgaṃ tadārammaṇan ti dve nāmāni labhati. Iminā saddhim purimāni pañca cha honti. Yadā pana catutthaṃ kusalacittaṃ javanaṃ hoti taṃ sadisaṃ catutthaṃ vipākacittaṃ tadārammaṇaṃ hutvā patiṭṭhāti idaṃ pi vuttanayen 'eva āgantukabhavaṅgaṃ ta-

---

[1] °vīthiārammaṇabandh° T. [2] divaddhanakālo T. [3] mahāvānikāya G. [4] janassa T. javanaṃ M. [5] bhavaṅgottaraṇaṃ M. [6] gaṇanān āma natthi M. [7] Idañcā pi M. [8] °dhātubhavaṅge M. [9] patiṭṭhamānaṃ M. [10] labbhati T. G. C. [11] gaṇānupagāmi T. [12] pavatti tu idañ ca M. [13] tadābaṃ sadisaṃ M.

dārammaṇan ti dve nāmāni labhati. Iminā saddhiṃ purimāni cha satta honti.

560. Yadā pana tasmiṃ dvāre iṭṭhamajjhattārammaṇaṃ āpāthaṃ āgacchati[1] tatrā pi vuttanayen 'eva tayo moghavārā labbhanti. Yasmā pana ārammaṇena vedanā parivattati tasmā tattha upekhāsahagataṃ santīraṇaṃ catunnaṃ upekhāsahagatamahākusalajavanānaṃ pariyosāne cattāri upekhāsahagatamahāvipākacittān 'eva tadārammaṇabhāvena patiṭṭhahanti tāni pi vuttanayen 'eva āgantukabhavaṅgaṃ tadārammaṇan ti dve nāmāni labhanti, piṭṭhibhavaṅgāni ti pi vuccanti. Eva iti imāni pañca purimehi sattahi saddhiṃ dvādasa honti. Evaṃ cakkhudvāre dvādasa, sotadvārādīsu dvādasā ti samasaṭṭhi honti, evaṃ ekāya cetanāya kamme āyūhite samasaṭṭhi vipākacittāni uppajjanti, agahitagahaṇena[3] pana cakkhudvāre dvādasa sotaghāṇajivhākāyaviññāṇādīni cattāri ti soḷasa honti.

561. Imasmiṃ ṭhāne ambopamaṃ nāma gaṇhiṃsu: Eko kira puriso phalitambarukkhamūle sasīsaṃ pārupitvā[4] nipanno niddāyati[5]. Ath'ekaṃ ambapakkaṃ vaṇṭato muñcitvā tassa kaṇṇasakkhaliṃ puñjamānaṃ viya tantibhūmiyaṃ pati. So tassa saddena pabujjhitvā ummīletvā[7] olokesi. Tato hatthaṃ pasāretvā phalaṃ gahetvā madditvā upasiṅghitvā paribhuñji. Tattha tassa purisassa ambarukkhamūlo niddāyanakālo viya bhavaṅgasamaṅgīkālo[8], ambapakkassa vaṇṭato muñcitvā kaṇṇasakkhaliṃ puñjitvā[9] patanakālo viya ārammaṇassa pasādaghaṭṭanakālo, patanasaddena[10] pabuddhakālo viya manodhātuyā[11] bhavaṅgassa āvaṭṭitakālo, ummīletvā[12] olokitakālo viya cakkhuviññāṇassa dassanakiccasādhanakālo, hatthaṃ pasāretvā gahitakālo viya vipākamanodhātuyā ārammaṇassa sampaṭicchanakālo, gahetvā madditakālo viya vipākamanoviññāṇadhātuyā ārammaṇassa santīraṇakālo, upasiṅghitakālo viya kiriyamanoviññāṇadhātuyā āramaṇassa vavatthāpita-

---

[1] gacchati M. [2] ca M. [3] agahanena T. [4] parupetvā M. [5] niddānayati M. [6] ṭhanti° C. T. ṭhapenti° G. [7] ummilitvā M. [8] bhavaṅgassa kālo M. [9] puñjamānassa T. puñcamānassa M. [10] tena sadd° M. [11] M. *inserts* kiriyā. [12] ummilitvā M.

kālo, paribhuttakālo viya javanassa ārammaṇarasaṃ anubhavitakālo. Ayaṃ upamā kiṃ dīpeti? Āramaṇassa pasādaghaṭṭanam eva kiccaṃ. Tena pasādo ghaṭṭite kiriyamanodhātuyā bhavaṅgāvaṭṭanam eva cakkhuviññāṇassa dassanamattakam eva, vipākamanodhātuyā ārammaṇasampaṭicchanamattakam eva, vipākamanoviññāṇadhātuyā ārammaṇasantīraṇamattakam eva, kiriyamanoviññāṇadhātuyā[1] ārammaṇavavatthāpanamattakam eva kiccaṃ ekantena pana ārammaṇarasaṃ javanam eva anubhavati ti dīpeti.

Ettha ca tvaṃ bhavaṅgaṃ nāma hohi, tvaṃ āvajjanaṃ nāma, tvaṃ dassanaṃ nāma, tvaṃ sampaṭicchanaṃ nāma, tvaṃ santīraṇaṃ nāma, tvaṃ voṭṭhapanaṃ nāma, tvaṃ javanaṃ nāma hohi ti koci kattā vā kāretā vā natthi[2].

562. Imasmiṃ pana ṭhāne pañcavidhaniyāmaṃ nāma gaṇhiṃsu bījaniyāmaṃ utuniyāmaṃ kammaniyāmaṃ dhammaniyāmaṃ cittaniyāman ti.

Tattha kulatthagacchassa[3] uttaraggabhāvo dakkhiṇavalliyā dakkhiṇato rukkhaparihāraṇaṃ suriyāvaṭṭapupphānaṃ suriyābhimukhabhāvo māluvālatāya[4] rukkhābhimukhagamanaṃ nālikerassa matthake chiddasambhavo ti tesaṃ tesaṃ bījānaṃ taṃ taṃ sadisaphaladānaṃ bījaniyāmo nāma.

Tasmiṃ tasmiṃ samaye tesaṃ tesaṃ rukkhānaṃ ekappahāren' eva pupphaphalapallavagahaṇaṃ utuniyāmo nāma.

Tihetukakammaṃ tihetukaduhetukavipākaṃ deti[5], duhetukakammaṃ duhetukāhetukavipākaṃ deti, tihetukaṃ na detī ti evaṃ tassa tassa kammassa taṃ taṃ vipākadānam eva kammaniyāmo nāma.

Aparo pi kammasarikkhakavipākavasen' eva kammaniyāmo nāma hoti.

563. Tassa dīpanatthaṃ vatthuṃ kathenti: Sammāsambuddhakāle Sāvatthiyaṃ[6] dvāragāmo jhāyi, tato pajjalitatiṇakaraḷaṃ[7] uṭṭhahitvā ākāsena gacchato kākassa gīvāya paṭimucci, so viravanto bhūmiyaṃ patitvā kālam akāsi. Ma-

---

[1] kiriyām° T. [2] kāre vānatthi M. [3] kusalatthag° T. [4] maluvalatāya C. mālāvalatāya G. [5] tihetukaduhetukakammaṃ duhetukahetuvipākaṃ deti T. [6] Sāvatthiyā T. M. [7] Comp. Suttavibhaṅga II, 48.

hāsamudde pi ekā nāvā uiccalā aṭṭhāsi. heṭṭhā kenaci niruddhabhāvam apassantā[1] kālakaṇṇisalākaṃ vāresuṃ[2]. Sā nāvikass' eva upāsikāy' eva[3] hattho pati. Tato 'ekissā kāraṇā mā sabbe nassantu, udake taṃ khipāmā ti' āhaṃsu. Nāviko 'na sakkhisāmi etaṃ udake uppilavamānaṃ[4] passitun ti' vālikāghaṭam gīvāya bandhāpetvā khipāpesi. Taṃ khaṇaṃ yeva nāvā khittasaro viya nikkhantā[5] ti.

Eko bhikkhu lene vasati. Mahantaṃ pabbatakūṭaṃ patitvā dvāraṃ pidahi[6]. Taṃ sattame divaso sayam eva apagataṃ.

Sammāsambuddhassa Jetavane nisīditvā dhammaṃ kathentassa imāni tīni vatthūni ekappahāren 'eva ārocesuṃ. Satthā na etaṃ aññehi kataṃ tehi[7] katakammam eva katan ti[8] atītaṃ āharitvā dassento āha.

Kāko purimattabhāve manusso hutvā ekaṃ duṭṭhagoṇaṃ dametuṃ asakkonto gīvāya palālavaṇim bandhitvā aggiṃ adāsi. Goṇo ten 'eva mato. Idāni taṃ kammaṃ etassa ākāsena gacchato muñcituṃ na adāsi.

Sā pi itthī purimattabhāve ekā itthī yeva. Eko kukkuro tāya paricito hutvā araññaṃ gacchantiyā saddhiṃ gacchati saddhim evāgacchati. Manussā 'nikkhanto[9] amhākaṃ sunakhaluddako[10] ti' uppaṇḍenti, sā tena adhīyamānā[11] kukkuraṃ nivāretuṃ asakkontī vālikāghaṭaṃ gīvāya bandhitvā udake khipi. Taṃ kammaṃ tassā samuddamajjhe muñcituṃ nādāsi.

So pi bhikkhu purimattabhāve gopālako hutvā bilaṃ paviṭṭhāya godhāya sākhābhaṅgamuṭṭhiyā dvāraṃ thakesi. Tato sattame va divase sayam eva āgantvā vivari. Godhā kampamānā nikkhāmi. Karuṇāya taṃ na māresi. Taṃ kammaṃ tassa pabbatantaraṃ pavisitvā nisinnassa muñcituṃ na adāsi. Iti imāni tīṇi vatthūni samodhānetvā imaṃ gātham āha

Na antalikkhe na samuddamajjhe

---

[1] apassanti M. [2] vālayiṃsu C. G. [3] upāsikass 'eva C. G. T. [4] pilavamānaṃ T. ppivamānaṃ M. [5] pakkhandā M. [6] pidahi taṃ s° T. dahi taṃ M. [7] kataṃ kataṃ tehi C. G. [8] eva tan ti M. [9] nikkhando M. [10] °ludhato M. [11] aṭṭiyamānā M.

Na pabbatānaṃ vivaraṃ pavissa
Na vijjati so jagatippadeso
Yattha ṭhito muñceyya pāpakammā ti[1]
Ayam pi kammaniyāmo nāma.

564. Aññāni pi evarūpāni vatthūni kathetabbāni.

Bodhisattānaṃ pana paṭisandhigahaṇe, mātu kucchito nikkhamaṇe, abhisambodhiyaṃ, Tathāgatassa dhammacakkapavattane, āyusaṅkhāravossajjane[2] parinibbāne ca dasasahassacakkavāḷakampanaṃ dhammaniyāmo nāmo.

Ārammaṇena pana pasāde ghaṭṭite tvaṃ āvajjanaṃ nāma hohi . . . .
. . . . pe . . . .
tvaṃ javanaṃ nāma hohī ti koci kattā vā kāretā vā[3] natthi. Attano attano pana dhammatāya evaṃ ārammaṇena pasādassa ghaṭṭitakālato paṭṭhāya kiriyamanodhātucittaṃ bhavaṅgaṃ āvaṭṭeti, cakkhuviññāṇaṃ dassanakiccaṃ sādheti[4], vipākamanodhātusantīraṇakiccaṃ sādheti, kiriyamanoviññāṇadhātuvoṭṭhapanakiccaṃ sādheti, javanaṃ ārammaṇarasaṃ anubhavatī ti ayaṃ cittaniyāmo nāma ayaṃ idha adhippeto.

565. Sasaṅkhārikatihetukakusalenā pi upekhāsahagataasaṅkhārika-sasaṅkhārikakusalacittehi[5] pi kamme āyūhite taṃ sadisavipākacittehi dinnāya paṭisandhiyā es'eva nayo.

Upekhāsahagatadvaye pana paṭhamam iṭṭhamajjhattārammaṇavasena pavattiṃ dassetvā pacchā iṭṭhārammaṇavasena dassetabbā evam pi ekekasmiṃ dvāre dvādasa dvādasa hutvā samasaṭṭhi honti, agahitagahaṇena soḷasa vipākacittāni uppajjanti.

566. Imasmiṃ ṭhāne pañcanāḷiyanta-opammaṃ[6] nāma gaṇhiṃsu.

Ucchupīḷanasamaye kira ekasmā gāmā ekādasa yantavāhakā[7] nikkhamitvā ekaṃ ucchuvāṭaṃ[8] disvā tassa paripakkabhāvaṃ ñatvā ucchusāmikaṃ upasaṅkamitvā 'yanta-

---

[1] Dhammap. vs. 127. [2] °saṅkhārassa ossajjane M. [3] va M.
[4] M. *inserts* sampaṭicchanakiccaṃ sādheti vip° [5] asaṅkhārika-asaṅkh° T. °sahagatehi M. [6] °nāḷiyanta-opanaṃ M.
[7] °vāhanā T. [8] Comp. Cullavagga VI, 3. 10.

vāhā mayan ti' ārocesuṃ. So 'ahaṃ tumhe yeva pariyesāmī ti' ucchusālaṃ[1] gahetvā agamāsi. Te tattha nāḷiyantaṃ yojetvā[2] 'mayam ekādasa janā aparam pi ekaṃ laddhuṃ vaṭṭati, vetanena[3] gaṇhathā ti' āhaṃsu. Ucchusāmiko 'aham eva sahāyo bhavissāmī ti' ucchūnaṃ sālam pūrāpetvā tesaṃ sahāyo ahosi[4]. Te attano attano kiccāni katvā phāṇitapācakena[5] ucchurase pakke guḷabandhakena baddhe ucchusāmikena tulayitvā bhāgesu dinnesu attano attano bhāgaṃ ādāya sālaṃ sāmikaṃ[6] paṭicchāpetvā eten 'eva upāyena aparāsu pi catūsu sālāsu kammaṃ katvā pakkamiṃsu.

Tattha pañca yantasālā viya pañca pasādā daṭṭhabbā, pañca ucchuvāṭā viya pañca ārammaṇāni, ekādasa vicāraṇakayantavāhā viya ekādasa vipākacittāni, pañca ucchusālāsāmikā viya pañca viññāṇani, paṭhamakasālāya sāmikena saddhiṃ dvādasannaṃ janānaṃ ekato va hutvā katakammānaṃ bhāgagahaṇakālo viya ekādasannaṃ vipākacittānaṃ cakkhuviññāṇena saddhiṃ ekato hutvā cakkhudvāre rūpārammaṇe sakasakakiccakaraṇakālo, sālāsāmikassa sālāya sampaṭicchitakālo viya cakkhuviññāṇassa dvārasaṅkantiakaraṇaṃ[7].

Dutiyatatiyacatutthapañcamāya sālāya[8] dvādasannaṃ ekato hutvā katakammānaṃ bhāgagahaṇakālo viya ekādasannaṃ vipākacittānaṃ[9] kāyaviññāṇena saddhiṃ ekato hutvā kāyadvāre phoṭṭhabbārammaṇe sakasakakiccakaraṇakālo, sālāsāmikassa sālāya sampaṭicchitakālo viya kāyaviññāṇassa[10] dvārasaṅkanti-akaraṇaṃ veditabbaṃ. Ettāvatā tihetukakammena paṭisandhi tihetukā hoti ti vāro kathito.

Yā pana tena duhetukapaṭisandhi hoti sā paṭicchannā va hutvā gatā.

567. Idāni duhetukakammena duhetukapaṭisandhi hoti[11] ti vāro kathetabbo. Duhetukānaṃ[12] somanassasahagatā sasaṅkhārikacittena kamme āyūhite taṃ sadisen'eva duhetukavipākacittena[13] gahitapaṭisandhikassa vuttanayen 'eva

---

[1] M. *inserts* te. [2] sajjetvā M. [3] vetthanena M. [4] hoti M. [5] ṭhānitapācakena T. [6] ucchusālaṃ sāmikassa M. [7] ākaraṇaṃ M. [8] °pañcamasālāya M. [9] dvādasacito M. [10] M. *omits* kāya. [11] M. *omits* hoti. [12] duhetukena T. M. M. *adds* hi. [13] duhetukacittena M.

cakkhudvāre iṭṭhārammaṇe āpāthagate[1] tayo moghavārā duhetukasomanassasahagatā[2], sasaṅkhārikajavanāvasāne taṃ sadisaṃ eva mūlabhavaṅgasaṅkhātaṃ tadārammaṇaṃ, sasaṅkhārikajavanāvasāne taṃ sadisam eva āgantukabhavaṅgasaṅkhātaṃ tadārammaṇam, iṭṭhamajjhattārammaṇe dvinnaṃ upekhāsahagatajavanānaṃ avasāne tādisān' eva[3] dve tadārammaṇāni uppajjanti. Idha ekekasmiṃ dvāre aṭṭhaṭṭha katvā samacattālīsa cittāni. Agahitagahaṇena pana cakkhudvāre aṭṭha sotaghāṇajivhākāyaviññāṇāni cattāri ti dvādasa honti.

Evaṃ ekāya cetanāya kamme āyūhite dvādasa vipākacittāni uppajjanti.

Ambopamā pañcaniyāmakathā pākaṭikā eva.

Duhetukacittasadisavipākena[4] gahitapaṭisandhike pi es'eva nayo. Yantavāhopamāyam[5] pan 'ettha satta yantavāhā, tehi hatthayante nāma sajjite sālāsāmikaṃ aṭṭhamaṃ katvā vuttanayānusāreṇ 'eva yojanā veditabbā. Ettāvatā duhetukakammena duhetukapaṭisandhi hotī ti vāro kathito.

568. Idāni ahetukapaṭisandhikathā hoti.

Catunnaṃ hi duhetukakusalacittānaṃ aññatareṇa kamme āyūhite kusalavipāka-upekhāsahagatā hetukamanoviññāṇadhātucittena gahitapaṭisandhikassa paṭisandhikammasadisā ti na vattabbā. Kammaṃ hi duhetukaṃ, paṭisandhi ahetukā, tassa vuddhipattassa cakkhudvāre iṭṭhamajjhattārammaṇe āpāthagate purimanayen' eva tayo moghavārā veditabbā. Catunnaṃ pana duhetukakusalacittānam aññatarajavanassa pariyosāne ahetukacittaṃ tadārammaṇabhāvena patiṭṭhāti. Taṃ mūlabhavaṅgaṃ tadārammaṇan ti dve nāmāni labhati. Evam ettha cakkhuviññāṇaṃ sampaṭicchanaṃ upekhāsahagataṃ santīraṇaṃ tadārammaṇam pi upekhāsahagatam evā ti tesu ekaṃ gahetvā gaṇanūpagāni[6] tīn'eva honti. Iṭṭhārammaṇe pana santīraṇam pi tadārammaṇam pi somanassasahagatam eva. Tesu ekaṃ gahetvā purimāni tīni[7] cattāri honti. Evaṃ pañcasu dvāresu cattāri cattāri katvā ekāya cetanāya kamme āyūhite vīsati vipākacittāni

---

[1] apātha° M. [2] °gatā āsankh° M. [3] tādisān 'etthādisān 'eva M. [4] Duhetukassa cittattayasad° T. Duhetuka sesacittattayasad° M. [5] °opamāya M. [6] gananupakāni T. [7] ti M.

uppajjantī ti veditabbāni, agahitagahaṇena pana cakkhudvāre cattāri sotaghāṇajivhākāyaviññāṇāni cattārī ti aṭṭha honti, idaṃ ahetukaṭṭhakaṃ[1] nāma, idaṃ[2] manussalokena gahitaṃ, catūsu pana apāyesu pavatte labbhati. Yadā hi Mahāmoggallānatthero nirayo padumaṃ māpetvā padumakaṇṇikāya nisinno nerayikānaṃ dhammakathaṃ katheti tadā tesaṃ theraṃ passantānaṃ kusalavipākaṃ cakkhuviññāṇaṃ uppajjati, saddaṃ suṇantānaṃ sotaviññāṇaṃ, candanavane divāvihāraṃ nisīditvā gatassa cīvaragandhaghāyanakāle ghāṇaviññāṇaṃ, nirayaggiṃ[3] nibbāpetuṃ devaṃ vassāpetvā pānīyadānakāle jivhāviññāṇaṃ, mandamandavātasamuṭṭhāpanakāle kāyaviññāṇan ti evaṃ cakkhuviññāṇādīni pañca ekaṃ sampaṭicchanaṃ dve santīraṇāni ti ahetukaṭṭhakaṃ labbhati. Nāgasupaṇṇavemānikapetānam[4] pi akusalena paṭisandhi hoti, pavatte kusalaṃ vipaccati, tathā cakkavattino maṅgalahatthiassādīnaṃ. Ayaṃ tāva iṭṭha-iṭṭhamajjhattārammaṇesu kusalajavanavasena kathāmaggo.

569. Iṭṭhārammaṇe pana catūsu somanassasahagataakusalacittesu[5] javanesu[6] kusalavipākaṃ somanassasahagatāhetukaṃ cittaṃ tadārammaṇaṃ hoti, iṭṭhamajjhattārammaṇe catūsu upekkhāsahagatalobhasampayuttesu javanesu kusalavipākaṃ upekhāsahagatāhetukacittaṃ tadārammaṇaṃ hoti. Yaṃ pana javanena tadārammaṇaṃ niyāmetabban ti vuttaṃ taṃ kusalaṃ sandhāya vuttan ti veditabbaṃ. Domanassasahagatajavanānantaraṃ tadārammaṇaṃ uppajjamānaṃ kiṃ uppajjatī ti akusalavipākāhetukamanoviññāṇadhātucittaṃ[7] uppajjati.

570. Idaṃ pana javanaṃ kusalattāya[8] vā akusalattāya vā ko niyāmetī ti āvajjanaṃ c'eva voṭṭhapanañ ca. Āvajjanena hi yoniso āvajjite[9] voṭṭhapanena ayoniso[10] vavatthāpite javanaṃ akusalaṃ bhavissatī ti aṭṭhānam etaṃ[11], āvaj-

---

[1] °aṭṭhaṃ M. [2] Visuddhimagga p. 130. [3] nerayaggaṃ M. [4] °vemātika° C. °subaṇṇavemānika° M. [5] sahagatakusala° M. [6] javitesu T. jivitesu M. [7] °āhetumāno° M. [8] javanakusalatāya M. [9] āvaṭṭite M. [10] yoniso M. [11] aṭṭha nām' etaṃ M.

janena ayoniso āvajjite[1], voṭṭhapanena yoniso vavatthāpite javanaṃ kusalaṃ bhavissatī ti pi aṭṭhānam eva[2]. Ubhayena pana yoniso āvajjite[3] vavatthāpite ca[4] javanaṃ kusalaṃ hoti, ayoniso akusalan ti veditabbaṃ. Iṭṭhārammaṇe pana kaṅkhato uddhatassa ca tadārammaṇaṃ kiṃ hotī ti iṭṭhārammaṇasmiṃ kaṅkhatu vā mā vā uddhato vā hotu mā vā kusalavipākāhetukasomanassacittam eva tadārammaṇaṃ hoti iṭṭhamajjhattārammaṇe kusalavipākāhetuka-upekhāsahagatan ti. Ayaṃ pan' ettha saṅkhepato atthadīpano[5] Mahā-Dhammarakkhitattheravādo nāma.

Somanassasahagatasmiṃ hi javane javite pañca tadārammaṇāni gavesitabbāni, upekhāsahagatasmiṃ javite cha gavesitabbānī ti.

571. Athā[6] yadā somanassasahagatapaṭisandhikassa pavatte jhānam nibbattetvā pamādena parihīnajjhānassa paṇītadhammo me naṭṭho ti paccavekkhato vippaṭisāravasena domanassaṃ uppajjati tadā kiṃ uppajjati? Somanassānantaraṃ hi domanassaṃ, domanassānantarañ ca somanassaṃ, paṭṭhāne paṭisiddhaṃ mahaggataṃ dhammaṃ ārabbha javane javite tadārammaṇam pi tatth' eva paṭisiddhan ti kusalavipākā vā akusalavipākā vā upekhāsahagatā hetukamanoviññāṇadhātu uppajjati. Kim assa āvajjanan[7] ti bhavaṅgāvajjanānaṃ viya tatth 'assa āvajjanakiccan[8] ti etāni tāva attano ciṇṇattā ca ciṇṇattā ca samudācarattā[9] ca uppajjantu, ayaṃ kathaṃ uppajjatī[10] ti yathā nirodhassa anantarapaccayaṃ nevasaññānāsaññāyatanaṃ nirodhā vuṭṭhahantassa phalasamāpatti cittaṃ ariyamaggacittaṃ maggānantarāni phalacittāni evaṃ asante pi[11] ninnaciṇṇasamudācarabhāve[12] uppajjati. Vinā hi āvajjanena cittaṃ uppajjati, ārammaṇena[13] pana vinā n'uppajjatī ti. Atha kim ass' ārammaṇan ti rūpādīsu parittadhammesu aññataraṃ. Etesu hi yad eva tasmiṃ samaye āpāthagataṃ hoti taṃ ārabbha etaṃ cittaṃ uppajjatī ti veditabbaṃ. Idāni sabbe-

[1] *om.* M. [2] aṭṭha nām 'etaṃ M. [3] āvaṭṭite M. [4] M. *om.* ca.
[5] °dīpanā C. G. [6] Atth'assa M. [7] assā avaj° M.
[8] natth 'assā avaj° M. [9] samudācaṭattā T. [10] *om.* M.
[11] M. *adds* āvajjane. [12] °samudācaṭa° T. [13] ārammaṇe M.

sam pi etesaṃ cittānaṃ[1] pākaṭabhāvatthaṃ ayaṃ pakiṇṇakanayo vutto.

572. Suttaṃ dovāriyo[2] ca gāmillo ambo koliyakena[3] ca
jaccandho pīṭhasappī ca[4] visayagāho ca[5] upanissaya-m-atthaso ti. ||

Tattha suttan ti eko panthamakkaṭako[6] pañcasu disāsu suttaṃ pasāretvā jālaṃ katvā majjhe nipajjati paṭhamadisāya pasāritasutte pāṇakena vā paṭaṅgena vā makkhikāya vā pahaṭe nipannaṭṭhānato calitvā nikkhamitvā suttānusārena gantvā tassa yūsaṃ pivitvā punāgantvā tatth 'eva nipajjati, dutiyadisāsu pahaṭakālesu pi evam eva karoti. Tattha pañcasu disāsu pasāritasuttaṃ viya pañca pasādā, majjhe nipannamakkaṭako viya cittaṃ, pāṇakādīhi suttaghaṭṭanakālo viya ārammaṇena pasādassa ghaṭṭitakālo, majjhe nipannamakkaṭakassa calanaṃ viya pasādaghaṭṭanakaṃ ārammaṇaṃ gahetvā kiriyamanodhātuyā bhavaṅgassa āvaṭṭitakālo, suttānusārena gamanakālo viya vīthicittappavatti, sīse vijjhitvā yūsapivanaṃ viya javanassa ārammaṇe javitakālo, puna āgantvā majjhe nipajjanakālo[7] viya cittassa hadayavatthum eva nissāya pavattanaṃ. Idaṃ opammaṃ kiṃ dīpeti? Ārammaṇena pasāde ghaṭṭite pasādavatthukacittato hadayarūpavatthukacittaṃ paṭhamataraṃ uppajjatī ti dīpeti, ekekaṃ ārammaṇaṃ dvīsu dvāresu āpāthaṃ āgacchatī ti[8] dīpeti.

573. Dovāriyo[9] ti. Eko rājā sayanagato niddāyati, tassa paricārako[10] pāde parimaddanto nisīdi, badhiradovāriko dvāre ṭhito, tayo paṭihārā paṭipāṭiyā ṭhitā. Ath' eko[11] paccantavāsī manusso paṇṇākāraṃ ādāya āgantvā dvāraṃ ākoṭesi. Badhiradovāriko saddaṃ na suṇāti, pādaparimajjanako[12] saññaṃ adāsi. Tāya saññāya dvāraṃ vivaritvā passi. Paṭhamapaṭihāro paṇṇākāraṃ gahetvā dutiyassa adāsi, dutiyo tatiyassa, tatiyo rañño, rājā paribhuñji.

---

[1] sabbe etesaṃ citt° T. [2] dovārito M. [3] goliya° M. [4] jaccantapiṭhiyapī ca M. [5] viya saggāho ca M. sayagāho T. [6] Comp. Milindapañha p. 407. [7] nipajjanaṃ M. [8] ti pi M. [9] Dovāriko M. [10] paricāriko M. [11] atha ko M. [12] parimajjako C. G. parimajjhako M.

Tattha so rājā viya javanaṃ daṭṭhabbaṃ, pādaparimajjanako[1] viya āvajjanaṃ, badhiradovāriko viya cakkhuviññāṇaṃ, tayo paṭihārā viya sampaṭicchanādīni tīṇi vīthicittāni, paccantavāsino paṇṇākāraṃ ādāya āgantvā dvārakoṭṭanaṃ viya ārammaṇassa pasādaghaṭṭanaṃ, pādaparimajjanakena[2] saññāya dinnakālo viya kiriyamanodhātuyā bhavaṅgassa āvaṭṭitakālo, tena dinnasaññāya badhiradovārikassa dvāravivaraṇakālo viya cakkhuviññāṇassa ārammaṇe dassanakiccasādhanakālo[3], paṭhamapaṭihārena paṇṇākārassa gahitakālo viya vipākamanodhātuyā ārammaṇassa sampaṭicchitakālo, paṭhamena dutiyassa dinnakālo viya vipākamanoviññāṇadhātuyā ārammaṇassa santīritakālo, dutiyena tatiyassa dinnakālo viya kiriyamanoviññāṇadhātuyā ārammaṇassa vavatthāpitakālo, tatiyena rañño dinnakālo viya voṭṭhapanena javanassa niyyātitakālo[4], rañño paribhogakālo viya javanassa ārammaṇarasānubhavanakālo. Idaṃ opammaṃ kiṃ dīpeti? Ārammaṇassa pasādaghaṭṭanam eva kiriyamanodhātuyā bhavaṅgāvaṭṭanamattam eva, cakkhuviññāṇādīnaṃ dassanasampaṭicchana-santīraṇavavatthāpanamattān 'eva kiccāni, ekantena pana javanam eva ārammaṇarasaṃ anubhotī ti idaṃ dīpetī ti.

574. Gāmillako[5] ti. Sambahulā gāmadārakā antaravīthiyaṃ paṃsukīḷaṃ[6] kīḷanti[7]. Tatth' ekassa hatthe kahāpaṇo[8] paṭihaññi. So 'mayhaṃ hatthe paṭihataṃ kin nu kho etan ti' āha. Ath' eko 'paṇḍaraṃ etan ti' āha. Aparo saha paṃsunā gāḷhaṃ gaṇhi, añño 'puthulacaturassaṃ etan ti' āha. Aparo 'kahāpaṇo eso ti' āha. Atha naṃ āharitvā mātuyā adaṃsu[9]. Sā kamme upanesi. Tattha sambahulānaṃ dārakānaṃ antaravīthiyaṃ kīḷantānaṃ nisinnakālo viya vīthicittappavatti daṭṭhabbā, kahāpaṇassa hatthe paṭihatakālo viya ārammaṇena pasādassa ghaṭṭitakālo, 'kin nu kho etan ti' vuttakālo viya taṃ ārammaṇaṃ gahetvā kiriyamanodhātuyā bhavaṅgassa āvaṭṭitakālo, paṇḍaraṃ etan ti' vuttakālo viya cakkhuviññāṇena dassanakiccassa sādhitakālo, saha paṃsunā gāḷhaṃ gahitakālo viya vipākama-

---

[1] °majjhako M. [2] °majjakena M. [3] dassakicca° C. G. [4] niyyādita° M. [5] Gāmillo M. [6] paṃsuṃ M. [7] kīḷaṃ ti kīḷanti. M. [8] kahāpaṇaṃ M. [9] adāsi M.

nodhātuyā ārammaṇassa sampaṭicchitakālo, 'puthulacaturassaṃ etan ti' vuttakālo viya vipākamanoviññāṇadhātuyā ārammaṇassa santīritakālo[1], 'eko kahāpaṇo ti' vuttakālo viya kiriyamanoviññāṇadhātuyā ārammaṇassa vavatthāpitakālo, mātarā[2]kamme upanītabhāvo viya javanassa ārammaṇarasānubhavanaṃ[3] veditabbaṃ. Idaṃ opammaṃ kiṃ dīpeti? Kiriyamanodhātu adisvā va bhavaṅgaṃ āvaṭṭeti, vipākamanodhātu adisvā va sampaṭicchati, vipākamanoviññāṇadhātu adisvā va santīreti, kiriyamanoviññāṇadhātu adisvā va vavatthapeti, javanaṃ adisvā va ārammaṇarasaṃ anubhoti, ekantena pana cakkhuviññāṇam eva dassanakiccaṃ sādhetī ti dīpeti.

Ambo koliyakena[4] cā ti idaṃ heṭṭhāvuttaambopamañ ca ucchusālāsāmikopamañ ca sandhāya vuttaṃ.

575. Jaccandho pīṭhasappī[5] cā ti ubho pi kira te nagaradvāre sālāyaṃ[6] nisīdiṃsu. Tattha pīṭhasappī āha: 'Bho, andha, kasmā tvaṃ idha sussamāno vicarasi[7], asuko padeso subhikkho bahvannapāno, kiṃ tattha gantvā sukhena jīvituṃ na vaṭṭatī ti.' 'Mayhaṃ tāva tayā ācikkhitaṃ, tuyhaṃ pana tattha gantvā sukhena jīvituṃ kiṃ na vaṭṭatī ti.' 'Mayhaṃ gantuṃ pādā natthi.' 'Mayhaṃ pi passituṃ cakkhūni natthī ti. Yadi evaṃ tava pādā hontu 'mama cakkhūnī ti ubho pi sādhū ti' sampaṭicchitvā jaccandho[8] pīṭhasappiṃ khandham āropesi. So tassa khandhe nisīditvā vāmahatthen'assa sīsaṃ parikkhipitvā[9] dakkhiṇena hatthena imasmiṃ ṭhāne mūlaṃ āvaritvā ṭhitaṃ imasmiṃ 'pāsāṇo, vāmaṃ muñca dakkhiṇaṃ gaṇha, dakkhiṇaṃ muñca vāmaṃ gaṇhā ti' maggaṃ niyāmetvā ācikkhi. Evaṃ jaccandhassa[10] pādā pīṭhasappissa cakkhūnī ti ubho pi sampayogena icchitaṭṭhānaṃ gantvā sukhena jīviṃsu. Tattha jaccandho[11] viya rūpakāyo, pīṭhasappī viya arūpakāyo. Pīṭhasappinā vinā[12] jaccandhassa[13] disaṃ gantuṃ gamanābhisaṅkhārassa nib-

---

[1] santīraṇa° M. [2] mātaraṃ M. [3] ārammaṇass'anubhavanaṃ M. [4] goḷiyakena M. [5] jaccanto pi sappi M. [6] sālāya M. [7] micchasi T. [8] jaccanto M. [9] parikkhipetvā M. [10] jaccantassa M. [11] jaccanto M. [12] gāvinā T. [13] jaccantassa M.

battitakālo[1] viya rūpassa arūpena vinā ādānagahaṇacopanaṃ pāpetuṃ asamatthatāya, jaccandhena vinā pīṭhasappissa disaṃ gantuṃ gamanābhisaṅkhārassa appavattanaṃ viya pañca vokāre rūpaṃ vinā arūpassa appavattanaṃ[2], dvinnam pi sampayogena icchitaṭṭhānaṃ gantvā sukhena jīvitakālo viya rūpārūpadhammānaṃ aññamaññayogena[3] sabbakiccesu pavattisambhavo ti ayaṃ pañho pañcavokāravasena kathito[4].

576. **Visayagāho** cā ti cakkhurūpavisayaṃ gaṇhāti sotādīni saddādivisaye. —

Upanissaya-m-atthaso ti upanissayato ca atthato ca tattha asambhinnattā cakkhussa āpāthagatattā rūpānaṃ ālokasannissitaṃ manasikārahetukaṃ catūhi paccayehi uppajjati cakkhuviññāṇaṃ saddhiṃ sampayuttadhammehi. Tattha matassā pi cakkhu sambhinnaṃ hoti, jīvato[5] niruddham pi pittena vā semhena vā rudhirena[6] vā palibuddham pi. Cakkhuviññāṇassa paccayo bhavituṃ asakkontaṃ sambhinnaṃ nāma hoti, sakkontaṃ asambhinnaṃ nāma. Sotādisu pi es'eva nayo. Cakkhusmiṃ pana asambhinne pi bahiddhā rūpārammaṇe āpāthaṃ anāgacchante cakkhuviññāṇaṃ n'uppajjati. Tasmiṃ pana āpāthaṃ āgate pi ālokasannissaye asati n'uppajjati. Tasmiṃ laddhe pi kiriyamanodhātuyā bhavaṅge anāvaṭṭite n'uppajjati āvaṭṭite yeva uppajjati. Evaṃ uppajjamānaṃ sampayuttadhammehi saddhiṃ yeva uppajjati. Iti ime cattāro paccaye labhitvā uppajjati cakkhuviññāṇaṃ.

Asambhinnattā sotassa āpāthagatattā saddānaṃ ākāsasannissitaṃ manasikārahetukaṃ catūhi paccayehi uppajjati sotaviññāṇaṃ saddhiṃ sampayuttadhammehi. Tattha ākāsasannissitan ti ākāsasannissayaṃ laddhā va uppajjati, na vinā tena. Na hi pihitakaṇṇacchiddassa sotaviññāṇaṃ pavattati. Sesaṃ purimanayen 'eva veditabbaṃ.

Yathā ettha evaṃ ito paresu pi visesamattaṃ pana vakkhāma.

Asambhinnattā ghāṇassa āpāthagatattā gandhānaṃ vāyosannissitaṃ manasikārahetukaṃ catūhi paccayehi uppajjati

---

[1] nippattitakālo viya M. [2] appavatti T. M. [3] °sampayogena M. [4] vokāraha° M. [5] jīvito T. [6] ruhirena M.

ghāṇaviññāṇānaṃ saddhiṃ sampayuttadhammehi. Tattha vāyosannissitan ti ghāṇabilaṃ[1] vāyumhi pavisante yeva uppajjati, tasmiṃ asati n'uppajjati ti attho.

Asambhinnattā jivhāya āpāthagatattā rasānaṃ āposannissitaṃ manasikārahetukaṃ catūhi paccayehi uppajjati jivhāviññāṇaṃ saddhiṃ sampayuttadhammehi. Tattha āposannissitan ti jivhātemanaṃ āpaṃ laddhā va uppajjati na vinā tena. Sukkhajivhānaṃ hi sukkhakhādaniye jivhāya ṭhapite pi jivhāviññāṇaṃ n'uppajjat 'eva.

Asambhinnattā kāyassa āpāthagatattā phoṭṭhabbhānaṃ[2] paṭhavīsannissitaṃ manasikārahetukaṃ catūhi paccayehi uppajjati kāyaviññāṇaṃ saddhiṃ sampayuttadhammehi. Tattha paṭhavīsannissitan ti kāyappasādapaccayaṃ paṭhavīsannissayaṃ laddhā va uppajjati, na tena vinā. Kāyadvārasmiṃ hi bahiddhā mahābhūtārammaṇaṃ ajjhattikaṃ kāyapasādaṃ ghaṭṭetvā pasādapaccayesu mahābhūtesu paṭihaññati.

Asambhinnattā manassa āpāthagatattā dhammānaṃ vatthusannissitaṃ manasikārahetukaṃ catūhi paccayehi uppajjati manoviññāṇaṃ saddhiṃ sampayuttadhammehi. Tattha mano ti bhavaṅgacittaṃ, taṃ niruddham pi āvajjanacittassa paccayo bhavituṃ asamatthaṃ mandataragataṃ[3] eva pavattamānaṃ pi sambhinnaṃ nāma hoti. Āvajjanassa pana paccayo bhavituṃ samatthaṃ asambhinnaṃ nāma. Āpāthagatattā dhammānan ti dhammārammaṇe āpāthagate vatthusannissitan ti hadayavatthusannissayaṃ[4] laddhā va uppajjati, na tena vinā. Ayam pi pañho pañcavokārabhavaṃ sandhāya kathito.

Manasikārahetukan ti kiriyamanoviññāṇadhātuyā bhavaṅge āvaṭṭite yeva uppajjati ti attho.

Ayaṃ tāva upanissaya-m-attaso ti ettha upanissayavaṇṇanā.

577. Atthato pana cakkhu dassanatthaṃ, sotaṃ savanatthaṃ, ghāṇaṃ ghāyanatthaṃ, jivhā sāyanatthā, kāyo phu-

---

[1] °bile M. [2] poṭṭhabbhānaṃ C. G. [3] maṃdantamagalaṃ C. G. mandan tamahataṃ T. mandattā maga (*sic*) tam eva M. [4] °sannissitaṃ M.

sanaṭṭho, mano vijānanattho, tassa dassanaṃ attho assā ti. Taṃ hi tena uppādetabban ti dassanatthaṃ. Sesesu es'eva nayo ti.

Ettāvatā Tipiṭaka-Cūlanāgattheravāde soḷasakamaggo niṭṭhito. Saddhiṃ dvādasakamaggena c'eva ahetukaṭṭhakena ca.

Idāni Moravāpivāsī-Mahādattattheravāde dvādasamaggakathā hoti. Tattha Sāketakapañhaussadakittanahetukittanāni pākatikān' eva.

Ayaṃ pana thero asaṅkhārikasasaṅkhārikesu[1] dosaṃ disvā asaṅkhārikaṃ asaṅkhārikam eva vipākaṃ deti no sasaṅkhārikaṃ, sasaṅkhārikam pi sasaṅkhārikam eva no asaṅkhārikaṃ ti āha.'

Javanena c'esa cittaniyāmaṃ na katheti[1] ārammaṇena pana vedanāniyāmaṃ katheti. Ten' assa vipākuddhāre dvādasakamaggo nāma jāto, dasakamaggo pi ahetukaṭṭhakam pi etth 'eva paviṭṭhaṃ.

578. Tatrāyaṃ nayo. Somanassasahagatatihetukāsaṅkhārikacittena hi kamme āyūhite tādisen 'eva vipākacittena gahitapaṭisandhikassa vuddhippattassa cakkhudvāre iṭṭhārammaṇe āpāthagate heṭṭhā vuttanayen' eva tayo moghavārā honti. Tattha kusalato cattāri somanassasahagatāni, akusalato cattāri, kiriyato pañcā ti imesaṃ terasannaṃ cittānaṃ aññatarena javitapariyosāne tadārammaṇaṃ patiṭṭhahamānaṃ somanassasahagatāsaṅkhārikatihetukacittaṃ[2] pi duhetukacittaṃ[3] pi patiṭṭhāti.

Evaṃ assa cakkhudvāre cakkhuviññāṇādīni tāni tadārammaṇāni dve ti pañca gaṇanūpagacittāni honti. Ārammaṇena pana vedanaṃ parivattetvā kusalato catunnaṃ, akusalato catunnaṃ, kiriyato catunnan ti dvādasannaṃ upekhāsahagatacittānaṃ aññatarena jīvitāvasāne upekhāsahagataṃ tihetukāsaṅkhārikavipākam pi duhetukāsaṅkhārikavipākam pi tadārammaṇaṃ hutvā uppajjati. Evaṃ assa cakkhudvāre upekhāsahagataṃ santīraṇaṃ imāni dve tadārammaṇāni ti tīni gaṇanūpagacittāni honti. Tāni purimehi pañcahi

---

[1] kathesi M. [2] °sahagata-asaṅkh° M. [3] duhetukacittaṃ *om.* T.

saddhiṃ aṭṭhasotadvārādīsu pi aṭṭhaṭṭhā ti ekāya cetanāya kamme āyūhite samacattālīsa cittāni uppajjanti, agahitagahanena pana cakkhudvāre aṭṭha sotaviññāṇādīni cattāri ti dvādasa honti, tattha mūlabhavaṅga-āgantukabhavaṅgatā ambopamā niyāmakakathā ca vuttanayen 'eva veditabbā. Somanassasahagatatihetukasasaṅkhārikakusalacittena kamme āyūhite pi upekhāsahagatatihetuka-asaṅkhārikasasaṅkhārikehi kamme āyūhite pi es 'eva nayo.

Hatthayantopamā pi ettha pākatikā eva. Ettāvatā tihetukakammena tihetukapaṭisandhi hotī ti vāro kathito. Tihetukakammena duhetukapaṭisandhi hotī ti vāro pana paṭicchanno hutvā gato. Idāni duhetukakammena duhetukapaṭisandhi hotī ti vāro pana paṭicchanno hutvā gato. Idāni duhetukakammena duhetukapaṭisandhi hoti.

Somanassasahagataduhetukāsaṅkhārikacittena hi kamme āyūhite tādisen 'eva vipākacittena gahitapaṭisandhikassa vuddhippattassa cakkhudvāre iṭṭhārammaṇe āpāthagate heṭṭhā vuttanayen 'eva tayo moghavārā honti cattāri gaṇanūpagā. Duhetukassa pana javanakiriyā natthi. Tasmā kusalato cattāri somanassasahagatāni, akusalato cattārī ti imesaṃ aṭṭhannaṃ aññatarena javitapariyosāne duhetukam eva somanassasahagatāsaṅkhārikaṃ tadārammaṇaṃ hoti. Evam assa cakkhuviññāṇādīni tīni idañ ca tadārammaṇan ti cattāri gaṇanūpagacittāni[1] honti.

579. Iṭṭhamajjhattārammaṇe pana kusalato upekhāsahagatānaṃ catunnaṃ, akusalato catunnan ti aṭṭhannaṃ aññatarena javitapariyosāne duhetukam eva upekhāsahagataṃ asaṅkhārikaṃ tadārammaṇaṃ hoti. Evam assa upekhāsahagataṃ santīraṇaṃ idañ ca tadārammaṇan ti dve gaṇanūpagacittāni[2] honti. Tāni purimehi catūhi saddhiṃ cha sotadvārādīsu pi cha vā ti[3] ekāya cetanāya kamme āyūhite samatiṃsa[4] cittāni uppajjanti. Agahita gahanena pana cakkhudvāre cha sotaviññāṇādīni cattārī ti dasa honti, ambopamā niyāmakathā pākatikā eva. Yantopamaṃ idha na labbhatī ti vuttaṃ. Somanassasahagataduhetukasasaṅ-

---

[1] °ūpaka° T. [2] °ūpaka° T. [3] cha jāti T. cha chā ti M. [4] satiṃsa T.

khārikakusalacittena kamme āyūhite pi upekhāsahagatadühetuka-asaṅkhārikasasaṅkhārikehi kamme āyūhite pi es' eva nayo.

Ettāvatā duhetukakammena duhetukapaṭisandhi hotī ti vāro kathito. Ahetukā[1] hotī ti vāro pana evaṃ veditabbo. Kusalato catūhi ñāṇavippayuttehi kamme āyūhite kusalavipākāhetukamanoviññāṇadhātuyā upekhāsahagatāya paṭisandhiyā gahitāya kammasadisā paṭisandhī ti na vattabbā. Ito paṭṭhāya heṭṭhā vuttanayen' eva kathetvā iṭṭhe pi iṭṭhamajjhatte pi cittuppatti veditabbā.

Imassa hi therassa vāde piṇḍajavanam eva javati. Sesajavanaṃ kusalattāya[2] ko niyāmetī ti ādi kathā sabbā tattha vuttanayen' eva veditabbā ti.

580. Ettāvatā Moravāpivāsī-Mahādattattheravāde dvādasakamaggo niṭṭhito saddhiṃ dasakamaggena ceva ahetukaṭṭhakena ca.

Idāni Mahādhammarakkhitattheravāde dasakamaggakathā hoti. Tattha Sāketapañhaussadakittanāni pākatikān' eva.

Hetukittane pana ayaṃ viseso. Tihetukakammaṃ tihetukavipākam pi duhetukavipākam pi ahetukavipākam pi deti, duhetukakammaṃ tihetukam eva na deti, itaraṃ deti. Tihetukakammena paṭisandhi tihetukā va hoti, duhetukā ahetukā na hoti, duhetukakammena duhetukā ahetukā hoti, tihetukā na hoti. Asaṅkhārikakammavipākaṃ asaṅkhārikam eva deti no sasaṅkhārikaṃ, sasaṅkhārikam eva sasaṅkhārikaṃ vipākaṃ deti no asaṅkhārikaṃ.

Ārammaṇena vedanā parivattetabbā, javanaṃ piṇḍajavanam eva javati[3], ādito paṭṭhāya cittāni kathetabbāni.

581. Tatrāyaṃ kathā: Eko paṭhamakusalacittena kammaṃ āyūhati paṭhamavipākacitten 'eva paṭisandhiṃ gaṇhāti, ayaṃ kammasadisā paṭisandhi, tassa vuddhippattassa cakkhudvāre iṭṭhārammaṇe āpāthagate vuttanayen 'eva[4], tayo moghavārā honti. Ath 'assa heṭṭhāvuttānaṃ terasannaṃ

---

[1] M. adds paṭisandhi. [2] M. adds vā akusalattāya vā.
[3] labbhati M. [4] vuttā nayen 'eva M.

somanassasahagatajavanānaṃ aññatarena javitapariyosāne paṭhamavipākacittam eva tadārammaṇaṃ hoti, tam mūlabhavaṅgaṃ[1] tadārammaṇan ti dve nāmāni labhati. Evam assa cakkhuviññāṇādīni tīni idañ ca tadārammaṇan ti cattāri gaṇanūpagacittāni honti. Iṭṭhamajjhattārammaṇe heṭṭhā vuttānaṃ yeva dvādasannaṃ upekhāsahagatajavanānaṃ aññatarena javitapariyosāne upekhāsahagataṃ tihetukāsaṅkhārikacittaṃ tadārammaṇatāya patiṭṭhāti[2]. Taṃ āgantukabhavaṅgaṃ tadārammaṇan ti dve nāmāni labhati. Evam assa upekhāsahagatasantīraṇaṃ idañ ca tadārammaṇan ti dve gaṇanūpagacittāni. Tāni purimehi catūhi saddhiṃ cha honti. Evaṃ ekāya cetanāya kamme āyūhito pañcasu dvāresu[3] samatiṃsa cittāni uppajjanti. Agahitagahaṇena pana cakkhudvāre cha sotaviññāṇādīni cattāri ti dasa honti.

Ambopamaniyāmakakathā pākatikā eva. Dutiyatatiyacatutthakusalacittehi kamme āyūhite pi ettakān 'eva vipākacittāni honti, catūhi upekhāsahagatehi āyūhite pi es 'eva nayo.

Idha pan' assa paṭhamaṃ iṭṭhamajjhattārammaṇaṃ dassetabbaṃ. Pacchā iṭṭhārammaṇena[4] vedanā parivattetabbā, ambopamaniyāmakakathā pākatikā eva yantopamaṃ na labhati. Kusalato pana catunnaṃ ñāṇavippayuttānaṃ aññatarena kamme āyūhite pi[5] ito paṭṭhāya sabbaṃ vitthāretvā ahetukaṭṭhakaṃ kathetabbaṃ.

582. Ettāvatā Mahādhammarakkhitattheravāde dasakamaggo niṭṭhito hoti saddhiṃ ahetukaṭṭhakenā ti[6]. Imesaṃ pana tiṇṇaṃ therānaṃ katarassa vādo gahetabbo ti? Na kassaci, ekaṃsena sabbesaṃ pana vādesu yuttaṃ gahetabbaṃ. Paṭhamavādasmiṃ hi sasaṅkhārāsaṅkhāravidhānaṃ paccayabhedato adhippetaṃ. Ten 'ettha asaṅkhārikakusalassa dubbalapaccayehi uppannaṃ sasaṅkhāravipākaṃ, sasaṅkhārakusalassa dubbalapaccayehi[7] uppannaṃ asaṅkhārikavipākañ ca gahetvā labbhamānāni pi kiriyajavanāni pahāya kusalajavanena tadārammaṇaṃ ārammaṇena ca

[1] na mūlabh° T. [2] pavattati M. [3] caresu T.
[4] °ārammaṇo M. [5] ti M. [6] saddhiṃ ahetukaṭṭhaṃ hoti M. [7] balavap° T. M.

vedanaṃ niyāmetvā sekhaputhujjanavasena soḷasakamaggo kathito. Yaṃ pan' ettha akusalajavanāvasāne ahetukavipākam eva[1] tadārammaṇaṃ dassitaṃ taṃ itaresu na dassitam eva. Tasmā taṃ tattha tesu vuttaṃ sahetukavipākañ ca etthā pi sabbam idaṃ labbhat' eva. Tatrāyaṃ nayo. Yadā hi kusalajavanānaṃ antarantarā[2] akusalaṃ javati tadā kusalāvasāne āvajjanasadisaṃ[3] eva akusalāvasāne sahetukatadārammaṇaṃ yuttaṃ. Yadā nirantaraṃ akusalam eva tadā ahetukaṃ. Evaṃ tāva paṭhamavāde yuttaṃ gahetabbaṃ.

Dutiyavāde pana kusalato sasaṅkhārā sasaṅkhāravidhānaṃ adhippetaṃ. Ten' ettha asaṅkhārakusalassa asaṅkhāram eva vipākaṃ, sasaṅkhārakusalassa sasaṅkhārikam eva gahetvā javanena tadārammaṇaniyāmaṃ katvā[4] sabbesam pi sekhāsekhaputhujjanānaṃ uppatti[5], raho piṇḍajavanavasen' eva dvādasakamaggo kathito. Tihetukajavanāvasāne pan' ettha tihetukaṃ tadārammaṇaṃ yuttaṃ, duhetukajavanāvasāne duhetukaṃ, ahetukajavanāvasāne ahetukaṃ bhājetvā pana na yuttaṃ[6]. Evaṃ dutiyavāde yuttaṃ gahetabbaṃ. Tatiyavāde pi kusalato va sasaṅkhārikavidhānaṃ adhippetaṃ tihetukakammaṃ tihetukavipākam pi duhetukavipākam pi ahetukavipākam pi detī ti pana vacanato asaṅkhārikatihetukapaṭisandhikassa asaṅkhārikaduhetukena pi tadārammaṇena bhavitabbaṃ. Taṃ adassetvā hetusadisam eva tadārammaṇaṃ dassitaṃ, taṃ purimāya hetukittanaladdhiyā na yujjati. Kevalaṃ dasakamaggavibhāvanattham eva vuttam. Itaram pi pana labbhat' eva. Evaṃ tatiyavāde pi yuttaṃ gahetabbaṃ ayam pi ca sabbā pi paṭisandhijavanakass' eva kammassa vipākaṃ sandhāya tadārammaṇakathā sahetukaṃ bhavaṅgaṃ ahetukassa bhavaṅgassa anantarapaccayena paccayo ti. Vacanato pana nānākammena ahetukapaṭisandhikassā pi sahetukavipākaṃ tadārammaṇaṃ uppajjati. Tassa uppattividhānaṃ mahāpakaraṇe āvibhavissatī ti.

Kāmāvacarakusalavipākakathā niṭṭhitā.

---

[1] ahetukam eva M. [2] anantarantarā T. [3] āciṇṇasadisaṃ eva M. [4] akatvā M. [5] uppannā C. G. [6] vuttaṃ T.

583. Idāni rūpāvacarādivipākaṃ[1] dassetuṃ puna katame dhammā avyākatā[2] ti ādi āraddhaṃ. Tattha yasmā kāmāvacaravipākaṃ attano kusalena sadisam pi hoti asadisam pi tasmā na taṃ kusalānugatikaṃ katvā bhājitaṃ. Rūpāvacarārūpāvacaravipākaṃ pana yathā hatthi-assapabbatādīnaṃ chāyā hatthi-ādisadisā va hoti tathā attano kusalasadisam eva hotī ti kusalānugatikaṃ katvā bhājitaṃ. Kāmāvacarakammañ ca yadā kadāci vipākaṃ deti rūpāvacarārūpāvacaraṃ pana anantarāyena dutiyasmiṃ yeva attabhāve vipākaṃ detī ti pi kusalānugatikam eva katvā bhājitaṃ.

Sesaṃ kusale vuttanayen 'eva veditabbaṃ. Ayaṃ pana viseso paṭipadādibhedo ca hīnapaṇītamajjhimabhāvo etesu jhānagamanato[3] veditabbo.

Chandādīnaṃ pana aññataraṃ dhuraṃ katvā anuppādaniyattā niradhipatikān'[4] eva etānī ti.

Rūpārūpāvacaravipākakathā niṭṭhitā.

584. Lokuttaravipākam[5] pi kusalasadisattā kusalānugatikam eva katvā bhājitaṃ.

Yasmā pana tebhūmakakusalaṃ cutipaṭisandhivasena vaṭṭaṃ ācinati vaḍḍheti tasmā tattha katattā upacitattā ti vuttaṃ. Lokuttaraṃ pana tena ācitam pi apacitam pi sayam pi[6] cutipaṭisandhivasena[7] ācinati, ten' ettha katattā upacitattā ti avatvā katattā bhāvitattā ti vuttaṃ.

585. Suññatan ti ādīsu maggo tāva āgamanato saguṇato ārammaṇato ti tīhi kāraṇehi nāmaṃ labhatī ti idaṃ heṭṭhā kusalādhikāre vitthāritaṃ. Tattha Suttantikapariyāyena[8] saguṇato pi ārammaṇato pi nāmaṃ labhati. Pariyāyadesanā h'esā, Abhidhammakathā pana nippariyāyadesanā[9]. Tasmā idha saguṇato vā ārammaṇato vā nāmaṃ na labhati, āgamanato vā labhati. Āgamanam eva hi dhuraṃ, taṃ duvidhaṃ hoti vipassanāgamanaṃ maggāgamanan ti. Tattha maggassa āgataṭṭhāne vipassanāgamanaṃ dhuraṃ,

---

[1] rūpāvacarārūpāvacarā° M. [2] Dhs. § 499—504. [3] jhānagamato M. [4] niradhipatitān' T. M. [5] Dhs. § 505. [6] apacinati sayam pi M. sayan ti T. [7] T. M. *insert* na. [8] °pariyāye T. [9] °desanāya T.

phalassa āgatatthāne maggāgamanaṃ dhuran ti idam pi heṭṭhā vuttam eva. Tesu idaṃ phalassa āgataṭṭhānaṃ, tasmā idha maggāgamanaṃ dhuran ti veditabbaṃ.

So pan' esa maggo āgamanato suññatan[1] ti nāmaṃ labhitvā saguṇato ca ārammaṇato ca animitto[2] appaṇihito[3] ti pi vuccati. Tasmā sayaṃ āgamanīyaṭṭhāne ṭhatvā attano phalassa tīni nāmāni deti. Katham? Ayaṃ hi suddha-āgamanavasen 'eva laddhanāmo suññatamaggo, sayaṃ āgamanīyaṭṭhāne ṭhatvā attano phalassa nāmaṃ dadamāno suññatan ti nāmaṃ akāsi.

Suññata-animittamaggo sayaṃ āgamanīyaṭṭhāne ṭhatvā attano phalassa nāmaṃ dadamāno animittan ti nāmam akāsi.

Suññata-appaṇihitamaggo sayaṃ āgamanīyaṭṭhāne ṭhatvā attano phalassa nāmaṃ dadamāno appaṇihitan ti nāmam akāsi.

586. Imāni pana tīni nāmāni maggānantare phalacittasmiṃ yeva iminā nayena labhanti, na aparabhāge valañjanakaphalasamāpattiyā[4]. Aparabhāge pana aniccatādīhi[5] tīhi vipassanāhi vipassituṃ sakkoti. Atth' assa vuṭṭhitavuṭṭhitavipassanāvasena[6] animitta-appaṇihitasuññatāsaṅkhātāni tīni phalāni uppajjanti. Te saṅkhātān 'eva saṅkhātārammaṇāni[7] aniccānupassanādīni ñāṇāni gotrabhūñāṇāni nāma honti.

Yo cāyaṃ suññatamagge[8] vutto appaṇihitamagge[9] pi es 'eva nayo.

Ayam pi hi suddha-āgamanavasen' eva laddhanāmo[10] appaṇihitamaggo sayaṃ āgamanīyaṭṭhāne ṭhatvā attano phalassa nāmaṃ dadamāno appaṇihitan ti nāmam akāsi. Appaṇihita-animittamaggo sayaṃ āgamanīyaṭṭhāne ṭhatvā attano phalassa nāmaṃ dadamāno animittan ti nāmam akāsi. Appaṇihitasuññatamaggo sayaṃ āgamanīyaṭṭhāne ṭhatvā attano phalassa nāmaṃ dadamāno suññatan ti nā-

---

[1] Dhs. § 505. [2] Dhs. § 506. [3] Dhs. § 507. [4] galañjana° M. [5] aniccādīhi M. [6] vuṭṭhita *once* M. [7] tesaṃ tān 'eva saṅkh° M. [8] °maggo C. G. [9] °maggo C. G. [10] °māno M.

maṃ akāsi. Imāni pi tīni nāmāni maggānantare phalacittasmiṃ[1] yeva iminā nayena labhanti, na aparabhāge valañjanakaphalasamāpattiyā[2] ti. Evaṃ imasmiṃ yeva vipākaniddese kusalacittehi ti guṇāni vipākacittāni veditabbāni.

587. Yathā pana tebhūmakakusalāni attano vipākaṃ adhipatiṃ labbāpetuṃ na sakkonti na evaṃ lokuttarāni[3]. Kasmā? Tebhūmakakusalānaṃ hi añño āyūhanakālo, añño vipaccanakālo, ten' etāni attano vipākaṃ adhipatiṃ labhāpetuṃ na sakkonti. Lokuttarāni pana tāya saddhāya[4], tasmiṃ viriye, tāya satiyā, tasmiṃ samādhismiṃ[5], tāya paññāya avūpasantāya apaṇṇakaṃ aviruddhaṃ[6] maggānantaram eva vipākaṃ paṭilabhanti. Tena attano vipākaṃ adhipatiṃ labhāpetuṃ sakkonti. Yathā hi parittakassa aggino kataṭṭhāne aggismiṃ nibbutamatte yeva uṇhākāro nibbāyitvā kiñci na hoti, mahantam pana ādittaṃ aggikkhandhaṃ[7] nibbāpetvā gomayaparibhaṇḍe kate pi uṇhākāro avupasanto yeva hoti[8], evam evaṃ tebhūmakakusale añño, kammakkhaṇe[9] añño, vipākakkhaṇo[10] parittaaggiṭṭhāno uṇhabhāvanibbānakālo viya hoti, tasmā taṃ attano vipākaṃ adhipatiṃ labhāpetuṃ na sakkoti. Lokuttaro pana tāya saddhāya . . . .

. . . . pe . . . .

tāya paññāya avupasantāya maggānantaram eva phalam uppajjati, tasmā taṃ attano vipākaṃ adhipatiṃ labhāpetī ti veditabbaṃ.

Tenāhu porāṇā: vipāke adhipati natthi ṭhapetvā lokuttaran ti.

588. Catutthamaggaphalaniddese aññātāvindriyan[11] ti aññātāvino catūsu saccesu niṭṭhitañāṇakiccassa indriyaṃ. Aññātāvīnaṃ vā catūsu saccesu niṭṭhitakiccānaṃ cattāri saccāni ñatvā paṭivijjhitvā ṭhitānaṃ dhammānaṃ[12] abbhan-

---

[1] °ānantaraphala° M. [2] valañjanasamāpattiyā M.
[3] na eva lokuttarakusalāni tebhūmaka° M. [4] sabbāyaṃ C.
[5] samādhimhi M. [6] aviraddhaṃ M. [7] aṭicandaṃ M.
[8] °santo va hoti M. [9] °khaṇo M. [10] °khaṇo M.
[11] Dbs. § 555. [12] dhammaṃ M.

tare indaṭṭhasādhanena indriyaṃ niddesavāre pi 'ssa aññātāvīnan ti ājānitvā ṭhitānaṃ dhammānan ti sampayuttadhammānaṃ abbhantare aññā ti ājānanā paññā pajānanā ti ādīni vuttatthān' eva.

Maggaṅgaṃ maggapariyāpannan ti phalamaggassa aṅgaṃ phalamagge ca pariyāpannan ti attho. Api c'ettha idaṃ pakiṇṇakaṃ ekaṃ indriyaṃ ekaṭṭhānaṃ gacchati, ekaṃ cha ṭhānāni gacchati, ekaṃ ekaṭṭhānaṃ gacchati, ekaṃ hi anaññātaññassāmītindriyaṃ, ekaṃ ṭhānaṃ gacchati sotāpattimaggaṃ.

Ekaṃ aññindriyaṃ, heṭṭhā tīni phalāni, upari tayo magge ti cha ṭhānāni gacchati, ekaṃ aññātāvindriyaṃ ekaṃ ṭhānaṃ gacchati arahattaphalaṃ. Sabbesu pi maggaphalesu atthato aṭṭhaṭṭha indriyānī ti catusaṭṭhi lokuttaraindriyāni kathitāni, pāḷito pana nava nava katvā dvāsattati honti. Magge maggaṅgan ti vuttaṃ phale pi maggaṅgaṃ, magge bojjhaṅgo ti vutto phale pi bojjhaṅgo, maggakkhaṇe arati[1] viratī ti vuttā phalakkhaṇe pi arati[2] viratī ti. Tattha maggo maggabhāven 'eva maggo phalaṃ[3] pana maggaṃ upādāya magge phalaṃ nāma phalamaggaṅgaṃ[4] phalapariyāpannan ti vattum pi vaṭṭati. Magge bujjhanakassa aṅgo ti sambojjhaṅgo, phale buddhassa aṅgo ti[5] sambojjhaṅgo.

Magge ārammaṇaviramaṇavasena arati virati, phale arativirativasenā ti.

Lokuttaravipākakathā niṭṭhitā.

589. Ito parāni akusalavipākāni pañca cakkhusotaghāṇajivhākāyaviññāṇāni ekā manodhātu ekā manoviññāṇadhātū ti imāni satta cittāni[6] pāḷito ca atthato ca heṭṭhā vuttehi tādiseh 'eva kusalavipākacittehi sadisāni. Kevalaṃ hi tāni kusalakammapaccayāni[7] tāni ca iṭṭha-iṭṭha-majjhattesu ārammaṇesu vattanti[8]. Imāni aniṭṭhāniṭṭhamajjhattesu tattha sukhasahagataṃ kāyaviññāṇaṃ idha dukkhasahaga-

---

[1] ārati T. M. [2] ārati T. M. [3] maggaphal° M. [4] maggo nāma phalaṅgaṃ M. [5] M. *inserts* sambojjhaṅgo ti. [6] dhātūhi satta cittāni M. [7] M. *inserts* imāni akusalakammapaccayāni. [8] pavattanti M.

taṃ tattha ca upekhāsahagatā manoviññāṇadhātu manussesu jaccandhādīnaṃ[1] paṭisandhiṃ ādiṃ katvā pañcasu ṭhānesu vipaccati. Idha pana ekādasavidhenā pi akusalacittena kamme āyūhite kammakammanimittagatinimittesu v'aññataraṃ[2] ārammaṇaṃ katvā catūsu apāyesu paṭisandhi hutvā vipaccati. Dutiyavārato paṭṭhāya yāvatāyukaṃ bhavaṅgaṃ hutvā aniṭṭhamajjhattārammaṇāya[3] pañcaviññāṇavīthiyā santīraṇaṃ hutvā balavārammaṇe chasu dvāresu tadārammaṇaṃ hutvā maraṇakāle cuti hutvā ti evaṃ pañcasu eva[4] ṭhānesu vipaccatī ti.

Akusalavipākakathā niṭṭhitā.

590. Idāni kiriyavyākataṃ[5] bhājetvā dassetuṃ puna katame dhammā avyākatā[6] ti ādi āraddhaṃ. Tattha kiriyā ti karaṇamattaṃ. Sabbesu hi yeva kiriyacittesu yaṃ pana[7] javanabhāvaṃ appattaṃ taṃ vātapupphaṃ viya, yaṃ javanabhāvaṃ pattaṃ taṃ chinnamūlakarukkhapupphaṃ[8] viya aphalaṃ hoti. Taṃ taṃ kiccasādhanavasena pavattattā pana karaṇamattam eva hoti. Tasmā kiriyā ti vuttaṃ neva[9] kusalā ti ādīsu[10] kusalamūlasaṅkhātassa kusalahetuno abhāvā neva kusalākusalamūlasaṅkhātassa akusalahetuno abhāvā neva akusalā yoniso-manasikāra-ayoniso-manasikārasaṅkhātānam pi kusalākusalapaccayānaṃ abhāvā neva kusalā nākusalā, kusalasaṅkhātassa kusalahetuno[11] abhāvā neva kammavipākā.

591. Idha pi cittekaggatāniddese[12] pavattaṭṭhitimattam eva[13] labbhati, dve pañca viññāṇāni, tisso manodhātuyo, tisso manoviññāṇadhātuyo vicikicchāsahagatan ti. Imesu sattarasasu cittesu dubbalattāya saṇṭhiti avaṭṭhitī ti ādīni na labbhanti. Sesaṃ sabbaṃ vipākamanodhātuniddese vut-

---

[1] jaccandhādīni M. [2] nimitte savaññataraṃ C. °nimittesuññataraṃ T. °nimittesu aññataraṃ M. [3] aniṭṭha aniṭṭha majjh° M. [4] *om.* M. [5] kiriyāv° T. [6] Dhs. § 566. [7] *om.* M. [8] jiṇṇam° C. G. [9] teva T. [10] neva kusalanākusalā ti ādīsu M. [11] kusalākusalasaṅkhātassa janakahetuno M. [12] Dhs. § 570. [13] pavattaṭṭhinimantam eva T. pavattiṭṭhitimattam eva M.

tanayen 'eva veditabbaṃ. Aññatra uppattiṭṭhānā[1] taṃ hi cittaṃ pañcaviññāṇānantaraṃ[2] uppajjati. Idaṃ pana pañcadvāre valañjanappavattikāle sabbesaṃ uppajjati. Kathaṃ? Cakkhudvāre tāva iṭṭha-iṭṭhamajjhatta-aniṭṭha-aniṭṭhamajjhattesu rūpārammaṇesu yena kenaci pasāde ghaṭṭite taṃ ārammaṇaṃ gahetvā āvaṭṭanavasena purecārikaṃ hutvā bhavaṅgaṃ āvaṭṭayamānaṃ uppajjati. Sotadvārādisu pi es' eva nayo ti.

Kiriyamanodhātucittaṃ niṭṭhitaṃ.

592. Manoviññāṇadhātu uppannā hoti[3] . . . . pe . . . . somanassasahagatā ti idaṃ cittaṃ aññesaṃ asādhāraṇaṃ khīṇāsavass' eva pāṭipuggalikaṃ chasu dvāresu labbhati. Cakkhudvāre hi pana sāruppaṃ[4] ṭhānaṃ disvā khīṇāsavo iminā cittena[5] somanassito hoti, sotadvāre bhaṇḍabhājanīyaṃ ṭhānaṃ patvā mahāsaddaṃ katvā luddhaluddhesu[6] gaṇhantesu evarūpā nāma me loluppataṇhā pahīnā ti. Iminā cittena somanassito hoti, ghāṇadvāre gandhehi vā pupphehi vā cetiyaṃ pūjayitvā[7] iminā cittena somanassito hoti. Jivhādvāre rasasampannaṃ piṇḍapātaṃ laddhā bhājetvā paribhuñjanto 'sāraṇīyadhammo vata me pūrito ti' iminā cittena somanassito hoti. Kāyadvāre abhisamācārikavattaṃ karonto 'kāyadvāre me vattaṃ paripūritan ti' iminā cittena somanassito hoti. Evaṃ tāva pañcadvāre labbhati, manodvāre pana atītānāgataṃ ārabbha uppajjati.

593. Jotipālamāṇava[8]-Makhādevarāja[9]-Kaṇhatāpasādikālasmiṃ[10] hi katakāraṇaṃ āvajjitvā[11] Tathāgato sitaṃ pātvākāsi. Taṃ pana pubbenivāsañāṇasabbaññūtañāṇānaṃ kiccaṃ tesaṃ dvinnaṃ[12] ñāṇānaṃ ciṇṇapariyante idaṃ cittaṃ hāsayamānaṃ uppajjati. Anāgate tantissaro mutiṅgas-

---

[1] uppatiṭṭhāna T. [2] pañcaviññāṇantaraṃ T. [3] Dhs. § 576. [4] padhānasāruppaṃ T. °dvārehi paṭṭhānasāruppaṃ° M. [5] manācittena T. [6] laddhaladdhesu C. G. luddhaladdhesu T. [7] pūjento T. M. [8] Jāt. I. 43, Milindap. 221. [9] Maggadevarāja° M. comp. Jāt. I. 137 seq. [10] Jāt. IV. 6 seq. [11] āvajjetvā M. [12] dinnaṃ M.

saro[1] paccekabuddho bhavissatī ti sitaṃ pātvākāsi. Tam pi anāgatasaññāpasabhaññūtaññāṇānaṃ kiccaṃ. Tesaṃ pana ñāṇānaṃ ciṇṇapariyante idaṃ cittaṃ hāsayamānaṃ uppajjati. Niddesavāre pan' assa sesa-ahetukacittehi balavataratāya cittekaggatā samādhibalaṃ pāpetva ṭhapitā. Uddesavāre pana samādhibalaṃ hoti, viriyabalaṃ hotī ti anāgatattā paripuṇṇena balaṭṭhen' etaṃ dvayaṃ balaṃ nāma na hoti. Yasmā pana[2] neva kusalaṃ nākusalaṃ tasmā balan ti vatvā ṭhapitaṃ[3]. Yasmā ca na nippariyāyena balaṃ tasmā saṅgahavāre pi dve balāni hontī ti na vuttaṃ. Sesaṃ sabbaṃ somanassasahagatāhetukamanoviññāṇadhātuniddese vuttanayen' eva veditabbaṃ.

594. Upekhāsahagatā[4] ti idaṃ cittaṃ tīsu bhavesu sabhesaṃ sacittakasasattānaṃ[5] sādhāraṇaṃ. Tassa sacittakassa na uppajjati[6] nāma. Uppajjamānam pana pañcadvāre voṭṭhapanaṃ hoti, manodvāre āvajjanaṃ, cha asādhāraṇañāṇāni pi iminā gahitārammaṇam eva gaṇhanti. Mahāgajan nām 'etaṃ cittaṃ, imassa anārammaṇaṃ nāma natthi, asabbaññutaññāṇaṃ sabbaññutaññāṇagahitaṃ nāma[7] katamaṃ ti vutte[8] idan ti vattabbaṃ. Sesam ettha purimacitte vuttanayen' eva veditabbaṃ. Kevalaṃ hi tattha sappītikattā navaṅgiko saṅkhārakkhandho vibhatto, idha nippītikattā[9] aṭṭhaṅgiko.

595. Idāni kusalato aṭṭha mahā cittāni 'eva khīṇāsavassa uppajjanatāya kiriyāni jātāni, tasmā tāni kusalaniddese vuttanayen' eva veditabbāni. Idha ṭhatvā hasanakacittāni samodhānetabbāni. Kati pan' etāni hontī ti?[10] Terasa puthujjanā hi kusalato catūhi somanassasahagatehi, akusalato catūhī ti aṭṭhahi cittehi hasanti, sekhā kusalato catūhi somanassasahagatehi, akusalato dvīhi diṭṭhivippayuttasomanassasahagatehī[11] ti chahi cittehi hasanti, khīṇāsavā kiriyato pañcahi somanassasahagatehi hasantī ti.

---

[1] mudiṅgassaro T. [2] ca M. [3] vatvā na ṭhapitaṃ M. [4] Dhs. § 576. [5] sabbesaṃ cittak° T. [6] na kassaci sacittassa na upp° M. [7] °ñāṇagatiyaṃ nāma M. [8] *om.* M. [9] appītik° T. apītik° M. [10] M. *adds* vuccate. [11] °vippayuttehi som° M.

596. Rūpāvacarārūpāvacarakiriyaniddesesu[1] diṭṭhadhammasukhavihāran ti diṭṭhadhamme imasmiṃ yeva attabhāve sukhavihāramattakaṃ[2]. Tattha khīṇāsavassa puthujjanakāle nibbattitasamāpattiṃ yāva na samāpajjati[3] tāva kusalā[4] va, samāpannakāle kiriyā hoti. Khīṇāsavakāle pan' assa nibbattitasamāpatti[5] kiriyā va hoti. Sesaṃ sabbaṃ taṃ sadisattā kusalaniddese vuttanayen' eva veditabban ti.

Atthasāliniyā Dhammasaṅgaha-Aṭṭhakathāya Cittuppādakathā niṭṭhitā.

Avyākatapadaṃ pana neva tāva niṭṭhitan ti.

Cittuppādakaṇḍavaṇṇanā samattā.

597. Idāni rūpakaṇḍaṃ bhājetvā dassetuṃ puna katame dhammā avyākatā[6] ti ādi āraddhaṃ.

Tattha kiñcā pi heṭṭhā cittuppādakaṇḍe vipākavyākatañ c'eva kiriyāvyākatañ ca nissesaṃ katvā[7] bhājitaṃ, rūpavyākatanibbānavyākatāni pana akathitāni. Tāni kathetuṃ catubbidham pi avyākataṃ samodhānetvā dassento kusalākusalānaṃ dhammānaṃ vipākā ti ādim āha.

Tattha kusalākusalānan ti catubhūmakakusalānañ c'eva akusalānañ ca evaṃ tāva vipākavyākataṃ kusalavipākākusalavipākavasena dvīhi padehi pariyādiyitvā dassitaṃ. Yasmā pana taṃ sabbam pi kāmāvacaraṃ vā hoti rūpāvacarādīsu vā aññataraṃ tasmā kāmāvacarā ti ādinā nayena tad eva vipākavyākataṃ bhummantaravasena pariyādiyitvā dassitaṃ. Yasmā pana taṃ vedanākkhandho pi hoti . . . . . .

. . . . . . pe . . . .

viññāṇakkhandho pi tasmā puna sampayuttacatukkhandhavasena pariyādiyitvā dassitaṃ. Evaṃ vipākavyākataṃ kusalākusalavasena bhummantaravasena[8] sampayuttakkhandhavasenā ti tīhi nayehi pariyādāya dassetvā puna kiriyāvyā-

[1] Dhs. § 577—582. °niddese T. [2] °mattaṃ M. [3] nibbattitā samāpattiyā pana na samāp° M. [4] kusalaṃ T. [5] nibbatti tasmā patti T. [6] Dhs. § 583 seq. [7] nissetaṃ katvā M. [8] om. T.

kataṃ dassento ye ca[1] dhamma kiriyā[2] ti ādim āha. Tattha kāmāvacarā rūpāvacarā arūpāvacarā vedanākkhandho . . . .
. . . . . . pe . . . .
viññāṇakkhandho ti pi vattabbaṃ bhaveyya. Heṭṭhā pana gahitam evā ti nayaṃ dassetvā nissajitaṃ. Idāni[3] avibhattaṃ dassento sabbañ ca rūpaṃ asaṅkhatā ca dhātū ti āha.

Tattha sabbañ ca rūpan ti padena pañcavīsati rūpāni channavuti rūpakoṭṭhāsā nippadesato gahitā ti veditabbā. Asaṅkhatā ca dhātū ti padena nibbānaṃ nippadesato gahitaṃ[4] ettāvatā avyākatadhammā ti padaṃ niṭṭhitaṃ[5] hoti.

598. Tattha katamaṃ sabbaṃ rūpan[6] ti idaṃ kasmā gahitaṃ? Heṭṭhā rūpavyākataṃ saṅkhepen' eva kathitaṃ[7]. Idāni ekakadukatikacatukka . . . .
. . . . . . pe . . . .
ekādasakavasena vitthārato bhājetvā dassetuṃ idaṃ gahitaṃ. Tass' attho: yaṃ vuttaṃ sabbañ ca rūpaṃ asaṅkhatā ca dhātū ti tasmiṃ padadvaye katamaṃ sabbaṃ rūpaṃ nāma. Idāni taṃ bhājetvā[8] dassento cattāro ca mahābhūtā ti ādim āha. Tattha cattāro ti gaṇanaparicchedo. Tena tesaṃ ūnādhikabhāvaṃ nivāreti. Cakāro sampiṇḍanattho[9], tena na kevalaṃ cattāro mahābhūtā va. Rūpaṃ aññam pi atthī ti upādā rūpaṃ sampiṇḍeti. Mahābhūtā ti ettha mahantapātubhāvādīhi kāraṇehi mahābhūtattā veditabbā. Etāni hi mahantapātubhāvato mahābhūtasāmaññato mahāparihārato mahāvikārato mahantabhūtattā cā ti imehi kāraṇehi mahābūtānī ti vuccanti. Tattha mahantapātubhāvato ti. Etāni hi anupādiṇṇakasantāne pi upādiṇṇakasantāne pi mahantāni pātubhūtāni. Tesaṃ anupādiṇṇakasantāne evaṃ mahantapātubhāvatā veditabbā.

599. Ekaṃ hi cakkavāḷam āyāmato[10] ca vitthārato ca yojanānaṃ dvādasasatasahassāni catuttiṃsa satāni[11] paññāsañ ca yojanāni, parikkhepato:

---

[1] yeva M. [2] Dhs. § 583. [3] idaṃ T. [4] gahitan ti M.
[5] niṭṭhaṃ M. [6] Dhs. § 584. [7] saṅkhepena kath° M.
[8] om. M. [9] Casaddo sampiṇḍ° M. [10] āyamato M.
[11] tīṇi sahassāni cattāri satāni M.

Sahhaṃ satasahassāni chattiṃsa parimaṇḍalaṃ |
dasa c'eva sahassāni aḍḍhuḍḍhāni satāni ca |
Tattha . . . .
Dve satasahassāni cattāri nahutāni ca |
ettakaṃ bahalattena[1] saṅkhātāyaṃ vasundharā[2]. |
Tassā yeva sandhārakaṃ[3]
cattāri satasahassāni aṭṭh 'eva nahutāni ca |
ettakaṃ bahalattena jalaṃ vāte patiṭṭhitaṃ. |
Tassā pi sandhārako[4]
nava satasahassāni māluto nabhaṃ uggato |
saṭṭhiñ c'eva sahassāni esā lokassa saṇṭhiti.
Evaṃ saṇṭhite c'ettha yojanānaṃ
caturāsīti sahassāni ajjhogāḷho mahaṇṇave |
accuggato tāvad eva Sinerupabbatuttamo. |
Tato upaḍḍhupaḍḍhena pamāṇena yathākkamaṃ |
ajjhogāḷhuggatā dibbā nānāratanacittitā[5]. |
Yugandharo Īsadharo Karavīko Sudassano |
Nemindharo Vinatako Assakaṇṇo[6] giri brahā |
Ete satta mahāselā Sinerussa samantato |
mahārājānam āvāsā devayakkhanisevitā. |
Yojanānaṃ satān'ucco Himavā pañca pabbato
yojanānaṃ sahassāni tīni āyatavitthato |
caturāsīti sahassehi kūṭehi paṭimaṇḍito. |
Tipañca yojanakkhandhā parikkhepā nagavhayā |
paññāsa yojanakkhandhasākhāyāmā samantato. |
Satayojanavitthiṇṇā tāvad eva ca uggatā |
jambu yassānubhāvena Jambudīpo pakāsito. |

Yañ c'etaṃ jambuyā pamāṇaṃ etad eva asurānaṃ cittapāṭaliyā, garuḷānaṃ simbalirukkhassa, Aparagoyāne kadambarukkhassa, Uttarakurūsu kapparukkhassa, Pubbavidehe sirīsassa[7], Tāvatiṃsesu pāricchattakassā ti[8].

---

[1] bahaḷantena T. [2] va sundarā M. [3] sandhāraṇam M. [4] sandhāraṇo M. [5] °cittakā M. [6] Vājikaṇṇo C. G. comp. Jāt. VI, 125. Burnouf, Lotus 842 seq. Hardy Manual 12. Divyāvadāna p. 217. Dharmasaṅgraha 125. Mahāvyutp. § 194. [7] sabbavidese siri tassa T. [8] comp. Jātaka I, 202.

Ten' āhu porāṇā:

Pāṭali simbali jambu devānam pāricchattako |
kadambo kapparukkho ca sirīsena bhavati sattaman ti.
Dvo asīti sahassāni ajjhogāḷho mahaṇṇave |
accuggato tāvad eva cakkavāḷasiluccayo |
parikkhipitvā taṃ sabbaṃ lokadhātu-m-ayaṃ ṭhito ti.||

Upādinnasantāne pi macchakacchapadevadānavādisarīravasena mahantān 'eva pātubhūtāni. Vuttaṃ h'etaṃ: santi bhikkhave mahāsamudde yojanasatikā[1] pi attabhāvā ti ādi.

600. Mahābhūtasāmaññato ti. Etāni hi yathā māyākāro amaṇiṃ yeva udakaṃ maṇiṃ katvā dasseti asuvaṇṇaṃ[2] yeva leḍḍuṃ suvaṇṇaṃ katvā dasseti, yathā ca sayaṃ neva yakkho na pakkhī[3] samāno yakkhabhāvam[4] pi pakkhībhāvam pi dasseti evam evaṃ sayaṃ anīlān'eva hutvā nīlaṃ upādārūpaṃ dassenti apītāni alohitāni anodātān 'eva hutvā odātam upādārūpaṃ dassentī ti māyākāramahābhūtasāmaññato mahābhūtāni[5].

Yathā ca yakkhādīni mahābhūtāni yaṃ gaṇhanti[6] neva tesaṃ tassa anto na bahiṭṭhānaṃ upalabbhanti na ca taṃ nissāya na tiṭṭhanti evam evaṃ etāni pi neva aññamaññassa anto na bahi ṭhitāni hutvā upalabbhanti na ca aññamaññaṃ nissāya tiṭṭhantī ti acinteyyaṭṭhānatāya yakkhādimahābhūtasāmaññato pi mahābhūtāni.

Yathā ca yakkhiṇīsaṅkhātāni mahābhūtāni manāpehi[7] vaṇṇasaṇṭhānavikkhepehi attano bhayānakabhāvaṃ paṭicchādetvā satte vañcenti evam evaṃ etāni pi itthipurisasarīrādisu manāpena chavivaṇṇena manāpena aṅgapaccaṅgasaṇṭhānena manāpena ca hatthapāda-aṅguli-bhamukavikkhepena attano kakkhalattādibhedaṃ[8] sarasalakkhaṇaṃ paṭicchādetvā bālajanaṃ vañcenti attano sabhāvaṃ daṭṭhuṃ na dentī ti. Iti vañcakattena[9] yakkhiṇīmahābhūtasāmaññato pi mahābhūtāni.

---

[1] °samudde soyājanasatikā M. [2] suvaṇṇaṃ M. [3] pakkho samāno na pakkhī° M. [4] yakkhibhāvam M. [5] Comp. Mahāvyutp. § 101. [6] pariganhanti M. [7] M. adds nānāvirāga° [8] kakkhalant° T. [9] °aṭṭhena M.

601. Mahāparihārato ti mahantehi paccayehi pariharitabbato. Etāni hi divase divase upanetabbattā mahantehi ghāsacchādanādihi bhūtāni pavattānī ti mahābhūtāni mahāparihārāni vā bhūtānī[1] ti pi mahābhūtānī ti mahābhūtāni.

Mahāvipākato ti[2]. Etāni hi upādiṇṇāni pi anupādiṇṇāni pi mahāvikārāni honti. Tattha anupādiṇṇānaṃ kappavuṭṭhāne vikāramahattaṃ[3] pākaṭaṃ hoti, upādiṇṇānaṃ dhātukkhobhakāle Tathā hi

Bhūmito vuṭṭhitā yāva brahmalokā vidhāvati |
Acci accimato loke ḍayhamānam pi tejasā |
Koṭisatasahass' ekaṃ[4] cakkavāḷaṃ vilīyati |
Kupitena yadā loko salilena vinassati. |
Koṭisatasahass' ekaṃ cakkavāḷaṃ vikirati |
Vāyodhātuppakopena yadā loko vinassati. |
Patthaddho bhavati kāyo daṭṭho kaṭṭhamukhena vā
Paṭhavīdhātuppakopena hoti kaṭṭhamukhe va so. |
Pūtiyo bhavati kāyo daṭṭho pūtimukhena vā |
Āpodhātuppakopena hoti pūtimukhe va so. |
Santatto bhavati kāyo daṭṭho aggimukhena vā
Tejodhātuppakopena hoti aggimukhe va so. |
Sañchinno bhavati kāyo daṭṭho satthamukhena vā |
Vāyodhātuppakopena hoti satthamukhe va so. |

Iti mahāvikārāni bhūtānī ti mahābhūtānī ti mahantaṃ bhūtattā cā ti. Etāni hi mahantāni mahatā vāyāmena pariggahetabbattā bhūtāni vijjamānattā ti mahantabhūtattā ca mahābhūtāni evaṃ mahantapātubhāvādihi kāraṇehi mahābhūtāni catunnañ ca mahābhūtānaṃ upādārūpan ti upayogatthe sāmivacanaṃ.

Cattāri mahābhūtāni upādāya nissāya amuñcitvā pavattarūpan ti attho.

Idaṃ vuccati sabbaṃ rūpan ti, idaṃ cattāri mahābhūtāni padapaṭipāṭiyā[5] niddiṭṭhāni tevīsati upādārūpānī ti saltavīsatipabhedaṃ sabbaṃ rūpaṃ nāma[6].

---

[1] sabbhūtāni M. [2] Mahāvipākārato ti bhūtānaṃ mahāvipākārato M. [3] °mahantaṃ T. [4] etaṃ T. [5] M. *om.* pada. [6] Visuddhimagga p. 123.

602. Idāni taṃ vittbārato dassetuṃ ekavidhādīhi ekādasahi saṅgahehi mātikaṃ ṭhapento sabbaṃ rūpaṃ na hetū ti ādim āha.

Tattha sabbaṃ rūpan ti idaṃ padaṃ sabbaṃ rūpaṃ na hetu sabbaṃ rūpaṃ ahetukan ti evaṃ sabbapadehi saddhiṃ yojetabbaṃ.

Sabbān' eva cetanāni[1] na hetū ti ādīni tecattālīsa padāni uddiṭṭhāni. Tesu padapaṭipāṭiyā cattālīsa padāni mātikato gahetvā ṭhapitāni avasāne tīni mātikāmuttakānī ti.

Evaṃ tāva[2] paṭhame saṅgahe pāḷivavatthānam eva veditabbaṃ.

603. Tathā dutiyasaṅgahādīsu tatrāyaṃ nayo. Dutiyasaṅgahe tāva sataṃ cattāro ca dukā. Tattha atthi rūpaṃ upādā[3], atthi rūpaṃ no upādā ti ādayo ādimhi cuddasa dukā aññamaññasambandhābhāvato pakiṇṇakadukā nāma. Tato atthi rūpaṃ cakkhusamphassassa vatthū ti[4] ādayo pañcavīsati dukā vatthu-avatthu-upaparikkhanavasena pavattattā vatthudukā nāma. Tato atthi rūpaṃ cakkhusamphassassa ārammaṇan ti ādayo pañcavīsati ārammaṇānārammaṇa-upaparikkhanavasena pavattattā ārammaṇadukā nāma. Tato atthi rūpaṃ cakkhāyatanan ti ādayo dasa āyatanānāyatana-uparikkhanavasena pavattattā āyatanadukā nāma. Tato atthi rūpaṃ cakkhudhātū ti ādayo dasa dhātu-adhātu-upaparikkhanavasena pavattattā dhātudukā nāma.

Tato atthi rūpaṃ cakkhundriyan[5] ti ādayo aṭṭha indriyānindriya-upaparikkhanavasena pavattattā indriyadukā nāma.

Tato atthi rūpaṃ kāyaviññatti ti ādayo dvādasa sukhuma-rūpaupaparikkhanavasena pavattattā sukhumarūpadukā nāmā ti idaṃ dutiyasaṅgahe pāḷivavatthānaṃ.

604. Tatiyasaṅgahe[6] sataṃ tīni ca tikāni. Tattha dutiyasaṅgahe vuttesu cuddasasu pakiṇṇakadukesu ekaṃ ajjhattikadukaṃ sesehi terasahi yojetvā yan taṃ rūpaṃ ajjhattikaṃ taṃ upādā, yan taṃ rūpaṃ bāhiran taṃ atthi

---

[1] cetāni T. [2] Ettāvattā M. [3] Visuddhimagga p. 123.
[4] Dhs. § 585. [5] Dhs. § 585. [6] Dhs. § 586.

upādā, atthi no upādā ti ādinā nayena ṭhapitā terasa pakiṇṇakatikā nāma. Tato tam eva dukaṃ sesadukehi saddhiṃ yojetvā yan taṃ rūpaṃ bāhiran taṃ cakkhusamphassassa na vatthu, yan taṃ rūpāṃ ajjhattikaṃ taṃ atthi cakkhusamphassassa vatthu atthi cakkhusamphassassa na vatthū ti[1] ādinā nayena sesā tikā ṭhapitā. Sesaṃ nāmañ ca gaṇanañ ca[2] tesaṃ yeva vatthudukādīnaṃ vasena veditabbā ti[3] idaṃ tatiyasaṅgahe pāḷivavatthānaṃ.

605. Catutthasaṅgahe[4] dvāvīsati catukkā. Tattha sabbapacchimo atthi rūpaṃ upādā, atthi rūpaṃ no upādā ti evaṃ idha vuttaṃ. Mātikaṃ anāmasitvā ṭhapitaṃ, itare pana āmasitvā[5]. Kathaṃ? Ye tāva duvidhasaṅgahapakiṇṇakesu ādito tayo dukā tesu ekekaṃ gahetvā yan taṃ rūpaṃ upādā taṃ atthi upādiṇṇaṃ, atthi anupādiṇṇaṃ ti ādinā nayena pañcahi pañcahi dukehi saddhiṃ yojetvā dukattaya mūlakā ādimhi pañcadasa catukkā ṭhapitā. Idāni yo 'yaṃ catuttho sanidassanaduko so yasmā yan taṃ rūpaṃ sanidassanaṃ taṃ atthi sappaṭighaṃ, atthi appaṭighan ti ādinā nayena parehi vā atthi upādā atthi no upādā ti ādinā nayena purimehi vā dukehi saddhiṃ atthābbāvato kamābhāvato visesābhāvato[6] ca yogaṃ gacchati. Sanidassanaṃ hi appaṭighaṃ nāma anupādā vā natthī ti atthābhāvato yogaṃ na gacchati, upādiṇṇaṃ pana anupādiṇṇañ ca atthi. Taṃ kamābbāvato[7] yogaṃ na gacchati. Sabbadukā hi pacchimapacchimeh' eva saddhiṃ yojitā. Ayam ettha kamo purimena[8] pana saddhiṃ kamābhāvo ti sati atthi[9] kamābhāvo akāraṇaṃ, tasmā upādiṇṇapadādīhi saddhiṃ yojetabbo ti. Tena visesābhāvā upādiṇṇapadādīni hi iminā saddhiṃ yojitāni. Tattha upādiṇṇaṃ vā sanidassanaṃ vā upādiṇṇaṃ ti vutte viseso natthī ti. Visesābhāvā pi yogaṃ[10] gacchati, tasmā taṃ catutthaṃ dukaṃ anāmasitvā tato parehi atthi rūpaṃ sappaṭighan ti ādīhi tīhi dukehi saddhiṃ

---

[1] vatthūni M. [2] gaṇānañ ca T. gaṇanā ca M. [3] veditabbānī ti T. [4] Dhs. § 587. [5] M. *inserts* ṭhapito itare pana āmasitvā M. [6] visesanabhāvato M. [7] kamābhāvā T. M. [8] purimehi M. [9] sati atthe M. [10] M. *adds* na.

yan taṃ rūpaṃ sappaṭighaṃ taṃ atthi indriyaṃ atthi na indriyam yan taṃ[1] rūpaṃ appaṭighaṃ taṃ p'atthi indriyaṃ atthi na indriyan ti ādinā nayena yujjamāne dve dve duke yojetvā cha catukkā ṭhapitā.

606. Yathā cāyaṃ catutthaduko yogaṃ na gacchati tathā tena saddhiṃ ādiduko pi. Kasmā? Anupādā rūpassa ekantena anidassanattā. So hi yan taṃ rūpaṃ no upādā taṃ atthi sanidassanam atthi anidassanaṃ[2] ti, evaṃ catutthena dukena saddhiṃ yojiyamāno yogaṃ na gacchati. Tasmā taṃ atikkamitvā pañcamena saha yojito evaṃ yogena saddhiṃ yogaṃ gacchati yo ca na gacchati so veditabbo ti idaṃ catutthasaṅgahe pāḷivavatthānaṃ.

Ito pare[3] pana pañcavidhasaṅgahādayo satta saṅgahā asammissā eva evaṃ sakalāya pi mātikāya pāḷivavatthānaṃ veditabbaṃ.

607. Idān 'assā atthaṃ bhājetvā dassetuṃ **sabbaṃ rūpaṃ na hetum evā**[4] ti ādi āraddhaṃ.

Kasmā pan' ettha kataman taṃ sabbaṃ rūpaṃ na hetū ti pucchā na katā ti? Bhedābhāvato. Yathā hi dukādīsu upādārūpam pi atthi no upādārūpam pi evaṃ idha na hetu pi sahetu[5] pī ti bhedo natthi. Tasmā pucchā akatvā va vibhattaṃ. Tattha sabban ti sakalaṃ niravasesaṃ rūpan ti ayam assa rūpādhi ruppanabhāvadīpano sāmaññalakkhaṇaniddeso. Na hetum evā ti sādhāraṇahetu paṭikkhepaniddeso. Tattha hetuhetu, paccayahetu, uttamahetu, sādhāraṇahetū ti catubbidho hetu. Tesu tayo kusalahetū tayo akusalahetū tayo avyākatahetū ti ayaṃ hetū hetu[6] nāma. Cattāro kho me bhikkhu mahābhūtā hetu cattāro mahābhūtā paccayā[7] rūpakkhandhassa paññāpanāya ti ayaṃ paccayahetu nāma.

608. Kusalākusalaṃ attano vipākaṭṭhāne[8] uttamaṃ iṭṭhārammaṇaṃ, kusalavipākaṭṭhāne uttamaṃ aniṭṭhārammaṇaṃ akusalavipākaṭṭhāne ti ayaṃ uttamahetu nāma. Yathāha:

---

[1] yan *om.* M. [2] *om.* M. [3] Tayo pare M. [4] Dhs. § 595. [5] ahetu M. [6] M. *om.* [7] paccayo C. [8] vipākadāne C. G.

Atītānāgatapaccuppannānaṃ kammasamādānānaṃ ṭhānaso hetuso vipākaṃ yathābhūtaṃ pajānātī ti.

Es 'eva hetu esa paccayo saṅkhārānaṃ yad idaṃ avijjā ti avijjā saṅkhārānaṃ sādhāraṇahetu hutvā paccayaṭṭhaṃ pharatī ti[1] ayaṃ sādhāraṇahetu nāma. Yathā hi paṭhavīraso āporaso ca madhurassa pi amadhurassa pi[2] paccayo evaṃ avijjā kusalasaṅkhārānam pi akusalasaṅkhārānam pi sādhāraṇapaccayo hoti. Imasmiṃ pan'atthe hetuhetu adhippeto iti. Hetū dhammā na hetū dhammā ti mātikāyaṃ[3] āgataṃ hetubhāvaṃ rūpassa niyamitvā[4] paṭikkhipanto na hetum evā ti āha. Iminā nayena sabbapadesu pi paṭikkhepaniddeso ca apaṭikkhepaniddeso ca veditabbo.

609. Vacanattho pana sabbapadānam mātikāvaṇṇanāyaṃ vutto yeva sappaccayaṃ evā ti ettha pana kammasamuṭṭhānaṃ kammapaccayam eva hoti. Āhārasamuṭṭhānādīni āhārādi-paccayā nevā ti evaṃ rūpass' eva vuttacatupaccayavasena attho veditabbo.

610. Rūpam evā ti rūpino dhammā arūpino dhammā ti mātikāya vuttāya arūpabhāvaṃ paṭikkhipati uppannam chahi viññāṇehī ti paccuppannarūpam eva[5] cakkhuviññāṇādihi chahi veditabbaṃ. Niyamo pana cakkhuviññāṇādīni sandhāya nihitāni[6] atītānāgataṃ vijānanti manoviññāṇam pana atītam pi anāgatam pi vijānāti. Taṃ imasmiṃ pañcaviññāṇasote patitattā sotapatitakam eva[7] hutvā gataṃ hutvā abhāvaṭṭhena pana aniccam eva jarāya abhibhavitabbadhammakattā jarābhibhūtam eva. Yasmā vā rūpakāye jarā pākaṭā hoti tasmā jarābhibhūtaṃ[8] evā ti vuttaṃ.

611. Evaṃ ekavidhena rūpasaṅgaho ti ettha vidhāsaddo[9] mānasaṇṭhānakoṭṭhāsesu dissati. Seyyo 'ham asmī ti vidhā, sadiso 'ham asmī ti vidhā ti ādīsu hi māno ti vidhā nāma[10].

Kathaṃvidhaṃ sīlavantaṃ vadanti kathaṃvidhaṃ paññavantaṃ vadantī ti ādīsu saṇṭhānaṃ.

---

[1] pāratī ti M. [2] om. T. [3] mātikāya M. [4] niyametthā M. [5] paccuppannam eva M. [6] sandhāya gahito na hi tāni M. [7] patitvā sotapatam eva M. [8] Dhs. § 595. [9] vidhasaddo M. [10] Dhs. § 1116.

Kathaṃvidhan ti hi padassa kathaṃ saṇṭhitan ti[1] attho. Ekavidhena ñāṇavatthu duvidhena ñāṇavatthū ti ādīsu koṭṭhāso vidhā nāma idhā pi koṭṭhāso va adhippeto.

612. Saṅgahasaddo pi sañjātisañjātikiriyagaṇanāvasena catubbidho. Tattha sabbe Khattiyā āgacchantu, sabbe Brāhmaṇā, sabbe Vessā, sabbe Suddā āgacchantu yā cāvuso Visākha sammāvācā yo ca sammākammanto yo ca sammāājīvo ime dhammā sīlakkhandhe saṅgahitā[2] ti ayaṃ sañjātisaṅgaho nāma.

Ekajātikā āgacchantū ti. Vuttaṭṭhāne viya hi[3] sabbe jātiyā ekasaṅgahaṃ gatā. Sabbe Kosalakā āgacchantu, sabbe Māgadhakā āgacchantu, sabbe Bhārukacchakā[4] āgacchantu yo cāvuso Visākha sammāvāyāmo yā ca sammāsati yo ca sammāsamādhi ime dhammā samādhikkhandhe saṅgahitā ti ayaṃ sañjātisaṅgaho nāma.

Ekaṭṭhāne jātasaṃvaddhā āgacchantū ti. Vuttaṭṭhāne viya hi idha sabbe sañjātaṭṭhāne na nivutthokāsena ekasaṅgahaṃ gatā.

Sabbe hatthārohā āgacchantu sabbe assārohā sabbe rathikā āgacchantu yā cāvuso Visākha sammādiṭṭhi yo ca sammāsaṅkappo ime dhammā paññākkhandhe saṅgahitā ti ayaṃ kiriyasaṅgaho nāma.

Sabbe va h' ete attano kiriyakaraṇena ekasaṅgahaṃ gatā. Cakkhāyatanaṃ katamaṃ khandhagaṇanaṃ gacchati. Cakkhāyatanaṃ rūpakkhandhagaṇanaṃ gacchati hañci cakkhāyatanaṃ rūpakkhandhagaṇanaṃ gacchati. Tena vata re vattabbe cakkhāyatanaṃ rūpakkhandhena saṅgahitan ti ayaṃ gaṇanasaṅgaho nāma. Ayam idha adhippeto ekakoṭṭhāsena rūpagaṇanā ti, ayaṃ h'ettha attho, esa nayo sabbattha.

613. Idāni duvidhasaṅgahādīsu atthi rūpaṃ upādā[5] atthi rūpaṃ no upādā ti evaṃ bhedasambhavato pucchā pubbaṅgamaṃ padabhājanaṃ dassento **katamaṃ taṃ rūpaṃ upādā**[6] ti ādiṃ āha.

Tattha upādīyatī ti upādā. Mahābhūtāni gahetvā āmuñcitvā tāni nissāya pavattantī ti attho.

---

[1] saṇṭhānan ti M. [2] Majjhimanikāya I, 301. [3] idha M. [4] Arukacchakā M. [5] *om* M. [6] Dhs. § 596.

614. Idāni taṃ pabhedato[1] dassento cakkhāyatanan ti ādim āha.

Evan tevīsatividhaṃ upādārūpaṃ saṅkhepato uddisitvā puna tad eva vitthārato niddisanto katamaṃ taṃ rūpaṃ cakkhāyatanan[2] ti ādim āha. Tattha duvidhaṃ maṃsacakkhuṃ[3] paññācakkhuñ ca. Tesu buddhacakkhu samantacakkhu ñāṇacakkhu dibbacakkhu dhammacakkhū ti pañcavidhaṃ paññācakkhu[4].

Tattha addasaṃ kho ahaṃ bhikkhave buddhacakkhunā lokaṃ volokento satte apparajakkhe . . . .
. . . . po . . . .
duviññāpaye ti idaṃ buddhacakkhu nāma[5].

Samantacakkhuṃ vuccati sabbaññūtaññāṇan ti idaṃ samantacakkhu nāma.

Cakkhuṃ udapādi ñāṇaṃ udapādi ti idaṃ ñāṇacakkhu nāma.

Addasaṃ kho ahaṃ bhikkhave dibbena cakkhunā visuddhenā ti idaṃ dibbacakkhu nāma.

Tasmiṃ yeva āsane virajaṃ vītamalaṃ dhammacakkhuṃ[6] udapādī ti[7] idaṃ heṭṭhimamaggattayasaṅkhātaṃ dhammacakkhu nāma[8].

615. Maṃsacakkhu pi sasambhāracakkhu pasādacakkhū ti duvidhaṃ hoti. Tattha yvāyaṃ akkhikūpake patiṭṭhito heṭṭhā akkhikūpakaṭṭhikena upari bhamukaṭṭhikena[9] ubhato akkhikūṭehi anto matthaluṅgena bahiddhā akkhilomehi paricchinno maṃsapiṇḍo. Saṅkhepato catasso dhātuyo vaṇṇo gandho raso ojā sambhavo saṇṭhānaṃ jīvitaṃ bhāvo kāyappasādo cakkhuppasādo ti cuddasa sambhārā. Vitthārato catasso dhātuyo tannissitavaṇṇagandharasaojāsaṇṭhānasambhavā cha, iti imāni dasa catusamuṭṭhānikattā cattālīsa honti. Jīvitaṃ bhāvo kāyappasādo cakkhuppasādo ti cattāri ekanta kammasamuṭṭhānān' evā ti imesaṃ catu-

---

[1] pabhedaṃ M. [2] Dhs. § 597—600. [3] Tattha cakkhuṃ maṃsaca° M. [4] Dharmasaṅgraha 66 *different*. [5] Majjhimanikāya I, 169. [6] M. *omits* dhamma. [7] udapādin ti M. [8] Sumaṅgalavilāsinī I, 183. [9] °aṭṭhike M.

cattālīsāya rūpānaṃ vasena catucattālīsa sambhārā. Yaṃ loko setaṃ cakkhu puthulaṃ visataṃ vitthiṇṇaṃ cakkhun ti sañjānanto na cakkhuṃ sañjānāti vatthuṃ cakkhuto sañjānāti so maṃsapiṇḍo akkhikūṭe patiṭṭhito nahārusuttakena matthaluṅge ābaddho[1] yattha setam p'atthi kaṇham pi lohitakam pi paṭhavī pi āpo pi tejo pi vāyo pi[2] yaṃ semhussadattā setaṃ pittussadattā kaṇhaṃ ruhirussadattā lohitakaṃ paṭhavussadattā patthinaṃ[3] hoti āpussadattā paggharati tejussadattā pariḍayhati vāyussadattā sambhamati[4] idaṃ sasambhāracakkhu nāma.

616. Yo pana ettha sito ettha paṭibaddho catuṇṇaṃ mahābhūtānam upādāya pasādo idaṃ pasādacakkhun nāma. Tad etaṃ tassa sasambhāracakkhuno setamaṇḍalaparikkhittassa kaṇhamaṇḍalassa majjhe abhimukhe ṭhitānaṃ sarīrasaṇṭhānuppatti-desabhūte diṭṭhimaṇḍalo sattasu picupaṭalesu āsittaṃ telam picupaṭalāni viya satta akkhipaṭalāni vyāpetvā[5] sandhāraṇa-nahāpanamaṇḍana-vījanakiccāhi catūhi dhātīhi khattiyakumāro viya sandhāraṇa-bandhana-paripācana-samudīranakiccāhi catūhi dhātūhi katūpakāraṃ utucittāhārehi[6] upatthambhiyamānaṃ āyunā anupāliyamānaṃ vaṇṇagandharasādīhi parivutaṃ pamāṇato ūkāsiramattaṃ cakkhuviññāṇādīnaṃ yathārahaṃ vatthudvārabhāvaṃ sādhayamānaṃ tiṭṭhati[7]. Vuttam pi c'etaṃ Dhammasenāpatinā:

Yena cakkhuppasādena rūpāni samanupassati
parittaṃ sukhumaṃ c'etam ūkāsirasamupaman ti.

617. Cakkhuñ ca taṃ āyatanañ cā ti cakkhāyatanaṃ[8]. Yaṃ cakkhu catunnaṃ mahābhūtānaṃ upādāya pasādo ti[9] idhā pi upayogatthe yeva sāmivacanaṃ.

Cattāri mahābhūtāni upādiyitvā pavattapasādo ti attho. Iminā pasādacakkhum eva gaṇhāti sesacakkhuṃ paṭikkhipati. Yaṃ pana Indriyagocarasutte[10] ekaṃ mahābhūtam

---

[1] nāyusuttena bandhe M. [2] nāma M. [3] Mahāvagga VIII. 11. 2. [4] sambhavati M. [5] vyañjetvā T. [6] utucittārehi M. [7] Hardy Manual 434. [8] Dhs. § 597. [9] pasāde pi T. M. *om.* [10] °suttesu pi M.

upādāya pasādo paṭhavīdhātuyā tīhi mahābhūtehi susaṅgahito[1] āpodhātuyā ca tejodhātuyā ca vāyodhātuyā ca. Catuparivaṭṭasutte dvinnaṃ mahābhūtānam upādāya pasādo paṭhavīdhātuyā ca āpodhātuyā ca dvīhi mahābhūtehi susaṅgahito[2] tejodhātuyā ca vāyodhātuyā cā ti vuttaṃ taṃ pariyāyena vuttaṃ. Ayaṃ hi suttantikakathā nāma pariyāyadesanā. Yo ca catunnaṃ mahābhūtānaṃ upādāya pasādo so tesu ekekassā pi dvinnaṃ dvinnam pi pasādo yevā ti. Iminā pariyāyena tattha desanā āgatā.

Abhidhammo pana nippariyāyadesanā nāma. Tasmā idha catunnaṃ mahābhūtānam upādāya pasādo ti vuttaṃ. Ayam me attā ti bālajanena pariggahitattā attabhāvo vuccati sarīram pi khandhapañcakam pi. Tasmiṃ pariyāpanno taṃ nissito ti attabhāvapariyāpanno. Cakkhuviññāṇena passituṃ na sakkoti anidassano[3]. Paṭighaṭṭhanānighaṃso[4] ettha jāyatī ti sappaṭigho yenā ti ādisu ayaṃ saṅkhepattho. Yena kāraṇabhūtena cakkhunā ayaṃ satto idaṃ vuttappakāraṃ rūpaṃ atīte passi vā vattamāne passati vā anāgate passissati vā, sac'assa aparibhinnaṃ cakkhuṃ bhaveyya athānena āpāthagataṃ rūpaṃ passe vā atītaṃ vā rūpaṃ atītena cakkhunā passi paccuppannaṃ paccuppannena[5] passati anāgataṃ anāgatena passissati, sace taṃ rūpaṃ cakkhussa āpāthaṃ āgaccheyya cakkhunā taṃ rūpaṃ passeyyā ti idam ettha parikappavacanaṃ.

Dassanapariṇāyakaṭṭhena cakkhum p'etaṃ, saññātisamosaraṇaṭṭhena cakkhāyatanaṃ p'etaṃ, suññatasabbāvanissattaṭṭhena[6] cakkhudhātu p'esā. Dassanalakkhaṇe indaṭṭhaṃ kāretī ti cakkhundriyaṃ p'etaṃ, lujjanapalujjanaṭṭhena loko p'eso, vaḷañjanaṭṭhena dvārā p'esā, apūraṇīyaṭṭhena samuddo p'eso, parisuddhaṭṭhena paṇḍaram p'etaṃ, phassādīnaṃ abhijāyanaṭṭhena khettam p'etaṃ. Tesaṃ yeva patiṭṭhaṭṭhena vatthum p'etaṃ.

Samavisamaṃ dassentaṃ attabhāvaṃ netī ti nettam p'etaṃ, ten 'ev aṭṭhena nayanam p'etaṃ, sakkāyapari-

---

[1] asaṅgahito M. [2] asaṅgahito M. [3] sakkā ti ādi dassano T. [4] paṭighaṭanānigh° M. [5] paccuppanne M. [6] °nisatta° M.

yāpanatthena orimaṃ tīraṃ p'etaṃ bahusādhāraṇatthena assāmikatthena ca suñño[1] gāmo p'eso ti.

Ettāvattā passi vā ti ādīhi catūhi padehi cakkhuṃ p'etan ti ādīni cuddasa nāmāni yojetvā cakkhāyatanassa cattāro vavatthāpananayā vuttā ti veditabbā.

Kathaṃ etaṃ hi yena cakkhunā anidassanena sappaṭighena rūpaṃ sanidassanaṃ sappaṭighaṃ passi vā cakkhuṃ petaṃ . . . .

. . . . pe . . . .

suñño gāmo p'eso idaṃ taṃ rūpaṃ cakkhāyatanan ti ayam eko nayo.

Evaṃ sesā pi veditabbā.

618. Idāni yasmā vijjuniccharaṇādikālesu anoloketukāmassā pi rūpaṃ cakkhuppasādaṃ ghaṭṭeti tasmā taṃ ākāraṃ pakāsetuṃ[2] dutiyo niddesavāro āraddho. Tattha yamhi cakkhumhī[3] ti yamhi adhikaraṇabhūte cakkhumhi rūpan ti paccattavacanam etaṃ. Tattha paṭihaññi vā ti atītattho, paṭihaññati vā ti paccuppannattho, paṭihaññissati vā ti anāgatattho, paṭihaññe vā ti vikappanattho. Atītaṃ[4] rūpaṃ atīte cakkhusmiṃ paṭihaññi nāma, paccuppannaṃ paccuppanne paṭihaññati nāma, anāgataṃ anāgate paṭihaññissati[5] nāma. Sace taṃ rūpaṃ cakkhussa āpāthaṃ āgaccheyya, cakkhumhi paṭihaññeyya taṃ[6] rūpan ti ayam ettha parikappo. Atthato pana pasādam ghaṭṭiyamānam[7] eva rūpaṃ paṭihaññati nāma.

Idhā pi purimanayen' eva cattāro vavatthāpananayā veditabbā.

619. Idāni yasmā attano icchāya oloketukāmassa rūpe[8] cakkhuṃ upasaṃharato cakkhu rūpamhi paṭihaññati tasmā taṃ ākāraṃ pakāsetuṃ[9] tatiyo niddesavāro āraddho. So atthato pākaṭo yeva.

Ettha pana cakkhuṃ ārammaṇaṃ sampaṭicchiyamānam[10] eva rūpamhi paṭihaññati nāma. Idhā pi purimanayen' eva cattāro vavatthāpananayā veditabbā.

---

[1] suñña M. [2] dassetuṃ M. [3] Dhs. § 598. [4] M. *adds* hi. [5] paṭihaññati M. [6] *om.* M. [7] ghaṭṭaya° M. [8] *om.* M. [9] dassetuṃ M. [10] sampaṭicchamānam T.

Ito paraṃ phassapañcamakānaṃ uppattidassanavasena pañca tesaṃ yeva ārammaṇapaṭibaddhauppattidassanavasena[1] pañcā ti dasa vārā dassitā.

620. Tattha cakkhuṃ nissāyā[2] ti cakkhuṃ nissayapaccayaṃ katvā. Rūpaṃ ārabbhā ti rūpārammaṇaṃ āgamma sandhāya paṭicca. Iminā cakkhuppasādavatthukānaṃ phassādīnaṃ pure jātapaccayena cakkhudvārajavanavīthipariyāpannānaṃ ārammaṇādhipati-ārammaṇūpanissayapaccayehi rūpassa paccayabhāvo dassito.

Itaresu pañcasu vāresu rūpaṃ ārammaṇam assā ti[3] rūpārammaṇo ti. Evaṃ ārammaṇapaccayamatten'eva paccayabhāvo dassito. Yathā pana purimesu tīsu evaṃ imesu pi dasasu vāresu cattāro cattāro vavatthāpananayā veditabbā.

621. Evaṃ katamaṃ taṃ rūpaṃ cakkhāyatanan[4] ti pucchāya uddhaṭaṃ cakkhuṃ idaṃ tan ti nānappakārato dassetuṃ purimā tayo ime dasā ti terasa niddesavārā dassitā.

Ekekasmiṃ c'ettha catunnaṃ catunnaṃ vavatthānanayānaṃ āgatattādipaññāsa nayehi[5] paṭimaṇḍetvā va dassitā ti veditabbā.

Ito paresu sotāyatanādiniddesesu pi es'eva nayo.

Visesamatthaṃ pan' ettha evaṃ veditabbaṃ.

622. Suṇātī[6] ti sotaṃ. Taṃ sasambhārasotabilassa[7] anto tanutambalomācite[8] aṅguliveṭhanakasaṇṭhāne[9] padese[10] vuttappakārāhi dhātūhi katūpakāraṃ utucittāhārehi upatthambhiyamānaṃ āyunā anupāliyamānaṃ vaṇṇādīhi parivutaṃ sotaviññāṇādīnaṃ yathārahaṃ vatthudvārabhāvaṃ sādhayamānaṃ tiṭṭhati.

623. Ghāyatī[11] ti ghānaṃ. Taṃ sasambhāraghānabilassa anto ajapadasaṇṭhāne padese[12] yathāvuttappakāraṃ upakāra-upatthambhanānupālanaparivāraṃ ghānaviññāṇā-

---

[1] °sampaṭibaddh° M. [2] Dhs. § 600. [3] rūpaṃ ārammaṇassā ti M. [4] Dhs. § 597. [5] °paññāsāyanehi T. °attā dvepaññāsa nay° M. [6] Dhs. § 601. [7] °sātabilassa T. [8] anto tanutanutambalomācito T. [9] autotauutambalomācite aṅgulivedhaka° M. [10] Hardy Manual 435. [11] Dhs. § 605. [12] Hardy l. l.

dīnaṃ yathārahaṃ vatthudvārabhāvaṃ sādhayamānaṃ tiṭṭhati.

624. Sāyanaṭṭhena jivhā[1]. Sā sasambhārajivhāmajjhassa upari uppaladalaggasaṇṭhāne padese[2] yathāvuttappakāraṃ upakāra-upatthambhanānupālanaparivāraṃ jivhāviññāṇādīnaṃ yathārahaṃ vatthudvārabhāvaṃ sādhayamānā tiṭṭhati.

625. Yāvatā pana imasmiṃ kāye upādiṇṇakarūpaṃ nāma atthi sabbattha kāyāyatanaṃ[3] kappāsapaṭale sneho viya yathā[4] vuttappakāraupakāraupatthambhanānupālanaparivāraṃ c'eva[5] hutvā kāyaviññāṇādīnaṃ yathārahaṃ vatthudvārabhāvaṃ sādhayamānaṃ tiṭṭhati. Ayam ettha viseso[6] pālipabhedato ca attho cakkhuniddese vuttanayen' eva veditabbo. Kevalaṃ hi idha cakkhupadassa ṭhāne sotapadādīni, rūpapadassa ṭhāne saddapadādīni ti passī ti ādīnaṃ ṭhānesu tīni[7] ādipadāni ca āgatāni. Nettaṃ p'etaṃ nayanam p'etam ti imassa pana[8] padadvayassa abhāvā dvādasa dvādasa nāmāni honti. Sesaṃ sabbattha vuttasadisam eva.

626. Tattha siyā yadi yāvatā imasmiṃ kāye upādiṇṇakarūpaṃ nāma atthi sabbattha kāyāyatanaṃ kappāsapaṭalasineho[9] viya. Evaṃ sante lakkhaṇasammissatā āpajjatī ti[10]. Kasmā? Aññassa aññattha-abhāvato. Yadi evaṃ na sabbattha kāyāyatanan ti neva paramatthato sabbattha vinibbhujitvā pan'assa nānākaraṇaṃ paññāpetuṃ[11] na sakkā tasmā evaṃ vuttaṃ.

Yathā hi rūparasādayo vālukācuṇṇāni viya vivecetum asakkuṇeyyatāya[12] aññamaññaṃ vyāpino ti vuccanti na ca paramatthato rūpe raso atthi. Yadi siyā rūpagahaṇen' eva rasagahaṇaṃ gaccheyya. Evaṃ kāyāyatanaṃ pi paramatthato na ca sabbattha atthi na ca sabhattha natthi. Vivecetuṃ asakkuṇeyyatāyā[13] ti evam ettha na lakkhaṇasammissatā[14] āpajjatī ti veditabbā.

---

[1] Dhs. § 609. [2] Hardy Manual 436. [3] Dhs. § 613. [4] kappāsapaṭaselenaho viya yathā M. [5] °vāram eva M. [6] M. *adds* seso. [7] tīṇi M. [8] ca M. [9] kappāsapaṭaselenaho M. [10] *om.* M. [11] Milindap. 63, Majjhima I, 293. [12] asakkoṇeyyatāya M. [13] asakkuneyyātāyā M. [14] lakkhaṇaṃ missatā M.

Api ca lakkhaṇādi-vavatthānato[1] pi etesaṃ asammissattā veditabbā.

627. Etesu hi rūpābhighātārahabhūtappasādalakkhaṇaṃ daṭṭhukāmatā-nidānakammasamuṭṭhānabhūtappasādalakkhaṇaṃ vā cakkhu rūpesu āviñjanarasaṃ[2] cakkhuviññāṇassa ādhārabhāvapaccupaṭṭhānaṃ daṭṭhukāmatā-nidānakammajabhūtapadaṭṭhānaṃ.

Saddābhighātārahabhūtappasādalakkhaṇaṃ[3] sotukāmatā-nidānakammasamuṭṭhānabhūtappasādalakkhaṇaṃ vā sotaṃ saddesu āviñjanarasaṃ[4] sotaviññāṇassa ādhārabhāvapaccupaṭṭhānaṃ sotukāmatānidānakammajabhūtapadaṭṭhānaṃ.

Gandhābhighātārahabhūtappasādalakkhaṇaṃ ghāyitukāmatā-nidānakammasamuṭṭhānabhūtappasādalakkhaṇaṃ vā ghānaṃ gandhesu āviñjanarasaṃ[5] ghānaviññāṇassa ādhārabhāvapaccupaṭṭhānaṃ ghāyitukāmatā-nidānakammajabhūtapadaṭṭhānaṃ.

Rasābhighātārahabhūtappasādalakkhaṇā sāyitukāmatānidānakammasamuṭṭhānabhūtappasādalakkhaṇā vā jivhā rasesu āviñjanarasā[6] jivhāviññāṇassa ādhārabhāvapaccupaṭṭhānā sāyitukāmatānidānakammajabhūtapadaṭṭhānā.

Phoṭṭhabbābhighātārahabhūtappasādalakkhaṇo phusitukāmatā-nidānakammasamuṭṭhānabhūtappasādalakkhaṇo vā kāyo phoṭṭhabbesu āviñjanaraso[7] kāyaviññāṇassa ādhārabhāvapaccupaṭṭhāno phusitukāmatā-nidānakammajabhūtapadaṭṭhāno.

628. Keci pan' ettha tejādhikānaṃ bhūtānaṃ pasādo cakkhu, vāyupaṭhavīāpādhikānaṃ būtānaṃ pasādā sotaghānajivhā, kāyo sabbesan ti vadanti.

Apare tejādhikānaṃ pasādo cakkhu, vivaravāyu-āpapaṭhavādhikānaṃ[8] sotaghānajivhākāyā ti vadanti. Te vattabbā: suttaṃ āharathā ti. Addhā suttam eva na dakkhissanti[9]. Keci pan' ettha tejādīnaṃ guṇehi rūpādīhi anuggahabhāvato ti kāraṇaṃ vadanti. Te ca vattabbā. Ko pan 'evam

---

[1] vavatthāpanato M. [2] āviñchana° M. [3] °lakkhaṇā M.
[4] āviñchana° M. [5] om. M. [6] āviñchana° M. [7] āviñchana° M.
[8] °paṭhamādikānaṃ T. [9] na addhā suddhā me va d° M.

āha: rūpādayo tejādīnaṃ guṇā ti[1]. Avinibbhogesu hi bhūtesu[2] ayaṃ imassa guṇo ti na labbhā vattuṃ athā pi vadeyyuṃ. Yathā tesu tesu sambhāresu tassa tassa bhūtassa adhikatāya[3] paṭhavī-ādīnaṃ sandhāraṇādini kiccāni kubbatha[4] evaṃ tejādhikesu sambhāresu rūpādīnaṃ adhikabhāvadassanato[5] icchitabbam etaṃ rūpādayo tesaṃ guṇā ti. Te vattabbā: iccheyyāma yadi āpādhikassa[6] āsavassa[7] gandhato paṭhavī-ādhike kappāse gandho adhikataro siyā tejādhikassa ca uṇhodakassa vaṇṇato pi sītūdakassa vaṇṇo parihāyetha. Yasmā pan' etaṃ ubhayam pi natthi tasmā parihāyetha me tesaṃ nissayabhūtānaṃ[8] visesakappanaṃ. Yathā aviseso pi ekakalāpe bhūtānaṃ rūparasādayo aññamaññaṃ visadisā[9] honti evaṃ cakkhuppasādādayo avijjamāne pi aññasmiṃ visesakāraṇe ti gahetabbam etaṃ. Kiṃ pana yaṃ aññamaññassa asādhāraṇaṃ kammam eva nesaṃ visesakāraṇaṃ. Tasmā kammavisesato etesaṃ viseso, na bhūtavisesato. Bhūtavisese hi sati pasādo va na uppajjati. 'Samānānaṃ bhūtānaṃ hi pasādo na visamānānaṃ ti' porāṇā.

629. Evaṃ kammavisesato visesavantesu ca etesu cakkhusotāni appattavisayagāhakāni attano nissayaṃ anallīnanissaye eva visaye viññāṇahetuttā. Ghānajivhākāyasampattavisayagāhakā nissayavasena c'eva sayañ ca attano nissayaṃ allīne yeva visayo viññāṇahetuttā. Aṭṭhakathāyaṃ pana āpāthagatattā ārammaṇaṃ sampattaṃ nāma. Candamaṇḍalasuriyamaṇḍalānaṃ hi dvācattālīsayojanasahassamatthake ṭhitānaṃ vaṇṇo cakkhuppasādaṃ ghaṭṭeti. So dūre ṭhatvā paññāyamāno pi sampatto yeva nāma. Taggocarattā cakkhusampattagocaram eva nāma.

Dūre rukkhaṃ chindantānam pi rajakānañ ca vatthaṃ dhovantānaṃ dūrato va kāyavikāro paññāyati. Saddo pana dhātuparamparāya sotaṃ ghaṭṭetvā[10] saṇikaṃ vavatthānaṃ gacchatī ti vuttaṃ.

---

[1] guṇa hi T. [2] rūpesu M. [3] adhigatāya M. [4] kiccāni kiccatha T. kiccāni icchātha M. [5] °dassanabhāvato M. [6] yadi pādikāsu T. [7] ālavassa M. [8] pahāya tesaṃ niss° M. [9] visavisā T. [10] ghaddhetvā T.

630. Tattha kiñcā pi āpāthagatattā ārammaṇaṃ sampattan ti vuttaṃ. Candamaṇḍalādivaṇṇo pana cakkhuṃ sampatto dūre ṭhito va paññāyati. Saddo pi sace saṇikaṃ āgaccheyya dūre[1] uppanno cirena suyeyya paramparāghaṭṭanāya ca āgantvā sotaṃ ghaṭṭento asukadisāya nāmā ti na paññāyeyya tasmā asampattagocarān' ev' etāni. Ahi-ādi-samānāni c'etāni. Yathā hi ahi nāma bahi sittasammaṭṭaṭṭhāne[2] nābhiramati[3] saṅkāraṭṭhāne tiṇapaṇṇagahaṇavammikāni yeva pana pavisitvā nipannakāle abhiramati ekaggataṃ āpajjati evamevaṃ cakkhuṃ p'etaṃ visamajjhāsayaṃ maṭṭesu[4] suvaṇṇabhittiādisu nābhiramati oloketum pi na icchati, rūpacittapupphalatāvicittesu[5] yeva pana abhiramati. Tādisesu hi ṭhānesu cakkhumhi appahonte[6] mukham pi vivaritvā oloketukāmā honti. Suṃsumāro pi bahi nikkhanto gahetabbaṃ na passati akkhīni nimīletvā[7] carati. Yadā pana vyāmasatamattaṃ[8] udakaṃ ogāhitvā bilaṃ pavisitvā nipanno hoti tadāssa cittaṃ ekaggaṃ[9] hoti, sukhaṃ supati. Evam evaṃ sotam p'etaṃ bilajjhāsayaṃ ākāsasannissitaṃ kaṇṇacchiddakūpake yeva ajjhāsayaṃ karoti. Kaṇṇacchiddākāso yeva tassa saddasavane paccayo hoti ajaṭākāso pi vaṭṭati yeva. Anto lenasmiṃ hi sajjhāye kayiramāne lenacchadanaṃ bhinditvā saddo bahi nikkhamati. Dvāravātapānacchiddehi pana nikkhamitvā dhātuparamparā yeva ghaṭṭento gantvā sotappasādaṃ ghaṭṭeti. Atha tasmiṃ kāle asukaṃ[10] nāma sajjhāyantī ti lenaṃ piṭṭhe nisinnā jānanti[11], evaṃ sante sampattagocaratā hoti[12]. Kiṃ pan' etaṃ sampattagocaran ti? Āma sampattagocaraṃ. Yadi evaṃ dūre bheri-ādisu vajjamānesu dūre saddo ti jānanaṃ na bhaveyyā ti no na bhavati. Sotapasādasmiṃ hi ghaṭṭite dūre saddo āsanne saddo paratīre saddo orimatīre saddo ti tathā tathā jānanākāro hoti dhammatā esā ti. Kiṃ etāya dhammatāya? Yato yato chiddaṃ tato

---

[1] bhūre M. [2] siniddhasamm° M. comp. Milindap. 15. [3] nābhirati M. [4] maṇḍesu G. maddhesu T. [5] °puggalatāvi° M. [6] ampabhonto T. [7] nimilitvā M. [8] vyāmasanamattaṃ T. [9] ekaggataṃ M. [10] asuko M. [11] jāyanti T. [12] honti T.

tato savanaṃ hoti candasuriyādīnaṃ dassanaṃ viyā ti asampattagocaram ev' etaṃ.

631. Pakkhī pi rukkhe vā bhūmiyaṃ vā na ramati[1]. Yadā pana ekaṃ vā dve vā leḍḍupāte atikkamma ajaṭākāsaṃ pakkhanto[2] hoti tadā ekaggacittataṃ āpajjati. Evam evaṃ ghānam pi ākāsajjhāsayaṃ vātupanissayagandhagocaraṃ. Tathā hi gāvo navavaṭṭe[3] deve bhūmiṃ ghāyitvā ghāyitvā ākāsābhimukhā hutvā vātaṃ ākaḍḍhanti aṅgulīhi gandhapiṇḍaṃ gahetvā pi ca upasiṅghanakāle vātaṃ anākaḍḍhanto n'eva tassa gandhaṃ jānāti.

632. Kukkuro pi bahi vicaranto khemaṭṭhānaṃ na passati leḍḍuppahārādīhi upadduto[4] hoti, anto gāmaṃ pavisitvā uddhanadvāre[5] chārikaṃ viyūhitvā nipannassa pan' assa phāsukaṃ hoti. Evam evaṃ jivhā gāmajjhāsayā āposannissitarasārammaṇā. Tathā hi niyāmarattiṃ samaṇadhammaṃ katvā pi pāto va pattacīvaraṃ ādāya gāmo pavisitabbo[6] hoti sukkhakhādaniyassa ca na sakkā khelena atemitassa rasaṃ jānituṃ.

633. Sigālo pi bahi caranto ratiṃ na vindati, āmakasusāne manussamaṃsaṃ khāditvā nipannass' eva pan' assa phāsukaṃ hoti. Evam evaṃ kāyo pi upādiṇṇakajjhāsayo pathavīnissitaphoṭṭhabbārammaṇo[7]. Tathā hi aññaṃ upādiṇṇakaṃ alabhamānā sattā attano hatthatale sīsaṃ katvā nipajjanti ajjhattikabāhirā c'assa pathavī ārammaṇagahane paccayo hoti. Suatthatassā pi hi[8] sayanassa hatthe ṭhitānam[9] pi vā phalānam na sakkā anisīdantena vā anippīḷentena[10] vā thaddhamuduhhāvo jānitun ti ajjhattikabāhirā pathavī etassa kāyapasādassa phoṭṭhabbajānane paccayo hoti. Evaṃ lakkhaṇādivavatthānato p'etesaṃ asammissatā veditabbā.

634. Aññe yeva hi cakkhuppasādassa lakkhaṇarasapaccuppaṭṭhāna-padaṭṭhāna-gocarajjhāsayanissayā, aññe so-

---

[1] na ca ram° M. [2] pakkhatto T. [3] navaddhe T.
[4] upadadāno T. [5] uddhanaṭṭhāne M. [6] gāme pavisitabbo M. [7] pathavīsannissita° M. [8] susaṇṭhitassa pi hi M. [9] ṭhapitānaṃ M. [10] anuppīḷentena T.

tappasādādīnan ti asammissān 'eva cakkhāyatanādīni api ca tesaṃ asammissatāya ayaṃ upamā ti veditabbā.

Yathā hi pañcavaṇṇānaṃ dhajānaṃ ussāpitanaṃ kiñcā pi chāyā ekābaddhā viya hoti aññamaññaṃ pana[1] asammissā va yathā ca pañcavaṇṇena kappāsena[2] vaṭṭiṃ katvā dīpe jalite kiñcā pi jālā ekābaddhā viya hoti tassa tassa pana aṃsuno[3] pāṭiekkaṃ pāṭiekkaṃ jālā aññamaññaṃ asammissā va evam evaṃ kiñcā pi imāni pañcāyatanāni ekasmiṃ attabhāve samosaṭāni aññamaññaṃ pana asammissān' eva. Na kevalañ ca imān 'eva pañca sesarūpāni pi asammissān' eva. Imasmiṃ hi sarīre heṭṭhimakāyo majjhimakāyo uparimakāyo ti tayo koṭṭhāsā. Tattha nābhito paṭṭhāya heṭṭhā haṭṭhimakāyo nāma. Tasmiṃ kāyadasakaṃ bhāvadasakaṃ āhārasamuṭṭhānāni aṭṭha utusamuṭṭhānāni aṭṭha cittasamuṭṭhānāni aṭṭhā ti catucattālīsa rūpāni. Nābhito uddhaṃ yāva gaḷavāṭakā majjhimakāyo nāma. Tattha kāyadasakaṃ bhāvadasakaṃ vatthudasakaṃ āhārasamuṭṭhānādīni tīni aṭṭhakānī ti catupaññāsa rūpāni. Gaḷavāṭakato uddhaṃ uparimakāyo nāma. Tattha cakkhudasakaṃ sotadasakaṃ ghānadasakaṃ jivhādasakaṃ kāyadasakaṃ bhāvadasakaṃ āhārasamuṭṭhānādīni tīni aṭṭhakānī ti caturāsīti rūpāni. Tattha cakkhuppasādassa paccayāni cattāri mahābhūtāni vaṇṇo gandho raso ojā jīvitindriyaṃ cakkhuppasādo ti idaṃ ekantato avinibbhuttānaṃ dasannaṃ[4] na nipphannarūpānaṃ vasena cakkhudasakaṃ nāma. Iminā nayena sesāni pi veditabbāni.

Tesu heṭṭhimakāye rūpaṃ 'majjhimakāya-uparimakāyarūpehi saddhiṃ asammissaṃ, sesakāyadvaye pi rūpaṃ itarehi saddhiṃ asammissam eva. Yathā hi sāyaṇhasamaye pabbatacchāyā ca rukkhacchāyā ca ekābaddhā viya hoti aññamaññam pana asammissā va evaṃ imesu pi kāyesu catucattālīsa catupaññāsa caturāsīti ca rūpāni kiñcā pi ekābaddhāni viya aññamaññaṃ pana asammissān' evā ti.

635. Rūpāyatananiddese[5] vaṇṇo va vaṇṇanibhā. Nibhātī ti vā nibhā cakkhuviññāṇassa pākaṭā hotī ti attho.

---

[1] M. *adds* tassa tassa pana. [2] kammāsena M. [3] asuno T.
[4] avinibbhūtanānaṃ dassanaṃ T. [5] Dhs. § 617.

Vaṇṇo va nibhā vaṇṇanibhā. Saddhiṃ nidassanena sanidassanaṃ cakkhuviññāṇena passitabban ti attho.

Saddhiṃ paṭighena sappaṭighaṃ paṭighaṭṭananighaṃsanajanakan ti attho. Nīlādisu ummāpupphasamānaṃ[1] nīlaṃ, kaṇikārapupphasamānaṃ pītakaṃ, bandhujīvakapupphasamānaṃ lohitakaṃ, osadhītārakasamānaṃ odātakaṃ, jhāmaṅgārasamānaṃ kāḷakaṃ, mandarattaṃ sinduvārakaṇavīramakuḷasamānaṃ mañjeṭṭhakaṃ, harittacahemavaṇṇaṃ kāmaṃ sumukhapakkamā ti. Ettha pana kiñcā pi harī ti suvaṇṇaṃ vuttaṃ. Parato pan' assa jātarūpagahaṇena gahitattā idha sāmaṃ hari nāma. Imāni satta vatthuṃ anāmasitvā sabhāven' eva[2] dassitāni. Harivaṇṇan ti haritasaddalavaṇṇaṃ. Ambaṅkuravaṇṇan ti[3] ambaṅkurena samānavaṇṇaṃ. Imāni dve vatthuṃ āmasitvā dassitāni, dīghādīni dvādasavohārato dassitāni. So ca tesaṃ vohāro upanidhāya siddho c'eva sannivesasiddho ca. Dīghādīni hi aññamaññaṃ upanidhāya siddhāni, vaṭṭādīni sannivesavisesena. Tattha rassaṃ upanidhāya tato uccataraṃ dīghaṃ[4], taṃ upanidhāya tato nīcataraṃ rassaṃ, thūlaṃ upanidhāya tato khuddakataraṃ aṇukaṃ, taṃ upanidhāya tato mahantataraṃ thūlaṃ, cakkasaṇṭhānaṃ vaṭṭaṃ, kukkuṭaṇḍasaṇṭhānam parimaṇḍalaṃ, catūhi aṃsehi yuttaṃ caturaṃsaṃ. Chaḷaṃsādisu pi es' eva nayo.

Ninnan ti onataṃ, thalan ti unnataṃ. Tattha yasmā dīghādīni phusitvā pi sakkā jānituṃ, nīlādīni pan' eva na sakkā tasmā na nippariyāyena dīghaṃ rūpāyatanaṃ tathā rassādīni, taṃ taṃ nissāya pana tathā tathā ṭhitaṃ dīghaṃ rassan ti tena tena vohārena rūpāyatanam ev' ettha bhāsitan ti veditabbaṃ.

Chāyā ātapo ti idaṃ aññamaññaparicchinnaṃ. Tathā āloko andhakāro ca abbhā mahikā ti ādīni cattāri vatthūn' eva dassitāni. Tattha abbhā ti valāhako, mahikā ti himaṃ. Imehi catūhi abbhādīnaṃ vaṇṇā dassitā. Candamaṇḍalassa vaṇṇanibhā ti ādīhi tesaṃ tesaṃ pabhā-

---

[1] °ummārapuppha°M. [2] abhāven' eva M. [3] ambaṃ kumanti T. ambukuravaṇṇanti M. [4] dīghattaṃ T.

vaṇṇā dassitā. Tattha candamaṇḍalādīnaṃ vatthūnaṃ[1] evaṃ viseso veditabbo.

636. Sovaṇṇamayaṃ rajatapaṭicchannaṃ ekūnapaṇṇāsayojanāyāmavitthāraṃ Candassa devaputtassa vimānaṃ candamaṇḍalaṃ nāma sovaṇṇamayaṃ phalikapaṭicchannaṃ samapaññāsayojanāyāmavitthāraṃ. Suriyassa devaputtassa vimānaṃ suriyamaṇḍalaṃ nāma, sattaratanamayāni sattaṭṭhadvādasayojanāyāmavitthārāni tesaṃ tesaṃ devaputtānaṃ vimānāni tārakarūpāni nāma.

Tattha cando heṭṭhā suriyo upari, abhinnaṃ antaraṃ yojanaṃ hoti. Candassa heṭṭhimantato suriyassa uparimantato yojanasataṃ hoti. Dvīsu vassesu nakkhattatārakā gacchanti. Etesu pana tīsu cando dandhagamano[2], suriyo sīghagamano, tārakā sīghagamanā. Kālena candimasuriyānaṃ purato honti, kālena pacchā ādāsamaṇḍalaṃ kaṃsamayaṃ.

Maṇī ti ṭhapetvā veḷuriyaṃ. Seso joti rasādianekappabhedo.

Saṅkho sāmuddiko, muttā sāmuddikā sesā pi. Veluriyo ti veḷuvaṇṇamaṇi. Jātarūpaṃ vuccati Satthu vaṇṇo. Satthā hi suvaṇṇavaṇṇo suvaṇṇavaṇṇam pi Satthu vaṇṇaṃ. Rajataṃ vuccati kahāpaṇo. Lohamāsako dārumāsako jatumāsako ye ye vohāraṃ gacchanti ti vuttaṃ. Taṃ sabbam pi idha gahitaṃ. Yaṃ vā pan' aññam pi ti iminā pāḷiāgataṃ ṭhapetvā sesaṃ taṭṭikapilotikakaṇṇakavaṇṇādibhedaṃ[3] rūpaṃ gahitaṃ. Taṃ hi sabbaṃ ye-vā-panakesu paviṭṭhaṃ. Evam etaṃ nīlā dinābhedena bhinnam pi rūpaṃ sabbaṃ lakkhaṇādihi abhinnam eva.

637. Sabbaṃ h'etaṃ cakkhupaṭihananalakkhaṇaṃ rūpaṃ cakkhuviññāṇassa visayabhāvarasaṃ tass 'eva gocarapaccupaṭṭhānaṃ catumahābhūtapadaṭṭhānaṃ. Yathā c'etaṃ tathā sabbāni pi upādārūpāni. Yattha pana viseso atthi tattha vakkhāma. Sesaṃ ettha cakkhāyatananiddese vuttanayen' eva veditabbaṃ.

---

[1] vatthuṃ M. [2] dandagamano M. [3] Comp. Jāt. I, 141, Samantapās. 325.

Kevalaṃ hi tattha cakkhupubbaṅgamo niddeso, idha rūpapubbaṅgamo, tattha va cakkhuṃ p'etan ti ādīni cuddasa nāmāni, idha rūpaṃ p'etan ti ādīni tīni. Sesaṃ tādisam eva. Yathā hi catūhi catūhi nayehi maṇḍetvā[1] cakkhuṃ vavatthāpetuṃ terasa vārā vuttā idhā pi te tath' eva vuttā ti.

638. Saddāyatananiddese[2] bherisaddo ti mahābheripaṭahabherīṇaṃ[3] saddo, mudingasaṅkhapaṇavasaddā pi mudiṅgādippaccayā saddā, gītasaṅkhāto saddo gītasaddo, vuttā va sesānaṃ vīṇādīnaṃ tantibaddhānaṃ[4] saddo vāditasaddo, sammasaddo ti kaṃsatāḷakaṭṭhatāḷasaddo. Pāṇisaddo ti pāṇippahārasaddo.

Sattānaṃ nigghosasaddo ti bahunnaṃ sannipatitānaṃ apaññāyamānapadavyañjananigghosasaddo. Dhātūnaṃ sannighātasaddo ti rukkhādīnaṃ aññamaññanighaṃsanagaṇḍikākoṭanādisaddo[5]. Vātassa vāyato saddo vātasaddo, udakassa sandamānassa vā paṭihatassa vā saddo udakasaddo, manussānaṃ sallāpādisaddo manussasaddo, taṃ ṭhapetvā seso sabbo pi amanussasaddo. Iminā padadvayena sabbo pi saddo pariyādiṇṇo. Evaṃ sante pi vaṃsaphālanapilotikaphālanādīsu pavatto pāliyaṃ anāgatasaddo ye-vā-panakaṭṭhānaṃ paviṭṭhānaṃ paviṭṭho ti veditabbo. Evam ayaṃ bherisaddādinā bhedena bhinno pi saddo lakkhaṇādīhi abhinno yeva. Sabbo pi h'esa sotapaṭihananalakkhaṇo saddo sotaviññāṇassa visayabhāvaraso tass'eva gocarapaccupaṭṭhāno. Sesaṃ cakkhāyatananiddese vuttanayen' eva veditabbaṃ.

Idhā pi hi catūhi catūhi nayehi patimaṇḍitā terasa vārā vuttā, tesaṃ attho sakkā vuttanaye jānitun ti na vitthārito.

639. Gandhāyatananiddeso[6] mūlagandho ti. Yaṃ kiñci mūlaṃ paṭicca nibbatto gandho sāragandhādīsu pi ca es' eva nayo.

Asiddhadussiddhānaṃ ūkādīnaṃ gandho āmagandho macchasakalikapūtimaṃsasaṅkiliṭṭhasappiādīnaṃ gandho vissagandho[7].

---

[1] patimaṇḍetvā M. [2] Dhs § 621—624. [3] °pahaṭa° M.
[4] tantibandānaṃ M. [5] Comp. Cullavagga VI. 17. 1.
[6] Dhs. § 625—628. [7] missagandha C. G. visagandho M.

Sugandho ti iṭṭhagandho, duggandho ti aniṭṭhagandho. Iminā padadvayena sabbo pi gandho pariyādiṇṇo. Evaṃ sante pi kaṇṇakagandhapilotikagandhādayo[1] pāḷiyaṃ anāgatā. Sabbe pi gandhā ye-vā-panakaṭṭhānaṃ paviṭṭhā ti veditabbā.

Evam ayaṃ mūlagandhādinā bhedena bhinno pi gandho lakkhaṇādihi abhinno yeva. Sabbo pi h'esa ghānapaṭihananalakkhaṇo gandho ghānaviññāṇassa visayabhāvaraso, tass' eva gocarapaccupaṭṭhāno, sesaṃ cakkhāyatananiddese vuttanayen' eva veditabbaṃ. Idhā pi hi tath' eva dvipaññāsa nayapaṭimaṇḍitā terasa vārā vuttā, te atthato pākaṭā eva.

640. Rasāyatananiddese[2] mūlaraso ti yaṃ kiñci mūlaṃ paṭicca nibbattaraso. Kandharasādīsu pi es' eva nayo.

Ambilan ti takkambilādi, madhuran ti ekantato gosappiādi. Madhu pana kasāvayuttaṃ ciranikkhittaṃ[3] kasāvaṃ hoti phāṇitam khāriyuttakaṃ ciranikkhittaṃ[4] khāriyaṃ[5] hoti. Sappi pana ciranikkhittaṃ vaṇṇagandhe jahantam pi rasaṃ na jahatī ti tad eva ekantamadhuraṃ. Tittakan ti nimbapaṇṇādi, kaṭukan ti siṅgiveramaricādi, loṇikan ti sāmuddikaloṇādi, khārikan ti vātiṅgaṇakaḷīrādi, lapilan[6] ti badarasāḷavakapiṭṭhasāḷavādi, kasāvan ti harītakādi[7]. Ime sabbe pi rasā vatthuvasena vuttā. Taṃ taṃ vatthuko pan' ettha raso va ambilādihi nāmehi vutto ti veditabbo.

Sādū[8] ti iṭṭharaso, asādū[9] ti aniṭṭharaso. Iminā padadvayena sabbo pi raso pariyādiṇṇo. Evaṃ santo pi leḍḍurasabhittirasapilotikarasādayo pāḷiyaṃ anāgatā. Sabbe pi rasā ye-vā-panakaṭṭhānaṃ paviṭṭhā ti veditabbā.

Evam ayaṃ mūlarasādinā bhedena bhinno pi raso lakkhaṇādihi abhinno yeva, sabbo pi h'esa jivhāpaṭihananalakkhaṇaraso jivhāviññāṇassa visayabhāvaraso tass 'eva gocarapaccupaṭṭhāno.

Sesaṃ cakkhāyatananiddese vuttanayen'eva veditabbaṃ.

---

[1] °pilohitagandh° M. [2] Dhs. § 629—632. [3] °nikkhattaṃ M. [4] °nikkhattaṃ M. [5] khārikaṃ M. [6] lampilan M. [7] māritak° M. [8] sādhū M. [9] asādhū M.

Idhā pi hi tath 'eva dvipaññāsanayapaṭimaṇḍitā terasa vārā vuttā.

641. Itthindriyaniddese[1] yan ti kāraṇavacanaṃ. Yena kāraṇena itthiyā itthiliṅgādīni honti ti ayam ettha attho. Tattha liṅgan ti saṇṭhānaṃ. Itthiyā hi hatthapādagīvā-udarādīnaṃ saṇṭhānaṃ na purisassa viya hoti. Itthīnaṃ hi heṭṭhimakāyo visado hoti, uparimakāyo avisado hatthapādā khuddakā, mukhaṃ khuddakaṃ. Nimittan ti sañjānanaṃ. Itthīnaṃ hi uramaṃsaṃ visadaṃ hoti, mukhaṃ nimmassudāṭhikaṃ[2], kesabandhavatthagahaṇam pi na purisānaṃ viya hoti. Kuttan ti kiriyā. Itthiyo hi daharakāle suppakamusalake hi kīḷanti, dhītalikāya[3] kīlanti, mattikavākena[4] suttakaṃ nāma kantanti.

Ākappo ti gamanādiākāro. Itthiyo hi gacchamānā avisadaṃ[5] gacchanti, tiṭṭhamānā[6] nipajjamānā nisīdamānā khādamānā bhuñjamānā avisadaṃ[7] bhuñjanti, purisam pi hi avisadaṃ disvā 'mātugāmo viya gacchati tiṭṭhati nipajjati nisīdati khādati bhuñjatī ti' vadanti. Itthattam itthibhāvo ti ubhayaṃ ekatthaitthisabhāvo ti attho. Ayaṃ kammajo paṭisandhi samuṭṭhito, itthiliṅgādi pana na itthindriyaṃ, itthindriyaṃ paṭicca pavatte samuṭṭhitaṃ yathā bīje sati bījaṃ paṭicca rukkho vaḍḍhitvā sākhāviṭapasampanno ākāsaṃ[8] pūretvā tiṭṭhati.

Evam evaṃ itthibhāvasankhāte itthindriye sati itthiliṅgādīni honti. Bījaṃ[9] viya hi itthindriyaṃ bījaṃ paṭicca vaḍḍhitvā ākāsaṃ pūretvā ṭhitarukkho viya itthindriyaṃ paṭicca itthi liṅgādīni pavatte samuṭṭhahanti. Tattha itthindriyaṃ na cakkhuviññeyyaṃ manoviññeyyam eva, itthiliṅgādīni cakkhuviññeyyāni pi manoviññeyyāni pi[10]. Idaṃ taṃ rūpaṃ yathā cakkhundriyādīni purisassa pi honti, na evaṃ niyamato pana itthiyā eva itthindriyaṃ purisindriyo pi es'

---

[1] Dhs. § 633. [2] °dādhikaṃ K. [3] citta ta likāya M. [4] mattikavākkena M. matikatakkena C. G. T. [5] avisadā M. [6] diṭṭha° M. [7] abhisadā M. [8] viṭapasampanno hutvā ākāsi M. [9] dvijaṃ T. [10] M. *adds* Idan taṃ rūpaṃ itthindriyan ti. Id°

eva nayo. Purisaliṅgādi pana itthiliṅgādīnaṃ paṭipakkhato veditabbāni.

Purisassa hi hattha-pāda-gīvā-udarādīnaṃ[1] saṇṭhānaṃ na itthiyā viya hoti. Purisānaṃ hi uparimakāyo visado hoti, heṭṭimakāyo avisado, hattha pādā mahantā, mukhaṃ mahantaṃ, uramaṃsaṃ avisadaṃ[2], massu dāṭhikā uppajjanti, kesabandhavatthagahaṇaṃ na itthīnaṃ viya hoti, daharakāle rathanaṅgalakādīhi kīḷanti vāḷikā pāḷiṃ katvā vāpiṃ nāma gaṇhanti, gamanādīni visadāni honti, itthiṃ pi gamanādīni visadāni kurumānaṃ (disvā) 'puriso viya gacchatī ti' ādīni vadanti. Sesaṃ itthindriye vuttasadisam eva. Tattha itthibhāvalakkhaṇaṃ itthindriyaṃ, itthī ti pakāsanarasaṃ itthiliṅganimittakuttākappānaṃ kāraṇabhāvapaccupaṭṭhānaṃ.

642. Purisabhāvalakkhaṇaṃ purisindriyaṃ[3] puriso ti pakāsanarasaṃ purisaliṅganimittakuttākappānaṃ kāraṇabhāvapaccupaṭṭhānaṃ. Ubhayaṃ p'etaṃ paṭhama kappikānaṃ pavatte samuṭṭhāti, aparabhāgena paṭisandhiyaṃ paṭisandhisamuṭṭhitam pi pavatte samuṭṭhitam pi pavatte calati parivattati. Yath' āha:

Tena kho pana samayena aññatarasse bhikkhuno itthī liṅgaṃ pātubhūtaṃ hoti. Tena kho pana samayena aññatarassā bhikkhuniyā purisaliṅgaṃ pātubhūtaṃ hotī ti. Imesu pana dvīsu purisaliṅgaṃ uttamaṃ, itthiliṅgaṃ hīnaṃ, tasmā purisaliṅgaṃ balava-akusalakammena[4] antaradhāyati, itthiliṅgaṃ dubbalakusalena patiṭṭhāti, itthiliṅgaṃ pana antaradhāyantaṃ dubbala-akusalena antaradhāyati, purisaliṅgaṃ balavakusalena patiṭṭhāti. Evam ubhayam pi akusalena antaradhāyati, kusalena paṭilabbhatī ti veditabbaṃ.

643. Ubhatovyañjanakassa pana kiṃ ekaṃ indriyaṃ udāhu dve ti? Ekaṃ tañ cakho itthiubhato vyañjanakassa itth indriyaṃ, puriso-ubhatovyañjanakassa purisindriyaṃ. Evaṃ sante dutiyavyañjanakassa abhāvo āpajjati. Itthindriyaṃ hi vyañjanakāraṇam vuttaṃ tañ ca tassa natthī ti na tassa itthindriyaṃ vyañjanakāraṇaṃ.

---

[1] °urādīnam M. [2] visadaṃ M. [3] Dhs. § 634. [4] °akusalena M.

Tasmā sadā abhāvato itthī-ubhatovyañjanakassa hi. Yadā itthiyā rāgacittaṃ uppajjati tadā purisavyañjanaṃ pākaṭaṃ hoti, itthi vyañjanaṃ paṭicchannaṃ gūḷhaṃ hoti, tathā itarassa itaraṃ, yadi ca tesaṃ indriyaṃ dutiyavyañjanakāraṇaṃ bhaveyya sadā[2] pi vyañjanadvayaṃ tiṭṭheyya na pana tiṭṭhati. Tasmā veditabbaṃ ev' etaṃ na tassa taṃ vyañjanakāraṇaṃ kammasahāyaṃ pana rāgacittaṃ ev' etam[3] kāraṇaṃ.

Yasmā c'assa ekam eva indriyaṃ hoti tasmā itthī-ubhatovyañjanako sayam pi gabbhaṃ gaṇhāti param pi gaṇhāpeti, purisa-ubbatovyañjanako paraṃ gabbhaṃ gaṇhāpeti sayam pana na gaṇhātī ti.

644. Jīvitindriyaniddese[4] yaṃ vattabbaṃ taṃ heṭṭhā arūpajīvitindriye vuttaṃ eva.

Kevalaṃ hi tattha yo tesaṃ arūpīnaṃ dhammānan ti vuttaṃ idha rūpajīvitindriyattā yo tesaṃ rūpīnaṃ dhammānan ti ayaṃ eva viseso. Lakkhaṇādīni pan' assa evaṃ veditabbāni sahajarūpānupālanalakkhaṇaṃ jīvitindriyaṃ tesaṃ pavattanarasaṃ tesaṃ yeva ṭhapanapaccupaṭṭhānaṃ yāpayitabbabhūtapadaṭṭhānan ti[5].

645. Kāyaviññatti niddese[6] kāyaviññattī ti. Ettha tāva kāyena attano bhāvaṃ viññāpento taṃ tiracchānehi pi purisānaṃ purisehi vā tiracchānānam pi kāyagahaṇānusārena gahitāya etāya bhāvo viññāyatī ti viññatti, sayaṃ kāyagahaṇānusārena viññāyatī ti pi viññatti, kāyena saṃvaro[7] sādhū ti ādīsu āgato copanasaṅkhāto kāyo ca viññatti kāyaviññatti. Kāyavipphandanena adhippāyaviññāpanabetuttā sayañ ca tathā viññeyyattā kāyena viññattī ti pi kāyaviññati, kusalacittassa vā ādīsu aṭṭhahi kāmāvacarehi abhiññācittena cā ti navahi cittehi kusalacittassa vā dvādasahi pi akusalacittehi akusalacittassa vā aṭṭhahi mahākiriyāhi dvīhi parittakiriyāhi[8] abhiññappattāya ekāya rūpāvacarakiriyāya ti ekādasahi kiriyācittehi avyākatacittassa vā. Ito aññāni hi cittāni viññattiṃ na janenti[9],

---

[1] Kasmā M. [2] saddā M. [3] ettha M. [4] Dhs. § 635.
[5] yāvasītabba° T. [6] Dhs. § 636. [7] saṃvaro om. T.
[8] ahetukakiriyāhi M. [9] jānanti T.

sekhāsekhaputhujjanānaṃ pana ettakeh' eva cittehi viññatti hotī ti. Etesaṃ kusalādīnaṃ vasena tīhi padehi hetuto dassitā.

Idāni chahi padehi phalato dassetuṃ abhikkamantassa vā ti ādivuttaṃ. Abhikkamādayo hi viññattivasena pavattattā viññattiphalaṃ nāma tattha abhikkamantassa vā ti purato kāyam abhiharantassa.

Paṭikkamantassā ti pacchato paccāharantassa.

Ālokentassā ti ujukaṃ pekkhantassa.

Vilokentassā ti iti c'iti ca pekkhantassa.

Sammiñjentassā ti[1] sandhiyo saṅkocentassa.

Pasārentassā ti sandhiyo paṭippanāmentassa.

Idāni chahi padehi sabhāvato gassetuṃ kāyassa thambhanā ti ādi vuttaṃ. Tattha kāyassā ti sarīrassa. Kāyaṃ thambhetvā thaddhaṃ karotī ti thambhanā. Tam eva upasaggena vaḍḍhetvā santhambhanā ti āha. Balavatarā vā thambhanā santhambhanā. Santhambhitattan ti santhambhitabhāvo.

Viññāpanavasena viññatti. Viññāpanā ti viññāpanākāro. Viññāpitabhāvo viññāpitattaṃ. Sesam ettha yaṃ vattabbaṃ taṃ heṭṭhā dvārakathāyaṃ vuttam eva.

646. Tathā vacīviññattiyaṃ vacīviññattī ti[2]. Padassa pana niddesapadānañ ca attho tattha na vutto. So evaṃ veditabbo: Vācāyaṃ attano bhāvaṃ viññāpentānaṃ tiracchānehi pi purisānaṃ purisehi vā tiracchānānam pi vacīgahaṇānusārena gahitāya[3] etāya bhāvo viññāyatī ti viññatti, sayaṃ vacīgahaṇānusārena viññāyatī ti pi viññatti, sādhuvācāya saṃvaro ti ādīsu āgatā[4] copanasaṅkhātā vacī eva viññattī ti, vacī ghosena adhippāyaviññāpanahetuttā sayañ ca tathā viññeyyattā vācāya viññattī ti pi vacī viññatti. Vācā girā ti ādīsu vuccatī ti vācā, giriyatī ti girā, vyappatho[5] vākyabhedo. Vākyañ ca taṃ patho ca atthaṃ ñātukāmānaṃ ñāpetukāmānaṃ cā ti pi vyappatho. Udīrayatī ti udīraṇaṃ. Ghussatī ti ghoso, karīyatī ti kammaṃ, ghoso ca kammaṃ ghosakammaṃ. Nānappakārehi

---

[1] samantassā ti M. [2] Dhs. § 637. [3] gatāya T. [4] āhatā T. [5] vyappattho T.

kato ghoso ti attho. Vaciyā bhedo vacībhedo. So pana na bhaṅgo. Pabhedagatā vācā evā ti ñāpanattham vācā vacī bhedo ti vuttaṃ. Imehi sabbehi pi padehi sadda vācā va dassitā. Idāni tāya vācāya saddhiṃ yojetvā heṭṭhā vuttaṭṭhānaṃ[1] viññatti ādīnaṃ padānaṃ vasena tīh'ākārehi sabhāvato vācā. Taṃ dassetuṃ yā tāya vācāya riññattī ti ādi vuttaṃ. Taṃ heṭṭhāvuttanayattā uttānattham eva.

Idāni viññatti samuṭṭhāpakacittesu asammohatthaṃ dvattiṃsa-chabbīsa ekūnavīsa soḷasa pacchimā ti idaṃ pakiṇṇakaṃ veditabbaṃ.

Dvattiṃsa cittāni hi rūpaṃ samuṭṭhāpenti, iriyāpathaṃ upatthambhenti, duvidham pi viññattiṃ janenti[2].

Chabbīsa ti viññattim eva najanenti, itaraṃ dvayaṃ karonti, ekūnavīsati rūpam eva samuṭṭhāpenti, itaraṃ dvayaṃ na karonti. Soḷasa imesu tīsu pi na karonti[3], tattha dvattiṃsā ti heṭṭhā vuttān' eva[4] kāmāvacarato aṭṭha kusalāni, dvādasa akusalāni, kiriyato dasa cittāni sekhaputhujjanānaṃ abhiññācittaṃ khīṇāsavānaṃ abhiññā cittan ti.

Chabbīsati rūpāvacarato pañca kusalāni pañca kiriyāni, arūpāvacarato cattāri kusalāni cattāri kiriyāni cattāri magga cittāni cattāri phala cittānī ti. .

Ekūnavīsati kāmāvacarakusalavipākato ekādasa akusalavipākato dve kiriyamanodhātrūpāvacarato pañca vipākacittānīti.

Soḷasā ti dve pañca viññāṇāni sabbasattānaṃ paṭisandhi cittaṃ khīṇāsavānaṃ cuticittaṃ āruppe cattāri vipākacittānī ti.

Imāni soḷasa rūpa-iriyāpathaviññattīsu ekaṃ pi na karonti aññāni pi bahūni āruppe uppannāni anokāsagatattā rūpaṃ na samuṭṭhāpenti yāni pana kāyaviññattiṃ samuṭṭhāpenti tān 'eva vacīviññattī ti[5].

647. Ākāsadhātuniddese[6] na kasati na nikasati kasituṃ chindituṃ bhindituṃ va[7] na sakkā ti ākāso, ākāso va

---

[1] yuttatthānaṃ T. [2] gahenti T. [3] Soḷasa imesu ekā pi nakaronti T. ekam pi nakaronti M. [4] vuttānayen'eva M. [5] na tān'eva kāya vacī vinnattiyo pi M. [6] Dhs. § 638. [7] kassati na nikassati kassituṃ vā chindituṃ vā M.

ākāsagataṃ[1], khe[?]agatādīni viya ākāso ti vā gatan ti ākāsagataṃ. Na haññatī ti aghaṃ, aghaṭṭanīyan ti attho. Agham eva aghagataṃ[2], chiddaṭṭhena vivaro, vivaro ca vivaragataṃ asamphuṭṭhaṃ catūhi mahābhūtehī ti. Etehi asamphuṭṭhaṃ nissaṭākāsaṃ[3] taṃ kathitaṃ.

Lakkhaṇādito pana rūpaparicchedalakkhaṇā ākāsadhātu rūpaparisantappakāsanarasā[4] rūpamariyādapaccupaṭṭhānā asamphuṭṭhabhāvachiddavivarabhāvapaccupaṭṭhānā vā paricchinnarūpapadaṭṭhānā. Yāya paricchinnesu rūpesu idam ito uddham adho tiriyan ti ca hoti.

648. Ito paresu[5] rūpassa lahutādīnaṃ[6] niddesā cittassa lahutādisu vuttanayen 'eva veditabbā. Lakkhaṇādito pan' ettha adandhatālakkhaṇā rūpassa lahutā[7] rūpānaṃ garubhāvavinodanarasā lahuparivattitapaccupaṭṭhānā lahurūpapadaṭṭhānā.

Athaddhatālakkhaṇā rūpassa mudutā[8] rūpānaṃ thaddhabhāvavinodanarasā sabbakiriyāsu avirodhitapaccupaṭṭhānā mudurūpapadaṭṭhānā.

Sarīra kiriyānukūlakammaññabhāvalakkhaṇā rūpassa kammaññatā[9] vinodanarasā adubbalabhāvapaccupaṭṭhānā kammaññarūpapadaṭṭhānā. Etā pana tisso aññamaññaṃ vijahanti.

649. Evaṃ sante pi yo arogino viya rūpānaṃ lahubhāvo adandhatā lahuvattippakāro[10] rūpadandhattakaradhātukkhobha paṭipakkhapaccayasamuṭṭhāno so rūpavikāro rūpasssa lahutā.

650. Yo suparimadditacammass 'eva rūpānaṃ mudubhāvo sabbakiriyāvisesesu vasavattanabhāvamaddavappakāro rūpatthaddhattakaradhātukkhobhapaṭipakkhapaccayasamuṭṭhāno so rūpavikāro rūpassa mudutā.

651. Yo pana suddhanta suvaṇṇass'[11] eva rūpānaṃkammaññabhāvo sarīra kiriyānukūlabhāvappakāro sarīrakiriyā-

---

[1] T. *inserts* ākāso va ākāso. [2] appam eva appagataṃ T. ayam eva aghagataṃ M. [3] nijjaṭakākāsaṃ M. [4] rūpaparintappak° T. [5] paro T. [6] Dhs. § 639—646. [7] Dhs. § 639. [8] Dhs. § 640. [9] Dhs. § 641. [10] °paripattipakāro M. [11] suddhantasuv° T. M.

naṃ ananukūlabhāvakaradhātukkhobhapaṭipakkhapaccayasamuṭṭhāno so rūpavikāro rūpassa kammaññatā ti. Evam etāsam viseso veditabbo. Etā pana tisso pi kammaṃ kātuṃ na sakkonti āhārādayo ca karonti. Tathā hi yogino 'ajja amhehi bhojanaṃ sappāyaṃ laddhaṃ kāyo no lahu mudu kammañño ti' vadanti, ajja utusappāyam laddhaṃ, ajja amhākaṃ cittaṃ ekaggaṃ, kāyo no lahu mudu kammañño ti vadantī ti.

652. Upacayasantati niddesesu[1] āyatanānaṃ ācayo ti aḍḍhekādasannaṃ rūpāyatanānaṃ ācayo ti nibbattati[2]. So rūpassa upacayo ti. Yo āyatanānaṃ ācayo punappuna nibbattamānānaṃ so[3] rūpassa upacayo nāma hoti. Vaḍḍhī ti attho.

653. Yo rūpassa upacayo sā rūpassa santatī[4] ti. Yā evaṃ upacitānaṃ rūpānaṃ vaḍḍhitato uttaritaraṃ pavattikāle sā rūpassa santati nāma hoti. Pavattī ti attho. Nadītīre katakūpasmiṃ hi udakuggamanakālo viya ācayo nibbatti, paripuṇṇakālo viya upacayo vaḍḍhi', ajjhottharitvā gamanakālo viya santati pavattī ti veditabbā.

Evaṃ kiṃ kathitaṃ hotī ti? Āyatanena ācayo kathito, ācayena āyatanaṃ kathitaṃ, ācayo ca kathito, āyatanam eva kathitam. Evam pi kiṃ kathitaṃ hotī ti? Catusantatirūpānaṃ ācayo upacayo nibbatti vaḍḍhi kathitā. Atthato hi ubhayaṃ p'etaṃ jātirūpass' evādhivacanaṃ. Ākāranānattena pana veneyyavasena ca upacayo santatī ti uddesadesanaṃ katvā yasmā ettha atthato nānattaṃ natthi tasmā niddese yo āyatanānaṃ ācayo so rūpassa upacayo, yo rūpassa upacayo sā rūpassa santatī ti vuttaṃ. Yasmā ca ubhayam p'etaṃ jātirūpass' ev' ādhivacanaṃ tasmā ettha ācayalakkhaṇo rūpassa upacayo pubban tato rūpānaṃ ummujjāpanaraso niyyātanapaccupaṭṭhāno paripuṇṇabhāvapaccupaṭṭhāno vā upacitarūpapadaṭṭhāno. Pavattilakkhaṇarūpassa santati anuppabandhanarasā anupacchedapaccupaṭṭhānā ti veditabbā.

654. Jaratāniddese[5] jīraṇakavasena jarā. Ayaṃ ettha

---

[1] Dhs. § 642. [2] nibbatti M. [3] va M. [4] Dhs. § 643
[5] Dhs. § 644 Ps 256.

sabhāvaniddeso, jīraṇakāro, jīraṇatā, khaṇḍiccan ti ādayo kālātikkame kiccaniddeso pacchimā dve pakatiniddesā. Ayaṃ hi jarā ti iminā padena sabhāvato dīpitā. Ten' assāyaṃ sabhāvaniddeso. Jīraṇatā ti iminā ākārato, ten' assāyaṃ ākāraniddeso. Khaṇḍiccan ti iminā kālātikkame dantanakhānaṃ khaṇḍitabhāvakaraṇakiccato. Pāliccan ti iminā kesalomānaṃ palitabhāvakaraṇakiccato. Valittacatā ti iminā maṃsaṃ milāpetvā tace valibhāvakaraṇakiccato dīpitā. Ten' assā ime khaṇḍiccan ti ādayo tayo kālātikkame kicca niddesā te hi imesaṃ vikārānaṃ dassanavasena pākaṭabhūtā pākaṭajarā dassitā.

Yath' eva hi udakassa vā aggino vā tiṇarukkhādīnaṃ sambhaggapalibhaggatāya[1] vā jhāmatāya vā gatamaggo pākaṭo hoti na ca so gatamaggo tān' eva[2] udakādīni evaṃ eva jarāya dantādīsu khaṇḍiccādivasenagata maggo pākaṭo. Cakkhuṃ ummīletvā[3] pi gayhati na ca khaṇḍiccādīn' eva jarā. Na hi jarācakkhuviññeyyā hoti.

Āyuno saṃhāni indriyānaṃ paripāko ti. Imehi pana padehi kālātikkame yeva abhivyattāya āyukkhayacakkhādiindriyaparipākasaññitāya pakatiyā dīpitā. Ten' ass' ime pacchimā dve pakatiniddesā ti veditabbā.

Tattha yasmā jaraṃ pattassa āyuṃ hāyati tasmā jarā āyuno saṃhānī ti phalūpacārena vuttā. Yasmā ca dahara kāle suppasannāni sukhumam pi attano visayaṃ sukhen 'eva gaṇhaṇasamatthāni cakkhādīni indriyāni jaraṃ pattassa paripakkāni alulitāni avisadāni oḷārikam pi attano visayaṃ gahetuṃ asamatthāni honti tasmā indriyānaṃ paripāko ti phalūpacāren' eva vutto.

Sā pan' āyaṃ evaṃ niddiṭṭhā sabbā pi jarā pākaṭā paṭicchannā[4] ti duvidhā hoti. Tattha dantādīsu khaṇḍabhāvādidassanato rūpa dhammesu jarā pākaṭajarā nāma. Arūpadhammesu pana jarā tādisassa vikārassa adassanato paṭicchannajarā nāma. Puna avīci savīcī ti evam pi duvidhā hoti. Tattha maṇikanakarajata pavālacandasuriyādīnaṃ mandadasakādīsu pāṇīnaṃ viya ca pupphaphala

[1] sabhaggapalibhaggatā vā M. [2] tato va T. [3] ummilitvā M. [4] paricchannā T.

pallavādīsu ca apāṇīnaṃ viya antarantarā vaṇṇavisesānaṃ duviññeyyattā jarā avīcijarā nāma nirantarajarā ti[5] attho. Tato aññesu pana yathā vuttesu antarantarā vaṇṇavisesādīnaṃ suviññeyyattā jarā savīci jarā nāmā ti veditabbā. Lakkhaṇādito pi rūpaparipāka lakkhaṇarūpassa jaratā upanajanarasā sabhāvānapagame[1] pi nava bhāvā pagama-paccupaṭṭhānā vīhi purāṇabhāvo viya paripaccamānarūpa-padaṭṭhānā ti veditabbā.

655. Aniccatāniddese[2] khaya gamanavasena khayo vayagamana vasena vayo, bhijjana vasena bhedo. Atha ca[3] yasmā taṃ patvā rūpaṃ khiyyati veti[4] bhijjati ca tasmā khiyyati etasmin ti khayo, veti etasmin ti vayo, bhijjati etasmin ti bhedo, upasaggavasena padaṃ vaḍḍhetvā bhedo va paribhedo va[5] hutvā abhāvaṭṭhena niccan ti aniccaṃ tassa bhāvo aniccatā, antaradhāyati etthā ti antaradhānaṃ. Maraṇaṃ hi patvā rūpaṃ antaradhāyati adassanaṃ gacchati na kevalañ ca rūpam eva sabbe pi pañca khandhā tasmā pañcannam pi khandhānaṃ aniccatāya idam eva lakkhaṇan ti veditabbaṃ. Lakkhaṇādito[6] pana paribhadalakkhaṇā rūpassa aniccatā saṃsīdanarasā khayavaya-paccupaṭṭhānā paribhijjamānarūpapadaṭṭhānā ti veditabbā. Heṭṭhā jāti gahitā, jarā gahitā, imasmiṃ ṭhāne maraṇaṃ gahitaṃ, ime tayo dhammā imesaṃ sattānaṃ ukkhittāsika-paccāmittasadisā. Yathā hi purisassa tayo paccāmittasadisā otāraṃ gavesamānā vicareyyuṃ, tesu eko evaṃ vadeyya 'etaṃ nīharitvā aṭavīpavesanaṃ[7] mayhaṃ bhāro[8] hotū ti', dutiyo 'aṭavīgatakāle pothetvā paṭhaviyaṃ pātanaṃ mayhaṃ bhāro ti', tatiyo 'paṭhavīgata kālato paṭṭhāya usinā va sīsacchedanaṃ mayhaṃ bhāro ti' evarūpā ime jātiādayo nīharitvā aṭavīpavesanapaccāmittasadisā hattha jāti[9] tasmiṃ tasmiṃ ṭhāne nibbattāpanato aṭavīgataṃ pothetvā paṭhaviyaṃ pātanapaccāmittasadisā jarā nibbattakkhandhānaṃ dubbalaparādhīnamañcaparāyanabhāvakaraṇato[11] paṭhavī-

---

[1] upanayanarasā sabhāvānapagamane M. [2] Dhs. § 645.
[3] vā M. [4] vayati M. [5] om. M. [6] °ditā T.
[7] aṭṭavi° M. [8] mayhaṃ āroho M. [9] hetthajāti T.
[10] aṭṭavī° M. [11] Both Mss. (macca)

gatassa[1] asinā sīsacchedakapaccāmittasadisaṃ maraṇaṃ jarāpattānaṃ khandhānaṃ jīvitakkhayapāpanato ti.

656. Kabaḷiṃkārāhāraniddese[2] kabaḷiṃkarīyatī ti kabaḷiṃkāro. Āharīyatī ti āhāro. Kabaḷiṃkatvā ajjhoharīyatī ti attho. Rūpaṃ āharatī ti pi āhāro, evaṃ vatthuvasena nāmaṃ uddharitvā puna vatthuvasen' ev' etaṃ pabhedato dassetuṃ odano kummāso ti ādi vuttaṃ. Odanādīni hi panīta pariyantāni dvādasa idhādhippetassa āhārassa vatthūni pāḷiyam anāgatāni mūlaphalādīni ye-vā-panakaṃ paviṭṭhāni. Idāni tāni mūlaphalādīni kattabbato dassetuṃ yamhi yamhi janapade ti ādim āha. Tattha mukhena asitabbaṃ bhuñjitabban ti mukhāsiyaṃ, dantehi vikhāditabban ti[3] dantavikhādanaṃ, galena ajjhoharitabban ti galajjhoharaṇiyaṃ. Idāni taṃ kiccavasena dassetuṃ kucchivitthambhanan ti āha. Taṃ hi mūlaphalādi odanakummāsādi vā ajjhohataṃ kucchiṃ vitthambheti. Idaṃ assa kiccaṃ.

Yāya ojāya sattayāpentī ti heṭṭhā sabhapadehi savatthukaṃ āhāraṃ dassetvā idāni vinivaṭṭita-ojam eva dassetuṃ idaṃ vuttaṃ. Kiṃ pan' ettha vatthussa kiccaṃ, kiṃ ojāya parissayahāraṇapālanāni? Vatthuṃ hi parissayaṃ hāreti[4], pāletuṃ na sakkoti, ojā pāleti, parissayaṃ harituṃ na sakkoti, dve pi ekato hutvā pāletum pi sakkonti parissayaṃ pi harituṃ. Ko pan'esa parissayo nāma? Kammajatejo ante[5] kucchiyaṃ hi odātādivatthusmiṃ asati kammajatejo uṭṭhahitvā udarapaṭalaṃ gaṇhāti 'chāto'smi āhāraṃ me dethā ti' vacāpeti[7] bhuttakāle udarapaṭalaṃ muñcitvā vatthuṃ gaṇhāti. Atha satto ekaggo hoti. Yathā hi chāyārakkhaso chāyāpaviṭṭhaṃ[8] gahetvā devasaṅkhalikāya bandhitvā attano bhavane modanto chātakāle āgantvā sīse ḍasati, so daṭṭhattā viravati, taṃ viravaṃ sutvā 'dukkhappatto ettha atthī ti' tato tato manussā āgacchanti, so

---

[1] patigatassa M. [2] Dhs. § 646. Dhamasaṅgraha LXX, Hardy Manual 518. [3] vikhāyitabban ti M. [4] harati M. [5] anto T. [6] odanādivatth° M. [7] va dāpeti M. [8] chāyāpav° T. chāyāyaṃ pav° M.

āgatāgate gahetvā khāditvā bhavane modati. Evaṃsampadam idaṃ veditabbaṃ.

657. Chāyārakkhaso[1] viya hi kammajatejo, devasaṅkhalikāya bandhitvā ṭhapitasatto viya udarapaṭalaṃ, puna āgatamanussā viya odanādivatthu, attano bhavane modantena chātakāle otaritvā sīse ḍasanam viya kammajatejassa vatthuno muttassa[2] udarapaṭalaṃgahaṇaṃ, daṭṭhassa viravanakālo viya 'āhāraṃ dethā ti' vacanakālo, tāya saññāya āgatāgate gahetvā khāditvā bhavane modanakālo viya kammajatejena udarapaṭalaṃ muñcitvā vatthusmiṃ gahite ekagga cittatā. Tattha oḷārike vatthusmiṃ ojā mandā hoti, sukhume balavā ti. Kudrūsakabhattādīni hi bhuñjitvā muhutten 'eva chāto hoti, sappiādīni pivitvā ṭhitassa divasam pi bhattaṃ na ruccati. Ettha ca upādāyupādāya oḷārikasukhumatā veditabbā[3].

658. Kumbhīlānaṃ hi āhāraṃ upādāya morānaṃ āhāro sukhumo. Kumbhīlā kira pāsāṇe gilanti te ca tesaṃ kucchippattā viliyanti, morā sappavicchikādi pāṇe khādanti, morānaṃ pana āhāraṃ upādāya taracchānaṃ[4] āhāro sukhumo, te kira tivassachaḍitāni visāṇāni[5] c'eva aṭṭhīni ca khādanti tāni ca tesaṃ kheḷena temitamattān' eva kandamūlaṃ viya muduḱāni honti. Taracchānam[6] pi āhāraṃ upādāya hatthīnaṃ āhāro sukhumo. Te hi nānā rukkhasākhādayo khādanti. Hatthīnam āhārato gavayagokaṇṇamigādīnaṃ āhāro sukhumo. Te kira nissārāṇi nānārukkhapaṇṇādīni khādanti. Tesam pi āhārato gunnaṃ āhāro sukhumo. Te allasukkhatiṇāni khādanti. Tesam pi āharato sasānaṃ āhāro sukhumo. Sasānaṃ āhārato sakuṇānaṃ sukhumo, sakuṇānaṃ āhārato paccantavāsīnaṃ sukhumo, paccantavāsīnaṃ āhārato gāmabhojakānaṃ sukhumo, gāmabhojakānaṃ āhārato rājarājamahāmattānaṃ āhāro sukhumo, tesam pi āhārato cakkavattīnaṃ sukhumo[7], cakkavattino āhārato bhumma devānaṃ āhāro sukhumo, bhumma devānaṃ āhārato catuumahārājikānaṃ[8] evaṃ yāmaparanimmitavasa-

[1] chāyar° T. [2] bhuttassa *corr.* T. [3] Ps 247. [4] tiracchānaṃ M. [5] visāṇi M. [6] tiracchānaṃ M.
[7] cakkhavattino āhāro sukhumo M. [8] cātumahā° M.

vattīnaṃ[1] āhāro vitthāretabbo. Tesaṃ panāhāro sukhumo tveva niṭṭhaṃ patto. Lakkhaṇādito pi ojālakkhaṇo kabaḷiṃkāro āhāro rūpāharaṇaraso upatthambhapaccupaṭṭhāno[2] kabaḷiṃkatvā āharitabbavatthupadaṭṭhāno[3] ti veditabbo.

659. No upādāna niddese[4] yathā upādārūpaṃ upādiyat 'eva va na aññena upādiyati evam etam na upādiyat' evā ti no upādāyitabhan ti phoṭṭhabbaṃ phusitvā jānitabhan ti attho. Phoṭṭhabbañ ca taṃ āyatanaṃ cā ti phoṭṭhabbāyatanaṃ. Āpo ca taṃ nissattasuññatasabhāvaṭṭhena[5] dhātu cā ti āpodhātu.

660. Idāni yasmā tīni rūpāni phusitvā jānitabbāni tasmā tāni bhājetvā dassetuṃ katamaṃ taṃ rūpaṃ phoṭṭhabbāyatanaṃ paṭhavīdhātū[6] ti ādim āha.

Tattha kakkhaḷattalakkhaṇā paṭhavīdhātu[7] patiṭṭhānarasā sampaṭicchanapaccupaṭṭhānā, tejodhātu uṇhattalakkhaṇā paripācanarasā maddavānuppādanapaccupaṭṭhānā, vāyodhātuvitthambhanalakkhaṇā samudīraṇarasā abhinīhārapaccupaṭṭhānā.

Purimā pana āpodhātu paggharaṇalakkhaṇābrūhanarasā saṅgahapaccupaṭṭhānā ekekā c'ettha sesattayapadaṭṭhānā ti veditabbā.

Kakkhaḷan ti thaddhaṃ, mudukan ti athaddhaṃ, saṇhanti maṭṭaṃ, pharusan ti kharaṃ, sukhasamphassan ti sukhavedanāpaccayaṃ iṭṭhaphoṭṭhabbaṃ, dukkhasamphassan ti dukkhavedanāpaccayaṃ aniṭṭhaphoṭṭhabbaṃ, garukan ti bhāriyaṃ, lahukan ti abhāriyaṃ sallahukan ti attho[8]. Ettha ca kakkhaḷaṃ mudukaṃ saṇhaṃ pharusaṃ garukaṃ lahukan ti padehi paṭhavīdhātu eva bhājitā.

Yadāyaṃ kāyo āyusahagato ca hoti usmāsahagato ca viññāṇasahagato ca tadā lahutaro ca hoti mudutaro ca

---

[1] Burnouf Indroduction p. 606. Dharmasaṅgraha CXXVII. Hardy Manual 25 seq. Mahāvyutp. 151. Kern I, 291, Mahāvagga I, 6, 30. Childers s. v. sattaloka. [2] °paccaṭṭhāno M. [3] āhāritabba. [4] Dhs. § 647. [5] taṃ sdttasuññ° M. [6] Dhs. § 648—651. [7] Dharmasaṅgraha XXXIX. [8] salahukan it ābhāriyaṃ sallahukaṃ M.

kammaññataro cā ti suttam pi lahu mudubbūtaṃ paṭhavī-
dhātuṃ ova sandhāya vuttaṃ. Sukhasamphassaṃ dukkha-
samphassan ti padadvayena pana tīni pi mahābhūtāni
bhājitāni. Paṭhavīdbātu hi sukhasamphassā pi atthi duk-
khasamphassā pi, tathā tejodhātu vāyodhātu. Yā tattha
sukhasamphassā paṭhavīdhātu mudutaluṇahatthe[1] dahare
pāde[2] sambāhante assādetvā assādetvā 'samhāha tāta, sam-
bāha tātā ti' vadāpanākāraṃ karoti. Sukhasampbassā te-
jodhātu sītasamaye aṅgūrakapallaṃ āharitvā gattaṃ sedente
assādetvā assādetvā 'sedehi tātā ti' vadāpanākāraṃ karoti.
Sukhasamphassā vāyodhātu uṇbasamayo vattasampanne da-
hare vījanena vījante assādetvā assādetvā 'vīja tātā ti' va-
dāpanākāraṃ karoti. Tbaddhahatthe pana dahare pāde
sambāhante aṭṭhīnaṃ[3] bhijjanakālo viya hoti so pi 'apebī
ti' vattabbataṃ āpajjati. Uṇbasamaye aṅgūrakapallc āhate
'apanehi nan ti' vattahbaṃ hoti. Sītasamaye vījanena vī-
jantaṃ 'apebi mā vijā ti' vattabhaṃ hoti. Evaṃ etāsaṃ
sukhasamphassatā dukkhasamphassatā ca veditabbā.

661. Yaṃ pboṭṭhabbaṃ anidassanaṃ sappaṭighan
ti ādinā nayena vuttā pana catūhi catūhi nayehi paṭimaṇ-
ḍitā terasa vārā beṭṭhā rūpāyatanādisu vuttanayen 'eva
veditabbā. Kiṃ pan' etāni tīni mahābhūtāni ekappahūren
'eva āpāthaṃ āgacchanti udāhu no ti? Āgacchanti. Evaṃ
āgatāni kāyappasādaṃ gbaṭṭentī ti? Ghaṭṭentī. Ekappa-
bāren' eva tāni ārammaṇaṃ katvā kāyaviññāṇaṃ uppajjati
n' uppajjatī ti? N' uppajjati. Kasmā?[4] Āhbuñjituvasena
vā hi ussada vasena vā ārammaṇakaraṇaṃ hoti tattha ābhuñ-
jitavasena[5] tāva pattasmiṃ hi odanena pūretvā āhate ekaṃ
sitthaṃ[6] gahetvā tbaddhaṃ vā mudukaṃ vā ti vīmaṃsanto
kiūcāpi tattha tejo pi atthi vāyo pi atthi, paṭhavīdhātum
eva pana ābbuñjati uṇhodake hatthaṃ otāretvā vīmaṃ-
santo kincā pi tattha paṭhavi pi atthi vāyo pi atthi tejo
dhātum eva pana ābbuñjati uṇhasamaye vātapānaṃ viva-
ritvā vātaṃ sarīre pahārāpento[7] ṭhito mandamande vāte

---

[1] Burnouf Lotus 573.   [2] pādaṃ M.   [3] aniṭṭbaṃ M.
[4] om. M.   [5] abbuūj° M.   [6] siṭṭbaṃ M.   [7] tena sarīraṃ
panarūpento M.

paharante kiñcā pi tattha paṭhavī pi atthi tejo pi atthi. Vāyodhātum eva pana ābhuñjati evaṃ ābhuñjanavasena ārammaṇaṃ karoti nāma. Yo pana pakkhalati[1] vā sīsena vā rukkhaṃ paharati bhuñjanto vā sakkharaṃ ḍasati so kiñcā pi tattha tejo pi atthi vāyo pi atthi ussadavasena paṭhavīdhātum eva ārammaṇaṃ karoti. Aggiṃ akkamanto pi kiñcā pi tattha paṭhavī pi atthi vāyo pi atthi ussadavasena tejo dhātum eva ārammaṇaṃ karoti balavavāte kaṇṇasakkhalikaṃ paharitvā badhirabhāvaṃ karonte viya kiñcā pi tattha paṭhavī pi atthi tejo pi atthi ussadavasena pana vāyodhātum eva ārammaṇaṃ karoti. Yaṃ kiñci dhātuṃ ārammaṇaṃ karontassa kāyaviññāṇam pi ekappahārena u' uppajjati sucikalāpena viddhassa ekappahārena kāyo ghaṭṭīyati yasmiṃ yasmiṃ pana ṭhāne kāyappasādo ussanno hoti tattha tattha kāyaviññāṇaṃ uppajjati, yattha yatthā pi paṭighaṭṭanapighaṃso balavā hoti tattha tattha paṭhamaṃ uppajjati kukkuṭapattena vaṇe[2] dhoviyamāne pi aṃsu[3] aṃsukāyappasādaṃ ghaṭṭeti.

662. Yattha yattha pana pasādo ussanno hoti tattha tattha kāyaviññāṇam uppajjati[4]. Yattha yatthāpi paṭighaṭṭananighaṃso balavā hoti evaṃ ussadavasena ārammaṇaṃ karoti, ussadavasen' eva ca kāyaviññāṇaṃ uppajjati nāma. Kathaṃ pana cittassa ārammaṇato saṅkamanan ti hotī ti? Dvīh' ākārehi hoti, ajjhāsayato vā visadādhimattato[5] vā, vihārapūjādīsu hi tāni tāni cetiyāni ceva paṭimāyo ca vandissāmi potthakammacittakammāni ca olokessāmī ti ajjhāsayena gato ekaṃ vanditvā vā passitvā vā itarassa vandanatthāya vā dassanatthāya vā manaṃ katvā vanditum pi passitum pi gacchati yeva evaṃ ajjhāsayato saṅkamati nāma.

Kelāsakūṭapaṭibhāgam pana mahācetiyam olokento ṭhito pi aparabhāge sabbaturiyesu paggahitesu rūpārammaṇaṃ vissajjetvā saddārammaṇaṃ saṅkamati, manuññagandhesu vā pupphesu vā gandhesu vā āharitesu[6] saddārammaṇaṃ vissajjetvā gandhārammaṇaṃ saṅkamati. Evam visayādhimattato saṅkamati nāma.

---

[1] upakkhala M. [2] vaṇe M. [3] asu G. [4] Dhs. § 651.
[5] visasādhidhattato M. [6] āhatesu M.

663. Āpodhātuniddese[1] āpo ti sabhāvaniddeso, āpo va āpogataṃ. Sinehanavasena sineho, sineho va sinehagataṃ. Bandhanattaṃ rūpassā ti paṭhavīdhātuādikassa bhūtarūpassa bandhanabhāvo. Ayapiṇḍi-ādīni[2] hi āpodhātu ābandhitvā thaddhāni[3] karoti, tāya ābaddhattā[4] tāni thaddhāni[5] nāma honti. Pāsāṇapabbatatālaṭṭhihatthidantagosiṅgādīsu pi es' eva nayo. Sabbāni h'etāni āpodhātu eva ābandhitvā thaddhāni[6] karoti, āpodhātuyā ābaddhattā[7] va thaddhāni honti[8], kiṃ pana paṭhavīdhātu[8], sesadhātūnam patiṭṭhā honti[9] phusitvā hoti udāhu aphusitvā āpodhātu vā avasesā bandhamānā[10] phusitvā bandhati udāhu aphusitvā ti paṭhavīdhātu, tāva āpodhātuyā aphusitvā ti paṭhavīdhātu, tāva āpodhātuyā aphusitvā va patiṭṭhā hoti, tejodhātuyā ca vāyodhātuyā ca phusitvā āpodhātu pana paṭhavīdhātum pi tejovāyodhātuyo pi aphusitvā va[11] ābandhati. Yadā[12] phusitvā ābandheyya phoṭṭhabbāyatanaṃ nāma bhaveyya. Tejodhātu vāyodhātūnam pi sesadhātusu sakasakakiccakaraṇe es'eva nayo. Tejodhātu hi paṭhavīdhātum phusitvā jhāpeti. Yā pana uṇhā[13] hutvā jhāyati yadi uṇhā hutvā jhāyeyya uṇhattalakkhaṇā nāma bhaveyya. Āpodhātum pana aphusitvā va tāpeti sā pi tappamānā[14] na uṇhā hutvā tappati[15]. Yadi uṇhā hutvā tappeyya uṇhattalakkhaṇā nāma bhaveyya vāyodhātum paṭhavīdhātum phusitvā[16] vitthambheti tathā tejodhātum

---

[1] Dhs. § 652. [2] ayampiṇḍi° M. [3] baddhāni M. [4] ābandhattā M. [5] baddhāni M. [6] baddhāni M. [7] ābandhattā ti honti M. [8] *om* T. [9] sesaṃ dhātu yonaṃ patiṭṭhā hoti na hotī ti M. [10] sesā ābandhamānā M. [11] va *om* M. [12] Yadi T. M. [13] sāpatana uṇhā T. [14] tāpitapamānā M. [15] tapati M. [16] va tāpeti sā tappamānā na uṇhā hutvā tappati. Yadi uṇhā hutvā tappeyya uṇhattalakkhaṇā nāma bhaveyya vāyodhātuṃ paṭhavīdhātum phusitvā T. vāyodhātum pana phusitvā va tāpesi sā pi tāpamānā na uṇhā hutvā tapati. Yadi uṇhā hutvā tappeyya uṇhattalakkhaṇā nāma bhaveyya vāyodhātum paṭhavīdhātum phusitvā M.

āpodhātum pana aphusitvā va vitthambheti ucchurasam pivitvā[1] phānitapiṇḍe kayiramāne āpodhātu thaddhā hoti na hotī ti? Na hoti. Sā[2] hi paggharaṇalakkhaṇā paṭhavīdhātu kakkhaḷalakkhaṇā. Omattam pana āpo adhimatte paṭhavīgatikam jātaṃ. Sā hi rasākārena ṭhitabhāvaṃ vijahati lakkhaṇaṃ na vijahati, phānitapiṇḍe vilīyamāne pi paṭhavīdhātuṃ na vilīyati. Kakkhaḷalakkhaṇā hi paṭhavīdhātu paggharaṇalakkhaṇā āpodhātu. Omattā pana paṭhavī adhimatta-āpagatikā hoti. Sā piṇḍākārena ṭhitabhāvam vijahati, lakkhaṇam na vijahati. Catunnaṃ hi mahābhūtānam bhāvaññathattam eva hoti, lakkhaṇaññathattaṃ[3] nāma natthi. Tassa abhāvo Aṭṭhāna-parikappa-suttena[4] dīpito. Vuttaṃ h'etam: Siyā kho pan'Ānanda catunnam mahābhūtānam aññathattam paṭhavīdhātuyā . . . . . . pe . . . . vāyodhātuyā na tveva Buddhe aveccapasādena samannāgatassa ariyasāvakassa siyā aññathattaṃ. Ayaṃ h'ettha attho[5]. Ānanda kakkhaḷattalakkhaṇā paṭhavīdhātu parivattitvā[6] paggharaṇa-lakkhaṇā āpodhātu nāma bhaveyya, ariyasāvakassa pana aññathattaṃ nāma natthī ti evam ettha Aṭṭhānaparikappo āgato. Ito paresu upādiṇṇarūpādiniddesesu[7] upādiṇṇādīnam attho mātikākathāya[8] vuttanayen' eva veditabbo.

664. Cakkhāyatanādīni heṭṭhā vitthāritān' eva. Tattha tattha pana visesamattam eva vakkhāma. Upādiṇṇaniddese[9] tāva cakkhāyatanādīni ekantam upādiṇṇattā vuttāni[10]. Yasmā pana rūpāyatanādīni pi upādiṇṇāni atthi[11] tasmā tāni yaṃvā-panā[12] ti saṅkhepato dassetvā puna kammassa katattā rūpāyatanan ti ādinā nayena vitthāritāni. Iminā upāyena sabba-ye-vā-panakesu attho veditabbo. Kasmā pana kammassa katattā ti ca na kammassa katattā ti ca ubhinnam pi niddese jaratā ca aniccatā ca gahitā? Anupādiṇṇādīnam yeva niddesesu gahitāni. Na

---

[1] pacitvā T. M. [2] Yā T. [3] lakkhaṇaññaṇattham M. [4] °parikatha° M. [5] atthan ti M. [6] parivattetvā M. [7] Dhs. § 653 seq. [8] °kathāyaṃ M. [9] Dhs. § 653. [10] vuttā ti T. [11] pi aṭṭhi anupādiṇṇāni pi M. [12] yaṃyaṃvā M.

kammassa katattā ti ettha tāva kammato aññapaccayasamuṭṭhānaṃ saṅgahitaṃ. Kammassa katattā ti ettha kammasamuṭṭhānam eva imāni ca dve rūpāni neva kammato na aññasmā rūpajanakapaccayā[1] uppajjanti, tasmā na gahitāni[2]. Sā va nesaṃ[3] anuppatti parato āvibhavissati. Anupādiṇṇan ti ādisu pana kevalaṃ anupādiṇṇādigahaṇena kammādisamuṭṭhānatā paṭikkhittā, na aññapaccayasamuṭṭhānatā anuññātā, tasmā tattha gahitāni ti veditabbāni.

665. Cittasamuṭṭhānaniddese[4] *kāyaviññatti vacīviññatti* ti idaṃ dvayaṃ yasmā ekantacittasamuṭṭhānāni bhūtāni upādāya paññāyati tasmā vuttaṃ. Paramatthato pana tassa nissayabhūtāni bhūtān'eva[5] cittasamuṭṭhānāni taṃ nissitattā[6] yathā aniccassa rūpassa jarāmaraṇaṃ aniccaṃ nāma hoti evam idam pi cittasamuṭṭhānaṃ nāma jātaṃ.

666. Cittasahabhuniddese[7] pi es'eva nayo. Yāva cittaṃ tāva paññāyatanato[8], idam eva dvayaṃ vuttaṃ. Na pan' etaṃ cittena sahabhūtāni viya vedanādayo[9] viya ca uppajjati.

667. Cittānuparivattitāya[10] pi es'eva nayo. Yāva cittaṃ tāva paññāyatanato[11], evaṃ h'etaṃ dvayaṃ cittānuparivatti ti vuttaṃ.

668. Oḷārikan[12] ti vatthārammaṇabhūtattā pasādaghaṭṭanavasena[13] gahetabbato thūlaṃ. Vuttavipallāsato *sukhumaṃ* veditabbaṃ.

669. Dūre[14] ti ghaṭṭanāvasena agahetabbattā duppariññeyyabhāvena samīpe ṭhitam pi dūre. Itaram pana ghaṭṭanāvasena[15] gahetabbattā supariññeyyabhāvena dūre ṭhitam pi *santike*.

670. Cakkhāyatanādiniddesā[16] heṭṭhāvuttanayen'eva vitthārato veditabbā.

---

[1] rūpapaccayā M. [2] gahitā ti M. [3] ta ca tesaṃ T. [4] Dhs. § 667, 668. [5] bhūtān'eva bhūtāni citta° M. [6] sannissitattā T. [7] Dhs. § 669, 670. [8] paññāya tato T. [9] cetanādayo M. [10] Dhs. § 671, 672. [11] paññāyanato T. [12] Dhs. § 675, 676. Visuddhimagga p. 124. [13] °bhūtattā saṃghaṭṭana° M. [14] Dhs. § 677, 678 [15] ghaṭṭena° M. [16] Dhs. § 653—980.

671. Idaṃ tāva duvidhena rūpasaṅgahe[1] visesamattaṃ: Tividhasaṅgaho[2] uttānattho yeva.

672. Catubbidhasaṅgahāvasāne diṭṭhādīnaṃ pacchimapadassa bhedābhāvena ādito paṭṭhāya pucchaṃ akatvā rūpāyatanaṃ diṭṭhaṃ saddāyatanaṃ sutan[3] ti ādi vuttaṃ.

Tattha[4] rūpāyatanaṃ cakkhunā oloketvā dakkhituṃ sakkā ti diṭṭhaṃ nāma jātaṃ[5]. Saddāyatanaṃ sotena saddaṃ sutvā jānituṃ sakkā ti sutaṃ nāma jātaṃ. Gandhāyatanattayaṃ ghāṇajivhākāyehi patvā gahetabbato munitvā jānitabbaṭṭhena mutaṃ[6] nāma jātaṃ.

Phusitvā pi ñāṇuppattikāraṇato mutaṃ nāmā ti pi vuttaṃ.

Sabbam eva rūpaṃ manoviññāṇenā jānitabban ti manasā viññātaṃ nāma jātaṃ.

673. Pañcavidhasaṅgahaniddese[7] kakkhaḷan ti thaddhaṃ, kharam eva kharagataṃ pharusan ti attho. Itare dve pi bhāvaniddesā[8] eva ajjhattan ti niyakajjhattaṃ, bahiddhā ti bāhiraṃ, upādiṇṇan ti na kammasamuṭṭhānam eva. Avisesena pana sarīraṭṭhakass' etaṃ gahaṇaṃ. Sarīraṭṭhakaṃ hi upādiṇṇaṃ vā hotu anupādiṇṇaṃ vā ādiṇṇagahitaparāmaṭṭhavasena[9] sabbaṃ upādiṇṇaṃ eva nāma.

674. Tejogatan[10] ti sabbatejesu gataṃ uṇhattalakkhaṇaṃ. Tejo eva vā tejobhāvaṃ gatan ti tejogataṃ. Usmā ti usmākāro, usmāgatan ti usmābhāvaṃ gataṃ. Usmākārass' ev' etaṃ nāmaṃ. Usuman ti balavausmā[11]. Usumam eva usumabhāvaṃ gatan ti usumagataṃ.

675. Vāyanakavasena[12] vāyo, vāyo va vāyobhāvagatattā vāyogataṃ. Thambhitattan ti uppalanāḷatacādīnaṃ[13] viya vātapuṇṇānaṃ thambhitabhāvo rūpassa.

---

[1] Dhs. § 653—741. [2] Dhs. § 742—876. [3] Dhs. § 961, Visuddhimagga p. 125. [4] Tathā M. [5] jāti M. [6] muti M. [7] Dhs. § 962—966. [8] Itayo dve pi sabbāva° M. [9] °paramaṭṭha° M. [10] Dhs. § 964. [11] ussuman ti balaṃ usmā M. [12] Dhs. § 965. [13] uppalanāḷata° M.

676. Chabbidhādisaṅgahānaṃ tiṇṇam osānapadassa bhedābhāvato ādito paṭṭhāya apucchitvā va niddeso kato. Tattha cakkhuviññāṇena jānituṃ sakkā ti cakkhuviññeyyaṃ[1] . . . . pe . . . . manoviññāṇena jānituṃ sakkā ti manoviññeyyaṃ, tividhāya manodhātuyā vijānituṃ[2] sakkā ti manodhātuviññeyyaṃ[3] sabbaṃ rūpan ti. Ettha yasmā ekarūpam pi manoviññāṇadhātuyā avijānitabbaṃ[4] nāma natthi tasmā sabbaṃ rūpaṃ ti vuttaṃ. Sammāsambuddhena hi Abhidhammaṃ patvā nayaṃ kātuṃ yuttaṭṭhāne nayo akato nāma natthi idañ ca ekarūpassā pi manoviññāṇadhātuyā avijānitabbassa[5] abhāvena nayaṃ kātuṃ yuttaṭṭhānaṃ nāma, tasmā nayaṃ karonto sabbaṃ rūpan ti āha.

677. Sukhasamphasso[6] ti sukhavedanāpaṭilābhappaccayo, dukkhasamphasso ti dukkhavedanā paṭilābhappaccayo. Idhā pi phoṭṭhabbārammaṇassa sukhadukkhassa sabbhāvato ayaṃ nayo[7] diṇṇo.

678. Navake[8] pana indriyarūpassa nāma atthitāya nayo diṇṇo. Tass'eva appaṭighātāya dasakena[9] nayo diṇṇo.

679. Ekādasake[10] aḍḍhekādasa āyatanāni vibhattāni, tesaṃ niddesavārā heṭṭhāvuttanayen' eva vitthārato veditabbā. Sesaṃ sabbattha uttānattham eva.

Imesu pana rūpesu asammohatthaṃ:

'Samodhānaṃ samuṭṭhānam parinipphannañ ca
saṅkhatan ti'

idaṃ pakiṇṇakaṃ veditabbaṃ. Tattha samodhānan ti sabbam eva h'idaṃ rūpaṃ samodhānato cakkhāyatanaṃ . . . . pe . . . . kabaliṃkāro āhāro phoṭṭhabbāyatanaṃ āpodhātū ti pañcavīsatisaṅkhaṃ hoti. Taṃ vatthurūpena saddhiṃ chabbīsatisaṅkhaṃ veditabbaṃ.

---

[1] Dhs. § 967. [2] jānituṃ M. [3] Dhs. § 969 [4] ajānitabbaṃ M. [5] ajānitabbassa M. [6] Dhs. § 970. [7] nayaṃ nayo M. [8] Dhs. § 971—973. [9] sappaṭigha-appaṭighatādasake M. [10] Dhs. § 978—980.

680. Ito aññaṃ rūpaṃ nāma natthi. Keci pana middharūpaṃ[1] nāma atthī ti vadanti. Te 'addhā munī si sambuddho natthi nīvaraṇā tavā' ti[2] ādīni vatvā middharūpaṃ nāma natthī ti paṭisedhetabbā[3]. Apare balarūpena saddhiṃ sattavīsati, sambhavarūpena saddhiṃ aṭṭhavīsati, jātirūpena saddhiṃ ekūnatiṃsa, rogarūpena saddhiṃ samattiṃsa rūpānī ti vadanti. Te pi tesaṃ visuṃ abhāvaṃ dassetvā paṭikkhipitabbā.

Vāyodhātuyā gahitāya balarūpaṃ gahitam eva. Aññaṃ balarūpaṃ nāma natthi. Āpodhātuyā sambhavarūpaṃ, upacayasantatīhi jātirūpaṃ, jaratāniccatāhi gahitāhi rogarūpaṃ gahitam eva. Aññaṃ rogarūpaṃ nāma natthi.

Yo pi kaṇṇarogādiābādho so visamapaccayasamuṭṭhitadhātumattam[4] eva. Na añño tattha rogo nāma atthī ti samodhānato chabbīsati-m-eva rūpāni.

681. Samuṭṭhānan ti. Kati rūpā, kati samuṭṭhānā? Dasa ekasamuṭṭhānā, ekaṃ disamuṭṭhānaṃ, tīni tisamuṭṭhānāni, nava catusamuṭṭhānāni, dve na kenaci samuṭṭhahanti.

Tattha cakkhuppasādo . . . pe . . . jīvitindriyan ti imāni aṭṭha ekantaṃ kammato va samuṭṭhahanti.

Kāyaviññatti-vacīviññatti-dvayaṃ ekantena cittato samuṭṭhātī ti dasa ekasamuṭṭhānāni nāma.

Saddo ututo ca cittato ca samuṭṭhātī ti eko dvisamuṭṭhāno nāma.

Tattha aviññāṇakasaddo ututo samuṭṭhāti, saviññāṇakasaddo cittato.

Lahutādittayaṃ pana utucittāhārehi samuṭṭhātī ti tīni tisamuṭṭhānāni nāma. Avasesāni nava rūpāni tehi kammena cā ti catūhi samuṭṭhahantī ti nava catusamuṭṭhānāni nāma. Jaratāniccatā pana etesaṃ[5] ekato pi na samuṭṭhahantī ti, dve na kenaci samuṭṭhahanti nāma. Kasmā? Ajāyanato. Na hi etāni jāyanti. Kasmā? Jātassa pākabhedattā, uppannaṃ hi rūpaṃ vā arūpaṃ vā bhijjatī ti

[1] *Dhs.* § 1157, Visuddhimagga p. 94. [2] Suttanipāta verse 541. [3] °tabbaṃ M. [4] °dhātumattamo M. [5] etesu M.

-avassaṃ taṃ sampaṭicchitabbaṃ. Na hi uppannaṃ rūpaṃ vā arūpaṃ vā akkhayaṃ[1] nāma dissati. Yāva pana na bhijjati tāv' assa paripāko ti siddhaṃ etaṃ jātassa pākabhedattā ti. Yadi ca tāni jāyeyyuṃ tesaṃ pi pākabhedā bhaveyyuṃ na ca pāko paccati bhedo va bhijjatī ti jātassa pākabhedattā n'etaṃ dvayaṃ jāyati.

682. Tattha siyā yathā kammassa katattā ti -ādi niddesesu rūpassa upacayo[2] rūpassa santatī[3] ti vacanena jāti jāyatī[4] ti sampaṭicchitaṃ hoti. Evaṃ pāko pi paccatu bhedo pi bhijjatū ti, na tattha jāti jāyatī[5] ti sampaṭicchitaṃ. Ye pana dhammā kammādihi nibbattanti[6] tesaṃ abhinibbattibhāvato jātiyā tappaccayabhāvavohāro anumato. Na pana paramatthato jāti jāyati, jāyamānassa hi abhinibbattimattaṃ jāyatī ti.

683. Tattha siyā yath 'eva hi jāti. Yesaṃ dhammānaṃ abhinibbattitappaccayabhāvavohāraṃ abhinibbattivohārañ ca labhati tathā pākabhedā pi. Yesaṃ dhammānaṃ pākabhedātappaccayabhāvavohāraṃ abhinibbattivohārañ ca labhati[7] evaṃ idam pi dvayaṃ kammādisamuṭṭhānam evā ti vattabbaṃ bhavissatī ti. Na pākabhedā[8] vohāraṃ labhanti. Kasmā? Janakappaccayānubhavakkhaṇe abhāvato. Janakappaccayānaṃ hi uppādetabbadhammassa uppādakkhaṇe yeva ānubhāvo, na tato uttariṃ. Tehi abhinibbattitadhammakkhaṇasmiṃ ca jāti paññāyamānā tappaccayabhāvavohāraṃ abhinibbattivohārañ ca labbati tasmiṃ khaṇe sabbhāvato. Na itaradvayaṃ tasmiṃ khaṇe abhāvato ti neva taṃ[9] jāyatī ti vattabbaṃ.

Jarāmaraṇaṃ bhikkhave aniccaṃ saṅkhataṃ paṭiccasamuppannan ti āgatattā. Idam pi dvayaṃ jāyatī ti ce? Na pariyāyadesitattā. Tattha hi paṭiccasamuppannānaṃ dhammānaṃ jarāmaraṇattā pariyāyena taṃ paṭicca samuppannan ti vuttaṃ. Yadi evaṃ tayam p'etam ajātattā sasa-

---

[1] adhayaṃ M. [2] Dhs. § 642. [3] Dhs. § 643. [4] jarātī M. [5] jarātī M. [6] nibbattenā ti C. G. T. [7] labbanti M. labhatu T. [8] pākaṭabhedā M. [9] ti vetaṃ T.

visāṇaṃ[1] viya natthi nibbānaṃ viya vā niccam iti ce na nissayapaṭibaddhavuttito[2]. Paṭhavī-ādīnaṃ hi nissayānaṃ bhāve jāti-ādittayaṃ paññāyati, tasmā na natthi, tesañ ca abhāvena paññāyati, tasmā na niccaṃ, etam pi[3] ca abhinivesam paṭisedhetum eva idaṃ vuttaṃ. Jarāmaraṇaṃ bhikkhave aniccaṃ saṅkhataṃ paṭicca samuppannan ti evam ādīhi nayehi tāni[4] dve rūpāni na kehici samuṭṭhahantī ti veditabbāni.

684. Api ca samuṭṭhānan ti. Ettha ayam añño pi attho. Tassāyam mātikā: kammajaṃ kammapaccayaṃ kammapaccaya-utusamuṭṭhānaṃ āhārasamuṭṭhānaṃ āhārapaccayaṃ āhārapaccaya-utusamuṭṭhānaṃ utusamuṭṭhānaṃ utupaccayaṃ utupaccaya-utusamuṭṭhānaṃ cittasamuṭṭhānaṃ cittapaccayaṃ cittapaccaya-utusamuṭṭhānaṃ ti.

Tattha cakkhuppasādādi-aṭṭhavidhaṃ rūpaṃ saddhiṃ hadayavatthunā kammajaṃ nāma.

Kesamassu hatthidantā[5] assavālā camaravālā[6] ti evaṃ ādikammappaccayaṃ nāma.

Cakkaratanaṃ devatānaṃ uyyānavimānānī ti[7] evamādi[8] kammappaccaya-utusamuṭṭhānaṃ nāma.

Āhārato samuṭṭhitaṃ suddhaṭṭhakaṃ āhārasamuṭṭhānaṃ nāma.

Kabaliṅkāro āhāro dvinnam pi rūpasantatīnaṃ paccayo hoti āhārasamuṭṭhānassa ca upādiṇṇassa ca. Āhārasamuṭṭhānassa janako hutvā[9] paccayo hoti kammajassa anupālako pi. Idaṃ āhārānupālitakammajarūpaṃ āhārapaccayaṃ nāma.

Visabhāgāhāraṃ sevitvā ātape gacchantassa kāḷakuṭṭhādīni[10] uppajjanti, idaṃ āhārapaccayaṃ utusamuṭṭhānaṃ nāma.

Ututo samuṭṭhitaṃ suddhaṭṭhakaṃ utusamuṭṭhānaṃ nāma. Tasmiṃ utu aññaṃ aṭṭhakaṃ samuṭṭhāpeti. Idaṃ

---

[1] sasavītānaṃ T. [2] °vattito M. [3] etasmiṃ ca M. [4] M. *adds*. [5] °dandhā M. [6] cāmaparivālā M. [7] vimānādīnī ti M. [8] °āti M. [9] hutvā ti M. [10] tilākāṭṭhakuṭṭh° M.

utupaccayaṃ nāma. Tasmiṃ pi utu aññaṃ aṭṭhakaṃ samuṭṭhāpeti. Idaṃ utupaccaya-utusamuṭṭhānaṃ nāma.

Evaṃ tisso yeva santatiyo ghaṭṭetuṃ sakkoti na tato paraṃ. Imaṃ atthaṃ anupādinnakenā pi dīpetuṃ vaṭṭati. Utusamuṭṭhāno nāma valāhako, utupaccayā nāma vuṭṭhidhārā, deve pana vaṭṭe[1] bījāni virūhanti, paṭhavī gandhaṃ muñcati, pabbatānilā khāyanti, samuddo vaḍḍhati. Evaṃ utupaccaya-utusamuṭṭhānaṃ nāma.

Cittato samuṭṭhitaṃ suddhaṭṭhakaṃ cittasamuṭṭhānaṃ nāma. Pacchā jātā cittacetasikā dhammā pure jātassa imassa kāyassa pacchājātapaccayena paccayo ti[2] idaṃ cittapaccayaṃ nāma. Ākāse antalikkhe hatthiṃ pi dasseti assam pi dasseti ratham pi dasseti vividham pi senābyūhaṃ dasseti ti idaṃ cittapaccaya-utusamuṭṭhānaṃ nāma.

685. Parinipphannan[3] ti. Paṇṇarasa rūpā parinipphannā nāma, dasa aparinipphannā[4] nāma. Yadi aparinipphannā[5] asaṅkhatā nāma bhaveyyuṃ tesaṃ yeva pana rūpānaṃ kāyavikāro kāyaviññatti nāma, vacīvikāro vacīviññatti nāma, chiddavivaram ākāsadhātu nāma, lahubhāvo lahutā nāma, mudubhāvo mudutā nāma, kammaññabhāvo kammaññatā nāma, nibbatti upacayo nāma, pavatti santati nāma, jīraṇakāro[6] jaratā nāma hutvā abhāvākāro aniccatā nāmā ti sabbaṃ parinipphannaṃ saṅkhatam eva hotī ti.

Atthasāliniyā Dhammasaṅgahaṭṭhakathāya rūpakaṇḍavaṇṇanā niṭṭhitā.

686. Ettāvatā kusalattiko sabbesaṃ kusalādidhammānaṃ padabhājananayena vitthārito hoti. Yasmā pana yvāyaṃ kusalattikassa vibhājananayo[7] vutto sesatikadukānam pi es' eva vibhajananayo hoti. Yathā hi ettha evaṃ[8] katame dhammā sukhāya vedanāya sampayuttā yasmiṃ samaye kāmāvacaraṃ kusalaṃ cittaṃ uppannaṃ hoti somanassasahagataṃ ñāṇasampayuttaṃ rūpārammaṇaṃ vā . .

---

[1] vaddhe T. [2] paccayā honti ti M. [3] paranipphannāni M. [4] aparinipphannāni M. [5] paripphannā T. [6] jīvāraṇakāyo M. [7] vijānananayo M. [8] Dhs. § 984.

. . . . pe . . . . ye vā pana tasmiṃ samaye aññe pi atthi paṭicca samuppannā arūpino dhammā ṭhapetvā vedanaṃ[1] ime dhammā sukhāya vedanāya sampayuttā ti ādinā anukkamena sabbatikadukesu sakkā paṇḍitehi vibhajananayaṃ sallakkhetuṃ tasmā taṃ vitthāradesanaṃ nikkhipitvā aññena nātisaṅkhepavitthāranayena sabbatikadukadhammavibhāgaṃ dassetuṃ katame dhammā kusalā[2] ti nikkhepakaṇḍaṃ āraddhaṃ. Cittuppādakaṇḍaṃ āharitvā dassitā[3] aṭṭhakathākaṇḍaṃ saṅkhepadesanā, idam pana nikkhepakaṇḍaṃ cittuppādakaṇḍaṃ upādāya saṅkhepo aṭṭhakathākaṇḍaṃ upādāya vitthāro ti saṅkhittavitthāradhātukaṃ hoti. Tayidaṃ[4] vitthāradesanaṃ nikkhipitvā desitattā pi heṭṭhāvuttakāraṇavasenā pi nikkhepakaṇḍaṃ nāmā ti veditabbaṃ. Vuttaṃ h'etaṃ:

Mūlato khandhato cā pi dvārato cā pi bhūmito |
atthato dhammato cā pi nāmato cā pi liṅgato |
nikkhipitvā desitattā nikkhepo ti pavuccatī ti ||

687. Idaṃ hi tīni kusalamūlānī[5] ti ādinā nayena mūlato nikkhipitvā desitaṃ. Taṃ sampayutto vedanākkhandho ti khandhato, taṃ samuṭṭhānaṃ kāyakamman ti dvārato. Kāyadvārapavattaṃ hi kammaṃ kāyakamman ti vuccati. Sukhabhūmiyaṃ kāmāvacare ti ādinā bhūmito nikkhipitvā desitaṃ.

Tattha tattha pana atthadhammā liṅganāmānaṃ vasena desitattā atthādīni nikkhipitvā desitā nāmā ti veditabbā[6].

Tattha kusalapadaniddese tāva tīnī ti gaṇanaparicchedo kusalāni ca tāni mūlāni ca kusalānaṃ vā dhammānaṃ vā hetupaccayapabhavajanakasamuṭṭhāpakanibbattakaṭṭhena mūlānī ti kusalamūlāni[7]. Evaṃ atthavasena dassetvā idāni nāmavasena dassetuṃ alobho adoso amoho ti āha. Ettāvatā yasmā mūlena muttaṃ kusalaṃ nāma natthi tasmā catubhūmakakusalaṃ tīhi mūlehi pariyādiyitvā dassesi Dhammarājā.

---

[1] vedanākkhaṇaṃ M. [2] Dhs. § 981. [3] cittuppādakaṇḍakaṃ hi vitthāradesanā M. [4] yad idaṃ M. [5] Dhs. § 981. [6] veditabbaṃ M. [7] °mūlānī ti M.

Taṃ sampayutto ti tehi alobhādīhi sampayutto. Tattha alobhena sampayutte saṅkhārakkhandhe adosāmohā pi alobhena sampayuttasaṅkhārakkhandhagaṇanaṃ yeva gacchanti. Sesadvayavasena sampayoge[1] pi es'eva nayo.

Iti catubhūmakaṃ kusalaṃ puna[2] sampayuttakacatukkhandhakavasena pariyādiyitvā dassesi Dhammarājā.

Taṃ samuṭṭhānan ti tehi alobhādīhi samuṭṭhitaṃ iminā pi nayena tad eva catubhūmakakusalaṃ[3] tiṇṇaṃ kammadvārānaṃ vasena pariyādiyitvā dassesi Dhammarājā.

Evaṃ tāva kusalaṃ tīsu ṭhānesu pariyādiyitvā dassitaṃ[4] akusale pi es'eva nayo. Dvādasannaṃ hi akusalacittānaṃ ekam pi mūlena muttaṃ nāma natthī ti mūlena pariyādiyitvā dassesi Dhammarājā.

688. Sampayuttacatukkhandhato[5] uddhaṃ akusalaṃ nāma natthī ti tān' eva dvādasa akusalacittāni catukkhandhavasena pariyādiyitvā dassesi Dhammarājā.

Kāyakammādivasena pana tesaṃ pavattisabbhāvato kammadvāravasena pariyādiyitvā dassesi Dhammarājā.

Yaṃ pan' ettha tadekaṭṭhā ca kilesā[6] ti ādi vuttaṃ tattha ekasmiṃ citte puggale vā ṭhitan ti ekaṭṭhaṃ. Tattha ekasmiṃ citte ṭhitam sahajekaṭṭhaṃ nāma hoti, ekasmiṃ puggale ṭhitaṃ pahānekaṭṭhaṃ nāma. Tena lobhādinā aññena vā tattha tattha niddiṭṭhena saha ekasmiṃ ṭhitan ti tadekaṭṭhaṃ.

689. Tattha katame dhammā saṅkiliṭṭhasaṅkilesikā[7]? Tīni akusalamūlāni lobho doso moho tadekaṭṭhā ca kilesā ti saṅkiliṭṭhattike.

690. Katame dhammā hīnā[8]? Tīni akusalamūlāni lobho doso moho tadekaṭṭhā ca kilesā ti hīnattike.

691. Katame dhammā akusalā[9]? Tīni akusalamūlāni lobho doso moho tadekaṭṭhā ca kilesā ti imasmiṃ kusalattike.

---

[1] sesapadadvayavasena sesasampa° M. [2] M. *adds* taṃ. [3] °bhūmika° M. [4] dassitaṃ M. [5] M. *adds* ca. [6] Dhs. § 982. [7] Dhs. § 993. [8] Dhs. § 1025. [9] Dhs. § 982.

692. Katame dhammā saṅkiliṭṭhā[1]? Tīni akusalamūlāni lobho doso moho tadekaṭṭhā ca kilesā ti kilesagocchake.

693. Katame dhammā saraṇā[2]? Tīni akusalamūlāni lobho doso moho tadekaṭṭhā ca kilesā ti saraṇaduke.

Imesu ettakesu ṭhānesu sahajekaṭṭhaṃ[3] āgataṃ.

694. Dassanena pahātabbattike[4] pana imāni tīni saṃyojanāni tadekaṭṭhā ca kilesā[5].

Puna tattha 'eva tīni saṃyojanāni sakkāyadiṭṭhi vicikicchā sīlabbataparāmāso ime dhammā dassanena pahātabbā.

695. Tadekaṭṭho[6] lobho doso moho ime dhammā dassanena pahātabbahetū tadekaṭṭhā ca kilesā taṃ sampayutto vedanākkhandho saññākkhandho viññāṇakkhandho ti samuṭṭhānaṃ kāyakammaṃ vacīkammaṃ manokammaṃ ime dhammā dassanena pahātabbahetukā ti.

696. Sammappadhānavibhaṅge tattha katame pāpakā akusalā dhammā tīni akusalamūlāni lobho doso moho tadekaṭṭhā ca kilesā ti imesu pana ettakesu ṭhānesu pahānekaṭṭhaṃ āgatan ti veditabbaṃ.

697. Avyākatapadaniddeso uttānattho yevā ti. Imasmiṃ tike tīni lakkhaṇāni tisso paññattiyo kasiṇugghāṭimākāsaṃ ajaṭākāsaṃ[7] ākiñcaññāyatanassa ārammaṇaṃ nirodhasamāpatti ca na labbhatī ti vuttaṃ.

698. Vedanātikaniddese[8] sukhabhūmiyan ti. Ettha yathā tambabhūmi kaṇhabhūmī ti tambakaṇhabhūmi yeva vuccanti[9] evaṃ sukham pi sukhabhūmi nāma. Yathā ucchubhūmi sālibhūmī ti ucchusālīnaṃ uppajjanaṭṭhānāni vuccanti evaṃ sukhassa uppajjanaṭṭhānaṃ cittam[10] pi sukhabhūmi nāma taṃ idha adhippetaṃ.

Yasmā pana sā kāmāvacarā hoti[11] rūpāvacarādīsu vā

---

[1] Dhs. § 1243. [2] Dhs. § 1294. [3] °jekaṭṭhā M. [4] Dhs. § 1002. [5] Dassanena pahātabbahetukattike pi imāni tīni saṃyojanāni tadekaṭṭhā ca kilesā M. [6] Dhs. § 1010. [7] ajhaṭāk° T. [8] Dhs. § 984—986. [9] tambakaṇhabhūmiyo ca vucc° T. [10] vittam T. [11] pan'esa kāmāvacaro vā hoti T. kāmāvacare vā hoti M.

tasmā'ssa taṃ pabhedaṃ dassetuṃ kāmāvacare ti ādi vuttaṃ.

Sukhavedanaṃ ṭhapetvā ti. Yā sā sukhabhūmiyaṃ sukhā vedanā taṃ ṭhapetvā taṃ sampayutto ti tāy'eva ṭhapitāya sukhavedanāya sampayutto. Sesapadadvaye pi iminā va nayena attho veditabbo ti. Imasmiṃ tike tisso vedanā sabbaṃ rūpaṃ nibbānan ti. Idam pi na labbhati, ayaṃ hi tiko kusalattike ca alabbhamānehi imehi catūhi koṭṭhāsehi muttako nāma.

Ito paresu pana tikadukesu pāḷito ca atthato ca yaṃ vattabbaṃ siyā taṃ sabbaṃ padānukkamena mātikākathāyam c'eva kusalādīnaṃ niddese ca vuttam eva. Yaṃ pana yattha visesamattaṃ tad eva vakkhāma.

699. Tattha vipākattike[1] tāva kiñcā pi arūpadhammā viya rūpadhammā pi kammasamuṭṭhānā atthi, anārammaṇattā pana te kammasarikkhakā na hontī ti sārammaṇā, arūpadhammā ca kammasarikkhakattā vipākā ti vuttā bījasarikkhakam phalaṃ viya. Sālibījasmiṃ hi vāpite aṅkurapattādisu nikkhantesu pi sālipbalan ti vuccati. Yadā pana sālisīsaṃ pakkaṃ hoti pariṇataṃ tadā bījasarikkhako sāli eva sāliphalan ti vuccati. Aṅkurapattādīni pana bījajātāni bījato nibbattānī ti vuccanti. Evam evaṃ rūpam pi kammajan ti vā upādiṇṇan ti vā vattuṃ vaṭṭati.

700. Upādiṇṇattike[2] kiñcā pi khīṇāsavassa khandhā ambākam Mātulatthero amhākaṃ Cullapituthero ti vadantānaṃ paresaṃ upādānassa paccayā honti, maggaphalanibbānāni pana agahitāni aparāmaṭṭhani anupādiṇṇān' eva. Tāni hi yathā divasasantatto ayoguḷo makkhikānaṃ abhinisīdanassa paccayo na hoti evam evaṃ tejussadattā taṇhāmānadiṭṭhivasena gahaṇassa paccayā na hontī ti. Tena vuttaṃ: ime dhammā anupādiṇṇa-anupādāniyā[3] ti. Asaṅkiliṭṭha-asaṅkilesesu[4] pi es' eva nayo.

701. Vitakkattike[5] vitakkasahajātena vicārena saddhiṃ kusalattike alabbhamānā va na labbhanti.

---

[1] Dhs. § 987—989. [2] Dhs. § 990—992. [3] Dhs. § 992.
[4] Dhs. § 993—995. [5] Dhs. § 996—998.

702. Pītisahagatattike[1] pīti-ādayo attanā attanā sahajātadhammānaṃ pītisahagatādibhāvaṃ datvā sayaṃ piṭṭhivaṭṭakā jātā. Imasmiṃ tike dve domanassasahagatā cittuppādā dukkhasahagataṃ kāyaviññāṇaṃ upekhā vedanā rūpaṃ nibbānan ti idam pi na labbhati.

. Ayaṃ hi tiko kusalattike ca alabbhamānehi imehi ca pañcahi koṭṭhāsehi muttako nāma.

703. Dassanena pahātabbattike[2] saṃyojanānī ti bandhanāni. Sakkāyadiṭṭhī ti vijjamānaṭṭhena sati khandhapañcakasaṅkhāte[3] kāye sayaṃ vā sati tasmiṃ kāye diṭṭhī ti sakkāyadiṭṭhi. Sīlena sujjhituṃ sakkā vatena sujjhituṃ sakkā sīlabbatehi[4] sujjhituṃ sakkā ti gahitasamādānaṃ pana sīlabbataparāmāso nāma.

704. Idhā[5] ti desāpadese nipāto. Svāyaṃ katthaci lokaṃ upādāya vuccati. Yathāha: Idha Tathāgato loke uppajjatī ti.

Katthaci sāsanaṃ. Yathāha: Idh' eva bhikkhave samano idha dutiyo samano ti. Katthaci okāsaṃ. Yath'āha:

Idh' eva tiṭṭhamānassa devabhūtassa me sato |
Punar āyu ca me laddho evaṃ jānāhi mārisā ti ||

Katthaci padapūraṇamattam eva. Yath'āha: Idhāhaṃ bhikkhave bhuttāvī asampavārito ti. Idha pana lokaṃ upādāya vutto ti veditabbo.

705. Assutavā puthujjano[6] ti. Ettha pana:

āgamādhigamābhāvā ñeyyo: Assutavā iti.

Yassa hi khandhadhātuāyatanapaccayākārasatipaṭṭhānādīsu uggahaparipucchāvinicchayarahitattā diṭṭhipaṭisedhako n'eva āgamo paṭipattiyā adhigantabbassa anadhigatattā neva adhigamo atthi so āgamādhigamābhāvā ñeyyo assutavā iti. Svāyaṃ:

Puthūnaṃ jananādīhi kāraṇehi puthujjano |
puthujjanantogadhattā[7] puthu vāyaṃ jano iti[8] ||

---

[1] Dhs. § 999. [2] Dhs. § 1002. [3] °paṇḍaka° G. [4] sīlavatehi M. [5] Dhs. § 1003. [6] Comp. Majjhimanikāya I. 7 and Papañcasūdanī in Trenckner's Transcript p. 22. [7] °gavattā M. [8] Sumaṅgalavil. p. 59.

So hi puthūnam nānappakārakānaṃ kilesādīnaṃ jananādīhi pi kāraṇehi puthujjano[1]. Yath'āha: puthu-nānākileso janentī ti puthujjanā, puthu-avihatasakkāyadiṭṭhikā ti puthujjanā, puthu-nānāsatthārānaṃ mukhullokakā ti puthujjanā, puthu-sabbagatīhi avuṭṭhitā ti puthujjanā, puthu-nānābhisaṅkhāre abhisaṅkharontī ti puthujjanā, puthu-nānā-oghehi vuyhanti . . . . . . po . . . . puthu-nānā-santāpehi santappantī ti puthujjanā, puthu-nānāpariḷāhehi pariḍayhantī ti puthujjanā, puthu-pañcasu kāmaguṇesu rattā giddhā gathitā[2] mucchitā ajjhopannā[3] laggā lagitā[4] palibuddhā ti puthujjanā, puthu-pañcahi nīvaraṇehi āvaṭā[5] nivutā ovutā[6] pihitā paṭicchannā paṭikujjitā ti puthujjanā, puthūnaṃ vā gaṇanapatham atītānaṃ ariyadhammaparammukhānaṃ[7] nīcadhammasamācārānaṃ janānaṃ antogadhattā ti pi puthujjanā, puthu vā ayaṃ visuṃ yeva saṅkhaṃ gato visaṃsaṭṭho sīlasutādiguṇayuttehi ariyehi janehī ti pi puthujjano. Evam etehi assutavā puthujjano ti dvīhi padehi. Ye te

Duve[8] puthujjanā vuttā Buddhen' ādiccabandhunā |
Andho[9] puthujjano eko kalyāṇ' eko puthujjano ti ||

dve va puthujjanā vuttā, tesu andhaputhujjano vutto hotī ti veditabbo.

706. Ariyānaṃ adassāvī ti ādīsu. Ariyā ti ārakattā kilesehi anayena īriyanato aye īriyanato sadevakena[10] ca lokena araṇīyato Buddhā ca paccekabuddhā ca buddhasāvakā ca vuccanti. Buddhā eva vā idha ariyā. Yath' āha: Sadevake bhikkhave loke . . . .
. . . . pe . . . .
Tathāgato ariyo ti vuccatī ti.

707. Sappurisā ti. Ettha pana paccekabuddhā Tathāgatasāvakā ca sappurisā ti veditabbā.

Te hi lokuttaraguṇayogena sobhanā purisā ti sappurisā.

---

[1] Comp. Burnouf Lotus 848 foll. [2] gadhikā M. [3] ajjhosannā M. [4] labhitā T. [5] āvutā M. [6] ovuṭā M. Comp. Milindap. p. 161. [7] ariyadhammukhānaṃ T. [8] Dve me T. [9] anto M. [10] sadena T.

Sabbe vā ete dvedhā vuttā. Buddhā pi hi ariyā ca sappurisā ca paccekabuddhā buddhasāvakā pi. Yath'āha:

Yo ce kataññū katavedī dhīro kalyāṇamitto daḷhabhattī ca hoti
Dukkhitassa sakkacca karoti kiccaṃ tathāvidhaṃ sappurisaṃ vadantī ti.

Kalyāṇamitto daḷhabhattī[1] ca hotī ti. Ettāvatā hi buddhasāvako vutto, kataññūtādīhi paccekabuddhā Buddhā ti. Idāni yo tesaṃ ariyānaṃ adassanasīlo na ca dassane sādhukārī so ariyānaṃ adassāvī ti[2] veditabbo.

So ca cakkhunā adassāvī ñāṇena adassāvī ti duvidho. Tesu ñāṇena adassāvī idha adhippeto. Maṃsacakkhunā hi dibbacakkhunā vā ariyā diṭṭhā pi adiṭṭhā va honti tesaṃ cakkhūnaṃ vaṇṇamattagahaṇato, na ariyabhāvagocarato[3]. Soṇasigālādayo[4] pi ca cakkhunā ariye passanti na ca te ariyānaṃ dassāvino.

708. Tatr'idaṃ vatthuṃ. Cittalapabbatavāsike kira khīṇāsavattherassa upaṭṭhāko[5] buḍḍhapabbajito ekadivasaṃ therena saddhiṃ piṇḍāya caritvā therassa pattacīvaraṃ gahetvā piṭṭhito āgacchanto theraṃ pucchi: 'Bhante ariyā nāma[6] kīdisā ti?' Thero āha: 'Idh' ekacco mahallako ariyānaṃ pattacīvaraṃ gahetvā vattapaṭivattaṃ katvā saha caranto pi neva ariye jānāti evaṃ dujjānā āvuso ariyā ti'. Evaṃ vutto pi[7] so neva ariyā ti aññāsi, tasmā na cakkhunā dassanaṃ, ñāṇadassanaṃ eva dassanaṃ.

Yath'āha: 'kin te, Vakkali, iminā pūtikāyena[8] diṭṭhena. Yo kho, Vakkali, dhammaṃ passati so maṃ passatī ti[9]. Tasmā cakkhunā passanto pi ñāṇena ariyehi diṭṭhaṃ aniccādilakkhaṇaṃ apassanto ariyādhigatañ ca dhammaṃ[10] anadhigacchanto[11] ariyakaraṇadhammānaṃ[12] ariyabhāvassa ca adiṭṭhattā[13] ariyānaṃ adassāvī ti veditabbo.

---

[1] duḷavatti M. [2] adassanāvī ti M. [3] ariyābhāva° M. [4] soṇasigābhedayo pi M. [5] dhiṇāsavatherassa sa ca therassa up° M. [6] ariyā nāma bhante M. [7] vutte Pap. [8] mūti° M. [9] Saṃyutta XXII, 87, 13. [10] °ādikatañ ca kammaṃ M. [11] gacchante M. [12] ariyadhammānaṃ M. [13] adhiṭṭhattā C. G.

709. Ariyadhammassa akovido[1] ti satipaṭṭhānādibhede[2] ariyadhamme akusalo.

710. Ariyadhamme avinīto ti. Ettha pana duvidho vinayo nāma, ekamek'ettha pañcadhā abhāvato, tassa ayaṃ avinīto ti vuccati.

Ayaṃ[3] hi saṃvaravinayo pahānavinayo ti duvidho vinayo. Ettha ca duvidhe pi vinaye[4] ekameko vinayo pañcadhā bhijjati. Saṃvaravinayo pi hi sīlasaṃvaro satisaṃvaro[5] ñāṇasaṃvaro khantisaṃvaro viriyasaṃvaro ti pañcavidho. Pahānavinayo pi tadaṅgappahānaṃ vikkhambhanappahānaṃ samucchedappahānaṃ paṭipassaddhippahānaṃ nissaraṇappahānan ti pañcavidho[6].

Tattha iminā pātimokkhasaṃvarena upeto hoti samupeto ti ayaṃ sīlasaṃvaro, rakkhati cakkhundriyaṃ cakkhundriye saṃvaraṃ āpajjatī ti ayaṃ satisaṃvaro.

Yāni sotāni lokasmiṃ (Ajitā ti Bhagavā)
sati tesaṃ nivāraṇaṃ
sotānaṃ saṃvaraṃ brūmi
paññāy' ete pithīyare ti[7].

Ayaṃ ñāṇasaṃvaro.

Khamo hoti sītassa uṇhassā ti ayaṃ khantisaṃvaro.

Uppannaṃ kāmavitakkaṃ nādhivāsetī ti ayaṃ viriyasaṃvaro.

Sabbo[8] pi cāyaṃ saṃvaro yathā sakaṃ saṃvaritabbānaṃ vinetabbānañ ca kāyaduccaritādīnaṃ saṃvaraṇato[9] saṃvaro vinayanato vinayo ti vuccati evaṃ tāva saṃvaravinayo pañcadhā bhijjatī ti veditabbo.

711. Yathāyaṃ[10] nāmarūpaparicchedādīsu vipassanāñāṇesu paṭipakkhabhāvato, dīpāloken'eva tam assa tena tena vipassanāñāṇena tassa tassa atthassa[11] pahānaṃ seyyathīdaṃ nāmarūpavavatthānena sakkāyadiṭṭhiyā, paccaya-

---

[1] akovidho M. [2] °bhedo M. [3] Spiegel, Rasavāhinī p. 85. [4] naye T. [5] atisaṃvaro T. [6] Pahāna is the same as vimutti, comp. Visuddhimagga p. 117. [7] pidhiyyaro ti M. Suttanipāta verse 1035. [8] sabbe T. [9] saṃvarato M. [10] Tath'āyaṃ M. Pap. [11] anatthassa T. aṅgassa C. G. Pap.

pariggahena ahetuvisamahetudiṭṭhīnaṃ tass'eva aparabhāgena kaṅkhāvitaraṇena kathaṃkathībhāvassa, kalāpasammasanena ahaṃ mamā ti gāhassa, maggāmaggavavatthānena amagge maggasaññāya, udayadassanena ucchedadiṭṭhiyā, vayadassanena sassatadiṭṭhiyā, bhayadassanena sabhaya-abhayasaññāya[1], ādīnavadassanena assādasaññāya, nibbidānupassanāya abhiratisaññāya, muñcitukammatāñāṇena amuñcitukāmatāya, upekhāñāṇena anupekkhāya, anulomena dhammaṭṭhitiyā[2] nibbāne ca paṭilomabhāvassa gotrabhunā saṅkhāranimittagāhassa pahānam etaṃ tadaṅgappahānan nāma.

Yaṃ pana[3] upacārappahānabhedena samādhinā pavattibhāvanivāraṇato ghaṭappahāren 'eva udakapiṭṭhe sevālassa tesaṃ tesaṃ nīvaraṇādidhammānaṃ pahānaṃ etaṃ vikkhambhanappahānaṃ nāma.

Yaṃ catunnaṃ ariyamaggānaṃ[4] bhāvitattā taṃ taṃ maggavato[5] attano santāne diṭṭhigatānaṃ pahānāya ti ādinā nayena vuttassa samudayapakkhikassa kilesagahanassa[6] accantaṃ appavattibhāvena pahānaṃ idaṃ samucchedappahānaṃ nāma.

Yaṃ pana phalakkhaṇe paṭippassaddhattaṃ kilesānaṃ etaṃ paṭippassaddhippahānaṃ nāma.

Yaṃ sabbasaṅkhatanissaṭattā pahīnasabbasaṅkhataṃ nibbānam etaṃ nissaraṇappahānaṃ nāma.

712. Sabbam pi c'etaṃ pahānaṃ yasmā cāgaṭṭhena[7] pahānaṃ vinayaṭṭhena vinayo tasmā pahānavinayo ti vuccati. Taṃ taṃ pahānato vā tassa tassa vinayassa sambhavato p'etaṃ pahānavinayo ti vuccati. Evaṃ pahānavinayo pi pañcadhā bhijjatī ti veditabbo. Evam ayaṃ saṅkhepato duvidho bhedato ca dasavidho vinayo bhinnasaṃvarattā pahātabbassa ca appahīnattā yasmā etassa assutavato puthujjanassa natthi tasmā abhāvato tassa ayaṃ avinīto ti vuccatī ti.

---

[1] Sayadassanena sabhaye atamāsaññāya M. [2] °ṭṭhitiyaṃ T. [3] sampana M. [4] ariyamattānaṃ Atthayoj. [5] mattavato Atthayoj. [6] °gaṇassa Pap. [7] khagaṭṭhena M.

Esa nayo sappurisānaṃ adassāvī sappurisadhammassa akovido sappurisadhammo avinīto ti. Etthā pi ninnānākāraṇaṃ[1] hi etaṃ[2] atthato. Yathāha: ye va te ariyā te va te sappurisā, ye va te sappurisā te va te ariyā. Yo eva so ariyānaṃ dhammo so eva so sappurisānaṃ dhammo, yo eva so sappurisānaṃ dhammo so eva so ariyānaṃ dhammo. Ye va te ariyavinayā te va te sappurisavinayā, ye va te sappurisavinayā te va te ariyavinayā, ariye ti vā sappurise ti vā ariyadhamme ti vā sappurisadhamme ti vā ariyavinaye ti vā sappurisavinaye ti vā, ese se eke ekaṭṭhe same[3] samabhāge tajjāto taññe vā ti.

713. Rūpaṃ attato samanupassatī ti[4]. Idh'ekacco rūpaṃ attato samanupassati. Yaṃ rūpaṃ so ahaṃ, yo ahaṃ taṃ rūpan ti rūpañ ca attañ[5] ca advayaṃ samanupassati. Seyyathā pi nāma telappadīpassa[6] jhāyato yā acci[7] so vaṇṇo yo vaṇṇo sā accī ti acciñ ca vaṇṇañ ca advayaṃ samanupassati evaṃ evaṃ idh'ekacco rūpaṃ attato . . . . pe . . . . samanupassatī ti evaṃ rūpaṃ attā ti diṭṭhipassanāya passati.

Rūpavantaṃ[8] vā attānan ti arūpā attā ti gahetvā chāyāvantaṃ rukkhaṃ viya taṃ rūpavantaṃ[9] samanupassati. Attani vā rūpan ti arūpam eva attā ti gahetvā pupphasmiṃ[10] gandhaṃ viya attani rūpaṃ samanupassati. Rūpasmiṃ vā attānan ti arūpam eva attā ti gahetvā karaṇḍake maṇiṃ viya attānaṃ rūpasmiṃ samanupassati. Vedanādisu pi es' eva nayo.

Tattha rūpaṃ attato samanupassatī ti suddharūpam eva. Attā ti kathitaṃ rūpavantaṃ vā attānaṃ attani vā rūpaṃ rūpasmiṃ vā attānaṃ vedanaṃ attato samanupassati saññaṃ saṅkhāre viññāṇaṃ attato samanupassatī ti imesu sattasu ṭhānesu arūpaṃ attā ti kathitaṃ.

---

[1] kinnānā° Pap. [2] ninnānākāraṇah'etaṃ M. [3] sace T. [4] °passātī ti M. [5] attānañ corr. T. [6] teladīp° M. [7] acci M. [8] Rūpavattānaṃ T. [9] rūpavantā T. rūpavan ti M. [10] pupphamhi M.

714. **Vedanāvantaṃ vā attānaṃ attani vā vedanaṃ vedanāya vā attānan ti.** Evaṃ catūsu khandhesu tiṇṇaṃ tiṇṇaṃ vasena dvādasasu[1] ṭhānesu rūpārūpamissako attā kathito. Tattha rūpaṃ attato samanupassati vedanaṃ . . . . pe[2] . . . . saññaṃ saṅkhāre viññāṇaṃ attato samanupassatī ti imesu[3] pañcasu ṭhānesu ucchedadiṭṭhi kathitā. Avasesesu sassatadiṭṭhi. Evam ettha paṇṇarasa bhavadiṭṭhiyo[4] honti tā sabbā pi maggāvaraṇā na saggāvaraṇā paṭhamamaggavajjhā ti veditabbā.

715. **Satthari kaṅkhatī**[5] ti satthu sarīre vā tassa[6] guṇe vā ubhayattha vā kaṅkhati. Sarīre kaṅkhamāno 'dvattiṃsavaralakkhaṇapaṭimaṇḍitaṃ nāma sarīraṃ atthi nu kho natthī ti' kaṅkhati. Guṇe kaṅkhamāno 'atītānāgatapaccuppannajānanasamatthaṃ sabbaññutaññāṇam atthi nu kho natthī ti' kaṅkhati. Ubhayattha kaṅkhamāno 'asītianuvyañjanavyāmappabhānurañjitāya sarīranippattiyā[7] samannāgato sabbaṃ ñeyyajānanasamatthaṃ sabbaññutaññāṇaṃ paṭivijjhitvā ṭhito lokatārako Buddho nāma atthi nu kho natthī ti' kaṅkhati. Ayaṃ hi 'ssa attabhāve guṇe[8] kaṅkhanato[9] ubhayattha kaṅkhati nāma.

Vicikicchatī ti ārammaṇaṃ nicchetuṃ asakkonto kicchati kilamati[10].

716. **Dhamme kaṅkhatī** ti ādīsu pana kilesapajahanā[11] cattāro ariyamaggā paṭipassaddhakilesāni cattāri sāmaññaphalāni. 'Maggaphalānam ārammaṇapaccayabhūtaṃ amatamahānibbānaṃ[12] nāma atthi nu kho natthī ti' kaṅkhanto pi 'ayaṃ dhammo niyyāniko nu kho aniyyāniko ti' kaṅkhanto pi dhamme kaṅkhati nāma.

---

[1] vasena vā dasasu T. [2] M. *om.* pe. [3] *om.* M. [4] M. *adds* pañcavibhavadiṭṭhiyo. [5] Dhs. § 1004. [6] *om.* M. [7] °nipphattiyā T. [8] guṇe C. [9] kaṅkhanāto T. [10] M. *inserts* Nādhimuccatī ti tattha' eva adhimokkhaṃ na labbati na saṃvasīyatī (!) ti cittaṃ anāvilikatvā pasīdituṃ na sakkoti guṇesu na dasīdati (!) [11] °pajahantā M. [12] amataṃ nibbānam M.

Cattāro maggaṭṭhakā cattāro phalaṭṭhakā ti idaṃ saṃgharatanaṃ. 'Atthi nu kho natthī ti' kaṅkhanto pi 'ayaṃ saṃgho suppaṭipanno nu kho duppaṭipanno ti' kaṅkhanto pi 'etasmiṃ saṃgharatane dinnassa vipākaphalaṃ atthi nu kho natthī ti' kaṅkhanto pi saṃghe kaṅkhati nāma. 'Tisso pana sikkhā atthi nu kho natthī ti' kaṅkhanto pi 'tisso sikkhā sikkhitapaccayena ānisaṃso atthi nu kho natthī ti' kaṅkhanto pi sikkhāya kaṅkhati nāma.

717. Pubbanto ti vuccati atītāni khandhadhātāyatanāni, aparanto anāgatāni. Tattha atītesu khandhādīsu 'atītāni nu kho na nu kho ti' kaṅkhanto pubbante kaṅkhati nāma, anāgatesu 'anāgatāni nu kho na nu kho ti' kaṅkhanto aparante kaṅkhati nāma, ubhayattha kaṅkhanto pubbantāparante kaṅkhati nāma.

'Dvādasapadikaṃ paccayavaṭṭaṃ atthi nu kho natthī ti' kaṅkhanto idappaccayatā paṭiccasamuppannesu dhammesu kaṅkhati nāma. Tatrāyaṃ vacanattho: Imesaṃ jarāmaraṇādīnaṃ paccayā idappaccayā, idappaccayānaṃ bhavo idappaccayatā, idappaccayā eva vā idappaccayatā jātiādīnaṃ etaṃ adhivacanaṃ. Jātiādīsu taṃ taṃ paṭicca āgamma samuppannā ti paccayasamuppannā idaṃ vuttaṃ hoti. Idappaccayatāya vā paṭiccasamuppannesu ca dhammesu kaṅkhatī ti.

718. Sīlenā[1] ti gosīlādinā vatenā ti govatādinā vā? Sīlabbatenā ti tadubhayena suddhī ti kilesasuddhi paramatthasuddhibhūtaṃ vā nibbānaṃ eva.

719. Tadekaṭṭhā[2] ti idha pahānekaṭṭhaṃ dhuraṃ[3] imissā ca pāḷiyā diṭṭhikileso[4] vicikicchākileso ti dve yeva āgatā. Lobho doso moho māno thīnaṃ uddhaccaṃ ahirikaṃ anottappan ti imo pana aṭṭha anāgatā āharitvā dīpetabbā.

Ettha hi diṭṭhivicikicchāsu pahīyamānāsu apāyagāminiyo lobho doso moho māno thīnaṃ uddhaccaṃ ahirikaṃ anottappan ti sabbe p'imo pahānekaṭṭhā hutvā pahīyanti. Sahajekaṭṭhaṃ pana āharitvā dīpetabbaṃ. Sotāpattimaggena

---

[1] Dhs. § 1005. [2] Dhs. § 1006. [3] dūraṃ M. [4] diṭṭhakileso G.

hi cattāri diṭṭhisahagatāni vicikicchāsahagatañ cā ti pañca cittāni pahīyanti. Tattha dvīsu asaṅkhārikadiṭṭhicittesu pahīyantesu tehi saha jāto lobho moho uddhaccaṃ ahirikaṃ anottappan ti imo kilesā sahajekaṭṭhavasena pahīyanti, sesadiṭṭhikileso ca vicikicchākileso ca pahānekaṭṭhavasena pahīyanti. Diṭṭhisampayuttasasaṅkhārikacittesu pi pahīyantesu tehi sahajāto lobho moho thīnaṃ uddhaccaṃ ahirikaṃ anottappan ti ime kilesā sahajekaṭṭhavasena pahīyanti, sesadiṭṭhikileso ca vicikicchākileso ca pahānekaṭṭhavasena pahīyanti. Evaṃ pahānekaṭṭhasmiṃ yeva sahajekaṭṭhaṃ labbhatī ti. Idaṃ sahajeṭṭhakaṃ āharitvā dīpayiṃsu.

720. Taṃ sampayutto[1] ti tehi tadekaṭṭhehi aṭṭhahi kilesehi sampayutto. Vinibbhogaṃ vā katvā tena lobhena tena dosenā ti evaṃ ekekena sampayuttatā[2] dīpetabbā. Tattha lobhe gahite moho māno thīnaṃ uddhaccaṃ ahirikaṃ anottappan ti ayaṃ saṅkhārakkhandhe kilesagaṇo lobhasampayutto nāma hoti.

Dose gahite moho thīnaṃ uddhaccaṃ ahirikaṃ anottappan ti ayaṃ kilesagaṇo[3] dosasampayutto nāma.

Mohe gahite lobho doso māno thīnaṃ uddhaccaṃ ahirikaṃ anottappan ti ayaṃ kilesagaṇo[4] mohasampayutto nāma, māne gahite tena sah'uppanno[5] lobho moho thīnaṃ uddhaccaṃ ahirikaṃ anottappan ti ayaṃ kilesagaṇo mānasampayutto nāma. Iminā upāyena tena thīnena tena uddhaccena tena ahirikena tena anottappena sampayutto taṃ sampayutto ti yojanā kātabbā.

721. Taṃ samuṭṭhānan ti tena mohena[6] . . . . .
. . . . pe . . . .
tena anottappena samuṭṭhitan ti attho.

Ime dhammā dassanena pahātabbā ti ettha dassanaṃ nāma sotāpattimaggo tena pahātabbā ti attho. Tasmā pana sotāpattimaggo dassanaṃ nāma jāto ti paṭhamaṃ nibbānaṃ dassanato na nu gotrabhū paṭhamataraṃ

---

[1] Dhs. § 1006. [2] sampayuttena T. [3] kilesagaṇe T.
[4] kilesagaṇe T. [5] pahuppanno M. [6] lobhena M.

passati ti no na passati disvā kattabbakiccaṃ pana na karoti saṃyojanānaṃ appahānato tasmā passati ti na vattabbo.

Yattha katthaci rājānaṃ disvā pi paṇṇākāraṃ datvā[1] kiccanippattiyā[2] adiṭṭhattā 'ajjā pi rājānaṃ na passāmī ti' vadanto c'ettha jānapadapuriso nidassanaṃ[3].

Avaseso lobho nidassanena pahīnāvaseso. Dosamohesu pi es' eva nayo.

Dassanena hi apāyagāmaniyā va pahīnā. Tehi pana aññe dassetuṃ idaṃ vuttaṃ. Tadekaṭṭhā ti tehi pāḷiyaṃ āgatehi tīhi kilesehi sampayogato pi pahānato pi ekaṭṭhā pañca kilesā.

722. N'eva dassanena na bhāvanāyā[4] ti idaṃ saṃyojanādīnaṃ viya tehi tehi maggehi appahātabbataṃ[5] sandhāya vuttaṃ.

Yaṃ pana sotāpattimaggañāṇena abhisaṅkhāraviññāṇassa nirodhena[6] satta bhave[7] ṭhapetvā anamatagge saṃsāravaṭṭe ye uppajjeyyuṃ nāmañ ca rūpañ ca etth'ete nirujjhantī ti ādinā nayena kusalādīnam pi pahānaṃ anuññātaṃ. Taṃ tesaṃ maggānaṃ abhāvitattā ye uppajjeyyuṃ te upanissayapaccayānaṃ kilesānaṃ pahīnattā pahīnāni[8] imaṃ pariyāyaṃ sandhāya vuttan ti veditabbaṃ.

723. Dassanena pahātabbahetukattike[9] ime dhammā dassanenapahātabbahetukā ti niṭṭhapetvā puna tīṇi saṃyojanānī ti ādi pahātabbe dassetvā tadekaṭṭhabhāvena hetu c'eva hetuke[10] ca dassetuṃ vuttaṃ.

Tattha kiñcā pi dassanena pahātabbesu hetūsu lobhasahagato moho lobhena sahetuko hoti, dosasahagato dosena, lobhadosā ca mohenā ti pahātabbahetukapade p'ete saṅgahaṃ gacchanti. Vicikicchāsahagato pana moho aññassa sampayuttahetuno abhāvena hetu yeva na hetuko ti. Tassa pahānam dassetuṃ ime dhammā dassanena pahātabbahetū ti vuttaṃ.

---

[1] katvā M. [2] °nipphattiyā T. [3] nidassanā M. [4] Dhs. § 1008. [5] āyātabbataṃ M. [6] nirodhe M. [7] vagge M. [8] hīnāni T. [9] Dhs. § 1009. [10] sahetuke M.

724. Dutiyapade uddhaccasahagatassa mohassa pahānaṃ dassetuṃ ime dhammā bhāvanāya pahātabbahetū[1] ti vuttaṃ.

So hi attanā sampayuttadhamme sahetuke katvā piṭṭhivaṭṭako[2] jāto vicikicchāsahagato moho viya aññassa sampayuttahetuno abhāvā pahātabbahetukapadaṃ na bhajati.

Tatiyapade avasesā kusalākusalā ti puna akusalagahaṇaṃ vicikicchuddhaccasahagatānaṃ mohānaṃ saṅgahattaṃ[3] kataṃ. Tehi sampayuttahetuno abhāvā pahātabbahetukā nāma na honti.

725. Parittārammaṇattike[4] ārabbhā ti ārammaṇaṃ katvā. Sayaṃ hi parittā vā hontu mahaggatā vā paritte dhamme ārammaṇaṃ katvā uppannā, parittārammaṇamahaggate ārammaṇaṃ katvā uppannā, mahaggatārammaṇa-appamāṇe ārammaṇaṃ katvā uppannā, appamāṇārammaṇā[5] te pana parittā pi honti mahaggatā[6] pi appamāṇā pi.

726. Micchattattike[7] anantarakānī ti anantarāyena phaladāyakāni. Mātughātakammādīnaṃ etaṃ adhivacanaṃ Etesu hi ekasmiṃ pi kamme kate taṃ paṭibāhitvā aññaṃ kammaṃ attano vipākassa okāsaṃ kātuṃ na sakkoti. Sineruppamāṇe pi suvaṇṇathūpe katvā cakkavāḷamattaṃ vā ratanamayapākāraṃ vihāraṃ kāretvā taṃ pūretvā nisinnassa Buddhapamukhassa bhikkhusaṅghassa yāvajīvaṃ cattāro paccaye dadato pi kammaṃ etesaṃ kammānaṃ vipākaṃ paṭibāhituṃ[8] na sakkoti. Evaṃ yāva micchādiṭṭhi niyatā ti ahetukavāda-akiriyavāda-natthikavādesu. Aññatarā[9] taṃ hi gahetvā ṭhitaṃ puggalaṃ buddhasataṃ pi buddhasahassaṃ pi bodhetuṃ na sakkoti.

727. Maggārammaṇattike[10] ariyamaggaṃ ārabbhā ti lokuttaramaggaṃ ārammaṇaṃ katvā te pana parittā pi honti mahaggatā pi.

---

[1] Dhs. § 1011. [2] piṭṭhivaddhako T. [3] sahatthaṃ T. [4] Dhs. § 1022. [5] appamāṇārammaṇa T. M. [6] amahaggatā G. [7] Dhs. § 1028. [8] °bāhetuṃ M. [9] aññataraṃ corr. T. [10] Dhs. § 1031.

728. Maggahetukaniddese[1] paṭhamanayena paccayaṭṭhena hetunā maggasampayuttakānaṃ[2] khandhānaṃ sahetukabhāvo dassito.

Dutiyanayena maggabhūtena sammādiṭṭhisaṅkhātena hetunā sesamaggaṅgānaṃ sahetukabhāvo dassito.

Tatiyanayena magge uppannahetūhi sammādiṭṭhiyā sahetukabhāvo dassito ti veditabbo.

729. Adhipatiṃ karitvā[3] ti ārammaṇādhipatiṃ katvā. Te ca kho parittadhammā va honti. Ariyasāvakānaṃ hi attano maggaṃ garuṃ katvā paccavekkhaṇakāle ārammaṇādhipati labbhati. Cetopariyañāṇena pana ariyasāvako parassa maggaṃ paccavekkhamāno garuṃ karonto pi attanā[4] paṭividdhamaggaṃ viya garuṃ na karoti.

Yamakapāṭihāriyaṃ karontaṃ Tathāgataṃ disvā tassa maggaṃ garuṃ karoti ti na karoti ti? Karoti, na pana attano maggaṃ viya.

Arahā na kiñci dhammaṃ garuṃ karoti ṭhapetvā maggaṃ phalaṃ nibbānañ ti ettha pi ayam ev' attho.

Vīmaṃsādhipateyyenā ti idaṃ sahajātādhipatiṃ dassetuṃ vuttaṃ. Chandaṃ hi jeṭṭhakaṃ katvā maggaṃ bhāventassa chando adhipati nāma hoti na maggo. Sesadhammā pi chandādhipatino nāma honti na maggādhipatino. Citte[5] pi es' eva nayo. Vīmaṃsaṃ pana jeṭṭhakaṃ katvā maggaṃ bhāventassa vīmaṃsādhipati c'eva hoti maggo cā ti sesadhammā maggādhipatino nāma honti. Viriye pi es' eva nayo.

730. Uppannattikaniddese[6] jātā ti nibbattā. Paṭiladdhattabhāvā[7] bhūtā ti ādīni tesaṃ yeva vevacanāni. Jātā eva hi bhāvuppattiyā bhūtā paccayasaṃyoge jātattā sañjātā. Nibbattilakkhaṇaṃ pattattā nibbattā. Upasaggena pana padaṃ vaḍḍhetvā abhinibbattā ti vuttā. Pākaṭabhūtā ti pātubhūtā.

---

[1] Dhs. § 1032. [2] maggayuttānam M. [3] Dhs. § 1034. [4] attano M. [5] citto T. [6] Dhs. § 1035. [7] °laddhabhāvā M.

Pubbantato uddhaṃ pannā ti uppannā. Upasaggena padaṃ vaḍḍhetvā samuppannā ti vuttā.

Nibbattaṭṭhen 'eva uddhaṃ ṭhitā ti uṭṭhitā, paccayasaṃyogena uṭṭhitā ti samuṭṭhitā[1].

Puna uppannā ti vacane kāraṇaṃ heṭṭhā vuttanayen eva veditabbaṃ: Uppannaṃsena saṅgahitā ti uppannakoṭṭhāsena gaṇanaṃgatā rūpā vedanā saññā saṅkhārā viññāṇan ti idaṃ tesaṃ sabhāvadassanaṃ dutiyapadaniddeso vuttapaṭisedhanayena veditabbo. Tatiyapadaniddeso uttānattho va.

731. Ayaṃ pana tiko dvinnaṃ addhānavasena[2] pūretvā dassito. Laddhokāsassa hi kammassa vipāko duvidho khaṇappatto ca appatto ca. Tattha khaṇappatto uppanno nāma, appatto cittānantaro vā uppajjatu kappasatasahassātikkame vā dhuvapaccayaṭṭhena natthi nāma na hoti uppādino dhammā nāma jāto. Yath' āha:

'Tiṭṭhat'evāyaṃ Poṭṭhapāda arūpī attā saññāmayo, atha imassa purisassa aññā[3] va saññā uppajjanti aññā va saññā nirujjhanti ti[4]'.

Ettha āruppe kāmāvacarasaññāpavattikāle kiñcā pi mūlabhavaṅgasaññā[5] pi niruddhā. Kāmāvacarasaññāya pana niruddhakāle avassaṃ sā uppajjissatī ti arūpasaṅkhāto[6] attā natthī ti saṅkhaṃ agantvā tiṭṭhat'eva nāmā ti jāto. Evam eva laddhokāsassa kammassa vipāko duvidho . .

. . . . pe . . . .

dhuvapaccayaṭṭhena natthi nāma na hoti uppādino dhammā nāma jāto[7].

732. Yadi pana āyūhitaṃ kusalākusalaṃ kammaṃ sabbaṃ vipākaṃ dadeyya aññassa okāso ca na bhaveyya taṃ pana duvidhaṃ hoti dhuvavipākaṃ addhuvavipākañ ca. Tattha pañca ānantariyakammāni aṭṭha samāpattiyo cattāro ariyamaggā ti etaṃ dhuvavipākaṃ nāma.

---

[1] °saṃyoge T. M. [2] addhānaṃ vasena T. [3] Poṭṭhapada arūpasaṅkhāro attā saññāmayo issa purissa aññā M. [4] Comp. Dīghanikāya IX, 23. [5] °bhavaṅganiruddhakāma° M. [6] °saṅkharo M. [7] jātā M.

Taṃ pana khaṇaṃ pattam pi[1] atthi appattam pi. Tattha khaṇappattaṃ uppannaṃ nāma appattaṃ anuppannaṃ nāma. Tassa vipāko cittānantaro vā uppajjatu kappasahassātikkame vā. Dhuvapaccayaṭṭhena anuppannaṃ nāma na hoti uppādino dhammā nāma jātaṃ[2]. Metteyyabodhisattassa maggo anuppanno nāma phalaṃ uppādino dhammā yeva nāma jātaṃ[3].

733. Atītattikaniddese[4] atītā ti khaṇattayaṃ[5] atikkantā. Niruddhā ti nirodhaṃ pattā. Vigatā ti vibhavaṃ gatā vigacchitā va. Vipariṇatā ti pakativijahanena vipariṇāmaṃ[6] gatā. Nirodhasaṅkhātaṃ atthaṃ gatā ti atthagatā. Abbhatthaṃ gatā[7] ti upasaggena padaṃ vaḍḍhitaṃ. Uppajjitvā vigatā ti nibbattitvā vigacchitā[8]. Puna atītavacane kāraṇaṃ heṭṭhā vuttam eva. Parato anāgatādīsu pi es' eva nayo.

Atītaṃsena saṅgahitā ti atītakoṭṭhāsena gaṇanaṃ gatā. Katame te ti? Rūpā vedanā saññā saṅkhārā viññāṇaṃ. Parato anāgatādīsu pi es' eva nayo.

734. Atītārammaṇattikaniddese[9] atīte dhamme ārabbhā ti ādīsu parittamahaggatā va dhammā veditabbā. Te hi atītādīni ārabbha uppajjanti.

735. Ajjhattattikaniddese[10] tesaṃ tesaṃ ti padadvayena sabbasatte pariyādiyati. Ajjhattaṃ paccattaṃ ti ubhayaṃ niyakajjhattādhivacanaṃ[11]. Niyakā ti attano jātā. Pāṭipuggalikā ti pāṭiekakassa[12] puggalassa santakā. Upādiṇṇā ti sarīraṭṭhakā. Te hi kammanibbattā vā hontu mā vā. Adiṇṇagahitaparāmaṭṭhavasena pana idha upādiṇṇā ti vuttā. Parasattānan ti attānaṃ ṭhapetvā avasesasattānaṃ. Parapuggalānan ti tass' eva vevacanaṃ. Sesaṃ heṭṭhāvuttasadisam eva.

736. Tadubhayan[13] ti taṃ ubhayaṃ. Ajjhattārammaṇattikassa paṭhamapade parittamahaggatā dhammā veditabbā.

---

[1] khaṇapattaṃ pi M. [2] jātā M. [3] jāti M. [4] atinattika° M. Dhs. § 1038. [5] atītā atikhaṇatayaṃ M. [6] vipariṇānaṃ M. [7] abbhattīgatā T. [8] pigacchitā T. [9] Dhs. § 1041. [10] Dhs. 1044. [11] niyaka ajjhādhivac° M. [12] ekkassa M. [13] Dhs. § 1046.

Dutiye appamāṇā pi, tatiye parittamahaggatā va. Appamāṇā pana kālena bahiddhā[1], kālena ajjhattaṃ ārammaṇaṃ na karonti.

Sanidassanattikaniddeso[2] uttāno yeva[3].

737. Dukesu adosaniddese[4] mettāyanavasena metti, mettākāro mettāyanā, mettāya asitassa mettāsamaṅgino cittassa bhāvo mettāyitattaṃ. Anudayatī ti anuddā[5]. Rakkhatī ti attho. Anuddākāro anuddāyanā[6] anuddāyitassa[7] bhāvo. Anuddāyitattaṃ[8] hi tassa esanavasena[9] hitesitā, anukampanavasena anukampā, sabbehi pi imehi padehi upacārappaṇāppattā[10] mettā ca vuttā. Sesapadehi lokiyalokuttaro adoso kathito.

738. Amohaniddese[11] dukkhe ñāṇan ti dukkhasacce paññā. Dukkhasamudaye ti ādīsu pi es' eva nayo. Etth' eva dukkhe ñāṇaṃ savanasammasanapaṭivedhapaccavekkhaṇāsu vaṭṭati. Tathā dukkhasamudaye. Nirodhe pana savanapaṭivedhapaccavekkhaṇāsu. Eva tathā paṭipadāya.

Pubbante ti atītakoṭṭhāso[12], aparante ti anāgatakoṭṭhāse, pubbantāparante ti tadubhaye.

Idappaccayatā paṭiccasamuppannesu dhammesu ñāṇan ti ayaṃ paccayo[13]. Imaṃ paṭicca[14] idaṃ nibbattan ti evaṃ paccayesu ca paccayuppannadhammesu ca ñāṇaṃ.

739. Lobhaniddese[15] pi heṭṭhā anāgatānaṃ padānaṃ ayam attho.

Rañjanavasena[16] rāgo, balavarañjanaṭṭhena sārāgo. Visayesu sattānaṃ anunayanato anunayo. Anurujjhatī ti anurodho. Kāmetī ti attho. Yattha katthaci bhave

---

[1] bahiddhaṃ M. [2] Dhs. § 1050. [3] yevā ti M. [4] Dhs. § 1056. [5] anuddhā° M. [6] anuddhāyanā M. [7] anuddhātayitassa M. [8] anuddhāyidattaṃ M. [9] es' eva nayo M. [10] upacārappanā T. [11] Dhs. § 1057. [12] koṭṭhase C. [13] Idaṃ paccayuppannaṃ M. *adds.* [14] Idaṃ maṃ paṭicca T. [15] Dhs. § 1059. [16] Rajanavasena T.

sattā etāya nandanti sayaṃ vā nandatī ti nandī. Nandī ca sā rañjanaṭṭhena[1] rāgo cā ti nandīrāgo.

Tattha ekasmiṃ ārammaṇe sakiṃ uppannā taṇhā nandī, punappuna uppajjamānā nandīrāgo ti vuccati. Cittassa sārāgo ti. Yo heṭṭhā balavarañjanaṭṭhena sārāgo ti vutto so na sattassa, cittass' eva so rāgo ti attho[2].

740. Icchanti etāya ārammaṇānī ti icchā, bahalakilesābhāvena[3] mucchanti[4] etāya pāṇino ti mucchā, gilitvā pariniṭṭhapetvā gahaṇavasena ajjhosānaṃ, iminā sattā gijjhanti, gedhaṃ āpajjantī ti gedho, bahalaṭṭhena vā gedho, gedhaṃ vā pana vanasaṇḍan ti hi[5] bahalaṭṭhen' eva vuttaṃ. Anantarapadaṃ upasaggena[6] vaḍḍhitaṃ sabbato bhāgena vā gedho ti paligedho, sajjanti[7] etenā ti saṅgo, lagganaṭṭhena vā saṅgo, osīdanaṭṭhena paṅko, ākaḍḍhanavasena ejā[8]. 'Ejā imaṃ purisaṃ parikaḍḍhati' tassa tass'eva bhavassa abhinibbattiyā ti hi vuttaṃ.

Vañcanaṭṭhena māyā. Vaṭṭasmiṃ sattānaṃ jananaṭṭhena janikā[9]. Taṇhā janeti purisaṃ cittaṃ assa vidhāvatī ti vuttaṃ. Vaṭṭasmiṃ satte dukkhena saṃyojayamānā janetī ti sañjananī, ghaṭanaṭṭhena[10] sibbanī[11]. Ayaṃ hi vaṭṭasmiṃ satte cutipaṭisandhivasena sibbati ghaṭeti[12] tunnakāro[13] viya pilotikāya pilotikaṃ, tasmā ghaṭanaṭṭhena sibbanī[14] ti vuttā. Anekappakārakaṃ visayajālaṃ taṇhāvinipphanditanivesasaṅkhātaṃ[15] vā jālaṃ assā atthī ti jālinī, ākaḍḍhanaṭṭhena sīghasotā saritā viyā ti saritā[16]. Allaṭṭhena[17] vā saritā. Vuttaṃ h'etaṃ:

Saritāni sinehitāni ca
somanassāni bhavanti jantuno ti[18].

Allāni c'eva siniddhāni cā ti ayaṃ h'ettha attho.

---

[1] rajanaṭṭhena T. [2] cittacittass'eva sesarāgo ti attho T. [3] balava° M. [4] muñcanti M. [5] vanasaddhan tī hi T. [6] upasaggavasena M. [7] sañjanti M. [8] jajā M. [9] janitā M. [10] ghaṭṭan° M. [11] sibbini M. [12] ghaṭṭeti M. [13] kunnakāro C. G. [14] sibbini M. Comp. Suttanipāta 1040. [15] taṇhāvipph° T. [16] Comp. Aṅguttara IV, 199, 1. [17] sallaṭṭhena C. G. [18] Dhammap. verse 341.

741. Visaṭā ti visattikā, visavā ti visattikā, visālā ti visattikā, visakkatī ti visattikā, visaṃvādikā ti visattikā, visaṃ haratī ti visattikā, visamūlā ti visattikā, visaphalā ti visattikā, visaparibhogā ti visattikā, visappatī[1] ti visattikā, visaṭā vā pana sā taṇhā, rūpe sadde gandhe rase phoṭṭhabbe dhamme kule gaṇe visaṭā vitthatā ti visattikā. Anayavyasanāpādanaṭṭhena[2] kumbhānubandhanasuttakaṃ[3] viyā ti suttaṃ vuttaṃ h'etaṃ. Suttakan ti kho bhikkhave nandīrāgass' etaṃ adhivacanan ti.

Rūpādisu vitthanaṭṭhena visaṭā[4], tassa tassa paṭilābhattāya satte āyūhāpetī ti āyūhanī, ukkaṇṭhituṃ appadānato[5] sahāyaṭṭhena dutiyā. Ayaṃ hi sattānaṃ vaṭṭasmiṃ ukkaṇṭhituṃ na deti, gatagataṭṭhena[6] piyasahāyo viya abhiramāpeti. Ten' eva vuttaṃ:

Taṇhādutiyo puriso dīghaṃ addhānaṃ saṃsaraṃ[7]
Itthabhāvaññathābhāvaṃ saṃsāraṃ nātivattatī ti[8].

742. Paṇidhānakavasena paṇidhi. Bhavanettī ti bhavarajju. Etāya hi sattā rajjuyā gīvāya baddhā[9] goṇā viya icchicchitaṃ ṭhānaṃ nīyanti. Taṃ taṃ ārammaṇaṃ vanati[10] bhajati allīyatī ti vanaṃ, yācatī[11] vā ti vanaṃ. Vanatho[12] ti vyañjanena padaṃ vaḍḍhitaṃ. Anattharukkhānaṃ[13] vā samuṭṭhāpanaṭṭhena gahanaṭṭhena ca vanaṃ viyā ti vanaṃ balavataṇhāy' etaṃ nāma. Gahaṇataraṭṭhena pana tato balavataro vanatho[14] nāma. Tena vuttaṃ:

Vanaṃ chindatha mā rukkhaṃ, vanato jāyate bhayaṃ.
Chetvā vanañ ca vanathañ ca nibbanā hotha bhikkhave ti[15].

743. Santhavanavasena santhavo saṃsaggo ti attho.

---

[1] vissappatī T. [2] Aniyabyāsana vā panaṭṭhena M. [3] kumbhānubaddhas° T. kumbhānubandhasuttakā M. [4] Rūpādisu ettha taṭṭhena vis° T. [5] āpādānato M. [6] °gataṭṭhāne M. [7] saṃsāraṃ T. [8] Suttanipāta verse 740. [9] bandhā M. [10] vanti C. [11] yātī ti M. vāyati *corr.* T. [12] vanato M. [13] Anatthadukkhānaṃ M. [14] balavatarā vanato M. [15] Dhp. verse 283.

So duvidho taṇhāsanthavo mettisanthavo[1] ca, tesu idha taṇhāsanthavo adhippeto.

Sinehavasena s i n e h o, ālayakaraṇavasena apekkhatī ti a p e k k h ā. Vuttam pi c'etaṃ: Imāni te deva caturāsīti nagarasahassāni Kusāvatīrājadhānipamukhāni[2], ettha devachandaṃ janehi, jīvite[3] apekkhaṃ karohī ti ālayaṃ karohī ti ayaṃ h'ettha attho.

Pāṭiekke pāṭiekke ārammaṇe bandhatī ti p a ṭ i b a n d h u. Ñātakaṭṭhena vā pāṭiekko bandhū ti pi p a ṭ i b a n d h u. Niccasannissitaṭṭhena hi sattānaṃ taṇhāsamo bandhu nāma natthī ti. Ārammaṇānaṃ asanato ā s ā. Ajjhottharaṇato c'eva tittiṃ anupagantvā va paribhuñjanato cā ti attho. Āsiṃsanavasena ā s i ṃ s a n ā, āsiṃsitabhāvo ā s i ṃ s i t a t t a ṃ. Idāni tassā pavattiṭṭhānaṃ dassetuṃ r ū p ā s ā ti ādi vuttaṃ. Tattha āsiṃsanavasena āsāya atthaṃ gahetvā rūpe āsā rūpāsā ti evaṃ nava padāni veditabbāni.

744. Ettha ca purimāni pañca pañca kāmaguṇavasena vuttāni, parikkhāralobhavasena[4] chaṭṭhaṃ, taṃ visesato pabbajitānaṃ tato[5] parāni tīṇi atittiyavatthuvasena gahaṭṭhānaṃ. Na hi tesaṃ dhanaputtajīvitehi aññam piyataraṃ atthi. 'Idaṃ mayhaṃ etaṃ mayhan ti vā, asukena me idaṃ dinnaṃ idaṃ dinnan ti vā' evaṃ sante jappāpetī ti j a p p ā. Parato dve padāni upasaggena vaḍḍhitāni, tato paraṃ aññen' ākārena[6] vibhajituṃ āraddhattā puna j a p p ā ti vuttaṃ. Jappanākāro jappanā, jappitassa bhāvo[7] j a p p i t a t t a ṃ. Punappuna visaye lumpati ākaḍḍhatī ti l o l u p p o. Loluppassa bhāvo l o l u p p a ṃ, loluppākāro l o l u p p ā y a n ā. Loluppasamaṅgino bhāvo l o l u p p ā y i t a t t a ṃ.

745. P u ñ c i k a t ā ti[8]. Yāya taṇhāya lābhaṭṭhānesu pucchaṃ cālayamānāsu nakhā viya kampamānā vicaranti tassā kampamānāya taṇhāya nāmaṃ. Sādhu manāpe visaye kāmetī ti sādhukamyo[9], tassa bhāvo s ā d h u k a m y a t ā.

[1] pattasanthavo M. [2] °rājaṭhāni° M. [3] vijite M. [4] parikkhāya° M. [5] pabbajitā nātato T. [6] aññākārena T. [7] jappitabbāvo T. [8] puñcaṃ vikatā ti T. pucañcikaka G. pucchakatā ti M. [9] °kāmo M.

Mātā mātucchā ti ādike ayuttaṭṭhāne rāgo ti adhammarāgo, yuttaṭṭhāne pi balavā hutvā uppanno lobho visamalobho, rāgo visaman ti ādi vacanato vā yuttaṭṭhāne vā ayuttaṭṭhāne vā uppanno chandarāgo adhammaṭṭhāne adhammarāgo, visamaṭṭhena visamalobho ti veditabbo. Ārammaṇānaṃ nikāmanā nikanti, nikāmanākāro nikāmanā, patthanakavasena patthanā, pihāyanavasena pihanā[1], suṭṭhu patthanā sampatthanā, pañcasu kāmaguṇesu taṇhā kāmataṇhā, rūpārūpabhave taṇhā bhavataṇhā, ucchedasaṅkhāte vibhave taṇhā vibhavataṇhā, suddhe rūpabhavasmiṃ yeva taṇhā rūpataṇhā, arūpabhave taṇhā arūpataṇhā, ucchedadiṭṭhisahagato rāgo diṭṭhirāgo, nirodhe taṇhā nirodhataṇhā, sadde taṇhā saddataṇhā. Gandhataṇhādīsu pi es' eva nayo.

746. Oghādayo vuttatthā va kusaladhamme āvaratī ti āvaraṇaṃ, chadanavasena chadanaṃ, satte vaṭṭasmiṃ bandhatī ti bandhanaṃ, cittaṃ upagantvā kilissati kiliṭṭhaṃ[2] karotī ti upakkileso, thāmagataṭṭhena anusetī ti anusayo, uppajjamānā cittaṃ pariyuṭṭhātī ti pariyuṭṭhānaṃ, uppajjituṃ appadānena kusalavāraṃ gaṇhātī ti attho.

Corā magge pariyuṭṭhiṃsu, dhuttā magge pariyuṭṭhiṃsū ti ādīsu hi maggaṃ gaṇhiṃsū ti attho. Evam idhā pi gahaṇaṭṭhe[3] pariyuṭṭhānaṃ veditabbaṃ.

747. Paliveṭhanaṭṭhena[4] latā viyā ti latā.

Latā ubbhijja tiṭṭhatī ti[5]

āgataṭṭhāne pi ayaṃ taṇhā latā va vuttā.

Vividhāni vatthūni icchatī ti vevicchaṃ, vaṭṭadukkhassa mūlan ti dukkhamūlaṃ, tass' eva dukkhassa nidānan ti dukkhanidānaṃ, taṃ dukkhaṃ ito pabhavatī ti dukkhappabhavo, bandhanaṭṭhena pāso viyā ti pāso, mārassa pāso mārapāso, duruggilanaṭṭhena baḷisaṃ viyā ti baḷisaṃ, mārassa baḷisaṃ mārabaḷisaṃ. Taṇhābhibhūtā mārassa visayaṃ nātikkamanti, tesaṃ upari māro vasaṃ vattetī ti iminā pariyāyena mārassa visayo ti māra-

---

[1] pi bhanā T. [2] saṃkiliṭṭhaṃ M. [3] gahanaṭṭhena T. M. [4] °vedhanaṭṭh° M. [5] Dhammap. verse 340.

visayo, nandanaṭṭhena[1] taṇhā va nandītaṇhā, nadī-ajjhottharaṇaṭṭhena taṇhā va jālaṃtaṇhā[2]. Yathā sunakhā gaddulabaddhā yadicchakaṃ niyyanti evaṃ taṇhābaddhā[3] sattā ti daḷhabandhanaṭṭhena gaddulaṃ viyā ti gaddulaṃtaṇhā. Duppūraṇaṭṭhena taṇhā va samuddo ti taṇhāsamuddo.

748. Dosaniddese[4] anattham me acarī ti avaḍḍhiṃ me[5] akāsi. Iminā upāyena sabbapadesu pi attho veditabbo.

Aṭṭhāne vā pana āghāto ti akāraṇo kopo. Ekacco hi devo ativassatī ti kuppati, na vassatī ti kuppati, suriyo tappatī ti kuppati, na tappatī ti kuppati, vāte vāyante pi kuppati avāyante pi kuppati, sammajjituṃ asakkonto bodhipaṇṇānaṃ kuppati, cīvaraṃ pārupituṃ asakkonto vātassa kuppati, upakkhalitvā khāṇukassa kuppati, idaṃ sandhāya vuttaṃ. Aṭṭhāne vā pana āghāto jāyatī ti tattha heṭṭhā navasu ṭhānesu satto ārabbha uppannattā kammapathabhedo hoti. Aṭṭhānāghāto pana saṅkhāresu uppanno kammapathabhedaṃ na karoti, cittaṃ āghātento uppanno ti cittassa āghāto, tato balavataro paṭighāto, paṭihaññanavasena paṭighaṃ, paṭivirujjhatī ti paṭivirodho. Kuppanavasena kopo. Pakopo sampakopo ti upasaggavasena padaṃ vaḍḍhitaṃ. Dussanavasena doso. Padoso sampadoso ti upasaggavasena padaṃ vaḍḍhitaṃ. Cittassa pana vyāpattī ti cittassa vipannattā viparivattanākāro. Manaṃ padussayamāno uppajjatī ti manopadoso. Kujjhanavasena kodho, kujjhanākāro kujjhanā, kujjhanabhāvo kujjhitattaṃ. Idāni akusalaniddese vuttanayaṃ dassetuṃ doso dussanā ti ādi vuttaṃ, tasmā yo evarūpo cittassa āghāto . . . .
. . . . pe . . . .
kujjhitattan ti ca idha vutto doso dussanā ti ādinā va nayena heṭṭhā vutto ayaṃ vuccati doso ti. Evam ettha yojanā kātabbā, evaṃ hi sati punaruttadoso[6] paṭisedhito hoti.

---

[1] sandanaṭṭhena C. G. T. chandanaṭṭhena M. [2] taṇhājālaṃ M. [3] °bandhā M. [4] Dhs. § 1060. [5] avuddhi me M. [6] punarutti° M.

749. Mohaniddeso[1] amohaniddese vuttapaṭipakkhanayena veditabbo. Sabbākārena pan'esa Vibhaṅgaṭṭhakathāyaṃ[2] āvibhavissati.

750. Tehi dhammehi ye dhammā sahetukā[3] ti tehi hetudhammehi ye aññe hetudhammā vā na hetudhammā vā te sahetukā. Ahetukapade[4] pi es' eva nayo. Ettha ca hetu hetu yeva ca hoti tiṇṇam vā ekato uppattiyaṃ sahetuko ca, vicikicchuddhaccasahagato pana moho hetu ahetuko.

Hetusampayuttadukaniddese[5] pi es' eva nayo.

751. Saṅkhatadukaniddese[6] purimaduke vuttaṃ[7]. Asaṅkhatadhātuṃ sandhāya yo eva so dhammo ti ekavacananiddeso kato. Purimaduke pana bahuvacanavasena pucchāya uddhaṭattā ime dhammā appaccayā[8] ti pucchānusandhinayena bahuvacanaṃ kataṃ.

Ime dhammā sanidassanā[9] ti ādīsu es' eva nayo.

752. Kenaci viññeyyadukaniddese[10] cakkhuviññeyyā ti cakkhuviññāṇena vijānitabbā. Sesapadesu pi es' eva nayo.

Ettha ca kenaci viññeyyā ti cakkhuviññāṇādīsu kenaci cakkhuviññāṇena vā sotaviññāṇena vā vijānitabbā. Kenaci na viññeyyā ti ten 'eva cakkhuviññāṇena vā sotaviññāṇena vā na vijānitabbā. Evaṃ sante dvinnaṃ pi padānaṃ atthanānattato duko hotī ti. Heṭṭhā vuttattā ye te dhammā cakkhuviññeyyā na te dhammā sotaviññeyyā ti ayaṃ duko na hoti. Rūpaṃ pana cakkhuviññeyyaṃ, saddo na cakkhuviññeyyo ti imaṃ atthaṃ gahetvā ye te dhammā cakkhuviññeyyā na te dhammā sotaviññeyyā. Ye vā pana te dhammā sotaviññeyyā na te dhammā cakkhuviññeyyā ti ayam eko duko ti veditabbo. Evaṃ ekekaindriyamūlake cattāro cattāro katvā vīsati dukā vibhattā ti veditabbā.

---

[1] Dhs. § 1061. [2] °kathāya T. [3] Dhs. § 1073. [4] Dhs. § 1074. [5] Dhs. § 1095 and foll. [6] Dhs. § 1085, 1086. [7] vattaṃ M. [8] apaccayā M. Dhs. § 1084. [9] Dhs. § 1087 and foll. [10] Dhs. § 1095.

753. Kiṃ pana manoviññāṇena kenaci viññeyyā kenaci na viññeyyā natthi ten'ettha dukā na vuttā ti? Na[1] natthi. Vavatthānābhāvato pana na vuttā. Na hi tathā cakkhuviññāṇena aviññeyyā evā ti vavatthānaṃ atthi. Evaṃ ca manoviññāṇenā pī ti vavatthānābhāvato ettha dukā na vuttā. Manoviññāṇena pana kenaci viññeyyā c'eva aviññeyyā cā ti ayam attho atthi. Tasmā so avutto pi yathā lābhavasena veditabbo.

Manoviññāṇan ti hi saṅkhaṃ gatehi kāmāvacaradhammehi kāmāvacaradhammā eva tāva kehici viññeyyā kehici aviññeyyā. Tehi yeva rūpāvacarādi dhammā pi kehici viññeyyā kehici aviññeyyā. Rūpāvacarehi pi kāmāvacarā kehici viññeyyā kehici aviññeyyā. Teh'eva rūpāvacarādayo pi kehici viññeyyā kehici aviññeyyā. Arūpāvacarehi pana kāmāvacarā rūpāvacarā apariyāpannā ca neva viññeyyā. Arūpāvacarā pana kehici viññeyyā kehici aviññeyyā te pi kecid eva viññeyyā keci aviññeyyā. Apariyāpannehi kāmāvacarādayo neva viññeyyā, apariyāpannā pana nibbānena aviññeyyattā kehici viññeyyā kehici aviññeyyā te pi ca maggaphalānaṃ aviññeyyattā kecid eva viññeyyā keci aviññeyyā ti.

754. Āsavaniddese[2] pañcakāmaguṇiko rāgo kāmāsavo nāma. Rūpārūpabhavesu chandarāgo jhānanikan ti sassataditthisahajāto rāgo bhavāsavo nāma. Dvāsaṭṭhi diṭṭhiyo diṭṭhāsavo nāma. Aṭṭhasu ṭhānesu aññāṇaṃ avijjāsavo nāma. Tattha tattha āgatesu pana āsavesu asammohatthā[3] ekavidhādibhedo veditabbo.

Atthato h'ete cira parivāsiyaṭṭhena āsavā ti evaṃ ekavidhā va honti. Vinaye[4] pana diṭṭhadhammikānaṃ āsavānaṃ saṃvarāya samparāyikānaṃ āsavānaṃ paṭighātāyā ti duvidhena āgatā. Suttante saḷāyatane tāva tayo me āvuso āsavā kāmāsavo bhavāsavo avijjāsavo[5] ti tividhena āgatā.

Nibbedhikapariyāye[6]: atthi bhikkhave āsavā nirayagāmi-

---

[1] no M. [2] Dhs. § 1096. [3] asammohatthaṃ T. [4] Comp. Papañcasūdanī I. I. [5] Dhs. § 1097, 1098, 1100. [6] Comp. Aṅguttara IV, 186.

niyā, atthi āsavā tiracchānayonigāminiyā, atthi āsavā pettivisayagāminiyā, atthi āsavā manussalokagāminiyā, atthi āsavā devalokagāminiyā ti pañcavidhena āgatā. Chakkanipāte Āhuneyyasutte[1]: Atthi bhikkhave āsavā saṃvarā pahātabbā, atthi āsavā paṭisevanā pahātabbā, atthi āsavā adhivāsanā pahātabbā, atthi āsavā parivajjanā pahātabbā, atthi āsavā vinodanā pahātabbā, atthi āsavā bhāvanā pahātabbā ti chabbidhena āgatā.

Sabbāsavapariyaye dassanā pahātabbehi saddhiṃ sattavidhena āgatā. Idha pan' ete kāmāsavādibhedato catubbidhena āgatā, tatrāyaṃ vacanattho pañcakāmaguṇasaṅkhāte kāmo āsavo kāmāsavo.

Rūpārūpasaṅkhāte kammato ca uppattito ca duvidhe pi bhave āsavo bhavāsavo, diṭṭhi eva āsavo diṭṭhāsavo, avijjā va āsavo avijjāsavo.

755. Kāmesū[2] ti pañcasu kāmaguṇesu kāmacchando ti kāmasaṅkhāto chando na kattukamyatāchando na dhammachando. Kāmanavasena rajjanavasena ca kāmo yeva rāgo kāmarāgo, kāmanavasena nandanavasena ca kāmo va nandī ti kāmanandī, evaṃ sabbattha kāmaṭṭhaṃ viditvā taṇhāyanaṭṭhena kāmataṇhā, sinehanaṭṭhena kāmasineho, pariḍahanaṭṭhena kāmapariḷāho, mucchanaṭṭhena kāmamucchā, gilitvā pariniṭṭhāpanaṭṭhena kāmajjhosānaṃ veditabbaṃ. Ayaṃ vuccati ti aṭṭhahi padehi vibhatto kāmāsavo nāma vuccati.

756. Bhavesu bhavacchando[3] ti rūpārūpabhavesu bhavapatthanāvasena pavatto chando bhavacchando. Sesapadāni pi iminā va nayena veditabbāni.

757. Sassato loko ti vā[4] ti ādīhi dasah'ākārehi[5] diṭṭhippabhedo va vutto. Tattha sassato loko ti ettha khandhapañcakaṃ loko ti gahetvā ayaṃ loko nicco dhuvo sabbakāliko ti gahetvā ayaṃ loko nicco dhuvo sabbakāliko ti gaṇhantassa sassatan ti gahaṇākārapavattā diṭṭhi.

---

[1] Comp. Majjhimanikāya I, p. 7—11. [2] Dhs. § 1097.
[3] Dhs. § 1098. [4] Dhs. § 1099. [5] das' ārahārehi M.

Asassato ti taṃ eva lokaṃ ucchijjati[1] vinassatī ti gaṇhantassa ucchedagaṇhanākārapavattā diṭṭhi.

Antavā ti parittakasiṇalābhino suppamatte vā sarāvamatte vā kasiṇe samāpannassa anto samāpattiyaṃ pavattitarūpārūpadhamme loko ti ca kasiṇaparicchedantena antavā ti ca[2] gaṇhantassa antavā loko ti gahaṇākārapavattā diṭṭhi.

Sā sassatadiṭṭhi pi hoti ucchedadiṭṭhi pi. Vipulakasiṇalābhino pana tasmiṃ kasiṇe samāpannassa anto samāpattiyaṃ pavattitarūpārūpadhamme loko ti ca kasiṇaparicchedantena[3] ca ananto ti gaṇhantassa anantavā loko ti ca gahaṇākārapavattā diṭṭhi. Sā sassatadiṭṭhi pi hoti ucchedadiṭṭhi pi.

Taṃ jīvaṃ taṃ sarīran ti bhedanadhammassa sarīrass' eva jīvan ti gahitattā sarīre ucchijjamāno jīvaṃ pi ucchijjatī ti ucchedagahaṇākārapavattā diṭṭhi. Dutiyapadesasarīrato aññassa jīvassa gahitattā sarīre ucchijjamāne pi jīvaṃ na ucchijjatī ti sassatagahaṇākārappavattā diṭṭhi. Hoti Tathāgato ādīsu pana satto Tathāgato nāma so paraṃ maraṇā hotī ti gaṇhato paṭhamā sassatadiṭṭhi, na hotī ti gaṇhato dutiyā ucchedadiṭṭhi, hoti ca na ca hotī ti gaṇhato tatiyā ekaccasassatadiṭṭhi, neva hoti na na hotī ti gaṇhato catutthā amarāvikkhepadiṭṭhi. Ime dhammā āsavā ti ime kāmāsavā ca bhavāsavā[4] ca rāgavasena ekato katvā saṅkhepato tayo vitthārato cattāro dhammā āsavā nāma.

758. Yo pana brahmāṇaṃ vimānakapparukkhaābharaṇesu chandarāgo uppajjati so kāmāsavo nāma hoti na hotī ti? Na hoti. Kasmā? Pañca kāmaguṇikassa rāgassa idh' eva pahīnattā hetu gocchakaṃ pana patvā lobho hetu nāma hoti, gandhagocchakaṃ patvā abhijjhākāyagandho nāma, kilesagocchakaṃ patvā lobho kileso nāma hoti. Diṭṭhisahajāto pana rāgo kāmāsavo hoti na hotī ti? Diṭṭhirāgo nāma hoti. Vuttaṃ h'etaṃ: Diṭṭhirāgaratte purisapuggale dinnaṃ dānaṃ na mahapphalaṃ hoti na

---

[1] uppajjati T. [2] om M. [3] °paricchedaṃ tena ca T. [4] kāmāsavañ ca bhavāsavañ ca M.

mahānisaṃsaṃ. Ime pana āsave kilesapaṭipāṭiyā pi āharituṃ vaṭṭati maggapaṭipāṭiyā pi. Kilesapaṭipāṭiyā kāmāsavo anāgāmimaggena pahīyati, bhavāsavo arahattamaggena, diṭṭhāsavo sotāpattimaggena, avijjāsavo arahattamaggena, maggapaṭipāṭiyā sotāpattimaggena diṭṭhāsavo pahīyati, anāgāmimaggena kāmāsavo, arahattamaggena bhavāsavo avijjāsavo cā ti.

Saṃyojanesu mānaniddese[1] seyyo 'ham asmī ti māno ti uttamaṭṭhena ahaṃ seyyo ti evaṃ uppannamāno. Sadiso 'ham asmī ti samasamaṭṭhena ahaṃ sadiso ti evaṃ uppannamāno. Hīno 'ham asmī ti lāmakaṭṭhena ahaṃ hīno ti evaṃ uppannamāno evaṃ seyyamāno sadisamāno hīnamāno ti ime tayo mānā tiṇṇaṃ janānaṃ uppajjanti. Seyyassā pi hi ahaṃ seyyo sadiso hīno ti tayo mānā uppajjanti sadisassā pi hīnassā pi.

Tattha seyyassa seyyo māno va yathāvamāno, itare dve ayathāvamānā, sadisassa sadisamāno va, hīnassa hīnamāno va yathāvamāno, itare dve ayathāvamānā.

Iminā kiṃ kathitaṃ? Ekassa tayo mānā uppajjantī ti kathitaṃ. Khuddakavatthuke pana paṭhamakamānabhājanīye eko māno tiṇṇaṃ janānaṃ uppajjatī ti kathito.

Mānakaraṇavasena va[2] māno maññanā maññitattan ti ākārabhāvaniddesā.

Ussitaṭṭhena[3] uṇṇati yass' uppajjati taṃ puggalaṃ. Uṇṇāmeti ukkhipitvā ṭhapetī ti uṇṇamo, samussitaṭṭhena dhajo, ukkhipanaṭṭhena cittaṃ sampaggaṇhātī ti sampaggāho.

Ketu vuccati bahūsu dhajesu accuggatadhajo māno pi punappuna uppajjamāno aparāpare[4] upādāya accuggataṭṭhena ketuṃ viyāti ketuketuṃ icchatī ti ketukamyatassa bhāvo ketukamyatā, sā pana cittassa na attano. Tena vuttaṃ: Ketukamyatā cittassā ti. Mānasampayuttaṃ hi cittaṃ ketuṃ icchati, tassa ca bhāvo ketusaṅkhāto māno ti.

---

[1] Dhs. § 1116. [2] *om.* M. [3] Maggatiṭṭhena T. [4] parāpare M.

759. Issāniddese[1] yā paralābhasakkāragarukāramānanavandanapūjanāsu issā ti yā etesu paresu lābhādīsu kiṃ iminā imesan ti parasampattikhiyyanalakkhaṇā issā. Tattha lābho ti cīvarādīnaṃ catunnaṃ paccayānaṃ paṭilābho. Issukī hi puggalo parassa taṃ lābhaṃ khiyyati. 'Kiṃ imassa iminā ti icchati' sakkāro[2] ti. Tesaṃ yeva paccayānaṃ sukatānaṃ sundarānaṃ paṭilābho garukāro ti garukiriyākaraṇaṃ. Mānanan ti manena piyakaraṇaṃ, vandanan ti pañcapatiṭṭhitena vandanaṃ, pūjanā ti gandhamālādīhi pūjanā. Issākāraṇāvasena issā, issākāro issāyanā, issāyitabhāvo issāyitattaṃ, usuyyanādīni issādivevacanāni. Imissā pana issāyanakhiyyanalakkhaṇaṃ āgārikena pi anāgārikena pi dīpetabbaṃ. Agāriyo hi ekacco kasivaṇijjādīsu[3] aññatarena ājīvena attano purisakāraṃ nissāya bhaddakaṃ yānaṃ vā vāhanaṃ vā labhati, aparo tassa alābhattiko[4] tena lābhena na tussati. 'Kadā nu kho esa imissā sampattiyā paribāyitvā kapaṇo hutvā carissatī' ti cintetvā yadā taṃ ekena kāraṇena tasmiṃ tāya sampattiyā parihīno attamano hoti anāgāriyo pi eko issāmanako aññaṃ attano sutapariyattiādīni nissāya uppannalābhādisampattiṃ disvā 'kadā nu kho eso[5] imehi lābhādīhi parihāyissatī' ti cintetvā yadā naṃ ekena kāraṇena parihīnaṃ passati tadā attamano hoti evaṃ parasampattikhiyyanalakkhaṇā[6] issā ti veditabbā.

760. Macchariyaniddese[7] vatthuto macchariyadassanatthaṃ pañca macchariyāni āvāsamacchariyan ti ādi vuttaṃ. Tattha āvāse macchariyaṃ āvāsamacchariyaṃ. Sesapadesu pi es' eva nayo.

Āvāso[8] nāma sakalārāmo pi pariveṇam pi ekovarako pi rattiṭṭhānalenādīni[9] pi. Tesu vasantā sukhaṃ vasanti, paccaye labhanti, eko bhikkhu vattasampannass' eva pesalassa[10] bhikkhuno tattha āgamanaṃ na icchati, āgato pi

---

[1] Dhs. § 1121. [2] sakkārā M. [3] kathinavan° M. [4] alābhatthiko C. T. [5] eko T. [6] sampattikkhiy° M. [7] Dhs. § 1122. Comp. Puggalapaññatti II, 3. [8] āvāse M. [9] rattiṭṭhānadivāṭhānādīni M. rattilenādīni T. [10] pesakalassa M.

khippaṃ gacchatū ti cinteti, idaṃ āvāsamacchariyan nāma. Bhaṇḍanakārakādīnaṃ pana tattha vāsaṃ anicchato āvāsamacchariyaṃ na hoti.

761. Kulan ti upaṭṭhākakulam[1] pi ñātikulam pi. Tattha aññassa upasaṅkamanaṃ anicchato[2] kulamacchariyaṃ hoti. Pāpapuggalassa pana upasaṅkamanaṃ anicchato pi macchariyaṃ nāma na hoti. So hi tesaṃ pasādabhedāya[3] paṭipajjati. Pasādaṃ rakkhituṃ samatthass'eva pana bhikkhuno tattha upasaṅkamanaṃ anicchato macchariyaṃ nāma hoti.

762. Lābho[4] ti catupaccayalābho va. Taṃ aññasmiṃ sīlavante labhante yeva mā labhatū ti[5] cintentassa lābhamacchariyaṃ hoti. Yo ca pana saddhādeyyaṃ[6] vinipāteti aparibhogadupparibhogādivasena vināseti pūtibhāvaṃ gacchantam pi aññassa na deti taṃ disvā sace imaṃ esa na labheyya añño sīlavā labheyya paribhogaṃ gaccheyyā ti cintentassa macchariyaṃ nāma natthi.

763. Vaṇṇo nāma sarīravaṇṇo pi guṇavaṇṇo pi. Tattha sarīravaṇṇamaccharī puggalo[7] paro pāsādiko rūpavā ti vutte[8] na kathetukāmo hoti guṇavaṇṇamaccharī sīlena dhutaṅgena paṭipadāya ācārena vaṇṇaṃ na kathetukāmo hoti.

764. Dhammo ti pariyattidhammo ca paṭivedhadhammo ca. Tattha ariyasāvakā paṭivedhadhammaṃ na maccharāyanti attanā paṭividdhadhamme sadevakassa lokassa paṭivedaṃ icchanti, taṃ pana paṭivedhaṃ pare jānantū ti icchanti.

Tantidhamme yeva pana dhammamacchariyaṃ nāma hoti, tena samannāgato puggalo yaṃ gūḷhaṃ ganthaṃ vā kathāmaggaṃ vā jānāti taṃ aññaṃ na jānāpetukāmo hoti. Yo pana puggalaṃ upaparikkhitvā dhammānuggahena dhammaṃ vā upaparikkhitvā puggalānuggahena na deti ayaṃ dhammamaccharī nāma na hoti. Tattha ekacco puggalo lolo[9] hoti, kālena samaṇo hoti, kālena brāhmaṇo,

---

[1] upaṭṭhānak° T. [2] aniccato M. [3] pasādābhed° M. [4] lobho M. [5] labhantū ti M. [6] saddhāseyyaṃ M. Comp. Dhammap. p. 395. [7] kiriyavaṇṇe macchapuggalo M. [8] vuttaṃ M. [9] lobho M.

kālena nigaṇṭho. Yo hi bhikkhu ayaṃ puggalo paveṇiāgataṃ tantiṃ saṇhaṃ sukhumaṃ dhammantaraṃ bhinditvā ālulissatī ti 'na deti ayaṃ puggalaṃ upaparikkhitvā dhammānuggahena na deti nāma. Yo pana ayaṃ dhammo saṇhasukhumo sacāyaṃ puggalo gaṇhissatī aññaṃ vyākaritvā attānaṃ āvikatvā nassissatī ti na deti ayaṃ dhammaṃ upaparikkhitvā puggalānuggahena na deti nāma.

Yo pana sac'āyaṃ imaṃ dhammaṃ gaṇhissati amhākaṃ samayaṃ bhindituṃ samattho bhavissatī ti na deti ayaṃ dhammamaccharī yeva nāma.

765. Imesu pañcasu macchariyesu āvāsamacchariyena tāva yakkho vā peto vā hutvā tass' eva āvāsassa saṅkāraṃ sīsena ukkhipitvā vicarati. Kulamacchariyena tasmiṃ kule aññesaṃ dānamānādīni karonte disvā 'bhinnaṃ vat'idaṃ kulaṃ mamā' ti cintayato lohitam pi mukhato uggacchati kucchivirecanaṃ pi hoti antāni pi khaṇḍākhaṇḍāni hutvā nikkhamanti. Lābhamacchariyena saṃghassa vā gaṇassa vā santake lābhe maccharāyitvā puggalikaparibhogaṃ viya paribhuñjitvā yakkho vā peto vā mahā ajagaro vā hutvā nibbattati. Sarīravaṇṇaguṇavaṇṇamaccharena pana pariyattidhammamacchariyena ca attano vaṇṇaṃ vaṇṇo ti[1] paresaṃ vaṇṇo kiṃ vaṇṇo eso ti taṃ taṃ dosaṃ vadanto pariyattiṃ ca[2] kassaci kiñci adento[3] dubbaṇṇo c'eva eḷamūgo ca hoti. Api ca āvāsamacchariyena lohagehe paccati, kulamacchariyena appalābho hoti, lābhamacchariyena gūthaniraye nibbattati, vaṇṇamacchariyena bhave nibbattassa vaṇṇo nāma na hoti, dhammamacchariyena kukkuḷaniraye nibbattati. Maccharāyanakavasena[4] maccheraṃ, maccharāyanākāro maccharāyanā[5], maccharāyitassa[6] maccherasamaṅgino bhāvo maccharāyitattaṃ.

766. 'Mayh'eva hontu[7] mā aññassā ti' sabbā pi attano sampattiyo vyāpetuṃ icchatī ti viviccho. Vivicchassa bhāvo vevicchaṃ. Mudumacchariyass'etaṃ nāmaṃ.

---

[1] vaṇṇe ti T. [2] pariyattidhammañ ca. [3] adanto M.
[4] maccharāṇavasena M. [5] maccharaṇākaro maccharaṇā M. [6] maccherayitassa T. maccherena āhitassa M.
[7] hotu M.

767. Kadariyo vuccati anariyo, tassa bhāvo **kadariyaṃ**, thaddhamacchariyass' etaṃ nāmaṃ. Tena hi samannāgato puggalo param pi paresaṃ dadamānaṃ nivāreti. Vuttam pi c'etaṃ:

Kadariyo pāpasaṅkappo micchādiṭṭhi anādaro
Dadamānaṃ nivāreti yācamānāna bhojanan ti.

768. Yācake disvā kaṭukabhāvena cittaṃ añcati saṅkocatī ti kaṭukañcuko, tassa bhāvo **kaṭukañcukatā**[1]. Aparo nayo: kaṭukañcukatā vuccati kaṭacchugāho. Samatittikapuṇṇāya hi ukkhaliyā bhattaṃ gaṇhanto sabhato bhaṅgena[2] saṅkuṭitena aggakaṭacchunā gaṇhāti, pūretvā gahetuṃ na sakkoti, evaṃ macchariyapuggalassa cittaṃ saṅkucati, tasmiṃ saṅkucite kāyo pi tath' eva saṅkucati paṭikuṭati paṭivaṭṭati[3] na sampasārīyatī ti maccheraṃ **kaṭukañcukatā**[4] ti vuttaṃ.

769. **Aggahitattaṃ cittassā** ti paresaṃ upakārakaraṇe dānādinā ākārena yathā na sampasārīyati ti evaṃ ācaritvā[5] gahitabhāvo cittassa. Yasmā pana macchariyapuggalo attano santakaṃ aparesaṃ adātukāmo[6] hoti parasantakaṃ gaṇhitukāmo[7] tasmā idaṃ macchariyaṃ. 'Mayh' eva hotu mā aññassā ti' pavattivasen'assa sampattīnaṃ[8] niguhaṇalakkhaṇatā attasampattigahaṇalakkhaṇatā vā[9] veditabbā. Sesaṃ imasmiṃ gocchake uttānattham eva.

770. Imāni pana saṃyojanāni kilesapaṭipāṭiyā āharituṃ vaṭṭanti[10] maggapaṭipāṭiyā pi. Kilesapaṭipāṭiyā kāmarāgapaṭighasaṃyojanāni anāgāmimaggena pahīyanti, mānasaṃyojanaṃ arahattamaggena, diṭṭhivicikicchā-sīlabbataparāmāsā[11] sotāpattimaggena, bhavarāgasaṃyojanaṃ arahattamaggena, issāmacchariyāni sotāpattimaggena, avijjā arahattamaggena. Maggapaṭipāṭiyā diṭṭhivicikicchā-sīlabbataparāmāsa-issā-macchariyāni sotāpattimaggena pahīyanti,

---

[1] Comp. Morris J. P. T. S. 1887 p. 159 foll. [2] bhāvena M. [3] paṭinivattati M. [4] kucchukatā M. [5] āvaritvā M. [6] paresam addhātukāmo M. [7] parasantarāgaṇitukāmo M. [8] assa attasamp° T. [9] parasampattilakkhaṇatā vā M. [10] vaṭṭati M. [11] °māso M.

kāmarāgapaṭighā anāgāmimaggena, mānabhavarāga-avijjā arahattamaggenā ti.

771. Ganthagocchake[1] nāma kāyaṃ ganthcti, cutipaṭisandhivasena vaṭṭasmiṃ ghaṭetī ti kāyagantho. Sabbaññūbhāsitam pi paṭikkhipitvā sassato loko idam eva saccaṃ mogham aññan ti iminā ākārena abhinivisatī ti idaṃ saccābhiniveso[2]. Yasmā pana abhijjhā kāmarāgānaṃ viseso atthi tasmā abhijjhākāyaganthassa padabhājane yo kāmesu kāmacchando ti kāmarāgo ti avatvā yo rāgo sārāgo ti ādi vuttaṃ. Iminā yaṃ heṭṭhā vuttaṃ brahmānaṃ[3] vimānādīsu chandarāgo kāmāsavo nāma na hoti ganthagocchakaṃ patvā abhijjhākāyagantho hotī ti taṃ suvuttan ti veditabbaṃ. Parato kilesagocchake pi es' eva nayo.

Ṭhapetvā sīlabbataparāmāsan ti idaṃ yasmā sīlabbataparāmāso idam eva saccan ti ādinā ākārena nābhinivisati sīlena suddhī ti ādinā eva pana abhinivisati tasmā micchādiṭṭhibhūtam pi paṭikkhipanto ṭhapetvā ti āha.

772. Nīvaraṇagocchakassa thīnamiddhaniddeso[4] cittassa akalyatā ti cittassa gilānabhāvo. Gilāno hi akallako ti vuccati. Vinaye pi vuttaṃ: Nāhaṃ[5] bhante akallako ti[6].

Akammaññatā ti cittagelaññasaṅkhāto akammaññatākāro. Olīyanā ti olīyanākāro. Iriyāpathikacittaṃ hi iriyāpathaṃ sandhāretuṃ asakkontaṃ rukkhe vagguli viya khīle lagitaphāṇitavārako[7] viya olīyati. Tassa taṃ ākāraṃ sandhāya olīyanā ti vuttaṃ. Dutiyapadaṃ upasaggena vaḍḍhitaṃ. Līnan ti avipphārikatāya paṭikuṭitaṃ, itare dve ākārabhāvaniddesā.

Thīnan ti sappipiṇḍo viya avipphārikatāya[8] ghanabhāvena ṭhitaṃ. Thīyanā ti ākāraniddeso thīyanabhāvo[9]. Thīyitattaṃ avipphāravasen' eva thaddhatā ti attho.

---

[1] Dhs. § 1135 and foll. [2] Dhs. § 1139. [3] brahmānaṃ T. [4] Dhs. § 1156. [5] nāyaṃ M. [6] Suttavibhaṅga I, p. 62. [7] laggita° M. [8] °vippari° M. [9] thīyitabhāvo T. M.

773. Kāyassā ti[1] khandhattayasaṅkhātassa nāma kāyassa. Akalyatā[2] akammaññatā ti hetthāvuttanayam eva. Megho viya ākāsaṃ kāyaṃ onayhatī ti onāho, sabbatobhāgena onāho pariyonāho, abbhantare samorundhatī ti antosamorodho. Yathā hi nagare rundhitvā gahite manussā bahi nikkhamituṃ na labbanti evaṃ pi middhena samoruddhā dhammā vipphāravasena nikkhamituṃ na labhanti[3] tasmā antosamorodho ti vuttaṃ.

Medhatī ti[4] middhaṃ, akammaññābhāvena vihiṃsatī ti attho. Supanti tenā ti soppaṃ, akkhidalādīnaṃ pacalabhāvaṃ karotī ti pacalāyikā. Supanā supitattan ti ākārabhāvaniddesā[5]. Yaṃ pana tesaṃ purato soppaṃ padaṃ tassa puna vacanena kāraṇam vuttaṃ eva.

Idaṃ vuccati thīnamiddhanīvaraṇan ti. Idaṃ thīnañ ca middhañ ca ekato katvā āvaraṇatthena thīnamiddhanīvaraṇan ti vuccati. Yaṃ ycbhuyyena sekhaputhujjanānaṃ[6] niddāya pubbabhāgaaparabhāgesu uppajjati arahattamaggena samucchijjati. Khīṇāsavānaṃ pana karajakāyassa dubbalabhāvena bhavaṅgotaraṇaṃ hoti, tasmiṃ asammisso vattamāne[7] tesu pattiyā tesaṃ[8] niddā nāma hoti.

774. Ten' āha Bhagavā: 'Abhijānāmi kho panāhaṃ Aggivessana gimhānaṃ pacchime māse catugguṇaṃ saṃghāṭiṃ paññāpetvā dakkhiṇena passena sato sampajāno niddaṃ okkamitā[9] ti'. Evarūpo panāyam karajakāyassa dubbalabhāvo na maggavajjho upādiṇṇake pi anupādiṇṇake pi labbhati, upādiṇṇake labbhamāno yadā khīṇāsavo dīghamaggaṃ gato hoti aññataraṃ vā pana kammaṃ katvā kilanto evarūpe kāle labbhati, anupādiṇṇako labbhamāno paṇṇapupphesu labbhatī ti. Ekaccānaṃ hi rukkhānaṃ paṇṇāni suriyātapena pasāriyanti rattiṃ patikuṭanti, padumapupphādīni suriyātapena pupphanti rattiṃ puna pati-

---

[1] Dhs. § 1157. [2] akallatā T. M. [3] honti M. [4] Metī ti M. [5] °niddeso M. [6] sakkhaputh° M. [7] vattamāno M. [8] tesu panti sā nesaṃ M. [9] okkamantā (?) T. Comp. Majjhimanikāya I, 249.

kuṭanti, idaṃ pana middhaṃ akusalattā khīṇāsavānaṃ na hotī ti.

Tattha siyā na middhaṃ akusalaṃ, kasmā rūpattā? Rūpaṃ hi avyākataṃ idañ ca rūpaṃ. Ten' ev' ettha kāyassa akalyatā[1] akammaññatā ti kāyagahaṇaṃ katan[2] ti. Yadi kāyassā ti vuttamatten'[3] etaṃ rūpaṃ kāyapassaddhādayo pi dhammā rūpam eva bhaveyyuṃ.

775. Sukhañ ca kāyena paṭisaṃvedeti kāyena ca paramatthasaccaṃ[4] sacchikarotī ti. Sukhapaṭisaṃvedanaparamatthasaccasacchikaraṇāni[5] pi rūpakāyena siyuṃ, tasmā na vattabbaṃ: etaṃ rūpaṃ middhan ti. Nāmakāyo hi ettha kāyo nāma. Yadi nāmakāyo atha 'kasmā soppaṃ pacalāyikā ti' vuttaṃ. Na hi nāmakāyo supati na pacalāyatī ti. Liṅgādīni viya indriyassa tassa phalattā. Yathā hi itthiliṅgaṃ itthinimittaṃ itthikuttaṃ itthākappo ti imāni liṅgādīni itthindriyassa phalattā vuttāni. Evaṃ imassā pi nāmakāyagelaññasaṅkhātassa middhassa phalattā soppādīni vuttāni. Middhe hi sati tāni hontī ti phalūpacārena middhaṃ arūpam pi samānaṃ soppaṃ pacalāyikā supanā supitattan ti vuttaṃ. Akkhidalādīnaṃ pacalabhāvaṃ karotī ti pacalāyikā ti vacanatthenā pi cāyaṃ attho sādhito yeva ti na rūpaṃ middhaṃ.

776. Onāhādīhi pi c'assa arūpabhāvo dīpito yeva. Na hi rūpaṃ nāmakāyassa onāho pariyonāho antosamorodho hotī ti. Nanu ca iminā va kāraṇen' etaṃ rūpaṃ. Na hi arūpaṃ kassaci onāho na pariyonāho na antasamorodho hotī ti. Yadi evaṃ āvaraṇam pi na bhaveyya tasmā yathā kāmacchandādayo arūpadhammā āvaraṇaṭṭhena nīvaraṇā evaṃ imassā pi onāhanādi-aṭṭhena onāhanāditā veditabbā[6].

777. Api ca pañca nīvaraṇe pahāya cetaso upakkilese[7] paññāya dubbalīkaraṇe[8] ti vacanato p'etaṃ arūpaṃ[9]. Na

---

[1] akallatā M. [2] gatan M. [3] vuttametten' M. [5] paramattasaccaṃ T. [5] °paramattasacc° T. [6] onahanā ti di atthena onādi na ved° T. [7] upakkileso T. [8] dubbalīkarati T. [9] Comp. Mahāparinibbānas. p. 11.

hi rūpam cittūpakkileso na paññāya dubbalīkaraṇam hotī ti. Kasmā na hoti? Nanu vuttam: santi bhikkhave eke samaṇabrāhmaṇā suram pivanti merayam pivanti surāmerayapānā appaṭiviratā[1]. Ayam bhikkhave paṭhamo samaṇabrāhmaṇānam upakkileso ti. Aparam pi vuttam: cha kho me gahapatiputta ādīnavā surāmerayamajjapamādaṭṭhānānuyoge sandiṭṭhikā dhanañjāni[2], kalahappavaḍḍhanī, rogānam āyatanam, akittisañjananī[3], kopīnam nidamsanī, paññāya dubbalīkaraṇī tveva chaṭṭham padam bhavatī ti. Paccakkhato pi c'etam siddham eva. Yathā majje udaragate cittam saṅkilissati paññā dubbalā hoti tasmā majjam viya middham pi cittasaṅkileso ca paññādubbalīkaraṇañ ca siyā tinapaccayaniddesato[4]. Yadi hi majjam saṅkileso bhaveyya so ime pañca nīvaraṇe pahāya cetaso upakkileso ti vā.

778. Evam eva kho bhikkhave pañc'ime cittassa upakkilesā yehi upakkiliṭṭham cittam na c'eva mudum[5] hoti na ca kammaniyam na ca[6] pabhassaram pabhaṅgu ca na sammāsamādhiyati āsavānam khayāya. Katame pañca? Kāmacchando bhikkhave cittassa upakkileso ti vā. Katame ca bhikkhave cittassa upakkilesā? Abhijjhā visamalobho cittassa upakkileso ti vā evam ādisu upakkilesaniddesesu niddesam[7] āgaccheyya.

779. Yasmā pana tasmim pi te kilesā[8] uppajjanti ye cittasaṅkilesā c'eva paññāya ca dubbalīkaraṇā honti tasmā[9] tesam paccayattā paccayaniddesato evam vuttam. Middham pana sayam eva cittasaṅkileso c'eva paññādubbalīkaraṇañ[10] cā ti arūpam eva middham. Kiñ ca bhiyyo sampayogavacanato thīnamiddhanīvaraṇam? Avijjānīvaraṇena nīvaraṇañ c'eva nīvaraṇasampayuttañ cā ti vuttam. Tasmā sampayogavacanato na-y-idam rūpam. Na hi rūpam[11] sampayuttasaṅkham labbhatī ti. Athā pi siyā yathā-

---

[1] Aṅguttara IV, 50. [2] dhanajānī T. [3] akkhitti° M. [4] tinapaccayaniddesadesato T. [5] mudu M. [6] *om.* M. [7] upakkilesaniddesesam M. [8] upakkilesā M. [9] M. *inserts* c'etam. [10] paññāyadub° M. [11] nābhirūpam T.

lābhavaseu'etaṃ vuttaṃ yathā pi[1] sippikasambukam pi sakkharakaṭhalam pi macchagumbam[2] pi carantam pi tiṭṭhantam pī ti[3] yathālābhavasena vuttaṃ. Sakkharakaṭhalaṃ hi tiṭṭhati yeva, na carati, itaradvayaṃ tiṭṭhati pi carati pi. Evaṃ idhā pi middhaṃ nīvaraṇaṃ eva na sampayuttaṃ, thīnaṃ nīvaraṇam pi sampayuttam pī ti sabbaṃ ekato katvā yathālābhavasena nīvaraṇañ c'eva nīvaraṇasampayuttañ cā ti vuttaṃ.

Middhaṃ pana yathā sakkharakaṭhalaṃ tiṭṭhat' eva na carati. Evaṃ nīvaraṇam eva na sampayuttaṃ. Tasmā rūpam eva middhan ti na rūpabhāvasiddhito. Sakkharakaṭhalaṃ hi na caratī ti vinā pi suttena siddhaṃ[4]. Tasmā tattha yathālābhavasen'attho hotu. Middhaṃ pana rūpan ti asiddham etaṃ. Na sakkā tassa iminā suttena rūpabhāvo sādhetun ti. Middhassa rūpabhāvā siddhito na-yidaṃ yathālābhavasena vuttan ti arūpam eva middhaṃ.

780. Kiñ ca bhiyyo cattattā ti ādi vacanato? Vibhaṅgasmiṃ hi vigatathīnamiddho ti. Tassa thīnamiddhassa cattattā vantattā muttattā pahīnattā[5] paṭinissaṭṭhattā tena vuccati vigatathīnamiddho ti. Idaṃ cittaṃ imamhā pi thīnamiddhā sodheti visodheti parisodheti moceti vimoceti parimoceti tena vuccati vigatathīnamiddho ti. Cittaṃ parisodheti cā ti evaṃ vantattā ti ādi vuttaṃ[6]. Na ca rūpaṃ evaṃ vuccati, tasmā pi arūpam eva middhan ti. Na cittajass' asambhavavacanato. Tividhaṃ hi middhaṃ cittajaṃ utujaṃ āhārajaṃ[7] ca. Tasmā yaṃ tattha cittajaṃ tassa vibhaṅge jhānacittehi asambhavo vutto. Na arūpabhāvo sādhito ti rūpam eva middhan ti. Na rūpabhāvā siddhito va. Middhassa hi rūpabhāve siddhe sakkā etaṃ laddhuṃ. Tattha cittajass' asambhavo vutto. So eva na sijjhatī ti arūpam eva middhaṃ[8]. Kiñ ca bhiyyo pahānavacanato. Bhagavatā hi: cha bhikkhave dhamme pahāya bhabbo[9]

---

[1] hi M. [2] Comp. Majjhimanikāya I, 279. [3] M. *inserts* evaṃ ekato katvā. [4] siddhā M. [5] parihīnattā T. [6] vigatathīnamiddho ti cā ti evaṃ cattattā ti ādi vuttaṃ M. [7] Comp. Visuddhimagga in J. P. T. S. p. 148. [8] siddhaṃ T. [9] sabbo M.

paṭhamajjhānaṃ upasampajja viharituṃ. Katamc cha? Kāmacchandaṃ vyāpādaṃ thīnamiddhaṃ uddhaccakukkuccaṃ vicikicchaṃ[1].

781. Kāmesu kho pan' assa ādīnavo sammappaññāya sudiṭṭho hotī ti imo pañca nīvaraṇe pahāya balavatiyā paññāya attatthaṃ vā ñassatī ti ādīsu ca. Middhassā pi pahānaṃ vuttaṃ na ca rūpaṃ pahātabbaṃ. Yath'āha: rūpakkhandho abhiññeyyo pariññeyyo na pahātabbo na bhāvetabbo ti[2]. Imassa pahānavacanato pi arūpam eva middhaṃ na rūpassā pi. Pahānavacanato rūpaṃ bhikkhave na tumhākaṃ, taṃ pajahathā ti. Ettha hi rūpassā pi pahānaṃ vuttam eva, tasmā akāraṇam etan ti na aññathā vuttattā. Tasmiṃ hi sutte: yo bhikkhave rūpe chandarāgavinayo[3] taṃ tattha pahānan ti evaṃ chandarāgapahānavasena rūpappahānaṃ vuttaṃ. Taṃ yathā cha dhamme appahāya pañca nīvaraṇe pahāyā ti evaṃ pahātabbam eva vuttan ti aññathāvuttattā na rūpam middhaṃ. Tasmā yān'etāni: 'so ime pañca nīvaraṇe pahāya cetaso upakkilese ti' ādīni suttāni vuttāni etehi c'eva aññehi ca suttehi arūpam eva middhan ti veditabbaṃ.

782. Tathā hi pañc' ime bhikkhave āvaraṇā nīvaraṇā cetaso ajjhorohā[4] paññāya dubbalīkaraṇā. Katame pañca? kāmacchando bhikkhave . . . .

. . . . pe . . . .

thīnamiddhaṃ bhikkhave āvaraṇaṃ nīvaraṇaṃ cetaso ajjhorohaṃ[5] paññāya dubbalīkaraṇan ti ca. Thīnamiddhanīvaraṇaṃ bhikkhave andhakaraṇaṃ[6] acakkhukaraṇaṃ aññāṇakaraṇaṃ paññānirodhikaṃ vighātapakkhikaṃ anibbānasaṃvattanikan ti ca.

783. Evam eva kho brāhmaṇa yasmiṃ samaye thīnamiddhapariyuṭṭhitena cetasā viharati thīnamiddhaparetenā ti ca, ayoniso bhikkhave manasikaroto anuppanno c'eva kāmacchando uppajjati . . . .

. . . . pe . . . .

---

[1] Comp. Visuddhimagga ed. by Lakmini Pahana p. 516.
[2] M. *adds* na sacchikātabbo M. [3] chandarāgaṃ vin° T.
[4] ajjhāruḷhā M. [5] ajjhoruḷhaṃ M. [6] ajjhakaraṇaṃ T.

anuppannañ c'eva thīnamiddhaṃ uppajjati ti ca. Kevalo h'ayaṃ bhikkhave akusalarāsi yad idaṃ pañca nīvaraṇāni ca evamādīni anekān'etassa arūpabhāvajotakān'eva suttāni vuttāni. Yasmā c'etaṃ arūpaṃ tasmā āruppe[1] pi uppajjati. Vuttaṃ h'etaṃ Mahāpakaraṇapaṭṭhāne: Nīvaraṇaṃ dhammaṃ paṭicca nīvaraṇo dhammo uppajjati na purejātapaccayā ti. Etassa Vibhaṅge āruppe[2] kāmacchandanīvaraṇaṃ paṭicca thīnamiddha-uddhacca-avijjānīvaraṇan ti sabbaṃ vitthāretabbaṃ. Tasmā sanniṭṭhānam ettha gantabbaṃ arūpaṃ eva middhan ti.

784. Kukkuccaniddese[3] akappiye kappiyasaññitā ti ādīni mūlato kukkuccadassanatthaṃ vuttāni. Evaṃ saññitāya hi kate vītikkame niṭṭhite vatthujjhācāre puna saññātasatino suṭṭhu[4] mayā kataṃ ti evaṃ anutappamānassa pacchānutāpavasena taṃ uppajjati. Tena taṃ mūlato dassetuṃ akappiye kappiyasaññitā ti ādi vuttaṃ. Tattha akappiyabhojanaṃ kappiyasaññī hutvā paribhuñjati, akappiyamaṃsaṃ kappiyasaññī hutvā acchamaṃsaṃ sūkaramaṃsan dīpimaṃsaṃ migamaṃsan ti khādati, kāle vītivatte kālasaññāya pavāretvā appavāritasaññāya pattasmiṃ raje patite paṭiggahītakasaññāya paribhuñjati evaṃ akappiye kappiyasaññāya vītikkamaṃ karoti nāma. Sūkaramaṃsaṃ pana acchamaṃsaṃ saññāya khādamāno kāle ca vikāle saññāya[5] paribhuñjamāno kappiye akappiyasaññitāya vītikkamaṃ karoti nāma.

785. Anavajjaṃ pana kiñcid eva vajjasaññitāya vajjañ ca anavajjasaññitāya karonto anavajje vajjasaññāya vajje ca anavajjasaññāya vītikkamaṃ karoti nāma. Yasmā pan' etaṃ 'akataṃ vata me kalyāṇaṃ, akataṃ kusalaṃ, akataṃ bhīruttāṇam, kataṃ pāpaṃ, kataṃ luddaṃ, kataṃ kibbisan ti' evaṃ anavajje anavajjasaññitāya pi kate vītikkame uppajjati, tasmā'ssa[6] aññam pi vatthuṃ anujānanto yaṃ evarūpan[7] ti ādiṃ āha.

---

[1] aruppe T. [2] aruppe T. [3] Dhs. § 1160. [4] °satino pi duṭṭhu M. [5] vikālasaññāya T. [6] tasmā tassa M. [7] yaṃ rūpan M.

786. Tattha kukkuccapadaṃ vuttattham eva. Kukkuccāyanākāro kukkuccāyanā, kukkuccena asitassa[1] bhāvo kukkuccāyitattaṃ. Cetaso vippaṭisāro ti ettha katākatassa sāvajjānavajjassa vā abhimukhagamanaṃ[2] vippaṭisāro nāma. Yasmā pana so kataṃ vā pāpaṃ akataṃ na karoti akataṃ va kalyāṇaṃ kataṃ na karoti tasmā[3] virūpo kucchito vā paṭisāro ti vippaṭisāro. So pana cetaso na sattassā ti ñāpanatthaṃ cetaso vippaṭisāro ti vuttaṃ. Ayam assa sabhāvaniddeso.

787. Uppajjamānaṃ pana kukkuccaṃ āraggam iva kaṃsapattaṃ manaṃ vilikhamānam eva uppajjati. Tasmā manovilekho ti vuttaṃ, ayam assa kiccaniddeso. Yaṃ pana Vinaye 'atha kho āyasmā Sāriputto Bhagavatā paṭikkhittaṃ anuvasitvā āvasathapiṇḍaṃ paribhuñjituṃ ti kukkuccāyanto na paṭiggahesī ti' kukkuccam āgataṃ, na taṃ nīvaraṇaṃ. Na hi arahato 'duṭṭhu mayā idaṃ katan ti' evaṃ anutāpo atthi. Nīvaraṇapatirūpakaṃ pan' etaṃ 'kappati na kappatī ti' vīmaṃsanasaṅkhātaṃ Vinayakukkuccaṃ nāma.

788. Katame dhammā nīvaraṇā c'eva nīvaraṇasampayuttā cā ti padassa niddese[4] yasmā thīnamiddham aññamaññaṃ na vijahati tasmā thīnamiddhanīvaraṇaṃ avijjānīvaraṇena nīvaraṇam eva nīvaraṇasampayuttaṃ cā ti abhinditvā vuttaṃ. Yasmā pana uddhacco sati pi kukkuccassa abhāvā[5] kukkuccena vinā pi uddhaccaṃ uppajjati tasmā taṃ bhinditvā vuttaṃ. Yañ ca yena sampayogaṃ na gacchati taṃ na yojitan ti veditabbaṃ. Ime pana nīvaraṇe kilesapaṭipāṭiyā pi āharituṃ vaṭṭati maggapaṭipāṭiyā pi. Kilesapaṭipāṭiyā kāmacchandavyāpādā anāgāmimaggena pahīyanti, thīnamiddhuddhaccāni arahattamaggena, kukkuccavicikicchā sotāpattimaggena, avijjā arahattamaggena, maggapaṭipāṭiyā sotāpattimaggena kukkuccavicikicchā pahīyanti, anāgāmimaggena kāmacchandavyāpādā, arahattamaggena thīnamiddhuddhaccāvijjā ti.

---

[1] ayitassa T. [2] sāvajjanavajjassa abh° M. [3] yasmā M.
[4] Dhs. § 1152. [5] ābhāvā C.

Parāmāsagocchake te dhamme ṭhapetvā ti pucchābhāgena[1] bahuvacanaṃ kataṃ.

789. Upādānaniddese[2] ca vatthusaṅkhātaṃ kāmaṃ upādiyatī ti kāmūpādānaṃ. Kāmo ca so upādānañ cā ti pi kāmūpādānaṃ. Upādānan ti daḷhagahaṇaṃ, daḷhattho hi ettha upasaddo upāyāsa-upakkuṭṭhādīsu viya.

Tathā diṭṭhi ca sā upādānañ cā ti diṭṭhūpādānaṃ[3]. Diṭṭhiṃ upādīyatī ti diṭṭhūpādānaṃ. 'Sassato attā ca loko cā ti' ādīsu[4] hi purimadiṭṭhi uttaradiṭṭhi upādīyati.

Tathā sīlabbataṃ upādīyatī ti sīlabbatūpādānaṃ. Sīlabbatañ ca taṃ upādānañ cā ti sīlabbatūpādānaṃ. Gosīla-govatādīni[5] hi evaṃ suddhī ti abhinivesato sayam eva upādānāni.

Tathā vadanti etenā ti vādo, upādīyanti etenā ti upādānaṃ. Kiṃ vadanti upādīyanti vā attānaṃ? Attano vādūpādānaṃ attavādūpādānaṃ. Attavādamattam eva vā attā ti upādīyanti etenā ti attavādūpādānaṃ.

Yo kāmesu kāmacchando[6] ti etthā pi vatthukāmā va anavasesato kāmā ti adhippetā. Tasmā vatthukāmesu kāmacchando idha kāmūpādānan ti anāgāmino pi taṃ siddhaṃ[7] hoti. Pañcakāmaguṇavatthuko pan'assa kāmarāgo va natthī ti[8].

790. Diṭṭhūpādānaniddese[9] natthi dinnan ti dinnaṃ nāma natthi, kassaci kiñci dātuṃ sakkā ti jānāti. Dinnassa pana phalavipāko natthī ti gaṇhāti.

Natthi yiṭṭhan ti yiṭṭhaṃ vuccati mahāyāgo. Taṃ yajituṃ sakkā ti jānāti. Yiṭṭhassa pana phalavipāko natthī ti gaṇhāti.

Hutan ti āhunapāhunamaṅgalakiriyā. Taṃ kātuṃ sakkā ti jānāti, tassa pana phalavipāko natthī ti gaṇhāti.

Sukaṭadukkaṭānan ti ettha dasa kusalakammapathā sukaṭakammāni nāma, dasa akusalakammapathā dukkaṭa-

---

[1] pucchāya bhāgena T. [2] Dhs. § 1213—1217. [3] Dhs. § 1215. [4] Dhs. § 1099, 1117, 1175. [5] Dhs. § 1005. [6] Dhs. § 1214. [7] saddhaṃ M. [8] pan'atthī ti M. [9] Dhs. § 1215.

kammāni nāma, tesaṃ atthibhāvaṃ jānāti, phalavipākaṃ pana natthī ti gaṇhāti.

Natthi ayaṃ loko ti paraloke ṭhito imaṃ lokaṃ natthī ti gaṇhāti, natthi paraloko ti idha loke ṭhito paralokaṃ natthī ti gaṇhāti, natthi mātā natthi pitā ti mātāpitunnaṃ atthibhāvaṃ jānāti. Tesu katapaccayena koci phalavipāko natthī ti gaṇhāti.

Natthi sattā opapātikā ti cavanaka-uppajjanakā sattā natthī ti gaṇhāti, sammaggatā sammāpaṭipannā ti anulomapaṭipadaṃ paṭipannā dhammikasamaṇabrāhmaṇā lokasmiṃ natthī ti gaṇhāti.

Ye imañ ca lokaṃ . . . .
. . . . pe . . . .
pavedentī ti imañ ca lokaṃ parañ ca lokaṃ attanā vā abhivisiṭṭhena ñāṇena ñatvā pavedanasamattho sabbaññū Buddho nāma natthī ti gaṇhāti. Imāni pana upādānāni kilesapaṭipāṭiyā pi āharituṃ vaṭṭati maggapaṭipāṭiyā pi. Kilesapaṭipāṭiyā kāmūpādānaṃ catūhi maggehi pahīyati sesāni tīni sotāpatttimaggena. Maggapaṭipāṭiyā sotāpattimaggena diṭṭhūpādānādīni pahīyanti catūhi maggehi kāmūpādānan ti.

791. Kilesagocchake[1] kilesā eva kilesavatthūni. Vasanti vā ettha akhīṇāsavā sattā lobhādīsu patiṭṭhitattā ti kilesā ca te tappatiṭṭhitānaṃ sattānaṃ vatthūni cā ti kilesavatthūni. Yasmā c'ettha anantarapaccayādibhāvena uppajjamānā kilesā pi vasanti eva nāma tasmā kilesānaṃ vatthūni pī ti kilesavatthūni.

Tattha katamo lobho? Yo rāgo sārāgo ti ayaṃ pana lobho ti hetugocchake[2] ganthagocchake[3] imasmiṃ kilesagocchake[4] ti tīsu ṭhānesu atirekapadasatena niddiṭṭho[5]. Āsavasaṃyojanaoghayoganīvaraṇa-upādānagocchakesu aṭṭhahi aṭṭhahi padehi niddiṭṭho svāyaṃ atirekapadasatena niddiṭṭhaṭṭhāne pi aṭṭhahi aṭṭhahi padehi niddiṭṭhaṭṭhāne pi nippadesato va gahito ti veditabbo.

---

[1] Dhs. § 1229. [2] Dhs. § 1059. [3] Dhs. § 1136.
[4] Dhs. § 1230. [5] niṭṭho M.

Tesu hetu ganthanīvaraṇanupādānakilesagocchakesu catumaggavajjhā taṇhā eken' eva koṭṭhāsena ṭhitā. Āsavasaṃyojanaoghayogesu[1] catumaggavajjhā pi dve koṭṭhāsā hutvā ṭhitā. Kathaṃ? Āsavesu[2] kāmāsavo bhavāsavo hoti. Saṃyojanesu[3] kāmarāgasaṃyojanaṃ bhavarāgasaṃyojanan ti. Oghesu[4] kāmogho bhavogho ti, yogesu kāmayogo bhavayogo ti. Imāni pana kilesavatthūni kilesapaṭipaṭiyā pi āharituṃ vaṭṭati[5] maggapaṭipāṭiyā pi. Kilesapaṭipāṭiyā lobho catūhi maggehi pahīyati, doso anāgāmimaggena, mohamānā arahattamaggena, diṭṭhivicikicchā sotāpattimaggena, thīnādīni arahattamaggena. Maggapaṭipāṭiyā sotāpattimaggena diṭṭhivicikicchā pahīyanti, anāgāmimaggena doso, arahattamaggena sesā sattā ti.

792. Kāmāvacaraniddeso[6] heṭṭhato ti heṭṭhābhāgena. Avīcinirayan ti aggijālānam vā sattānaṃ vā dukkhavedanāya vā vīci-antaraṃ chiddaṃ ettha natthī ti avīci. Sukhasaṅkhāto ayo ettha natthī ti nirayo. Nirati-atthena pi nirayo. Pariyantaṃ karitvā ti taṃ avīcisaṅkhātaṃ nirayaṃ antaṃ katvā. Uparito ti uparibhāgena. Paranimmitavasavattideve ti paranimmitesu kāmesu vasaṃ vattanato evaṃ laddhavohāre deve. Anto karitvā ti anto pakkhipitvā. Yaṃ etasmiṃ antare ti ye etasmiṃ okāse. Etthāvacarā ti iminā yasmā etasmiṃ antare aññe pi caranti kadāci katthaci ca sambhavato tasmā tesaṃ asaṅgaṇhanatthaṃ etth' avacarā ti vuttaṃ. Tena yo etasmiṃ antare ogāḷhā hutvā caranti sabbattha sadā va sambhavato[7] adhobhāge caranti Avīcinirayassa heṭṭhābhūtūpādāya pavattibhāvena tesaṃ saṅgaho kato hoti. Te hi avagāḷhā 'vacaranti adhobhāge 'vacarantī ti avacarā. Ettha pariyāpannā[8] ti. Iminā pana yasmā ete etthāvacarā aññatthā pi avacaranti na pana tattha pariyāpannā honti tasmā tesaṃ aññatthā pi avacarantānaṃ pariggaho kato hoti. Idāni to ettha pariyāpannā dhamme

---

[1] āsavaṃ yajana° M. [2] Dhs. § 1096. [3] Dhs. § 1113. [4] Dhs. § 1151. [5] vaṭṭanti M. [6] Dhs. § 1280. [7] sabba attha saddāsambh° M. [8] paripanṇā M.

rāsisuññatāpaccayabhāvato[1] ca dassento khandhā ti ādim āha.

793. Rūpāvacaraniddese[2] Brahmalokan ti paṭhamajjhānabhūmisaṅkhātaṃ brahmaṭṭhānaṃ. Sesam ettha kāmāvacaraniddese vuttanayen'eva ñatvā samāpannassā ti ādīsu paṭhamapadena kusalajjhānaṃ vuttaṃ, dutiyena vipākajjhānaṃ, tatiyena kiriyajjhānaṃ vuttan ti veditabbaṃ.

794. Arūpāvacaraniddese[3] ākāsānañcāyatanūpage ti ākāsānañcāyatanasaṅkhātaṃ bhavaṃ upagate. Dutiyapade pi es' eva nayo. Sesaṃ heṭṭhā vuttanayen'eva veditabbaṃ.

795. Saraṇadukaniddese[4] yvāyaṃ tīsu akusalamūlesu moho so lobhasampayutto ca lobhena saraṇo dosasampayutto ca dosena saraṇo. Vicikicchuddhaccasampayutto pana moho diṭṭhisampayuttena c'eva rūparāga-arūparāgasaṅkhātena ca rāgaraṇena pahānekaṭṭhabhāvato saraṇo sarajo ti veditabbo.

796. Suttantikadukamātikākathāyaṃ atthato vivecitattā yāni ca tesaṃ niddesapadāni tesam pi heṭṭhā vuttanayen' eva suviññeyyattā yebhuyyena uttānatthā eva.

797. Idaṃ pan' ettha sesamattaṃ. Vijjūpamaduko[5] tāva cakkhumā ti kira puriso[6] meghandhakāre maggaṃ paṭipajji, tassa andhakāratāya maggo na paññāyi, vijju nicchāritvā andhakāraṃ viddhaṃsesi, ath' assa andhakāravigamā maggo pākaṭo ahosi, so dutiyam pi gamanaṃ abhinīhari, dutiyam pi andhakāro otthari, vijju nicchāritvā taṃ viddhaṃsesi, vigate andhakāre maggo pākaṭo ahosī ti, tatiyam pi gamanaṃ abhinīhari, andhakāro otthari, maggo na paññāyi, vijju nicchāritvā andhakāraṃ viddhaṃsesi, tattha cakkhumato purisassa andhakāre maggapaṭipajjanaṃ viya ariyasāvakassa sotāpattimaggatthāya vipassanārambho, andhakāre maggassa apaññāyanakālo viya saccacchādakatamaṃ, vijjuyā nicchāritvā andhakārassa viddhaṃsitakālo viya sotāpattimaggobhāsena uppajjitvā saccacchādakatamassa vinoditakālo, vigate andhakāre maggassa pākaṭakālo

---

[1] °suññatā° T. [2] Dhs. § 1282. [3] Dhs. § 1284. [4] Dhs. § 1294. [5] vijjūpama° M. [6] cakkhumāyirikapuriso M.

viya sotāpattimaggassa catunnaṃ saccānaṃ pākaṭakālo, maggassa pākaṭam pana maggasamaṅgipuggalassa pākaṭam eva. Dutiyagamanābhinīhāro viya sakadāgāmimaggatthāya vipassanārambho, andhakāre maggassa apaññāyanakālo viya saccacchādakatamaṃ, dutiyaṃ vijjuyā niccharitvā andhakāraṃ viddhaṃsitakālo viya sakadāgāmimaggobhāsena uppajjitvā saccacchādakatamassa vinoditakālo, vigate andhakāre maggassa pākaṭakālo viya sakadāgāmimaggassa catunnaṃ saccānaṃ pākaṭakālo, maggassa pākaṭaṃ pana maggasamaṅgipuggalassa[1] pākaṭaṃ eva. Tatiyagamanābhinīhāro viya anāgāmimaggatthāya vipassanārambho, andhakāramaggassa apaññāyanakālo viya saccacchādakatamaṃ, tatiyaṃ vijjuyā niccharitvā andhakārassa viddhaṃsitakālo viya anāgāmimaggobhāsena uppajjitvā saccacchādakatamassa vinoditakālo, vigate andhakāre maggassa pākaṭakālo viya anāgāmimaggassa catunnaṃ saccānaṃ pākaṭakālo, maggassa pākaṭam pana maggasamaṅgipuggalassa pākaṭaṃ eva.

798. Vajirassa pana pāsāṇo vā maṇi va abhejjo nāma natthi. Yattha patati taṃ vinividdham eva hoti. Vajiraṃ khepentam asesetvā khepeti, vajirena gatamaggo nāma puna pākaṭiko[2] na hoti. Evam eva arahattamaggassa avajjhakileso[3] nāma natthi, sabbakilese vinivijjhati vajiraṃ viya. Arahattamaggo pi kilese khepento asesetvā khepeti. Vajirena gatamaggassa pana pākatikattābhāvo viya. Arahattamaggena pahīnakilesānaṃ puna paccudāvattanaṃ nāma natthī ti.

799. Bāladukaniddese[4] bālesu ahirikānottappāni pākaṭāni mūlāni ca sesānaṃ bāladhammānaṃ.

Ahiriko ca anottāpī ca na kiñci akusalaṃ na karoti nāmā ti. Etāni dvo paṭhamaṃ yeva visuṃ vuttāni.

Sukkapakkho pi ayam eva nayo.

800. Tathā kaṇhaduke[5] tapanīyadukaniddese[6] katattā ca akatattā ca tapanaṃ veditabbaṃ.

---

[1] maggasamaṅgino p° M. [2] pākaṭikā M. [3] avijjha° M.
[4] Dhs. § 1300. [5] Dhs. § 1302. [6] Dhs. § 1304—5.

Kāyaduccaritādīni hi katattā tapanti[1], kāyasucaritādīni akatattā. Tathā hi puggalo 'katam me kāyaduccaritan ti' tappati 'akatam me kāyasucaritan ti' tappati, 'katam me vacīduccaritan ti' tappati . . . .
. . . . pe . . . .
'akatam me manosucaritan ti' tappatī ti. Atappane pi[2] es' eva nayo.

Kalyāṇakarī hi puggalo 'katam me kāyasucaritan ti' na tappati, 'akatam me kāyaduccaritan ti' na tappati, 'katam me vacīsucaritan ti na tappati . . . .
. . . . pe . . . .
'katam me manosucaritan ti' na tappatī ti.

801. Adhivacanadukaniddese[3] yā tesaṃ tesaṃ dhammānan ti sabbadhammagahaṇaṃ. Saṅkhāyatī ti saṅkhā. Saṅkathīyatī ti attho. Kin ti saṅkathīyati? Ahan ti maman ti paro ti parassā ti satto ti gāvo ti[4] poso ti puggalo ti naro ti māṇavo ti Tisso ti Datto[5] ti mañco pīṭhaṃ bhisī bimbohanan ti[6] vihāro pariveṇaṃ dvāraṃ vātapānaṃ ti evaṃ anekehi ākārehi[7] saṅkathīyatī ti sammā ñāyatī ti samaññā. Kin ti sammā ñāyati? Ahan ti maman ti. .
. . . . pe . . . .
dvāraṃ vātapānan ti sammā ñāyatī ti samaññā. Paññāpiyyatī ti paññatti, voharīyatī ti vohāro. Kin ti voharīyati? Ahan ti maman ti. . . . .
. . . . pe . . . .
dvāraṃ vātapānan ti voharīyatī ti vohāro.

802. Nāman ti catubbidhaṃ nāmaṃ: Sāmaññanāmaṃ guṇanāmaṃ kittimanāmaṃ opapātikanāman ti. Tattha paṭhamakappiyesu[8] mahājanena sammannitvā ṭhapitattā Mahāsammato ti rañño nāmaṃ sāmaññanāmaṃ nāma. Yaṃ sandhāya vuttaṃ: Mahājanasammato ti kho Vāseṭṭha Mahāsammato t'eva paṭhamaṃ akkharaṃ upanibbattan ti.

---

[1] tapati T. [2] attappaniye M. [3] Dhs. § 1306. [4] bhāvo bhāvo ti M. [5] Tatto ti M. [6] piṭham bhisippohaṇan ti M. [7] ākārehi M. [8] °kappikesu M.

Dhammakathiko paṃsukūliko Vinayadharo tipiṭako saddho saṭṭho[1] ti evarūpaṃ guṇato āgatanāmaṃ guṇanāmaṃ nāma. Bhagavā arahaṃ sammāsambuddho ti ādīni pi Tathāgatassa anekāni nāmasatāni guṇanāmān' eva. Tena vuttaṃ:

Asaṅkheyyāni nāmāni sa guṇena mahesino |
Guṇena nāmam uddheyyaṃ api nāma sahassato ti ‖

Yaṃ pana jātassa kumārakassa nāmagahaṇādivasena dakkhiṇeyyānaṃ sakkāraṃ katvā samīpe ṭhitā ñātakā kappetvā 'ayaṃ asuko nāmā ti' nāmaṃ karonti idaṃ kittimanāmaṃ nāma. Yā pana purimapaññatti aparapaññattiyaṃ[2] patati purimavohāro pacchimavohāre[3] patati[4] seyyathīdaṃ purimakappe pi cando etarahi pi cando yeva, atīte suriyo samuddo paṭhavī pabbato etarahi pi pabbato yevā ti idaṃ opapātikanāmaṃ nāma.

Idaṃ catubbidham pi nāmaṃ ekanāmaṃ eva hoti. Nāmakamman ti nāmakaraṇaṃ, nāmadheyyan ti[5] nāmaṭhapanaṃ, nirutti ti nāmanirutti, vyañjanan ti nāmavyañjanaṃ. Yasmā pan' etaṃ atthaṃ vyañjati tasmā evaṃ vuttaṃ. Abhilāpo ti nāmābhilāpo eva[6].

803. Sabbe va dhammā adhivacanapathā ti. Adhivacanassa no pathadhammo nāma natthi. Ekadhammo sabbadhammesu nipatati, sabbadhammā ekadhammasmiṃ nipatanti. Kathaṃ? Ayaṃ hi nāma paññatti ekadhammo. So sabbesu catubbhūmakadhammesu nipatati. Satto pi saṅkhāro pi nāmato vuttako nāma natthi. Aṭavipabbatādīsu[7] rukkhā pi jānapadānaṃ bhāro. Te hi 'ayaṃ rukkho kiṃ nāmā ti' puṭṭhā 'khadiro palāso ti' attanā jānanakanāmaṃ[8] kathenti. Yassa nāmaṃ na jānanti tam pi 'anāmako nāmā ti' vadanti. Tam pi tassa nāmadheyyam eva hutvā tiṭṭhati. Samudde macchakacchapādīsu pi es' eva nayo.

Itare dve dukā iminā samānatthā eva.

---

[1] pasanno M. [2] pacchimapaññattiyaṃ M. [3] pacchimavohāre *twice* M. [4] patī ti T. [5] nāmaheyyan ti M. [6] va M. [7] aṭṭavi° M. [8] jānakanāmaṃ M.

804. Nāmarūpaduke[1] nāmakaraṇaṭṭhena namanaṭṭhena[2] nāmanaṭṭhena ca nāmaṃ. Tattha cattāro tāva khandhā nāmakaraṇaṭṭhena nāmaṃ. Yathā hi mahājanasammatattā Mahāsammatassa Mahāsammato ti nāmaṃ ahosi, yathā mātāpitaro 'ayaṃ Tisso nāma hotu, Phusso nāma hotū ti' evaṃ puttassa kittimanāmaṃ karonti, yathā vā dhammakathiko vinayadharo ti guṇato nāmaṃ āgacchati na evaṃ vedanādīnaṃ. Vedanādayo hi mahāpaṭhavīādayo viya attano nāmaṃ karontā va uppajjanti, tesu uppannesu tesaṃ nāmaṃ uppannam eva hoti. 'Na hi vedanaṃ uppannaṃ, tvaṃ vedanā nāma hohī ti' koci bhaṇati na ca tassa nāmagahaṇakiccam atthi. Yathā paṭhaviyā uppannāya 'tvaṃ paṭhavī nāma hohī ti' nāmagahaṇakiccaṃ natthi Cakkavāḷa-Sinerumhi candimasuriyanakkhattesu uppannesu 'tvaṃ cakkavāḷam nāma tvaṃ nakkhattaṃ nāma hohī ti' nāmagahaṇakiccaṃ natthi. Nāmaṃ uppannam eva hoti, opapātikapaññatti[3] nipatati. Evaṃ vedanāya uppannāya tvaṃ vedanā nāma hohī ti' nāmagahaṇakiccaṃ natthi. Tāya uppannāya vedanā ti nāmaṃ uppannam eva hoti.

805. Saññādīsu pi es' eva nayo. Atīte pi hi vedanā yeva saññā saṅkhārā viññāṇaṃ. Viññāṇam eva anāgato pi paccuppanne pi[4]. Nibbānaṃ pana sadā pi nibbānam evā ti nāmakaraṇaṭṭhena[5] nāmaṃ nāmanaṭṭhenā pi c'ettha cattāro khandhā nāmaṃ. Te hi ārammaṇābhimukhā namanti, nāmaṭṭhena sabbam pi nāmaṃ. Cattāro hi khandhā ārammaṇe aññamaññaṃ nāmenti, nibbānaṃ ārammaṇādhipatipaccayatāya attani anavajjadhamme nāmeti.

806. Avijjā bhavataṇhā[6] vaṭṭamūlasamudācāradassanatthaṃ gahitā.

807. Bhavissati attā ca loko cā[7] ti khandhapañcakaṃ attā ca loko cā ti gahetvā taṃ bhavissatī ti gahaṇākāreṇa niviṭṭhā sassataditthi[8].

808. Dutiyā na bhavissatī ti ākāreṇa niviṭṭhā ucchedadiṭṭhi[9].

---

[1] Dhs. § 1309, 1310. [2] namaṭṭhena M. [3] °paññattiyaṃ M. [4] paccuppanno M. [5] nāmaṭṭhenā M. [6] Dhs. § 1311, 1312. [7] Dhs. § 1313. [8] Dhs. § 1315. [9] Dhs. § 1316.

809. Pubbantaṃ ārabbhā[1] ti atītakoṭṭhāsaṃ ārammaṇaṃ karitvā. Iminā Brahmajāle[2] āgatā aṭṭhārasa pubbantānudiṭṭhiyo gahitā.

810. Aparantaṃ ārabbhā[3] ti anāgatakoṭṭhāsaṃ ārammaṇaṃ karitvā. Iminā tatth' eva āgatā catucattālīsa aparantānudiṭṭhiyo[4] gahitā.

811. Dovacassatāniddeso[5] sahadhammike vuccamāne[6] pi sahadhammikaṃ nāma yaṃ Bhagavatā paññattaṃ sikkhāpadaṃ. Tasmiṃ vatthuṃ dassetvā āpattiṃ āropetvā 'idaṃ nāma tvaṃ āpanno, iṅgha desehi vuṭṭhaha[7] paṭikarohī ti' vuccamāne. Dovacassāyan ti ādīsu evam codiyamānassa pana paṭicodanāyo vā appadakkhiṇaggāhitāya vā dubbacassa kammaṃ dovacassāyaṃ. Tad eva dovacassaṃ ti pi vuccati. Tassa bhāvo dovacassiyaṃ. Itaraṃ tass' eva vevacanaṃ.

812. Vippaṭikkūlagāhitā ti vilomagāhitā. Vilomagahaṇasaṅkhātena vipaccanīkena sātaṃ assā ti vipaccanīkasāto. Paṭānīgahaṇaṃ[8] gahetvā ekapaden' eva taṃ nissaddaṃ[9] akāsin ti sukhaṃ paṭilabhantass' etaṃ adhivacanaṃ. Tassa bhāvo vipaccanīkasātatā.

Ovādaṃ anādiyanavasena[10] anādarassa bhāvo anādariyaṃ. Itaraṃ tass' eva vevacanaṃ. Anādāniyanākāro vā anādaratā[11].

Garuvāsam avasanavasena uppanno agāravabhāvo agāravatā. Sajeṭṭhakavāsaṃ[12] avasanavasena uppanno appatissavabhāvo appatissavatā[13]. Ayaṃ vuccatī ti ayaṃ evarūpā[14] dovacassatā nāma vuccati. Atthato pan' esā ten' ākāreṇa pavattā cattāro khandhā saṅkhārakkhandho yevā ti.

813. Pāpamittatādīsu[15] pi es' eva nayo. Dovacassatāpāpamittatādayo hi visuṃ cetasikadhammā nāma natthi.

---

[1] Dhs. § 1319. [2] Dīghanikāya I, 2, 35. [3] Dhs. § 1320. [4] Dīghanikāya I, 2, 37. [5] Dhs. § 1325. [6] vuccamāno M. [7] vuṭṭhāya M. [8] Comp. Sumaṅgalavil. I, 77; Suttavibhaṅga II, 46. [9] nissadaṃ G. nisaddam M. [10] Kern, Bijdr. 76. [11] anādariyatā M. [12] saceṭṭhakavasaṃ M. [13] appattissavabhāvo appattissavatā Mss. [14] evarūpo M. [15] Dhs. § 1326.

Natthi etāsaṃ saddhā ti assaddhā. Buddhādīni vatthūni na saddahantī ti attho. Dussīlā ti sīlassa dunnāmaṃ[1] nāma natthi. Nissīlā ti attho. Appassutā ti sutarahitā. Pañca macchariyāni etesaṃ atthī ti maccharino. Duppaññā ti nippaññā.

Sevanakavasena sevanā, balavasevanā[2] nisevanā, sabbatobhāgena sevanā saṃsevanā. Upasaggavasena vā padaṃ vaḍḍhitaṃ. Tīhi pi sevanā va kathitā. Bhajanā ti upasaṃkamanā, sambhajanā[3] ti sabbatobhāgena bhajanā. Upasaggavasena vā padaṃ vaḍḍhitaṃ. Bhattī ti daḷhabhatti, sambhattī ti sabbatobhāgena bhatti. Upasaggavasena vā padaṃ vaḍḍhitaṃ. Dvīhi pi daḷhabhatti eva kathitā.

Taṃsampavaṃkatā tesu puggalesu kāyena c'eva cittena ca sampavaṃkabhāvo. Tanninnatā[4] tapponatā tappabbhāratā ti attho.

814. Sovacassatā[5] ca dukaniddeso pi vuttapaṭipakkhanayena veditabbo.

815. Pañca pi āpattikkhandhā[6] ti mātikāniddesena pārājikaṃ saṃghādisesaṃ pācittiyaṃ pāṭidesanīyaṃ dukkaṭan ti imā pañca āpattiyo. Satta pi āpattikkhandhā ti Vinayaniddese pārājikaṃ saṃghādisesaṃ thullaccayaṃ pācittiyaṃ pāṭidesanīyaṃ dukkaṭaṃ dubbhāsitan ti imā satta āpattiyo. Tattha saha vatthunā tāsaṃ āpattīnaṃ paricchedajānanapaññā āpattikusalatā nāma.

816. Saha kammavācāya āpattivuṭṭhānaparicchedajānanapaññā pana āpattivuṭṭhānakusalatā[7] nāma.

817. Samāpajjitabbato samāpatti. Saha parikammena appanāparicchedajānanakapaññā pana samāpattikusalatā[8] nāma.

818. Cande vā suriye vā nakkhatte vā ettakaṃ ṭhānaṃ gate vuṭṭhahissāmī ti avirajjhitvā[9] tasmiṃ yeva samaye vuṭṭhānakapaññāya atthitā samāpattivuṭṭhānakusalatā[10] nāma.

---

[1] duṭṭhuṃ nāma M. [2] pālasevanā M. [3] saṃyojanā M. [4] tanninnatā M. [5] Dhs. § 1327. [6] Dhs. § 1328. [7] Dhs. § 1330. [8] Dhs. § 1331. [9] aruñjhitvā T. [10] Dhs. § 1332.

819. Aṭṭhārasannaṃ dhātūnaṃ uggahamanasikārasavanadhāraṇaparicchedajānanapaññā dhātukusalatā[1] nāma.

820. Tāsaṃ yeva uggahamanasikārajānanapaññāmanasikārakusalatā nāma dvādasannaṃ āyatanānaṃ uggahamanasikārasavanadhāraṇaparicchedajānanapaññā-āyatanakusalatā nāma. Tīsu pi etāsu kusalatāsu uggaho manasikāro savanaṃ sammasanaṃ paṭivedho paccavekkhaṇā ti sabbaṃ vaṭṭati. Tattha savanauggahapaccavekkhaṇā lokiyapaṭivedho lokuttaro sammasanamanasikāro lokiyalokuttaramissakā avijjāpaccayā saṅkhārā ti ādīni paṭiccasamuppādavibhaṅge āvibhavissanti. Iminā pana paccayena idaṃ hotī ti jānanapaññā paṭiccasamuppādakusalatā[2] nāma.

821. Thānaṭṭhānakusalatā dukaniddese[3] hetupaccayā ti ubhayam p'etaṃ aññamaññavevacanaṃ. Cakkhuppasādo hi rūpaṃ ārammaṇaṃ katvā uppajjanakassa cakkhuviññāṇassa hetu ceva paccayo ca. Tathā sotappasādādayo sotaviññāṇādīnaṃ ambabījādīni ca ambaphalādīnaṃ ambādayo ca tālādīnaṃ uppattiyā ti evam attho veditabbo[4].

822. Dutiye naye ye dhammā ti visabhāgapaccayadhammānaṃ nidassanaṃ. Yesaṃ yesaṃ ti visabhāgapaccayasamuppannadhammanidassanaṃ. Na hetu na paccayā ti cakkhuppasādo saddaṃ ārammaṇaṃ katvā uppajjanakassa sotaviññāṇassa na hetu na paccayo[5] tathā sotappasādādayo avasesaviññāṇānaṃ[6].

823. Ajjavamaddavaniddese[7] nīcacittatā ti padamattam eva viseso. Tass'attho mānābhāvena nīcaṃ cittaṃ assā ti nīcacitto. Nīcacittassa bhāvo nīcacittatā. Sesaṃ cittujjukatā-cittamudutānam padabhājaniye āgatam eva.

824. Khantiniddese[8] khamanakavasena khanti, khamanākāro khamanatā. Adhivāsenti etāya attano upari āropetvā vāsenti paṭibāhanti na paccanīkatāya tiṭṭhanti ti

---

[1] Dhs. § 1333. [2] Dhs. § 1336. [3] Dhs. § 1337, 1338. [4] *om.* M. T. [5] na hetu paccayo M. [6] °viññāṇādīnaṃ M. M. T. *add* Ambādayo ca tālādīnaṃ uppattiyā ti evam attho veditabbo. [7] Dhs. § 1339, 1340. [8] Dhs. § 1341.

adhivāsanatā. Acaṇḍabhāvo[1] acaṇḍikkaṃ. Anasuropo ti. Asuropo[2] vuccati na sammāropitattā duruttavacanaṃ[3]. Tappaṭipakkhato anasuropo suruttavācā ti attho. Evam ettha phalūpacārena kāraṇaṃ niddiṭṭhaṃ.

Attamanatā cittassā ti somanassavasena cittassa sakamanatā. Attano cittassa bhāvo[4] yeva na vyāpannacittatā ti attho.

825. Soraccaniddese[5] kāyiko avītikkamo ti tividhaṃ kāyasucaritaṃ. Vācasiko avītikkamo ti catubbidhaṃ vacīsucaritaṃ. Kāyikavācasiko ti iminā kāyavacīdvāro samuṭṭhitaṃ ājīvaṭṭhamakasīlaṃ pariyādiyati[6]. Idaṃ vuccati soraccan ti. Idaṃ pāpato suṭṭhu oratattā[7] soraccan nāma vuccati.

Sabbo pi sīlasaṃvaro ti. Idaṃ yasmā na kevalaṃ kāyavācāh'eva anācāraṃ ācarati manasā pi ācarati yeva tasmā mānasikasīlaṃ pariyādāya dassetuṃ vuttaṃ[8].

826. Sākhalyaniddese[9] aṇḍakā ti yathā sadoso rukkho aṇḍakāni uṭṭhahanti evam sadosatāya khuṃsanavambhanādivacanehi[10] aṇḍakā jātā.

Kakkasā ti pūtikā. Sā yathā nāma pūtirukkho kakkaso hoti paggharitacuṇṇo evaṃ kakkasā hoti, sotaṃ ghaṃsamānā viya pavisati, tena vuttaṃ kakkasā ti.

Parakaṭukā ti paresaṃ kaṭukā amanāpā dosajananī. Parābhisajjanī ti kuṭilakaṇṭakasākhā viya mammesu[11] vijjhitvā paresaṃ abhisajjanī[12] gantukāmānam pi gantuṃ adatvā laggaṇakārī[13]. Kodhasāmantā ti kodhassa āsannā. Asamādhisaṃvattanikā ti appanāsamādhissa vā upacārasamādhissa vā asaṃvattanikā. Iti sabbān' ev'etāni sadosavācāya vevacanāni.

Tathārūpiṃ vācaṃ[14] pahāyā ti idaṃ pharusavācaṃ

---

[1] acaṇḍikabhāvo M. [2] Comp. above § 536. [3] duruttavacanā M. [4] cittasabhāvo M. [5] °niddeso M. Dhs. § 1342. [6] pariyātiyati M. [7] orattā M. [8] vatthuṃ M. [9] Dhs. § 1343. [10] °vambh° T. [11] cammesu M. [12] Comp. Aṅguttara IV, 197, 2. [13] ugganakārī C. G. lagganakari T. comp. Milindap. p. 105. [14] vācā M.

jahitvā[1] ṭhitassa antare pavattā pi saṇhavācā eva[2] nāmā ti dīpanattham vuttaṃ.

827. Neḷā ti. Etaṃ[3] vuccati doso. Nāssā elau ti nelā. Niddosā ti attho. Nelaṅgo setapacchādo[4] ti ettha vuttasīlam viya. Kaṇṇasukhā ti vyañjanamadhuratāya kaṇṇānaṃ sukhā. Sūcivijjhanaṃ viya kaṇṇasūlaṃ na janeti atthamadhuratāya sarīre kopaṃ ajanetvā pemaṃ janetī ti pemaniyā, hadayaṃ gacchati appaṭihaññamānā sukhena cittaṃ pavisatī ti hadayaṃgamā. Guṇaparipuṇṇatāya[5] pure bhavā ti porī. Pure saṃvaṭṭakārī[6] viya sukumārā ti pi porī. Purassa esā ti pi porī. Nagaravāsīnaṃ kathā ti attho. Nagaravāsino hi yuttakathā honti pitumattam pitā pi bhātumattaṃ bhātā ti[7] vadanti.

Evarūpī kathā bahuno janassa kantā hotī ti bahujanakantā. Kantabhāvan 'eva bahuno janassa manāpā cittavuddhikarā ti[8] bahujanamanāpā[9]. Yā tatthā ti yā tasmiṃ puggale saṇhavācatā ti maṭṭavācatā[10], sakhilavācatā ti muduvācatā apharusavācatā ti[11] akakkhaḷavācatā.

828. Paṭisanthāraniddese[12] āmisapaṭisanthāro ti āmisassa alābhena attanā saha paresaṃ chiddaṃ yathā pihitaṃ hoti paṭicchannaṃ evaṃ āmisena paṭisantharaṇaṃ. Dhammapaṭisanthāro ti. Dhammassa appaṭilābhena attanā saha paresaṃ chiddaṃ yathā pihitaṃ hoti paṭicchannaṃ evaṃ dhammena paṭisantharaṇaṃ paṭisanthārako[13] hotī ti. Dve yeva hi lokasannivāsassa chiddāni, tesaṃ paṭisanthārako hoti. Āmisapaṭisanthārena vā dhammapaṭisanthārena vā ti iminā duvidhena paṭisanthārena paṭisanthārako hoti. Paṭisantharatī ti nirantaraṃ karoti. Tatrāyaṃ ādito[14] paṭṭhāya kathā. Paṭisanthārakena hi bhikkhunā āgantukaṃ āgacchantaṃ disvā va paccuggantvā

---

[1] appajahitvā T. apajihitvā M. [2] saṇhavācā asaṇhavācā eva M. [3] elā C. G. [4] °pacchado T. [5] °paripuṇṇakāya T. [6] saṃvaṭṭanārī M. [7] pitimattaṃ bhātā ti bhātimattaṃ bhātā ti M. [8] °vuḍḍhikāro ti M. [9] bahujanamabāpa M. [10] maṭṭha° M. [11] °vācā ti M. [12] Dhs. § 1344. [13] paṭisantharaṇako T. [14] ādiko T.

pattacīvaraṃ gahetabbaṃ āsanaṃ dātabbaṃ tālavaṇṭena vījitabbaṃ[1] pādā dhovitvā makkhetabbā. Sappiphāṇite sati bhesajjaṃ dātabbaṃ, pānīyena pucchitabbo, āvāso paṭijaggitabbo, evaṃ ekadesena āmisapaṭisanthāro kato nāma hoti. Sāyaṃ pana[2] navakatarehi attano upaṭṭhānaṃ anāgatehi yeva tassa santikaṃ gantvā nisīditvā avisaye apucchitvā tassa visaye pañho pucchitabbo. 'Tumhe katarabhāṇakā ti' apucchitvā 'tumhākaṃ ācariyūpajjhāyā kataraṃ ganthaṃ valañjentī ti' pucchitvā pahonakaṭṭhāne pañho pucchitabbo. Sace kathetuṃ sakkoti icc'etaṃ kusalaṃ, no ce sakkoti sayaṃ kathetvā dātabbaṃ. Evaṃ ekadesena dhammapaṭisanthāro kato nāma hoti. Sace attano santike vasati[3] taṃ ādāya nibaddhaṃ[4] piṇḍāya caritabbaṃ. Sace gantukāmo hoti punadivase gamanasabhāgena taṃ ādāya ekasmiṃ gāme piṇḍāya caritvā uyyojetabbo.

Sace aññasmiṃ disābhāge bhikkhū nimantitā honti taṃ bhikkhuṃ icchamānaṃ[5] ādāya gantabbaṃ. 'Na mayhaṃ esā disā sabhāgā ti' gantuṃ anicchante sesabhikkhū pesetvā taṃ ādāya piṇḍāya caritabbaṃ, attanā laddhāmisaṃ tassa dātabbaṃ. Evaṃ āmisapaṭisanthāro kato nāma hoti. Āmisapaṭisanthārakena pana attanā laddhaṃ kassa dātabban ti? Āgantukassa tāva dātabbaṃ. Sace gilāno vā avassiko vā atthi tesaṃ pi dātabbaṃ. Ācariyūpajjhāyānaṃ dātabbaṃ, bhaṇḍagāhakassa dātabbaṃ. Sārāṇīyadhammapūrakena pana satavāraṃ pi sahassavāraṃ pi ābhatābbatena[6] therāsanato paṭṭhāya dātabbaṃ. Paṭisanthārakena pana yena yena laddhaṃ tassa tassa dātabbaṃ. Bahi gāmaṃ nikkhamitvā jiṇṇakaṃ anāthaṃ vā bhikkhuniṃ vā disvā tesaṃ pi dātabbaṃ.

829. Tatr' idaṃ vatthu: Corehi kira Guttasālagāme pahaṭe taṃ khaṇaṃ yeva ekā nirodhato vuṭṭhitā khīṇāsavattherī daharabhikkhuniyā bhaṇḍakaṃ gāhāpetvā mahājanena saddhiṃ maggaṃ paṭipajjitvā ṭhitamajjhantike Nakulana-

---

[1] vij° T. [2] sayaṃ pana C. [3] vasi M. [4] nibandhaṃ M.
[5] icchamānā M. [6] āgatāgatānaṃ M.

garagāmadvāraṃ patvā rukkhamūle nisīdi. Tasmiṃ samaye Kāḷavalliuaṇḍapavāsī Mahānāgatthero Nakulanagaragāme piṇḍāya caritvā nikkhamanto theriṃ disvā bhattena āpucchi. Sā 'patto me atthī ti' āha. Thero 'iminā va bhuñjathā ti' saha pattena adāsi. Therī bhattakiccaṃ katvā pattaṃ dhovitvā therassa datvā āha: 'Ajja tāva bhikkhācārena kilamissatha, ito paṭṭhāya pana vo bhikkhācāraparitāso nāma na bhavissati tātā ti'. Tato paṭṭhāya therassa ūnakahāpaṇagghanako piṇḍapāto nāma navuppannapubbo. Ayaṃ āmisapaṭisanthāro nāma. Imaṃ paṭisanthāraṃ katvā bhikkhunā saṅgahapakkhe ṭhatvā tassa bhikkhuno kammaṭṭhānaṃ kathetabbaṃ, dhammo vācetabbo, kukkuccaṃ vinodetabbaṃ, uppannaṃ kiccakaraṇīyaṃ kātabbaṃ, abbhānavuṭṭhāna-mānattaparivāsā dātabbā, pabbajjāraho pabbājetabbo, upasampadāraho upasampādetabbo, bhikkhuniyā pi attano santike upasampadaṃ ākaṅkhamānāya kammavācaṃ kātuṃ vaṭṭati. Ayaṃ dhammapaṭisanthāro nāma, imehi dvīhi paṭisanthārehi paṭisanthārako bhikkhu anuppannaṃ lābhaṃ uppādeti, uppannaṃ thāvaraṃ karoti, sabhayaṭṭhāno[1] attano jīvitaṃ rakkhati Coranāgaraññno pattagahaṇahatthen' eva aggaṃ gahetvā patten' eva bhattaṃ ākiranto[2] thero viya.

Aladdhalābhuppādane pana ito palāyitvā paratīraṃ gatena Mahānāgaraññño[3] ekassa therassa santike saṅgahaṃ labhitvā puna āgantvā rajje patiṭṭhitena Penambaṅgaṇe[4] yāvajīvaṃ pavattitaṃ mahābhesajjadānavatthuṃ kathetabbaṃ.

Uppannalābhathāvarakaraṇe Dīghabhāṇakā Abhayattherassa[5] hatthato paṭisanthāraṃ labhitvā Cetiyapabbate[6] corehi bhaṇḍakassa aviluttabhāve vatthuṃ kathetabbaṃ.

830. Indriyesu aguttadvāratāniddeso[7] cakkhunā rūpaṃ disvā ti kāraṇavasena cakkhū ti laddhavohārena rūpadas-

---

[1] sāsaṅkaṭṭhāne M. [2] akiranto M. [3] °raññā M.
[4] Penuambaṃgaṇe G. Setambagaṇe M. Penuambaṃgate T.
[5] asatherassa° M. [6] Cetiyapabbato T. [7] Dhs. § 1345.

sanasamatthena cakkhuviññāṇena rūpaṃ disvā. Porāṇā pan' āhu: cakkhu rūpaṃ na passati, acittakattā[1] cittaṃ na passati, acakkhukattā dvārārammaṇe saṃghaṭṭanena[2] pasādavatthukena[3] cittena passati. Īdisi pan' esā dhanunā vijjhatī ti ādikesu viya sasambhārakathā nāma hoti. Tasmā cakkhuviññāṇena rūpaṃ disvā ti ayaṃ ev' ettha attho.

Nimittaggāhī ti itthipurisanimittaṃ vā subhanimittādikaṃ vā kilesavatthubhūtaṃ nimittaṃ chandarāgavasena gaṇhāti diṭṭhamatte yeva na saṇṭhāti.

Anuvyañjanaggāhī ti[4] kilesānaṃ anuvyañjanato pākaṭabhāvakaraṇato anuvyañjanan ti laddhavohāraṃ hatthapādasitahasitakathitavilokitādibhedaṃ[5] ākāraṃ gaṇhāti.

Yathv'ādhikaraṇaṃ enan ti ādimhi yaṃ kāraṇaṃ[6] yassa cakkhundriyaṃ asaṃvarassa[7] hetu etaṃ puggalaṃ satikavāṭena cakkhundriyaṃ asaṃvutaṃ pihitacakkhudvāraṃ[8] hutvā viharantaṃ[9] ete abhijjhādayo dhammā anvāssaveyyuṃ[10] anuppabandheyyuṃ[11] ajjhottharеyyuṃ.

Tassa saṃvarāya na paṭipajjatī ti tassa cakkhundriyassa satikavāṭena pidahanatthāya na paṭipajjati.

Evaṃ bhūte[12] yeva ca na rakkhati cakkhundriyaṃ cakkhundriye na saṃvaraṃ āpajjatī ti vuccati. Tattha kiñcā pi cakkhundriye saṃvaro vā asaṃvaro vā natthi. Na hi cakkhuppasādaṃ nissāya sati vā muṭṭhasaccaṃ vā uppajjati. Api ca yadā rupārammaṇaṃ cakkhussa āpāthaṃ āgacchati tadā bhavaṅge dvikkhattuṃ uppajjitvā niruddhe kiriyamanodhātu-āvajjanakiccaṃ sādhayamānā uppajjitvā nirujjhati, tato cakkhuviññāṇaṃ dassanakiccaṃ, tato vipākamanodhātu sampaṭicchanakiccaṃ, tato vipākahetukamanoviññāṇadhātu santīraṇakiccaṃ, tato

---

[1] acittatattā M. [2] saṃghaṭṭananena M. [3] pana pathā avatthukena M. [4] °ñjanakehi ti M. [5] hatthapādamukhasitahasitakathitaālokitavilok° M. [6] kāranā T. [7] cakkhundriyāsaṃvarassa M. [8] apihita° T. [9] viharanti M. [10] anvassa° M. [11] anubandheyyuṃ M. [12] bhūto M.

kiriyāhetukamanoviññāṇadhātu votthapanakiccaṃ[1] sādhayamānā uppajjitvā nirujjhati[2], tad anantaraṃ javanaṃ javati tatrā pi neva bhavaṅgasamaye na āvajjanādīnaṃ aññatarasamaye saṃvaro vā asaṃvaro vā atthi, javanakkhaṇe pana dussīlyaṃ vā muṭṭhasaccaṃ vā aññāṇaṃ vā akkhanti vā kosajjaṃ vā uppajjati, asaṃvaro hoti. Evaṃ honto[3] pana so cakkhundriye asaṃvaro ti vuccati. Kasmā? Yasmā tasmiṃ satidvāram pi aguttaṃ hoti bhavaṅgam pi āvajjanādīni vīthicittāni pi. Yathā kiṃ? Yathā nagare catūsu[4] dvāresu asaṃvutesu kiñcā pi antogharadvārakoṭṭhakagabbhādayo susaṃvutā yathā pi anto nagare sabbaṃ bhaṇḍaṃ arakkhitaṃ agopitam eva hoti. Nagaradvārena hi pavisitvā corā yad icchanti taṃ kareyyuṃ. Evam eva javane dussīlyādisu uppannesu tasmiṃ asaṃvare sati dvāram pi aguttaṃ hoti bhavaṅgam pi āvajjanādīni pi vīthicittāni ti.

Sotena saddaṃ sutvā ti ādisu pi es' eva nayo.

Yā imesaṃ ti[5] etaṃ saṃvaraṃ anāpajjantassa imesaṃ channaṃ indriyānaṃ yā agutti yā agopanā yo anārakkho yo asaṃvaro athakanaṃ[6] apidahanan ti attho.

831. Bhojane amattaññutāniddese[7] idh' ekacco ti imasmiṃ sattaloke ekacco[8]. Appaṭisaṅkhā ti paṭisaṅkhānapaññāya[9] ajānitvā anupadhāretvā. Ayoniso ti anupāyena. Āhāraṃ ti asitapītādi-ajjhoharaṇīyaṃ[10]. Āhāreti ti paribhuñjati[11] ajjhoharati. Davāya ti[12] ādi anupāyadassanatthaṃ vuttaṃ. Anupāyena hi āhārento[13] davatthāya madatthāya maṇḍanatthāya vibhūsanatthāya ca[14] āhāreti, no idaṃ atthitaṃ paṭicca. Yā tattha asantuṭṭhitā ti yā tasmiṃ ayoniso āhāraparibhoge

---

[1] voṭṭhappana° M. [2] nirujjhanti T. [3] bhonto G. [4] nagacalūsu C. G. [5] yānemesan ti T. C. G. [6] athakkanaṃ M. [7] Dhs. § 1346. [8] ekaccc T. [9] apaṭisaṅkhātaṃ paṭisaṅkhān° M. [10] āsita° M. [11] paṭibhuñj° M. [12] Comp. Saṃyutta XII, 63. [13] āhāronto. [14] vā M.

asantussanā asantuṭṭhitabhāvo amattaññutā ti amattaññūtabhāvo[1] pamāṇasaṅkhātāya mattāya[2] ajānanaṃ. Ayaṃ vuccatī ti ayaṃ apaccavekkhitaparibhogavasena pavattā bhojane amattaññutā nāma vuccati.

832. Indriyesu guttadvāratāniddeso[3] cakkhunā ti ādīsu[4] vattanayen' eva veditabbaṃ. Na nimittaggāhī hotī ti chandarāgavasena vuttappakāraṃ nimittaṃ na gaṇhati.[5] Evaṃ sesapadāni pi vuttapaṭipakkhanayen' eva veditabbāni. ·Yathā ca heṭṭhā javane[6] dussīlyādīsu uppannesu tasmiṃ asaṃvare sati dvāram pi aguttaṃ hoti bhavaṅgam pi āvajjanādīni pi vīthicittāni ti vuttaṃ evam idha tasmiṃ sīlādīsu[7] uppannesu dvāram pi guttaṃ hoti bhavaṅgam pi āvajjanādīni pi vīthicittāni pi. Yathā kiṃ? Yathā nagaradvāresu saṃvutesu kiñcā pi antogharādayo susaṃvutā[8] honti tathā pi anto nagare sabbam bhaṇḍam surakkhitaṃ sugopitam eva hoti nagaradvāresu pihitesu corānaṃ paveso natthi evam evaṃ javane sīlādīsu uppannesu dvāram pi guttaṃ hoti bhavaṅgam pi āvajjanādīni vīthicittāni pi. Tasmā javanakkhaṇe uppajjamāne pi cakkhundriye saṃvaro ti vutto.

Sotena saddaṃ sutvā ti ādīsu pi es' eva nayo.

833. Bhojane mattaññutāniddese[9] paṭisaṅkhā yoniso āhāraṃ āhāretī ti paṭisaṅkhānapaññāya jānitvā upāyena āhāraṃ paribhuñjati. Idāni taṃ[10] upāyaṃ dassetuṃ neva davāyā ti ādi vuttaṃ. Tattha neva davāyā ti davatthāya na āhāreti. Tattha naṭalaṅghādayo[11] davatthāya āhāreti[12] nāma. Yaṃ hi bhojanaṃ bhuttassa naccagītakaraṇḍasilokasaṅkhāto[13] davo atirekatarena[14] paṭilābhitaṃ[15] bhojanaṃ adhammena visamena pariyesitvā te āhārenti ayaṃ pana bhikkhu evaṃ na hāreti.

---

[1] amattaññubhāvo M. [2] *om.* M. [3] Dhs. § 1347. [4] ādi T. [5] gayhati C. G. [6] javano C. G. [7] dilādīsu pi M. [8] asaṃvuṭā M. [9] Dhs. § 1348. [10] yaṃ M. [11] naṭālaṅghādayo M. [12] āhārenti M. [13] gītagabbasiloka° T. gīlakuhyāsilo kabyāsilokasaṅkhāto M. [14] atikatarena M. [15] paṭibhātitaṃ C. G. T.

Na madāyā ti mānamadapurisamadānam vaḍḍhanatthāya na āhāreti. Tattha rājarājamahāmattā madatthāya āhārenti nāma. Te hi attano mānamadapurisamadānaṃ vaḍḍhanatthāya piṇḍarasabhojanādīni paṇītabhojanāni bhuñjanti. Ayam pana bhikkhu evaṃ na hāreti.

Na maṇḍanāyā ti sarīramaṇḍanatthāya na āhāreti. Tattha rūpūpajīviniyo mātugāmā antepurikādayo va sappiphāṇitaṃ nāma pivanti[1]. Te hi siniddham mudumaddavaṃ[2] bhojanaṃ āhārenti 'evaṃ no aṅgulitthi[3] susaṇṭhitā bhavissati sarīre chavivaṇṇo[4] pasanno bhavissatī ti'. Ayam pana bhikkhu evaṃ na āhāreti.

Na vibhūsanāyā ti sarīre maṃsavibhūsanatthāya na āhāreti. Tattha nibbuddhamallakamuṭṭhikamallaceṭakādayo susiniddhehi macchamaṃsādīhi sarīraṃ pīnenti 'evaṃ no maṃsaṃ ussadaṃ bhavissati pahārasahanatthāyā ti'. Ayam pana bhikkhu evaṃ sarīramaṃsavibhūsanatthāya na āhāreti.

Yāvad evā ti āhārāharaṇe payojanassa paricchedaniyamadassanaṃ.

Imassa kāyassa ṭhitiyā ti imassa catumahābhūtikakarajakāyassa ṭhapanatthāya āhāreti. Idam assa āharaṇe payojanan ti attho.

Yāpanāyā ti jīvitindriyayāpanatthāya āhāreti.

Vihiṃsūparatiyā ti. Vihiṃsā nāma abhuttapaccayā[5] uppajjanakakhudā tassā vūparatiyā vūpasamatthāya āhāreti.

Brahmacariyānuggahāyā ti. Brahmacariyaṃ nāma tisso sikkhā sakalaṃ sāsanaṃ. Tassa anugaṇhanatthāya āhāreti. Itī ti upāyanidassanaṃ iminā upāyenā ti attho.

834. Purāṇañ ca vedanaṃ paṭihaṅkhāmī ti. Purāṇavedanā nāma abhuttapaccayā uppajjanakavedanā, taṃ paṭihanissāmī ti āhāreti.

Navañ ca vedanaṃ na uppādessāmī ti. Navā vedanā nāma atibhuttapaccayena uppajjanakavedanā. Taṃ na uppādessāmī ti āhāreti. Athavā navavedanā nāma

---

[1] pipanti C. G. T. [2] mudum maddaṃ T. mudumandaṃ M.
[3] aṅgulaṭṭhi M. [4] chavivaṇṇe T. [5] suttapaccayā M.

bhuttapaccayena uppajjanakavedanā. Tassā anuppannāya anuppajjanattham eva āhāreti.

835. Yātrā ca[1] me bhavissatī ti yāpanā ca me bhavissati. Anavajjatā cā ti. Etthā pi atthi sāvajjaṃ, atthi anavajjaṃ, tattha adhammikapariyesanā adhammikapaṭiggahaṇaṃ adhammena paribhogo ti idaṃ sāvajjaṃ nāma. Dhammena pana pariyesitvā dhammena paṭiggahetvā paccavekkhitvā paribhuñjanaṃ anavajjaṃ nāma. Ekacco anavajjaṃ yeva sāvajjaṃ karoti, laddhaṃ me ti katvā pamāṇātikkantaṃ bhuñjati, taṃ jīrāpetuṃ asakkonto uddhavirecana-adhovirecanādīhi kilamati, sakalavihāre bhikkhū tassa sarīrapaṭijagganabhesajjapariyesanādīsu ussukkaṃ āpajjanti. 'Kiṃ idan ti' vutte 'asukassa nāma udaraṃ uddhumātan ti' ādīni vadanti, 'esa niccakālam pi evam pakatiko yeva attano kucchippamāṇaṃ nāma na jānātī ti' nindanti, garahanti 'ayam anavajje yeva sāvajjaṃ karoti nāma'. Evaṃ akatvā anavajjatā ca bhavissatī ti āhāreti.

836. Phāsuvihāro cā ti. Etthā pi atthi phāsuvihāro, atthi na phāsuvihāro. Tattha āhārahatthako alaṃsāṭako tatravaṭṭako kākamāsako[2] bhuttavamitako ti imesaṃ pañcannaṃ brāhmaṇānaṃ bhojanaṃ[3] na phāsuvihāro nāma. Etesu hi āhārahatthako nāma bahuṃ bhuñjitvā attano dhammatāya uṭṭhātuṃ asakkonto āhārahatthan ti vadati[4]. Alaṃsāṭako nāma accuddhumātakucchitāya uṭṭhito pi sāṭakaṃ nivāsetuṃ na sakkoti. Tatthavaṭṭako nāma uṭṭhātuṃ asakkonto tatth'eva vaṭṭati. Kākamāsako nāma yathā kākehi āmasituṃ sakkā hoti evaṃ yāva mukhadvārā āhāreti. Bhuttavamitako mukhena sandhāretuṃ asakkonto tatth' eva vamati. Evaṃ akatvā phāsuvihāro ca bhavissatī ti āhāreti.

Phāsuvihāro nāma catūhi pañcahi ālopehi ūnūdaratā[5]. Ettakaṃ hi bhuñjitvā pānīyaṃ pivitvā[6] cattāro iriyāpathā[7] sukhena pavattanti. Tasmā Dhammasenāpati evam āha:

---

[1] yatrā ca M. [2] kāṇamasako M. [3] bhojanānaṃ M.
[4] vadanti M. [5] Comp. Suttanipāta 707. [6] pivato M.
[7] iriyāpathe M.

Cattāro pañca ālope abhutvā udakam pive |
alaṃ phāsuvihārāya pahitattassa bhikkhuno ti ‖

837. Imasmiṃ pana ṭhāne aṅgāni samodhāretabbāni[1]. Neva davāyā ti hi ekaṃ aṅgaṃ, na madāyā ti ekaṃ, na maṇḍanāyā ti ekaṃ, na vibhūsanāyā ti ekaṃ, yāvad eva imassa kāyassa ṭhitiyā yāpanāyā ti ekaṃ, vihiṃsūparatiyā brahmacariyānuggahāyā ti ekaṃ, ti purāṇañ ca vedanaṃ paṭihaṅkhāmi navañ[2] ca vedanaṃ na uppādessāmī ti ekaṃ, yātrā ca me bhavissatī ti ekaṃ, anavajjatā ca phāsuvihāro cā ti ayaṃ ettha bhojanānisaṃso.

'Mahāsīvatthero pan' āha:

Heṭṭhā cattāri aṅgāni paṭikkhepo nāma, upari pana aṭṭha aṅgāni samodhānetabbāni ti. Tattha yāvad eva imassa kāyassa ṭhitiyā ti ekaṃ aṅgaṃ, yāpanāyā ti ekaṃ, vihiṃsūparatiyā ti ekaṃ, brahmacariyānuggahāyā ti ekaṃ, iti purāṇañ ca vedanaṃ paṭihaṅkhāmī ti ekaṃ, navañ ca vedanaṃ[3] na uppādessāmī ti ekaṃ, yātrā ca me bhavissatī ti ekaṃ, anavajjatā cā ti ekaṃ.

Phāsuvihāro pana bhojanānisaṃso[4] ti.

Evaṃ aṭṭhaṅgasamannāgataṃ āhāraṃ āhārento bhojane mattaññutā nāma hotī ti. Ayaṃ pariyesanapaṭiggahaṇaparibhogesu yuttaṃ pamāṇajānanavasena pavatto paccavekkhitaparibhogo bhojane mattaññutā nāma.

838. Muṭṭhasaccaniddese[5] asatī ti sativirahitā cattāro khandhā. Ananussati appaṭissatī ti upasaggavasena padaṃ vaḍḍhitaṃ. Asaraṇatā ti asaraṇākāro, adhāraṇatā ti dhāretuṃ asamatthatā[6]. Tāya hi samannāgato puggalo ādhāraṇappatto nidhānakkhamo na hoti. Udake alābukaṭāhaṃ viya ārammaṇe pilavatī[7] ti pilāpanatā. Sammussanatā ti naṭṭhamuṭṭhasatitā. Tāya hi samannāgato puggalo nikkhitto bhatto viya kāko nikkhittamaṃso viya ca siṅgālo hoti.

839. Bhāvanābalaniddese[8] kusalānaṃ dhammānan

---

[1] samādhānetabbāni M. [2] namañ C. G. [3] vedanā M.
[4] bhājanisaṃso M. [5] Dhs. § 1349. [6] yātrā hi sam° T.
[7] pilapatī T. [8] Dhs. § 1354.

ti bodhipakkhiyadhammānaṃ. Āsevanā ti ādisevanā. Bhāvanā ti vaḍḍhanā. Bahulīkamman ti punappunakaraṇaṃ.

840. Sīlavipattiniddeso[1] soraccaniddesapaṭipakkhato[2] veditabbo, diṭṭhivipattiniddeso[3] ca diṭṭhisampadāniddesapaṭipakkhato, diṭṭhisampadāniddeso[4] ca diṭṭhūpādānaniddesapaṭipakkhato.

Sīlavisuddhiniddeso[5] kiñcā pi sīlasampadāniddesena samāno. Tattha pana visuddhisampāpakaṃ[6] pātimokkhasaṃvarasīlaṃ[7] kathitaṃ, idha visuddhipattaṃ sīlaṃ.

841. Sati[8] ca sampajaññañ ca, paṭisaṅkhānabalañ ca bhāvanābalañ ca, samatho ca vipassanā ca, samathanimittañ ca paggāhanimittañ ca, paggāho ca avikkhepo ca, sīlasampadā ca diṭṭhisampadā cā ti imehi pana chahi dukehi catu bhūmakā pi lokiyalokuttaradhammā va kathitā.

842. Diṭṭhivisuddhiniddese[9] kammassa kataṃ[10] ñāṇan ti idaṃ kammaṃ sakaṃ idaṃ kammaṃ no sakan ti jānanapaññā. Tattha attanā vā kataṃ hotu[11] parena vā sabbam pi akusalakammaṃ no sakaṃ. Kasmā? Atthabhañjanato anatthajananato ca. Kusalakammaṃ pana anatthabhañjanato[12] atthajananato ca sakaṃ nāma. Tattha yathā nāma sadhano sabhogo puriso addhānaṃ[13] paṭipajjitvā antarāmagge gāmanigamādīsu nakkhatte ghuṭṭhe[14] ahaṃ āgantuko kin nu kho nissāya nakkhattaṃ kīleyyan ti acintetvā yathā yathā icchati tena tena nīhārena nakkhattaṃ kīlanto sukhena kantāraṃ atikkamati evam eva imasmiṃ kammassa kataññāṇe ṭhatvā ime sattā bahuṃ vaṭṭagāmikammaṃ[15] āyūhitvā sukhena sukhaṃ anubhavantā arahattaṃ pattā gaṇanapathaṃ vītivattā.

---

[1] Dhs. § 1361. [2] sīlasampadāniddesapaṭikkhato M. [3] Dhs. § 1362. [4] Dhs. § 1364. [5] Dhs. § 1365. [6] °sammāpākaṃ M. [7] saṃvarāsīlaṃ M. [8] Dhs. §§. 1351—1360, 1363, 1364. [9] Dhs. § 1366. [10] katā C. G. [11] hetu M. [12] °bhuñjanato M. °bhajanato T. [13] addhānamaggaṃ M. [14] suṭṭhe M. dhuṭṭhe T. [15] bahuvaddhagāmikammaṃ T. bahuddhagāmik° C. G.

Saccānulomikaṃ ñāṇan ti catunnaṃ saccānaṃ anulomaṃ vipassanāñāṇaṃ. Maggasamaṅgissa ñāṇam phalasamaṅgissa ñāṇan ti maggañāṇaphalañāṇāni yeva.

Diṭṭhivisuddhi kho panā ti padassa niddese yā paññā pajānanā ti ādīhi padehi heṭṭhā vuttāni kammassa katañāṇādīn' eva cattāri ñāṇāni vibhattāni.

Yathā diṭṭhissa[1] ca padhānan[2] ti padassa niddese yo cetasiko viriyārambho ti ādīhi padehi niddiṭṭhaṃ viriyaṃ paññāgatikam eva paññāya lokiyaṭṭhāne lokiyaṃ lokuttaraṭṭhāne lokuttaran ti veditabbaṃ.

Saṃvegadukaniddese jātibhayan ti jātiṃ bhayato disvā ṭhitañāṇaṃ. Jarābhayādīsu pi es' eva nayo.

Apannānaṃ pāpakānan ti ādīhi jātiādīni bhayato disvā[3] jātijarāvyādhimaraṇehi muñcitukāmassa upāyapadhānaṃ kathitaṃ.

Padabhājaniyassa pana attho Vibhaṅgaṭṭhakathāya āvibhāvissati.

843. Asantuṭṭhitā ca kusalesu dhammesū[4] ti padaniddeso bhiyyokamyatā ti visesakāmatā. Idh' ekacco ādito va pakkhiyabhattaṃ vā salākabhattaṃ vā[5] deti, so tena asantuṭṭho hutvā puna dhurabhattaṃ[6] saṃghabhattaṃ vassāvāsikaṃ[7] deti āvāsaṃ karoti cattāro paccaye deti tatrā pi asantuṭṭho hutvā saraṇāni gaṇhāti, pañca sīlāni samādiyati tatrā pi asantuṭṭho hutvā pabbajati pabbajitvā ekam nikāyaṃ dve nikāye ti tepiṭakaṃ Buddhavacanaṃ gaṇhāti aṭṭha samāpattiyo bhāveti vipassanaṃ vaḍḍhetvā[8] arahattaṃ gaṇhāti arahattapattito patthāya mahāsantuṭṭho nāma hoti.

844. Evaṃ yāva arahattā visesakāmatā bhiyyokamyatā nāma appaṭivānitā ca padhānasmin[9] ti padaniddeso yasmā pantasenāsanesu adhikusalānaṃ dhammānaṃ bhāvanāya[10] ukkaṇṭhamāno padhānaṃ paṭivāpeti

---

[1] diṭṭhassa C. G. [2] paṭṭhānan M. [3] āsvā M. [4] Dhs. § 1367. [5] M. *adds* uposathika vā pāṭipadikaṃ vā M. [6] M. *adds* salākabhattaṃ. [7] vattavāsikaṃ M. [8] vaḍḍhitvā M. [9] paṭṭhānasmin M. [10] bhāvanā M.

nāma anukkaṇṭhamāno[1] no paṭivāpeti nāma tasmā taṃ nayaṃ[2] dassetuṃ yā kusalānaṃ dhammānan ti ādi vuttaṃ.

Tattha sakkaccakiriyatā ti kusalānaṃ karaṇe sakkaccakāritā. Sātaccakiriyatā ti sattam eva[3] karaṇaṃ. Aṭṭhitakiriyatā ti aṭṭhapetvā karaṇaṃ[4]. Anikkhittachandatā[5] ti kusalacchandassa anikkhipanaṃ. Anikkhittadhuratā[6] ti kusalakaraṇe viriyadhurassa anikkhipanaṃ.

845. Pubbenivāsānussatiñāṇaṃ vijjā ti ettha pubbenivāso ti[7] pubbenivuṭṭhakhandhapaṭibaddhañ ca pubbenivāsassa anussati pubbenivāsānussati, tāya sampayuttaṃ ñāṇaṃ pubbenivāsānussatiñāṇaṃ. Tayidaṃ pubbevuṭṭhakhandhapaṭicchādakaṃ tamaṃ vijjhatī ti pi vijjā[8], taṃ tamaṃ vijjhitvā te khandhe vidite pākaṭe karotī ti viditakaraṇaṭṭhenā pi vijjā.

846. Cutūpapāte ñāṇan ti cutiyā[9] ca upapāte[10] ca ñāṇaṃ. Idam pi sattānam cutipaṭisandhicchādakaṃ tamaṃ vijjatī[11] ti pi vijjā. Taṃ tamaṃ vijjitvā[12] sattānaṃ cutipaṭisandhiyo viditā[13] pākaṭā karotī ti viditakaraṇaṭṭhenā[14] pi vijjā.

847. Āsavānaṃ khaye ñāṇan ti sabbakilesānaṃ khayavayañāṇaṃ[15]. Tayidaṃ catusaccacchādakaṃ tamaṃ vijjatī ti pi vijjā[16] taṃ tamaṃ vijjitvā cattāri saccāni viditāni pākaṭāni karotī ti viditakaraṇaṭṭhenā[17] pi vijjā.

---

[1] ukkaṇṭhamāno C. G. [2] nayā T. [3] satam eva M. [4] aṭṭhapetvā karaṇaṃ *om.* T. M. *adds* kaṇḍaṃ akatvā. M. *adds* anolinavuttatā tinalinajivitā alinapavattita vā. [5] °candatā C. G. [6] °dhūratā M. [7] M. *adds* nalinajivitā alinapavattitā vā anikkhittachandatā ti kusalachandassa anikkhipanaṃ anikkhittadhūratā ti kusalakaraṇe viriyadhūrassa anikkhipanaṃ pubbenivasānussatiñāṇaṃ vijjati ettha pubbenivaso ti pubbenivuṭṭh° [8] vijjhā M. [9] cutiyañ ca M. [10] uppāte C. G. T. [11] vijjhati C. G. [12] vijjhitvā C. G. [13] vijitā T. [14] vijitakar° T. [15] khayasamaye ñāṇaṃ T. M. [16] vijjhatī ti pi vijjhā C. G. [17] vijitak° T.

848. Cittassa ca adhimuttinibbhānañ cā ti ettha ārammaṇe adhimuccanaṭṭhena paccanīkadhammehi suṭṭhu muttaṭṭhena aṭṭha samāpattiyo cittassa adhimutti nāma. Itaraṃ pana natthi. Ettha taṇhāsaṅkhātaṃ vānaṃ niggataṃ vā tasmā vānā ti nibbānaṃ. Tattha aṭṭha samāpattiyo sayaṃ vikkhambhitakilesehi vimuttattā vimuttī ti vuttā. Nibbānaṃ pana sabbakilesehi accantavimuttattā vimuttī ti.

849. Maggasamaṅgissa ñāṇan ti cattāri maggañāṇāni. Phalasaṅgissa ñāṇan ti cattāri phalañāṇāni.

Tattha paṭhamamaggañāṇaṃ pañca kilese khepentaṃ nisedhentaṃ[1] vūpasamentaṃ paṭippassambhentaṃ uppajjatī ti khaye ñāṇaṃ nāma jātaṃ.

Dutiyamaggañāṇaṃ cattāro kilese tathā tatiyamaggañāṇaṃ catutthamaggañāṇaṃ aṭṭha kilese khepentaṃ[2] paṭippassambhentaṃ uppajjatī ti khaye ñāṇaṃ nāma jātaṃ. Taṃ taṃ maggaphalañāṇaṃ pana. Tesaṃ tesaṃ pana kilesānaṃ khīyante nirujjhante[3] vūpasamente paṭippassambhente anuppāde[4] appavatte[5] uppannattā[6] anuppāde appavatte uppannañāṇaṃ nāma jātan tī ti.

Atthasāliniyā Dhammasaṅgahaṭṭhakathāya nikkhepakhaṇḍavaṇṇanā[7] niṭṭhitā.

---

850. Idāni nikkhepakaṇḍānantaraṃ ṭhapitassa aṭṭhakathākaṇḍassa vaṇṇanākamo anuppatto. Kasmā pan' etaṃ aṭṭhakathākaṇḍaṃ nāma jātan ti? Tipiṭakassa Buddhavacanassa atthaṃ uddharitvā ṭhapitattā. Tīsu pi hi piṭakesu dhammantaraṃ āgataṃ aṭṭhakathākaṇḍen'eva paricchijja vinicchitaṃ[8] suvinicchitaṃ nāma hoti, sakale Abhidhamma-piṭake nayamaggaṃ Mahāpakaraṇe pañhuddhāraṃ gaṇanavāraṃ[9] asallakkhentenā pi aṭṭhakathākaṇḍato yeva samānetuṃ vaṭṭati.

---

[1] nirodhentaṃ M. [2] M. *adds* nirodhentaṃ vūpasamentaṃ. [3] khīṇante niruddhante M. T. [4] anuppādante M. [5] appavattane M. [6] uppānan ti M. [7] °kaṇḍavaṇṇanā M. [8] paricchinditā vinicchataṃ M. [9] gaṇanāvāraṃ M.

Katopabhavaṃ pana etan ti? Sāriputtattherapabhavaṃ. Sāriputtatthero hi ekassa attano saddhivihārikassa nikkhepakaṇḍe atthuddhāraṃ sallakkhetuṃ asakkontassa aṭṭhakathākaṇḍaṃ kathetvā adāsi. Idaṃ pana Mahāaṭṭhakathāya paṭikkhipitvā idaṃ vuttaṃ. Abhidhammo nāma na sāvakavisayo na sāvakagocaro, Buddhavisayo esa Buddhagocaro. Dhammasenāpati pana saddhivihārikena pucchite taṃ ādāya Satthu santikaṃ gantvā Sammāsambuddhassa kathesi. Sammāsambuddho tassa bhikkhuno aṭṭhakathākaṇḍaṃ kathetvā[1] adāsi. Kathaṃ?

Bhagavā hi katame dhammā kusalā ti pucchi, kusalā dhammā nāma katame ti sallakkhesī ti attho. Ath' assa tuṇhībhūtassa nanu yaṃ mayā katame dhammā kusalā yasmiṃ samaye kāmāvacaraṃ kusalaṃ cittaṃ uppannaṃ hotī ti ādinā nayena bhūmibbhedato kusalaṃ dassitaṃ sabbaṃ pi catūsu bhūmīsu kusalaṃ ime dhammā kusalā ti iminā nayena kaṇṇikaṃ kaṇṇikaṃ ghaṭaṃ ghaṭaṃ gocchakaṃ gocchakaṃ katvā atthuddhāravasena kusalādi-dhamme dassento kathetvā adāsi.

Tattha catūsū ti kāmāvacararūpāvacarārūpāvacara-apariyāpannāsu kusalan ti phassādibhedaṃ kusalaṃ ime dhammā kusalā ti imo sabbe pi tāsu bhūmīsu vuttā phassādayo dhammā kusalā nāma.

851. Akusalānaṃ[2] pana bhūmivasena bhedābhāvato dvādasa akusalacittuppādā[3] ti āha. Tattha uppajjatī ti uppādo, cittam eva uppādo cittuppādo. Desanāsīsam eva c'etaṃ. Yathā pana rājā āgato ti vutte amaccādīnam pi āgamanaṃ vuttam eva hoti evaṃ cittuppādā[4] ti vutte tehi sampayuttā dhammā pi vuttā va hontī ti sabbattha cittuppādagahaṇena sampayuttadhammaṃ cittaṃ gahitan ti veditabbaṃ.

852. Ito paraṃ catūsu bhūmīsu vipāko[5] ti ādīnaṃ sabbesam pi tikadukabhājanīyapadānaṃ attho vedanādisu[6] ca sukhādīnaṃ na vattabbatā heṭṭhāvuttanayen'eva pāḷi-

---

[1] setvā M. [2] akusalaṃ M. [3] Dhs. § 1369. [4] cittuppādo M. [5] Dhs. § 1370. [6] vedanattikādisu M. T.

yattham vīmaṃsitvā veditabbā. Visesamattam eva pana vakkhāma.

853. Tattha parittārammaṇattike[1] tāva sabbo kāmāvacarassa vipāko ti ettha dve pañca viññāṇāni cakkhāyatanādayo[2] nissāya niyamen'eva iṭṭhāniṭṭhā dibhede rūpasaddagandharasaphoṭṭhabbe[3] dhammo ārabbha pavattanti ti parittārammaṇāni. Kusalākusalavipākā pana dvo manodhātuyo hadayavatthuṃ nissāya cakkhuviññāṇādīnaṃ anantarā niyamato rūpādīn'eva ārabbha pavattanti ti[4] parittārammaṇā. Kusalavipākā hetukamanoviññāṇadhātu somanassasahagatā pañcadvāre[5] santīraṇavasena chasu dvāresu tadārammaṇavasenā ti niyamato rūpādīni cha parittārammaṇān'eva ārabbha pavattatī ti[6] parittārammaṇā. Upekhāsahagatā kusalākusalavipākā hetukamanoviññāṇadhātu dvayaṃ pañcadvāre santīraṇavasena chasu dvāresu tadārammaṇavasena niyamato rūpādīni cha parittārammaṇān'eva ārabbha pavattati paṭisandhivasena pavattamānam pi parittaṃ kammaṃ kammanimittaṃ[7] gatinimittaṃ vā ārammaṇaṃ karoti pavattiyaṃ bhavaṅgavasena pariyosāno cutivasena pavattamānam pi tad eva ārammaṇaṃ karotī ti parittārammaṇaṃ[8]. Aṭṭha pana sahetukavipākacittuppādā ettha vuttanayen'eva tadārammaṇavasena paṭisandhibhavaṅgacutivasena parittadhamme yeva ārabbha pavattanti. Kiriyamanodhātu pañcadvāre rūpādīni ārabbha pavattati. Somanassasahagatā ahetukakiriyamanoviññāṇadhātu chasu dvāresu paccuppanne manodvāre atītānāgato pi paritte rūpādidhamme yeva ārabbha khīṇāsavānaṃ pahaṭṭhākāraṃ kurumānā pavattatī ti[9] parittārammaṇā. Evam ime pañcavīsati cittuppādā[10] ekanten' eva parittārammaṇā ti veditabbā.

854. Viññāṇañcāyatana-nevasaññā-nāsaññāyatanadhammā[11] attano heṭṭhimasamāpattiṃ ārabbha pa-

---

[1] Dhs. § 1406. [2] cakkhupasādādayo M. [3] °phoṭṭhabbā M. [4] pavantī ti C. G. [5] paccuddhāre O. G. [6] pavattī ti M. pavattā ti T. [7] parittam kammam nimittaṃ M. [8] °cittuppādo M. [9] pavattī tī ti C. G. [10] cittuppādo M. [11] Dhs. § 1407.

vattanato mahaggatārammaṇā. Maggaphaladhammā nibbānārammaṇattā appamāṇārammaṇakusalato cattāro, kiriyato cattāro ti aṭṭha ñāṇavippayuttacittuppādā sekhaputhujjanakhīṇāsavānaṃ[1] asakkaccadānaṃ paccavekkhaṇadhammasavanādīsu kāmāvacaradhamme ārabbha pavattikāle parittārammaṇā, ten' ev' ākāreṇa sattavīsati mahaggatadhamme ārabbha pavattikāle mahaggatārammaṇā[2]. Atipaguṇānaṃ paṭhamajjhānādīnaṃ paccavekkhaṇakāle mahaggatārammaṇā kasiṇanimittādi-paññatti-paccavekkhaṇakāle na vattabbārammaṇā[3]. Akusalā cattāro[4] diṭṭhisampayuttacittuppādā pañca paṇṇāsāya kāmāvacaradhammānaṃ satto satto ti parāmasana-assādanābhinandanakālo parittārammaṇā ten' ev' ākāreṇa sattavīsati mahaggatadhamme ārabbha pavattikāle mahaggatārammaṇā, paññattidhamme ārabbha pavattanakāle siyā na vattabbārammaṇā. Diṭṭhivippayuttānaṃ te yeva dhamme ārabbha kevalaṃ assādanābhinandanavasena[5] pavattiyaṃ paṭighasampayuttānaṃ domanassavasena vicikicchāsampayuttacittuppādassa aniṭṭhānaṃ gatavasena[6] uddhaccasahagatassa vikkhepanavasena ca tatiyaṃ parittamahaggata-na-vattabbārammaṇatā[7] veditabbā[8].

Etesu pana ekadhammo pi appamāṇe ārabbha pavattituṃ na sakkoti, tasmā na appamāṇārammaṇakusalato cattāro, kiriyato cattāro ti aṭṭha ñāṇasampayuttacittuppādā sekhaputhujjanakhīṇāsavānaṃ sakkaccadānapaccavekkhaṇadhammasavanādīsu yathā vuttappakāro dhamme ārabbha pavattikāle paritta-mahaggata-na-vattabbārammaṇā honti. Gotrabhūkāle pana lokuttaradhammaṃ paccavekkhaṇakāle ca nesaṃ appamāṇārammaṇa tā veditabbā.

855. Yaṃ pan' etaṃ rūpāvacaracatutthajjhānaṃ[9] taṃ sabbatthapādakacatutthaṃ ākāsakasiṇacatutthaṃ ālokakasiṇacatutthaṃ[10] brahmavihāracatutthaṃ ānāpānacatut-

---

[1] cekhaputhujj° M. [2] *om.* M. [3] paññattivakkhaṇakāle vattabbāram° M. [4] akusalato catt° M. [5] °ābhindana° M. [6] aniṭṭhānavasena M. [7] adhūva samavasena ca pavattiyapparitt° M. avūpasamavasena caranti yam paritta° T. [8] Comp. Visuddhimagga p. 119. [9] Dhs. § 1415. [10] āloke k° M.

thaṃ iddhividhacatutthaṃ[1] dibbasotacatutthaṃ cetopariyañāṇacatutthaṃ yathākammūpagañāṇacatutthaṃ dibbacakkhuñāṇacatutthaṃ pubbenivāsañāṇacatutthaṃ anāgatañāṇacatutthan ti kusalato pi kiriyato pi dvādasavidhaṃ hoti[2].

Tattha sabbatthapādakacatutthaṃ nāma aṭṭhasu kasiṇesu catutthajjhānaṃ. Taṃ hi vipassanāya pi pādakaṃ hoti abhiññāṇam pi nirodhassā pi vaṭṭassā pi pādakam pi hoti yevā ti sabbatthapādakan ti vuttaṃ. Ākāsakasiṇa-ālokakasiṇacatutthāni pana vipassanāya pi abhiññāṇam pi vaṭṭassā pi pādakāni honti, nirodhapādakān' eva honti. Brahmavihāra-ānāpānacatutthāni vipassanāya c'eva vaṭṭassa ca pādakāni honti[3], abhiññāṇam pana nirodhassa ca pādakāni na honti. Tattha dasavidham pi kasiṇajjhānaṃ kasiṇapaññattim ārabbha pavattattā brahmavihāracatutthaṃ sattapaññattiṃ ārabbha pavattattā ānāpānacatutthaṃ nimittaṃ ārabbha pavattattā parittādivasena[4] na vattabbadhammārammaṇato na vattabbārammaṇan nāma hoti.

856. Iddhividhacatutthaṃ parittamahaggatārammaṇaṃ hoti[5]. Kathaṃ? Taṃ hi yadā kāyaṃ cittasannissitaṃ katvā adissamānena kāyena gantukāmo cittavasena kāyaṃ pariṇāmeti mahaggatacittaṃ[6] samodahati samāropeti tadā upayogaladdhaṃ ārammaṇaṃ hotī ti katvā rūpakāyārammaṇato parittārammaṇaṃ hoti. Yadā cittaṃ kāyasannissitaṃ katvā dissamānena kāyena gantukāmo kāyavasena cittaṃ pariṇāmeti pādakajjhānacittaṃ rūpakāye samodahati samāropeti tadā upayogaladdhaṃ ārammaṇaṃ hotī ti katvā mahaggatacittārammaṇato mahaggatārammaṇaṃ hotī ti[7]. Dibbasotacatutthaṃ saddaṃ ārabbha pavattattā ekantaparittārammaṇam eva. Cetopariyañāṇacatutthaṃ[8] parittamahaggata-appamāṇārammaṇaṃ hoti. Kathaṃ?

---

[1] iddhividhacatutthaṃ T. *om.* [2] Visuddhimagga p. 110, Burnouf Lotus 820 ff. Mahāvyutpatti 14. [3] vaṭṭassā ca pādakāni honti M. [4] aparittādivasena T. [5] Visuddhimagga p. 119. [6] mahaggatacitte T. [7] *om.* M. [8] Visuddhimagga p. 120.

Taṃ hi paresaṃ kāmāvacaracittajānanakāle parittārammaṇaṃ hoti, tathā rūpāvacarārūpāvacaracittajānanakāle mahaggatārammaṇaṃ hoti, maggaphalajānanakāle appamāṇārammaṇaṃ hoti.

Ettha ca puthujjano sotāpannassa cittaṃ na jānāti, sotāpanno vā sakadāgāmissā ti[1] evaṃ yāva arahato netabbaṃ. Arahā pana sabbesaṃ cittaṃ jānāti añño[2] pi ca uparimo heṭṭhimassā ti ayaṃ viseso veditabbo.

857. Yathākammūpagañāṇacatutthaṃ[3] kāmāvacarakammajānanakāle parittārammaṇaṃ hoti rūpāvacarārūpāvacarakammajānanakāle mahaggatārammaṇaṃ.

Dibbacakkhuñāṇacatutthaṃ[4] rūpārammaṇattā ekantaparittārammaṇam eva. Pubbenivāsañāṇacatutthaṃ parittamahaggata-appamāṇanavattabbārammaṇaṃ hoti[5]. Kathaṃ? Taṃ hi kāmāvacarakkhandhānussaraṇakāle parittārammaṇaṃ hoti, rūpāvacarārūpāvacarakkhandhānussaraṇakāle mahaggatārammaṇaṃ, atīte attanā vā parehi vā bhāvitamaggaṃ[6] sacchikataphalañ ca anussaraṇakāle appamāṇārammaṇaṃ.

Dibbacakkhuñāṇacatutthaṃ[7], rūpārammaṇattā ekantaparittārammaṇam eva. Pubbenivāsañāṇacatutthaṃ parittā-mahaggata-appamāṇa-navattabbārammaṇaṃ hoti. Katham? Taṃ hi kāmāvacarakammajānanakāle parittārammaṇaṃ hoti, rūpāvacarārūpāvacarakhandhānussaraṇakāle mahaggatārammaṇaṃ, atīte attanā vā parehi vā bhāvitamaggaṃ sacchikataphalañ ca anussaraṇakāle appamāṇārammaṇaṃ.

Atīto Buddhā maggaṃ bhāvayiṃsu, phalaṃ sacchim akaṃsu[8], nibbānadhātuyā parinibbāyiṃsū ti chinnavaṭumakānussaraṇavasena[9] maggaphalanibbānapaccavekkhaṇato pi appamāṇārammaṇaṃ. Atīte Vipassī[10] nāma Bhagavā

---

[1] °gāmissa ti M. [2] añño T. [3] Visuddhimagga p. 121. [4] Visuddhimagga p. 120. [5] Visuddhimagga p. 120 s. v. pubbenivāsañāṇa Nos. 1, 2, 3, 8. [6] bhāvitamagganibbānaṃ M. [7] adibbacakkhu° T. [8] saccākaṃsu M. [9] *om.* T. [10] Comp. Mahāvastu II, 271.

ahosi, tassa Bandhumatī nagaraṃ ahosi, Bandhumā nāma rājā pitā, Bandhumatī nāma mātā ti ādinā nayena nāmagottaṃ paṭhavīnimittādi-anussaraṇakāle navattabbārammaṇaṃ hoti.

858. Anāgatasaññācatutthe[1] pi es' eva nayo. Taṃ pi hi ayaṃ anāgate kāmāvacare nibbattissatī ti jānanakāle parittārammaṇaṃ hoti. Rūpāvacare vā arūpāvacare va nibbattissatī ti jānanakāle mahaggatārammaṇaṃ. Maggaṃ bhāvessati phalaṃ sacchikarissati nibbānadhātuyā parinibbāyissatī ti jānanakāle appamāṇārammaṇaṃ. Anāgate Metteyyo nāma Bhagavā uppajjissati[2] Subrahmā nām'assa brāhmaṇo pitā bhavissati, Brahmavatī nāma brāhmaṇī mātā ti ādinā nayena nāmagottajānanakāle navattabbārammaṇaṃ hoti. Arūpāvacaracatutthaṃ pana āsavānaṃ khayacatutthaṃ ca pāḷiyā āgatāgataṭṭhāne yeva kathīyati[3].

Kiriyāhetukamanoviññāṇadhātu upekhāsahagatā sabbesam pi etesaṃ kusalākusalakiriyacittānaṃ purecārikā. Tassā tesu vuttanayen' eva ārammaṇabbhedo veditabbo.

Pañcadvāre pana voṭṭhapanavasena pavattiyaṃ ekantaparittārammaṇā va hoti. Rūpāvacaratikacatukkajjhānādīni parittādibhāvena navattabbadhammaṃ ārabbha pavattito navattabbārammaṇāni[4]. Ettha hi rūpāvacarāni paṭhavīkasiṇādīsu pavattanti, ākāsānañcāyatanaṃ ugghāṭimākāse, ākiñcaññāyatanaṃ viññāṇāpagame[5] ti.

859. Maggārammaṇattike[6] ādimhi vuttā aṭṭha ñāṇasampayuttacittuppādā sekhāsekhānaṃ attanā paṭividdhamaggaṃ[7] paccavekkhaṇakāle. Maggārammaṇamaggena[8] pana asahajātattā na maggahetukā attanā paṭividdhamaggaṃ garuṃ katvā paccavekkhaṇakāle ārammaṇādhipativasena maggādhipatino aññadhammārammaṇakaraṇakāle navattabbā maggārammaṇā ti pi maggādhipatino ti pi. Cattāro ariyamaggasaṅkhātassa maggasampayuttassa vā hetuno[9] atthitāya ekantato maggahetukā[10] viriyaṃ pana vīmaṃsaṃ

---

[1] °catuttho T. Comp. Visuddhimagga p. 120. [2] °ti ti M. [3] kathissāmi M. [4] °ārammaṇā ti M. [5] ākāsānañcāyatanaviññ° M. [6] Dhs. § 1415. [7] atthato paṭimaggaṃ M. [8] °maggo M. [9] hetu M. [10] M. *inserts* va.

vā jeṭṭhakaṃ katvā maggabhāvanākāle sahajātādhipatinā siyā maggādhipatino chandacittānaṃ aññatarajeṭṭhakakāle siyā na vattabbā maggādhipatino ti[1] dvādasavidhe rūpāvacaracatutthajjhāne sabbatthapādakacatutthādīni nava jhānāni neva maggārammaṇāni na maggahetukāni na maggādhipatī ti[2].

Cetopariyañāṇapubbenivāsañāṇa-anāgataṃsaññāṇacatutthāni[3] pana ariyānaṃ maggacittajānanakāle maggārammaṇāni honti, maggena pana asahajātattā na maggahetukāni, maggaṃ garuṃ katvā appavattito na maggādhipatī[4] ti. Kasmā pan' etāni na maggaṃ garuṃ karontī[5] ti? Attano mahaggatatāya. Yathā hi rājānaṃ sabbaloko garuṃ karoti, mātāpitaro pana na karonti, na hi te rājānaṃ disvā āsanā vuṭṭhahanti na añjalikammādīni karonti, daharakāle voharitanayen' eva voharanti evaṃ etāni pi attano mahaggatatāya na maggaṃ garuṃ karonti.

Kiriyāhetukamanoviññāṇadhātu pi[6] ariyānaṃ maggapaccavekkhaṇakāle paccavekkhaṇapurecārikattā maggārammaṇā[7] hoti, maggena asahajātattā pana na maggahetukā, na garuṃ[8] katvā appavattito[9] na maggādhipati. Kasmā garuṃ na karotī ti[10]? Attano ahetukatāya hīnatāya jaḷatāya. Yathā hi rājānaṃ sabbaloko garuṃ karoti anto[11] parijanā pana khujjavāmanakaceṭakādayo attano aññāṇatāya[12] paṇḍitamanussā viya na garuṃ karonti[13] evam evaṃ idaṃ pi cittaṃ attano ahetukatāya hīnatāya jaḷatāya maggaṃ garuṃ na karoti. Ñāṇavippayuttakusalādīni ñāṇabhāvena[14] c'eva lokiyadhammārammaṇatāya[15] ca maggārammaṇādibhāvaṃ na labhanti, navattabbārammaṇān' eva hontī ti veditabbānī ti.

---

[1] dhi C. G. [2] °ādhipatino M. [3] Visuddhimagga p. 120 under the respective headings No. 4. [4] maggādhipatino M. [5] garuṃ karuṃ karontī C. [6] kiriyahetu pi M. [7] maggārammaṇaṃ M. [8] maggahetukānaṃ garuṃ T. [9] maggaṃ garuṃ katvā apattito M. [10] na karontī ti M. T. [11] attano M. [12] aññātāya M. [13] ñātigaruṃ karonti M. T. [14] ñāṇābhāvena M. [15] cetalok° M.

860. Atītārammaṇattike[1] viññāṇañcāyatana-nevasaññānāsaññāyatanadhammā heṭṭhā atītasamāpattiṃ ārabbha pavattito[2] ekantena atītārammaṇā va. Niyogā anāgatārammaṇā natthī ti niyamena pāṭiekkaṃ cittaṃ anāgatārammaṇaṃ nāma natthi. Nanu ca anāgatasaññāṇaṃ ekantena anāgatārammaṇaṃ[3] cetopariyañāṇam pi anāgataṃ ārabbha pavattatī ti no na pavattati. Pāṭiekkam pana etaṃ ekaṃ cittaṃ nāma natthi. Rūpāvacaracatutthajjhānena saṅgahitattā aññehi mahaggatacittehi missakaṃ hoti. Tena vuttaṃ niyogā anāgatārammaṇā natthī ti. Dve pañca viññāṇāni tisso ca manodhātuyo paccuppannesu rūpādīsu pavattito paccuppannārammaṇā nāma.

861. Dasa cittuppādā ti ettha aṭṭha tāva sahetukadevamanussānaṃ paṭisandhigahaṇakāle kammaṃ vā kammanimittaṃ vā ārabbha pavattiyaṃ atītārammaṇā. Bhavaṅgacutikālesu es' eva nayo.

Gatinimittaṃ pana ārabbha paṭisandhigahaṇakāle tato paraṃ bhavaṅgakālo ca paccuppannārammaṇā[4].

Tathā pañcadvāre tadārammaṇavasena pavattiyaṃ, manodvāre pana atītānāgatapaccuppannārammaṇānaṃ javanānaṃ ārammaṇaṃ gahetvā pavattito atītānāgatapaccuppannārammaṇā.

Kusalavipākāhetuka-upekhāsahagatamano-viññāṇadhātuyam pi es' eva nayo.

Kevalaṃ hi saha[5] manussesu jaccandhādīnaṃ paṭisandhi hoti pañcadvāre pi santīraṇavasenā pi paccuppannārammaṇā hotī ti ayam ettha viseso.

862. Somanassasahagatā pana pañcadvāre santīraṇavasena tadārammaṇavasena ca paccuppannārammaṇā hoti. Manodvāre tadārammaṇavasena sahetukavipākā viya atītānāgatapaccuppannārammaṇā ti veditabbā. Akusalavipākamanoviññāṇadhātu pana kusalavipākāya upekkhāsahagatāhetukāya samānagatikā eva.

---

[1] Dhs. § 1417. [2] pavattino T. [3] °ārammaṇā M. [4] Dhs. § 1418. [5] sā T.

Kevalaṃ hi sā[1] apāyikānam paṭisandhibhavaṅgacutivasena pavattatī ti. Ayam ettha viseso.

Kiriyāhetukamanoviññāṇadhātu somanassasahagatā khīṇāsavānaṃ pañcadvāre pahaṭṭhākāraṃ kurumānā paccuppannārammaṇā hoti. Manodvāro atītādibhedadhamme ārabbha hasituppādanavasena pavattiyaṃ atītānāgatapaccuppannārammaṇā hoti.

863. Kāmāvacarakusalan ti ādīsu kusalato tāva cattāro ñāṇasampayuttacittuppādā[2] sekhaputhujjanānaṃ atītādibhedāni khandhadhātu-āyatanāni sammasantānaṃ paccavekkhantānaṃ[3] atītānāgatapaccuppannārammaṇā honti. Paṇṇatti nibbānapaccavekkhaṇena vattabbārammaṇā.

Ñāṇavippayuttesu pi es' eva nayo. Kevalaṃ hi tesaṃ maggaphalanibbānapaccavekkhaṇā[4] natthi. Ayam ev' ettha viseso.

864. Akusalato cattāro diṭṭhigatasampayuttacittuppādā[5] atītādibhedaṃ khandhadhātuāyatanānaṃ assādanābhinandanaparāmāsakāle[6] atītādi-ārammaṇā honti.

Paṇṇattiṃ ārabbha assādentassa abhinandantassa[7] satto ti parāmasitvā[8] gaṇhantassa navattabbārammaṇā honti.

Diṭṭhivippayuttesu pi es' eva nayo. Kevalaṃ hi tehi parāmāsogahaṇaṃ natthi. Dve paṭighasampayuttacittuppādā atītādibhede dhamme ārabbha domanassitānaṃ atītādi-ārammaṇapaṇṇattiṃ ārabbha domanassitānaṃ navattabbārammaṇā[9].

865. Vicikicchuddhaccasampayuttā[10] tesu eva dhammesu aniṭṭhāgatabhāvena c'eva uddhatabhāvena ca pavattiyaṃ atītānāgatapaccuppannanavattabbārammaṇā kiriyato aṭṭha sahetukacittuppādā kusalacittuppādagatikā eva kiriyā hetukamanoviññāṇadhātu upekhāsahagatā pañca dvāre voṭṭhapanavasena pavattiyaṃ paccuppannārammaṇā

---

[1] sa M. [2] Dhs. § 1415. [3] paccavekkhaṇānaṃ M.
[4] sehidhamma° M. [5] Dhs. § 1412. [6] assadanābhindanapar° M. assāssādanābhinand° T. [7] abhinantassa M.
[8] parāmāsetvā M. [9] na om. T. [10] Dhs. § 1390, 1391.

va manodvāro atītānāgatapaccuppannārammaṇañ c'eva paṇṇatti-ārammaṇānañ ca[1]. Javanānaṃ purecārikakāle atītānāgatapaccuppannanavattabbārammaṇā, tathā[2] vuttappabhede[3] rūpāvacarajjhāne sabbatthapādakacatutthaṃ ākāsakasiṇacatutthaṃ ālokakasiṇacatutthaṃ brahmavihāracatutthaṃ ānāpānacatutthan ti imāni pañca navattabbārammaṇān' eva. Iddhividhacatutthaṃ kāyavasena cittaṃ pariṇāmentassa atītaṃ pādakajjhānacittaṃ[4] ārabbha pavattanato atītārammaṇaṃ.

866. Mahādhātunidhāne Mahākassapattherādīnaṃ viya anāgataṃ adhiṭṭhahantānaṃ anāgatārammaṇaṃ hoti[5]. Mahākassapatthero kira Mahādhātunidhānaṃ karonto 'anāgate[6] aṭṭhārasavassadhikāni dve vassasatāni ime gandhā[7] mā sussiṃsu pupphāni mā milāyiṃsu dīpāni mā nibbāyiṃsū ti[8]' adhiṭṭhāsi. Sabbaṃ tath 'eva ahosi. Assaguttatthero[9] Vattaniyasenāsano bhikkhusaṃghaṃ sukkhabhattaṃ bhuñjamānaṃ disvā udakasoṇḍiṃ divase divase purebhattaṃ dadhisaraṃ[10] hotū ti adhiṭṭhāsi. Purebhattaṃ dadhisaraṃ[11] hoti pacchābhatte pākatikam eva. kāyaṃ pana cittasannissitaṃ[12] katvā adissamānena kāyena gamanakāle kāyaṃ ārabbha pavattattā paccuppannārammaṇaṃ hoti.

Dibbasotacatutthaṃ vijjamānasaddam eva ārabbha pavattitapaccuppannārammaṇaṃ cetopariyañāṇacatutthaṃ atītasattadivasabbhantare anāgatasattadivasabbhantare ca paresaṃ cittaṃ jānantassa atītārammaṇaṃ[13] anāgatārammaṇañ ca hoti. Sattadivasātikkame pana taṃ jānituṃ na sakkoti. Atītānāgatasaññāṇānaṃ hi esa viseso. Na etassa paccuppannajānanakāle pana paccuppannārammaṇaṃ hoti.

---

[1] °ārammaṇānañ c'eva paṇṇattinibbānārammaṇañ ca M. [2] yathā T. [3] °bhedena M. [4] apādakajjh° T. [5] Dhs. § 1417. [6] anāgato M. [7] ime vasegandhā M. [8] dipā nibbāhiṃsū ti M. [9] Comp. Rhys Davids transl. of the Milindapañha II, XVIII. [10] dadhirassa M. [11] dadhirasaṃ M. [12] cittasantissitaṃ M. cittasannitaṃ T. [13] ārammaṇā M.

867. Paccuppannaṃ nām' etaṃ tividhaṃ khaṇapaccuppannaṃ santatipaccuppannaṃ addhāpaccuppannañ ca[1]. Tattha uppādaṭṭhitibbhaṅgappattaṃ[2] khaṇapaccuppannaṃ. Eka-dvi-santativārapariyāpannaṃ santatipaccuppannaṃ. Tattha andhakāre nisīditvā ālokaṭṭhānaṃ[3] gatassa na tāva ārammaṇaṃ pākaṭam hoti. Yāva[4] pana taṃ pākaṭaṃ hoti etthantare ekadvisantativārā veditabbā. Ālokaṭṭhāne pi ācaritvā[5] ovarakaṃ paviṭṭhassā pi na tāva sahasā rūpaṃ pākaṭaṃ hoti. Yāva taṃ pākaṭaṃ hoti etthantare eka-dvi-santativārā veditabbā.

Dūre ṭhatvā pana rajakānaṃ hatthavikāraṃ gaṇḍi-bheri-ādi-ākoṭana-vikāram pi disvā pi na tāva saddaṃ suṇāti. Yāva pana taṃ suṇāti etasmim pi antare eka-dvi-santativārā veditabbā. Evan tāva Majjhimabhāṇakā.

Saṃyuttabhāṇakā pana rūpasantati vā arūpasantatī ti dve santatiyo ti vatvā udakaṃ atikkamitvā gatassa yāva tīre[6] akkanta-udakalekhā na vippasīdati addhānato āgatassa[7] yāva kāye usumabhāvo na vūpasammati ātapā āgantvā gabbhaṃ paviṭṭhassa yāva andhakārabhāvo na vigacchati anto gabbhe kammaṭṭhānaṃ manasikaritvā divā vātapānaṃ vivaritvā olokentassa yāva akkhīnaṃ phandanabhāvo na vūpasammati ayaṃ rūpasantati nāma.

Dve tayo javanavārā arūpasantati nāmā ti vatvā tad ubhayam pi santatipaccuppannaṃ nāmā ti vadanti.

868. Ekabhavaparicchinnaṃ pana addhāpaccuppannaṃ nāma[8] sandhāya Bhaddekarattasutte[9]:

Yo c'āvuso mano ye ca dhammā sampayuttā ubhayam etaṃ paccuppannaṃ, tasmiṃ paccuppanne chandarāgapaṭibaddhaṃ hoti viññāṇaṃ, chandarāgapaṭibaddhattā viññāṇassa tad abhinandati, tad abhinandanto paccuppannesu dhammesu saṃhīratī[10] ti vuttaṃ.

---

[1] Visuddhimagga p. 120 s. v. cetopariyañāṇa No. 7. [2] °ṭṭhitavibhaṅgampattam M. [3] ākālokaṭṭhānaṃ M. [4] yā M. [5] varitvā T. cāritvā C. G. [6] tīro T. [7] agatassa M. [8] T. *inserts* yaṃ. [9] the 131[d] sutta of the Majjhima. [10] sambhīratī T.

Santatipaccuppannaṃ c'ettha aṭṭhakathāsu āgataṃ, addhāpaccuppanaṃ sutte. Tattha keci khaṇapaccuppannaṃ cittaṃ cetopariyañāṇassa ārammaṇaṃ hotī ti vadanti. Kiṃ kāraṇā? Yasmā iddhimassa parassa ca ekakkhaṇe cittaṃ uppajjissatī ti[1] idañ ca tesaṃ opammaṃ.

869. Yathā ākāsakkhitte pupphamuṭṭhimhi avassaṃ ekaṃ pupphaṃ ekassa vaṇṭena vaṇṭaṃ paṭivijjhati[2] evaṃ parassa cittaṃ jānissāmī ti rāsivasena mahājanassa citte āvajjite avassaṃ ekassa[3] cittaṃ ekena cittena uppādakkhaṇe vā ṭhitikkhaṇe vā bhaṅgakkhaṇe vā paṭivijjhatī ti. Tam pana vassasahassam pi āvajjante yena cittena āvajjati yena ca jānāti tesaṃ dvinnaṃ sahaṭṭhānābhāvato āvajjanañ ca javanānañ ca aniṭṭhe ṭhāne nānārammaṇabhāvappattidosato[4] ayuttan ti aṭṭhakathāsu paṭikkhittaṃ. Santatipaccuppannam pana addhāpaccuppannañ ca[5] ārammaṇaṃ hotī ti veditabbaṃ. Tattha yaṃ vattamānajavanavīthito[6] atītānāgatavasena ca tatiyajavanavīthiparimāṇe[7] kāle parassa cittaṃ taṃ sabbam pi santatipaccuppannaṃ nāma. Addhāpaccuppannaṃ pana javanavārena dīpetabban[8] ti yaṃ aṭṭhakathāyaṃ vuttaṃ taṃ suṭṭhu vuttaṃ[9].

870. Tatrāyaṃ dīpanā: Iddhimā parassa cittaṃ jānitukāmo āvajjati. Āvajjanaṃ khaṇapaccuppannaṃ ārammaṇaṃ katvā ten' eva saha nirujjhati. Tato cattāri[10] pañca javanāni. Yesaṃ pacchimaṃ iddhicittaṃ sesāni[11] kāmāvacarāni tesaṃ sabbesam pi tad eva niruddhaṃ cittaṃ ārammaṇaṃ hoti na ca tāni nānārammaṇāni honti. Addhāpaccuppannavasena paccuppannārammaṇattā ekārammaṇāni ekārammaṇatte pi ca iddhicittaṃ eva parassa cittaṃ jānāti na itarāni. Yathā cakkhudvāre cakkhuviññāṇam eva rūpaṃ passati na itarānī ti idaṃ santatipaccuppannassa c'eva addhāpaccuppannassa ca vasena paccuppannā-

---

[1] uppajjatī ti M. [2] ekassa vaṇṭam paṭivijjhati vaṇṭena vaṇṭam paṭivijjhati M. [3] etassa C. G. [4] °dotato M. [5] ajjhāpaccuppannañ ca M. [6] °javanapitito M. [7] dvi ti javana vithi parimāṇakale M. dvattiyajavana° T. [8] dvīpetabban M. [9] suvuttaṃ M. [10] cattāro M. [11] tesāni M.

rammaṇaṃ[1] hoti. Yasmā vā santatipaccuppannaṃ pi addhāpaccuppanne yeva patati tasmā addhāpaccuppannavasen'etaṃ paccuppannārammaṇan ti veditabbaṃ.

871. Pubbenivāsañāṇacatutthaṃ nāma gottānussaraṇe[2] nibbānanimittapaccavekkhaṇe ca navattabbārammaṇassa kāle atītārammaṇam eva. Yathā kammūpagañāṇacatutthaṃ[3] pi atītārammaṇam eva.

Tattha[4] kiñcā pi pubbenivāsacetopariyañāṇāni pi atītārammaṇāni[5] honti, atha kho tesaṃ pubbenivāsañāṇassa atītā khandhā khandapaṭibaddhañ ca kiñci anārammaṇaṃ nāma natthi. Taṃ hi atītakkhandhakhandhūpanibaddhesu[6] dhammesu sabbaññutañāṇasamagatikaṃ hoti.

Kiñcā pi[7] cetopariyañāṇassa ca[8] sattadivasabbhantarātītaṃ cittam eva ārammaṇaṃ taṃ aññaṃ khandhaṃ vā khandhapaṭibaddhaṃ vā na jānāti. Maggasampayuttacittācittārammaṇattā pariyāyato maggārammaṇan ti vuttaṃ. Yathākammūpagañāṇassa atītaṃ cetanāmattam eva ārammaṇan ti ayaṃ viseso veditabbo.

872. Ayam ettha aṭṭhakathānayo. Yasmā pana kusalakkhandhā iddhividhañāṇassa cetopariyañāṇassa pubbenivāsānussati-ñāṇassa yathākammūpagañāṇassa anāgatasaññāṇassa[9] ārammaṇapaccayena paccayo ti Paṭṭhāne vuttaṃ. Tasmā cattāro pi khandhā cetopariyañāṇa-yathākammūpagañāṇānaṃ ārammaṇā honti. Tatrā pi yathākammūpagañāṇassa kusalākusalā evā ti dibbacakkhuñāṇacatutthaṃ vijjamānavaṇṇanārammaṇattā paccuppannārammaṇam eva anāgatasaññāṇacatutthaṃ anāgatārammaṇam eva. Taṃ hi anāgatadhakhankhandhūpanibaddhesu[10] dhammesu pubbenivāsañāṇaṃ viya[11] sabbaññutañāṇasamagatikam hoti. Tattha kiñcā pi cetopariyañāṇam pi anāgatārammaṇam hoti. Taṃ pana sattadivasabbhantare uppajjanacittam eva

---

[1] ārammaṇā C. G. T. [2] °ānussaraṇo C. T. [3] Visuddhimagga p. 121. [4] Yattha M. [5] °ārammaṇā M. [6] °khandhapaṭi° M. [7] *om.* M. [8] va M. [9] anāgataṃ saññ° T. [10] °ūpanibandhesu C. G. [11] °khandhapaṭibaddhesu dhammesu pubbenivāsañāṇaṃ viññāṇaṃ viya M.

ārammaṇaṃ karoti. Idaṃ anāgate kappasatasahasse uppajjanakacittam pi khandham pi khandhūpanibaddham[1] pi.

873. Rūpāvacaratikacatukkajjhānādīni[2] atītānāgatapaccuppannesu ekadhammam pi ārabbha pavattito ekantanavattabbārammaṇān' evā ti veditabbāni.

874. Ajjhattattiko anindriyabaddharūpañ ca nibbānañ ca bahiddhā ti idaṃ yathā indriyabaddhaparapuggalasantāne bahiddhā ti vuccamānam pi tassa attano santānapariyāpannattā niyakajjhattam pi hoti evaṃ[3] na kenaci pariyāyena ajjhattaṃ hotī ti niyakajjhattapariyāyassa abhāvena bahiddhā ti vuttaṃ, na niyakajjhatthamattassa asambhavato. Niyakajjhattamattassa pana asambhavamattaṃ sandhāya ajjhattārammaṇattike bahiddhārammaṇatā vuttā. Ajjhattadhammāpagamamatto va[4] ākiñcaññāyatanārammaṇassa ajjhattabhāvam pi bahiddhābhāvam[5] pi ajjhattabahiddhābhāvam[6] pi ananujānitvā ākiñcaññāyatanaṃ na vattabbaṃ, ajjhattārammaṇan ti pīti-ādi vuttaṃ. Tattha na kevalaṃ tad eva na vattabbārammaṇaṃ, tassa pana āvajjanam pi upacāracittāni pi tass' ārammaṇassa paccavekkhaṇacittāni pi tass' eva assādanādivasena pavattāni akusalacittāni pi na vattabbārammaṇān' eva. Tāni pi tasmiṃ vutte vuttān' eva hontī ti visuṃ na vuttāni.

Kathaṃ? Vuttān' eva hontī ti. Etaṃ hi ākiñcaññāyatanaṃ yañ ca tassa purecārikaṃ āvajjana-upacārādivasena pavattaṃ tena saha[7] ekārammaṇaṃ bhaveyya taṃ sabbam atītārammaṇattike kāmāvacarakusalaṃ akusalaṃ kiriyato nava cittuppādā rūpāvacaracatutthajjhānan ti evaṃ vuttānaṃ etesaṃ cittuppādānaṃ siyā navattabbā atītārammaṇā pītiādinā nayena navattabbārammaṇābhāvassa anuññātattā ākiñcaññāyatanassa ca ākiñcaññāyatanaṃ cattāro maggā apariyāpannā cattāri ca sāmaññaphalāni ime dhammā navattabbā atītārammaṇā pīti evaṃ ekanteua navattabbārammaṇattañ ca navattabbārammaṇan ti vuttaṃ.

---

[1] khandhapaṭibaddh° M. [2] Dhs. § 1420. °jhānāni M. [3] M. *adds* nayena. [4] °gamamattato ca M. [5] bahiddhabhāvaṃ M. [6] °ddhabhāvam M. [7] te saha M.

875. Idāni taṃ ajjhattārammaṇattike[1] ekam pi vuccamānaṃ yasmā beṭṭhā tena saha ekārammaṇābhāvaṃ pi sandhāya kāmāvacarakusalādīnaṃ navattabbārammaṇattā vuttā tasmā idhā pi tesaṃ navattabbārammaṇabhāvaṃ dīpeti. Ko hi tena saha ekārammaṇānaṃ[2] navattabbārammaṇābhāve antarāyo ti evaṃ etasmiṃ vutte vuttān' eva honti ti veditabbāni. Sesam ettha ajjhattārammaṇattike pāḷito uttānam eva. Ārammaṇavibbāge pana viññāṇañcāyatanaṃ nevasaññānāsaññāyatanaṃ ti ime sattā ca[3] kusalavipākakiriyavasena channaṃ cittuppādānaṃ attano santānabaddhaṃ[4] heṭṭhimasamāpattiṃ ārabbha pavattito ajjhattārammaṇatā veditabbā.

876. Ettha ca kiriyaṃ ākāsānañcāyatanaṃ kiriyaviññāṇañcāyatanass' eva ārammaṇaṃ hoti na itarassa. Kasmā? Ākāsānañcāyatanakiriyasamaṅgino kusalassa vā vipākassa vā viññāṇañcāyatanassa abhāvato. Kusalaṃ pana kusalavipākakiriyānan tiṇṇam pi ārammaṇaṃ hoti. Kasmā? Ākāsānañcāyatanakusalaṃ nibbattetvā ṭhitassa tato uddhaṃ tividhassā pi viññāṇañcāyatanassa uppattisambhavato. Vipākaṃ pana na kassaci ārammaṇaṃ hoti. Kasmā? Vipākato vuṭṭhahitvā cittassa abhinīhārāsambhavato. Nevasaññānāsaññāyatanassa ārammaṇakaraṇe pi ca es' eva nayo.

Rūpāvacaratikacatukkajjhānādīnaṃ[5] sabbesam pi niyakajjhattato bahibhāvena[6] bahiddhābhūtāni paṭhavīkasiṇādīni ārabbha pavattito bahiddhārammaṇatā veditabbā.

Sabbe va kāmāvacarakusalākusalavyākatadhammā rūpāvacaracatutthajjhānan ti ettha kusalato tāva cattāro ñāṇasampayuttacittuppādā attano khandhādīni paccavekkhantassa ajjhattārammaṇā[7], paresaṃ khandhādi-paccavekkhaṇe pana paṇṇatti-nibbānapaccavekkhaṇe ca bahiddhārammaṇā, tadubhayavasena ajjhattabahiddhārammaṇā. Ñāṇavippayuttesu pi es' eva nayo. Kevalaṃ tesaṃ nibbāna-

---

[1] Dhs. § 1419. [2] ekāramaṇam M. [3] ime taṃ tāva M. [4] santhānasambandhaṃ M. [5] Rūpāvacaratikkacatukk° M. T. [6] bahiddhābhāvena M. [7] paccavekkhanta ajjhatt° C.

paccavekkhaṇaṃ natthi. Akusalato cattāro diṭṭhisampayuttacittuppādā uttano khandhādīnaṃ assādanābhinandanaparāmāsagahaṇakāle ajjhattārammaṇā parassa khandhādīsu c 'eva anindriyabaddharūpakasiṇādīsu ca tath' eva pavattikāle bahiddhārammaṇā, tadubhayavasena pavattiyaṃ[1] ajjhattabahiddhārammaṇā. Diṭṭhivippayuttesu pi es' eva nayo. Kevalaṃ hi tesaṃ parāmāsagahaṇaṃ natthi. Dve paṭighasampayuttā attano khandhādīsu domanassitassa ajjhattārammaṇā[2] parassa khandhādīsu ceva anindriyabaddharūpapaṇṇattīsu ca bahiddhārammaṇā, tadā[3] ubhayavasena ajjhattabahiddhārammaṇā. Vicikicchuddhaccasampayuttānam pi vuttappakāresu dhammesu[4] vicikicchanacittabhāvavasena[5] pavattiyaṃ ajjhattādi-ārammaṇatā veditabbā.

877. Dve pañca viññāṇāni tisso manodhātuyo[6] ime terasa cittuppādā attano rūpādīni ārabbha pavattiyaṃ ajjhattārammaṇā, parassa rūpādīsu pavattā bahiddhārammaṇā, tadubhayavasena ajjhattabahiddhārammaṇā. Somanassasahagatā ahetukavipākamanoviññāṇadhātu pañcadvārasantīraṇatadārammaṇavasena[7] attano pañca rūpādidhamme manodvāre tadārammaṇavasen' eva añño pi ajjhattike kāmāvacaradhamme ārabbha pavattiyaṃ ajjhattārammaṇā, paresaṃ dhammesu pavattamānā bahiddhārammaṇā, ubhayavasena ajjhattabahiddhārammaṇā[8]. Upekhāsahagatavipākāpetukamanoviññāṇadhātudvaye pi es' eva nayo.

Kevalaṃ pan' etā sugatiyaṃ duggatiyañ ca paṭisandhibhavaṅgacutivasenā pi[9] ajjhattādibhedesu ca kammādīsu vattanti. Aṭṭha mahāvipākacittāni pi tāsaṃ yeva dvinnaṃ samagatikāni. Kevalaṃ pan'etāni santīraṇavasena[10] pavattanti. Paṭisandhibhavaṅgacutivasena tesaṃ[11] sugatiyaṃ yeva pavatti.

878. Somanassasahagatā hetukakiriyā pañcadvāre attano rūpādīni ārabbha pahaṭṭhākārakaraṇavasena pavattiyaṃ ajjhattārammaṇā.

---

[1] om. M. T. [2] domanassa ajjh° M. [3] om. M. [4] om. M. T. [5] vicikicchanaphandatāvasena M. [6] ti T. M. add. [7] om. M. [8] Dhs. § 1420. [9] ti M. [10] T. inserts na. [11] etāni M.

Parassa rūpādīsu pavattā bahiddhārammaṇā manodvāre Tathāgatassa Jotipālamāṇava-Makhādevarāja-Kaṇhatāpasādikālesu[1] attanā katakiriyaṃ paccavekkhantassa hasituppādavasena pavattā ajjhattārammaṇā, Mallikāya deviyā[2] Santati-mahāmattassa[3] Sumanamālākārassā ti evaṃ ādīnaṃ kiriyākaraṇaṃ ārabbha pavattakāle bahiddhārammaṇā, ubhayavasena ajjhattabahiddhārammaṇā.

879. Upekhāsahagatakiriyāhetukamanoviññāṇadhātu pañcadvāre voṭṭhapana-vasena manodvāre ca āvajjanavasena pavattiyaṃ ajjhattādi-ārammaṇā aṭṭhamahākiriyākusalacittagatikā[4] eva. Kevalaṃ hi tā khīṇāsavānaṃ uppajjanti kusalāni sekha-puthujjanānan[5] ti etthakam ev' ettha nānākaraṇaṃ.

Vuttappakāre[6] rūpāvacaracatutthajjhāne sabbattha pādakacatutthādīni pañca jhānāni imasmiṃ tike okāsaṃ labhanti. Etāni hi kasiṇapaṇṇatti-nimitta-ārammaṇattā bahiddhārammaṇāni.

880. Iddhividhacatutthaṃ[7] kāyavasena cittaṃ cittavasena vā kāyaṃ pariṇāmanakāle bahiddhārammaṇam attano kumāravaṇṇādi-nimmānakāle ca sakkāyacittānaṃ[8] ārammaṇakaraṇato[9] ajjhattārammaṇaṃ, bahiddhā hatthi-assādidassanakāle[10] bahiddhārammaṇaṃ, kālena[11] ajjhattaṃ kālena bahiddhā pavattiyaṃ ajjhattabahiddhārammaṇaṃ.

Dibbasotacatutthaṃ attano kucchi-saddasavanakāle ajjhattārammaṇaṃ, paresaṃ saddasavanakāle bahiddhārammaṇaṃ, ubhayavasena ajjhattabahiddhārammaṇaṃ.

Ceto-pariyañāṇacatutthaṃ paresaṃ cittārammaṇato bahiddhārammaṇam eva. Attano cittajānane pana tena payojanaṃ natthi.

Pubbenivāsacatutthaṃ attano khandhānussaraṇakāle ajjhattārammaṇaṃ, parassa khandhe anindriyabaddhaṃ rūpaṃ tisso ca paṇṇattiyo anussaraṇato bahiddhārammaṇaṃ, ubhayavasena ajjhattabahiddhārammaṇaṃ.

---

[1] Jāt. I, 137 seq. [2] Milindap. p. 115. [3] Dhp. 307—311. [4] kiriyā *om.* T. [5] °puthujjanan M. [6] °pakāreṇa M. [7] Visuddhimagga p. 110. [8] sakakāya citt° M. [9] ārammaṇato M. [10] assādinimmānakāle M. [11] kāle T.

Dibbacakkhucatuttham attano kucchigatādi-rūpadassanakāle ajjhattārammaṇaṃ, avasesa-rūpa-dassanakāle bahiddhārammaṇaṃ, ubhayavasena ajjhattabahiddhārammaṇaṃ. Anāgatasaññāṇacatutthaṃ attano anāgatakhandhānussaraṇakāle ajjhattārammaṇaṃ, parassa anāgatakhandhānaṃ vā anindriya-baddhassa ca rūpassa anussaraṇakāle bahiddhārammaṇaṃ, ubhayavasena ajjhattabahiddhārammaṇaṃ. Ākiñcaññāyatanassa navattabbārammaṇatāya kāraṇaṃ heṭṭhā vuttam[1] eva. Hetugocchakaniddese[2] tayo kusalā hetū[3] ti ādinā nayena hetuṃ dassetvā[4] puna te yeva uppattiṭṭhānato dassetuṃ catūsu bhūmīsu kusalesu[5] uppajjatī ti ādi vuttaṃ.

Iminā upāyena sesagocchakesu pi desanānayo veditabbo.

881. Yattha dve tayo āsavā ekato uppajjantī ti ettha tividhena āsavānaṃ ekato uppatti veditabbā[6].

Tattha catūsu diṭṭhivippayuttesu avijjāsavena diṭṭhisampayuttesu diṭṭhāsavā avijjāsavehi saddhin ti kāmāsavo duvidhena ekato uppajjati. Bhavāsavo catūsu diṭṭhivippayuttesu[7] avijjāsavena saddhin ti ekadhā va ekato uppajjati.

Yathā c'ettha evaṃ yattha dve tīni saṃyojanāni ekato uppajjantī ti etthā pi saṃyojanānaṃ uppatti ekato dasadhā bhave.

882. Ettha[8] kāmarāgo[9] catudhā ekato uppajjati, paṭigho[10] tidhā, māno ekadhā, tathā vicikicchā c'eva bhavarāgo ca. Kathaṃ? Kāmarāgo tāva mānasaṃyojana-avijjāsaṃyojanehi c'eva diṭṭhisaṃyojanāvijjāsaṃyojanehi c'eva sīlabbataparāmāsa-avijjāsaṃyojanehi ca avijjāsaṃyojanamatten' eva saddhin ti evaṃ catudhā ekato uppajjati. Paṭigho pana issāsaṃyojana-avijjāsaṃyojanehi c'eva macchariyasaṃyojana-avijjāsaṃyojanehi ca avijjāsaṃyojanamatten' eva saddhiṃ[11] evaṃ tidhā ekato uppajjati. Māno bhavarāgaavijjāsaṃyojanehi saddhiṃ ekadhā ekato

---

[1] vuttā M. [2] Dhs. § 1424. [3] kusalahetu M. [4] sutvā M. [5] kusale T. [6] Dhs. § 1448. [7] ca sudiṭṭhi° T. [8] Tattha M. T. [9] Dhs. § 1460. [10] T. *inserts* so. [11] T. *inserts* ti.

uppajjati. Tathā vicikicchā. Sā hi avijjāsaṃyojanena saddhiṃ ekadhā uppajjati. Bhavarāge pi es' eva nayo ti. Evam ettha dve tīṇi saṃyojanāni ekato ekato uppajjanti.

883. Yaṃ p'etaṃ nīvaraṇagocchake[1] yattha dve tīṇi nīvaraṇāni ekato uppajjantī ti vuttaṃ tatthā pi aṭṭhadhā nīvaraṇānaṃ ekato uppatti veditabbā.

Etesu hi kāmacchando duvidhā ekato uppajjati[2], vyāpādo catudhā, uddhaccaṃ ekadhā, tathā vicikicchā. Katham? Kāmacchando tāva asaṅkhārikacittesu uddhaccanīvaraṇa-avijjānīvaraṇehi[3] sasaṅkhārikesu[4] thīnamiddha-uddhacca-avijjānīvaraṇehi saddhiṃ dvidhā ekato uppajjati.

884. Yaṃ pan' etaṃ dve tīṇī ti vuttaṃ taṃ heṭṭhimaparicchedavasena vuttaṃ. Kasmā? Catunnam pi ekato uppatti yujjati[5]. Evaṃ[6] vyāpādo pana asaṅkhārikacitte uddhacca-nīvaraṇa-avijjā-nīvaraṇehi asaṅkhārike thīnamiddha-uddhacca-avijjānīvaraṇehi sasaṅkhārike yeva uddhaccakukkucca-avijjānīvaraṇehi sasaṅkhārike yeva thīnamiddha-uddhacca-kukkucca-avijjānīvaraṇehi saddhin ti catudhā ekato uppajjati. Uddhaccaṃ pana avijjānīvaraṇamattena saddhiṃ ekadhā va ekato uppajjati, vicikicchā-uddhacca-avijjānīvaraṇehi saddhiṃ ekadhā va ekato uppajjati.

885. Yam p'idaṃ kilesagocchake[7] yattha dve tayo kilesā ekato uppajjantī ti vuttaṃ tattha dve kilesā aññehi tayo vā kilesā aññehi kilesehi saddhiṃ uppajjantī ti evam attho veditabbo. Tasmā dvinnaṃ tiṇṇaṃ yeva vā ekato uppattiyā asambhavato tattha dasadhā kilesānaṃ ekato uppatti hoti.

Ettha hi lobho chadhā ekato uppajjati paṭigho dvedhā tathā moho ti veditabbo. Katham? Lobho tāva asaṅkhāriko[8] diṭṭhi-vippayutto[9] moha-uddhacca-ahirika-anottappehi sasaṅkhāriko yeva mohathīna-uddhacca-ahirika-anottappehi sasaṅkhāriko[10] yeva moha-māna-uddhacca-ahi-

---

[1] Dhs. § 1486. [2] uppajjatī ti M. [3] °nivaraṇa° M.
[4] saṅkhārikesu M. [5] uppajjatī ti vacanaṃ yujjati eva M.
[6] *om.* M. [7] Dhs. § 1548. [8] asaṅkhārike M. [9] °vippayutte M. [10] sasaṅkhārike M.

rika-anottappehi sasaṅkhāriko[1] yeva ca. Mohamānathīna-uddhacca-ahirika-anottappehi diṭṭhivippayutto[2] pana asaṅkhāriko moha-uddhacca-diṭṭhi-ahirika-anottappehi sasaṅkhāriko[3] moha-diṭṭhi-thīna-uddhacca-ahirika-anottappehi saddhiṃ ti chadhā[4] ekato uppajjati.

Paṭigho pana asaṅkhāriko moha-uddhacca-ahirika-anottappehi sasaṅkhāriko[5] moha-thīna-uddhacca-ahirika-anottappehi saddhiṃ ti dvidhā ekato uppajjati. Moho pana vicikicchāsampayutto vicikicchuddhacca-ahirika-anottappehi uddhaccasampayutto[6] uddhacca-ahirika-anottappehi saddhiṃ ti evaṃ dvidhā ekato uppajjati. Sesaṃ sabbattha uttānattham evā ti.

Atthasāliniyā Dhammasaṅgaṇiyaṭṭhakathāya aṭṭhakathākaṇḍavaṇṇanā niṭṭhitā.

Ettāvatā ca

Cittaṃ rūpañ ca nikkhepaṃ atthuddhāraṃ manoramaṃ
Yaṃ Lokanātho bhājento desesi Dhammasaṅgaṇiṃ.

Abhidhammassa saṅgayha dhamme anavasesato
Ṭhitāya tassā āraddhā yā mayā aṭṭhavaṇṇanā[7]

Anākulānaṃ[8] atthānaṃ sambhavā Atthasālinī
Iti nāmena sā dāni sanniṭṭhānam upāgatā[9].
Ekūnacattālīsāya pāḷiyā bhāṇavārato
Ciraṭṭhitattham dhammassa niṭṭhāpentena tam mayā

---

[1] sasaṅkhārike M. [2] diṭṭhisampayutte M. [3] sasaṅkhārike M. [4] chaddā C. chaṭṭhā T. [5] sasaṅkhārike M. [6] °sampayutte M. [7] atthavaṇṇanā M. [8] Anākusalānaṃ M. [9] Iti nāmena bhāsanti sanniṭṭh° C. G. Iti nāmen'assa esa sanniṭṭh° M. Itināmena sa sanniṭṭhānam upāgatā ṭhānā Westergaard Catal.

Yaṃ pattaṃ[1] kusalaṃ tassa ānubhāvena[2] pāṇino
Sabbe saddhammarājassa ñatvā dhammaṃ sukhāvahaṃ[3]
Pāpuṇantu visuddhāya sukhāya paṭipattiyā
Asokaṃ anupāyāsaṃ nibbānasukham uttamaṃ.
Ciraṃ tiṭṭhatu saddhammo dhamme hontu sagāravā[4]
Sabbe pi sattā kālena sammā devo pavassatu.
Yathā rakkhiṃsu porāṇā surājāno tath' ev' imaṃ
Rājā rakkhatu dhammena attano va pajaṃ pajan ti.

Paramavisuddha-saddhā-buddhi-viriyapatimaṇḍitena sīlācārajjavamaddavādiguṇa-samudayasamuditena sakasamayantaragahaṇajjhogāhaṇasamatthena paññāveyyattiyasamannāgatena tipiṭakapariyattippabhede sāṭṭhakathe Satthu sāsane appaṭihata-ñāṇappabhāvena mahāveyyākaraṇena karaṇasampattijanitasukhaviniggatamadhurodāravacanalāvaṇṇayuttena yuttamuttavādinā vādivarena mahākavinā pabhinnapaṭisambhidāparivārachaḷabhiññādippabhedaguṇapatimaṇḍite uttarimanussadhamme suppatiṭṭhitabuddhīnam theravaṃsappadīpānaṃ therānaṃ Mahāvihāravāsīnaṃ Vaṃsālaṅkārabhūtena vipulavisuddhabuddhinā Buddhaghoso ti garūhi gahitanāmadheyyena therena katā ayaṃ Atthasālinī nāma Dhammasaṅgahaṭṭhakathā.

Tāva tiṭṭhatu lokasmiṃ lokanittharaṇesinaṃ
Dassenti kulaputtānam nayaṃ paññāvisuddhiyā
Yāva Buddho ti nāmaṃ pi suddhacittassa tādino
Lokamhi lokajeṭṭhassa pavattati mahesino.

---

[1] sampannam West. [2] āhu bhāvena West. [3] sukhavahaṃ M. [4] sakāravā M.

Imaṃ likhitapuññena Metteyyaṃ upasaṃkami
Patiṭṭhahitvā saraṇesu patiṭṭhāmi sāsane.
Mama mātāpitācariyā hitā ca ahitā ca me
Puññan taṃ anumoditvā ciraṃ rakkhantu te mama.

Siddhir astu
Subham astu.

INDEX OF PROPER NAMES.

CORRECTIONS.

p. 9 l. 15 f. b. *instead of* Sāriputtha° *read* Sāriputta°.
p. 11 l. 1 f. b. „ „ Mahagatimbaya° *read* Mahāgatimbaya°.
p. 18 l. 7 f. t. „ „ pathamabuddhavacanaṃ *read* paṭhama°.
p. 19 l. 4 f. b. „ „ Abidhammassa *read* Abhidhammassa.
p. 26 l. 8 f. t. „ „ aṅgāṇi *read* aṅgāni.
p. 31 l. 15 f. t. „ „ Tavatiṃsānaṃ *read* Tāvatiṃsānaṃ.
p. 107 l. 5 f. t. „ „ ye vā pana ke *read* yevāpanake.
p. 108 l. 9 f. b. „ „ pāni *read* pāṇi.
p. 110 l. 1 f. b. „ „ andhāviya *read* andhā viya.
p. 119 l. 17 f. t. „ „ ayasmā *read* āyasmā.
p. 123 l. 8 f. t. „ „ sevitabbāsevitābbe *read* sevitabbāsevitabbo.
p. 260 l. 13 f. b. „ „ adhimmokho *read* adhimokho.

ADDENDA.

§§ 8—10 on p. 3, 4 refer to the first chapter of the Kathāvatthuppakaraṇa § 1—69 in Taylor's edition and p. 1—37 in Minayeff's edition of the commentary J.P.T.S. 1889.

p. 198 Note 1: Besides Visuddh. p. 98 compare also Mahāvyutpatti § 52, Milindap. p. 332 and Hardy Eastern Monachism p. 268.

p. 298 Note 6: Comp. Abel Rémusat in Journal des Savants 1831 p. 600 seq.

www.ingramcontent.com/pod-product-compliance
Lightning Source LLC
Chambersburg PA
CBHW030941110726
47900CB00004B/1078
* 9 7 8 3 3 3 7 3 8 9 5 4 3 *